白话蔡东藩历朝通史系列

白话后汉

后汉

（民国）蔡东藩/著

孙宇天　翻译整理

九州出版社
JIUZHOUPRESS

图书在版编目(CIP)数据

后汉/蔡东藩著；孙宇天翻译、整理.
—北京:九州出版社,2008.1（2011.3重印）
（白话中国历朝通俗演义/富强主编）
ISBN 978-7-80195-776-4

Ⅰ.南… Ⅱ.①蔡…②孙… Ⅲ.章回小说—中国—现代
Ⅳ.I246.4

中国版本图书馆CIP数据核字（2007）第206471号

后　汉

作　　者	（民国）蔡东藩 原著　孙宇天 翻译整理
出版发行	九州出版社
出 版 人	徐尚定
地　　址	北京市西城区阜外大街甲35号（100037）
发行电话	（010）68992190/2/3/5/6
网　　址	www.jiuzhoupress.com
电子信箱	jiuzhou@jiuzhoupress.com
印　　刷	三河市东方印刷有限公司
开　　本	787毫米×1092毫米　16开
印　　张	28.5
字　　数	480千字
版　　次	2008年1月第1版
印　　次	2011年3月第3次印刷
书　　号	ISBN 978-7-80195-776-4
定　　价	39.00元

丛书翻译整理委员会

（以姓氏笔画为序）

主　编：富　强

译　者：丰君才——复旦大学史学博士

孙宇天——香港科技大学语言学博士

江　离——北京大学文献学博士

刘　军——北京大学文学博士

李　珂——北京大学文学博士

汪　锋——香港城市大学语言学博士

闻　竹——香港科技大学文学博士

张　弛——北京大学文学博士

张小稳——北京大学史学博士

杨　宇——清华大学文学博士

郑志勇——北京师范大学文学博士

序言 PREFACE

一批年轻的文化人，为了让更多读者体会蔡东藩《中国历朝通俗演义》的魅力，经过艰苦努力，以专业的精神和严谨的态度，将蔡著的“旧白话”——这种“白话”今天已经不大读得懂了——重新译为今人能够轻松理解的当代白话。毫无疑问，这是让蔡著得到传承的最好方式。他们的工作“活化”了蔡著，既是对于原著的一次致敬，也是一种新的可能性的展开。翻译整理后的作品，为普通读者提供了方便，无论任何人，都可以轻松地进入中国历史的深处。

蔡东藩的《中国历朝通俗演义》是一部让我印象深刻的书，少年时代曾经激起过我的强烈兴趣。那是二十世纪七十年代中期，可以读的书少得可怜，但一个少年求知的兴致是极高的，阅读的兴趣极强，加上当时的课业没有什么压力，因此可以读现在的青少年未必有时间去读的“杂书”。当时中华书局出版的蔡东藩的《民国通俗演义》就是让我爱不释手的“杂书”，它把民国时期纷乱的历史讲得有条有理，还饶有兴味。虽然一些大段引用当时文件的部分比较枯燥，看的时候跳过了，但这部书还是深深吸引了我。后来就要求母亲将《中国历朝通俗演义》都借来看。通过这部书，我对历史产生了兴趣。历史的复杂、深刻，实在超出一个少年人的想象，看到那些征战杀伐、宫闱纷争之中人性的难测，确实感到真正的历史与那种黑白分明的历史观大不相同。当时，我们的历史知识都是从“儒法斗争”的框架里来的，历史在那个框架里是那么单纯、苍白；而蔡东藩所给予我的，却是一个丰富和芜杂得多的历史。在这部书里，王朝的治乱兴衰，人生的枯荣沉浮，都让人感慨万千，不得不去思考在渺远的时间深处的人的命运。可以说，我对于中国历史的真正了解，就是从这部历史演义开始的。

三十多年前的印象一直延续到今天。不得不承认，这部从秦朝一直叙述到民国的煌煌巨著，确实是了解中国历史的最佳读本。这是一部难得的线索清楚、故事完整、细节生动的作品。它以通俗小说“演义”历史，以历史知识“丰富”通俗小说，既可信又可读。

蔡东藩一生穷愁潦倒，他的经历是一个普通中国人的经历，他对于历史的描述是从普通人的视角出发的。他不是一个鲁迅式的启蒙者，但他无疑具有一种另类的现代性，一种与五四新文学不同的表达策略。蔡东藩并不高调激越，他的现代性不是启蒙性的，不是高高在上的“我启你蒙”，而是讲述历史，延续传统。他的作品具有现代的想象力，表现了现代市民文化的价值观。

在《清史通俗演义》结尾，蔡东藩对于自己做了一番评价，足以表现一个落寞文人的自信：“录一代之兴亡，作后人之借鉴，是固可与列代史策，并传不朽云。”他自信自己的这部著作，足以与司马迁以来的史学名著“并传不朽”。

蔡著的不可替代之处，不仅在于他准确地挑出了历史的大线索，更重要之处在于，他关注了历史深处的人的命运。有些历史叙述者，过于追求所谓“历史理性”，结果常常忘记历史是鲜活生命的延展。在这些人笔下，历史变成了一种刻板和单调的表达。而蔡著不同，他的历史有血液、有温度，是可以触摸的。他的历史是关于人性的故事。

从蔡著中，我们可以感受到活的历史，体验到个人命运与国家、文化之间密不可分的关联。冯友兰先生在《西南联大纪念碑》的碑文中这样阐释中国文明的命运：“我国家以世界之古国，居东亚之天府，本应绍汉唐之遗烈，作并世之先进。将来建国完成，必于世界历史，居独特之地位。盖并世列强，虽新而不古；希腊罗马，有古而无今。惟我国家，亘古亘今，亦新亦旧，斯所谓‘周虽旧邦，其命维新’者也。”今天，中国文化所具有的历史连续性和不断更新的魅力正在焕发光芒，冯先生对于中国未来的期许正在成为现实。

在这样的时机，蔡著《中国历朝通俗演义》的新译，就更显其价值。我们期望读者能够从中获得阅读的乐趣，并从历史中得到启示，走向更好的未来。

让我们和读者一起进入这个丰富的世界。

是为序。

张颐武

2007年12月31日

张颐武：著名评论家、学者，北京大学中文系教授，博士生导师。

目录

001 / 新朝伊始
004 / 边境纷争
008 / 群贼崛起
013 / 真命天子刘秀
018 / 昆阳大捷
022 / 刘縯遇害
027 / 王郎称帝
031 / 刘玄定都长安
035 / 群雄逐鹿
039 / 刘秀登基
042 / 宋弘大义拒婚
045 / 淫寇园陵逞凶
049 / 造反的下场
053 / 燕王彭宠之死
056 / 智勇双全的耿将军
060 / 隗嚣叛乱
063 / 三请严光
067 / 得陇望蜀
071 / 光武帝决胜千里
074 / 金溪女霸王
078 / 忠臣董宣
082 / 壶头山剿匪
086 / 光武帝驾崩
088 / 绝世美女马皇后
091 / 蔡愔取经

目录

楚王之乱 / 095
云中太守廉范 / 097
班超出使西域 / 100
马太后辞封 / 105
窦皇后争宠 / 108
智擒疏勒王 / 111
降羌英雄邓训 / 115
外戚专权 / 118
少年皇帝发威 / 121
邓绥德冠后宫 / 125
班超还朝 / 130
短命的皇帝 / 132
勇将梁慬 / 136
虞诩智敌强羌 / 140
传奇廉吏杨震 / 143
乳母王圣 / 146
杨震自尽 / 150
宫廷风波 / 153
梁女正位中宫 / 157
阉党权倾朝野 / 160
张纲平盗 / 163
梁冀投毒害幼主 / 167
骄夫悍妻 / 172
铁面无私的朱御史 / 176
定密谋诛杀梁氏 / 180

目录

184 / 五侯祸乱人间
187 / 皇后的悲哀
190 / 大兴党狱
195 / 窦太后执政
198 / 窦武失计被杀
202 / 阉党尽诛名士
206 / 陈球仗义执言
209 / 赵苞破敌
213 / 灵帝西园卖官
216 / 黄巾贼作乱
221 / 奸雄曹操
225 / 桃园三结义
230 / 东吴始祖孙坚
235 / 灵帝阅兵
240 / 引狼入室
245 / 董卓废帝
250 / 汉廷迁都
255 / 孙坚喜得御玺
261 / 吕布戏貂蝉
267 / 董卓丧命
273 / 曹吕之争
278 / 李傕挟持献帝
284 / 汉献帝逃亡
289 / 挟天子以令诸侯
294 / 曹阿瞒宛城猎艳

目录

大谋士郭嘉 / 300
吕布丧命 / 305
狂生祢衡 / 312
义士关云长 / 317
官渡之战 / 322
审配死守孤城 / 328
三顾茅庐 / 333
孙权复仇 / 339
赤壁之战 / 345
既生瑜，何生亮 / 351
许褚救主 / 356
伏皇后被害 / 361
鲁肃病故 / 366
关云长败走麦城 / 370
曹丕篡位 / 376
刘备之败 / 381
七擒孟获 / 387
马谡失街亭 / 392
诸葛亮五丈原归天 / 397
大战公孙渊 / 404
司马懿计杀曹爽 / 409
东吴的宫廷之争 / 416
司马师废魏帝 / 422
恶贯满盈的孙綝 / 428
蜀亡晋兴 / 435

新朝伊始

史家把汉代分作前后汉，也称东西汉。这是因为汉朝四百年里，中间经过王莽篡国，所以王莽以前叫做前汉，王莽以后叫做后汉。前汉建都陕西，因此也称西汉；后汉建都洛阳，洛阳在陕西东面，因此也称东汉。

如果要论起后汉的兴亡，比前汉还要复杂。王莽篡权，实由外戚专权所致。王莽毒死汉平帝，又废掉孺子刘婴，把汉室江山平白地占为己有，自称新朝，号为始建国元年，封刘婴为定安公，改大鸿胪府为定安公府。尊前朝孝元皇后为新朝文母、孝平皇后为定安太后。新朝文母和定安太后，一个是王莽的姑母，一个是王莽的女儿，所以仍得以住在深宫。

接下来是分封功臣，先依据金匮按名封爵。这金匮是梓潼人哀章私造出来的。王莽视它为瑞兆，借此物欺骗吏民。金匮中所列新朝辅佐大臣，共有十一人。首列是王舜、平晏、刘歆、哀章，王莽称他们为四辅，令王舜为太师安新公、平晏为太傅就新公、刘歆为国师嘉新公、哀章为国将美新公。四辅以外，就是甄邯、王寻、王邑，王莽称之为三公，令甄邯为大司马承新公、王寻为大司徒章新公、王邑为大司空隆新公。还有四人称为四将：甄丰为更始将军，孙建为立国将军，王兴为卫将军，王盛为前将军。

这道新朝诏旨一颁出来，哀章喜得如愿，马上置办了一套朝衣朝冠，三跪九叩，谢恩受封。其余的如王舜、平晏、刘歆、甄邯、王寻、王邑、甄丰、孙建八人，本来就是王莽的爪牙，即日奉命任职。只有王兴、王盛两个名字，是哀章随笔捏造，当然无人承认。哀章不敢直说，只是在背地里偷笑。可王莽仍派人四处查访，无论贫富贵贱，只要与金匮中的姓氏相符，便可领旨做官。事有凑巧，一个城门令史叫王兴，还有一个卖饼的叫王盛。王莽立即召他们入朝，封为将军。

这时候，徐乡侯刘快忽然起兵讨伐王莽，进攻即墨。王莽正要派遣将士前去抵御，即墨已经传来捷报，刘快战败身亡。刘快是汉胶东恭王刘授的次子，恭王刘授是景帝第五代子孙。刘快有一个兄长名叫刘殷，嗣爵胶东王，王莽称帝后，降刘殷为扶崇公。刘殷不敢反叛王莽，刘快却志在讨逆，纠集数千人，从徐乡赶到即墨，想占领此城，再向西进攻。可即墨城中的吏民，闭城拒守。刘快的部下多是乌合之众，渐渐溃散。守吏趁势杀出，把刘快赶走，后来刘快死在长广间。

刘殷听说弟弟刘快起兵，惶恐得很，紧闭城门，自己主动入狱，并上书谢罪。王莽已经得到捷报，就赦免了刘殷，只惩治了刘快的妻儿。

第二年为始建国二年，王莽担心刘氏再反叛，索性将汉室诸侯王一律贬为平民。只有前鲁王刘闵、中山王刘成都、广阳王刘嘉，因为曾歌颂王莽的功德，仍受封为列侯。不久立国将军孙建等人上奏："汉氏宗庙不应还在长安，应与汉室一同废去。"王莽欣然答应，不过他认为国师刘歆等三十二人上知天命，夹辅新朝，可以存有宗祀。刘歆的女儿为皇子妃，仍可用刘姓，其余的三十一人皆赐姓王氏，并改称定安太后为黄皇室主，表示与汉绝婚。

定安太后虽是王莽的女儿，却与父亲性情不同。王莽篡位以后，她整日闷坐深宫，愁眉不展，就是王莽按时朝会，她也借口有病，未曾去过一次。王莽误以为她年仅十八岁，不耐孀居，就将她改号，好为她选择配偶。王莽暗想朝中心腹虽有很多人，只有孙建最尽力，孙建的儿子孙豫又是个翩翩少年，如果与黄皇室主配做夫妻，恰是一对佳偶。于是王莽召入孙建，与他密商。孙建欣然受命，回去询问孙豫，孙豫也喜出望外。

孙建父子想出一个办法，让孙豫带着医生，以问病为名，到黄皇室主宫中。宫中侍女不敢拦阻，将他放进来。孙豫当面拜见黄皇室主，说是奉旨探视。黄皇室主大为惊异，又见孙豫一双色眼向自己脸上瞟过来，料知来意不善，慌忙退入内室，传叫侍女，责备她擅自接纳外人，还亲自鞭打她。孙豫站在外面，听见内室有鞭打声，扫兴而去，并报知了王莽。王莽这才知道女儿志在守节，就打消了之前的想法。

谁知此事传出去，偏有一个纨绔子弟，艳羡黄皇室主，想与她做个并头莲。这个人就是更始将军甄丰的儿子甄寻。甄寻为人轻佻好色，以前听说王莽要招孙豫为婿，暗暗嫉妒，背地含酸。孙豫没有成事，甄寻又私下窃喜，以为大好姻缘应该属于自己。甄寻朝思夜想，定下一计，悄悄施行。

以前甄丰与王舜、刘歆等一同辅佐王莽，不过他们尚未敢唆使王莽篡位。直到符命之说纷起，甄丰等人不得不顺风敲锣，争相说王莽称帝符合瑞兆。王莽称帝后，曾派遣五威将帅分别镇守五方，颁出符命四十二篇，笼络人心，因此符命之说遍布天下。并且内外官吏一说符命，往往立即被封侯。统睦侯司命陈崇私下对王莽说："符命可以暂时使用，不可长久使用。长此下去，人们都借此邀功，反而会导致叛乱。"王莽点头无言。陈崇退出后，王莽就颁出诏令，说除五威将帅所颁发的符命外，其余全属无稽之谈。符命之谈于是渐渐消逝。

甄丰本为大司空，资格地位不亚于王舜、刘歆，就连甄寻也被封为茂德侯，官居侍中，兼京兆大尹。到王莽分封功臣，依照金匮符命，只封甄丰为更始将军，与卖饼儿王盛平级，不但与王舜、刘歆等人相差太远，甚至连弟弟甄邯也比不上，甄丰父子当然闷闷不乐。之所以会这样，实因甄丰生性刚强，平时难免会冒犯王莽，所以王莽借符命把甄丰贬下。甄丰的儿子甄寻垂涎王莽的女儿，错以为王莽真相信符命之说，于是决定从符命上做文章。出于谨慎，他先借别的事试了一试，说新室应当在陕地设立二伯，甄丰为右伯，太傅平晏为左伯，仿效周公、召公的旧例。

这道符命呈进去，竟得到王莽的批准。甄寻见符命有效，就又写了一篇，里面说："汉氏平帝的皇后，应当为甄寻的妻子。"满心期望王莽再次批准，把黄皇室主下嫁过来，自己好做个乘龙快婿。哪知宫中却传出消息，说王莽怒气冲冲地叫骂："黄皇室主是天下之母，怎能做甄寻的妻子？"甄寻这才知道弄巧成拙了，就取了些金银，一溜烟地逃出家门。不到半日，果然有许多吏卒来包围甄府，抓捕甄寻。甄丰还不知甄寻所犯何罪，等问明情况，也吓得魂飞天外，急忙寻找儿子，想绑儿子入朝，为自己免罪。偏偏找不到甄寻，又经朝使逼迫，一时无法对付，只好服毒自尽。朝使见甄丰已死，又入室搜捕，最终也没有找到甄寻，于是回去复命。

王莽听说甄寻逃走，下令通缉，并追究他的党羽。查得国师刘歆的儿子侍中刘棻、刘棻的弟弟长水校尉刘泳以及刘歆的门人骑都尉丁隆、大司空王邑的弟弟左关将军王奇等，都是甄寻的好友，就将他们一股脑儿全抓入狱中，逐一审问。几人因甄寻在逃，无从对质，自然不肯承认。过了几天，甄寻就被抓到了。

甄寻与刘棻等虽是好友，但这次全是甄寻一人做主，未曾与别人商议。一经到案，甄寻供认不讳，说与刘棻等并未通谋。偏偏审问的官吏有心除掉这些人，严刑逼供，将刘棻等人也牵扯在内。刘棻等人百口莫辩，都被定成死罪。还有刘棻的老师扬雄，也成了此案的嫌疑犯，遭到传讯。扬雄，字子云，蜀郡成都人，素来口吃，却才思兼备。汉成帝时，由大司马王音举荐，待诏宫廷，献入《甘泉》、《河东》二赋，很受成帝赏识，授职郎官。哀、平两朝未被提升，抑郁无聊时，便借笔墨消遣，著成《太玄经》及《法言》，语句多难以理解。刘歆看完后，认为扬雄有才，特令儿子刘棻拜扬雄为师。此时扬雄正在天禄阁校书，忽然听说自己被刘棻的案情牵连，暗想自己年过七十，何苦再去受刑，就从阁上跳下，摔了个半死不活。朝吏见他年纪老迈，又摔得鼻青脸肿，慌忙将他扶起，令人看守；然后去报告王莽，讲述惨状，说明扬雄并不知情。王莽这才下令将他免罪，只将甄寻、刘棻等一并处死。

还有一件更可笑的事情。王莽想效仿虞廷旧制，流放刘棻到幽州、甄寻到三危、殛丁隆到羽山，三人当时已经被杀死，就将他们的尸体载入驿车，辗转运到那里，称为三凶。此外受到牵连的朝臣也不下数百人。只有扬雄九死一生，想去奉承王莽，特写了一篇《剧秦美新文》，恭敬呈上。当时人们因此作歌谣："惟寂寞，自投阁，爱清静，作符命。"因为这首民谣，大名鼎鼎的扬子云贻笑千古。扬雄于王莽天凤五年病死。

边境纷争

前汉哀帝时，光禄大夫龚胜德高望重，因王莽专权，退回楚地原籍，不问世事。王莽篡位后，想招揽有名气的士人，特派五威将帅带着厚礼到龚胜家里问候。此后又召他为讲学祭酒，龚胜一再借口有病，不肯前往。

王莽立夫人王氏为皇后。王皇后生有四男：长子王宇因为卫姬一案，被王莽逼死；次子王获无故杀死下人，也在王莽的逼迫下自杀；三子王安向来放荡，王莽不喜欢他；因此，王莽立四儿子王临为太子。王莽又为王临招来老师、朋友各四人。一是前大司徒马宫，令他为师疑；一是前少府宗伯凤，令他为傅丞；一是博士袁圣，令他为阿辅；一是前京兆尹王嘉，令他为保拂，这便是四师。又任用前尚书令唐林为胥附，博士李充为奔走，谏大夫赵襄为先后，中郎廉丹为御侮，这便是四友。四师、四友以外，王莽还想增设师友祭酒，因此派人到楚地请龚胜入都。

朝使奉王莽之命到了楚地，料知龚胜不愿进京，便预先邀同郡守县吏及三老等，约一千余人，一齐聚集在龚胜门前，劝他进京。龚胜自称病情严重，无法前往。朝使先劝后逼，定要龚胜应召入都。龚胜喟叹道："龚胜年老多病，活不了多久了。如果一定要我前往，必会死在途中，反而有负新朝的深情厚意，这该怎么办呢？"朝使听了，不敢硬逼，只好退居郡舍，每过五天，必与郡守一起前去慰问龚胜，并多次向龚胜的儿子及徒弟高晖说起朝廷的厚意。高晖等被说动，进去劝龚胜，龚胜生气地说："我身受汉家厚恩，无以回报，如今年已老迈，离死不远，难道还要出去为第二家效劳吗？"说完，就命他们预备后事，自己从此开始绝食。饿到第十四天时，气绝身亡，终年七十九岁。

朝使听到死耗，怀疑龚胜诈死，亲自与郡守前去吊丧。见到尸体，确信龚胜已死，才慨然离去。

朝使禀报王莽，王莽也欷歔不已，暗自庆幸已将唐林、唐尊、纪逡等名士召来。南郡太守郭钦、兖州刺史蒋翊，因廉直得名，王莽摄政时，二人都已托病辞职，终生不再为官。沛人陈咸，原本是哀帝时的尚书，王莽杀死何武、鲍宣后，陈咸就谢职回去了。王莽篡位后，想召陈咸为掌寇大夫，陈咸称病不去。陈咸的三个儿子陈参、陈丰、陈钦都已出仕为官，陈咸陆续将他们召回。陈咸最后在家寿终。此外还有齐人栗融，北海人禽庆、苏章，山阳人曹竟，他们都是儒生，后来都因王莽而辞官。这些都是洁身自好的志士。

孝元皇后在王莽建国五年二月得病去世，享年八十四岁。王莽为元后服丧三年，把她的灵柩葬在渭陵，虽然与元帝合墓，中间却用沟隔开。新室文母庙中，每年都有人祭祀，相比之下，元帝那里就冷清多了。

孝元皇后在世时，曾说王莽不得久安，王莽以为这是她说的气话。哪知孝元皇后死时，新朝已经变乱四起。先是王莽派遣五威将帅王骏、右帅陈饶等安抚匈奴，让单于交出汉玺，改换新朝图印，镌文是新匈奴单于章。匈奴乌珠留单于问明情由，才知中原江山已经易主，也没说什么，就将图印调换。陈饶担心单于改变主意，就将原印用斧子劈毁。第二天，单于果然派人拿着新印对王骏说："我听说汉朝制度，凡诸侯王以下的印绶，才称为章。我虽受汉朝册封，原本是称玺，如今去掉'玺'字，又加'新'字，是与中原的臣子毫无分别了！我不愿意接受这个新章，把旧印还给我吧。"陈饶听到这话，将碎成数片的原印取出来，并且对使者说新朝体制与汉朝不同。番使转告单于，单于知道受骗，心中不满，等到王骏等人南归后，便伺机入侵边境。

警报传到长安，王莽正想耀武塞外，特改称匈奴单于为降奴服于，派立国将军孙建等募兵三十万，进攻匈奴。并且分匈奴国土为十五部，令前单于呼韩邪的子孙十五人，同时为单于。呼韩邪的子孙各有职位，哪个肯来应命？王莽于是又派中郎将蔺苞、副校尉戴级，率兵一万，带着很多金帛出塞，诱使呼韩邪的子孙前来听封。

匈奴右犁汗王咸离中原较近，他听说有金帛相赠，不免心动，于是率领儿子助、登前来与蔺苞、戴级相会。蔺苞、戴级转述王莽的命令：封咸为孝单于，赐给黄金一千斤，缯一千匹；助为顺单于，赐给黄金五百斤。咸得到赏赐后，便想带着儿子回去，不料蔺苞、戴级却将他的两个儿子留下，只准他一人回去，咸怏怏离去。

蔺苞、戴级把助、登送到长安，王莽非常欢喜，封蔺苞为宣威公，称虎牙将军，戴级为扬威公，称虎贲将军。乌珠留单于听说后，极为恼怒，当即率兵入塞，大杀吏民。王莽得知消息，又选出十二部统将，令他们分别募兵三十万，各自带着三百天的粮草，分头前去灭胡。

将军严尤也奉命从征，他上书劝阻王莽，王莽不肯听从。这三十万士兵，三百天的粮草，岂是容易办到的？百姓最怕当兵、交粮，地方官东敲西逼，好容易才抓来壮丁，准备好粮草，还要陆续转运出去，不是雇船，就是装车，船夫、车夫见没有多少工钱，都不想卖力。

王莽等了数月，听说兵粮尚未办齐，又派遣中郎、绣衣、执法各官四处督促。一群如虎似狼的奸吏，正好依势作威，于是国内愈来愈乱。匈奴屡次入侵，外患日甚一日，王莽所派的将帅，都因兵饷没有备齐，不敢出兵攻击，任由胡骑纵横边境。

北方一带，自汉宣帝以后，好几代没有战乱，人口越来越多，牛马遍野都是。王莽与匈奴结怨后，这些地方的人畜来不及迁移，多被匈奴掠夺了去。王莽期望孝单于咸为他效力，牵制匈奴，所以咸的儿子助、登入都以后，王莽格外优待他们。助不幸病死，王莽令登继任顺单于。孝单于咸恨王莽欺骗他，就到乌珠留单于那里哭着谢罪，乌珠留单于贬咸为于粟置支侯，并令他入侵中原，将功补过。咸于是让儿子角出没塞上，会同匈奴部众，骚扰不休。王莽命陈钦、王巡屯兵云中，防御匈奴。陈、王二人抓到匈奴人，一问才知是咸的儿子角的部下，连忙禀报王莽。王莽一怒之下，将顺单于登杀死。

一波未平，一波又起。西夷钩町王的弟弟承，起兵攻打牂牁大尹周钦，扰乱西陲。钩町与牂牁临近，汉武帝时，征服西南，设置郡县，但蛮夷部酋仍使用王号。钩町王亡波，曾帮助汉兵平定叛乱，得以受封。王莽篡位后，派五威将帅前去钩町，硬要把王贬为侯。钩町王邯是亡波的后裔，暗想自己未曾犯错，凭什么被贬，因此与五威将帅发生争执。王莽得到五威将帅的报告后，派牂牁大尹周钦诱杀了钩町王邯。邯的弟弟承为兄报仇，攻入牂牁，把周钦杀死。

牂牁附近各地，飞书上奏。王莽正想专力灭胡，不料西夷也这样厉害，只好另派冯茂为平蛮将军，讨伐钩町。冯茂刚刚起行，益州又传来警耗，乃是蛮夷部落响应钩町，攻打益州大尹程隆。王莽听说蛮夷接连叛变，担心冯茂兵少势孤，便令冯茂就地征集粮饷，讨伐蛮夷。

消息传到西域，西域各国也生了二心。车师首先反叛，投降匈奴。戊己校尉刁护派遣吏属陈良、终带扼守要害，免得匈奴、车师一同入侵。陈良、终带竟将刁护杀死，带领两千多人前去投降匈奴。匈奴接收了陈良、终带，任命他们为乌贲都尉。王莽想扫平匈奴，谁料连西域也叛乱了，顿时火冒三丈，就派人到高句骊国，征发兵民，要他们赶快渡过辽河，夹攻匈奴。高句骊为汉武帝所灭，虽然被封侯，却没有什么兵甲，偏偏王莽一再催逼，高句骊人索性拒绝王莽，沦为寇盗。

此后，东西南北各边疆无一不乱，弄得王莽顾此失彼，惶恐不安。群臣见王莽面有忧色，还要当面奉承，只说夷狄叛乱，无伤圣德，不久便可荡平。王莽也不肯悔过，妄图粉饰太平。王莽发行小钱以后，百姓感到不便，仍用汉朝遗留的五铢钱进行买卖交易。王莽又另铸五十大钱，使它与小钱一同发行，并把汉朝的五铢钱全部销毁，还下令如果百姓敢私自收藏五铢钱，一旦搜出，全家充军。

国内大肆征集守边士兵，粮饷都要依靠县官供给，县官哪来这么多钱？无非是横征暴敛。五原、代郡的民众受祸最重，最早叛乱。王莽不问民间疾苦，只知派兵征剿，百姓外遭胡寇，内受兵灾。多亏匈奴乌珠留单于得病而死，右都侯须卜当执掌大权，须卜当与咸关系很好，他拥立咸为单于，并劝咸与中原和亲。咸自称乌累单于，因为怨恨乌珠留将他贬为于粟置支侯，就把乌珠留的诸子降职。当时咸还没有收到儿子登的死讯，就依从须卜当的建议，派人入塞，有意请和。

王莽查知须卜当的妻子就是王昭君的女儿须卜居次，便封王昭君兄长的儿子王歙为和亲侯、王飒为展德侯，让他们带着金币，前去祝贺新单于即位，谎称登安然无恙，并称只要单于送回陈良、终带等人，便可释放登。单于既贪恋王莽的贿赂，又想与登相见，于是交出了陈良、终带。王歙兄弟将陈良、终带押解到长安，王莽援引《周易》里“焚如死如”的遗训，放起一把大火，把陈良、终带推入火中，烧成灰烬！然后下令召回众将，一番劳师动众的大祸，总算暂时消除。那一年，王莽改元为天凤元年。

群贼崛起

乌累单于派人到长安迎接登回国，王莽哪能交得出？只得一面谎称登刚刚病逝，一面厚赠胡使，让他回去上报。乌累单于觉出被王莽欺骗，但因自己刚做单于，威信尚未树立，只得暂时忍耐。不过靠近边塞的士兵，仍任由他们时常劫掠中原，并不禁止。王莽听说边境未清，还想讨伐匈奴，恰逢天象变异接连出现，于是不敢兴兵。

王莽不知责己，只知责人。太师王舜、大司马甄邯已经去世，王莽就归咎于太傅平晏，免去他尚书省侍中之职，又将继任大司马逯并一同免职。哪知变异越来越多，夏天下霜，草木枯死，盛暑时黄雾弥漫，初秋大风将树连根拔起，冰雹砸死了牛、羊。到天凤二年仲春，太阳和星星同时出现，都中传言说黄龙堕死在黄山宫中，百姓争着前去观看。王莽自称黄德，因此不免心惊，令人抓捕百姓，想问明讹传是从哪里传出的，最终无从查证。

恰逢匈奴派人到来，索要登的尸体，王莽于是派王歙等护送登的棺木到塞外。须卜当的儿子大且渠奢前来迎接。王歙转述王莽的命令，并赠送乌累单于金帛，叫他改称匈奴为恭奴，单于为善于；封须卜当为后安公，大且渠奢为后安侯，授予印绶，并赏赐他们很多黄金。大且渠奢回去禀报乌累单于，乌累单于因为得了金帛，就依从王莽，遇有使节往来时，暂称恭奴善于。只是部下入塞寇边，仍然像以前一样。

第二年夏季，长平坂西岸决堤，有几个谄媚的臣子，说这是匈奴将要灭亡的征兆，应赶快发兵讨伐。王莽认为虽然与匈奴言和，但匈奴还是接连寇边，不加以惩治，不足以显威。凑巧群臣提议，正好趁势发兵。于是派遣并州牧守宋弘、游击都尉任明等，先出兵屯边，准备向北讨伐。又让五威将帅王骏、西域都护李崇，率同戊己校尉郭钦等安抚西域，意在效仿汉武帝，先截断匈奴的右臂，免得他们联合。

王骏等人到了西域，诸国多出郊迎接，进献财物。王骏因焉耆国之前杀死但钦，想乘机报仇，于是令戊己校尉郭钦与偏将何封另率精兵随后跟上，自己与李崇先行。焉耆国王刁滑得很，假意派人恭迎王骏、李崇，谢罪乞降。王骏正心中暗喜，哪知焉耆境内已设好埋伏，一等王骏领兵入境，伏兵突然杀出，把王骏团团围住。李崇见形势不妙，拍马回撤，只剩下王骏陷入包围，被敌人杀死。焉耆兵去追赶李崇，多亏郭钦、何封率兵赶到，才将李崇救回，并率兵回击焉耆兵。焉耆兵退去之后，留下老弱数百人，被郭钦等杀个精光。王莽命郭钦为填外将军，封为剼胡子；何封为集胡男；令李崇退到龟兹，静待后命。

天下不如意之事，十有八九。平蛮将军冯茂攻打钩町，差不多已有两三年，兵马调去了好几万，弄得百姓怨声载道，却没有一点功劳，还上报说部下多半染病身亡。王莽十分恼怒，立即将冯茂召回，打入狱中。另派宁始将军廉丹统兵前往，大发天水陇西的骑兵及巴蜀吏民十万人，浩荡前进。开始时还算顺手，斩杀敌人数千人；后来蛮夷据险死守，廉丹的部下渐渐疲乏，终落得无功而还。越隽蛮酋任贵也乘机叛乱，杀死太守枚根，自称邛谷王。王莽又想发兵，哪知内地乱民已经相继反叛，哪还有余力与蛮夷角逐呢？

王莽因军费开支过大，特设出六个名目，向民间征税：一为盐税，二为酒税，三为铁税，四为名山大泽采办税，五为赊贷税，六为铜冶税。如有人违法不交，就严加惩治。贫民无法谋生，富民也不能自保，于是相继揭竿起义。

临淮人瓜田仪首先发难。不久，又有琅玡妇人吕母聚集数千人，入海为盗。吕母是一个老妪，为何敢作乱呢？她本来家境富裕，未曾犯法，只因儿子被县宰枉杀，吕母便招来一百多人，攻入海曲，杀死县宰。吕母自知闯下大祸，索性逃入海中，明目张胆地做了强盗。又有新市人王匡、王凤纠集众人，出没江湖。南阳人马武、颍川人王常、成丹，也是当时有名的盗贼。他们听说王匡、王凤叛乱，闻风前来，一同入伙，将洞庭湖北的绿林山作为巢窟。绿林山地势险峻，聚众多达七八千人。官吏曾派兵逮捕，但因山高路险，不敢深入，只好作罢。同时，南郡人张霸、江夏人羊牧，也分别做了贼盗，各自的党羽不下一万人。

王莽听说盗贼四起，只得派人招抚，叫他们赶快解散，还可免罪。群盗正闹得兴高采烈，怎肯听命？好容易混过了一两年，已是天凤五年，之前的盗贼一处也没有荡平，反而又增添了好几处。琅玡人樊崇勇猛绝伦，为群盗所敬重，尊他为盗魁。樊崇盘踞莒县，一年之内就聚集一万多人。樊崇的同郡人逄安以及东海人徐宣、谢禄、杨音，纷纷响应樊崇，常在青、徐二州活动。再加上刁子都横行东海，独竖一帜，在徐、兖二州打家劫舍，出没无常。王莽决定改抚为剿，多次派兵出击。可这群官兵只会欺压贫苦百姓，一遇到盗贼，大都畏缩不前，反而被盗贼击败。

天凤六年春天，王莽因盗贼四起，特令太史推算三万六千年，决定六年一改元，下诏布告天下，说自己会像黄帝一样升天。此举意在诳骗百姓，解散盗贼。谁知百姓已瞧破机关，知道王莽喜欢欺人，没有一人相信，反而加以嘲笑，盗贼更是无所畏忌，越聚越多。

匈奴乌累单于病死，弟弟舆继立，号为呼都尸道皋单于。他因乌累单于在世时，常得中原厚赠，也想骗取金银，特令须卜当的儿子大且渠奢禀报继位之事。王莽想了一计，召来和亲侯王歙，暗中嘱咐他照计行事。王歙依照王莽的命令，带着一队人马，以护送大且渠奢为名，一同出塞，并让大且渠奢前去召须卜当一同来领赏。

须卜当转告单于，单于眼巴巴地盼望得到财帛，一听说赏赐到来，当然心喜，便令须卜当父子前去迎接和亲侯王歙。不料，王歙见了须卜当，说是朝廷有旨，要他入都朝见。须卜当非常诧异，但苦于身边没有士兵，只有两个儿子跟来，长子大且渠奢又被王歙管束，不能脱身，只好命次子回去禀报单于，自己与大且渠奢入都。

王莽见须卜当父子入朝，格外优待，当面封须卜当为须卜善于，兼后安公。王莽的本意无非是须卜当是王昭君女儿的丈夫，如果将须卜当立为单于，他自然感恩臣服；又担心须卜当身在匈奴，不便答应，所以将他引诱过来，赐给尊号。

哪知呼都尸道皋单于接到须卜当次子的回报，十分生气，立即调动兵马，进犯边疆。大司马严尤知道王莽失策，曾劝王莽不要迎入须卜当，王莽不肯听从。听说匈奴侵入边界，王莽便派严尤与廉丹共同攻打匈奴，赐姓征氏，称他们为二征将军，并当面加以慰勉，说诛杀呼都尸道皋单于，立须卜当为单于，可使匈奴长久臣服，一劳永逸。严尤当面反驳说："陛下应担忧山东盗贼，匈奴之事可以以后再做打算。"王莽顿时变了脸色，将严尤免官，改升降符伯董忠为大司马，命他招募天下壮丁及死囚，讨伐匈奴。又征集天下奇人异士为先锋。说来也可笑，竟有数人应召前来。有的说不用船就能渡水，只要把马匹连接起来，就足以渡过百万士兵；有的说出兵不费粮草，只要吃下药物，便能永远不饿；有的说插上翅膀能飞，每天能飞一千里，不难窥探敌情。前两种说法不便立即试验，就让说能飞的那个人当场表演。只见那人取出两只用羽毛编成的翅膀系在身上，两翼中间设有机关，用手一扳，果然徐徐飞起。大约飞了几十步，便坠落下来，不能再飞。王莽明知无用，但为了激励他人，夸示国外，只好任他为治军，并赏给车马。

这时，夙夜城连帅韩博保荐一人，用大车送入都城。此人名叫巨毋霸，生长在蓬莱海滨，身高一丈，平常的车不能载他，三匹马都拉不动他。王莽召来巨毋霸一看，果然是个硕大无比的人物，便叫他充当卫士。巨毋霸谢恩退朝，王莽却忽然猜疑起来，暗想自己字巨君，韩博应该知道，为何不让巨毋霸改名，竟公然触犯忌讳？并且毋霸二字也十分可疑，莫非是叫我不要霸道，故意替他取这名字侮弄我？王莽越想越恨，就传韩博入都。韩博还以为是举荐贤人有功，不料一到宫门，便见卫士走来，宣读王莽的诏令，说他对上不敬，将他绑出去斩首。韩博死后，王莽给巨毋霸改名为巨母氏，意为文母传授御玺，帮助自己成为霸王。

第二年本是天凤七年，王莽依从六年一改元的诏令，改为地皇元年。春、夏二季筹备兵马，准备攻打匈奴。须卜当寄身长安，无法回国，后来得病去世。王莽令须卜当的儿子大且渠奢袭爵后安公，并将女儿陆逯任嫁给他为妻。大且渠奢成了王莽的女婿，倒也能安心住下。王莽又用心抚慰，说等兵马调齐，就送他回国做单于。

王莽曾改未央宫前殿为王路堂，忽然一阵秋风吹倒大片墙壁。王莽以为是立王临为太子，舍长立幼，致使上天发怒。于是封王安为新建王、王临为统义阳王，撤销皇太子的名称。

王临的母亲王氏，因王宇、王获被杀，时常哭泣，致使双目失明。王宇的儿子王宗，曾被封为功崇公，因私穿天子之服，擅刻玺章，被王莽逼死。王宗的姐姐王妨是卫将军王兴的夫人，因杀死奴婢，王莽派中常侍郱恽前去责备，连累到王兴，结果王兴夫妇双双自杀。王氏既哭二子，又哭孙儿、孙女，悲上加悲，以至卧床不起。

王莽令王临侍奉母亲，日夜不离左右。奴婢原碧生有三分姿色，楚楚动人，再加上口齿伶俐，眉目轻佻，王氏就将她当做心腹，对她宠爱有加。该女却不安守本分，常向王莽殷勤献媚，引得王莽欲火中烧。

王临入宫侍奉母亲，原碧又卖弄风骚，勾引王临。王临虽已娶刘歆的女儿为妻，但他觉得原碧的姿容比妻子更胜一筹，况且是她自己来勾引，乐得移篙近舵，勾搭成欢。俗话说得好：“月里嫦娥爱少年。”王临年近壮年，与原碧鱼水谐欢，非常快意。不过，原碧既被王莽宠幸，怎能再与王临私通？倘若被发觉，必定送命，原碧因此喜中带忧，有时与王临交欢，常常会说几句蹊跷话。王临不禁疑心起来，搂住原碧细问，才知她怕王莽那老厌物。原碧又假意撒手，想与王临中断情缘，此时王临已为情所迷，怎肯中止？思来想去，只有杀死父亲，才能免除祸患。此举正中原碧下怀，既能除去眼中钉，又可做个现成的妃子，哪有不赞成的道理？于是二人商定，伺机动手。

王临的妻子刘愔，得到父亲刘歆的家传，能观星象，夜里看见金、木二星聚集在一处，就趁王临回到东宫时，对他说："星象显示，宫中将有白衣会。"王临听了，认为是王莽命里该死，暗暗心喜，又跑入中宫告诉原碧。原碧得了这个消息，就取来毒药，想等王莽入宫时加入茶中，将他毒死。偏偏这时王莽颁下诏书，贬王临为统义阳王，迁出宫外，王临只好向母亲告辞，又与原碧哭着诀别，将弑父一事暂且放下。

王莽因妻子病未痊愈，虽将王临迁出东宫，还未让他就国。王临既见不到慈母，又不能与情人幽会，满怀惆怅。于是写信给母亲，说父皇对待子孙特别严酷，致使兄长、侄子等多在壮年死去；自己也快到壮年了，担心母后如有不测，自己也活不了多久。王氏看到书信，更加伤感，就将王临的书信放在案上。碰巧王莽入宫探病，看到王临的书信，就起了疑心，想彻底查问，又见妻子病危，便将王临的书信藏入袖中，愤然离开。

过了几天，王莽的妻子病死，王莽令左右收殓，不准王临入宫哭丧。等到丧葬完毕，追究起王临的事，得知王临与原碧通奸，立即召法吏拿下原碧。原碧是个柔弱女子，禁不起粗鞭大杖，当下便一五一十地供出实情。王莽得到问官的禀报，立即下令处死原碧，并嘱咐心腹杀死问官，把尸首埋在狱中，省得他传扬家丑，然后赐给王临毒酒。王临不肯喝下，拔剑自刎。王莽赐谥为缪。

王莽又传诏刘歆，说王临本来不懂星相学，是因为刘愔妄言，才导致王临犯罪。这几句话明明是责备刘愔，让刘歆警告女儿。刘歆担心自己受到连累，慌忙将女儿召来责备一番。刘愔无从诉冤，含泪自尽。这是地皇二年正月的事。这一月内，王莽的儿子王安及王莽的孙子王公明、王公寿，也都病死。王莽还不知反省，反而毁掉汉武、汉昭两帝的庙宇，腾出空地，作为子孙下葬的地方。

真命天子刘秀

巨鹿有一个男子名叫马适求，他听说王莽暴虐无道，便想纠集燕、赵壮士，入都行刺王莽。大司空掾属王丹听说后，立即上告，王莽发兵抓捕马适求，将他杀死。又派遣三公大夫查究他的党羽，辗转株连，杀死郡国豪杰几千人。一时间，人人都想诛杀王莽，以报仇雪恨。

魏成大尹李焉与卜人王况是好友，王况对李焉说："新室将亡，汉家复兴，你姓李，会成为汉朝的功臣，不久就会应验。"王况又东拼西凑，写成十万字交给李焉。李焉派人抄录，抄录的人竟入都禀报王莽，王莽慌忙下令捕捉李焉及王况，将他们处死。

王莽见人人都想复兴汉朝，索性派遣虎贲将士拿着刀斧，到汉高庙中左砍右劈一番，然后将高庙改作兵营，让轻车校尉住在那里。又想王况文章里有汉室复兴，李氏会成为功臣几句话，就封侍中李棽为大将军扬州牧，赐名为圣，让他领兵攻打盗贼。

上谷人储夏，请命招降盗贼的头目瓜田仪。王莽封储夏为中郎，让他前去招抚。储夏去了一趟，就拿到了瓜田仪的降书。王莽又令储夏召瓜田仪入朝，当面授官封爵。谁知储夏再去时，瓜田仪已经死了。王莽将瓜田仪的尸体厚葬，赐谥瓜宁殇男，想借此安抚其余的盗贼。偏偏一盗刚死，又出来男女两个盗贼。男的叫秦丰，在南郡作案；女的叫迟昭平，家居平原。王莽听到消息大吃一惊，严令内外牧守缉捕盗贼。

荆州盗贼王匡、王凤等盘踞绿林，气焰嚣张。牧守接到王莽的诏令，不敢违背，只好选募两万壮士前去讨伐。王匡等出来迎战，打败官兵。荆州牧守亲自督战，又被王匡等人打败，还被夺去许多军用物资，荆州牧守吓得屁滚尿流，慌忙逃回。大约走了一里多，忽然出来一大队人马截住官兵的去路，为首的一位彪形大汉大声叫道："好汉马武在此，你们快留下头来！"荆州牧守魂飞天外，急忙命人驾车从旁边逃去，哪知马武的长矛已经刺进车中，回手一钩，立即将车辕钩倒，把那位金盔铁甲的荆州牧守掀翻在地上。只听马武又大叫道："我们为饥寒所迫，不得已沦为山贼，并非一定要杀死朝廷命官，怎奈朝廷不思救助百姓，反而虐待百姓，实在可恨！我现在暂且饶你一命，给你一个改过的机会，如果再敢虐待百姓，下场就像这个人！"说着，举起手中的长矛，刺死了旁边的一个将士。荆州牧守这才敢爬起来，看看左右，都已逃走，只有一个尸体横在地上，更加胆战心惊。勉强定了定神，站了一会儿，才见逃兵陆续回来。荆州牧守急急地逃回州署，从此再也不敢轻易出来攻打盗贼了。

王匡等打败官军，又攻破竟陵城，虏来妇女数十人回绿林山中，纵欢取乐。百姓失去妻女，无从追寻，报官也没用，徒落得家破人散，十室九空。苍天有眼，也不让绿林盗贼安享温柔，一场大瘟疫让绿林山中的盗贼死了无数。盗贼的头目不敢再住在绿林，分头散去。王常、成丹进入南郡，称为下江兵。王匡、王凤、马武、朱鲔、张卬等向北进入南阳，称为新市兵。王莽派遣司命大将军孔仁巡行豫州，又起用严尤为讷言大将军，与秩宗大将军陈茂，一同赶往荆州。两路人马出发后，又接到东海警报说盗魁樊崇更加猖狂，王莽于是又命太师王匡与更始将军廉丹，率兵讨代樊崇。

当时，郡国官吏多畏惧盗贼，不敢前去围剿。只有冀平连帅田况向来以勇敢著称，他请命严剿盗贼，所向披靡，王莽因此提升田况任青、徐二州牧守。后来田况又上了一篇奏章，堪称当时的救世良策，可王莽暗加猜忌，怀疑他扰乱军心，就召田况为师尉大夫，另派他人剿灭盗贼。

田况入都后，齐地空虚。盗贼只畏惧田况，听说田况调到两城，竞相庆贺。碰巧女盗吕母病死，其余的盗贼多半归顺樊崇，樊崇的党羽越来越多。樊崇有意夺取齐地，约束众人，于是定出军规，告示山东。太师王匡与将军廉丹奉命东征，在地皇三年孟夏离开都城，文武百官都到都门外饯行。恰逢天下大雨，有几个老成练达的长者，见士兵拖泥带水，不禁长叹说：“这就是泣军，泣军不祥。”王匡、廉丹共率领十万人，向东进发，沿途征集粮饷，极其苛刻。有人因此写了一首歌谣：“宁逢赤眉，莫逢太师；太师尚可，更始杀我。”原来樊崇听说王匡、廉丹东来，料知必有大战，怕手下与官兵战斗时互不认识，于是让手下把眉毛涂成红色，作为记号，此后号称赤眉。樊崇申明纪律以后，反比官军过境要仁慈许多。廉丹很得军心，只是纵兵为虐，比王匡更胜一筹，所以人们才编出这首歌谣。

百姓恐慌得很，再加上没有粮食，大多扶老携幼，逃入关中。关吏据实上报，流亡的百姓差不多有几十万人。王莽不得已开仓发粮，赈济灾民。可官吏贪污腐败，饥民饿死的十有八九。中黄门王业掌管长安粮食，王莽问起灾民的情形，王业竟回答说：“这些都是流民，并非真的闹饥荒，臣看他们流落都门，吃的都是好东西呢！”王莽信以为真，认为关东饥荒全是虚报，一再派人到军中催促廉丹，赶紧剿贼。

廉丹与王匡到了无盐，正值土豪索卢恢等人占据城池、依附盗贼，便率兵进攻，杀死索卢恢等一万多人。王莽派遣中郎将带着玺书，慰劳将士，加封王匡、廉丹为公，赏赐有功将吏十多人。王匡得到封赏以后，想尽快荡平盗贼，后探得赤眉别校董宪等聚众数万人，占据梁郡，就下令出兵攻打董宪。廉丹劝说道：“我军困乏，现在应暂时休息，然后慢慢前进！”王匡愤然说道：“行军全靠锐气，既然打了胜仗，正好鼓足勇气，深入敌阵。你如果胆小，我愿单独前进。”说着，命令将士快速赶到梁郡。廉丹不好坐视不理，只得带领部下，随后跟上。

走到成昌，望见前面的敌人几乎与泰山压顶一般而来，将士们不战先慌，纷纷后退。群贼已经杀过来，势如潮涌，锐不可当。王匡知道打不过，随即退走。群贼在后面追赶，杀死官军无数。王匡抱头逃回，正与廉丹相遇，他大声说道：“盗贼势力强大，不可轻敌，赶快逃走吧！”廉丹瞪着眼说：“能战就来，不能战便死，为何要逃走呢？”王匡羞惭满面，低头无语。廉丹更加生气，跃马前进，冲入盗贼军中。

群贼一拥而上，把廉丹团团围住。廉丹连杀数十个盗贼，终因寡不敌众，力竭身亡。王匡逃脱后，不得不据实上报。王莽下诏哀悼，赐谥廉丹为果公。

国将哀章，自愿领兵铲平盗贼。王莽立即派遣哀章东行，与王匡合力抵御盗贼。又令大将军阳浚屯兵敖仓，大司徒王寻统兵十万，镇守洛阳。听说严尤、陈茂先胜后败，王莽不免焦灼万分，准备遣风俗大夫司国宪等人分别巡行天下，废除一些苛禁。

这时，忽然冲出一位汉家后裔，起兵南阳白水乡，要来讨伐王莽，索回汉室江山。此人就是汉景帝的第七代子孙，长沙定王刘发的后人，姓刘名秀，字文叔，身长七尺三寸，确实是汉朝龙种，与众不同。

景帝生长沙定王刘发，刘发生春陵节侯刘买，刘买生郁林太守刘外，刘外生钜鹿都尉刘回，刘回生南顿令刘钦。刘钦生下三子，长子名叫刘缜，次子名叫刘仲，三子名叫刘秀。刘秀出生时，恰有一棵禾苗上长了九个穗子，于是就以秀字为名。刘秀九岁丧父，寄居在叔父刘良家，长大成人后喜欢种庄稼。长兄刘缜，字伯升，胸怀大志，常嘲笑刘秀像高祖的兄长刘仲。刘秀受到兄长的揶揄，也觉得务农不是长久之计，于是入都求学，拜中大夫许子威为师，学习《尚书》。后来因没有钱财，就回到家中。刘秀有一个姐姐，嫁给新野人邓晨，刘秀与他彼此时常往来。

一天，邓晨邀请刘秀到穰人蔡少公家聚会，恰逢那里宾朋满座，正在叙谈朝中之事。邓晨与刘秀都是后生，幸亏得到蔡少公的招呼，坐在末位。蔡少公能预测未来，他说："将来刘秀应为天子！"有一个人起身问道："莫非就是国师刘秀？"原来国师刘歆也曾预测过，所以故意改名为刘秀。蔡少公还没来得及回答，只听见末位上笑声响起，接着说出一句话："怎见得不是我呢？"众人闻声瞧去，见是刘秀发言，不禁哄堂大笑。刘秀扬长走出，邓晨也告退了。

宛人李守喜欢星相之术，曾私下对儿子李通说："刘氏不久就会复兴，李氏必将成为辅佐功臣。"李通将父亲的话记在心里，一心想做个攀龙附凤的功臣。地皇三年，新市兵窜入南阳，平林人陈牧、廖湛聚集一千多人，响应王匡、王凤，号称平林兵，闹得南阳境内风声鹤唳。李通的堂弟李轶对李通说："现在四方纷乱，想必是汉室应当复兴，南阳宗室只有伯升兄弟对部众宽容，可以与他们共谋大事，希望兄长不要失去这个好机会！"李通欣然说道："我也正有此意。"

碰巧刘秀来宛城卖谷子，李通与李轶乘机迎上去，与他商议起义之事，刘秀也不推辞，立即与二人订约，并回去告诉兄长刘縯。刘縯自王莽篡位以后，心中时常愤愤不平，暗中散财结交豪杰，大约有一百多人。于是把他们召集在一起，当面商议说："王莽暴虐无道，现在又连遇灾年，兵革四起，天意如此，我们正好举事，恢复高祖旧业。"众豪杰拍手赞成，分别派遣亲友四处招募士兵，指日兴师。同族的子弟们都很害怕，各自躲避，后来看见刘秀也穿上军装，不禁惊疑道："刘秀为人谨慎，为何也这般装束，莫非真的要起事？"众人于是纷纷聚集，共得子弟七八千人。

刘縯自称柱天都部，刘秀年仅二十八岁，帮助兄长举义，专等李通兄弟前来。李通让弟弟李轶出去招抚盗贼，自己在宛城暗暗布置，准备响应。不料，事情被人发觉，守吏带着官兵来抓捕李通。李通闻风逃走，李通的父亲李守及家人来不及躲避，都被抓去。官吏立即禀报王莽，王莽下令诛杀李通全族，共死六十四人。刘縯探知李通家属都被杀害，就派族人刘嘉前去说服平林、新市众头目，请求他们相助。刘嘉凭着三寸不烂之舌，说动了两路人马，彼此约定合兵进攻长聚。后来，他们捣入唐子乡，诱杀湖阳县尉，沿途掠夺了不少财物。盗贼们想把这些财物据为己有，刘氏子弟不肯相让，双方争夺起来，眼看就要决裂。多亏刘秀随机应变，好言劝解族人，将所得的财物全部分给两路盗贼，盗贼这才愿意与刘秀一同攻打棘阳。

棘阳守兵寥寥无几，两三天就夺下了。李轶、邓晨也从其他地方招到一些壮丁，与刘縯相会。刘縯准备进攻宛城，却被甄阜、梁邱赐截在半路，刘縯指挥众人迎战。正杀得难解难分，突然天降大雾，罩住两军，咫尺之间不辨南北。官军多是骑兵，趁势践踏，刘縯的部下都是徒步而来，顿时纷纷逃散。

此次刘縯倾力前来，连家眷都带在后面，本希望一路顺利地抵达宛城，不料途中打了这样的败仗，只好逃命，也顾不得家属的存亡。刘秀单枪匹马逃奔，在路上碰到妹妹伯姬，急忙叫她上马。走了半里，又与姐姐相遇，便让她上马一同逃跑。他的姐姐就是邓晨的妻子，单名为元，见刘秀已带上了妹妹，三人怎能共骑一马？刘元于是扬手一挥说："弟弟、妹妹快走！这时已不能顾及我了，不要一起丧命！"刘秀还想再劝，怎奈后面喊声震天，有追兵杀过来，只得赶快逃走，可怜姐姐刘元及她的三个女儿，全被追兵杀死。还有刘秀的堂兄刘仲及数十个族人都死在乱军中。

刘縯退回棘阳，召集残兵，见到刘秀与妹妹后，心中稍稍得了些慰藉。刘秀讲起姐姐及兄长刘仲陷入敌兵，恐怕不能活着回来时，刘縯不禁泪如雨下。不一会儿，新市、平林两路盗贼的头目进来对刘縯说："甄阜、梁邱赐已渡过潢淳，屯兵沘水，听说他的部众不下十万。我们寡不敌众，弱不敌强，不如弃城逃走，还可保全性命！"刘縯听了，十分焦急，只得好言劝慰，让他们少安毋躁，另想别的办法。

正惶惑间，忽然有一个人进来，大声叫道："下江兵已来到宜秋，为何不前去乞求援助呢？"刘秀接口说："李兄前来，好了！好了！"刘縯还不知来人是谁，等刘秀说明，才知是李轶的堂兄李通。立即请他入座，问起下江兵的来历，李通回答说："我未曾起事，家属就已经死了，我孑身一人，奔走四方。听说下江兵帅王常颇有贤名，特地写信邀请他来攻打宛城，现在他已经到了宜秋，又知道你被困棘阳，所以急忙赶来，请你前去与下江兵相会。"刘縯问李通与王常是不是熟识，李通说道："向来认识，难道我们还怕他不成？"刘縯非常欢喜，立即与李通同行，并嘱咐刘秀跟随。下江兵见刘縯等人赶来，问明来意，士兵立即进去禀报。

此时下江营内，除王常以外，还有成丹等人。王常把刘縯等人迎进，见刘縯兄弟仪表不凡，心中不禁肃然起敬。双方互报姓名后，讲起军事，刘縯口讲指画，滔滔不绝，再加上李通从旁劝说，王常顿时大悟，甘愿助刘縯一臂之力。双方当面签订契约，刘縯等起身告辞，王常把他们送出营外。

回来之后，成丹等人齐声说："大丈夫如果起事，就应当自立为主，何必依附别人呢？"王常摇头说："王莽无道，以致失去人心。现在人人都想光复汉朝，蠢蠢欲动，我们才得以乘机起事。但是想立大功，必须应天顺人，否则即使得到天下，也会再次失去。现在南阳的刘氏一族率先起兵，我看他们都是英雄，非我们所能比的，如果与他们合兵，必能建功立业，这是上天保佑我们，不可错过良机！"成丹、张印这才悦服，立即与王常领兵到棘阳，与刘縯相会。新市、平林的士兵见有援兵到来，也都欢呼雀跃。

昆阳大捷

刘縯会合下江兵，气势大振，连新市、平林的士兵也都摩拳擦掌，等着迎战。刘縯将各路兵分成六部，休息三天，然后大摆筵宴，与众将士痛饮一夜。当时已是地皇三年十二月。

到了除夕，众人正准备过年，刘縯忽然发出军令，叫他们连夜袭击蓝乡。蓝乡距棘阳城约数十里，甄阜、梁邱赐曾在那里留下军用物资。刘縯前去劫粮，留刘秀守城，自己率领各路人马，悄悄赶到蓝乡。蓝乡并非没有守兵，只因是除夕，守兵大都喝醉了，睡得正熟，突然被刘縯领兵攻入，连逃跑都来不及，哪里还有心思保护物资？有几个手脚麻利的，侥幸保住性命；稍微慢一点的士兵，便做了刀下鬼。

刘縯扫尽守兵，将物资一股脑儿搬回城。做完这一切，才刚刚黎明。刘縯又摆酒犒劳士兵，众人喜气洋洋，巴不得立即攻打泚水，杀死敌将。刘縯见士气正盛，立即下令向泚水进发。甄阜、梁邱赐接得蓝乡战败的消息，正在着急，不料敌人又来到眼前，只好出兵御敌。刘縯把部下分为左右翼，让下江兵攻东南，自己率领本部人马攻西南。甄阜、梁邱赐分队应战，甄阜抵抗刘縯，梁邱赐对付下江兵。下江兵锐不可当，仅半个时辰，便把梁邱赐打败。甄阜正在战斗，望见梁邱赐的军队已经溃败，不禁有些丧气，部下争相逃走，甄阜制止不住，也往回逃去。可后面有潢淳水挡住去路，一大半人不顾死活，纷纷下水；一小半还在徘徊，被后面的追兵赶上，杀死了一万多。甄阜、梁邱赐心慌意乱，先后毙命，潢淳水中又淹死无数，剩下几万人，渡到对岸逃命去了。

莽将严尤、陈茂得知下江、新市士兵连合刘縯，杀死甄阜、梁邱赐，慌忙率领大军，前来把守宛城。刘縯指挥众人拦路截杀。两军在淯阳相遇，刘縯一马当先，各将士奋勇继进，以一当十，以十当百，以百当千，杀得莽兵东逃西散，人仰马翻。严尤、陈茂从未见过这么厉害的军队，害怕丢掉性命，慌忙拍马回逃，连部属都无暇顾及。士兵见没有了主将，多半投降。

刘縯乘胜进攻宛城，查点投降的士兵，不下两三万，自己部下也有一两万，加上新市、平林、下江三大部，差不多有十万人，此外还有一些人陆续投奔过来。刘縯扎下大营，把一座宛城围得跟铁桶似的。众将认为兵多无主，不便指挥，便想立刘氏为主。南阳豪杰均想推立刘縯，可新市、平林众头目忌惮刘縯，偏偏选出一个庸懦无能的人奉为汉帝。这人也是刘氏的宗室，名玄字圣公，是春陵侯刘买的长子、刘熊渠的曾孙。他与刘縯兄弟是同支，曾在平林军中做强盗头目，号为更始将军，生性懦弱。新市渠帅王匡、王凤、朱鲔、张卬，平林渠帅陈牧、廖湛，都想利用刘玄，叫他做个傀儡皇帝，自己好为所欲为。

刘縯得知后，慨然说道："众将军想推立汉朝后裔，此情可感，只是我的看法与你们略有不同。眼下赤眉聚集在青、徐二州，部下数十万，一旦听说南阳拥立宗室，必然会仿效，这里一个汉帝，那里一个汉帝，两帝不能并立，怎能不激起战争？况且现在还没有把王莽消灭，宗室如果先自相残杀，怎么能打败王莽？自古以来，首先称尊的，往往不能成大事，陈胜、项羽就是前鉴。我认为不如暂称为王，号令军中，如果赤眉所立的果然是贤人，我们不妨前往跟从，他应该不至于夺去我们的爵位。或者等到西破王莽、东收赤眉，然后推立天子也不为迟啊。"南阳诸将听了刘縯的话，当然赞成，就是王常也认为极好。不料张卬恼怒地起身离座，并说道："我等已经决定了，不得再有别的想法！"刘縯只好暂时忍耐，默默无语。众将见刘縯尚且如此，就乘机做个好好先生，决定立刘玄为皇帝。

刘玄头戴帝冠，身穿皇袍，众人称臣庆贺。刘玄战战兢兢地站在座前，心中七上八下，好似小鹿儿乱撞。又听得众人齐呼万岁，不禁面庞发红，冷汗直流。等到朝贺完毕，自有一群臣子拟定年号，称为更始。

封王匡、王凤为上公，朱鲔为大司马，刘縯为大司徒，陈牧为大司空，刘秀为太常偏将军，此外众将也各有职位。史家记载这一年是更始元年，削去王莽的地皇年号。

王莽听说刘縯起兵，特别震惊，悬出重赏缉拿刘縯。又令各地绘制刘縯的画像，每天早晨起来射击。然后假装镇定，命人采选淑女，共一百二十一人，送入都中。王莽亲自审视，见杜陵人史谌的女儿生得轻盈袅娜，妖艳无双，当即把她选为皇后。并召来史谌，特赐给黄金三万斤，当作聘礼。王莽那时已经六十八岁，须发全白，他却用煤涂头发，用墨染胡须，假冒壮年男子。封史谌为和平侯、宁始将军，史谌的两个儿子都被封为侍中。然后将一百二十名淑女全部纳入后宫。

王莽把这一百二十人添入后宫后，想轮流召幸，怎奈年老力衰，不能如愿。于是征集方士入宫，叫他们配制仙药，使自己返老还童。方士无非是把提神壮阳的药品制成药丸，供王莽服用。也是这一百二十个美人命运不佳，无端做了那老贼的玩弄品！王莽大赦天下，下令让四方盗贼全部解散，既往不咎，如有迷途不返的，将派遣百万雄师前去围剿。又命各路将士赶紧进兵，沿途遇到盗贼来降，不得滥杀。可命令发布出去之后，私毫不见效果。一会儿刘玄称帝，一会儿刘縯围攻宛城，刘秀等人又攻颍川、下昆阳、收郾县、入定陵。急得王莽无心玩乐，只好召集群臣，商议发兵。

当时只有大司空王邑、大司徒王寻是王莽的心腹。王莽派他们到洛阳，征发郡国兵马，准备召集一百万人，号为虎牙五威兵，让他们伺机行事。王邑先行，王寻随后跟从，到洛阳以后，二人分头征集兵马，好容易才得到四十二万人，号称百万，直指昆阳。王莽又选募懂得行兵打仗的能人，让他们到军前参谋。再命巨母氏为垒尉，归王邑、王寻统率。巨母氏能让猛兽听从他的命令，特意到上林兽圈内，放出许多虎豹犀象作为前驱，一路上张牙舞爪，耀武扬威，直抵王邑、王寻营中。严尤、陈茂召集败兵，还有二三万人，与王邑、王寻会合。自从秦汉以来，从没有这样的大军，似乎能横行天下，无人敢挡。

刘秀奉更始皇帝的命令，带着王凤、王常、李轶等人接连攻下数城，留守昆阳。听说王莽的大军到来，就派遣几千人前去阳关，他们到了关前，正值莽兵赶来，好似蚂蚁聚集，数不胜数。更奇怪的是前驱大将，身材高大，领着一大群猛兽。汉兵见所未见，不知是何方妖魔来帮助王莽，你也惊、我也慌，索性掉头逃回昆阳。刘秀问他们为何逃回，众将士一片哗然，说莽军如何厉害，如何怪异，就连王凤、王常、李轶等人也面面相觑，形色仓皇。只有刘秀从容自若，像没事一般。王凤忍不住说：“莽兵如此奇悍，小小的昆阳城怕是守不住了，不如知难而退，还能保住性命。”众人都很赞成，只有刘秀据理反驳。

此时又有探马来报，说莽兵已到城北，迤逦数百里，大约有几十万人。众将听了，更加惊慌，只好与刘秀商议良策。刘秀说道：“现在城中只有八九千人，很难出去迎战，不过城池坚固，还可相持。但外无救兵，内又缺粮，最多也不过守住十多天。目前，只有派人到郾与定陵二县招集守兵，拼死一战，才能解围。究竟谁守在这里，谁出去请兵，还请你们自己决定。”王凤因敌人已到城下，不敢轻易出去，于是大声答道：“我愿意留守！”刘秀又问何人敢出去，许久也无人应声，于是说道：“你们都愿意守城，那我自己前去吧。”话未说完，又有一人说道：“我也愿意前去！”刘秀见是李轶，便邀他同行。将军宗佻见刘秀义勇可嘉，也愿意跟从。他们三人带着十个壮士，趁夜出发。十三人乘着月黑风高，打开南门，向南奔去。莽军刚到城下，都在城北驻扎，休息一夜，约定第二天早上攻城，就没有顾及到城南，刘秀等十三人竟得以安然出城。

第二天清晨，王邑率兵围攻昆阳城。王凤等人提心吊胆，寝食难安，无奈之下投书乞降。王邑不肯答应，说旦夕就可拿下此城，定要杀个痛快。严尤进谏说：“兵法说围城必放松一角，好让守兵逃走，免得敌兵拼死相斗。况且有兵逃出，也可让宛城士兵闻风丧胆，岂不更好？”王邑勃然大怒：“我正要杀尽城中的敌人，怎能放他们逃走呢？”当夜有流星坠入营中，第二天，又有黑气笼罩全营，营兵都很惊奇。

过了十多天，已是六月初一，城中守兵都已绝望，碰巧刘秀、李轶等带着郾县、定陵的守兵冒险赶来。两县也只有一万士兵，刘秀为前锋，领着一千人向王邑大营挑战。王邑在营中观望，见来兵寥寥无几，就只派遣数千人出去迎敌。刘秀率兵猛攻，斩杀数十人，竟把敌兵吓退。众将不禁赞叹：“刘将军生平见小敌都害怕，如今遇到大敌，反而勇气倍增，真是奇事，我等愿意前去帮助刘将军。”于是个个争先，跟着刘秀奋勇杀过去。

王邑听说前军败退，又派遣数千人支援，但也挡不住汉兵，反被他们砍倒无数，只好撤退。刘秀直抵城下，对守兵喊道：“你们不要害怕！宛城兵已经前来支援了！”城上守兵虽然略有所闻，但见来兵不多，还是不敢出城夹击。刘秀又让手下故意丢失军书，让王邑的部下拾到，书中无非是说宛兵大举到来，请守兵不要恐慌。王邑看到书信后，心中不安，但还自恃人多势众，足以抵御，于是下令士兵不得轻举妄动，自己与王寻等人在城西列阵等着。昆阳城西北有滍川，王邑就在岸上。刘秀选了三千个死士，冲入王邑阵中，杀得王邑七零八落。呆头呆脑的王寻还想上前拦截，刘秀大喝一声，王寻受到惊吓退了三步。刘秀的部下一拥而上，你一刀，我一枪，把王寻砍死在马下。王邑见王寻被杀，无心恋战，只好退回。汉兵胆气越来越壮，喊杀声震动天地。昆阳城内的守兵见援军得胜，也出城夹击。

巨母氏本来在守营，得知王寻阵亡，王邑退回，不禁咆哮起来，立即赶出猛兽迎战。汉兵倒也害怕，稍稍停住脚步。突然听到雷声滚滚，大雨倾盆而下，再加上豁喇喇的几阵怪风，虎豹犀象等竟然调头去攻击巨母氏。巨母氏没有办法，只好向后退，后面就是滍川，退无可退。可猛兽只管向巨母氏挤去，巨母氏站不住脚，“扑通”一声，落入水中，由于身重脚沉，爬不上岸，很快就被淹死了。巨母氏一死，各营都很震惊，弃营乱跑。虎豹犀象等猛兽还在岸边狂窜，往往连人带兽掉入水中。水又突然猛涨，即使是擅长泅水的士兵也无计可施，都被活活淹死。

王邑、严尤、陈茂等跨马凫水，多亏水中有许多死尸，才得以渡过河去。刘秀传令军士，不必追赶，只将敌营中的物资搬回城中，单是这些就搬运了好几天。数十万莽兵，除死亡几万之外，其他的全部逃跑。这便是昆阳大捷，成了汉室光复的头功。

刘缜遇害

昆阳大捷之前，宛城守将岑彭已经投降。岑彭，字君然，棘阳人。棘阳被刘缜夺去后，岑彭率家属投奔甄阜。甄阜责怪他不能固守城邑，就抓住岑彭的一家老小，让他立功赎罪。等甄阜战死，岑彭才带领母亲、妻儿奔入宛城，与副将严说共同防守。刘缜攻打宛城几个月，城中没有了粮食，援军又没到，岑彭只得与严说一同投降。众将想将岑彭处斩，刘缜劝阻道：“岑彭是宛城将领，尽心守城，不失为一个忠义之士！现在既然想举大事，就应当褒奖义士，不如封他官职。”刘玄于是封岑彭为归德侯，让他在刘缜手下做事。

宛城攻下，再加上昆阳解围，汉威大震，海内豪杰，纷纷起兵响应，杀死牧守，自称将军，用刘玄的更始年号，静待命令。刘秀攻打颍川，屯兵巾车乡，擒住了郡掾冯异，当面加以审问。冯异，字公孙，颍川郡父城人，喜欢读书，精通兵法，曾为颍川郡掾，监督五城。当时他留守父城，与父城县长苗萌同力抗汉。听说刘秀出兵，料知他必来攻打父城。父城守兵很少，冯异就想向邻县招兵，于是只身外出，不料却被刘秀擒住。冯异说：“我孑然一身，死又何妨？但有老母还在城中，如果肯放我去见老母，我愿意拿五座城池报答恩公！”刘秀听他说得情真意切，就放他回去。冯异返回父城，在苗萌面前极力称赞刘秀仁明，苗萌于是与冯异投降了刘秀。刘秀让冯异与苗萌留下，一同防守父城。

刘縯、刘秀二人威名日盛，新市、平林众将暗自猜忌，常向刘玄进谗言，说刘縯不除，必为后患。刘玄于是与众将密谋，伺机动手。恰逢王凤、李轶从昆阳城输运粮草接济宛城，众将认为时机已到，就借犒赏军士的名义，大会将士，刘縯当然在内。刘玄见刘縯佩剑，故意说他的剑奇异，想取过来看一看。刘縯性情豪爽，不知有诈，立即拔出剑交给刘玄。刘玄把剑接在手里，把玩不已。新市、平林众将暗暗着急，忙让绣衣御史申屠建献上玉玦，示意刘玄发令。刘玄仍然不发一言。

众将无可奈何，暗暗埋怨刘玄无能。不一会儿，刘玄将剑还给刘縯，返身入内。刘縯拿着剑走出，众人也都散了。刘縯的舅舅樊宏，私下对刘縯说：“我听说鸿门宴上，范增曾三举玉玦暗示项羽，今天申屠建献上玉玦，我看他居心叵测，不可不防！”刘縯似信非信，微笑无语。其实，刘玄向刘縯要剑，是有人教他，等刘縯将剑献上，好给刘縯加上谋弑的罪名，将他杀死。偏偏刘玄迟疑不决，没有照行。

新市、平林众将仍不肯就此罢休，又去联络李轶，一同设计。李轶本是刘縯的部下，不属于新市、平林的支派，可他为求取富贵，竟甘心做他人爪牙。以前，刘秀在宛城，见李轶行为奸诈，劝刘縯不要信任他。可刘縯认为应当用人不疑，还像以前一样对待李轶。

刘縯的部将刘稷英勇无比。刘玄称帝时，刘稷愤怒地说：“此次起兵，全是伯升兄弟二人带头，更始有何功劳，竟敢称帝？”刘玄颇有所闻，就与众将商议，要将刘稷推出去斩首。这下惹恼了刘縯，他在刘玄面前据理力争。刘玄又没了主意。不料，座边站着朱鲔、李轶，左牵右扯，暗中示意，逼刘玄说出“拿”字。话刚说完，已有十多个武士跑到刘縯面前，将他捆绑起来。刘縯自称无罪，开口喊冤，偏偏彼众我寡，不容分说，就被推到外面与刘稷一同斩首。

刘秀当时在父城，听说兄长遇害，痛哭了一场，立即起身来到宛城。见了刘玄，也不多说。司徒官属向刘秀哀吊，刘秀依礼答谢，不与他们私谈。刘秀不敢为刘縯服丧，一切饮食起居，仍像平时一样。有人问起昆阳战事，他就将功劳归于众将。刘玄见刘秀不动声色，更加惭愧，于是封刘秀为破虏大将军、武信侯。刘玄又派王匡进攻洛阳，申屠建、李松等进攻武关。两路兵马，领命离去。

道士西门君惠深通星相术，曾对王莽的将领王涉说："刘氏复兴，国师的姓名就是天子的名字。"王涉记下此话，前去禀告大司马董忠，又与董忠多次到国师殿中谈及此事，国师避而不答。王涉屏退下人，说道："我想与你共安宗族，为何不肯相信我呢？"国师就是刘歆，早已知道此事，改名为刘秀。他见王涉情真意切，答道："我察看天文人事，东方必有所成。"王涉接着说："现在董忠掌管中军，我掌管宫中卫士。如果能同心合谋，彼此的宗族都可以保全了！"刘歆不禁心动，对王涉说："太白星出现时，才能举事。"王涉将刘歆的话转告董忠。董忠因孙伋也曾主张发兵，就邀请他共谋此事。孙伋当面答应下来，可回到家中，神色突变，食不下咽。妻子瞧见后，料知有事，一经询问，孙伋和盘说出。妻子大吃一惊，劝孙伋赶快去告发。孙伋不忍心，经妻舅陈邯从旁怂恿，二人才一同前去告发。

王莽忙派人召董忠进见。董忠正在阅兵，忽然听说诏使到来，便想应召。护军王咸说："恐怕是密谋泄露了，不如斩了来使，就此起事，免得被人控制！"董忠不敢妄自行动，就随来使入朝。王莽先将董忠杀死，然后又下令捉捕他的族人。刘歆、王涉得知董忠被杀，料知难免一死，就相继自杀，王莽也不追究。这是因为刘歆是皇戚，王涉是宗室，且两人都是朝廷重臣。如果张扬出去，反而会导致内乱，因此不愿明说。并查得刘歆的长子伊休侯，生性恭谨，未参与逆谋，王莽于是只免去了伊休侯中郎将的官职，另封他为中散大夫。

王莽遭遇内忧外患，愁得坐卧不安，封王邑为大司马、张邯为大司徒、崔发为大司空、苗䜣为国师，自己饮酒排遣愁闷，连那一百二十个美人也无心顾及了。忽然又接到警报，成纪人隗崔、隗义起兵响应汉军，并推选隗崔兄长的儿子隗嚣为上将军，号召四方，雍州牧守、安定大尹都被杀死，陇西、武都、金城、武威、酒泉、敦煌等郡县都被叛兵夺去。

王莽愁上加愁，正在这时候，又有两处急报传来：一是导江郡卒公孙述起兵成都；一是前钟武侯刘望起兵汝南。不久，又听说刘望自立为帝，连严尤、陈茂都投降他了，王莽不禁失声大叫道："反了，反了。"急忙派心腹出都探听虚实。过了好几天才得到回报，说刘望已死，严尤、陈茂已被诛杀。王莽连声叫道："好！好！"才说到第二个"好"字，又听见心腹说："刘望和严尤、陈茂是被刘玄的部将刘信打死的，现在刘信已占据汝南了！"王莽吃惊地说："有这样的事吗？"忽然又有人进来说："不好了！不好了！刘玄的部将王匡攻打洛阳，申屠建、李松攻打武关，已经很猖獗了。现在析县人邓晔、于匡起兵相应，自称辅汉左右将军，攻入武关。武关都尉朱萌已投降，右队大夫宋纲阵亡，连湖县都失守了！"

王莽听说武关被攻破，万分着急，慌忙召入王邑、张邯、崔发、苗䜣四位大臣以及一群文武官员，商量御敌的办法。王邑等人仓皇失色，不知所措，只有崔发进言说："《周礼》及《春秋·左传》都说国家遇到大灾难，就以哭来免去。现在事情已到这个地步，应该靠哭来解救！"王莽不等他说完，便起身说道："快去！快去！"说着就下殿乘舆，由群臣簇拥出城，直至南郊。王莽跪下祈祷，并且仰天说道："皇天既将大权授予我，为何不除灭群贼呢？如果我有罪，情愿被雷劈死！"说完，捶胸大哭，磕了无数个响头。又命人写成告天的文书，在里面罗列自己的功劳。然后召集百姓，让他们朝夕哭泣，命人提供粥饭。如果有哭得悲哀的，就封为郎官。王莽自己乘舆回朝，封了九个将军，称为九虎，令他们率北军精兵数万人，向东进发。九虎临行时，王莽要他们送妻儿入宫做人质，每人只给四千钱。当时，宫中还藏有六十匮黄金，一匮约一万斤，此外各官署中都藏有好几匮，珠玉珍宝更是不计其数。王莽只发给每人四千文作为赏赐，试想这群将士还肯为他效力吗？

九虎来到华阴回溪，据险自守。于匡率领几千个弓弩手，登高挑战，邓晔率领两万多人从阌乡南山绕道北行，来到回溪后面，冲入九虎营垒。九虎顾前失后，顿时慌乱，四处逃散。其中二虎史熊、王况回宫领罪，王莽问他们其余众人在哪里，史熊、王况回答不出，抽刀自刎。还有四虎逃去，下落不明。只有郭钦、陈翚、成重三虎，收集散兵，退守京仓。

邓晔开了武关，迎入汉将李松的兵马，和他一同攻打京仓，但好几天也没有攻下。邓晔命弘农掾王宪为校尉，率领几百人渡过渭水，攻城略地，所过之处全部投降。李松派遣副将韩臣等人到新丰，打败了波水将军，一直追到长门宫。王宪乘势招集各县人马，直逼长安城。王莽大赦城中的囚犯，杀猪立誓说："如果对新室异心，鬼神当记下他的罪过。"然后令宁始将军史谌带领，出去迎敌。刚到渭桥，罪犯们一哄而散，只剩下史谌一人一马。史谌立即拍马逃回。城外各路士兵，恃众横行，挖掘王莽祖父、妻子的坟墓，毁去棺材。并将九庙明堂辟雍付之一炬，火光照彻城中，昼夜不绝。

十月，各兵攻入宣平城门，司徒张邯正在出巡，结果被众人劈死。司马王邑带领王林、王巡、郊恽等分头抵御，勉强支撑了一天。官府中的人全部逃亡。到了第二天，城中少年朱弟、张鱼怕被掳掠，也投入乱兵当中。他们大叫道："反贼王莽，为何不出来投降？"连叫了好几声，里面也没有声响。众人怕有埋伏，不敢贸然闯进去。于是就接连放火，火势窜入妃嫔居住的地方，一直烧到承明宫。此宫是王莽的女儿黄皇室主的住所，她是汉平帝的皇后。她见大火已到来，不能逃避，哭泣道："我有何面目再见汉家？"说着跳入火海。

转眼又过了一夜，乱兵愈逼愈近，群臣劝王莽躲到渐台。王莽已经两天没吃东西了，头晕目眩，由群臣扶着，登车前行。渐台在池中，上面架着桥梁，四面都是水，群臣以为有水就可以阻挡敌人。

王邑日夜战斗，累得人困马乏，返回宫中，四处寻找，不见王莽的踪影。辗转来到渐台，途中遇见了儿子王睦，父子一同替王莽把守。当时乱兵已杀入殿中，大喊大叫："反贼王莽何在？"恰有宫女出来，回答说："已去了渐台。"众人于是赶到台前，见桥梁已断，一时不能进去，只好用强弩乱射。

台上众官也接连放箭，双方对射一阵，箭都没有了。乱兵见台上箭已用完，便用板子做桥，蜂拥而入。王邑父子及郊恽、王巡等人奋力作战，一直打到天黑，毕竟寡不敌众，全部战死。苗䜣、唐尊、王盛、王揖、赵博以及中常侍王参等人也全部被杀。校尉公宾一心想杀王莽报功，忽然看见一人拿着御玺从内室走出来，便问他："御玺从哪里得来的？"那人回答道："就在内室！"公宾便进入内室，发现西北角果然有一个尸体，仔细一看，正是王莽。当即乱刀分尸，割下王莽的头颅，上报王宪。其实，下手杀王莽的，是夺取玺绶的人，那人姓杜名吴。

王莽三十八岁为大司马，五十一岁摄政，五十四岁称帝，六十八岁被杀。从摄政到被杀，改元四次，共计十八年。

王宪得了王莽的人头，自称汉大将军，拥兵入宫。

王郎称帝

官吏都已逃散，只剩下一群妇女无从躲避，缩成一堆。王宪见妇女们多有姿色，淫心顿起，令众兵到外面驻扎，说妇女无辜，不应侵犯。拿出库藏金帛，犒赏部下。众人得了赏钱，遵照命令退出宫中，只留下王宪住在东宫。到了夜里，王宪就传召那些美女，叫她们侍寝。王莽的皇后史氏，贪生怕死，只好出来见王宪，供他糟蹋。王宪居然穿帝服、乘法驾，并到杜吴的住处取来御玺，做起皇帝来了。

京仓守将郭钦等人听说都城失守，王莽已死，只好投降汉营。李松、邓晔进入都城，将军申屠建、赵萌随后赶到，查知王宪私藏御玺，奸占后宫，就把他杀了。王宪只快活了三四天，落得个身首异处的下场。申屠建、赵萌派人把王莽的首级送到宛城。

刘玄命人将王莽的人头示众。百姓对王莽恨之入骨，都拿东西去砸王莽的头颅，甚至将他的舌头割下，切成碎片。忽然从洛阳传来捷报，上公王匡已将洛阳攻占，并将太师王匡、国将哀章押送到宛城。刘玄派刑官问了几句，就把他们杀死了。豫、洛肃清之后，众将都劝刘玄暂时定都洛阳。刘玄本没有主见，就依从众人，命破虏大将军刘秀先在洛阳整修宫府，以便定都。

自从兄长去世，刘秀不愿参与政事，常在官舍中闲居度日。从前游学长安时，刘秀曾写下两句志愿："做官应是执金吾，娶妻当为阴丽华。"刘秀现在身为大将军，比执金吾之职似乎更胜一筹，只是不知阴丽华是否许配人家？于是派人前去打探消息。

阴丽华是南阳新野人。刘秀以前在新野与她见过一面，虽是淡妆素服，却长得脱尘出俗，落落大方。刘秀心中时常惦记她，认为娶妻比不上阴丽华，宁可独身，以至于二十八岁还未成婚。阴丽华到了十九岁，还未许配人家。刘秀派人与阴丽华的兄长阴识谈起婚事，阴识的父亲已经去世，阴识就替妹妹做主，让她去做汉大将军的妻室。刘秀如愿以偿，当即聘娶，两美合璧，自然如鱼得水。

刘秀奉命为司隶校尉后，与阴氏告别，仍让她住在新野，自己率领将士赶赴洛阳。宫府修成后，即禀报刘玄。刘玄定都洛阳，派使招降赤眉。樊崇等人听说汉室复兴，倒也有心归汉，于是留部众分别驻扎在青、徐二州，自己与部下头目二十多人到洛阳进见刘玄。刘玄封他们为列侯。

樊崇等见刘玄没有威仪，大失所望，又没有得到封地，更是不痛快。他们在洛阳混了一二十天，乘机出逃，返回老营，仍然反抗汉朝。此外，又出了一个淮南王。庐江连帅李宪，曾由王莽任命为偏将军，听说王莽被杀，就占据庐江，自称淮南王。

刘玄部下众将无意向东，都想到北边去，商议派遣一员大将前去占领河北。大司徒刘赐继刘缜后任，是刘玄的堂兄，认为刘秀有才，应派他前往。朱鲔有意阻止刘秀，刘赐却全力保举，令刘秀做大司马，镇抚州郡。刘秀只率领几百骑兵渡河。他沿途不侵犯百姓，废除王莽留下的苛政，恢复前汉官名，吏民争相献上牛、酒迎接。刘秀一律推却，并婉言劝慰，吏民无不欢欣。刘秀来到邺城，有一个士人报名求见，刘秀立即命人请入。来人是南阳人邓禹，东汉佐命大臣。他小时候与刘秀是同学，意气相投，现在久别重逢，当然欢喜。寒暄后，刘秀笑问道："仲华远道而来，莫非是想做官吗？"仲华是邓禹的字。邓禹笑着说："我不愿做官。"刘秀说："不愿做官，何苦风尘仆仆地前来找我？"邓禹应声说："只希望你威加四海，我能效尺寸功劳，垂名青史，便心满意足了。"刘秀鼓掌大笑，将邓禹留下。

邓禹进言说："现在山东没有安定下来，赤眉到处扰乱。更始乃是庸才，部下众将没有什么豪杰，不过是些贪财的人，这样的庸奴，岂能深谋远虑？将来必定败亡！帝王崛兴，必须靠天时、地利、人和，但现在更始都不具备。依我之见，你如今的功德，已令天下人信服，应当招揽英雄，收服人心，重建高祖大业。如果俯首依从别人，事事会受到牵制啊！"刘秀心中欢喜，就让邓禹常伴左右，有事必与他商议。

刘秀为兄长守丧时，在外面谈笑风生，内心却暗中悲伤，枕席间常有泪痕。刘秀入洛阳时，路过父城，冯异开门迎接，刘秀就令他为主簿、苗萌为从事。冯异跟从刘秀一起进入洛阳，并荐举同里铫期、叔寿、段建、左隆等为掾吏①。冯异见刘秀平时郁郁不乐，料知他想念兄长，便时常劝解。

刘秀前往河北，邓禹劝他自立为帝，冯异也劝刘秀安抚百姓，笼络人心。到了邯郸，骑都尉耿纯出城迎接，刘秀与耿纯一起入城。耿纯，字伯山，钜鹿宋子县人，父亲耿艾是王莽时的济平尹。刘玄称帝，派李

---

① 掾吏：官吏的助手。

铁招抚山东，耿艾就投降了汉军。李铁令耿艾为济南太守，因耿纯才能不凡，封他为骑都尉，令他招抚赵、魏各城。耿纯奉命前往，留居邯郸。耿纯见刘秀部下的官属各有法度，更加敬佩，特献上数百匹马。前赵缪王的儿子刘林，对刘秀说："赤眉现在在河东，只要用水灌去，就算有百万部下，也只有做水中鱼鳖了。"刘秀认为此计太残忍，默然不语。他留耿纯守住邯郸，自己率领邓禹、冯异等人去了真定。

刘林因自己的计策没被采用，怏怏不乐，暗想卜人王郎是自己的朋友，不如向他卜问吉凶。王郎喜欢奉承别人，见了刘林便道贺。刘林问起原因，王郎说："谁不知道刘氏会复兴？你是刘氏宗室，难道不会因此得到封赏吗？"刘林对他说起向刘秀献计一事，王郎说道："你可以自己称尊，何必仰仗别人？"刘林颇有难色，王郎接着说："王莽在时，将军孙建称有一个人冒充成帝的儿子子舆，现在已经被杀。你本姓刘，何不冒充子舆来号召四方呢？"刘林笑道："我是我，子舆是子舆，怎能冒充？如果我可以冒充子舆，你也可以冒充了！"王郎说："你如果肯帮我，我就冒充刘子舆。"这一席笑谈竟弄假成真，王郎又联结赵国李育、张参等人商议起兵。

李育与张参认识王郎，平时常向王郎占卜，有几次真的被王郎说中，所以深信王郎。他们慨然将家中钱财搬取出来，招募壮丁。不到十日，就聚集了数千人。王郎在邯郸城内，南面称尊。邯郸百姓并不晓得什么真假子舆，就由着他去做皇帝。只有耿纯不服，与从吏趁夜逃到宋子县。等王郎派人捉捕时，耿纯早已远去。王郎假称刘子舆，远近吏民不辨真假，闻风响应。于是赵国以北、辽河以西，多半投降了王郎。

上谷太守耿况已接受刘玄的使命，就派儿子耿弇去贡献方物。耿弇，字伯昭，二十一岁，与属吏孙仓、卫包同行，路过宋子县，正好碰上耿纯及堂兄耿䜣、耿宿、耿植等人。耿弇与耿纯本不认识，他见耿纯随从众多，不禁诧异起来，探问行人，才知邯郸起事，称尊的叫刘子舆，耿纯不肯听命，所以另去别处。孙仓与卫包应声道："刘子舆既是成帝的后人，理应继承大统，我等为何不去投奔他呢？"耿弇不以为然，叱责道："子舆小丑，终会成为降虏。你们如果误投匪人，转眼间就要灭族！"孙仓、卫包不相信耿弇的话，竟悄悄逃去，归顺了王郎。只剩下耿弇一人踯躅道旁，忽然有人传言刘秀到了卢奴，耿弇心想卢奴与上谷临近，不如去投奔刘秀。

当时，耿纯已与刘秀相会，刘秀担心幽、蓟一带被王郎欺骗，准备先平定幽、蓟，再攻击王郎。碰巧耿弇也到了，刘秀就与他一同前往蓟州。进了蓟州城后，刘秀就让功曹令史王霸招募兵马，攻打邯郸。王霸，字元伯，颍阳人，做过狱吏，胸怀大志。刘秀攻占颍川时，路过颍阳，得以与王霸相见，命他为功曹令史。奉命募兵，却无一人响应，王霸很是惭愧，回来禀告刘秀。刘秀见人心没有归附，便计划南回，官属也都有回去的意思，只有耿弇进谏说："你从南方到这里，大势未定，为何南去呢？现在渔阳太守彭宠与你有同乡之谊。我的家乡虽在茂陵，但父亲正做上谷太守。如果征发两郡兵马，直捣邯郸，还怕什么假子舆呢？"刘秀听从耿弇的建议。当时已是更始二年春天了。

刘秀留在蓟城，专等两郡兵马到来。不料，王郎写信到蓟城，悬赏捉拿刘秀。已故广阳王刘嘉的儿子刘接贪图厚赏，纠集众人响应王郎。于是全城骚乱，讹言百出，说邯郸兵将来抓捕刘秀。刘秀于是带领亲信将士到南城门，城门已经关闭，经一阵拼杀之后才得以逃脱。

走到芜蒌亭，天寒风烈，饥肠辘辘。冯异到百姓那里乞得粥饭给刘秀吃，刘秀勉强吃了一点，接着又赶往饶阳。从吏们都饿得无力再走，刘秀谎称是邯郸使者，大摇大摆地走进驿舍，索要食物，驿吏按照他的话进供。可这些从吏好像是地狱中放出的饿鬼，争抢饭食，饭菜立刻就没有了。驿吏当然有些怀疑，谎称邯郸将军不久便到，众人大惊失色。刘秀急中生智，说道："既然是邯郸将军到来，我等应当相见！"然后对驿吏说："请邯郸将军进来相见！"驿吏本来说的是谎话，哪知刘秀却当起真来，只好含糊应对。刘秀这才知道是驿吏使诈，又坐了好久，才起身对众人说："可能邯郸将军在路上逗留，我等也不便久等了。"众人应声而出，仍旧昼夜不停地赶路。

到了下曲阳，听说邯郸追兵就在后面，众人惊慌得很，急忙来到滹沱河。前边的人说无船可渡，刘秀命王霸前去探视。王霸来到河边，只见流水潺潺，寒风猎猎，东西南北，没有一只船，不禁哀叹起来。又想到追兵在后，不如扯一个谎，先把众人聚集到河边再说。于是对刘秀说："河水正在结冰，可以渡过去。"说也奇怪，等众人到河边时，河上果然结了厚厚的坚冰。等他们渡到对岸，冰又融化了。，王霸暗暗称奇，一时也无暇说明。

抵达南宫时，兜头刮起一阵大风，雨随风下，淅沥不绝，众人衣衫全都湿了，人人都觉得异常寒冷。刘秀见路边有一间空屋，就下车走进去，好在空屋里有柴禾，且厨具俱全，邓禹、冯异就做了回伙夫。

走到下博，四面都是路，不知何去何从。这时有一个白衣老人踉跄前来，用手指着前面说："努力努力！从这里向南走八十里就是信都，信都太守仍在坚守城池，可以前去。"刘秀正要向他道谢，不料白衣老人突然不见了，众人都十分惊异。刘秀知白衣老人不是凡人，就依从指引，直往信都。

信都太守任光，字伯卿，祖籍宛县，生性谨厚。汉兵到达宛城时，见任光衣饰光鲜，便想加害，多亏光禄勋刘赐为他求情，并推荐他为安集掾，封为偏将军。任光随刘秀到昆阳，一同打败了王邑、王寻，得以迁升为太守。王郎称帝后，任光不肯服从，与都尉李忠、县令万修等人全力固守城池。任光正愁孤城难以保全，恰逢刘秀到来，真是喜出望外，立即开城迎接。吏民知道刘秀贤明，都欢呼万岁。任光见刘秀的部下寥寥无几，自己也不过几千部下，觉得只有护送刘秀西行的能力，没有抗击王郎的力量。正在忧虑，忽然和戎太守邳彤前来相会。任光当然欢迎，与他一同去见刘秀。

邳彤，字伟君，家居信都，刘秀到河北时，举城投降。邳彤感念刘秀的恩德，与任光一样没有二心。邳彤听说刘秀决定西行，慨然劝阻说："海内吏民，人人都想光复汉朝，所以更始称尊，天下才积极响应。现在卜人王郎假借汉朝宗室，纠集乌合之众，虽然笼络住了燕、赵之民，但根基并不牢固。如果你号召二郡军民，仗义征讨，定能成功。如今西归，邯郸必会追来，吏民都挂念家人，中途必定逃回，人心一散，还能收复吗？"刘秀恍然大悟，于是就留在信都。任光征募兵士，好几天才得了四千人。刘秀认为不够，想向城头子路及刁子都两处借兵，忽然有一人闪出，说道："不可！不可！"

刘玄定都长安

刘秀想向城头子路及刁子都乞求援助，任光出来阻止，刘秀就不再提此事。城头子路姓爰名曾，字子路，东平人，曾与肥城人刘诩在卢县的城头起兵，于是号称城头子路，聚众二十万。刘玄称帝时，城头子路与刘诩上书道贺。刘玄封他为东莱太守，刘诩为济南太守，皆行大将军之事。刁子都起兵东海，被刘玄封为扬州牧守。后来，城头子路、刁子都被部下杀死。

刘秀封任光为左大将军，兼信都都尉；李忠为右大将军，邳彤为后大将军，仍任和戎太守；万修为偏将军。李忠，字仲都，东莱黄县人；万修，字君游，扶风茂陵人。这几个人都跟随刘秀出城，留南阳人宗广为信都太守。耿纯请命回乡招兵，然后前来会师。刘秀带领众人进军至堂阳县境。当时已是黄昏，刘秀趁着天色昏暗攻城，吓得堂阳县吏魂飞魄散，急忙开城投降。

接着来到贯县，县吏无法抵抗，也只得出城迎接。昌城人刘植拥兵数万，踞城自守，刘秀派人前去招抚，刘植最后也投降了。刘秀任命刘植为骁骑将军，仍旧率领原先的部下。碰巧耿纯也招集宗族宾客两千多人，一起与刘秀相见。刘秀任他为前将军，封为耿乡侯。耿纯的堂兄耿䜣、耿宿、耿植都被封为偏将军，刘秀调拨兵马，令他们前去安抚宋子城。刘秀命耿纯带领前军向北出发，招降曲阳，进攻中山。刘秀率众兵跟随，各郡县纷纷响应。

只有前真定王刘扬聚集部众十几万，依附王郎，不肯投降。刘秀颇为担忧，骁骑将军刘植献计说："我与刘扬有一面之交，希望能用三寸不烂之舌劝他归降！"刘秀听后非常欢喜。刘植只带了几个骑兵，径直来到真定。过了几天，刘植便回来禀报说："刘扬已经被我说服了，但他想与你结为姻亲，我已经擅自替你答应了，特来请罪。"刘秀惊讶地说："我还没有子女，怎么联姻呢？妹妹伯姬已经许配给李通了。"刘植回答说："刘扬有外甥女郭氏愿追随你左右。"刘秀心喜，立即令刘植带着金币当作聘礼，自己也随同前往。刘扬率众迎接，选了一个黄道吉日，就让外甥女郭圣通与刘秀成婚。此女的父亲郭昌，为人侠义，曾将田宅财产数百万让给同父异母的兄弟，闻名天下。母亲刘氏，是真定恭王刘普的女儿，为人节俭。刘秀想父母如此，女儿应当不俗，因此由爱生敬，由敬生宠，对郭氏比对待阴氏还要好三分。

过了几天，刘秀先后攻下元氏、房子二县。行军到鄗城，鄗城不敢迎战，只好投书请降。鄗城攻下之后，又移军进攻柏人。王郎的大将李参正在那里驻扎，听说汉军前来，便领兵在要路截杀汉军。汉军特别勇猛，杀得李参招架不住，退到柏人。刘秀率兵追赶，直抵城下，攻打数日，也没有得手。恰有汉中校尉贾复、长史陈俊，奉汉中王刘嘉的命令送来书信。

刘秀取书信一看，才知刘嘉已经定都南郑，收降了武当山草寇延岑，聚集几十万人。这次写信，意在联盟，并且将贾复、陈俊推荐给刘秀，以助他一臂之力。刘秀非常高兴。贾复、刘俊二人都是南阳人，贾复，字君文，南阳冠军县人；陈俊，字子昭，南阳西郑县人。刘秀与刘嘉是同宗，刘嘉是舂陵侯刘买的玄孙，在王莽时被贬为平民。刘秀见二人英姿非凡，就封贾复为破虏将军、陈俊为安集掾。

刘秀任命祭遵为刺奸将军。祭遵，字弟孙，颍川颍阳人，年少时好读书，家里本来富裕，可是祭遵吃饭穿衣都像穷人一样。母亲去世时，他亲自挖掘坟墓，县吏认为祭遵很吝啬，多次侮辱他。祭遵于是找人杀死了县吏，人们因此都害怕祭遵。刘秀打败王邑、王寻，路过颍阳时，祭遵就投靠在刘秀门下。

刘秀的军队围困柏人，几十天也没有攻下，有人劝刘秀移军钜鹿，向东北进发。刘秀于是率兵攻打钜鹿郡，占据广阿城。忽然有人来报说渔阳、上谷的兵马已到城外，可能是王郎派来的。众将听了，大惊失色。刘秀半信半疑，亲自登上城楼，看见来军中闪出一人，仔细审视，却是耿弇。真是大喜过望，刘秀立即命人开城迎接。

原来，蓟城大乱时，耿弇晚走一步，没来得及跟上刘秀，就决定返回上谷，发兵帮助刘秀。耿弇回去见了父亲耿况，请求发兵攻打邯郸。耿况刚接到王郎的书信，正在踌躇，听了耿弇的话，便招集众人商议。功曹寇恂、门下掾闵业都愿追随刘秀，耿况皱着眉头说："邯郸势力正盛，单凭我们难以抗拒，怎么办呢?"寇恂说："我愿意去渔阳一趟，只要我们齐心合力，邯郸便可荡平。"耿况赞成。

当时，渔阳太守彭宠也接到了王郎的书信，劝他归附。彭宠的部下大都想跟从王郎，安乐令吴汉、护军盖延、狐奴令王梁则劝彭宠追随刘秀，彭宠正在犹豫。碰巧寇恂这时赶到，证明王郎不是刘氏，请彭宠赶快发骑兵二千人、步兵千人，与上谷兵马会合，一同攻打邯郸。

彭宠让吴汉、盖延、王梁为将，与寇恂同行。经过蓟郡时，遇到王郎的大将赵闳，他们奋力杀去，将赵闳砍死。寇恂让吴汉等人守在边界上，自己匆匆禀报耿况。耿况也派寇恂、耿弇和上谷长史景丹三人为将。三人领兵出境，与吴汉等人相会，六条好汉所向无敌，沿途斩杀王郎的将士约三万人，接连拿下涿郡、中山、钜鹿、清河等二十二县，直抵广阿。

刘秀让耿弇迎进众将，众将一一参见。刘秀见他们个个威武，都是将才，便依次问明籍贯。寇恂是昌平人，字子翼；景丹是栎阳人，字孙卿；吴汉是宛人，字子颜；盖延是安阳人，字巨卿；王梁字君严，与盖延籍贯相同。刘秀高兴地说："邯郸将帅多次说调发渔阳、上谷兵马，我也很想调发二郡兵马，二郡将吏果然为我前来，我理当与你们共图功名。"于是宰牛设宴，犒劳将士。然后开城出兵，赶往钜鹿，令景丹、寇恂、耿弇、吴汉、盖延、王梁六人为偏将军，耿况、彭宠为大将军，并封他们为侯。

军队赶到钜鹿，正遇到刘玄所派的尚书仆射谢躬，他也率兵来讨伐王郎。两方会合，将钜鹿城团团围住。守将王饶，坚守不降。忽然从信都传来急报，说城里的马宠投降王郎，抓了守将宗广及右大将军李忠的家属。李忠十分恼怒，因马宠的弟弟马随为校尉，立即将他召来处死。众将都吃惊地说："你的家属还在马宠手中，为什么要杀死他的弟弟呢？"李忠慨然道："为国忘家，能留着贼人不杀吗？"刘秀赞叹不已，让李忠回去营救家属，李忠不肯回去。后来又听说刘玄已派兵攻破了信都，于是刘秀就让李忠做了太守。

王郎又派倪宏、刘奉率领几万人来援救钜鹿。景丹带领骑兵出击，大破敌兵，倪宏等人仓皇而逃。刘秀欣然说道："我听说朔方突骑，乃天下精兵，今日一见果然名不虚传！"话刚说完，耿纯献计说："长久围困钜鹿，只会使士兵疲惫，不如前去攻打邯郸，邯郸一破，钜鹿就不战自降了！"刘秀于是留下将军邓满，继续围困钜鹿，自己则去进攻邯郸，一路上战无不胜，直抵邯郸城下。

刘秀领兵猛攻，二十多天后，城内支撑不住，王郎的少傅李立趁夜打开城门，放进汉兵，王郎、刘林从后门逃走。刘秀让王霸与臧宫、傅俊等人连夜追赶王郎。后来王郎被王霸一刀劈死，枭了首级，刘林则下落不明。刘秀记下王霸的功劳，加封他为王乡侯，臧宫、傅俊等也都给予厚赏。臧宫，字君翁，颍川郏人，跟从刘秀后，屡立战功；傅俊，字子卫，刘秀到襄城时，投入刘秀军中，家族被王莽诛杀，所以刘秀与王邑交战时，傅俊杀敌最多。二人与王霸同郡，甚是默契，在军中常与王霸同营。

刘秀收复邯郸、杀死王郎后，将所有郡县吏民与王郎往来的文书全部毁去，好让他们安心。刘秀部署士兵，发现众人都愿跟随大树将军冯异。冯异为人谦让有礼，与众将相遇，常常让路。每当休息的时候，众将谈论功劳，只有冯异坐在大树下，不参与议论，因此军中称冯异为大树将军。刘秀听到后，更加重视冯异。

不久，长安派人前来，转达刘玄的诏命，册封刘秀为萧王，令他立即罢兵，另派苗曾为幽州牧守、韦顺为上谷太守、蔡充为渔阳太守。刘秀暗暗惊异，脸上却未曾流露，照常迎进使者。详细询问来使，才知刘玄迁都长安，大封功臣，自己也得以受封。原来，刘玄由宛城迁到洛阳后，居住了四个月，长安军将申屠建、李松多次派人请刘玄入关，刘玄于是封刘赐为丞相，入关修筑宫室。更始二年二月，申屠建、李松等人迎刘玄到长安，入住长乐宫。升殿时，刘玄面有怯容，不敢正视众人。众将朝贺完毕，李松、赵萌劝刘玄封功臣为王，朱鲔抗议道："高祖有约，非刘氏不能称王，现在宗室还没有加封，怎能封赏他人？"李松与赵萌就请先封宗室，后封诸臣。于是封刘祉为定陶王，刘庆为燕王，刘歙为元氏王，刘嘉为汉中王，刘赐为宛王，刘信为汝阴王。宗室封完之后，封王匡为泚阳王，王凤为宜城王，朱鲔为胶东王，王常为邓王，申屠建为平氏王，陈牧为阴平王，张卬为淮阳王，廖湛为穰王，胡殷为随王，李通为西平王，李轶为舞阴王，成丹为襄邑王，宗佻为颍阴王，尹尊为郾王。朱鲔推辞不受，于是任朱鲔为左大司马，赵萌为右大司马，李松为丞相，共同处理内政。命刘赐、李轶镇抚关东，李通镇抚荆州，王常为南阳太守。赵萌有一个女儿，颇有姿色，由赵萌推荐到后宫，很得刘玄宠爱。从此赵萌专权，任意封赏，关中人士大失所望。

刘秀受封以后，惶惑不定，常常躺在温明殿中默默沉思。耿弇走进来对刘秀说："吏民死伤甚多，我愿意回上谷招兵买马。"刘秀应声说："王郎已被打败，还要添什么兵马呢？"耿弇回答说："王郎被杀，但现在兵戈四起，圣公无才，一定难以成事，恐怕不久就要灭亡了。"刘秀吃惊地说："你失言了，我应当斩了你！"耿弇又说："大王对耿弇情同父子，耿弇才敢把心里话说出来。"刘秀半晌才说道："我怎么忍心杀你呢？你说吧！"耿弇接着说："百姓苦于王莽的统治，都想复兴刘氏，听说汉兵起义，莫不欢腾。如今众将割据一方，贵戚纵横都内，政治昏乱比王莽时更甚，怎能不败？大王闻名国内，天下归心，如果决定自立，定能成就大事，否则恐怕江山就归他姓所有了！"刘秀听了耿弇的话，点头无语。

此时，又有一人进言说："请大王听从耿弇的话，不要迟疑！"刘秀瞧过去，乃是虎牙将军铫期。

群雄逐鹿

虎牙将军铫期趁耿弇进言的时候，进来对刘秀说："河北挨近边塞，人人善战，如今更始无能，大统垂危。你拥有精锐之兵，如果顺从众心，自立为帝，天下谁敢不从？请你不要迟疑！”刘秀大笑道：“你还想像以前一样称趩吗？”原来，铫期在出蓟州城时，被人阻挡，他拿着戟大叫：“趩！”众人有所退却，铫期最终得以出城。“趩”字的意思是什么呢？古时候天子出入要启用警跸，跸与趩同音，是辟除行人的意思。刘秀因铫期勇往直前，万夫莫敌，平时很器重他，所以才有此戏言。刘秀于是决定自立为帝。他见到长安来使，托词说河北没有平定，不便回都，来使只好独自回都。其实，邯郸内外早已平定，刘秀不过是不肯西归，打算占据一方罢了。

当时，梁王刘永占据睢阳、公孙述在巴蜀称王、李宪自称淮南王、秦丰自称楚黎王，张步起于琅玡、董宪起于东海、延岑起于汉中、田戎起于夷陵，他们设置将帅，侵占郡县。铜马、大彤、高湖、重连、铁胫、大枪、尤来、上江、青犊、五校、檀乡、五幡、五楼、富平、获索等地的盗贼也乘势而起。刘秀计划出兵讨伐，封吴汉、耿弇为大将军，讨伐铜马贼。铜马贼的首领东山荒秃、上淮况等正在鄡城，听说刘秀领兵进攻，想先发制人，立即率众应战。刘秀令各军坚守不动，等贼人出来劫掠时，派兵截击要路，夺回财物，断绝他们的粮道。贼人勉强支持了几天，连夜逃去。汉军从后面追上，在馆陶大破贼兵。恰逢高湖、重连两路贼兵从东南过来，与铜马剩下的贼兵会合，来抵御汉军。刘秀鼓励士兵，又将贼兵杀得大败。贼人势穷力竭，只好投降，刘秀将几十万降兵分配到各营。铜马之战后，关西称刘秀为铜马帝。

刘秀探知赤眉与青犊、上江、大彤、铁胫、五幡，在射犬城合兵，共有十多万。当即乘锐进攻，连毁几十个营垒，群贼向西逃去。刘秀顺路向南，招抚河内吏民。河内太守韩歆出城出降，同县人岑彭，曾受刘玄的封赏，得为归义侯。韩歆投降后，岑彭当然归附，刘秀就令岑彭与吴汉攻打邺城。邺城由谢躬把守，他以前曾与刘秀共同平定邯郸。刘秀向南攻打青犊时，曾派人对谢躬说：“我追赶群贼到射犬，必能打败他们。尤来在射犬南，必会惊慌逃走，如能仰仗你的威力，去攻打逃亡的散兵，定能将他们一举歼灭了！”谢躬也夸是好计。刘秀攻破青犊后，尤来果然向北逃去。谢躬留下将军刘庆、魏郡太守陈康把守邺城，自己率领将士前去攻打尤来。哪知穷寇拼死抵御，锐不可当，谢躬反打了个大败仗，逃回邺城。

刘秀因谢躬留在邺城，行动会受到牵制，就乘谢躬外出时，先派人说服陈康，然后进入城中。谢躬全然不知，等回到城下，被城门左右埋伏的汉军拖落马下。吴汉从腰间拔出佩剑，杀死谢躬。谢躬是南阳人，与刘秀同乡，二人以前一同听命于刘玄，曾经积下仇怨。谢躬的妻子曾劝诫他："你与刘公有过节，还不知防备，恐怕会遭到暗算！"谢躬置之不理，终被杀害。谢躬死后，妻子被陈康拘禁，将军刘庆也被抓住，最终难逃一死。

吴汉、岑彭平定邺城后，仍让太守陈康守城，二人率领部兵回报刘秀。刘秀暗想长安危急，将来必被赤眉攻破，于是又打算派兵向西进攻。刘秀封邓禹为前将军，命他指日西行。邓禹告辞时，刘秀问邓禹："河内刚刚平定，不能不派人留守。究竟谁能担此重任，还请将军指教。"邓禹回答说："偏将军寇恂。"刘秀点头说好，于是召寇恂进帐，当面封寇恂为河内太守，行大将军之事。寇恂先是推辞，最后才肯接受，并请任用贤人帮助自己。刘秀说："高祖曾任用萧何，关中无阻。我现在把河内委托给你，希望你坚守在这里补给军粮，阻止敌军北渡，你便是当今的萧酇侯。"刘秀又任命冯异为孟津将军，统率魏郡、河内的兵马，屯守河上。冯异来到孟津，选择要处修筑堡垒，保护河内。河内太守寇恂更能安心筹备粮草，萧王刘秀于是放心攻打敌寇去了。

当时，刘玄封李轶为舞阴王、田立为廪丘王，让他们与大司马朱鲔、白虎公陈侨带领三十万人，把守洛阳。又令武勃为河南太守，管理粮草。听说刘秀向北进军，刘玄计划乘虚进攻河内。冯异早已料到，就写了一封信，派人交给李轶。

李轶看了书信，暗想以前本与刘秀兄弟关系很好，后悔不该陷害刘縯。现在刘玄庸弱无能，赤眉分道入关，长安危急，定不能久存。可如果再次投奔刘秀，又担心触起前嫌，难以保全自己，不得不含糊答复，把回信交给来使。

冯异看完书信，已知李轶的心意，当然欣慰。于是只留下几千人把守河内，自己率领精兵一万，向北攻打天井关，平定成皋以东十三县，收服降兵十多万。河南太守武勃听说成皋一带失守，又气又怕，忙率兵一万前往成皋。到士乡亭边时，正值冯异率兵到来，双方相见，来不及答话，便打了起来。冯异治军严谨，部下又是身经百战的雄师，自然无人可敌。大约打了一两个时辰，武勃的部下多半败退，只有武勃不顾死活，还想上前厮杀，却被大树将军拦下，不到几个回合，只听见"砉"的一声，武勃的人头已经落地。败兵慌忙逃散，一半做了刀下鬼，冯异趁势攻下河南。

冯异出生入死，李轶在洛阳不发一兵，坐观成败。冯异因李轶食言，便将李轶的原信交给刘秀。刘秀此时已到河北，连破尤来、大枪、五幡等贼兵。后来被贼兵突袭，仓促抵抗，打了个败仗。将军耿弇带领骑兵前来寻找刘秀，见刘秀危急万分，连忙上前奋力杀贼，才将贼兵打退。耿弇于是保护刘秀进入范阳。

刘秀招揽旧部，不到十天，军势大振，又去攻打贼众。贼兵飘忽不定，一党战败，一党又来，刘秀的军队虽然连连得胜，终究相持不下。五校贼更为猖獗，抵死不退。这下惹恼了一位强弩将军，他姓陈名俊字子昭，祖籍南阳。一次斗得难解难分的时候，陈俊挺身而出，与贼人的头目短兵相接，将这名头目杀死，贼兵才纷纷逃去。陈俊又当先追击，跑了二十多里，杀死贼人头目数人，然后返回。

刘秀叹道："大将若都能这样，还有什么好怕的？"正在赞叹，陈俊已来到面前，说贼兵退入了渔阳。刘秀又喜又忧："渔阳坚固，贼兵如果打败耿弇自守，倒也不容易荡平！"陈俊回答说："贼兵缺乏粮草，全靠劫掠维持生计，最好派出骑兵，绕到贼兵前面，让百姓不要给贼兵提供粮草，贼人自然不战而散！"刘秀于是派陈俊巡视民间，将田野里积聚的粮草一并割取。贼兵无从掠取食物，果然逐渐散去。

与此同时，冯异的捷报传来，还附有李轶的书信。刘秀看完后，说李轶狡诈，不可轻信，然后将原信给守尉看，命令他们戒备。部将多认为这并非良策。哪知刘秀是计中有计，想乘机借刀杀人，为兄报仇。

大约过了一个月，李轶被人刺死，主使者竟是朱鲔。朱鲔与李轶一同把守洛阳，本来没有过节。等李轶的书信被公布，朱鲔才知道他包藏祸心，派人将李轶杀死。又派苏茂、贾强领兵三万，渡过巩河，直攻温邑。朱鲔亲自率领数万兵马，直捣平阴，牵制冯异。警报传到河内，太守寇恂立即派兵出城，并命属县发兵御敌，在温下会师。寇恂来到温下，众县的兵马陆续到来，冯异也派人前来支援。寇恂领兵出击，勇往直前。敌人军中的苏茂最胆怯，不战而败；贾强勉强支持，但因抵不住寇恂的军队，只好退去。寇恂命令各军全力追赶，把敌军逼到河滨。苏茂渡河先逃，部下多半淹死。贾强迟了一步，被寇恂的士兵杀死。其余众人来不及渡河，都被擒获。寇恂于是收兵退回，向刘秀报捷。

刘秀接到寇恂的捷报，欢喜地说："我就知道寇子翼可担当重任！"众将进来道贺，都劝刘秀称尊，刘秀摇头不答。忽然有一大将闪出来说："大王自甘谦退，难道就不顾宗庙社稷吗？"刘秀一看，是前锋将军马武，于是生气地说："将军休得胡言！"马武悻悻退了下去。

马武以前是绿林豪客，字子张，南阳人。后来随谢躬一同攻打王郎，王郎被灭，谢躬被杀，马武就投到刘秀门下当了前锋。刘秀爱他勇敢，对他颇为信任，拒绝他的请求后，又令他为先锋，耿弇、景丹等为后应，吴汉为统帅，出兵数万，追击尤来贼兵。大军斩杀三千多人，直到贼兵溃不成军，才班师回来。其余贼兵逃入辽西、辽东，被乌桓貊人抄袭，杀了个一干二净。都护将军贾复追赶五校贼直到真定，打败贼兵，自身也受了重伤，退回营中，几乎不能起身。刘秀吃惊地说："贾复勇敢绝伦，我不让他独自统率一军，正是怕他轻敌受伤，现在果然如此。我听说他妻子有孕在身，如果生下女孩，将来就是我儿媳妇，如果生下男孩，我就让女儿嫁给他。"这一番话传到贾复耳中，贾复格外感激，病体痊愈后，马上赶往蓟城与刘秀相见，刘秀郑重地慰劳他一番。

贾复，字君父，南阳人，本来投奔汉中王刘嘉。刘秀攻打河北时，又辞别刘嘉追随刘秀，作战时不顾身家性命，异常勇猛。

刘秀登基

刘秀在蓟城，众将一再劝他称帝，刘秀拒绝道："贼兵未平，四面都是敌人，怎么能突然称尊呢？"将军耿纯说："人们来投奔大王，无非想攀龙附凤，博取功名，大王何苦让自己失去众心呢？"刘秀沉默了半天才说道："容我再考虑一下吧。"说完，就下令进军鄗地。

平陵人方望从长安劫持孺子刘婴，到了临泾，立刘婴为皇帝，自称丞相。刘玄听说后，派李松前去攻打。方望被杀，孺子刘婴死于乱军之中。刘婴被王莽废掉后，一直居住在定安公府，年近弱冠，还不能区分猪和狗。王莽被杀后，刘婴才得到自由，不料方望等人把他劫去，做了一个月的傀儡皇帝就死了。还有公孙述，赶走刘玄的部将李宝，自立为蜀王，后来又听信功曹李熊的话，自立为帝。公孙述，字子阳，本是茂陵人，因在成都发迹，于是号称成家。

刘秀听说刘婴惨死，不免为之叹息。只是公孙述胆敢称帝，让他心中愤愤不平，因此想一不做二不休，乘时称尊，免得落在人后。这时忽然有人报告："有一个姓强名华的儒生，从关中前来求见，自称是大王的故人。"刘秀猛然记起，强华是自己在长安游学时的舍友，就请他入内。刘秀起身相迎，与强华寒暄几句，然后询问来意。强华从袖中拿出一个书函，双手捧上，原来也是请刘秀称尊。

第二天早上，众将又上书请求，刘秀就命人在城南设坛，并选了一个黄道吉日接受朝拜。改元建武，大赦大下，改鄗邑为高邑。那一年本为更始三年六月，史家因刘秀登基，汉室中兴，所以将正统归于刘秀，称建武为正朔。又因刘秀后来的庙号是光武，于是称他为光武皇帝。

刘玄称帝三年，毫无建树，部下众将多半离心。再加上赤眉入关，守将闻风瓦解，因此关中大乱。河东守将王匡、张印被邓禹打败后，逃回长安，私下对众将说："河东已经失去，赤眉又趁机杀来，我们不如先将长安抢掠一空，再回南阳为盗，总比在这里坐以待毙好！"众将也都同意，于是由张印出面劝刘玄东归。刘玄默然不语，脸上露出恼怒的神色，张印只好退出。

张印见刘玄不肯答应，心中闷闷不乐，又与将军申屠建等人密谋，想强行逼迫刘玄出关，申屠建等人也都赞成。御史大夫隗嚣听说光武帝即位，也劝刘玄见机让位。刘玄当然不肯，隗嚣便与张印等人定计，准备劫持刘玄。不料刘玄事先得知，把申屠建诱入殿中杀死，然后又派人围住隗嚣的住处，抓捕张印。隗嚣与门客突围后，奔回天水。张印却号召部下，攻打刘玄。刘玄亲自率领卫士，边守边战。哪知张印竟放火烧门，霎时间，烈焰飞腾，刘玄走投无路，慌忙开了后门，带领妻儿等一百多人，赶往新丰，投靠赵萌。

赵萌见刘玄夫妇狼狈前来，问明原因后，就替刘玄想了一条计策。他假传刘玄的命令，召王匡、陈牧、成丹三人入营议事。陈牧、成丹应召到来，被赵萌的手下杀死。只有王匡命不该绝，当时有人向他通风报信，王匡急忙拔营入都，与张印一起对抗刘玄。刘玄派赵萌集齐陈牧、成丹二营的士兵，前去攻打长安。张印、王匡据城固守。刘玄又派人到掷城，召回李松，然后一起猛扑长安。张印、王匡战败后，分头逃去。刘玄返回长安，因原来的宫殿被毁，便迁到长信宫。

正在这时，赤眉渠帅樊崇等人从华阴逼近长安。方望的弟弟方阳想为兄报仇，于是进见樊崇，乘机献计："更始无能，将军才得以到达此地。现在将军拥兵甚多，不如另立皇帝，仗义讨伐，那时名正言顺，自然不会有人反抗了！"樊崇回答说："你的话也有道理。"樊崇部下有一个巫师，曾说自己是景王附身，樊崇很信任他。巫师借此迷惑众人，有人嘲笑他胡言乱语，结果那些人相继得病。因此部下都很怕他。樊崇听了方阳的计策，就想立景王的后人为帝，巫师乘机怂恿。碰巧军中抓来了两个刘氏子孙，一个叫刘茂，一个叫刘盆子，二人是同族兄弟。刘盆子年幼，为樊崇右校刘侠卿放牛。刘侠卿查知刘盆子确实是景王的后人，立即报知樊崇。樊崇于是把刘盆子扶上宝座，自己带领众人朝拜。刘盆子年仅十五岁，蓬头垢面，忽然看见众将下拜，非常害怕，急得想哭。樊崇连忙劝慰，朝拜完后，仍然让他回到刘侠卿那里。刘侠卿为他准备了华美的衣服，刘盆子不习惯，往往偷着穿旧衣服，还出来与牧童闲游。刘侠卿于是将刘盆子关在屋里，不准他出去。樊崇等人也不过问，不过是假借他的名号愚弄百姓。

樊崇本想自称丞相，因识字不多，才将丞相的职位让给徐宣，自己担任御史大夫，逄安为左大司马，谢禄为右大司马。其他如杨音等人或称列卿，或称将军。各有所司之后，赤眉军向西进军，直抵高陵，张卬、王匡前去投降，带着樊崇等人攻入长安。刘玄听说赤眉到来，急忙派李松领兵抵御，自己与赵萌闭城自守。侍郎刘恭是刘盆子的长兄，以前曾入关追随刘玄，被封为式侯，此次听说赤眉立弟弟为皇帝，前来攻打都城，不得不前来谢罪。刘玄无暇顾及，只希望李松杀退赤眉。不久李松战败被擒的消息传入都中，刘玄心慌意乱，急忙召赵萌商议，可赵萌已不知去向。刘玄仓皇失措，忽然又有人进来禀报说："陛下快走！赤眉已经进入都城了！"刘玄害怕地问："谁敢放赤眉入城？"来人回答说："李松的弟弟李泛。"刘玄来不及细问，落荒而逃。

樊崇抓到李松后，派人告诉城门校尉李泛，只有打开城门，才能救他兄长的性命。李泛为了营救兄长，只好打开城门，赵萌等人全部投降。刘恭还留在狱中，听说刘玄逃走，就从狱中逃出，追到渭滨，才与刘玄相见。右辅都尉严本借口追随刘玄，心怀叵测，想将刘玄献给赤眉邀功。樊崇等虽然进入长安，却没有见到刘玄，于是下令说只要圣公来降，便封他为长沙王，如果超过二十天，即使投降也不接受。刘玄穷途末路，只得让刘恭递上降书。樊崇让谢禄召刘玄进见。刘玄随谢禄回都，见殿上只坐着一个十五岁的孩童，倒没什么威严，只是两旁站着许多武夫，都像黑煞神一般，刘玄吓得不敢抬头，只得跪在殿上，献上御玺。刘盆子一言不发，丞相徐宣代为传命，说了"免礼"二字，刘玄才敢站起来。张卬、王匡等人都想拔刀杀死刘玄。多亏刘恭拼死相救，刘玄才得以暂时保住头颅。

刘恭让樊崇兑现诺言，封刘玄为王。樊崇同意后，封刘玄为长沙王。

光武帝听说刘玄战败，念及以前的情谊，下诏封刘玄为淮阳王。刘玄依附谢禄，再加上刘恭随时保护，才得以苟且偷生。赤眉暴虐无常，对待吏民极其苛刻，京城一带的百姓不堪忍受，觉得还是刘玄为帝时较为宽松，于是打算将刘玄救出虎口，仍然拥戴他。碰巧光武帝部下的邓禹扫平河东，渡河西进，秋毫无犯。关中百姓这才将救刘玄的计策暂时搁置，专等邓禹到来。关西一带的百姓，已是扶老携幼，前去迎接邓禹的军队了。

邓禹所到之处，百姓陆续归附。长安百姓眼巴巴地盼望他们到来，不料邓禹却向北走去，离长安越来越远。百姓们又想实行以前的计策，拥立刘玄。张印等人对刘玄恨之入骨，一得到消息，正好借这个名义，把刘玄杀死。樊崇也觉得刘玄是个祸患，就召谢禄商议，让他杀死刘玄。谢禄不忍心下手，张印勃然大怒道："百姓都想重立刘玄为帝，一旦得逞，合兵来攻，你还能自保吗？"说得谢禄也动了杀机。回到住处，谢禄谎称到郊外校阅兵马，邀刘玄同行。到了郊外，谢禄指示手下，将刘玄挤落马下，用绳子将他勒死。

刘恭得到消息后，命人把刘玄的尸体收殓，草草下葬。后来邓禹进入长安，奉光武帝的命令，将刘玄迁葬到霸陵。刘玄有三个儿子，分别是刘求、刘歆、刘鲤，他们和母亲同到洛阳，都被封侯。刘求被封为襄邑侯，刘歆被封为谷孰侯，刘鲤被封为寿光侯。

宋弘大义拒婚

光武帝即位后，曾封大将军吴汉为大司马，命他率领朱鄗、岑彭、贾复等十一位将军攻打洛阳。洛阳由朱鲔把守，他拼死抵抗，吴汉数月都没有被攻下。光武帝从鄗城来到河阳，刘玄的部将廪邱王田立投降。前高密令卓茂爱民如子，在南阳养老。光武帝特召他为太傅，封为褒德侯。刘秀然后派人到洛阳，嘱咐岑彭招降朱鲔。岑彭曾是朱鲔的校尉，拿着光武帝的书信进入洛阳城，劝朱鲔投降。朱鲔回答说："刘縯被害之事，我曾经参与，还劝更始皇帝不要派萧王向北讨伐。我自知罪孽深重，还请将军代为周旋！"岑彭将他的话转报给光武帝，光武帝笑着说："想做大事，岂能顾及这些小恩怨？朱鲔如果投降，官爵必定保全，我绝不食言！"岑彭又去转告朱鲔，朱鲔因孤城难守，只好投降。光武帝于是从河阳赶赴洛阳。

朱鲔出城请罪，光武帝令左右将他扶起，好言抚慰。朱鲔感激不尽，领着众人入城。光武帝见洛阳城气势恢宏，决定定都洛阳。洛阳在长安以东，所以后汉也称东汉。光武帝封朱鲔为扶沟侯，朱鲔不过是一个盗贼，侥幸得志，只要能保全富贵，已经心满意足，此后便不再有二心了。

御史杜诗奉命安抚洛阳百姓，禁止士兵掠夺。将军萧广却纵兵为虐，杜诗一气之下，把萧广杀死，然后据实上奏。光武帝嘉奖杜诗为民除害，特别召见了他。此后，骄兵悍将不敢再为非作歹，洛阳逐渐安定下来。

前将军邓禹已被封为大司徒，光武帝令他迅速入关，扫平赤眉。邓禹移兵大要，留下冯愔、宗歆监守栒邑。谁知冯愔、宗歆二人权位相等，彼此攻击，冯歆竟被宗愔杀死。宗愔非但不肯服罪，反而想领兵攻打邓禹。邓禹无计可施，只得上奏洛阳。光武帝定计将宗愔抓住，但并未将他诛杀。当时赤眉肆虐，王匡、成丹、赵萌相继投降宗广。宗广和他们一起东归，走到安邑，王匡等人又想逃跑，被宗广察觉，将他们一一杀死，只把冯愔献给朝廷。光武帝想显示自己的宽容大度，便赦免了冯愔的死罪，然后又催促邓禹入关。

冯愔叛乱以后，邓禹军威稍减，一度在河北徘徊，不敢南行。于是梁王刘永称帝，还召集西防贼人佼强、东海贼人董宪、琅玡贼人张步，占据东方。扶风人窦融历代为官，闻名河西，与酒泉太守梁统等人关系很好，曾归附刘玄，官至都尉。刘玄死后，窦融被众人推选为大将军，统管河西五郡。此外，安定人卢芳谎称自己是武帝的曾孙刘文伯，蛊惑民众，占据安定，自称上将军西平王，并与匈奴结亲。匈奴迎接卢芳出塞，立他为汉帝，卢芳的气势越来越旺盛。隗嚣逃到天水，仍然招兵买马，盘踞故土，自称西州上将军。百姓们避乱逃到那里，隗嚣无不接收。他以范逡为师友，赵秉、苏衡、郑兴为祭酒，申屠刚、杜林为治书，马援、王元等为将军，班彪、金丹等为宾客，人才济济，称盛一时。邓禹听说他名震西州，奉诏任命隗嚣为西州大将军，让他治理凉州、朔方。

赤眉将帅虽然尊刘盆子为主，但都视他如傀儡，没有一人听从刘盆子的命令。建武二年元旦，赤眉在殿上聚会。刘恭料知赤眉难成大事，就嘱咐刘盆子让位。那天，樊崇等人请刘盆子登殿接受朝拜。刘盆子因为害怕，勉强跟着刘恭走出来。刘恭开口对众人说："你们立我弟弟为帝，此情可感，但我弟弟在位一年，国家就乱成这样，希望你们另求贤才为主。”樊崇等人随声答道：“这都是我们的罪过，与陛下无关！”刘恭再次推让。突然有一人大声说道：“这岂是你能做主的？你不要再说了！”刘恭被他驳斥，惶恐离去。刘盆子记着兄长的话，急忙解下御玺，向众人下拜道：“承蒙诸位推立我为天子，我自知无能，所以乞求让出帝位。如果一定要杀死我，我也无从逃避；如果你们肯成全我，饶我不死，我将感激不尽！”说完，泪如雨下。

樊崇等人见他情真意切，顿时心生怜悯，立即跪下叩头说：“臣等辜负了陛下，从今以后，不敢再放肆了，请陛下不要忧愁！”话刚说完，就扶起刘盆子，仍将御玺系在他身上，刘盆子最终被樊崇等人护送回内殿。众人退出后，闭营自守，不再出去掠夺。避乱的百姓争着回到长安。

不料赤眉贼心难改，连日没有抢劫，心急难耐。加上百姓返回都中，难免会带着财物，赤眉更加垂涎，于是再次出营打劫，无论钱财粮食，一股脑儿全夺过来。这时，听说邓禹领兵西来，众人无心抗敌，就将珍宝取出，把宫廷付诸一炬，又带上刘盆子向西行进。从南山一直到安定，沿途所过之处，全部被他们抢掠一空。邓禹探知长安空虚，径直入城，屯兵昆明池，设宴犒劳士兵。

光武帝加封邓禹为梁侯，其余各位功臣也加官封爵，然后在洛阳建立宗庙，并在城南设立祭坛。正在这时候，突然接到警报，真定王刘扬与绵蔓县盗贼勾结，私下谋反。光武帝派耿纯拿着符节前往幽、冀探明虚实。刘扬是郭夫人的舅舅，以前光武帝曾投靠真定，与他结为姻亲。光武帝即位后，刘扬忽然谋反，不愿称臣，他与光武帝均是高祖的第九代子孙。

耿纯来到真定，探知刘扬谋反属实，就邀刘扬相见。刘扬因耿纯的母亲是真定的刘氏，料知耿纯不敢有所行动，并且弟弟刘让与堂兄刘绀各拥兵一万，势力也不弱，于是带领将士及兄弟二人，昂然出城，与耿纯相会。耿纯恭恭敬敬地把刘扬迎进屋内，又请刘扬的兄弟一同面谈。刘扬兄弟不以为然，令将士留在门外，大踏步走了进去。耿纯与他们周旋片刻，说有密诏到来，要闭门宣读。等门一关，立即指挥从吏把刘扬兄弟三人杀死。事成之后，耿纯开门走出，宣布刘扬兄弟谋反，并把他们的人头拿给众人看，众人瞠目结舌。耿纯立刘扬的亲属为他们的新主，众人心悦诚服，连连答应。耿纯又抚慰刘扬的家属，叫他们静听后命，然后回去禀报。光武帝封刘扬的儿子刘德为真定王，真定就此平定。

上党太守田邑率领部下投降，光武帝派田邑招降河东军将鲍永。鲍永是前司隶校尉鲍宣的儿子，鲍宣被王莽杀害后，鲍永便隐居上党，以文才闻名。此次得知刘玄兵败，鲍永只好与冯衍等人一同到河内见驾。当时怀县守吏是刘玄的部将，不肯投降，光武帝派人攻打，很多天没有攻下。后来光武帝得知鲍永与守吏相识，就派鲍永前去招降。鲍永奉命前往，果然不负众望。光武帝非常欢喜，封鲍永为谏议大夫，并赐给他宅院，鲍永推辞不受。不久，东海盗贼董宪分兵骚扰鲁地，光武帝封鲍永为鲁郡太守，调拨给他几千兵马，鲍永领命前往。

宋弘是哀、平二帝时的侍中，赤眉入关时，曾威胁宋弘任职，宋弘不愿意，投入渭水，家人把他救出以后，谎称宋弘已经去世。光武帝听说宋弘清正廉洁，就任用他为大中大夫。不久又升他为大司空，加封栒邑侯。

宋弘平时非常节俭，常把所得的俸禄分给宗族，因此位列公卿之后，仍然贫寒。光武帝体贴入微，改封宋弘为宜平侯。宋弘仍将俸禄分给族里，家中没有多余的资产。一天晚上，宋弘入宫进见，御座旁的屏风上画着美女像，光武帝多次张望，宋弘劝道："好德和好色，结果就是不一样啊！"光武帝听了，就命人将屏风撤去。

光武帝有两个姐姐一个妹妹，长姐名叫刘黄，二姐名叫刘元，妹妹名叫刘伯姬。刘伯姬已嫁给李通。建武二年，光武帝追封次姐刘元为新野长公主，又封长姐刘黄为湖阳长公主，妹妹刘伯姬为宁平长公主。并召李通进宫守卫，封他为固始侯，官至大司农。湖阳长公主当时正在寡居，光武帝可怜她寂寞，特意让她评论大臣，暗中窥察姐姐的意思。公主说："我看朝中大臣，都不如大司徒宋弘。"光武帝点头说："我知道了。"等宋弘进见时，就让公主坐在屏风后面，然后对宋弘说："俗话说：'贵易交，富易妻。'这也是人之常情，你赞成吗？"宋弘严肃地说："臣只听说'贫贱之交不可忘，糟糠之妻不下堂'。"光武帝等他说完，就回头对公主说："事情办不成了！"公主怏怏返回，宋弘随后退下。

淫寇园陵逞凶

建武二年五月，光武帝册立郭贵人为皇后，儿子刘强为皇太子。郭氏是刘扬的外甥女，跟随光武帝来到洛阳。光武帝即位时，郭氏生下一个男孩，取名刘强。当时阴丽华也被迎入洛阳，与郭氏同时受封为贵人。阴丽华的姿色超过郭氏，而且性情温顺，光武帝本想立她为后，她却以郭氏有儿子为由推辞，情愿将皇后之位让给郭氏。光武帝于是立郭氏为后，将两岁小儿刘强立为储君。

光武帝又分封宗室，封刘良为广阳王，刘歙为泗水王，刘祉为城阳王，刘歙的儿子刘终为淄川王。追封刘缜为齐武王，刘仲为鲁哀王，刘缜的儿子刘章为太原王。刘仲死后无子，将刘缜的次子刘兴过继给他，袭封鲁王。当时人心未定，众贼还未平定，渔阳太守彭宠等人又相继造反，警报频传。光武帝虽然派兵讨伐，却总是顾此失彼，只好先从近处着手，依次肃清。刘玄死后，他的部下占据南方，不肯听命于洛阳。光武帝召集将士，商议出兵，他对众人说："郾城最顽固，其次是宛城，谁敢率兵攻打？"话刚说完，就有人接着说："臣愿意攻打郾城！"光武帝见是执金吾贾复，就笑着说："执金吾前去攻打郾城，朕还担心什么？宛城就让大司马去！"贾复领兵离开后，大司马吴汉前去攻打宛城。郾城守将尹尊，曾被刘玄封为郾王，与贾复相持了一个月，城中没了粮食，只好出来投降。宛城由宛王刘赐把守，吴汉领兵一到，也立即投降。两处先后传来捷报，光武帝本来想重罚叛军，只因刘赐是本族兄弟，所以不但不罚，反而封他为慎侯。不久，召陵、新息也被贾复平定。

大司马吴汉转而攻打南阳，与檀乡贼众打了数仗，连战连胜，斩杀数万，降服数万。檀乡贼都是刁子都的余党，刁子都被部下杀害后，剩余的人跑到檀乡，纠集各地盗匪作乱，人称檀乡贼，共计十万。此次被吴汉打败，檀乡贼所剩无几，逃入西山，推选黎伯卿为首领。黎伯卿抵抗几个月，仍被吴汉捣破。光武帝得到捷报，亲自前去慰问，不但增加吴汉的食邑，还晋封他为广平侯。此外建义大将军朱祐、大将军杜茂、执金吾贾复、扬化将军坚镡、偏将军王霸、骑都尉刘隆、马武、阴识等人，各有战功，都得到奖赏。

朱祐，字仲先，南阳宛人，曾跟从刘氏起义，转战多年。杜茂，字诸公，南阳冠军人，在光武帝到河北时，投靠军中。坚镡，字子伋，颍川襄城人，曾为郡县掾吏，颇有才干，有人向光武帝推荐他，从此受到重用，被封为扬化将军。刘隆，字元伯，本是光武帝的同宗，他的父亲是刘礼，之前与安众侯刘崇讨伐王莽，战败而死。刘隆那时年幼，没有受到连累。后来游学长安，刘玄召他为骑都尉，他见刘玄不能成事，就到河内追随光武帝。阴识是阴贵人的兄长，被封为阴乡侯，光武帝因他从军有功，准备增加他的封邑。阴识叩头推让，光武帝见他心意诚恳，就不再加封。阴识为人小心谨慎，即便立了战功，也谦退有礼，因此被人们称颂。

光武帝慰劳完毕，命吴汉前去平定南阳。吴汉接连攻下涅阳、郦穰、新野等地。贾复与偏将军冯异向北攻打五楼、五幡的残贼，也连连告捷。只有大司徒邓禹入关安抚百姓，被赤眉回击，屡战不利，从长安退到高陵，士兵又饥又困，狼狈不堪。光武帝踌躇一番，不得不改派他人前去讨伐赤眉。赤眉前次出关西行，妄图进入陇地。陇地由隗嚣占据，他派杨广率兵迎头截击，杀得赤眉七零八落，慌忙逃走，将所掠夺的财物全部抛弃。

赤眉逃到阳城山谷，又遇上大雪，冻死了很多人，无奈之下只得返回长安。他们认为长安内外，十室九空，没有东西可以掠夺，加上长安已由邓禹把守，不容易进去，不如去汉朝陵寝，或许可以抢劫一些财物，于是一哄而去，闯入园陵。守陵的吏民早已逃得精光，赤眉得以任意掘坟。皇后、妃子的棺材都被劈开，有几个棺材是用玉做成的，尸体没有腐烂，面目栩栩如生。赤眉贼起了淫心，竟将她们的衣服剥去，将她们赤裸裸地放在地上侮辱一番。最奇怪的是吕后的遗体，脸色比生前还要娇嫩，受了侮辱以后，尸体才变色。霸陵是文帝的坟墓，文帝崇尚节俭，没有什么值钱的东西，所以赤眉没有挖掘，才得以保全。杜陵是宣帝的坟墓，由延岑率人把守，赤眉不敢侵犯，因此安然如故。

延岑是南阳人，也是一个绿林盗贼，起兵汉中，打败汉中王刘嘉，据地称雄。刘嘉向关中求援，刘玄那时还没有战败，于是派李宝领兵前往，与刘嘉合兵攻打延岑。延岑寡不敌众，由汉中向北到达杜陵。他虽然也出去掠夺，行为同盗贼一样，但与赤眉相比，还算有些纪律。邓禹听说赤眉挖掘陵寝，急忙令将士前去攻打，反被赤眉打败，伤亡甚多。邓禹于是亲自率兵前往，刚走到云阳，就接到长安警耗，赤眉乘虚而入，长安失守。邓禹无路可归。后来听说赤眉的将领逄安前去攻打延岑，也想伺机偷袭。好容易到了长安城下，正要率兵攻打，偏偏谢禄率兵赶到。一场交战，邓禹再次战败，不得已退到高陵，向洛阳求救。

光武帝思考再三，决定让偏将军冯异代替邓禹。冯异叩头领命，向西进发。一路上恩威兼施，百姓畏服，群盗纷纷投降。光武帝回到洛阳，接连收到冯异的捷报，知道冯异定能取胜，就召邓禹回都。不久，邓禹上奏，说刘玄的部将廖湛，联合赤眉攻打汉中，汉中王刘嘉打败敌人，阵斩廖湛，只是军中缺乏粮食，正好顺便招抚。光武帝准邓禹所请。刘嘉的妻子是来歙的妹妹，来歙与光武帝有亲戚关系，于是就劝刘嘉从命。刘嘉这才让邓禹转达书信，请命效力，并说廖湛死后，赤眉失势，近日赤眉的将领逄安又被延岑打败，部下死了十多万，臣料想赤眉不久必会灭亡，等臣筹足军粮，便可一举歼灭。光武帝已经派冯异代替邓禹，于是颁诏给邓禹，让他赶快回来。

邓禹看到诏令后，为自己没有立功而羞耻，不肯回洛阳。碰巧京城一带闹起饥荒，白骨遍野，赤眉无从掠夺，果然东去，部下还有二十万。光武帝得知这个消息，立即派破奸将军侯进等人出兵新安，建威大将军耿弇等人出兵宜阳，出发时又传令说："盗贼若向东走，宜阳的兵就到新安会合；盗贼若向南走，新安的兵就到宜阳会合。"然后又让冯异选择险要的地方伏击。冯异奉命驻兵华阴，正值赤眉东来，于是迎头攻击，六十多天里交战数十次，收降赤眉将士五千多人。

不久已是建武三年，光武帝命冯异为征西大将军，并催促邓禹限期还都。邓禹鼓励饥饿的士兵攻打赤眉，再次失利，这才率车骑将军邓弘等人东归。途中与冯异相遇，邓禹又想与冯异一同进攻赤眉。冯异说："我与盗贼战斗几十天，虽然俘虏了一些敌人，但盗贼人数太多，须慢慢招降，不可猛攻！并且皇上已经部署好一切，让我在西面夹击，这乃是万全之策。你不如遵旨东归，让我去荡平赤眉。"邓禹听了冯异的话，还以为冯异不肯分功给他，私下猜忌起来。邓弘也有这样的想法，于是自己请命做先锋，引兵急进。赤眉一齐迎战，邓弘大败。邓禹望见后，急忙邀冯异一同援助，双方又打了好一会儿，赤眉才退去。

冯异劝邓禹说："赤眉并非真的战败，我军又饥又累，应暂时休息，不要再追赶了！"邓禹不听，冯异只好跟从。没走几步，忽然听到几声呼哨，赤眉从四面围陇过来，把邓禹、冯异二军冲成几截。邓禹、冯异的部下又饥又乏，见敌人气势汹汹，争着逃跑。邓禹自知打不过，领着二十四个骑兵杀出一条血路，向宜阳逃去。邓弘早已逃得不知去向，只剩下冯异一军，叫他如何抵挡？冯异逃到回溪阪，溪长四里，旁边有峭壁，地势陡峻。冯异与部下数人攀登峭壁，才得以逃脱。

这一仗，汉军死伤三千多人，其余的全部逃跑。多亏冯异脱身回营，下令召集逃散的士兵，士兵得知冯异安然无恙，连夜赶来，共召回一万人。第二天，冯异招募士兵，与赤眉约期再战。赤眉自恃打了胜仗，骄傲起来，不把冯异放在眼里，等到战期临近，便令一万人作为前锋，趁凌晨前去挑战。冯异早已做好部署，一听说敌人到来，就派两千精兵出营交战。双方旗鼓相当，呐喊声震天动地，一直杀到日落，还是不分胜负。后来冯异把红旗一挥，突然有一支人马向赤眉阵中冲去，服饰与赤眉相同，赤眉错以为是自己的党羽，慌忙招呼。谁料到来人劈头向他们打来，赤眉后队顿时大乱。再经冯异率军攻击，杀死赤眉不计其数。原来冯异事先让一千个壮士改穿赤眉的衣服，夜里埋伏在路边，约好以红旗为号，叫他们捣乱敌军。赤眉果然中计，最终一败涂地。冯异率兵追到崤底，截住男女八万人，这八万男女全部投降。剩下十万贼兵，向东逃往宜阳。

冯异飞书报捷，光武帝亲自率领六军，到宜阳截住赤眉。赤眉正拼命东逃，到了宜阳，见前面旌旗蔽天，中间拥着汉天子的御驾，黄盖大旗，威风凛凛，顿时叫苦不迭。连樊崇、逄安等身经百战、杀人不眨眼的人，也仓皇失措。众人无计可施，只好派刘恭前去乞降。刘恭到了汉营，见了光武帝，把投降书呈上。光武帝准许他们投降，刘恭问："刘盆子投降，陛下将怎样对待他呢？"光武帝说道："饶他不死。"刘恭立即回去禀报。刘盆子得到消息后，率领部下投降，献上传国御玺，并将兵器全部上交。

光武帝对投降的将士说："你们大逆不道，所过之处，屠杀老弱，危害社稷，残暴之极，本应全部诛杀。但朕念你们还有三个优点：一是未曾抛弃家人，二是能立宗室为帝，三是肯来归降，就网开一面，法外施恩，此后你们应洗心革面，共享太平！"众人一齐跪下，高呼万岁。光武帝让众人起来，然后回到都城，令投降的将领居住在洛阳，赐给每人宅院一所，良田二顷，其余的发一些钱让他们回去。杨音对皇叔刘良有恩，才没被杀。刘良先依附刘玄，刘玄战败时，刘良曾得到杨音的厚待。光武帝为叔叔报恩，封杨音为关内侯，让他与徐宣安享天年。刘恭替刘玄报仇，杀死谢禄，然后自首下狱，才免去一死。樊崇、逄安在洛阳住了几个月，又想造反，相继被杀。光武帝怜爱刘盆子，给了他很多赏赐，让他在刘良部下做郎中。

造反的下场

赤眉投降后，关中无主，盗贼乘机兴起。下邽有王歆，新丰有芳丹，霸陵有蒋震，长陵有公孙守，谷口有杨周，陈仓有吕鲔，汧骆有角闳，长安也被张邯占住，他们都自称将军，互相攻打。延岑占据杜陵，打败赤眉将领逄安，然后率兵进入蓝田，自称武安王，想做关中霸主。延岑听说征西大将军冯异领兵前来，就同张邯等人前去截击，一番交战，反被冯异杀死一千多人。张邯战败逃跑，延岑也向东南逃去。冯异驻扎在上林苑，延岑的部下都向冯异投降。冯异又派邓晔辅助于匡追赶延岑。到了析县，正值延岑率领部下围城，一看邓晔等人到来，慌忙调头迎敌。可他的部下已经害怕，不敢再战，苏臣等人率先投降。延岑不敢再打，逃回南阳，又被耿弇等人迎头截击，斩杀三千多人，生擒将士五千多人。延岑势孤力单，投奔秦丰。

邓奉本是光武帝的姐夫邓晨的侄子，因征战有功，被封为破虏将军。吴汉攻打南阳时，士兵虐待百姓，连邓奉的故乡新野县也遭到蹂躏。邓奉回乡时，见到这种场面，十分恼怒，便纠集流氓，造起反来。积弩将军傅俊、骑都尉臧宫奉命与岑彭一起攻打邓奉。邓奉抵死相斗，双方互有死伤。后来光武帝亲自前来接应，汉军士气大增，邓奉无路可逃，只好投降。光武帝念及邓奉以前的功劳，加上事情是由吴汉引起的，打算赦免邓奉。岑彭与耿弇进谏说：“邓奉胆敢造反，罪无可赦！不杀他，怎么能让人信服呢？”光武帝不便徇私，只好将邓奉正法。随后，光武帝起驾还都，命岑彭与傅俊、臧宫等人向南攻打秦丰。

过了一个月，虎牙大将军传来捷报，说刘永被杀，睢阳平定。刘永在睢阳称帝，内有沛人周建等爪牙，外有佼强、董宪、张步等羽翼，除国都睢阳外，济阴、山阳、沛楚、淮阳、汝南等二十八城，都归刘永管辖。光武帝曾封盖延为虎牙大将军，让他与降将苏茂一同东征。苏茂本是刘玄的部将，曾与朱鲔共同防守洛阳，朱鲔投降后，苏茂也随之归附。后来，苏茂随盖延东行，因不肯受盖延控制，便分军自去，攻占了几个县城，反向刘永称臣。刘永任用苏茂为大司马，封为淮阳王。

盖延单独进攻睢阳，并且上奏说苏茂反叛，光武帝派驸马都尉马武、骑都尉刘隆、护军都尉马成、偏将军王霸等人做盖延的副将。双方又相持几十天，盖延尽收田间的小麦作为军粮，守兵因缺少粮草，渐渐畏惧，盖延乘机攻进城去。刘永不知所措，从东门逃走，另派骑兵几十人保护家属，逃往虞城。虞城人不愿接纳刘永，反将刘永的母亲及妻儿杀死，刘永仓皇逃脱，抵达谯邑。刘永的部将苏茂、佼强、周建等带兵三万，到谯邑营救刘永。盖延接连夺下薛城、沛城，斩杀鲁郡太守梁邱寿及沛郡太守陈修，追赶刘永。刘永率领苏茂等三位将军，到沛西迎战，又打了一个大败仗，只好放弃谯城，逃往湖陵。苏茂领兵返回广乐，只有佼强、周建与刘永同行。

盖延乘胜收复沛楚、临淮各城。光武帝派大中大夫伏隆到青、徐二州招抚。青、徐二地的盗贼多半投降，就是琅玡盗贼张步也归附汉朝。光武帝升伏隆为光禄大夫，封张步为东莱太守。哪知刘永听说后，忙派人立张步为齐王，并封东海的盗贼董宪为海西王。张步贪恋王爵，想违背以前的约定。伏隆探知隐情后，对张步说："高祖曾与天下定约，非刘氏不能封王，你如果为朝廷效命，还能做个万户侯，何必接受伪封，只顾眼前，不顾日后呢？"张步不以为然，还想将伏隆也留下来，伏隆愤然说："你不接受朝命，必定后悔！我奉命到此，岂会跟着你依附逆贼？我据实回报便是了。"说着，就想离开，张步却指挥左右把伏隆抓住，把他幽禁起来。伏隆写好书信，交给从吏，让他乘机脱身，回报朝廷。从吏乘夜逃出，回到洛阳，把伏隆的书信呈递进去。

光武帝看完后，急忙召来伏隆的父亲伏湛，把伏隆的书信给他看，并哭着说："伏隆的忠诚可以与苏武相比，朕只恨他没有暂且答应，为自己寻求一条生路啊！"伏湛哭着退下。伏湛是济南伏胜的第九世子孙，光武帝即位后，听说伏湛有才，封他为尚书。现在因伏隆被抓，为了宽慰伏湛，光武帝提升伏湛为公卿。当时邓禹早已回到都中，自愧没有立功，交上大司徒及梁侯的官印。光武帝赐还侯印，只削去了大司徒一职。此次要提升伏湛，正好让他接任大司徒。不久光武帝又封伏湛为阳都侯，然后调遣大司马吴汉，以及骠骑大将军杜茂等，一同攻打刘永，并打算另派将领专门讨伐张步。忽然幽州牧守朱浮派人告急，请求派兵援助，光武帝因此无暇东顾。

朱浮告急是因为彭宠造反，逼近幽州。彭宠本是渔阳太守，曾帮助光武帝打败王郎。光武称帝后，封赏功臣，吴汉、王梁等人都位列三公，彭宠却没有得到提升，因此愤愤不平。幽州牧守朱浮喜欢结交宾客，曾向渔阳征集银米。彭宠不肯给，朱浮便写信责备他，彭宠从此忌恨朱浮。朱浮又上书弹劾彭宠，光武帝于是召彭宠入都。彭宠请求与朱浮一同入都，光武帝不准，彭宠因此更加怀疑。彭宠的妻子劝彭宠不要前往洛阳，彭宠因此没有应命。

彭宠出兵两万攻打朱浮，听说上谷太守耿况也是功劳大赏赐少，与自己的情况一样，就一再派人到上谷邀他一起造反。哪知所派的使者有去无回，都被耿况斩了。光武帝听说后，曾命游击将军邓隆领兵援助朱浮。可惜邓隆的营垒与朱浮相距太远，彼此照应不上，被彭宠的士兵趁机攻破，邓隆仓促逃脱，部下多半被杀。朱浮不能相救，只好守住蓟城，与彭宠抗拒。不久，涿郡太守张丰也与彭宠合兵，自称无上大将军。彭宠得到一个帮手，气焰更加嚣张，索性大举围攻蓟城。朱浮不敢出来迎战，只好飞书洛阳，乞求援助。

光武帝想了几天，一时腾不出兵马粮饷，只好让来使回去禀报，令朱浮只守不战，等筹足军粮，就去援助。朱浮坚守了好几个月，城中粮食已经吃光，外面却越攻越猛。多亏上谷太守耿况派来三千骑兵，冲破围城一角，朱浮才趁机杀出。蓟城的吏民来不及跟随，只好投降彭宠。彭宠得到蓟城后，又攻陷右北平、上谷等县，自称燕王，并北通匈奴、南给张步，召集残贼，称霸一方。

光武帝想去讨伐彭宠，又想到刘永还未消灭，如果远征，难免顾此失彼，所以只希望盖延、吴汉二军，早日平定刘永，然后再向北进军。偏偏好事多磨，睢阳城本来已经攻下，只有刘永一人逃脱。等盖延前去攻打沛楚，睢阳人竟开城迎入刘永。盖延再去围攻，没有得手。吴汉走到广乐，与苏茂交战数次，苏茂战败，逃入城中。吴汉率兵猛攻，四面架起云梯，将要登城，不料周建带着十几万人，前来援救广乐。吴汉率领骑兵前去截击，虽然敌众我寡，不曾胆怯，但最终还是打不过苏茂。眼看就要失败，吴汉不禁恼怒，一马当先，刺死敌兵数人。突然飞来一箭，射中马头，马负痛一蹶，把吴汉掀翻在地，多亏左右将士上前营救，才将吴汉扶回。吴汉膝上受伤，不能站立，众将只好闭垒自守，任由周建入城。

到了晚上，杜茂进去对吴汉说："大敌当前，你若卧病在床，恐怕会动摇军心。"吴汉听了，勉强站起，走出帐外对将士们说："敌人虽多，但都是乌合之众，现在正是你们立功的时候，杀贼封侯，在此一举，希望你们再接再厉，奋勇向前。"部下受到鼓舞，士气大振。到了天明，城中有角鼓声传入吴汉营中。吴汉知道周建等人又来挑战，便挑选精兵作为前锋，自己跟随众将出来迎战，并下令全军，听到鼓声一齐前进，退后者立斩不赦。吴汉布置好一切，打开营门，严阵以待。望见周建领兵出来，吴汉亲自擂鼓，鼓舞士气，前锋奋勇杀敌，后军紧紧跟随，一股脑儿冲入周建军中。周建抵挡不住，立即返回，被吴汉的部下快马追上。守兵来不及关门，结果全城沦陷，周建、苏茂逃跑。

吴汉进城安抚百姓，留下杜茂、陈俊防守，自己率兵追赶周建、苏茂，直抵睢阳。周建与苏茂进城拜见刘永，一同守御。吴汉与盖延合兵，日夜猛攻。城中被困了将近一百天，再加上周建、苏茂的败兵从外面逃进来，人数虽然越来越多，粮食却越来越少，无奈之下，只好保护刘永突围逃走。盖延从后面追击，刘永等人拼命乱跑，快到酂城时，刘永的部下已经四散逃去，连周建、苏茂也各自逃命去了，只有部将庆吾还跟着刘永。庆吾见刘永不能成事，于是眉头一皱，计上心头，悄悄拔出佩刀，向刘永脑后劈去，刘永未曾防备，当场被砍死。庆吾枭了刘永的首级，献给盖延。盖延令庆吾拿着刘永的人头入都，庆吾因此被封侯。

刘永的弟弟刘防守御睢阳，听说刘永已死，也开城投降。刘永的儿子刘纡跟着周建、苏茂一同抵达垂惠。周建、苏茂立刘纡为梁王，企图东山再起。刘纡派人到剧城，报告情况。剧城是张步居住的地方，他见刘纡派来使者，就想尊刘纡为帝，自称定汉公。因琅玡太守王闳极力劝阻，张步才打消这个念头，只将来使遣回。张步既不愿听命于刘纡，又不肯归顺洛阳，还杀死洛阳使臣伏隆，据地称雄。

燕王彭宠之死

彭宠自称燕王已有一年。光武帝本想御驾亲征，大司徒伏湛上书阻止，光武帝打消了亲征的念头，只令建义大将军朱祐、建威大将军耿弇、征虏将军祭遵、骁骑将军刘喜等，出兵攻打北方。涿郡太守张丰响应彭宠，成为彭宠的屏障。祭遵认为不除掉张丰，就无法消灭彭宠，于是领兵先行。祭遵赶到涿郡城下，奋勇攻城，城中大乱，功曹孟厷抓住张丰，献给祭遵。祭遵立即下令将张丰斩首，然后据实上奏。光武帝听说张丰被杀，当然欣慰。只因岑彭攻打秦丰，几个月也没有传来捷报，于是将朱祐调去帮助岑彭，留祭遵屯兵良乡，刘喜屯兵阳乡，让耿弇进攻渔阳。耿弇因父亲耿况与彭宠同立战功，怕遭到猜忌，不敢单独行动，于是上书请求回洛阳，希望将渔阳的功劳让给祭遵。光武帝立即下诏："将军曾带领宗族归顺，因公忘私，功劳卓著，现在又会有什么嫌疑呢？"耿弇接到诏令，就给父亲写信，请耿况为国效力，夹攻彭宠。

耿况看到儿子的书信后，便派耿弇的弟弟耿国入都。光武帝为嘉奖耿况的忠诚，晋封耿况为隃麋侯。彭宠兵分两路，分别攻打祭遵、刘喜：一路由彭宠领兵数万攻打祭遵；一路由弟弟彭纯领着几千匈奴骑兵，攻打刘喜。彭纯走到军都县，忽然遇到一队人马头杀来，彭纯措手不及，慌忙后退。彭纯手下的两个匈奴将领，不知利害，向前迎战，谁知上谷骑兵比胡骑还要厉害，无人敢挡。还有一位青年骁将，一马当先，挥槊杀人，刀锋所到之处，无不鲜血淋漓，两个匈奴将领都做了他槊下的无头鬼。其余的人自然逃散，彭纯也逃了回去。这位青年骁将就是耿况的次子耿舒。耿况曾派人到渔阳打探消息，得知彭纯出发后，就派次子耿舒率兵前去拦截。彭纯不曾防备，被耿舒打败。军都县本已归附彭宠，此次耿舒乘胜进攻，将它唾手得来。彭宠听说彭纯战败，军都县失守，不禁胆战心惊，连忙领兵折回，又担心祭遵、刘喜与耿况合兵攻来，因此日夜不安。渔阳城内的百姓，也担忧得很。

蹉跎了几个月，已是建武五年。子密等三人见彭宠心烦意乱，不能成就大事，就暗中密谋，计划将彭宠夫妇杀死，投降汉朝。三人等彭宠躺在床上时，进去把彭宠绑住，然后出去宣告说大王斋戒，令众人回去休息。等外吏离开，三人又假传彭宠的命令，召来彭宠的妻子。彭宠的妻子不知是何原因，见彭宠被捆住，忍不住惊叫道："有人造反！"刚说到"反"字，已被人揪住头发。子密一巴掌向她脸上扇去，扇得她面目红肿，不敢出声。彭宠慌忙大声说："快去为各位将军准备行装，不要多说！"子密等人才将她释放，跟她进去取金银珠宝，只留一个下人看守彭宠。

子密等取来珍宝，又将彭宠的妻子赶进卧室，逼她缝两个布袋。彭宠的妻子不敢不从，等布袋缝好，已经半夜了。子密又逼着彭宠写下一封书信，命令守城的将士开门。彭宠已像傀儡一般，写好之后，子密便将他的人头割下，转身又给彭宠的妻子一刀。他们将彭庞夫妇二人的人头装入那两个布袋中，带着彭宠的书信，直奔洛阳。

彭宠夫妇死后，尚书韩立等人立彭宠的儿子彭午为王。才过几天，国师韩利又割下彭午的头颅，献给征虏将军祭遵。祭遵进入渔阳，杀光彭宠的族人，然后派人据实上奏。光武帝封子密为不义侯。

北方平定后，只有东南一带还没有肃清。征南大将军岑彭与秦丰的部将蔡宏相持几个月，不分胜负。光武帝派朱祐前去援助，并下诏斥责岑彭。岑彭又怕又气，不等朱祐到来，便一鼓作气，打败秦丰，秦丰逃回黎邱，蔡宏被岑彭的部下杀死。彭岑逼近黎邱，秦丰的部下赵京出城投降。岑彭据实上奏，光武帝加封岑彭为舞阴侯，封赵京为成汉将军。岑彭带领赵京一同围攻黎邱，建义大将军朱祐也领兵赶到，与岑彭一起攻打秦丰。秦丰的部下田戎，自称扫地大将军，听说秦丰被围，惊惶得很，便想归顺洛阳。秦丰有好几个妻子，其中一个妻子母家姓辛，兄长叫辛臣，在田戎帐下做事。田戎让辛臣坚守夷陵，自己率兵到黎邱，打算到岑彭那里投降。不料辛臣盗取珍宝，抛弃夷陵，率兵从小路投降岑彭。田戎怕辛臣进谗，因此不敢投降汉朝，只说是前去营救秦丰。

岑彭留下朱祐围城，自己领兵攻打田戎。田戎支撑不住，连战连败，部将伍公投降岑彭，田戎逃回夷陵。光武帝亲自到黎邱慰劳将士，封赏一百多人。后来探知城中只有一千兵马，粮食也快没有了，光武帝就留下朱祐单独攻打黎邱，让岑彭与积弩将军傅俊一起讨伐田戎，自己起驾回都。

岑彭与傅俊攻打夷陵，田戎出兵迎战，伤亡无数，于是将夷陵舍去，向西逃走。岑彭追到秭归，因田戎翻山越岭，直奔蜀地，不便追赶，只好班师回去。朱祐围攻秦丰，秦丰自知危险，忙向外郡求援。秦丰的部将张康从蔡阳前来增援，与朱祐打了几十天，并将粮食输送给秦丰，城内得到粮食后，拼命坚守。朱祐分兵绕到张康营后，然后带领部下直捣张康大营，张康进退无路，被朱祐一刀砍死。

到建武五年夏天，秦丰兵尽粮绝，无计可施，只得与母亲、妻儿出城投降。光武帝因他负隅顽抗，罪无可赦，下令将秦丰正法。另派捕虏将军马武、骑都尉王霸，攻打刘纡。刘纡向海西王董宪求救，董宪正准备率兵支援，不料兰陵守将贲休举城投降，董宪怒不可遏，于是率兵围攻兰陵。虎牙大将军盖延正屯兵楚郡，听说兰陵被围，就与平狄将军庞萌一起支援兰陵。光武帝下诏："董宪的巢穴在郯城，如果直捣郯城，兰陵自然解围。"盖延接到诏令，马上领兵出发，只因途中接连收到兰陵的警报，不得已先去兰陵。董宪只派遣偏将迎战，盖延率兵将其击退，进入城中。

过了一夜，董宪纠集大队人马围攻兰陵，盖延才知中计，于是领兵冲出，去攻打郯城。光武帝得知后，传令责备盖延："朕让将军前去攻打郯城，无非是想趁他不备去偷袭。将军却先去解救兰陵，还没有打退敌人，又想去进攻郯城，郯城的敌人已有防备，兰陵更加危急，岂不是越弄越糟吗?"盖延此时已到郯城，不能再返回，只好全力猛攻，果然久攻不下。

不久，兰陵被董宪攻陷，贲休战死。刘纡见董宪不到，就让苏茂出去招集党羽。苏茂得了四千人，回来解救垂惠，趁机截击汉军的粮道。马武前去解救，交战的时候，城中又冲出周建。马武腹背受敌，只好冲开一条血路，逃到王霸营中求救。王霸装聋作哑，不肯出兵。马武见王霸不肯出兵解救，下令与苏茂、周建决一死战，喊杀声惊天动地。过了两三个时辰，王霸营中的壮士路润等人忍耐不住，请求发兵相助，王霸这才出兵。苏茂、周建正与马武打斗，不料后边来了一位金盔铁甲的大将军。周建急忙回马接战，不到三个回合，就受了重伤，于是掉转马头逃走。苏茂看到后，也退了回去。马武见来将打退苏茂、周建，心中十分欢喜，仔细一看，竟是王霸。

又过了两天，苏茂、周建率兵到王霸营前挑战，王霸安坐营中，与将士饮酒作乐，谈笑自如，并对将士们说："苏茂率兵前来解救垂惠，因为粮食不够，才一再挑战。现在我们闭营休息，以逸待劳，定会大获全胜。"将士似信非信，好容易等到晚上，营外已没有动静，敌人全部退去了。半夜有人进来禀报，说苏茂、周建不能进城，逃往别处去了。

过了一夜，城中守将周诵递来降书，王霸慨然答应，与马武一起进城。刘纡本来在城中，听说周诵投降，急忙率领卫士逃往西防，投靠佼强。周建负伤逃跑，在途中死去。苏茂逃到下邳，与董宪合兵。

那时候，盖延还没有攻下郯城，屯兵城外。平狄将军庞萌起了歹意，竟率兵袭击盖延的营垒。盖延猝不及防，仓皇逃走。庞萌平时谦逊有礼，光武帝很信任他，就封他为平狄将军。现在他与盖延一同讨伐董宪，竟然反叛，光武帝非常气愤，传令众将："我曾说庞萌是社稷之臣，不料他竟然反叛，希望你们厉兵秣马，聚集睢阳，等我亲自督战。"光武帝御驾亲征，走到蒙城，听说彭城失陷，太守孙萌被庞萌抓住，差点儿被杀。光武帝顾不上休息，留下军用物资，率领骑兵赶往任城。

庞萌自称东平王，听说皇帝御驾亲征，便去禀报董宪。董宪让刘纡进入兰陵，让苏茂、佼强援助庞萌。庞萌屯兵桃城，拦住光武帝。桃城距任城仅有六十里，庞萌以为定有一场恶战，谁知等了三天，毫无动静。他吃惊地说："听说皇帝日夜兼程，远道而来，现在竟住在任城，不发一兵，究竟是什么意思？真是令人不解！"

正疑惑的时候，光武帝亲自率领大军前来，吴汉、王常、盖延、马武、王霸等身经百战的良将，全部到来，直抵桃城。庞萌只得硬着头皮迎敌，仿佛以卵击石，飞蛾扑火，不到半天，部下已死了一半。苏茂、佼强领兵先撤，庞萌也落荒而逃。

智勇双全的耿将军

光武帝从桃城出发，辗转来到湖陵，探知董宪、刘纡合兵数万，占据昌虑，于是率兵攻打。庞萌、苏茂、佼强三人从桃城逃走后，辗转投奔董宪。董宪见部下越来越多，渐渐骄傲起来，戒备也松懈下来了。光武帝探知消息后，率领将士赶到昌虑，分头进攻董宪的大营。董宪慌忙分兵防备，勉强支持了三天，最终被汉军捣破营垒。董宪骑马逃走，庞萌与董宪一同逃往缯山。苏茂来不及跟随，投奔张步。刘纡趁乱逃出军营，只有佼强解甲投降。光武帝连得大捷，又派吴汉率军追剿。

董宪与宠萌从缯山逃出，招集一百多人，回到郯城。吴汉等人从后面追来，董宪、庞萌寡不敌众，自知守不住郯城，又逃往朐城。吴汉紧追不舍。朐城属东海郡，地势险要，储粮颇多，董宪、庞萌据险防守，吴汉倒也不能立刻拿下。刘纡东跑西走，厮混了好几天，被追随他的高扈砍下头颅，献给光武帝。

光武帝因梁地已经平定，乘便到鲁地祭祀孔子，并派建威大将军耿弇讨伐张步。张步听说耿弇将要到来，就让部将费邑屯兵历下，又分兵驻守祝阿，另外在泰山、锺城等地扎营防守。耿弇先攻打祝阿，半天就攻下了，却故意网开一面，让守兵逃跑。守兵一齐逃到锺城。锺城人听说祝阿失陷，当然恐惧，你也逃、我也走，只剩下几座营垒，寂静无人。耿弇并不去夺取，反而领兵攻打巨里。巨里由费邑的弟弟费敢把守，耿弇扬言三天就能攻破巨里。费邑听说后，担心弟弟失守，率领精兵三万前来支援巨里。耿弇得知后，高兴地对众将说："费邑果然中计了，自己前来送死。"于是派三千将士直逼巨里城下，自己率精兵一万，在一座高山上做好埋伏。

费邑领兵前来，刚走到山下，听见山上一声鼓响，竖起一面大旗，上面有一个"耿"字随风飘荡，却没有一人下山。费邑等了很久，见没有人影，率众继续前进。山上的鼓声再次响起，几百个人突然出现在山顶，拿着兵器似乎要冲下来。费邑等了半天，却不见有人下来，刚要前进，鼓声越来越紧，旗帜越来越多，令人不知所措。随后猛听到一声呐喊，已有无数人马冲入军中。

费邑慌忙迎敌，无奈来兵气势汹汹，并且部下军心已经散乱，因此更加手足无措。费邑正要撤退，不料有一个大将策马前来，劈头一刀，费邑来不及躲闪，头颅已被砍下。军队失去了主帅，士兵顿时四处逃跑。斩掉费邑的大将正是耿弇。

费敢在巨里城，知道兄长要来支援，打算出兵接应，无奈城下有几千个汉兵堵住城门，也只好在城内安心等着。忽然汉兵大队人马赶到，先锋拿着一个血淋淋的首级。费敢一时难以辨认，只听汉兵大叫道：

“这是费邑的头颅，你们看仔细了，如果再不出来投降，也要与这个头颅一样了！”费敢仔细一看，果然是兄长的人头，不禁痛哭流涕。守兵都很惊慌，无心防御，趁夜逃走了，费敢也赶忙逃回剧城。耿弇又接连攻下四十多座营垒，于是济南平定。

张步派弟弟张蓝领兵两万防守西安，又征集各郡将士一万多人防守临淄。两城相隔上千里。耿弇抵达画中，命令众将部署人马，约定五日后攻打西安。到了第五天，众将聚集在一起，接到的命令却是在第二天早上攻打临淄。护军荀梁因这次的军令与前次不一样，进帐问道：“以前说攻打西安，现在为什么转而攻打临淄呢？”耿弇答道：“西安虽小，却很坚固，张蓝的部下又都是精兵，不容易攻下。临淄似乎是个大城，守兵却是乌合之众，容易攻下。我以前说将要攻打西安，是声东击西的计策。现在不攻打西安，却去攻打临淄，是攻其不备，临淄一攻下，西安也难以守住了，一举两得。”荀梁默然退下。

耿弇乘夜出兵，直攻临淄，城内果然来不及防备，半天就攻下了。再转攻西安，张步已经逃回剧城。荀梁等人因此都很佩服耿弇。耿弇安抚百姓，严禁士兵骚扰民众，并传令说张步罪在不赦，如果他前来送死，务必生擒。这话传到剧城，张步大笑道：“我自领兵以来，战无不胜，尤来、大枪的十几万人都被我消灭了。耿弇的部下还不如他们，士兵又很疲劳，反而说出这样的大话，岂不可笑？看我与他交战，究竟谁胜谁负？”于是与三个弟弟张蓝、张弘、张寿以及降贼重异等率兵前来，号称二十万大军，抵达临淄城东，指日攻城。耿弇闭城自守，并不应战。

重异领着部下前来挑战，耿弇的部将想出去迎战，耿弇反而让各军退回小城，只派都尉刘歆及泰山太守陈俊，布兵列阵，在城下驻扎。重异认为耿弇不敢迎战，越逼越紧；张步也自恃人多势众，随后赶到，一起进攻刘歆、陈俊。刘歆与陈俊不得不战，于是双方交起手来。耿弇登高远望，见城外两军交战，立即率兵从东门出来，向张步的军队横冲过去。张步招架不住，忙令弓弩手放箭射向耿弇。耿弇用盾护着，继续战斗。突然一支箭射中耿弇的大腿，耿弇并不惊慌，继续战斗。张步毕竟人多势众，虽然死伤惨重，还是不肯退去。一直打到日暮，张步才战败退却。

光武帝当时在鲁地，接到耿弇的书信后，放心不下，于是领兵东行，亲自去救援耿弇。耿弇正准备与张步再战，恰逢张步率兵到来，双方从早上打到傍晚。耿弇料到张步将要退兵，就派一部分人绕到张步身后，埋伏在两旁。等到天黑，张步果然率兵退去，伏兵突然杀出，张步抱头先逃，后面的部下都做了无头鬼。

过了几天，光武帝来到临淄，耿弇率领众将跪在路边迎接。光武帝当面慰问几句，令耿弇等人起身进城。光武帝因耿弇打了胜仗，格外高兴，于是大摆宴席，犒赏群臣，并当面嘉奖了耿弇。休息了一夜，光武帝便与耿弇一起攻打剧城。张步打了败仗，才知耿弇谋略过人，不可力敌。又听说光武帝亲自指挥，更加惊慌。张蓝、张弘、张寿比张步还胆小，分别领兵离去，张步随后也弃城逃走。城中没有了主帅，自然开门投降。耿弇来不及进城，又领兵追赶张步。张步逃往平寿，碰巧苏茂招集旧部共有一万多人，前来支援张步。

不久，耿弇率兵赶到，张步不敢迎战，只是与苏茂坚守。光武帝派人告诉张步，如果他杀了苏茂前来投降，就封他为列侯。张步于是将苏茂杀死，出城投降。耿弇把张步送到剧城，请光武帝发落，自己则进城安抚军民。耿弇见张步还有十万部下，军用物资七千多车，当场拿出一些钱财分发给张步的部下，让他们离去。张步到了剧城，叩头谢罪，光武帝没有食言，封张步为安邱侯，并传诏赦免张步的弟弟。张蓝、张弘、张寿相继归降，琅玡太守王闳也举城投降。光武帝提升陈俊为琅玡太守，并派耿弇消灭剩余的盗贼；自己带着张步回都，令张步与妻儿一同住在洛阳。

陈俊进入琅玡境内，盗贼立马散去。耿弇攻到城阳，五校余党全部投降。齐地平定以后，耿弇领兵还朝。张步在洛阳居住不久，又起了反叛之心，悄悄带着妻子儿女逃到临淮，想再次招集旧部，结果被琅玡太守陈俊杀死，全家都死于非命。

转眼就是建武六年，光武帝收到两个捷报。李宪占据庐江郡，自称淮南王，建武三年，居然称帝，设置九卿百官，管辖九座城池，部下有十多万。第二年，汉扬武将军马成奉诏讨伐李宪。马成，字君迁，南阳郡棘阳县人。光武帝让他协同诛虏将军刘隆、振威将军宋登、射声校尉王赏，调发会稽、丹阳、九江、六安四郡兵马，进攻舒城。舒城是李宪的根据地，守备甚严。马成到了城下，巡视一遍，见此城不容易攻下，就选了一个地方安营，只求自守，不求进攻。马成把情况上报给洛阳，说须等到一两年后，才能将敌人消灭。光武帝准许马成见机行事，马成于是坚守不动。李宪多次出来挑战，马成始终严守，数月不同李宪打仗，只是分兵袭击李宪的粮道，然后逐渐围城，四面筑起栅栏，以守为攻。

李宪派兵突围，但多次被击退。直到建武六年，城中没有了粮食，马成才鼓舞将士，奋力攻城。不到十天，便将城池攻破。李宪拼命杀出重围，连妻儿都来不及带走，落荒而逃。马成将李宪全家杀死，又派人追捕李宪。过了两天，有人拿着人头前来投降，问明情况，原来是李宪的部下杀死了李宪。马成乘势攻占这九座城池，江淮最终得以平定。马成凯旋回朝，晋封为平舒侯。

同时，吴汉攻下朐城，抓住了董宪的家人。董宪与庞萌连夜逃到赣榆，琅玡太守陈俊听说后，率兵前去攻打。董宪、庞萌途穷末路，再次仓皇逃走，随从只有几十个骑兵。董宪不禁欷歔道："数年称王，一朝被灭，妻儿都被逮去，国破家亡，还有什么好说的呢？"说到这里，对随从骑兵说："你们追随我数年，被我拖累，竟得到这样的结局，岂不可怜？"骑兵听了这话，都悲伤不已。突然看到后面尘土大起，又有追兵杀来，董宪、庞萌慌忙奔逃。快到方舆时，被来将追上，董宪被杀，首级由来将取走。来将是吴汉部下的校尉韩湛，韩湛斩了董宪的首级，又去追赶庞萌。庞萌从乱军中逃出，逃到方舆人黔陵家内。黔陵见他狼狈不堪，一再盘问，庞萌才说出真实姓名。黔陵假装留他住宿，趁他睡熟的时候，将他杀死，并把首级送到吴汉军前。吴汉将董宪、庞萌的人头送到洛阳，并报明韩湛、黔陵二人的功劳，二人都被封侯。

山东平定后，各将士奉诏西归，光武帝开始谋划西征。

隗嚣叛乱

建武六年，关东平定，光武帝计划西征陇、蜀。蜀地被公孙述占据，他在那里称王称帝，雄霸一方。陇西一带，要算隗嚣势力最强。隗嚣以前曾归附汉朝，帮助汉军攻打赤眉，被封为西州大将军，管理凉州、朔方等地。不久，陈仓人吕鲔拥兵数万，与公孙述联合起来攻打三辅。汉征西大将军冯异边战边守，隗嚣又派兵救援冯异，赶走了吕鲔。冯异与隗嚣都上书报告战况，光武帝亲自写书信嘉奖隗嚣。当时，公孙述已经称帝，把大司空扶安王的官印送给隗嚣。隗嚣觉得光武帝待他不薄，不便背叛汉朝，就把来使斩首，出兵驻防边境。公孙述十分恼怒，立即发兵攻打隗嚣。隗嚣接连几次打败公孙述，公孙述也无可奈何。关中汉将多次上书请求攻打西蜀，光武帝想让隗嚣一同讨伐。隗嚣认为时机未到，不宜攻打西蜀。光武帝怀疑隗嚣是在两面讨好，就渐渐疏远了他。隗嚣也改变初衷，产生了叛变的想法。

隗嚣的部将马援，字文渊，扶风郡茂陵县人。马援少年丧父，跟着兄长生活，胸怀大志。长兄马况对他另眼相看，说马援将来定会大器晚成。不久，马况病死，马援守丧一年，不离坟墓，又孝敬寡嫂。隗嚣到天水招揽人才时，任用马援为绥德将军，让他参与谋议。马援与公孙述原本相识，隗嚣满怀犹豫，不能确定联汉还是联蜀，就特派马援先去蜀中，探察虚实。

马援到了成都，以为会与公孙述相见如故，可以与他畅谈一番。谁知公孙述只是与他说了几句，便让他居住在客馆。马援回到西州对隗嚣说："公孙述是井底之蛙，没有远谋，妄自尊大，我们不如听命于洛阳。"隗嚣又派马援到洛阳。光武帝在宣德殿迎接马援，笑着对他说："你徘徊在二帝之间，今天前来相见，我很高兴。"马援叩头拜谢道："现在，不但君在择臣，臣也在择君。我本来与公孙述同县，关系很好。前次我前往蜀中，公孙述带了很多侍卫接见我。现在我来到这里，陛下怎知我不是刺客，为何不加以防备呢?"光武帝又笑着说："你不是刺客，而是一个说客啊。"马援说："天下大乱，称王称帝的不计其数，如今见了陛下，才知真帝王的风采。"光武帝于是留马援在都城，常与他一同出游。

过了几个月，光武帝才让大中大夫来歙拿着符节，护送马援回去。隗嚣见马援回来，非常欢喜，详细询问情况。马援说道："这次到洛阳，与汉帝相见十多次，每次都与汉帝从早晨谈到晚上，他确实是一位英明的主子，与众不同。"不久，大中大夫来歙传旨给隗嚣，劝他派儿子入都。隗嚣听说刘永、彭宠都已破灭，就派遣长子隗恂随来歙前往洛阳。马援也带着家人一同赶到洛阳。

光武帝任命隗恂为胡骑校尉，封镌恙侯。马援在洛阳住了几个月，不得要职，心想京城周边土地平旷，于是上书请求到上林苑种田。光武帝准他所请，马援告辞离去。光武帝不重用马援，究竟何意呢？原来隗嚣虽然让儿子入都，却始终心怀二意，他与部下班彪谈起秦汉的兴亡，曾说江山不应当再属汉家，班彪却认为汉朝必定复兴。隗嚣不以为然，班彪反复劝谏，隗嚣仍然执迷不悟。班彪于是借口离去，躲到河西。河西五郡大将军窦融与班彪相识，听说班彪离开隗嚣前来，就把他请了过去，如同上宾一样招待他。班彪于是替窦融出谋划策，知无不言。窦融居住在河西，与洛阳断绝音讯，隗嚣曾封他为将军。隗嚣有了反叛的想法后，特派辩士张玄劝窦融联络陇蜀。窦融曾召集部下商议，部下多认为汉帝将来必会统一天下。窦融于是婉言谢绝张玄，让他回去。此次见了班彪，就下定决心听命于汉朝，并让他写好书信，交给长史刘钧，送到洛阳。光武帝也有心招抚河西，对刘钧好言慰问，盛宴款待，并让他回去复命，封窦融为凉州牧守，赐金二百斤。窦融决定拒绝隗嚣，虽然还与他互通使节，不过是虚与应酬。

隗嚣手下的豪杰，首推马援，其次是班彪、郑兴、杜林，他们个个博学多闻，见识不凡。隗嚣留不住他们，如同失去羽翼。剩下一群庸才，都怂恿隗嚣称帝。当时有一个叫王元的人，自恃胆量过人，藐视中原人，乘机劝隗嚣称霸。隗嚣听了王元的话，不禁眉飞色舞，得意扬扬。治书申屠刚劝隗嚣听命于汉帝，隗嚣听后，闷闷不乐。隗嚣不想总是听命于汉室，便听了王元的话，暗图不轨，表面上却派部下到洛阳大献殷勤。

隗嚣的使者路过征西大将军冯异营前时，竟被仇人杀死，于是谣言四起，说冯异将自称咸阳王，不再听从汉帝的命令，所以才杀死隗嚣派来的使臣，甚至有人上书弹劾冯异。冯异入关三年有余，除暴安良，百姓信服。冯异听到流言后，心中不安，便上书乞求回都。光武帝正要攻打陇蜀，想与冯异当面商议，就答应让他入朝进见。冯异来到朝中，叩头行礼，光武帝对群臣说："这是我起兵时的主簿，为我冲锋陷阵，平定关中，功劳很大啊！"说着，又令中黄门取出珍宝、衣服之类的东西，当面赐给冯异。光武帝对冯异说："芜蒌亭的豆粥、滹沱河的麦饭，朕至今不忘，只恨无法报答你。"冯异起身拜谢道："臣听说管仲对齐桓公说，'愿君勿忘射钩，臣勿忘槛车。'君臣相勉，最终使齐国称霸。臣现在希望陛下不要忘记在河北时的事情，臣也不敢忘记陛下的隆恩！"光武帝非常欢喜，与冯异一同进入内庭，商议陇蜀的事情。光武帝说："朕因将士长期作战，疲惫不堪，本想将那两个竖子置之度外，可是公孙述不肯收敛，隗嚣又心怀二意，将来必成后患，你认为该怎样处置呢？"冯异回答说："二人占据西南，如果不发兵惩戒，难以降服他们，臣愿意为国家效力！"光武帝又说道："关中是陇蜀要害，你不便离开，万不得已，朕会亲自到长安，调发兵马，先讨伐蜀地。"冯异又陈述了陇蜀的地势，直到太阳落山才退出。此后又进宫拜见几次，与光武帝商议好讨伐蜀地的策略，才告辞返回关中。以前冯异奉命西征，没有带家眷，现在光武帝准允他带妻儿同行，无非是坦诚相待的意思。

公孙述招揽延岑、田戎二军，令延岑为大司马，封为汝宁王，田戎为翼江王。特派部将任满与田戎同出江关，沿途招收田戎的旧部，企图进攻荆州等地。骑都尉荆邯向公孙述献计，请他赶快发兵，令田戎占据江陵，延岑到汉中平定三辅①，与汉朝抗衡。公孙述召问群臣，博士吴柱等人都认为不宜远征，弟弟公孙光也劝公孙述依险自固。公孙述犹豫不决。延岑、田戎多次请求发兵，公孙述认为降将难以深信，不久又立两个幼子为王。左右说成败难以确定，不应突然分封皇子，只顾私情。公孙述也不听从，部下多有怨言。

光武帝恨公孙述倔强，立即亲自到长安，拜祭园陵。园陵被赤眉毁坏，已由冯异入关修葺。光武帝拜祭完毕后，命建威大将军耿弇、虎牙大将军盖延等七军，从陇道讨伐蜀地。士兵动身时，光武帝又派来歙带着玺书到隗嚣那里，要他立即发兵，夹击公孙述。来歙已升任为中郎将，一到天水，就将玺书交给隗嚣，隗嚣看完后，许久不发一言。来歙问他是否愿意出兵，隗嚣仍然不答应。来歙异常恼怒，想拔剑刺杀隗嚣，毕竟隗嚣身旁的卫士较多，来歙无从下手，就走了出去。王元用眼睛暗示士兵，想要杀害来歙。隗嚣也怒不可遏，派牛邯追上来歙，将他团团围住。王遵出面阻止，说两国相争，不斩来使，况且来歙是汉帝的亲戚，杀了他也无用，只会激怒汉帝，而且隗恂还留在洛阳做人质，何苦拿一个儿子去换一个使臣的性命呢，不如让他回去。隗嚣因为爱惜自己的儿子，只好放来歙回去，然后派王元领兵一万，占据陇坻，伐木塞道，挡住汉军。

三请严光

王元奉隗嚣之命，占据陇坻，阻挡汉军。汉军还未得到确切音讯，贸然前往，快到陇坻时，见前面有木石阻道，已经惊心，但没遇到兵将，还想进去。于是将木石搬开，好容易开通一段道路，走了一程，突然听到陇上鼓角齐鸣，一群将士从高处冲下，拿着长枪大戟，奔向汉军。

---

①三辅：汉景帝时，把京畿官内史分为左右内史与都尉，共同管理京城长安。武帝时，改右内史为京兆尹，管理长安以东；改左内史为左冯翊，管理长陵以北；改都尉为右扶风，管理渭城以西。三辅所管辖的地区也称三辅。

汉军已经人困马乏，只得退去。可敌人凶悍得很，再加上领兵的主将是隗嚣部下的王元，他本想一举消灭汉军，怎肯轻易放过？汉军叫苦连天，慌忙退去，已经来不及了，前队多被杀死，后队自相踩踏，又死伤多人。

耿弇、盖延虽然能征善战，此时也无计可施。王元紧追不舍，隗嚣又带着大队人马赶来，漫山遍野。汉军只恨腿短，逃得不快。隗嚣与王元步步相逼，一点儿也不肯放松。这下子惹恼了捕虏将军马武，他激励勇士，转身断后，手拿一支长戟，向隗嚣军中冲杀过去，勇士们一齐跟上，杀死追兵数百人。隗嚣的部下乘兴追来，不料遇上这场回马阵，吓得手忙脚乱，一齐退去。隗嚣与王元也担心有闪失，于是鸣金收兵，汉军才得以退回长安。

光武帝当时已经回都，听说众将战败，急忙让耿弇率军赶到漆邑，祭遵率军奔赴汧城，命吴汉等人驻守长安，另派冯异屯兵栒邑。冯异奉命前往，走到半路时接到报告，说隗嚣的部将行巡要去攻打栒邑，士兵已到下陇。冯异命令将士快速前进，率先进入栒邑。然后让将士偃旗息鼓，静待敌军到来。行巡领兵来到城下，见城上毫无守备，以为栒邑唾手可得，不如休息一会儿再攻打。部下得到命令，都下马散坐，毫无纪律。冯异从城楼上望见，立即领兵杀出。行巡来不及防备，上马就跑，部下更加慌乱。冯异追了几十里，斩杀敌兵无数。同时祭遵在汧城也赶走了王元的军队，汉军士气大振，北地豪杰耿定等人相继投降汉军。马援在上林苑种田，上书陈述攻打隗嚣的计划，光武帝召马援进见，当面询问。马援请命先翦除隗嚣的羽翼，然后攻打他的腹心。光武帝于是调拨五千骑兵，让马援带领，让他伺机行动。

马援先去离间隗嚣的部将高峻、任禹等人。隗嚣的势力更加孤弱，只好上书谢罪。众将认为隗嚣虽然谢罪，但心意不诚，请光武帝诛杀隗嚣在京城做人质的儿子，然后大举讨伐。光武帝于心不忍，又派来歙前去传诏，让隗嚣派次子入都。隗嚣看到诏令，知道光武帝识破诈谋，就不再回复。凉州牧守窦融派弟弟窦友上书，表明心迹。因隗嚣反叛，道路不通，窦友中途折回，另派司马席封，从小路到长安，呈上书信。光武帝回信慰问，情真意切。

窦融又写信谴责隗嚣。过了十天，信使回来，甚是懊恼，说是被隗嚣骂了回来。窦融十分生气，召集河西五郡太守，部署兵马，并上书请示。光武帝下诏褒奖，并把四方贡献的宝物转赐给窦融。窦融感激不尽，毁去隗嚣赐的大将军印，令武威太守梁统刺死隗嚣派来的使臣张玄，发兵攻入金城。隗嚣因汉军压境，又与河西失和，更加孤立无助，只好派人到蜀地称臣，乞求援助。

公孙述封隗嚣为朔宁王，派兵支援他。隗嚣正准备发兵，又听说汉将冯异夺去安定、上郡各城，立即率领三万人马，攻打安定。走到阴繁，恰与冯异相遇，交战数次，没有打胜一仗，快快退回。隗嚣派兵攻打栒城，又被祭遵打败，退回天水。两次跋涉，都无功而返，反而丧失了很多士兵和粮草。隗嚣的部将王遵多次劝谏，都不见隗嚣采纳，恰逢来歙带着招降书到来，王遵就偷偷带着家属投奔洛阳，做了汉朝的大中大夫，被封为向义侯。

光武帝想亲自讨伐隗嚣，偏偏发生日食，于是暂停军事，下诏寻访有才能的人。七里滩边的钓夫姓庄，单名一个光字，字子陵，会稽郡余姚县人。后来改姓严，因此后人称他为严子陵先生。光武帝小时候曾与他一同学习。光武即位后，他却隐姓改名，到了别处。光武帝想念故人，令会稽太守查访严光的踪迹，没有下落，再令海内到处查访，也没有音讯。光武帝始终不肯忘怀，又让画工描绘他的肖像，到处查找。天下无难事，只怕有心人。果然有人上报说在齐国境内有一个男子与图上的人很相似。光武帝高兴地说："这一定是子陵了！"忙令有司拿着厚礼前往齐地。严光不肯承认，说朝廷认错了人。使臣哪里肯放，不论他是真是假，定要请他上车。光武帝听说严光到来，为了不让他乘机逃跑，特命他在北军住下，吃的用的一应俱全。大司徒侯霸与严光相识，忙派部下侯子道拿着书信前去问候。严光读完书信，半晌才问道："我与侯霸已经好久不见了，他向来有痴病，如今位列三公，病好点了吗？"侯子道回答说："位居高官，怎么会有痴病呢？"严光严肃地说："既然没有病，为何派你到这里来呢？"侯子道接口说："司徒听说先生到来，本想亲自过来问候，只因公务繁忙，不能脱身，希望等稍闲一些时前来请教。"严光又笑着说："你说侯霸没有痴病，这岂不是痴想吗？天子派人请我，我尚且不想见，难道会见人臣吗？"侯子道听了，也不与他啰嗦，只求严光写一封回信。严光不写，只让侯子道代为转达："侯霸位列三公，怀仁辅义才能取悦天下，阿谀奉承须得要领！"说到最后一句，立即住口。侯子道想请他多说一些，严光大笑道："多说何用呢？"侯子道于是返报侯霸。

侯霸将严光的话写进奏折呈上。光武帝说道："这就是狂人，不要与他计较！”说完，就亲自去拜访严光。早有人向严光通报，严光置之不理，假装睡觉。光武帝来到床前，见严光还在那里躺着，就用手抚摸着他的肚子说：“子陵，你为何不肯帮助我呢？”严光仍然不起来，过了很久才睁开双眼，也不谢罪，只回答说：“人各有志，何必苦苦相逼呢？”光武帝喟然长叹，然后起驾回宫。

不久又让侯霸邀请严光入宫，共叙旧情。严光这才进宫，不再倨傲。光武帝问严光：“你看我与前日相比怎么样？”严光回答说：“好像比以往更好！”光武帝鼓掌大笑，留严光同吃同住。睡觉时，严光把脚放在光武帝的肚子上，假装睡熟，好一会才将腿挪去。第二早晨，太史说客星侵犯御座，情况危急。光武帝笑着说：“这是因为朕与故人子陵同睡一床。”说完，当面封严光为谏议大夫。严光既不拜谢，也不辞别，拂袖离去。回到富春山，严光仍旧以打鱼为生，活到八十岁才去世。今浙江省桐庐县南，有严陵濑，与七里滩临近，后面有一座山，名叫严山，山下一块石头，能容纳十个人，就是严光钓鱼的地方，民间称其为严子陵钓台。

渔阳告平以后，光武帝曾派茂陵人郭伋做渔阳太守。郭伋安抚百姓，铲除盗贼，境内安定。只有卢芳占据北塞，多次率领匈奴兵入侵，成为边患。郭伋整顿兵马，阻止胡骑南下，百姓得以安居乐业，中外都称他是贤太守。大司空宋弘被罢官以后，朝臣多举荐郭伋代任。光武帝认为卢芳还在，不便将郭伋调回，所以没有答应。

建武七年三月，发生日食，光武帝下诏令百官上书言事。当时杜林、郑兴等人已回到故乡，都被光武帝召来，并封了官职：杜林为侍御史，郑兴为大中大夫。他们上言说应听从众人的意见，调郭伋为大司空。光武帝下诏褒奖他们，只是仍不愿调回郭伋，却令妹夫李通代任。李通首先倡义起兵，终成大业，加上娶公主为妻，地位非同寻常，但他仍然处事谦恭，不敢骄傲，所以能保全爵位，得以善终。太傅褒德侯卓茂已经病逝，特赐给棺材坟地，表彰他的功劳。前侍御史杜诗接连担任沛郡、汝南各地的都尉，各个地方都被他治理得很好，于是又调任他为南阳太守。南阳是光武帝的故乡，跟随他起兵的大臣多半来自南阳，历任南阳太守都担惊受怕，怕得罪贵戚。杜诗上任后，兴利除害，政治清平，无论贵贱全部信服。在南阳数年，人们都能自给自足，当时人们把杜诗比作前汉的召信臣。召信臣曾做过南阳太守，也是一位施德行惠的好官。所以在南阳流传两句话：“前有召父，后有杜母。”

转眼又是一年，光武帝想到陇西还没有平定，又要派兵征讨了。

得陇望蜀

建武八年春天，中郎将来歙与征虏将军祭遵奉命西征，进攻略阳。祭遵在途中得病，返回都中。来歙率领两千精兵，伐山开路，直抵略阳城下。略阳的守将叫金梁，事先没有防备，等听到城外的鼓声，才登城眺望，谁知脚还没站稳，头已经不见了。城中没有了主将，逃的逃降的降，不一会儿，来歙便占领了略阳城。逃跑的士兵禀报隗嚣，隗嚣吃惊地说："这军队是从哪里来的？怎么如此神速呢？"话还没说完，王元、行巡等人已经站出来，请求立即发兵。隗嚣派王元前往陇坻，行巡守住番须口，王孟堵住鸡头道，牛邯屯兵瓦亭，自己率兵一万围攻略阳。略阳是西州要害，被来歙攻破后，光武帝非常欢喜，笑着对从将说："来将军攻破略阳，便是捣入隗嚣的心脏，心脏一坏，肢体自然就溃散了！"

这时，吴汉等人上书说正出兵援助来歙。光武帝看了，懊恼地说："谁叫他前去援助？隗嚣失去这么重要的城池，必派精锐的部队前去攻打。略阳城池坚固，短时间内不会拿下。等隗嚣的部下困倦了，才好乘危进攻啊！"说着，就派使臣追回吴汉等人，只让来歙单独防守。隗嚣率兵把略阳城团团围住，四面猛扑，还是不能攻下。公孙述也派部将李育、田弇帮助隗嚣攻打来歙，还是不能攻克。

过了两三个月，略阳城仍安然无恙。隗嚣心急如焚，伐木筑堤，决水灌城，费尽心思。来歙领兵坚守，随机应变，誓死不肯离去。光武帝听说略阳危急，下诏亲征。光禄勋郭宪阻止道："东方刚刚平定，陛下不能远征。"光武帝摇头不答，郭宪拔出佩刀，砍断銮舆中的缰绳，光武帝还是不肯听从。走到漆邑，众将都说皇上不应深入，光武帝犹豫不决。恰逢马援连夜到来，报名求见，光武帝立即召他进来商议军情。马援说："隗嚣的将士已经快瓦解了，只要陛下的大军一到，必破无疑。"接着又在光武帝面前详细陈述哪里可攻，哪里可守，说得明明白白。光武帝醒悟道："此计甚妙！"第二天早上，就率军前进。凉州牧守窦融率领五郡太守及俘虏小月氏等番兵前来相会，共计数万人，军用物资五千多车。光武帝大摆酒席款待窦融，并犒劳他的部下。两军合兵攻打陇地，分头深入，势如破竹。隗嚣接到报告，自知不能抵敌，退回天水，略阳城得以解围。大中大夫王遵自归汉以后，很得皇帝的宠信。此次随驾西征，因为他与隗嚣的部将牛邯关系很好，就奏明光武帝，写书信招降牛邯。

牛邯看到书信后，觉得西州最终打不过汉兵，于是投降汉朝。光武帝慰问一番后，封他为大中大夫。大约过了一个月，隗嚣的十三个部将、十六座城池、十多万士兵全部投降。隗嚣非常惊慌，急忙派王元到蜀地乞求援助，自己带领妻儿逃往西城，投靠大将军杨广。蜀将田邦、李育，一时无法回到蜀地，只好退回上邽。

光武帝到了略阳，来歙出郊迎接。进城之后，大摆宴席。因来歙立了大功，光武帝就让他坐在上手，又赐给来歙的妻子布帛一千匹。紧接着，光武帝进兵上邽，派人通告隗嚣："你如果束手就擒，定让你们父子相见，既往不咎。"隗嚣仍然不肯答复。光武帝传诏诛杀隗恂，派吴汉、岑彭围攻西城，耿弇、盖延围攻上邽。并加封窦融为安丰侯，窦融的弟弟窦友为显亲侯，此外五郡太守，也都被封侯。

光武帝调度各军，准备即日平定隗嚣，然后班师回朝。忽然接到留守都中的大司空李通的书信，说颍川盗贼四起，河东守兵叛乱，京师骚动，请陛下立即回去。光武帝不禁叹息道："真后悔没有听从郭宪的话，现在才觉得费事了！"说完，就从上邽出发，昼夜东行，马不停蹄。途中传话给岑彭等人："这两座城如果能攻下，便可领兵向南攻击蜀地了。人生苦就苦在不知足，平定陇地之后，又希望得到蜀地，发一次兵，头发全白了，不知何日能肃清啊！"等回到洛阳，前颍川太守寇恂已做了执金吾，跟随光武帝左右。光武帝对他说："颍川挨近京师，应赶快平定叛乱，朕想你以前做颍川太守时，盗贼望风而逃，现在让你前往，定能平定颍川。朕知道你忠心忧国，希望不要推辞！"寇恂答道："颍川百姓向来善变，听说陛下亲自攻打陇、蜀，难免被匪徒迷惑。如果陛下先声夺人，盗贼必定惶恐，怎敢抗命？臣愿意做前锋。"光武帝于是御驾南征，让寇恂做前锋。

到了颍川，盗贼果然沿路下跪投降。寇恂禀明光武帝，只诛杀了几个盗贼的头目，其余的全部赦免。郡中父老都出来欢迎寇恂，并到御驾前跪下，乞求让寇恂留在颍川一年。光武帝勉强听从众人的请求，自己率领士兵回宫。

当时，东郡济阴县也有盗贼。警报传到都城，光武帝派大司空李通与大将军王常，领兵前去平盗。又因东光侯耿纯曾做过东郡太守，很有威信，于是封他为大中大夫，让他与李通、王常一同前往东郡。东郡人听说耿纯到来，无不欢迎，盗贼九千多人，也都到耿纯那里乞降，东郡不战而平。光武帝令耿纯为东郡太守。耿纯连任五年，境内太平。耿纯后来病死在任上，光武帝赐谥成侯。

吴汉、岑彭围住西城，一个多月还没有攻下，光武帝传诏军中，叫他们遣回羸弱的士兵，只留下精兵，免得白白地消耗粮食。吴汉急于邀功，不肯听从，又探知杨广病死，更想全力攻城。士兵久经战乱之苦，难免会有人逃亡。岑彭因打了这么久也没有攻克西城，就想出一计，分兵到谷水下流，用土堵住河水。谷水本来由西至东，绕过西城，如今下流被堵住，水自然向城中灌入，越涨越高，距城头仅有一丈多。守兵虽然害怕，却还不肯出来投降。突然听到城南山上鼓声响起，一大群勇士冲了下来。前面一杆大旗上，赫然写着一个大大的“蜀”字，勇士们边冲边喊：“百万蜀兵到了。”接着，直逼汉军的营垒。汉军猝不及防，顷刻被冲破，士兵多半逃散。吴汉、岑彭不能支持，领兵退去。谷水下流的汉兵，也逃得精光。其实蜀兵只有五千人，是王元借来的，用了一条虚喝计，竟把汉军吓退。王元见此计得胜，马上带人追赶汉兵，汉兵已经缺粮，又担心蜀兵大举到来，无心恋战。吴汉下令把军用物资烧毁再后退。王元追来后，多亏岑彭亲自断后，众人才得以东归。

校尉温序被荀宇抓获，逼迫他投降隗嚣，温序宁死不屈，自杀身亡。王忠和温序一同被抓，荀宇却让他把温序的尸体送回洛阳。光武帝赏赐墓地给温序，并召温序的三个儿子为郎官。

自从吴汉等率兵退回，耿弇、盖延撤围，只有祭遵还留在汧城。建武九年，祭遵病死营中。噩耗传到洛阳，光武帝悲痛异常，令冯异到祭遵的军营接任，并派人护丧东归。祭遵为官廉洁，克己奉公，所得的赏赐全部发给士兵。他的妻子也很节俭，曾生过一个男孩，没有成人便夭折了。祭遵的兄长祭午曾买了一女子送给祭遵，让他纳为小妾，祭遵为国忘家，不肯接受，临死时也没有提起家事。尸体运到河南，光武帝亲自前去哭奠，赐谥曰成。葬后顺路慰问祭遵家属，祭遵的妻子出来拜见。光武帝见祭遵家没有婢妾，室内萧条，感伤地说：“祭遵忧国奉公，不愧是一流名将啊！”

冯异接任后，将士们心悦诚服，还像以前一样防守。隗嚣不愿住在西城，于是移居冀邑，又派兵攻占各城，安定、北池、天水、陇西尽归隗嚣所有。因粮饷不继，隗嚣积劳成疾，不久去世。部将王元、周宗等人，立隗嚣的小儿子隗纯为王，屯兵冀城，仍向公孙述称臣，乞求援助。公孙述的部将田弇、李育已经回到蜀地，公孙述又派田弇北行，将李育留下，让赵匡与田弇一同到冀城援助隗纯。汉将冯异奉诏讨伐，双方相持不下。公孙述想大举进攻汉军，为隗纯解忧，特派翼江王田戎、大司徒任满、南郡太守程泛，率兵数万攻入巫峡，连拔夷陵、夷道二县，占据荆门、虎牙二山。

汉大司马吴汉还屯兵长安，光武帝特派来歙为监军，马援为副将，观察陇蜀的形势，以决定攻守。来歙经过深入考察，为光武帝献上一计。光武帝依据来歙的计策，令人准备六万斛谷子，用四百头驴运到汧城，作为西征军粮。到了秋高马肥的时候，特派来歙为统帅，率同征西大将军冯异、建威大将军耿弇、虎牙大将军盖延、扬武将军马成、武威将军刘尚等，一同进攻天水。冯异已与蜀将田弇、赵匡交战几十次，蜀兵伤亡过半。此次耿弇等率兵前来，士气倍增，不费吹灰之力便打败蜀兵，阵斩田弇、赵匡。

隗纯住在冀城，让王元等屯兵落门，依险拒守。高平第一城，也被隗嚣的部将高峻占据，不肯投降汉朝。于是冯异等人进攻落门，耿弇等人进攻第一城。两路进攻，攻了一年还没有攻下，冯异在军中抱病去世。光武帝赐谥节侯，令冯异的长子冯彰袭爵，又打算亲征西州。执金吾寇恂已回到洛阳，这次也随驾前往，来到关中，寇恂叩头阻止说："陛下应先到长安，安定、陇西听说御驾驻扎在长安，必然震惊，自会前来投降。陛下亲自冒险，实在不是上策，不可重蹈颍川的覆辙啊！"光武帝不以为然，直抵汧城，命寇恂招降高峻。

高峻本来已被马援说服，被封为关内侯，官至通路将军，所以汉军出入，高峻常作向导。吴汉等人战败回到长安后，高峻又占据高平，严防死守。寇恂奉诏招降高峻，高峻派军师皇甫文出去迎接，双方辩驳一番，惹恼了寇恂，令左右绑住皇甫文，准备将他处以死刑。皇甫文反唇相讥，众将向寇恂进谏说："高峻拥兵一万，陇地连年攻不下，现在正要招降高峻，为何反要杀掉他派来的使臣呢？"寇恂瞪着眼睛说："要斩便斩，怕他做什么？"说着，就下令把皇甫文处斩，让随从把他的人头带回，并让随从传话说："军师无礼，已经就地正法，想投降就投降，不投降你就固守吧！"这几句话传过去，高峻竟开城投降，迎接汉军。众将莫名其妙，寇恂解释说："皇甫文是高峻的心腹，我看他没有投降的意思。如果将皇甫文放回去，反而有损军威，只有杀了他，敲山震虎，高峻才能投降。”众将都佩服地说：“将军神机妙算，我们都比不上啊。”

中郎将来歙因落门还没有攻破，就与耿弇、盖延等鼓动将士，不停猛扑。守兵难以支撑，都有投降的意思。周宗、行巡、苟宇、赵恢拥着隗纯出来投降，只有王元领着部下，突出重围，投奔蜀地。陇地于是平定。光武帝下令将隗氏宗族迁居到京城，自己率领寇恂等人回朝。后来隗纯带着十多人逃走，走到武威时，被地方官抓住处死。

建武十一年春，光武帝派大司马吴汉率同刘隆、臧宫、刘歆讨伐蜀地。

光武帝决胜千里

征南大将军岑彭，自领兵到陇地后，只在津乡驻兵，防御蜀军。津乡临近江关，蜀兵占据江关后，堵塞水陆，负隅顽抗。岑彭多次率兵前去攻打，因江关地势险要，始终没有攻下。光武帝于是派大司马吴汉，率同刘隆、臧宫、刘歆三将，调发荆州六万士兵、五千匹马抵达荆门，与岑彭会师。

岑彭曾备有战舰数十艘，水兵不下两千名。吴汉说水兵无用，只会多费粮食，准备酌量把他们遣回去。岑彭认为蜀兵势力正盛，只有靠水战才能深入。二人起了争执，特写信到洛阳，请皇上定夺。光武帝传令说：“大司马不习惯用水战，荆门之事交给岑彭。”岑彭见皇上支持自己，更加兴奋，立即下令军中，先登上浮桥者，必有重赏。俗语说得好，重赏之下，必有勇夫。偏将鲁奇应征前往，鼓棹直上。碰巧东风猛吹，鲁奇的船队顺势向前，直逼浮桥。蜀兵瞧见后，一齐前来截击。鲁奇拼死战斗，并且令随从的士兵点燃火把，扔到桥上。那桥楼是木材修造的，一经点燃，便无法控制。浓烟烈焰挡住了蜀兵的视线，再加上岑彭等率领众舰顺风并进，所向披靡，蜀兵大乱，淹死了几千人。蜀大司徒任满被鲁奇一刀砍死。蜀南郡太守程泛，下桥逃跑，被刘隆擒获。只有蜀翼江王田戎死里逃生，回到江州。

岑彭等人进入江关，禁止士兵掳掠，沿途百姓争相归附。岑彭举荐刘隆为南郡太守，并给鲁奇记下首功。光武帝依从岑彭的建议，并封岑彭为益州牧守。岑彭进军江州，探知城内有很多粮草，料想不容易攻下，便只留偏将冯骏围攻，自己领兵直指垫江，攻破平曲，取得粮米数十万斛，分给各军。大司马吴汉攻克夷陵，筹备数百艘船只，随后进发。护军中郎将来歙、虎牙大将军盖延等，也领兵进入蜀地。公孙述封王元为大将军，让他带领环安屯兵河池。凑巧来歙、盖延杀到，蜀军大败，王元与环安狼狈逃回。来歙等捣破下辨城，继续领兵前进，走到夜深时，才安营住下。不料黎明时分，来歙忽然觉得身上奇痛无比，慌忙用手捂胸，感觉胸膛上有东西。仔细一看，竟是一把亮晃晃的匕首，匕首已经插入胸前，血流不止。盖延听说后，飞奔过来，见来歙遭到毒手，不禁潸潸泪下。来歙叱责盖延："虎牙为何这样呢！今天我被刺客所伤，无法报国，所以叫你来嘱咐军事，你反而在这里哭泣，成何体统！"盖延勉强忍住眼泪，仔细听从来歙的遗命。来歙让从吏取来纸和笔，动手写信。写到最后一句时，实在耐忍不住，就把笔扔去，抽出胸口的匕首，大叫一声，气绝身亡。盖延痛哭一场，替他棺殓，立即派人拿着来歙的书信，上奏朝廷。光武帝看到书信后，痛哭流涕，追封来歙为征羌侯，赐谥节侯。另派扬武将军兼天水太守马成接任，然后部署六军，亲自征伐蜀地。公孙述听说御驾亲征，急忙派部将王元、延岑、吕鲔、公孙恢等人，屯兵广汉及资中要塞，又派侯丹率领两万多人，防守黄石。岑彭令臧宫领兵五万，从涪水到平曲截住延岑，自己领兵到江州袭击侯丹，出其不意地把他赶走。然后又快速行军，日夜不停，走了两千多里，直抵武阳。

武阳守吏已经逃走，只留下一座空城，被岑彭占住。岑彭再派精兵攻打广都，势如破竹，无人敢挡。公孙述在成都，以为汉兵还在平曲，离他很远。不料岑彭从黄石进兵，几天就到了广都。公孙述不禁惊慌万分，把手杖扔在地上，跺着脚大呼："汉军如此迅速，莫非是神兵不成?"说完，立即招募兵马防守广都，并让延岑等率兵回来支援。延岑正屯兵沅水，与臧宫相持不下。臧宫因兵多粮少，正进退两难，恰逢光武帝派人给岑彭营中送去战马七百多匹。臧宫得到这个消息后，急中生智，假传诏令，截住这七百匹马，让骑兵骑着马，举着旗，登山大喊。然后亲自指挥战船，逆流而上，两岸夹着步兵、骑兵，逼近蜀营。延岑刚接到成都的警报，忐忑不安，又见汉军水陆夹攻，更加惊慌。登高远望，对面山上又有许多骑兵从高处冲下，不知道有多少兵马。蜀兵见大势不妙，回头就跑，延岑也急忙逃奔。臧宫从后面追击，蜀兵怎敢还手？只管向前奔跑。逃得越快，死得越多，所有粮草，都送给了汉军。

延岑带着数十个骑兵逃回成都。臧宫来到平阳乡，收得降兵十万多人。就连一向主战的王元，此时也束手无策，只得率兵投降。光武帝连得捷报，认为不必亲自前往，下令返回都城。忽然有急报传来，说征南大将军舞阴侯岑彭，被公孙述派人刺死。岑彭治军有方，光武帝满心盼望他能扫平成都，突然听说他被刺死，当然悲伤，就将邛谷王任贵进献的东西全部赐给岑彭的妻子，并赐岑彭谥曰壮侯，然后令大司马吴汉即日进军讨伐。吴汉接到诏令，便从夷陵出发，率三万人来到鱼涪津。公孙述已派魏党、公孙永在津口坚守。吴汉指挥将士，一鼓作气，将他击退，乘胜围攻武阳。公孙述的女婿史兴前来支援，被痛击一阵，史兴只身逃跑。

光武帝令吴汉直取广都。吴汉奉命捣入广都城，守兵全部逃跑。光武帝虽然多次得到捷报，但还担心成都兵马太多，难免有一番打斗，于是招降公孙述。公孙述却没有投降的意思，甚至江州被冯骏所夺、田戎已被擒去，他还想坚持到底，不肯回头。光武帝见公孙述不肯投降，又传话给吴汉："成都虽然被围，但守兵还有十多万，不可轻敌！你坚守广都，不要与他争锋，等他走投无路，再去攻击，自然容易攻下！"吴汉急于邀功，不肯听从，率领武威将军刘尚，兵分两路逼近成都。然后上奏朝廷，讲述进兵的情况，说很快就可以攻下成都。光武帝大惊失色，连忙下令让他退回广都。只因为路途遥远，命令还没有到，吴汉已被公孙述围住，险些全军覆没。后来朝使到来，吴汉看了光武帝的信，不禁咋舌，于是留刘尚拒敌，自己领兵回到广都，并详细奏明战况。光武帝又传话说："你回广都后，公孙述必不敢舍弃刘尚去攻打你。如果他先攻刘尚，你可以从广都赶去支援，彼此相应，公孙述必败无疑。"吴汉遵从旨意，待蜀兵前来攻打，才出去应敌。果然公孙述多次出兵都被击退，吴汉屡战屡胜，再次逼近成都。臧宫的一队人马，攻绵竹、破涪城、斩公孙恢，长驱直入，与吴汉在成都城下会师。

公孙述不知所措，慌忙召来汝宁王延岑，向他问计。延岑回答说："男儿应当死中求生，怎能束手待毙？如今只有决一死战。"公孙述于是取出财物，招募死士五千人，作为前锋，让延岑统领士兵，随后跟上。一声号令，众人一齐冲出，如疯狗一般，逢人便咬。吴汉见敌兵来势凶猛，立即领军后退，在市桥中拣一块空地，严阵以待。延岑令前锋挑战，自己暗率部众绕到吴汉背后袭击。吴汉顾前不顾后，被延岑冲破后队，搅乱阵势。汉军腹背受敌，当然溃散。好在臧宫率部下支援，蜀兵才知难而退。吴汉检查士兵，只丧失一千多人，不过粮食已经快吃完了，于是命令部下暗中准备船只，打算伺机回去。

谒者张堪奉命到军中慰劳，输送钱帛，在途中又被封为蜀郡太守。他听说军中缺粮，吴汉有心退兵，急忙前去拜见，说公孙述就要灭亡了，不应在此时退兵。吴汉勉强听从张堪的建议，派臧宫屯兵咸门，自己在营中偃旗息鼓，故意示弱，诱使蜀兵出战。大约过了三天，公孙述亲自出战，直攻汉营，令延岑攻打臧宫，两路兵马一齐出发。延岑拼命战斗，三战三胜，臧宫几乎难以支持，忙派人向吴汉求援。吴汉与公孙述已交战半天，不分胜负，不便支援臧宫。但看见公孙述的部下面有饥色，便让护军高午、唐邯，领着一万精锐，向公孙述横扫过去。这支兵马被吴汉留在营中，专等公孙述的部下疲惫时出战。公孙述没料到还有一支生力军，连忙号召将士拦阻，然而已经来不及了。高午猛刺公孙述的胸脯，公孙述疼痛难忍，跌落马下。左右拼死相救，才将他扶到车上，逃回城中。延岑在咸门交战，得知公孙述负伤，当然惶急，急忙鸣金退回，反被臧宫追杀一阵，死伤很多。

延岑进城见公孙述时，公孙述已经晕过去两次，挨到晚上便去世了。第二天早上，延岑觉得无力抵抗，于是开城投降。吴汉进入城中，枭了公孙述的首级，传送洛阳，并将公孙氏的家族全部杀死，将延岑处斩，又把公孙述的宫室付诸一炬，这是建武十二年的事。光武帝听说吴汉屠城，派人斥责吴汉。

蜀地平定后，光武帝让吴汉等人访求当地贤人，封费贻为合浦太守。公孙述的部将程乌、李育，颇有才能，也被光武帝下诏录用。

金溪女霸王

蜀地平定后，汉军凯旋而归，凉州牧守窦融上书道贺。光武帝让窦融与五郡太守一同入朝。窦融于是与武威太守梁统、张掖太守史苞、酒泉太守辛彤、敦煌太守竺曾、金城太守库钧，奉诏入都。不久，光武帝封窦融为冀州牧守，窦融坚决推辞。恰逢大司空李通因病离职，就提升窦融为大司空，并封梁统为大中大夫，凉、冀二州另派官员镇守。好在陇蜀已平，西北无事，只有卢芳谎称自己是刘文伯，勾结匈奴、乌桓，屡屡犯边。

骠骑大将军杜茂奉命讨伐。卢芳的部将随昱留守九原，暗通汉军，想逼迫卢芳投降汉朝。卢芳与十几名骑兵逃入匈奴，随昱上书乞降，被封为五原太守，赐镌胡侯。建武十六年，卢芳病死，从此全国统一。

光武帝封赏功臣，外戚封侯的有四十五人，宗室里面的诸王却因为将军朱祐的建议，反而被降为公侯。赵王刘良、齐王刘章、鲁王刘兴三人，都称公。长沙王刘兴、真定王刘德、河间王刘邵、中山王刘茂四人，都称侯。重新封孔子的后裔孔安为宋公，周公的后裔姬常为卫公。此外宗室封侯的，共有一百三十七人。

光武帝知道天下饱经战乱之苦，自陇、蜀平定后，不遇到紧急情况，就不再出兵。邓禹、贾复知道皇帝有志息兵，就改修儒学。耿弇等也缴还大将军官印。朱祐曾推荐贾复为宰相，光武帝不答复，只是改封邓禹为高密侯，食邑四县；封贾复为胶东侯，食邑六县。李通已经封为固始侯，又是皇戚，得以与邓禹、贾复参议国家大事。其余功臣几百人，不过是发给俸禄，令他们安享太平，不再重用。

骠骑大将军杜茂还在北方防守，抵御匈奴。光武帝不想再起战事，特派吴汉等人北去，把边境的百姓全部迁入内地，只令杜茂修理城池，挡住胡人。不久，因杜茂部下滥杀无辜受到连累，减削食邑，由修侯降为参蘧乡侯。光武帝另命蜀郡太守张堪为骑都尉，前往杜茂的营中。匈奴听说杜茂被免职，乘机进攻，走到高柳，被张堪率兵打败。光武帝又封杜茂为渔阳太守，杜茂惩恶扬善，公正无私，将士都乐意听命于他。匈奴想报复高柳战败之仇，调发一万骑兵攻打渔阳。才到境内，就被几千士兵截住。张堪又领着后队，把胡骑冲得七零八落。匈奴将帅连忙逃回，从此畏惧张堪，不敢靠近边塞。

张堪劝百姓种植庄稼，在狐奴开辟稻田八千多顷。不到几年，当地一片生机，谷仓充盈。百姓乐不可支，交口称颂。光武帝想把张堪调到都城，诏令还没有下，张堪便病逝了。光武帝下诏褒扬他的政绩，赐给布帛一百匹。张堪，字君游，南阳郡宛县人，小时候就被人称为圣童，进入蜀地，秋毫无犯，廉洁一生。

沛郡太守韩歆，为人正直。建武十三年，大司徒侯霸病逝，光武帝特提升韩歆为大司徒。韩歆上任后，喜欢直言，光武帝不免动怒，韩歆仍不肯改，在任两年，被遣了回去。不久，光武帝又下诏斥责，韩歆激愤自杀，儿子韩婴也一起自尽。都中人都替他喊冤，光武帝听说后，赏赐很多钱物，厚礼安葬韩歆父子。后来欧阳歙、戴涉相继接任大司徒一职，因犯错误，都被处死。

建武十七年，后宫发生了一件大事。当时，光武帝已立郭氏为皇后，刘强为皇太子。郭后又生四个儿子，分别是刘辅、刘康、刘延、刘焉。阴贵人也生了五个儿子，分别是刘阳、刘苍、刘荆、刘衡、刘京。还有一个儿子刘英，是许美人所生。后宫妃嫔中数阴贵人最得宠，光武帝出征，常让阴贵人随行。阴贵人生第一个男孩时，在元氏县分娩，那时正讨伐彭宠，在行辕中生产，取名为刘阳。刘阳十岁就精通《春秋》，光武帝把他看作神童。建武十五年，大司马吴汉等上书请求分封皇子，奏了三次才得到允许。光武帝封皇子刘辅为右翊公，刘英为楚公，刘阳为东海公，刘康为济南公，刘苍为东平公，刘延为淮阳公，刘荆为山阳公，刘衡为临淮公，刘焉为左翊公，刘京为琅玡公。

众皇子受封一个月后，光武帝下诏令天下州郡核实垦田人数。刺史、太守按照诏令奏报，陈留官员奏折中夹着一张纸条，上面写着两句话："颍川弘农可问，河南南阳不可问。"光武帝瞧见后，问是从哪里来的，官员说从长寿街上拾的，误把它夹在奏折中。光武帝因疑生怒，东海公刘阳，年仅十二，乘机进言说："河南南阳多皇亲功臣，所以才有这样的话。"光武帝恍然大悟。光武于是派谒者巡行河南南阳，纠察地方官，命他实地考查，不得徇私。从此更加宠爱刘阳，后悔储君立得太早。郭皇后看透之后，当然不高兴，常在皇帝面前冷嘲热讽。时间一长，光武帝不能容忍，于是夫妻反目。建武十七年冬天，竟突然下诏废除皇后，诏令颁发以后，群臣惊愕，但都不敢发言。郭皇后只好交出印绶，移居别宫。色艺俱全的阴贵人入住中宫，母仪天下。殿中侍讲郅恽上奏说："臣听说夫妇情深，父子间尚且有难言之隐，何况臣下呢？只希望陛下慎重抉择，不要受天下人非议！"光武帝因此没有改换储君，又提升郭后的次子刘辅为中山王，称郭皇后为中山太后。其余的像东海公刘阳等，都被封王。

转眼间已是建武十八年了，忽然收到蜀郡的警报，说守将史歆占据成都，自称大司马，并攻打太守张穆。张穆逃入广都，上书乞求援助。光武帝急忙让大司马吴汉率同臧宫、刘尚，领兵一万，讨伐史歆。到了武都，又发广汉、巴、蜀三郡兵马，围攻成都。几十天就攻下了，史歆被斩首了事。宕渠人杨伟、朐伳人徐容等人被史歆诱惑，各纠集数千人，为史歆卖命。吴汉等人收复成都后，杨伟、徐容闻风逃走，终被汉军杀死。蜀郡平定，吴汉等人回朝复命。

不料，南方交趾出了两个蛮女，公然聚众造反，占领岭南六十多座城池。这两个蛮女名叫征侧、征贰，本是一对姐妹花，是麓泠县洛将的女儿。二人相貌平常，但身材都很高大，能力举千钧。征侧尤其骁勇，她本来已经嫁给朱鸢人诗索为妻，却不安心待在家里，整天与妹妹征贰玩刀耍枪，练习武艺。等刀枪纯熟，便想做一个南方女大王。于是号召众人，伺机而动。恰逢交趾太守苏定让她们上缴兵器，遣散部众。征侧与征贰愤然发难，攻陷郡城，苏定逃走，南方大乱。九真、日南、合浦各地的蛮夷，竞相响应，郡守纷纷逃避，交趾被她二人闹得一塌糊涂。征侧自立为王，令征贰为大将，两个蛮女远近闻名。

警报传到洛阳，光武帝怎能坐视不理？马上任命虎贲中郎将马援为伏波将军，命他与扶乐侯刘隆率领楼船将军段志等人前去讨伐。马援以前是大中大夫，与来歙同是监军。来歙曾上奏说陇西非马援不能平定，光武帝因此封马援为陇西太守。此后马援被召为虎贲中郎将，多次与光武帝谈论兵法。到了合浦，段志得了急病，不久就逝世了。马援派人将他的尸体送回，自己与刘隆领军前行。

征侧刚占据交趾，南面称尊，突然听说汉军已到浪泊，不禁吃了一惊。当即升帐点兵，得了几万人，让妹妹征贰为先锋，自己作为后应，到浪泊中挑战。两军大约战了两三个时辰，征侧的部下毕竟是乌合之众，一败便逃，势如散沙。征侧、征贰靠着一股蛮力，蔑视中原，现在才知道王师的厉害，慌忙寻路逃跑。马援率军追击，斩杀几千人，收降一万多人，又趁势来到交趾城下，四面围攻。征侧与征贰商议道："我与你奋臂一呼，远近响应，几个月就攻克六十多座城池，满心希望能占据中原。哪知中原天子派来精兵猛将，锐不可当，现在困在城中，该怎么办呢？"征贰想了很久才回答说："依我看，此城是守不住了，我们不如逃往金溪穴中，就算他们猛将如云，也不能捣破此穴。等王师没有了粮草，自然退去，我们那时又能占据此城了。"征侧点头称是，随即弃城而逃。马援听说后，率众追赶，征侧、征贰二姐妹拼命逃窜，进入金溪穴。金溪穴四周有大山包住，只有一个小口可以进去。征侧与征贰逃到这里，让剩余的部下堵住穴口，大有一夫当关，万夫莫开之势。

马援率兵到了穴前，环视四周，除穴口外，竟无缝可钻，倒也苦闷得很。暗想自己航海南来，费尽千辛万苦才到了此地，倘若畏难而退，岂不是前功尽弃？况且留下这两个人，终究是祸患，理应斩草除根。于是下令将士上山伐木，在谷口修筑起巨大的栅栏，再命人巡行四围，想抓几个俘虏，询问路径，追杀进去。谁知住了半个月，竟杳无人迹。山上瘴气弥漫，将士一不小心就会得病，真是欲退不得，欲进不能。马援打定主意，一定要消灭征侧，他一面令将士围住谷口，一面分兵攻占其他郡县，征集粮食。征侧、征贰以为汉军很快就会退去，并且穴中曾备有粮草，足够一年之用，只要安心坚守，自会解围。不料过了几个月，汉兵不退，又过了几个月，汉兵仍然不退。穴内的粮食已经快吃完了，水路也被汉兵截断，二蛮女及部众渐渐陷入困境。

勉强过了残冬，已是建武十九年正月。征侧与征贰忍耐不住，只得率众杀出。众贼已疲惫不堪，只好硬着头皮冲出谷口，汉兵早已在外面等着，见一个，杀一个，见两个，杀一双，吓得蛮众又退了回去。马援传令投降者免死，蛮众听了，一齐抛去兵器，跪在地上乞降。只有征侧、征贰二人不管死活，拼命搏斗，结果是双双被擒，磕头求饶。马援生气地说："无知贱婢，竟敢抗拒天朝，今天还想活命吗？"说完，将二人推出去一同斩首，然后把头颅送到洛阳。

光武帝下诏封马援为新息侯，食邑三千户。马援命人大摆酒宴，犒劳将士。第二天又率大小船只两千多艘，战士两万多名，四处搜捕余党，斩获五千多人，岭南被平定。马援再到交趾，设置一个铜柱，上面写道："大汉伏波将军马援建此"，然后领兵回朝。

忠臣董宣

马援平定交趾，领兵回朝，将要抵达都门，朝中百官都与马援有些交情，于是出都远迎。待马援到来，彼此下马叙谈，然后在驿馆中休息片刻。平陵人孟冀是马援的老朋友，当即起身道贺。马援说道："现在匈奴、乌桓仍在骚扰边塞，我还想请命出击，男儿理当战死边疆。"猛冀接口说："身为壮士，就该这样。"众人无不赞叹，然后一同入都。马援进宫复命，奏明一切。光武帝慰劳一番，特赐给马援兵车一乘。

建武十九年正月，光武帝追尊宣帝为中宗，在太庙祭祀昭帝、元帝，在长安祭祀成帝、哀帝、平帝，春陵节侯以下都在章陵祭祀，各设置太守为典祠官。这时候，河南原武县中出了一群妖贼，为首的叫单臣、傅镇，二人占据县城，自称大将军。光武帝派前辅威将军臧宫，调兵数千人前去讨伐。原武城内粮草众多，贼人坚守不出，汉兵难以攻克，反而战死了很多士兵。

光武帝忧愁得很，特召集公卿王侯商议。群臣多主张悬赏缉拿，只有东海王刘阳进言说："妖巫逼迫众人作乱，必定难以长久，就算其中有人心中悔恨，想外出逃亡，只因外围太紧，无从脱身，也只好拼命死守。现在应让士兵撤围，放他们出城。贼众解散后，头目被孤立，自然容易抓捕了。"光武帝立即传令让臧宫按照刘阳的话去做。没过多久，贼众果然陆续逃跑，城内空虚。臧宫进城之后，杀死单臣、傅镇。原武平定。

此后，光武帝更加喜爱东海王。皇太子刘强自从母后被废，常常心神不安，又见东海王越来越受宠，更加忧愁。殿中侍讲郅恽劝刘强让出太子之位，刘强听从郅恽的话，上书请求让位，愿意做外藩。光武帝不忍心答应，刘强又秘密托付近臣再三恳求，光武帝这才决定改换储君。刘强奉诏缴上太子印，去做东海王。前东海王刘阳被立为太子，改名为庄。郭皇后母子虽然都被废，但光武帝顾念郭氏亲属，封郭况为绵蛮侯，郭竟为新郪侯，郭匡为干侯。郭梁已经去世，没有儿子，女婿陈茂被封南𬇙侯。郭况礼贤下士，声誉很好，光武帝也格外恩宠他，后来又迁封他为阳安侯，食邑比以前加倍。到建武二十年，迁封中山王刘辅为沛王，令中山太后郭氏为沛太后，又提升郭况为大鸿胪，赏赐给他的金银不计其数。郭况的母亲刘氏病死时，光武帝亲自前去送葬，并把郭况的父亲郭昌的遗柩从真定迎到洛阳，与他的母亲合葬。追封郭昌为阳安侯，赐谥为思。

光武帝的姐姐湖阳长公主，被宋弘拒婚后，总算是守住了晚节。光武帝格外怜悯，赐给她许多财物。公主豢养的家奴，数以百计。这些家奴良莠不齐，有几个狡猾之人常常倚势作威，横行都市，甚至杀人后逃到公主家避祸。地方官不好前去抓捕，以致造成悬案。不久，公主外出闲游，令一名奴仆陪同。洛阳令董宣正为一个案子守候多时，恰巧碰见那名奴仆，一眼就认出他是杀人要犯，便拦住公主的车驾，向她要人。公主十分恼怒，叱责董宣。董宣拔出佩刀，指责公主放纵家奴，然后又让奴仆下车，奴仆无奈，下车谢罪。董宣毫不留情，把手中的佩刀一挥，将奴仆杀死，然后放公主过去。公主毕竟是女流之辈，回宫之后，就在光武帝面前哭诉一番。光武帝也很气愤，立即召董宣入宫，指责他冲撞公主，还令左右鞭打他。董宣说道："请容臣说一句话，然后再处死不迟！"光武帝勃然大怒："你还有什么话说？"董宣回答："陛下竟让长公主放纵家奴杀人，还如何治理天下？臣请求自杀便是了！"说着，用头撞柱，血流满面。光武帝觉得董宣的话有道理，火气小了下来，嘱咐小黄门扶住董宣。不久又下诏嘉奖董宣守法，特赐钱三十万。从此，董宣威震都下。

董宣，字少平，陈留人。后来在任五年，因病去世，享年七十四岁。光武帝对待董宣还算不薄，可对三公，还是不肯轻易放过。大司徒韩歆自杀后，继任大司徒戴涉被处以死刑，大司空窦融也被牵扯在内，因此罢官。只有大司马吴汉，任职多年，未曾受到谴责。他平时谨慎小心，出师时，早上接到诏令，晚上就上路。从驾出征时，如果有闪失，众将都惶惧不安，只有吴汉仍像以前一样，整理兵器，勉励士兵。光武帝因此感叹吴汉有才，始终委以重任。吴汉的妻子曾在吴汉出兵时买了一些田宅，吴汉回家后责备她说："将士在外，粮饷都不够，为何还要购买田宅呢？"说完，就将田宅分给外家兄弟。总计吴汉为官二三十年，没有修筑一座府第。夫人先他而去，也只是薄葬小坟。建武二十年，吴汉一病不起，光武帝亲自前去探望。光武帝回宫不久，吴汉就去世了，赐谥为忠。另任中郎将刘隆为骠骑大将军，行大司马之事。提升广汉太守蔡茂为大司徒，太仆朱浮为大司空。

伏波将军马援有志从戎，因匈奴、乌桓多次骚扰北方，主动请命戍边。光武帝于是令马援屯兵襄国，令百官在都门为他饯行，黄门郎梁松、窦固当时也在其中。马援对二人说："人生有幸才能得以富贵，你们想要富贵长久，就该居安思危，小心自保！"二人嘴上虽然答应，心中却不以为然。原来，梁松是大中大夫成义侯梁统的长子，娶舞阴公主为妻，窦固是窦融的弟弟显亲侯窦友的长子，娶涅阳公主为妻。二人总以为是皇亲贵戚，不怕什么意外变故。马援与梁统、窦友同朝为官，常常往来，所以出言劝诫。

马援屯兵襄国，部署兵马，第二年带领三千骑兵出五院关，袭击乌桓。乌桓兵已经逃去，马援追赶一程，只杀了一百多个敌人，接着收兵南归。乌桓狡黠得很，等马援收兵回去，又来追赶。多亏马援昼夜赶路，才得以保全军队，但战马已死了一千多匹。鲜卑与中原本不相通，见乌桓骚扰边塞，劫掠到很多东西，暗暗垂涎，再加上匈奴派人引诱，自然利欲熏心，一同前来生事。建武二十一年秋天，鲜卑一万多骑兵进入边塞，侵略辽东。太守祭彤是征虏将军祭遵的堂弟，有勇有谋，能拉开三百斤的弓箭。听说鲜卑入境，亲自率领几千人迎战，杀死很多敌兵。虏兵慌忙逃走，祭彤在后面穷追不舍，又斩杀三千多人，获得好几千匹战马。鲜卑从此不敢入关侵犯。

碰巧匈奴连年旱荒，人畜死了很多，无力南下侵略，边关稍稍安定。以前西域各国已臣服汉朝，王莽篡位时，西域又投降匈奴。匈奴贪得无厌，众国不堪忍受其剥削，光武中兴后，众国纷纷派人到洛阳称臣。光武帝因天下刚刚稳定，无暇顾及此事，就谢绝番使，没有答应他们的请求。

莎车王贤不肯臣服匈奴，特与鄯善王安贡献方物，再次恳求归附汉朝。窦融等人都上言说莎车王一心归附，不改初衷，应赐给他称号。光武帝于是封莎车王贤为西域都护。敦煌太守裴遵得知此事后，上奏说夷狄言而无信，不可给他们大权。光武帝也很后悔，因此收回西域都护的官印，另封贤为汉大将军。贤从此怀恨在心，虽将官印缴还，但依旧谎称自己是大都护，蒙骗各国。各国不知真假，只得听命。贤越来越骄横，想吞并西域，先向各国征收赋税，稍不如意，便发兵相逼。各国打不过他，只得把儿子或孙子送到洛阳做人质，希望另派都护。光武帝不改初衷，见了各国送来的王子王孙，只赏给他们一些金帛，把他们全部遣回。各国连忙写信给敦煌太守裴遵，托他代为上奏，请求汉廷留下人质，严惩莎车。祭遵代为上奏，光武帝将此事搁置不提，各国的王子王孙们都想回国，后来竟然悄悄逃回。莎车王贤知道汉朝不愿顾及西方，就写信给鄯善王，劝他与汉朝绝交。鄯善王安不肯听从，将来使杀死，贤于是发兵攻入鄯善。鄯善王战败后，逃往山中。贤又领兵袭击龟兹王，并吞龟兹的国土，气焰越来越嚣张。鄯善王安上书洛阳，再次请求派儿子去做人质，另派西域都护。光武帝派人传令说："朝廷不想远征，众国尽请自便。"鄯善王于是与车师等国全部归附匈奴。

以前呼韩邪单于与汉朝和亲，娶了王昭君，生有一男，叫伊屠知牙师。当时呼韩邪已有两个妻子，好几个儿子，所以伊屠知牙师没有继位。呼韩邪死后，长子雕陶莫皋继位为单于，号称复株累单于。雕陶莫皋遵从母亲的遗命，死后传位给弟弟且麋胥，且麋胥又传位给弟弟且莫车，且莫车再传位给弟弟囊智牙斯，号称乌珠留单于。囊智牙斯病死，弟弟咸继位，称乌累单于。咸又传位给弟弟呼都而尸道皋单于舆。舆的弟弟就是伊屠知牙师。伊屠知牙师本应由右谷蠡王提升为左贤王，左贤王是匈奴的储君，历代单于都做过这个官职。可舆一心想传位给儿子，竟杀死了伊屠知牙师。这下子惹恼了乌珠留单于的长子日逐王比，他私下抱怨道："依照制度，应由右谷蠡王继位，否则我身为前单于的长子，也应该由我继承，单于怎么能杀害右谷蠡王，立自己的儿子呢？"从此与舆产生矛盾。

舆立儿子乌达鞮侯为左贤王，并派遣心腹监管比的部下。不久舆去世，乌达鞮侯继位为单于，不到一年，就病死了，弟弟蒲奴继承兄长的位子。恰逢遇到旱灾，人马死亡大半，蒲奴担心中原会乘机攻击，就派人到渔阳乞求和亲。日逐王比心怀怨恨，无从发泄，也暗中派汉人郭衡拿着匈奴地图，恳请归附。舆的心腹连忙将此事报告给蒲奴，请求立即诛杀比。比的弟弟渐将王在蒲奴帐下，得到风声，慌忙报告兄长。比又惧又愤，召集八部将士四五万人，说蒲奴兄弟不应当做单于，并提议为伊屠知牙师申冤。八部酋长联同一气，共同抵抗蒲奴。蒲奴派兵讨伐，见比的部下很多，不敢进攻。于是八部共推比为单于，仍称呼韩邪单于，并愿意成为汉朝的藩属。光武帝询问群臣，众人都说天下刚刚稳定，国库空虚，不能同意。只有五官中郎将耿国，援引孝宣帝的旧事，极力请求受降。光武帝依从耿国，答应让比归附。比于是自称呼韩邪单于，向汉称臣。匈奴从此分为南北两支。

南匈奴称臣，汉廷上下正在庆贺，忽然南方传来急报，武威将军刘尚战死。

壶头山剿匪

武陵，位于洞庭湖西南一带，四面多山，山下有五条小溪：雄溪、樠溪、酉溪、潕溪、辰溪。这五条溪附近，都是蛮人居住的地方，称为五溪蛮。相传蛮人是槃瓠的后代，槃瓠是犬名。古时候，高辛氏帝喾多次征讨犬戎，犬戎中有个吴将军，勇敢绝伦，无人可敌。帝喾悬赏缉拿，说谁能取下吴将军的人头，就把小女儿许配给他。部下还是无人敢去，宫中有一条犬，身上的毛有五种颜色，取名为槃瓠，虽然不会说话，却暗通人性。它悄悄地潜到犬戎寨里，咬死吴将军，衔着他的头颅回来报功。帝喾认为犬虽然有功，毕竟是畜生，不想兑现诺言。他的小女儿却自愿嫁给槃瓠。槃瓠与帝喾的小女儿一同进入南山，结为夫妇，生了六男六女，互为配偶，后代日益繁盛。汉朝历代都任由他们自生自养，只有当他们出来骚扰汉境时，才用兵围剿。

建武二十三年，蛮酋单程等人又出来掠夺郡县，武威将军刘尚奉诏讨伐，沿途遇到蛮众，一赶便走，势如破竹。刘尚以为蛮众无能，就长驱直入，想乘机捣毁他们的老巢，谁知越走越险。此时正是建武二十四年春天，武陵一带潮气很重，瘴气熏人，军士不堪疲乏，刘尚也觉得难以支撑，正想退回，蛮峒中忽然钻出许多蛮人，蜂拥前来。刘尚来不及逃回，只好拼命作战。怎奈敌人数不胜数，霎时间把刘尚军围住，刘尚及部下全部被杀，无一人生还。

蛮众打了胜仗，更加肆无忌惮，出兵攻打临沅。临沅县令上书告急，光武帝于是派谒者李嵩及中山太守马成，领兵前去支援。虽然保住了临沅城，因担心重蹈刘尚的覆辙，汉兵不敢轻率追击。光武帝等了几个月，不见有捷报传来，就与群臣谈起此事，很是忧虑。伏波将军马援已从襄国回朝，听说蛮众未被扫平，又请命出征。光武帝见他年老，不想答应。马援不等他说完，便走到殿外，把铠甲穿在身上，又让卫士牵来战马，一跃而上。光武帝在殿内瞧见，不禁大为赞叹，随即命马援出征，率同中郎将马武、耿舒、刘匡、孙永等人，以及将士四万多人前去平蛮。老朋友多去相送，马援对谒者杜愔说："我身受国恩，年纪大了，常常担心不能报恩，现在领命南征，万一不利，死也瞑目了。只是担心有些人在皇上面前进谗，难免留下遗恨啊!"杜愔听了这话，觉得不祥，只是不便说什么，就劝慰了马援几句，然后道别。

马援前次北征，曾规劝过梁松、窦固二人，二人心中暗自怀恨。其实马援与二人的过节，还不是只为那一件事。马援的侄子马严、马敦都喜欢非议大臣，马援很担忧，每次出兵时，都劝他们要学习龙伯高，不要学习杜季良。龙伯高名述，当时为山都长；杜季良名保，为越骑司马。不久，有人弹劾杜秀良妖言惑众，并连累到梁松、窦固，说他们与杜季良交往颇多，行为不法，又以马援劝诫侄子的书信作为证据。光武帝因此责备梁松、窦固，并出示马援的书信，梁松、窦固把头磕破了，才被免罪。光武帝又将杜季良罢免，提升龙伯高为零陵太守。经过这件事，梁松与窦固都痛恨马援，梁松更甚。马援也知道二人恨他，担心他们从中进谗，才与杜愔谈起。不过因皇命在身，也顾不了这么多，所以领军南下，冒险向前，途中饱经风霜。

到了下隽，已是冬尽春来。马援在下隽县城中度过残年，便从下隽出发，走到临乡。临乡距壶头山约几十里，蛮众听说马援前来，慌忙出来堵截，被马援斩杀两千多人，蛮众都向竹林逃去。马援令将士四处追寻，却不见一人，于是又向壶头山进军。壶头山高一百里，宽三百里，是著名的天险，再加上水流湍急，千回百折，几乎没有一片坦途。过了很长时间，才找到一块平原，扎下营寨。马援抬头望去，见蛮众已在高冈上守着，堵住隘口，纵有千军万马，一时也杀不上去。马援只得耐心守着，伺机行动。可是一住数日，都没有找到机会，天气忽冷忽热，很多士兵染病身亡，马援也染上病。有时听说蛮众前来挑战，马援喘气都困难，还要三令五申，激励将士。部下见他这样，无不叹惜，有些人甚至流下了眼泪。中郎将耿舒是建威大将军耿弇的弟弟，因为自己的建议没被听从，心中愤愤不平，就写信向耿弇抱怨。

耿弇看了书信，怕耿舒困在蛮中，连忙将原信上奏。光武帝于是封梁松为虎贲中郎将，让他带着诏书指责马援，并担任监军。梁松抵达壶头时，马援已经病死，梁松正好借机报复，飞书上报，不但弹劾马援贻误军机，还诬告马援在交趾时曾取得无数珍宝，满载而归。与马援同行的马武等人也上书诋毁马援，说马援载着宝物还朝。光武帝信以为真，立即派人收回新息侯印，还想追论马援的罪责。马援的灵柩运回后，妻子不敢报丧，只在城西买了几亩田地，将他草草下葬，他的老朋友也不敢前来悼念。马援的妻子怕遭到谴责，便与马援的侄子马严进宫请罪。光武帝拿出梁松的书信，让他们自己读。马援的妻子这才知道马援是被梁松诬告，连忙上书喊冤，一连上了六次，才得以从宽发落。

原来，马援在交趾时，曾将当地特有的粮食买了几斛运回家中。哪知梁松等人却诬告说是珠宝，马援的家人几乎遭遇大祸，同僚也不为他说一句话。还是前云阳令朱勃，因为与马援同郡，才上书为马援诉冤。光武帝这才准许马援葬回原来的坟地。好在武陵蛮人已经乞降，由监军宋均奏报，于是马援的事便不再追问了。

说起来，蛮人能够乞降，不得不归功于马援。马援在壶头几个月，将士困顿不堪，蛮众登高拒守，不能下山，也饥困得很。谒者宋均本在马援的营中监军，探知蛮众疲惫，想假传诏令劝他们投降。只是当时马援已死，军中无主，没人敢赞同宋均的提议。宋均毅然说道："将在外，军令有所不受，只要是对国家有利的，擅自做主又有何妨。"于是调伏波司马吕种带着假诏书，来到蛮人营中。一面又鸣鼓张旗，装作要进攻的样子。蛮众首领单程不免惶惧，因此与吕种定约，情愿投降。吕种禀报宋均，宋均又邀单程相见，将他好言安抚一番，然后班师回去。途中先派人上书，说明自己假传诏令的罪过。光武帝没有追究宋均的罪过，反而赐给他很多财物。不过马援的四个儿子，都没有得到封赏，马援下葬后也没有追加谥号。

当时大司空朱浮被罢官，光禄勋杜林升为大司空。杜林上任几个月就去世了，大司徒蔡茂也死了。于是提升陈留太守玉况为大司徒，太仆张纯为大司空。不久，玉况也去世了，光武帝又想起以前的提议。原来，前建义大将军朱祐曾上奏说唐虞时代，契是司徒，禹是司空，并没有大字，圣贤尚且不敢称大，应令三公都去掉大字，光武帝当时没有批准。此时朱祐已死，他递上的书信还在，又逢蔡杜等人接连病逝，光武帝也认为大字不祥，就下令二司不能称大，并改大司马为太尉。还将行大司马之事的刘隆免去，另封太仆赵熹为太尉，大司农冯勤为司徒。

赵熹与冯勤没有太大的功劳，只是因为伴随御驾多年，才得以提拔。司空张纯是前汉富平侯张安世的玄孙，世代袭承封爵。建武五年，他率领颍川骑兵，平定荆、徐、扬各州，管理粮道，接济众将的军营，颇有战功，此后又屯田南阳，迁升为五官中郎将。有人上奏说前代列侯，如果不是宗室，不应复国，光武帝因张纯有功劳，不忍削夺，只改封他为武始侯，食邑减半。

光武帝注重安民，不喜欢多事，所以中原平定后，只任用两三个老成的人作为三公。如蔡茂、杜林等人虽然不能与开国功臣相比，但太平年代，能够守法奉公，也算是称职了。这期间，也出了几个著名的官吏，如桂阳太守卫飒、九真太守伍延、卢江太守王景，都是百姓称颂的好官。

匈奴日逐王比自立为单于，向汉称臣，当时人们称他为南单于。光武帝特派中郎将段彬、副校尉王郁，前去赐给南单于玺印，并且准许他在云中居住。南单于欣然领命，然后派遣儿子到都城，上书谢恩。光武帝嘉奖南单于，让他迁居到西河郡美稷县，并封段郴为中郎将，王郁为副将，嘱咐他们防守西河，拥护南单于。南单于也设置诸侯王，帮助汉朝防卫边关。云中、五原、朔方、北地、定襄、雁门、上谷、代八郡的边关百姓，以前因躲避战乱，迁往内地，现在光武帝赏赐给他们钱财，将其全部遣回原地。

北匈奴单于蒲奴，担心南单于领着汉兵乘机攻击，就将以前掠夺的汉民陆续放回，并派人到武威郡乞求和亲。武威太守据实上奏，光武帝令群臣商议，好几天也没有决定下来。皇太子刘庄进言说："南单于刚刚归附，北匈奴怕受到讨伐，所以前来请和。如果突然答应，南单于恐怕会有二心，不如不接受。"光武帝于是传令给武威太守，谢绝来使。朗陵侯臧宫、扬虚侯马武联名上书，请求攻打北匈奴，光武帝没有依从。

第二年是建武二十八年，北匈奴再次派人请求和亲，献上羊马等，并请求率领西域各国一同朝贡。

光武帝驾崩

北匈奴一再求和，群臣议论纷纷，难以决断。司徒掾班彪上书请光武帝暂时与他们修和。光武帝看了班彪的奏折后，觉得很有道理，就照他的意思做了。恰逢沛太后郭氏得病身亡，光武帝命东海王刘强将她奉葬在北邙，并命大鸿胪郭况的儿子郭潢为郎官，让他迎娶淯阳公主。然后又加封鲁地给东海王刘强，特赐虎贲、旄头、钟簴，迁封鲁王刘兴为北海王。自东海王刘强以下的皇子，虽然都被封为王，但都留居在都中。当时众王广结宾客，门客多则几百人，少的也有几十人。王莽堂兄王仁的儿子王磐，自王莽被灭后，有幸免祸，家中还像以前一样富有，平时乐善好施，在江淮一带很有名气。不久，又在都中逗留，与士大夫多有往来，名声越来越大，列侯公卿都喜欢与他结交，连众王府第中，也常见王磐的身影。

前伏波将军马援有一个侄女，嫁给王磐为妻。马援听说王磐与群臣结交，更加为王磐担忧，曾对姐姐的儿子曹训说："王氏家族被废，王磐理应居住家中，现在反而在都中游荡，一味追求声誉，我担心他难免会遭殃啊！"不久又听说王磐的儿子王肃往来于北宫及王侯的府第，就对司马吕种说："众皇子正值壮年，皇上任由他们结交宾客，将来必兴大狱！你们要预先做好打算，免得被株连！"吕种似信非信，以为众王势力很大，不会有事，因此将马援的话抛在脑后，也在藩邸中奔走，大献殷勤。

哪知郭氏死后，便有人上书，说王肃父子漏网余生，却成为王侯的宾客，应加以提防。光武帝看到后，极为气愤，便令郡县抓捕王肃父子以及诸王的宾客，辗转牵连，下狱一千多人。吕种遭到牵连，不禁后悔，说道："马将军真是神人啊！"但祸已临头，后悔也来不及了，就算没有什么大罪，至此也无从申辩。事有凑巧，此时又出了一桩杀人大案。从前刘玄战败后，光武帝曾封刘玄的儿子刘鲤为寿光侯。刘鲤因为父仇，迁怒于刘盆子兄弟，于是将刘盆子的兄长刘恭刺死。刘鲤与沛王刘辅关系较好，案子牵涉到沛王，所以刘鲤下狱之后，沛王也一同被拘禁。光武帝恨上加恨，于是将王肃父子连同诸王宾客全部处死。沛王在狱中被关了三日，经王侯等人极力求情，才得以出狱。光武帝让众皇子全部到封地去，不准再留在都城。

皇太子刘庄年龄越来越大，光武帝想为他挑选师傅，就封张佚为太子太傅，博士桓荣为太子少傅。桓荣是沛郡人，家境贫寒，威望比张佚高，年少时曾游学于长安，跟随朱普学习《尚书》。建武十九年，才做了大司徒掾属，那时已经六十多岁。弟子何汤是虎贲中郎将，在东宫教授《尚书》。光武帝曾问何汤的老师是谁，何汤回答说是桓荣，光武帝就召桓荣觐见，让他讲解《尚书》。后来又提升桓荣为议郎，不久又提升为博士。桓常在东宫留宿，朝夕讲解经书。太子刘庄很尊敬他，桓常做太子少傅时，已经七十多岁了。

建武三十年仲春，光武帝启驾东巡。走到济南，随从御驾的众臣，都上书称颂光武帝的功德，说应在泰山实行封禅大礼，光武帝不肯答应，群臣也不敢再说。等到光武帝东巡完毕，就起驾回宫。

过了两年，已是建武三十二年。光武帝偶然读起《河图会昌符》，不禁迷信起来，于是命虎贲中郎将梁松，查阅有关封禅的事情。司空张纯等人依从皇上的意思，上书请求封禅。奏折呈进去之后，立即被批准。司空张纯忙将汉武帝封禅的旧例写成文章呈进去。光武帝认为汉武帝封禅时，曾有御史大夫随行，于是依照旧例，把张纯升为御史大夫，命他伴驾东行。沿途的仪仗，比以前更为华丽。到了东岳，按照汉武帝的仪式祭礼一番。封禅大典完成后，正准备回都，不料张纯突然得病，医治无效，没过几天，就一命呜呼了。

光武帝很是扫兴，立即调拨张纯的从吏护丧，自己也匆匆回宫。不过，既然举行了封禅大典，不得不按照旧例大赦天下，减免泰山郡一年的田租，并改建武三十二年为中元元年，提升太仆冯鲂为司空。哪知司徒冯勤也一病不起，光武帝更加懊恼，就不再让人补这个空缺，直到孟冬，才封司隶校尉李欣为司徒。群臣还想奉承，有的说都中有甘泉涌出，有的说都下有红草，生长茂盛。一群公卿大夫甚至说应令太史把国内的事情编撰下来，传于后世。多亏光武帝英明，不肯听从，所以史官只略微记载了几件事，没有大肆铺张。

此时恰逢冬祭，光武帝让司空祭祀高庙。此后修明堂、筑灵台，又在北郊设立祭坛，费了很多人力、财力才完成。以前光武帝听从强华的话，最终登上帝位。等四方盗贼兴起，又依次铲平后，光武帝更加迷信起来。给事中桓谭曾上书劝谏，光武帝看完后，心中很不高兴。后来在选择灵台的建筑地点时，光武帝想依据谶文来做决定，桓谭极力劝阻，光武帝大怒："桓谭不法，罪当处死！"桓谭又惊又怕，把头都磕出了血，才得到宽恕，被降为六安郡丞。桓谭怏怏上路，不久病逝，享年七十多岁。

大中大夫郑兴，因光武帝对他说祭祀之事要依照谶文，郑兴直言答道："臣不看谶文。"光武帝生气地说："你不看谶文，莫非不相信它吗？"郑兴慌忙叩头谢罪："臣生性愚昧，书读的不多，并非不相信谶文。"光武帝这才作罢。后来郑兴被侍御史弹劾，说他出使成都时，私自购买奴婢，光武帝于是把郑兴贬为莲勺令。郑兴上任后，正想修整城郭，又被朝廷罢官，回到开封原籍。郑兴回家之后，不再出仕为官；得以寿终正寝。

中元二年二月，光武帝在南宫前殿驾崩，享年六十三岁。总计光武帝在位，共三十三年，在舂陵起兵，历尽艰险，最终削平群雄，可见他智勇深沉，不比高祖逊色。等到天下平定，又重用文吏，比起高祖谩骂儒生，诛杀功臣，实在是功德无量啊！

光武帝驾崩之后，太子刘庄继位，史称孝明皇帝。

绝世美女马皇后

明帝继承大统时，已经三十岁，命太尉赵熹主持丧事。尊皇后阴氏为皇太后，将光武帝葬于原陵，庙号世祖。光武帝曾有遗言，表示一切下葬用的东西都仿效孝汉文帝，不准铺张浪费。山阳王刘荆是明帝的胞弟，为人阴险毒辣，他趁奔丧时写了一封书信，密封之后，让手下冒充郭况的家奴，送给东海王刘强。刘强打开一看，大为惊异。但是信中却没有署名，不过来人传话说是大鸿胪郭况的亲笔信。刘强也来不及细问，就将来使抓住，押到宫中，并将原信呈进去。明帝下令将使人打入狱中，也不追问，只是留心查访。后来得知是山阳王刘荆所为，意在谋害东海王刘强。明帝暗想刘荆是自己的胞弟，不便揭发，于是暂时保守秘密，等到丧事完毕，让刘荆先回去，然后颁发诏令，封高密侯邓禹为太傅，东平王刘苍为骠骑将军。

东平王刘苍也是明帝的胞弟，喜欢研究经书，才智过人。明帝很喜欢他，因此封他为骠骑将军，位居三公之上。高密侯邓禹已经年老，从关中回来后，深居简出，不求名利。他有十三个儿子，每人都有一门绝技。光武帝在位时，因邓禹谋略过人，功劳很大，所以特别宠信他。如今又封他为太傅，明帝也对他尊敬有加。邓禹任职一年后，已是永平纪元，不久他患上重病，五月去世。明帝下令厚葬，赐谥为元，并把他的封地分为三国，令邓禹的长子邓震仍为高密侯，次子邓袭为昌安侯，三子邓珍为夷安侯。接着，东海王刘强病逝，消息传到都城，明帝和阴太后到津门亭为他举哀，并命司空冯鲂拿着符节到鲁地办理丧事。诸王及都城的亲戚都去会葬，明帝赐谥恭王。

刘强本被封为东海王，后来又加封鲁地。鲁恭王刘余喜欢修筑宫室，他建造的灵光殿，规模宏大，虽然屡经变乱，宫殿还在。光武帝很欣赏刘强能自愿让位，就把鲁地加封给他，让他迁居鲁殿，安享天年。偏偏刘强短命，死时只有三十四岁。刘强留五遗书说儿子刘政不肖，不能袭封，希望让刘政回东海郡，让出鲁地。明帝不忍依从，仍让刘政承袭原来的封地。刘政贪酒好色，行为颇不检点。中山王刘焉病逝时，刘政前往中山送葬，见刘焉的小妾徐姬颇有姿色，竟将她占为已有。鲁相及豫州刺史上奏请求诛杀刘政，明帝只下诏削去薛县。

西海一带，一向是羌人杂居的地方。秦初有一个叫爰剑的人，被秦朝抓去，伺机逃脱后，藏匿在岩穴间。出来后与劓女相遇，结成夫妇，劓女因为被毁容，常常用头遮住脸，羌人于是将此作为习俗。又因爰剑大难不死，当地人认为他必有后福，便推选他为酋长，迁居河湟。秦汉时羌人时而反叛，时而归附。爰剑的第五代子孙研，威服众羌。又传了八代，出了一个烧当，与研一样威震四方。王莽末年，中原大乱，羌人占据西海，攻打金城。当时隗嚣占据陇西，不能削平羌人，索性引诱他们对抗汉朝。后来经来歙、马援两位将军一再征讨，羌人的势力才渐渐衰落。烧当的玄孙滇良，发愤图强，竟得以召集各部，攻破先零、卑湳。滇良死后，儿子滇吾继位。

中元二年秋天，滇吾与弟弟滇岸等人，带着步兵、骑兵五千人入侵陇西。陇西太守刘盱出兵迎战，被羌人打败，伤亡五百多人。滇吾打了胜仗，趁势号召羌人，于是以前归属汉朝的羌人也响应滇吾。明帝此时刚刚继位，忙派谒者张鸿和陇西长史闲飒一同征讨滇吾。哪知二人到了允吾县唐谷间，中了滇吾的埋伏，全军覆没。明帝又任用马武为捕虏将军，让他与监军使者窦固、中郎将王丰、右辅都尉陈欣调集四万人马，进击滇吾。走到金城郡浩亹，正逢羌人前来，马武是身经百战老将，一马当先，冲杀过去，斩杀四千六百人。滇吾、滇岸拼命逃跑，其余众人或降或逃。马武凯旋，得以增封食邑八百户。第二年，马武病终。

与此同时，辽东太守祭彤也派偏将讨伐赤山乌桓，大获全胜，威震远方。沿边的将士都申请回朝。明帝因羌胡远逃，四海升平，正好继承先人遗志，注重礼教。于是与东平王刘苍等商议南北郊祀的礼仪。此后又按照古代的制度，创设三老、五更：三老指天、地、人三事，五更指五行更代。当即封李躬为三老，桓荣为五更。三老、五更终身享受二千石的俸禄。

桓荣当时已年逾八十，多次乞求辞官。明帝只给了他丰厚的赏赐，不让他告退，并且始终以老师的礼节对待他。桓荣患病，太医奉诏前往，络绎不绝。后来桓荣病情恶化，明帝亲自前去问候，进屋后拉着桓荣泪流不止，过了很久才告别回宫。桓荣去世后，明帝亲自前去致哀，将他葬于首阳山。

桓荣的长子桓雍早死，小儿子桓郁应当承袭爵位，桓郁甘愿让给兄长的儿子桓汎，明帝不答应，桓郁只好受封，所得的俸禄仍然给兄长的儿子，明帝因此召他为侍中。明帝又追忆功臣，在南宫云台中，悬挂功臣遗像，共有二十八将，再加上王常、李通、窦融、卓茂四侯，合成三十二人。官爵姓名，抄录如下：

太傅高密侯邓禹　中山太守全椒侯马成
大司马广平侯吴汉　河南尹阜成侯王梁
左将军胶东侯贾复　琅玡太守祝阿侯陈俊
建威大将军好畤侯耿弇　骠骑大将军参蘧侯杜茂
执金吾雍奴侯寇恂　积弩将军昆阳侯傅俊
征南大将军舞阳侯岑彭　左曹合肥侯坚镡
征西大将军阳夏侯冯异　上谷太守淮阳侯王霸
建义大将军鬲侯朱祐　信都太守阿陵侯任光
征虏将军颍阳侯祭遵　豫章太守中水侯李忠
骠骑大将军栎阳侯景丹　右将军槐里侯万脩
虎牙大将军安平侯盖延　太常灵寿侯邳彤
卫尉安成侯铫期　骁骑将军昌城侯刘植
东郡太守东光侯耿纯　城门校尉朗陵侯臧宫
捕虏将军扬虚侯马武　骠骑将军慎侯刘隆
横野大将军山桑侯王常　大司空固始侯李通

大司空安丰侯窦融　太傅褒德侯卓茂

从邓禹到刘隆，共二十八将，辅佐光武帝兴复汉室，相传是天上的二十八宿，也有人说他们是星君下凡。伏波将军马援也是一个中兴功臣，光武帝误信梁松，薄待于他，难道明帝真的将他忘记了吗？说来也有原因，马援的元配贾氏死后无子，马援又娶了蔺氏，生有四男三女。小儿子马客卿，六岁就能应接待公卿、宾客，马援特别喜欢他，因此给他取名客卿。马援失势后，马客卿因为过于悲伤，得病而亡。蔺夫人非常悲痛，外事都由马援的儿子马廖防主持，内事都由女儿料理。小女儿年仅十岁，才华超过两个姐姐，能处理家事、管理僮仆，勤劳俭朴，只因生来体弱，常常患病。蔺夫人让人占卜，卜人说："此女虽然有病，将来必定大富大贵。"不久又召相士给三个女儿看相，相士也说小女儿极为富贵，以后会成为国母，不过她一生没有儿子，如果领养他人的儿子，会比亲生的还好！蔺夫人虽然高兴，但因遭遇太多的艰难，也不敢当真。马援的侄子马严因叔父被诬告，罪魁祸首是梁松、窦固，心里异常悲愤，本来与窦家女结婚，竟将妻子休掉。又听说堂妹生有贵相，马严就上疏请求让堂妹入宫。

奏章呈进去之后，光武帝下旨批准，派人到马援家挑选。来人仔细端详，觉得小女儿最为秀丽，就将她选入东宫。此女当时只有十三岁，却能奉承阴后，礼仪兼备，无可挑剔。后来渐渐长大成人，更加秀美，又生有一头漂亮的头发，身高七尺二寸，亭亭玉立。明帝未即位时，对她已经异常宠爱，等到继承大统，便册封她为贵人。永平二年，册立贵人马氏为皇后。碰巧云台绘像，与册立皇后同时，东平王刘苍到云台观看，不见有马援的遗像，便问明帝："为什么没有伏波将军的遗像呢？"明帝只是微笑，并不回答。明帝的用意，无非是因为马援是皇后的父亲，不便列入，以免他人非议。

马援在云台没有一席之位，马皇后却名传千古。

蔡愔取经

马皇后正位中宫，没有儿子，前母姐姐的女儿贾氏，也被选为妃嫔，生下一个男孩，取名为刘炟。马皇后喜爱刘炟，把他当作自己的亲生儿子，常对左右说："人未必一定要自己生儿子。"此后又因皇子不多，很是忧愁，见后宫有淑女，就代为引荐。

马皇后能背诵《周易》，喜欢读《春秋》、《楚辞》，尤其喜欢阅读《周官》、《董仲舒书》。明帝想测试皇后的才识，故意将群臣的奏折拿来，令皇后裁决，皇后依事判断，有条有理，十分公正。有时明帝出游，皇后担心他感染风寒，常常婉言规劝。一天，御驾前往濯龙园，六宫妃嫔多半相随，只有马皇后不去，妃嫔等常蒙受皇后关照，都请明帝让皇后同行，明帝笑着说："皇后不喜欢游乐，来了也会不高兴，不如由她自便吧！"马皇后后来得知，也不恼怒，只是遇到明帝游览，常常称病不去。当时国家繁荣昌盛，海内升平，明帝每有空闲，就到濯龙园消遣。此园挨近北宫，因此明帝想增设宫室，与园子相连。当时天气干旱，夏天常不下雨，尚书仆射钟离意上书劝谏。明帝当日下诏停工，此举果然感动上天，马上降下甘霖。

明帝明察秋毫，大臣一有过错，就当面加以斥责，不肯宽恕。一次，明帝怒斥郎官药崧，甚至拿着棍子想打他。药崧躲到床下，明帝更加愤怒，大声叫喊："郎官出来！郎官出来！"药崧答道："没有听说主上亲自拿着棍子打人的。"明帝听了，转怒为喜，扔下棍子赦免了药崧。药崧这才从床下走出来，谢恩离去。朝臣唯恐忤逆皇上的旨意，都很害怕，只有钟离意敢直言上谏，同僚有过错遭到谴责时，钟离意就代为救解。明帝知道他忠诚，只因为难以容忍他的直正，就让他去做了鲁相。钟离意本是会稽郡山阴人，后来在鲁国去世。药崧是河内人，为人廉洁正直，后来做了南阳太守。

虎贲中郎将梁松，官至太仆，越来越骄横，明帝察觉后，就罢免了他的官职。梁松还不知反省，反而心怀怨恨，上书诽谤朝廷，结果被抓到狱中，判了死罪。

明帝为太子时，曾与山阳王刘荆让梁松拿着财物聘请郑众。郑众是前大中大夫郑兴的儿子。郑众与梁松谈话时，慨然说道："别说太子是储君，就是藩王，也不应私自结交宾客，还请你替我委婉推辞！"梁松又劝道："太子有这样的厚意，不应违背。"郑众严肃地说："犯罪被处死，怎么比得上因正直而死呢？"于是将东西退还。梁松犯下死罪后，他的朋友大多受到牵连。郑众虽然与梁松相识，因退还聘礼一事，没受到牵连。后来明帝把郑众召为明经给事中，又提升他为越骑司马，仍兼任给事中。

北匈奴再三乞求和亲，明帝派郑众持符节前去。南匈奴须卜骨都侯，得知汉朝与北匈奴修和，想背叛汉朝，因此派人到北匈奴，请他发兵相助。郑众出塞后，探知此事，就写好奏折，嘱咐从吏上报朝廷，说应赶快设置大将，防止南、北匈奴串通。明帝于是在塞外设置度辽营，让中郎将吴棠为度辽将军，驻扎在五原；再派骑都尉秦彭，屯兵美稷，监视南、北匈奴。郑众见了北匈奴单于，只作揖而不下拜。北单于恼怒地说："汉使为何不肯下拜？"郑众回答道："我是汉臣，只拜天子，不拜单于。"北单于火冒三丈，令左右把郑众拖出帐外，派兵看守，不给他饮食。郑众对胡虏说："单于不想与大汉和亲就算了，既然想和亲，就应该优待汉使，为何要为难使臣呢？如果一定要逼我下跪，我宁愿自杀，不愿屈膝。"说着，就要拔刀自刎。胡虏都很慌张，一面劝郑众息怒，一面禀报单于。北单于担心郑众自尽，立即下令优待他，又派人跟随郑众入都。

朝廷打算让郑众再去一趟北匈奴，郑众上书推辞。明帝不准，仍然让郑众北上。郑众上书说："臣以前奉命前去，不给匈奴下拜，单于曾派兵围住臣。现在又命我前去，必生波折。臣实在不忍心拿着大汉的符节屈膝于匈奴。如果让臣给匈奴下拜，实在有损大汉的威信，还请陛下收回成命！"明帝不听。郑众只好出发，途中又接连呈上四封书信推辞，终于惹恼了明帝，将他召回，打入狱中。后来匈奴使臣到来，明帝问起郑众与单于见面时的情形，匈奴使臣据实回答，并说郑众不亚于苏武，明帝才赦免郑众。

东平王刘苍自辅政以来，声望日隆，不免有声高震主的嫌疑，于是接连上书，请求退还骠骑将军印，情愿做藩王。明帝不忍违背他的意思，就让他回国，仍将骠骑将军印还给他，让他兼任。此外，三公也改换了好几个人。永平三年，太尉赵熹、司徒李欣都被罢官，另任南阳太守虞延为太尉、左冯翊郭丹为司徒。第二年郭丹被免职，连司空冯鲂也一并被罢免，改用河南尹范迁为司徒、太仆伏恭为司空。又过了两年，皇太后阴氏寿终，尊谥光烈，与光武帝合葬于原陵。

九江太守宋均，自上任以后，政绩卓著，百姓安居乐业。邻近的郡县发生蝗灾，独独飞到九江境内时，就四面散去，不伤害庄稼，因此远近闻名。明帝听说宋均贤明，就调他为尚书令，因他的言论多合皇上心意，不久又被调为司隶校尉。

一天夜里，明帝梦见一个金人，头上还有白光。明帝走上殿庭，正要向他询问，那金人却突然向西飞去。明帝醒来一看，灯还未灭，才知是做了一场梦。第二天临朝，向群臣讲述梦境，群臣都不敢直言。只有博士傅毅进言说：“臣听说西方有神，传名为佛，佛有佛经，也有佛教。以前武帝元狩年间，骠骑将军霍去病征讨匈奴时，休屠王曾送给他一个金人，放在甘泉宫，焚香祭拜。如今经过战乱，金人应当不复存在了。现在陛下梦见的金人，想必就是佛的幻影吧！”这一席话，勾起了明帝的好奇心，于是派郎中蔡愔、秦景到天竺求取佛经。

天竺就是身毒国，距洛阳约一万多里，据说是佛祖的降生地。佛祖释迦牟尼，是天竺迦维卫国净饭王太子，母亲摩耶氏梦见上天降下金人，然后怀孕，生他时正是中国周灵王十五年，天上放射万道金光，地上涌出金莲。释迦牟尼长到十九岁时，认为人生在世，无非是生老病死，就想寻求解脱的方法，于是摒弃各种嗜好、欲望开始静修。又过了十六年才得道，便创出一种教会，招收门徒。教会的旨意分深浅两种，浅义的名叫小乘经，深义的名叫大乘经。佛教弟子，男的称为比丘，女的称比丘尼，须剃掉头发和胡须，并有五大戒：一戒杀、二戒盗、三戒淫、四戒妄言、五戒饮酒。除这五戒之外，还有许多细小的戒律，男的有二百五十戒，女的有五百戒。释迦牟尼在世，共传教四十九年，后来在拘尸那城圆寂。有人说他圆寂以后又从棺材中坐起来为母亲说法，说完之后，天空中忽然出现三昧真火，把棺材烧毁，他的身体化作六丈金身，涌起七尺圆光，一会儿就不见了。弟子大迦叶与阿难等五百多人，把他的佛法编辑成经典十二部，辗转流传，渐渐传到西域。

中国在秦、汉以前，没有听说过佛教，武帝时开始带入金人，才有佛像。蔡愔、秦景奉明帝之命出使天竺，走过万水千山，风餐露宿，饱尝艰辛，才抵达天竺国。天竺人信奉佛教，僧侣很多，听说有中国使人到来，也欢迎得很，虽然言语不通，主人、宾客倒也相处融洽。有翻译官传话，才知中国的使臣是奉命来求经的，于是取出经典给二人看。蔡愔与秦景很有学问，在洛阳都城中，也算是文人领袖，可看到这些经典，很多字都不认识，哪能晓得什么意思。幸好沙门摄摩腾、竺法兰略知中国的语言文字，便给二人讲解，蔡愔、秦景只能模糊领悟，十成中明白一二成。沙门是高僧的别号，居住在寺中，蔡愔、秦景与他交谈多日，邀请他同往中原，传授佛法。两位沙门慨然答应，于是带着释迦牟尼的遗像以及佛经四十二章，用一匹白马驮着上路。绕过西域，好容易才到达洛阳。蔡愔、秦景进宫复命，并引见摄摩腾、竺法兰两位沙门。沙门呈上佛像、佛经，明帝大致一看，佛像与梦中的金人并不完全相同，又看了佛经的开头几句，更觉得莫名其妙。下令在洛阳城雍门西边，修筑寺庙，供上佛像，让两位沙门做住持。驮经的白马，留养在寺中，此寺因此名为白马寺。

明帝日理万机，哪有闲工夫研究佛经，王侯公卿多半不信佛道，当然不去过问。只有楚王刘英听说佛经东来，特派人入都，向两位沙门访求佛法，然后在楚宫中供着佛像，朝夕跪拜，祈求多福。永平八年，明帝下诏，说天下犯了死罪的人都能够出钱赎罪。楚王刘英也派郎中带着钱财，托鲁相转送给朝廷。明帝很诧异，当即颁旨说学习佛法、跪拜佛像不算犯罪。

楚王刘英接到诏令后，就借信佛为名，结交方士。哪知后来求福不成，反而引祸上身，弄得削藩夺爵，人死国亡。

楚王之乱

广陵王刘荆奉诏回国后，心怀不轨，暗中招来术士，多次谋议，希望西羌发生变乱，自己好借防边为名起兵。事情被明帝听说后，特将他迁封到荆地。刘荆更加气愤，那时他已经三十岁，召来相士问："我貌似先帝，先帝三十得天下，我今年也三十岁，能否起兵?"相士支支吾吾，走出来之后，便向地方官禀报。地方官立即上奏，朝廷派人责问，刘荆因逆谋被发觉，不免惊惶，就把自己关在狱中。明帝不忍加罪于他，仍赦他无罪，只是不让他管理官吏，另命国相、中尉处理国事，并对刘荆加以约束。刘荆不肯改过，暗中让巫师祈祷自己能免灾。国相担心受到连累，将此事详细上报，朝臣马上弹劾刘荆诅咒朝廷，应立即诛杀。诏令还没下来，刘荆已经自杀。明帝因刘荆是自己的胞弟，格外怜悯，赐谥思王。然后封刘荆的儿子刘元寿为广陵侯，管理六县，又封刘元寿的弟弟为乡侯。刘荆死后，东平王刘苍入朝，住了一个月，辞别回国，明帝将他送到都门。回宫以后，仍对他思念不已。

原来，光武帝有十一个儿子，只有临淮公刘衡因去世较早，没被封王，剩余的兄弟十人，除明帝继位外，要数东海王刘强、东平王刘苍最优秀。刘强已经去世，刘苍勤于政事，比东海王更有才智，所以能保全名位。

楚王刘英是许美人所生，许氏不得宠，所以刘英得到的封地最小。

明帝继位后，念及亲情，曾多次给予赏赐，并封刘英舅舅的儿子许昌为龙舒侯。哪知刘英痴心妄想，居然觊觎皇位，上次访求佛法，并不是有心清净，其实是想仗着佛光呵护自己。

永平十三年，一个名叫燕广的人，突然弹劾楚王刘英，说他与渔阳人王平、颜忠等图谋不轨。明帝看完奏折，令有关部门复查。有关部门派人查明后，立即复奏上去。明帝只削夺了刘英的王爵，把他迁到丹阳泾县，赐给食邑五百户，又派大鸿胪护送。令楚太后许氏不必交还玺印，仍然留在楚宫。当时司徒范迁已死，明帝调太尉虞延为司徒，又任用赵熹行太尉之事。

楚王密谋造反的事，之前曾有人告知虞延。虞延因刘英是皇上的弟弟，不便举报，拖了好几天。结果燕广上告，惹怒皇帝。又听说虞延隐瞒不报，于是明帝下诏指责，虞延惧罪自杀。楚王刘英回到丹阳，才得知虞延自杀了。事情传到都城，明帝下诏用侯礼安葬虞延，并封燕广为折奸侯，然后一再牵连，从京师的皇戚到郡国吏士，差不多有一千人被处死，还有几千人被抓进狱中。

颜忠、王平下狱之后，自知不能免祸，信口诬告，将隧乡侯耿建、郎陵侯臧信、护泽侯邓鲤、曲成侯刘建等人一股脑儿牵连进去。侍御史寒朗负责办理此案，认为四侯是被冤枉的，于是再次提审王平、颜忠，叫他们说明四侯的年龄、相貌。二人信口雌黄，说的都不对。寒朗于是极力为四侯辩白。过了两天，明帝亲自巡查洛阳，当时正逢天气大旱，那天却忽然下起大雨，明帝为之动容，起驾回宫。夜里，明帝想起还有一千多人在狱中，便担心狱中有冤案，无法入睡，起来坐了多时。马皇后问明原因，劝明帝从宽发落，于是犯人多半被赦免。颜忠、王平不在赦免之列，在狱中自尽。侍御史寒朗自悔治狱不严，到廷尉那里领罪，明帝不想追究，只将寒朗罢官，把他遣回薛县。

任城令袁安被提升为楚郡太守，上任时，不进官府，而是先处理楚国的冤狱，然后准备据实上奏。府丞掾吏都叩头力争，说这样有纵容奸党的嫌疑。袁安奋然说："如果有罪，我愿意一人承担，决不连累你们！"后来诏令下来，果然得到许可，保全了四百多人的性命。明帝下诏大赦，允许他们改过自新，然后又令皇太子及王侯公卿的子弟都要学习经书。又为外戚樊氏、郭氏、阴氏、马氏子弟在南宫建立学堂，称为四姓小侯，特设置讲解五经的老师。当时学风盛行，人人向学，连匈奴也派子弟前来学习经书。义士如范式、李善等人都由公府保举，破格录用。

云中太守廉范

明帝在位十多年，国家强盛，四海升平，只是汴渠年久失修，常发生水灾，百姓多有怨言。明帝正想派人治理，恰有人举荐乐浪人王景，明帝就召王景进宫，让他与将作谒者王吴，调发士兵和百姓数十万，修筑汴堤。汴渠自荥阳东到千乘河口，约一千多里，王景费尽心力，好不容易才竣工，共用了一年多的时间，花费钱财上百亿。东南的漕运全靠汴渠，从前河水容易泛滥，运船往往沉没，经王景修治以后，漕运就不再令人担忧了。

当时，哀牢夷酋柳貌率领五万多户乞求归附，明帝当然同意，并派人乘机勘察地形。哀牢的祖先是一个叫沙壹的女子，她独自居住在牢山，以捕鱼为生。一天，哀牢到水中捕鱼，碰到一根木头，有感而孕，生下十个男孩。后来木头浮出水面，竟化作一条龙，这条龙飞向牢山，九个男孩都吓跑了，只有一个男孩背龙而坐，毫不慌张。龙伸出舌头舔舔这个小孩，然后慢慢离去。沙壹当时也惊慌而逃，等龙离去后，才将孩子们找回。沙壹是蛮人，称背为九，坐为隆，因此给第十个孩子取名为九隆。后来这十个孩子长大成人，九位兄长因弟弟被父亲舔过，就推他为王。碰巧牢山下有一对夫妇，生下十个女儿，与沙壹的十个儿子相配，辗转繁衍。九隆不忘自己的来历，令后代都在身体上画上龙鳞，并在衣服背后，缀上一条尾巴。九隆病死后，就在牢山四面，分别设置小王，随地打鱼、捕猎，逐渐分散而居，只是与中原相距甚远，没有往来。

建武二十三年，哀牢王贤栗率领部众渡江，攻打邻近的部落鹿茤，鹿茤人来不及防备，多被擒获。不料天气突变，雷雨交加，大风从南方刮起，搅动江心，把哀牢人淹死数千。贤栗还不死心，又派六部酋进攻鹿茤。鹿茤正打算起兵报复，听说哀牢又来骚扰边境，立即出战。这次与前次大不相同，鹿茤人个个愤怒，人人勇敢，杀得哀牢部下东倒西歪。哀牢六王不懂兵法，还想与他们蛮斗，结果无一生还。残众抢回尸体下葬，当夜便有老虎把尸体挖出来，饱餐一顿。

贤栗得知后，惊恐不已，召集部众说："我们攻打边塞，也是常事，如今攻击鹿箩，偏偏遭到天谴，想是中国已有圣明皇帝，不许我们轻举妄动，我们不如派人到天朝称臣。”众人齐声答应。贤栗于建武二十七年率领众人东下，到越贮太守郑鸿那里乞降。郑鸿立即上奏，朝廷封贤栗为哀牢王，让他镇守原地。此后哀牢每年都来朝贡。

永平十二年，哀牢王贤栗早已去世，当时的首领叫柳貌，又带领五万户蛮人归附。明帝派人安抚，然后增设哀牢、博南二县，罢去益州西部都尉，特设置永昌郡，管辖哀牢、博南，又把西部都尉郑纯调任为永昌太守。郑纯为官清廉，哀牢王柳貌等人，都服从他的管制，每年上贡。西南一带，安宁无事。

北匈奴表面上与汉朝修和，暗中仍然侵犯边关。仆射耿秉多次上书请求攻打北匈奴，明帝不想出兵，与显亲侯窦固及太仆祭彤等人商议。众人认为应派将士前去，伺机攻打北匈奴。明帝于是封耿秉为驸马都尉，副将是骑都尉秦彭，窦固为奉车都尉，副将是骑都尉耿忠，并设置从事、司马，屯兵凉州。

转眼间已是永平十六年，耿秉等人急于邀功，上奏请求出塞北伐。明帝于是让祭彤出征，与度辽将军吴棠一起，征集河东、河西、羌胡各处的兵马，及南单于部下一千多名骑兵，前往高阙塞；又派窦固、耿忠率领酒泉、敦煌、张掖的士兵，及卢水、羌胡一万两千名骑兵，前往酒泉塞；令耿秉、秦彭率武威、陇西、天水招募的兵马，及羌胡一万骑兵，到延塞；命骑都尉来苗、护乌桓校尉文穆，率领太原、雁门、上谷、渔阳、右北平、定襄各郡兵马，及乌桓、鲜卑的一万多名骑兵，前往平城塞。四路兵马一同讨伐北匈奴。

窦固、耿忠走到天山，恰与北匈奴呼衍王相遇，一场交战，汉军斩杀一千人，取得伊吾庐地，特设置宜禾都尉，留下将士在伊吾庐城屯田。耿秉、秦彭袭击北匈奴南部勾林王，也得胜仗，又前进六百多里，直抵三沐楼山，直到看不见人影，才收兵南归。来苗、文穆赶到勾河时，胡虏都已逃走，无从截杀，也领兵退回。祭彤、吴棠与南匈奴左贤王信，驰骋九百多里，没看见一个胡人，只见前面有一座山阻挡，山势不太高峻。左贤王信说那是涿耶山，不便前进，于是众人安营扎寨。好几天不见什么动静，祭彤领兵退回。

其实是因为王信与祭彤二人不和，所以才误了大事。后来被朝廷察觉，说吴棠与祭彤逗留畏敌，将他们革职下狱。祭彤是前征虏将军祭遵的堂弟，生性沉稳刚毅，屯边多年，威信很高，此次下狱自然有人替他说情，没过几天就被释放出来。祭肜又惭愧又恼恨，呕血不止，临终时对儿子说：“我身受国家厚恩，奉命出征，不能立功报国，死也觉得惭愧。以前所得的赏赐，理应全部呈还，你们如果能继承我的志向，就投靠军营，弥补我的遗憾。”说完就死了。长子祭逢据实上奏。明帝已知祭肜忠诚，准备再重用他，突然听说祭肜病重身亡，又惊又痛，悲叹不已。祭肜下葬后，次子祭参遵从父命，投奔到奉车都尉窦固营中。乌桓、鲜卑都仰慕祭肜的威信，使者进京，路过他的坟地时，必跪拜哭泣。辽东吏民，因祭肜以前是太守，特立祠祭祀他。

那年秋天，北匈奴大举入侵，直指云中，太守廉范率领将士出城御敌。将吏见胡虏势力强盛，担心兵少难敌，就请廉范回城，写信求援。廉范微笑道：“我自有退敌的方法，不必担忧！”说着，就令将士在营中静守，不准出战。好在胡虏刚刚到来，没有苦苦相逼。到了晚上，廉范让每个将士举着两只火炬，环绕营外，远远望去，好似有千军万马聚集过来。胡虏看到之后，以为是汉朝的救兵到来，都很害怕，弃营逃走。廉范领兵追杀一阵，匈奴兵狼狈逃跑，自相践踏，伤亡一千多人，此后不敢再侵犯云中。

廉范，字叔度，杜陵人，世代为边郡牧守。廉范的父亲死在蜀中，当时他才十五岁，听到消息后，异常悲痛，前去迎丧。蜀郡太守张穆是廉范的祖父廉丹的手下，拿出很多钱给廉范，廉范一概不接受。路过葭萌时，船触到礁石，廉范两手抱着灵柩，不肯放松，要与灵柩一起沉下去。人们被他的孝心感动，全力捞救，廉范才幸免于难，灵柩也被捞起，送回去安葬。后来廉范到都城跟随博士薛汉学习，不久薛汉因楚王刘英之事被诛杀。门生都不敢过问，只有廉范替他收尸殓葬，有人将此事上奏。明帝十分恼怒，召来廉范责备道：“薛汉与楚王同谋，你不与朝廷同心，反替罪人收尸，难道不畏惧王法吗？”廉范叩头说：“臣自知犯法，只因与薛汉有师生之情，不忍坐视不理，因此草草收殓，臣罪当万死！”明帝听了，怒气稍消，又问道：“你是廉颇的后人吗？与前右将军廉褒、大司马廉丹有没有亲属关系？”廉范答道：“廉褒是臣的曾祖父，廉丹是臣的祖父。”明帝感叹道：“怪不得有这样的胆量，朕恕你无罪！”

从此廉范声名远播，先被举荐为茂才，后来又迁升为云中太守。因为屡有战功，名扬中外，此后又出任武威、武都二郡太守，政绩显著，后来被调往蜀郡。廉范在蜀地几年，后来告老还乡。廉范与洛阳人庆鸿是刎颈之交，当时人称前有管鲍后有庆廉。庆鸿为人大度慷慨，重情重义，官至琅玡、会稽二郡太守。

班超出使西域

奉车都尉窦固与众将讨伐北匈奴，其他的将领都没有得到赏赐，只有窦固行军至天山，杀敌颇多，受到封赏。窦固是前大司空窦融的侄子，父亲窦友曾被封为显亲侯。窦友死后，窦固承袭爵位，娶涅阳公主为妻，显贵无比。明帝因窦固以前住在河西，熟悉边关的事情，特令他北伐。天山一战，窦固功劳在众人之上，朝廷又下令让耿秉等人都听从窦固的调遣。窦固想效仿汉武帝，招抚西域，截断匈奴的右臂，以夷制夷，特选出一个智勇双全的属吏，与从事郭恂一同前往西域。此人就是已故文史班彪的小儿子班超。

班彪擅长文辞，官至望都长。他的长子班固，字孟坚，九岁便能写出文章，长大成人后，博览群书。明帝召班固为兰台令史，命他编撰史书。他有一个弟弟名叫班超，字仲升，少年时就胸怀大志，不拘小节。班固上任时，班超与母亲跟随入都。班超在官署中做书佣，终日劳苦，所得俸禄却寥寥无几。他曾扔下笔愤慨道："大丈夫就应该效仿张骞，建功立业，以此封侯。怎能在笔墨之间过日子呢？"左右听了，不禁偷笑，班超奋然说："你们怎知壮士之志，为何要笑我？"不久，班超与相士交谈，问及将来，相士说："今日布衣，他日当封侯万里！"不久果然得到朝廷的诏令，让他与兄长班固一同为官，也被封为兰台令史。上任一年多，又因事被罢官。窦固欣赏班超的才能，殷勤款待他，等手握兵权后，就提升班超为假司马，让班超与郭恂一同出使西域。

光武帝不愿再打仗，西域一带，任由他们自己做主。因此车师、鄯善等国又去依附匈奴。莎车王贤恃强凌弱，吞并于窴、大宛等国，并派部将君得率兵监守。于窴大将休莫霸招集兵马，攻杀君得，自立为王。莎车王贤十分气愤，率领各国士兵攻打休莫霸，却被休莫霸打败，伤亡过半。休莫霸趁势围攻莎车，不料身中暗箭，在回国途中丧命。国相苏榆勒等人共立休莫霸的侄子广德为王。当时龟兹王则罗被国人杀害，则罗本是莎车王贤的小儿子，国人既然敢杀死则罗，当然不服莎车王。龟兹人又担心莎车王前来攻打自己，索性归顺匈奴，率先攻打莎车。双方争战不休，各有死伤。于寘王广德乘他疲乏，派弟弟仁领兵一万，直逼莎车城下。莎车王贤接连遭遇战事，自知不能抵敌，就派人到广德营中求和，表示愿将女儿许配给广德。广德踌躇半天才答应。

过了一年，于寘又派来三四万人马，将莎车城团团围住。莎车王贤登城俯视，见广德在阵后跨马扬鞭，正在指挥，就大声喝道："你是我女婿，无端前来侵犯，究竟是为什么？"广德回答说："我们很久不见，所以特来问候！请你出城联盟，再次修好。"贤听了这话，犹豫不决，于是和国相且运商议。且运忙说："广德是大王的女婿，不妨出去见见。"贤于是坦然出城。广德跃马相迎，彼此刚说几句，广德忽然吹了一声暗号，立即涌出几十名壮士把贤拖落马下，捆绑起来。贤还想请且运出来营救，哪知正是且运私自召见广德，叫他前来捉拿贤。且运一见广德得手，便大开城门，迎进于寘的兵马，趁势将贤的妻儿一并拿下。广德留下将士与且运一同守在莎车，自己押着贤等人回国，不久就将他杀死。

匈奴听说莎车被灭，担心广德强盛起来，成为祸患，就征发龟兹、焉耆、尉黎等国的骑兵共三万人，围攻于寘。广德料知打不过他们，派人乞降，并派出长子做人质，每年贡献财物。匈奴这才退兵，另立莎车王贤的儿子齐黎为莎车王，广德害怕匈奴，也不敢相争。西域各国，还要数广德最强盛，其次是鄯善国王。鄯擅自臣服匈奴后，国内无事。

班超与郭恂先到鄯善，一开始，继任国王广还殷勤款待，过了几天，渐渐怠慢下来。班超对吏属说："你们知道鄯善为什么薄待我们吗？我想鄯善王广必是因为匈奴派人到来，所以待我们不如之前。"话刚说完，恰好鄯善役使来送酒食，班超故意问道："匈奴的使者已来数日，现在在哪里呢？"役使没料到班超一口道破此事，还以为班超已经都知道了，只好和盘说出。班超将役使留下，悄悄聚集将士三十多人一起饮酒。酒至半酣，班超突然对众人说："你们和我一同来到这里，本想立大功，求取富贵。现在匈奴使臣才来几天，国王广待我们就大不如以前，倘若他见我们人少，出兵捉拿，送给匈奴，恐怕我们的尸体就要喂豺狼了。怎么办！怎么办！"吏士听了这话，都愁眉不展，说道："事已至此，只得同甘共苦，生死追随司马！"班超奋然起身说："不入虎穴，焉得虎子？只有乘夜攻打匈奴使臣，如果能将匈奴使臣杀死，鄯擅自然畏惧，功成名就，在此一举了！"众人听了，犹豫不决，半晌才说道："还要与郭从事商议商议！"班超生气地说："吉凶就取决于今夜，郭从事是文吏，听说此事必定恐慌！一旦密谋泄露，我们反而死得更快，怎么算得上壮士呢？”众人见班超怒容满面，也都畏服，愿意按班超的话去做。

班超命随从装束停当，等到半夜，率领这三十多人，直奔匈奴使臣的营中。当时北风大起，众人走走退退，脸上都露出害怕的神色。班超对他们说：“这真是天助我也，尽管大胆前去，不要有顾虑！”说着，就令十人拿着鼓，绕到营帐后面，并嘱咐他们说：“如果看见火光，就边敲鼓边大叫，千万不要失约！”十人领命离去。又派二十人拿着箭，在营帐外面埋伏。班超自己领着几个人，顺风放火。匈奴使臣从梦中惊醒，走投无路，顿时乱作一团。班超首先冲入营中，杀死三人，随从一拥而上，把匈奴使者杀得一个不留。

班超又召来鄯善王广，取出匈奴使臣的人头，广吓得面如土色，班超趁机宣扬汉朝的威德，叫他从今以后不要再与北匈奴往来。广连忙跪在地上叩头，唯唯听命，又将自己的儿子作为人质，派他跟随班超一同回汉都。窦固十分欢喜，上书奏明班超的功劳，并请求再派人前往西域。明帝看完后，欣然说道：“班超智勇双全，何不让他前往，为何还要另派别人？”于是封班超为军司马。窦固奉命，派班超出使于寘，并想拨兵相助。班超答道：“于寘国家强大，路途遥远，就算带领几百个士兵，也不能济事，反而会成为累赘。我只要以前随行的三十六人就可以了。”说完就上路了。

于寘王广德虽然接见了班超等人，但态度十分傲慢，不甚恭敬，并召巫师进来决定是否与汉修和。巫师装神弄鬼，过了很久才说：“神很恼怒，说于寘王为何想与汉修和？汉使如果骑马前来，可以用马来祭祀我！”广德向来迷信，立即派人向班超要马。班超已探明情况，说须巫师亲自来取。巫师到来之后，班超也不多说，拔出佩刀向他砍去，只听“砉”的一声，巫师的人头已经落地。班超拿着巫师的头颅来见广德，并将以前制服鄯善的情形描述一遍，让广德自己选择。广德十分吃惊，派人到鄯善调查，果然有匈奴使臣被杀、广派儿子做人质的事情，于是广德决定臣服汉朝。匈奴本有将吏留守在于寘监视广德，广德悄悄发兵杀死匈奴将吏。班超将随身带的金帛，拿出来赠给广德以及广德以下的众官。夷人生性贪财，见了这些东西，自然拱手相庆，甘愿听从约束。

于寘、鄯善是西域的大国，两国归附汉朝后，其余小国多半听从，先后将儿子送到汉都。

龟兹王建是匈奴所立，没有臣服于汉朝，并占据天山北路，攻打疏勒，另派龟兹贵人兜题为疏勒王。疏勒在于寘的西北部，班超从小路进入疏勒境内，先派手下田虑带着十个人前去招抚。田虑奉命前往，到了兜题居住的槃橐城，报名求见。兜题没有投降的意思，田虑见他的卫兵寥寥无几，就抢前一步，将兜题拖下来，用绳子将他捆住。兜题左右没一个人敢上前，都躲在一旁。田虑抓住兜题后，飞书禀报班超。

班超急忙赶往疏勒，把该国的将吏全部召来，慷慨说道："龟兹王无道，你们正应当为前代君主报仇，为何投降胡虏？"国人答说力不从心，只好从长计议。班超又说："我是大汉使臣，特来安抚你们国家，你们如果能听从我的命令，何须害怕胡虏？前任君主有没有后代，应该立他为王！"国人回答说没有，只有侄子榆勒还在。班超就令人把榆勒迎来做疏勒王，让他改名为忠，国人十分欢喜。班超又把兜题推出来，问众人："这个人可以杀吗？"众人都说可以杀，班超却说："杀一个庸夫有何用？不如把他放回，让龟兹知道大汉的威德。"众人都很赞成。班超于是命人将兜题释放，叫他回去告诉龟兹王，立即投降汉朝。

班超安定疏勒以后，派人将此事禀报窦固。窦固当时正在讨伐车师，就命班超暂时留在疏勒，自己与驸马都尉耿秉、骑都尉刘张，领兵直入车师。车师向来分为前后两个朝廷，前王居住在交河城，后王居住在务涂谷，两城相距约数百里。车师曾归附西汉，西汉衰落以后，又归附匈奴。耿秉说车师前王是后王安得的儿子，如果先攻打后王，取胜以后，前王自然不战而服。窦固犹豫不决，耿秉奋然起身说："我愿意前往！"说完，出营上马，率兵北进。耿秉赶到务涂谷附近，攻破敌人的营垒，斩杀数千人，后王安得非常恐惧，慌忙出门迎接秉耿，叩头乞降。耿秉领他去见窦固，窦固令安得招降前王，前王欣然听命。

平定车师后，窦固又奏请设置西域都护，分设戊、己校尉。朝廷派陈睦为都护，司马耿恭为戊校尉，屯兵金蒲城；谒者关宠为己校尉，屯兵柳中城。窦固班师回京。

不久即是永平十八年仲春，北匈奴听说汉兵已经回去，便派左鹿蠡王率两万骑兵攻打车师后庭。车师后王安得庸弱，无力抵抗，立即派人到金蒲城向耿恭求援。耿恭部下不过两三千人，不便多出，只让司马领兵三百，前去营救。汉兵全军覆没。匈奴兵杀尽汉兵，气焰更加嚣张，立即捣入务涂谷，乱砍乱杀，车师后王安得死于乱军中。匈奴乘胜进攻金蒲城，耿恭把毒药涂在箭头上，等胡虏过来，立即射去，边射边喊：“汉家箭有神的帮助，如果被射中，就无药可救了！”胡虏中箭以后，查看伤口，果然迅速红肿溃烂，于是人人吃惊。凑巧又刮起狂风，接着下起暴雨，耿恭的部下处于上风，趁势反击，杀死了很多匈奴兵。匈奴兵更加怀疑耿恭有神灵相助，竞相逃去。

耿恭料到匈奴必定会卷土重来，就巡视疏勒城，见有涧水，便领兵占住。春去夏来，匈奴果然来攻打疏勒城。耿恭悬赏招募壮士，得了数千名壮士作为前锋，自己率兵跟进，又将匈奴打败。胡虏还不肯离去，屯兵城下，堵住涧水。耿恭回城拒守，将士们断了水源，十分焦渴。耿恭急忙下令在城中打井，掘地十五丈，也不见有水涌出。将士不得已，只好压取马粪汁解渴。耿恭仰天长叹：“我听说李广利曾拔刀刺山，涌出泉水，现在汉朝如此强大，岂无神明保佑？我要虔诚祈祷！”说完，整好衣冠，在井边跪拜。过了一会儿，竟有泉水涌出，众将士齐呼万岁。耿恭令将士们暂时不要喝，把水运到城上，拿给匈奴兵看。匈奴兵都很诧异：“汉校尉真是神灵，怎么能再侵犯？”一声喧哗，胡虏一齐逃去。

此时，明帝在位已有十八年，皇子刘炟深得马皇后喜爱，早已被立为太子，那时刘炟已十八岁。此外明帝还有八个儿子，都是妃嫔所生，长子名叫刘建，封为千乘王，幼年夭折。刘羡被封为广平王，刘恭被封为钜鹿王，刘党被封为乐成王，刘衍被封为下邳王，刘畅被封为汝南王，刘昞被封为常山王，刘长被封为济阴王。众皇子都很年幼，均留在京师。明帝亲定封域，每国只有数县，仅是明帝兄弟所得封地的二分之一。马皇后进言说：“众皇子只食邑数县，是不是太少了？”明帝答道：“我的儿子岂能与先帝的儿子相同？只要够他们吃穿就可以了。”当时司空伏恭已经罢职，改任大司农牟融为司空。司徒邢穆接替虞延。任职两年，淮阳王刘延骄恣无度。有人上书弹劾，说刘延与谢弇及妹夫韩光诅咒朝廷，连邢穆也受到连累，下狱处死，谢弇与韩光全部伏法，刘延受罚较轻，迁往阜陵，只食邑两县。另用大司农王敏为司徒。不久王敏病死，明帝召汝南太守鲍昱入都，提升他为司徒。

鲍昱是前司隶鲍宣的孙子，前鲁郡太守鲍永的儿子。鲍昱开始时任高都长，因除暴安良，被提升为司隶校尉，很有祖父的遗风。不久又任汝南太守，政绩显著。做了司徒后，明帝赏赐给他很多财物，他的儿子鲍德也被封为郎官。

鲍昱位列三公刚一年，明帝突然驾崩。

马太后辞封

永平十八年秋天，明帝一病不起，在东宫前殿驾崩，享年四十八岁。明帝在位十八年，谨守制度，外戚不得封侯干政。馆陶公主是明帝的妹妹，想求一个郎官，明帝不答应，只赐钱一千万，并对群臣说："郎官非同小可，一旦用错了人，百姓必会遭殃，因此一定要慎重。"所以明帝在位期间，百姓安居乐业，国内太平。不过明帝喜欢动用刑罚，楚王刘英和淮阳王刘延的案子，曾牵连甚广，冤杀无辜。

太子刘炟继位后，称为章帝。将明帝葬于显节陵，庙号显宗，谥号孝明皇帝，尊马皇后为皇太后。升太尉赵熹为太傅，司空牟融为太尉，蜀郡太守第五伦①为司空。

国丧刚过，西域接连传来警报，焉耆、龟兹二国勾结北匈奴，攻打都护陈睦。北匈奴屯兵柳中城，围攻汉校尉关宠。朝廷当时正办丧事，来不及发兵救急，连车师也被北匈奴诱惑，背叛汉朝，与匈奴兵一同攻打疏勒城。校尉耿恭激励将士抵抗，好几个月也没有解围，储存的粮草已经吃完。耿恭与士兵同甘共苦，所以众人虽然饥饿疲劳，仍然全力守防。北单于知道耿恭被困，就派人招降："如果肯投降我，就封你为白屋王，并把女儿许配给你！"耿恭假装答应，引诱使臣登上城池，将使臣烧死。北单于非常恼怒，添兵围攻耿恭。耿恭再接再厉，坚守如故，然后派人请求援助。柳中城也危急万分。

章帝派征西将军耿秉，屯兵酒泉；令酒泉太守段彭与谒者王蒙、皇甫提调发张掖、酒泉、敦煌三郡的人马以及鄯善骑士，共七千多人，前去救急。段彭等人日夜兼程赶来，在交河城大战一场，斩杀三千八百多名敌兵，擒获三千多人，北匈奴退回，车师归降。章帝得知后，当然欢喜，就不再发兵。但交河城与柳中临近，同在车师前庭，段彭等打了胜仗，只能救出关宠，不能顾及耿恭。恰逢关宠积劳成疾，谒者王蒙想领兵东归。耿恭的军吏范羌当时也在军中，再三请求解救耿恭。众将不敢前去，只给范羌两千人，让他从山北绕道前去。途中遇到大雪，厚约一

---

① 第五：复姓。

丈，范羌不辞艰险，翻山越岭，吃尽苦楚，才到达疏勒城。城中的将士听到有兵马到来，还以为是匈奴兵，立即登城俯视。范羌忙喊道："我是范羌，朝廷派我来迎接校尉！"城上听到这话，高呼万岁，开门迎接。耿恭率领范羌等边战边走，历尽艰险，才进入玉门关。亲吏已死了一半，只剩下十三人，还都困顿不堪。中郎将郑众把守关口，将耿恭等人安顿一番，然后上书陈述耿恭的功绩。

章帝看到奏折，还没有来得及答复，耿恭已赶到洛阳。司徒鲍昱上奏说耿恭的气节超过苏武，应予以厚赏。章帝于是封耿恭为骑都尉、司马石修为洛阳市丞、张封为雍营司马、范羌为共丞，其余九人都补授羽林军将。不久又升耿恭为长水校尉。章帝不想再顾及西域，下诏罢去戊、己校尉及都护官，召回班超。班超还在疏勒国，奉诏回来时，疏勒国的百姓都很惊惶，不知所措。都尉黎弇哭着说："汉使丢弃我们，我们还会被龟兹消灭，与其日后死亡，还不如现在让魂灵跟随汉使，送他们东归呢！"说罢，拔刀自刎。班超虽然悲叹，终究皇命在身，不敢逗留，便起程去了于寘国。国中王侯得知班超东归，都号啕大哭，依依不舍。班超大为感动，留下安抚于寘，过了几十天又到疏勒。疏勒已投降龟兹，与尉头国合兵背叛汉朝。班超率人斩杀叛徒，攻破尉头，疏勒才又安定下来。班超上书说明当地的情况，请求仍然留在西域，章帝于是收回了命令。

马太后素来谦让，从不替母家办任何私事。她的兄弟马廖、马防、马光，虽然做了官，明帝始终没有提升他们，马廖只是虎贲中郎，马防与马光只是黄门郎。章帝继位，才迁升马廖为卫尉，马防为中郎将，马光为越骑校尉。司空第五伦担心太后一族过于强盛，就上了一封奏折。章帝看到后，还想给舅舅封爵，马太后坚决不从。建初二年四月，天下大旱，一群趋炎附势的大臣上奏说是因为没有封赏外戚，有关部门也请求按照以前的法典分封外戚。章帝想依从众人，马太后仍坚决不答应，又下诏给三辅，凡马氏亲属，如有扰乱吏治的，必须依法据实上奏。

建初三年，章帝册立贵人窦氏为皇后。皇后是前大司徒窦融的曾孙女，祖父名叫窦穆，父亲名叫窦勋，都因惹怒皇上而被免官。窦融八十岁才去世，赐谥戴侯。后来谒者弹劾窦穆父子，朝廷于是令窦氏家属各回扶风原籍。窦勋曾娶东海王刘强的女儿沘阳公主，因此准许留在京师。后来，窦穆又因贿赂郡吏，被抓入狱中，与儿子窦宣一同被处死，窦勋也因此被诛杀。只有窦勋的弟弟窦嘉从不曾违法，被封为安丰侯。

窦勋有两个女儿，容貌秀丽。母亲鞮阳公主常常担忧家道中落，多次召相士给两个女儿卜问吉凶。相士见了二女，说她们以后都是贵人。二女六岁就能读书，家人都很惊奇。建初二年，二女都被选入后宫，章帝早已听说二女才貌双全，等见到芳容，果然是倾城倾国、美丽无双。章帝将她们引见给太后，太后也对二女另眼相看。当时宫中的宋、梁等贵人被章帝宠爱，两位窦女入宫后，压倒群芳，居然夺宠。长女尤其聪慧，不但能知晓皇帝的意思，还能博得宫廷上下一致赞扬。第二年三月，长女被立为皇后，妹妹也被封为贵人。可惜二女入宫受宠已两年多了，没有生下一个儿子。当时宋贵人已生下一男，取名为刘庆，章帝急着立储，于是立刘庆为皇太子。窦皇后不便从中阻挠，但心中闷闷不乐，难免与宋贵人因此挟仇。

那时，烧当羌人迷吾勾结其他羌人，侵入金城，打败太守郝崇诏，又攻入陇西汉阳。章帝命马防为车骑将军，与长水校尉耿恭一起，调集三万人马前去讨伐。司空第五伦说贵戚不应领兵，于是上谏阻止，章帝不从。马防领兵出征，打败羌人，杀敌四千多名，余众有的投降，有的逃跑，只有封养羌布桥还驻扎在望典谷，负隅顽抗。马防又与耿恭进攻，大获全胜，布桥归降。

马防奉命回都，留下耿恭剿抚剩余的羌人。耿恭斩获颇多，威名远震，羌人十三个种族，约几万人，全部投降。以前耿恭到陇西，曾上奏说已故安丰侯窦融以前在西州，羌、胡都畏惧他，儿子窦固又攻击白山，立下大功，应让他镇抚河西，让车骑将军马防屯兵汉阳，借以示威。这本是防边之策，免得劳师远征，哪知马防反恨耿恭推荐他人，夺了自己的权利，就令监营谒者李谭弹劾耿恭。章帝不辨真伪，反将有功无罪的耿校尉抓入狱中。后来耿恭侥幸免去死罪，丢官回家，饮恨而终。

马防得逞以后，气焰更加嚣张。建初四年，国泰民安，有关部门请求加封外戚，章帝就封马防为颍阳侯、马廖为顺阳侯、马光为许侯。马太后事先没有听说，封赏之后才知晓，难免会有一番感叹。那年，马太后染病去世，尊谥为明德皇后，与明帝合葬于显节陵。

窦皇后争宠

章帝的生母本是贾贵人，因为他由马太后抚养成人，所以只把马氏当作亲人，不曾加封生母。贾氏亲族，也没有一个受到宠信。马太后病故后，章帝赐给贾贵人安车一辆、宫人二百、布帛二万匹、黄金一千斤、钱两千万，让她安享终身。

校书郎杨终上言说国家太平无事，应征集儒生讲经。章帝于是下令让儒生聚集在白虎观中，考订五经，编成一本书，就是后世所传的《白虎通》。

建初五年二月，国内发生日食，章帝下诏让群臣直言。不久，又下诏清理冤案，祭祀山川。到了五月，再次下诏征求敢于直言之人。章帝的这道诏令并非出自真心，内外群臣早已猜透皇帝的心思。等到下雨以后，零陵献上芝草，上书称为祥瑞；泉陵又上奏说有八条黄龙出现在水中。就在群臣颂赞盛世的时候，太傅赵熹突然病终。司徒鲍昱已接代牟融的职位，升为太尉，朝廷另用南阳太守桓虞为司徒。赵熹病逝一年后，鲍昱也去世了，朝廷就提升大司农邓彪为太尉。

此时，班超忽然上书，请求朝廷发兵西征。原来，班超在疏勒已与康居、于寘、拘弥三国合兵攻破了姑墨石城，并打算乘势进兵，平定西域。消息传到京城，平陵人徐干表示愿意前往，章帝就令徐干为假司马，率领一千人西行。班超日夜等待援兵，处境异常危急。凑巧这时徐干赶到，班超和他一同出击，斩杀敌兵一千多人。班超又打算进攻龟兹，盘算着西域各国乌孙比较强大，正好借助他的兵力夹攻龟兹。于是上奏，希望朝廷派人招抚乌孙国，以夷攻夷。章帝同意，派人慰问乌孙国。

流光易逝，转眼已是建初七年正月。沛王刘辅、济南王刘康、东平王刘苍、中山王刘焉，陆续入朝。四王在都城停留了很久，直至晚春，章帝才准许他们回国。东平王刘苍德高望重，章帝又下诏挽留，直至仲秋，经大鸿胪窦固上奏请求，才同意让刘苍回去。章帝亲自把刘苍送到都门，流泪话别，又赐给他很多珍宝钱财。刘苍回国之后患上重病，一年后去世。章帝派人护丧，赐谥为宪，令他的儿子刘忠承袭爵位。总计光武帝的十一个儿子，到刘苍病死，仅剩下四个：沛王刘辅，济南王刘康，中山王刘焉，阜陵王刘延。刘延在明帝时已被削封，建初中又被人揭发，说他图谋不轨，朝廷因此将刘延贬为侯。济南王刘康及中山王刘焉也有许多过失，章帝顾及亲情，不忍加罪，二人才得以保全。阜陵侯刘延，后来也得以恢复王爵，安享余年。只是章帝夫妇、父子之间，反而生出很多波折。

章帝立刘庆为太子，刘庆的母亲是宋贵人。宋贵人的父亲名叫宋扬，是文帝时的功臣宋昌的第八代子孙，祖籍平林，过着隐居的生活。宋贵人的姑姑是马太后的外祖母，马太后听说宋扬有两个女儿，才艺兼备，因此将二人选入东宫。章帝即位，封宋扬的两个女儿为贵人，大女儿生下太子刘庆，宋扬也因此做了郎官。前太仆梁松的两个侄女也入宫做了贵人，小贵人生皇子刘肇，这四位贵人地位平等，都受到皇帝的恩宠。不过，宋家的大女儿善于侍奉，以前曾在长乐宫，马太后很喜欢她。刘庆被立为储君，也是马太后的主张。窦皇后心中妒忌，视宋贵人母子如眼中钉、肉中刺。

马太后驾崩后，皇后与母亲泚阳公主开始谋害宋氏。在宫外让兄弟窦宪、窦笃探查宋扬的过失，宫内让心腹打探宋贵人的动静，以便诬陷。俗话说得好："明枪易躲，暗箭难防。"宋贵人有一次得了病，想用生菟做药饵，便写信给母家。谁料此书被窦皇后截住，竟将它作为把柄，诬告宋贵人想借生菟作蛊，诅咒宫廷。窦皇后在章帝面前日夜诋毁宋贵人母子，章帝正与窦皇后恩爱，怎能不被她迷惑？于是渐渐厌恶宋贵人母子，不再与他们相见。窦皇后见章帝中计，便想把太子刘庆废去，好斩草除根，免留后患。只是自己虽然得宠，始终没有儿子，妹妹也毫无怀孕的消息，不得已想出一个办法，把小梁贵人所生的皇子领养过来，殷勤抚育，视若己出，然后又暗中让掖庭令诬告宋贵人。章帝已被窦后迷得神魂颠倒，就批准掖庭令审理此事。欲加之罪，何患无辞？不但宋贵人，就连太子刘庆也遭到诬陷。章帝下诏把太子刘庆贬为清河王，另立刘肇为皇太子。

刘庆遭贬以后，宋贵人姐妹被禁锢起来，由小黄门蔡伦审问。两姐妹当然不服，可蔡伦听从皇后的旨意，说两位贵人诅咒朝廷属实，请求明正典刑。不久，章帝就下令将宋贵人姐妹迁到暴室①中。可怜一对姐妹花自悲命薄，痛不欲生，相继服毒身亡，宋扬也被削去官职，遣回故里。

---

① 暴室：署名，为宫女生病时所居。

郡县官员落井下石，又将宋扬牵扯到别的案中，多亏宋扬的朋友张峻、刘均等替宋扬周旋，宋扬才得以免罪。宋扬因过度悲伤，不久就病死了。清河王刘庆，为了逃避嫌疑，绝口不提宋氏。太子刘肇本来与刘庆关系很好，刘庆谦虚谨慎，博得太子欢心。太子刘肇曾告诉章帝，说刘庆并没有恶意。章帝于是嘱咐窦皇后前去探视刘庆，所有一切供给，都与太子一样，刘庆有幸得以保全。

梁氏自梁松犯罪以后，全家都被迁往九真。因小梁贵人生下一个男孩，被立为储君，全家又遇赦回来。哪知窦家的人听说后，担心梁氏得志，急忙转报窦皇后。窦皇后一听到消息，马上谗毁两位梁贵人。说她们的父亲梁竦图谋不轨，想为兄长梁松复仇。章帝让汉阳太守郑据把梁竦抓入狱中，随便定一个罪名，将他杖死狱中，梁竦的家属被迁往九真。美人善忧，再加上父亲死亡的消息传来，于是两位贵人相继郁郁去世。

阴险狠毒的窦皇后陷害了宋、梁二家还嫌不够，又追恨明德马太后纳入大小梁贵人，并见马氏兄弟官位显赫，想趁势将他们除去。于是窦皇后与兄弟内外勾结，诬陷马氏。马氏兄弟已经失去内援，还不知收敛，只有马廖还能约束自己，马防与马光都大肆建造宅院，门下食客常常有几百人，奴婢仆从不计其数。种种行为，难免惹人非议，再加上有窦氏从中挑拨，自然传到章帝耳中。章帝不忍惩治他们，再三劝诫，并随时约束。此后马氏威权大不如前，宾客也越来越少。马廖的儿子马豫写信给友人，口出怨言，恰好被窦氏的私党听说，上书弹劾，并请求罢去马防兄弟的官职。章帝准奏，只把马光留在京师，免去一切要职。窦皇后的兄长窦宪被提升为虎贲中郎将，弟弟窦笃也被迁升为黄门侍郎。一群豪门走狗，朝秦暮楚，又争相到窦氏兄弟门前奔走，阿谀奉承。

窦宪的势力越来越大，王侯贵戚无不畏惮。沁水公主有几顷肥沃的田地，被窦宪强行霸占。公主不敢与他计较，只好忍气吞声。公主尚且如此，还有何人敢与他争论？司空第五伦不甘缄默，上书奏明此事。章帝看到奏折后，颇为留意。不久与窦宪一同出巡，路过沁水公主的田园时，故意责问怎么回事，窦宪支支吾吾，不敢陈明实情，章帝这才知道传闻属实。回宫以后，召来窦宪严厉责备：“你擅夺公主田园，如此骄横，与赵高指鹿为马有何不同？如今公主的田园尚且被你夺去，更何况平民呢？”这几句话很是严厉，几乎把窦宪的魂儿吓到九霄云外，他慌忙跪下磕头，好像捣蒜一般。正在惶急万分的时候，从屏风后面忽然走出一位袅袅婷婷的美女。

智擒疏勒王

窦宪遭到章帝指责，非常恐惧，不停地磕头，幸亏从屏风后面走出一位美人，在章帝面前代为谢罪。她便是专宠六宫的窦皇后。窦皇后听说兄长遭到指责，立即走到外庭，仗着一副媚态，替兄长求情。章帝见她愁眉不展，一双秋水灵眸含着两眶泪水，连平时的百啭莺喉，现在也呜咽欲绝，满腔怒意瞬时飞到天外。窦皇后又半折柳腰，似要下跪，章帝连忙上前轻轻把她扶住，然后让窦宪退去。窦宪得到这个护身符，转忧为喜，起身出去。章帝带着窦皇后返入后宫，自有一番温存。窦宪虽然免罪，却已被章帝憎恶，不再加以重任。所以窦宪在章帝时代，只做了一个虎贲中郎将，不曾迁升。

新任洛阳令周纡，不畏强权，刚刚到任就重申禁令，凡犯法者必受严惩。贵族子弟倒也不敢犯法，收敛了许多，京城肃清。一天夜里，黄门侍郎窦笃出宫回家，路过止奸亭，亭长霍延截住车马，定要查问明白才肯放行。窦笃的仆从倚势作威，硬将霍延推开。霍延拔出佩剑，大声喝道：“我奉洛阳令之命，无论哪个皇亲国戚，夜间经过此亭，都须仔细盘查。你是何人，敢来撒野！”窦氏仆从哪里肯让，还要与他争论，窦笃也很气愤，在车中大叫道：“我是黄门侍郎窦笃，从宫中请假回来，究竟能不能通过此亭？”亭长这才将剑收起，让他过去。窦笃心有不甘，再加上仆从怂恿，第二天就入宫弹劾周纡，说他纵容手下，辱骂朝中大臣。章帝明知窦笃说的不是真话，但碍于皇后的情面，便下诏把周纡送入狱中。周纡在廷尉面前对簿，理直气壮，廷尉也没有办法，只好据实上奏。章帝又下令将他释放，暂时免去洛阳令一职，不久提升周纡为御史中丞。

建初八年，乌孙国派人入朝，乞求和好，招抚乌孙的汉使也与他们一同回来。章帝十分欢喜，封班超为将兵长史，并提升徐干为军司马，另派卫侯李邑护送乌孙使人回国，并且赐给乌孙大小昆弥等很多布帛。李邑到了于寘，听说龟兹攻打疏勒，怕道路不通，不敢前行，反而上书说西域难以平定，长史班超拥娇妻抱爱子，在外享乐，无心顾及国内。

班超听说后，不禁长叹道："我并非曾参，竟再三遭到诬陷，恐怕要被圣上怀疑了！"于是将妻子休掉，上书陈述苦衷。章帝知道班超忠诚，就传诏责备李邑，又对班超下令，说李邑如果到你那里，可留做手下。李邑无奈，前去拜见班超，班超不露声色，另外派人与乌孙使臣回国，并劝乌孙王派儿子进京。乌孙王唯命是从，就将一个儿子送到班超那里。班超让李邑监护乌孙王的儿子，并与他一同回到京城。徐干对班超说："李邑以前曾诋毁你，现在你何不听从诏令留下他，另派别人护送？"班超微笑道："我正因为李邑喜欢进谗言，留下他没有用处，所以让他回京。心中无愧，还怕别人说什么呢？"李邑返回京城后，再也不敢诋毁班超。

章帝因乌孙归附，更加相信班超。第二年改元元和，派假司马和恭等率兵八百，前去帮助班超。班超又征发疏勒、于寘的兵马，一同攻打莎车。莎车听说班超出兵，就想出一个办法，暗中派人带着钱财贿赂疏勒王忠，叫他联合莎车，背叛班超。疏勒王忠果然将财物收受，开始和班超作对，屯兵乌即城。班超立疏勒府丞成大为王，召回出发的士兵攻打疏勒王忠。乌即城十分险要，不容易攻克，班超围城数月，也没有攻下。疏勒王忠又向康居求援，康居出兵一万，营救乌即城。班超进退两难，更加吃力。后来探知康居与月氏联姻，往来甚密，于是派人带着珠宝送给月氏王，托他转告康居，不要援助疏勒王忠。月氏王也是好利之人，立即将班超的意思转达。康居顾及亲戚关系，还管什么疏勒王，一道密令传到乌即城中，反让部众将疏勒王忠捆绑。乌即城既失去援兵，又没了主子，只得举城投降。

疏勒王忠被康居抓去后，并没被处死。两三年后，他与康居达官交好，费了不少唇舌，借来一千人，占据损中，并与龟兹串通，攻打班超。龟兹令疏勒王忠向班超诈降，以便里应外合。疏勒王忠依计而行，写好一封投降信，派人交给班超。班超看了之后，已知其中内情，就对来使说："你王既然已经悔悟，我也既往不咎，烦劳你代为传话，请他赶快回来！"来使十分欢喜，立即回去禀报。班超密嘱手下，做了一番安排，专等疏勒王忠到来。

忠以为班超中计，只率几十人贸然前来。班超听说疏勒王忠已抵达，高兴地出去迎接。属下早已遵照班超的嘱咐，备好酒菜。酒过数巡，班超把杯子一扔，立即有几个壮士拿着刀冲出，如老鹰抓小鸡一般把疏勒王忠拿下，捆绑起来。疏勒王忠面如土色，一再说自己无罪。班超生气地指责道："我立你为疏勒王，你不思图报，反而受莎车蛊惑，背叛天朝，擅离国土，这是罪一；你占据乌即城，我军在城下声讨，你不知悔过，抵抗了半年多，这是罪二；你到康居后，还不死心，竟然借兵占据损中，这是罪三；如今又假装投降，写信骗我，想乘我不备，内外夹攻，这是罪四。有这四条罪过，你死有余辜，现在你自己前来送死，怎能轻饶？"一席话，说得疏勒王忠哑口无言，班超立即下令将他推出去斩首。不到片刻，人头便献了上来，班超下令传出军中，然后亲自带领一千人赶往损中。损中的康居兵正等候消息，不料班超率兵杀到，死了七百多人，剩下两三百个命不该绝的康居兵，仓皇逃去。

第二年，朝廷改元章和，班超调发于寘各国兵马，攻打莎车。莎车向龟兹求援，龟兹王与温宿、姑墨、尉头三国合兵五万，自己做统帅，解救莎车。班超听说援兵很多，不便力敌，筹划了好久，召来于置王及将校等人说："敌众我寡，不如知难先退，于寘王领兵东行，我从西面退回。等到夜间，听我击鼓为号，才可出发，免得被敌兵所扰。"说到这，便有侦骑进来禀报："龟兹各国的兵马已经到来，离这里只有几里了！"班超令于寘王及将校等各自回营，等候鼓声。班超进攻莎车时，沿途已抓住探子数人，都在帐后。到了黄昏时，故意将他们释放，令他们回去禀报军情。龟兹王听到后十分欢喜，亲自率领一万骑兵，向西攻打班超，派温宿王率领八千骑兵，向东拦截于寘王。

班超登高遥望，料知敌人已经向东、西两面出发，便返回营中，召来几千人，等到鸡叫时，悄悄地来到莎车营前，一声号令，驰马冲入。莎车士兵听说班超将要回去，就放心熟睡。哪知帐外冲进许多兵马，定睛一看，都是汉军，急得莎车士兵东逃西窜，不知所措。班超令部下四面出击，斩杀五千多人，把财物牲畜全部夺走，并让将士大喊："降者免死！"莎车兵无路可逃，争相乞降。莎车王势孤力竭，也只好屈膝投降。班超收兵进入莎车城，传令召集全营将士以及于寘王。于寘王等人正为夜间没有听到鼓声诧异，等接到班超的命令，才知他计中有计，因此格外佩服。龟兹、温宿各王得到消息后，也都胆怯，各自退回本国。从此，西域都畏惧班超，不敢再生二心，就是北匈奴也闻风丧胆，好几年不敢侵犯边境，章帝得以专心治理内地。

临淮太守朱晖，勤政爱民，境内有歌谣称颂道："强直自遂，南阳朱季。"章帝听到这首歌谣后，就提升朱晖为尚书仆射。任城人郑均，清政廉洁，他的兄长曾为县吏，贪赃枉法，郑均多次劝诫，毫无效果。后来，郑均竟然去做佣人，把拿到的工资全部交给兄长，并且哭着对他说："钱财没有了，还可以再得到。当官贪赃，一旦被抓，就无法再赎回了！"兄长听了这话，颇为感动，从此廉洁奉公。不久兄长去世，郑均孝敬嫂子，抚养侄子，尽心尽力。州郡上书举荐，郑均始终不去任职。建初三年，司徒鲍昱写信召他，郑均还是不肯前往。直到建初六年，才进入都城。章帝封他为议郎，后来提迁升为尚书。不久郑均因病请休回家，一肩行李，两袖清风，仍然与贫寒时一样。章帝东巡路过任城，亲自前往郑均的住处，见郑均家十分清贫，感叹不已，赐他终身领取尚书的禄俸。当时人们称郑均为白衣尚书，名垂后世。

会稽人郑弘是宣帝时西域都护郑吉的从孙，曾做过灵文乡的乡官，爱民如子，后来迁升为淮阴太守。建初八年，郑弘被调为大司农，在职两年，为国家节省上亿费用。元和元年，太尉邓彪被罢官，朝廷令宋弘继任。宋弘见窦氏势力强大，担心他们成为国家的祸害，常劝章帝加以抑制。虎贲中郎将窦宪，兼职侍中，出入宫中，虽然不敢公然蛮横，却也暗中勾结大臣，把他们作为自己的心腹。尚书张林、洛阳令杨光党同窦宪，贪赃枉法。宋弘忍无可忍，到元和三年，嘱咐属下写奏折弹劾他们。杨光听说后非常害怕，急忙向窦氏求救。窦宪急忙入宫，弹劾宋弘泄露机密。章帝问是什么原因，窦宪就将宋弘将要呈上的奏折陈述一番。不久，宋弘将奏折呈上，果然和窦宪说的一样。章帝起了疑心，便令人传诏指责宋弘，并收回宋弘的官印，另任大司农宋由为太尉。宋弘这才知被属吏出卖，就到廷尉那里领罪。不久，章帝赦免宋弘，宋弘趁机辞官，好几天不见诏令，积愤成疾，卧床不起。临危时还打起精神写了一道奏折，极力斥责窦宪。

奏折呈进去后，章帝才派御医前去探视，宋弘那时已经病终。妻子遵照宋弘的遗嘱，将以前得到的赏赐全部退还，轻车减从，回乡奔丧。郑弘死后，司空第五伦也乞求休假，章帝下诏准许他退位，但终生享受每年二千石的俸禄，另赐钱五十万，宅院一所。太仆袁安奉命继任，袁安，字邵公，汝阳县人，祖父袁良以研究《易》出名。袁安小时候就遵从祖训，廉洁正直。先担任阴平任城令长，后来又为河南尹，吏民畏服。此后来由太仆迁升为司空，仍像以前一样正直。不到一个月，又升为司徒，光禄勋任隗继任司空一职。任隗，字仲和，是已故信都太守阿陵侯任光的儿子，为人清廉，与袁安并列三公。

博士曹褒上奏请求整理汉朝礼节，朝廷下诏让公卿商议，袁安与任隗均无异议，只有词臣班固说应把儒生聚集在一起，共同商议。章帝不肯听从，封曹褒为侍中，拿出汉初叔孙通所整理的《汉仪》十二篇，令曹褒参考。曹褒于是引经据典，参照《五经》谶记，写成一百五十篇，匆匆呈上。章帝既没有详细阅读，也不让有关部门评议，就交给礼官，下令执行。章帝驾崩后，群臣多说曹褒擅自更改礼仪，就将新礼一百五十篇全部废去。

降羌英雄邓训

章帝在位十三年，改元三次，国家昌盛，朝野安定。章帝做了十多年的太平皇帝，悠闲度日，也算是福禄双全。章和二年孟春，章帝忽然患病，不久驾崩，年仅三十一岁。窦皇后向来机警，立即召兄弟入宫，委以重位，然后立太子刘肇为帝，称为和帝。和帝年仅十岁，怎能亲政？窦宪兄弟召集公卿，尊窦皇后为皇太后，临朝训政。百官畏惧窦氏的权威，不敢提出异议。

到了晚春，把章帝葬于敬陵，庙号肃宗。窦太后想让兄长窦宪执政，窦宪有所顾忌，把前太尉邓彪召为太傅。邓彪，字智伯，与中兴元勋高密侯邓禹同宗，父亲名叫邓邯，官至渤海太守，被封为鄳乡侯。邓彪名为朝中领袖，但国家大权实际上操纵在窦氏手中。窦宪虽然担任原职，却能一手遮天。窦笃升任虎贲中郎将，窦笃的弟弟窦景瓌做了中常侍。宫廷内外，只知有窦氏兄弟，不知有太傅邓彪。邓彪做了窦氏的傀儡，窦氏想做什么，就让邓彪代奏，邓彪不能不从，窦氏得以为所欲为。窦宪的父亲窦勋因犯罪被处死，谒者韩纡曾参与弹劾窦勋一案。此时韩纡已经病死，窦宪为父报仇，密令门客刺杀韩纡的儿子，并割下他的首级祭祀父亲。窦太后心中暗喜，对此事置之不问。

都乡侯刘畅是齐武王刘縯的孙子，入京吊丧时，与步兵校尉邓迭的亲属有些私交。邓迭的母亲名元，出入宫中，很得窦太后欢喜。刘畅就以厚礼相赠，托她到太后那里为自己吹嘘。元也不推辞，往宫里跑了一两次，太后就下旨召见刘畅。刘畅十分欢喜，见到太后，极力谄媚，磕了好几个响头，说了很多奉承话。妇人最喜欢听别人奉承，她见刘畅口齿伶俐，交谈了很久，才让他退去。不久又把他召进去，二人居然有说有笑，谈得格外投机，过了很久才见刘畅出来。宫中谁也不敢多嘴，窦宪瞧见以后，很不高兴，暗想太后一再召见刘畅，定有隐情，刘畅如果得宠，必会夺权，不如先发制人。主意打定后，暗中嘱咐壮士，观察刘畅的行踪，伺机下手。

刘畅正踌躇满志，渴望太后赐给好处。一天他正在营中听候佳音，不防背后跟着一个刺客，一刀将他杀死。卫兵见了刘畅的尸体，当然惊愕，立即上报。窦太后得到消息，十分悲伤，令窦宪缉拿凶手。窦宪反将罪名推到刘畅的弟弟利侯刘刚身上，说他们兄弟不和，才发生此事。窦太后信以为真，命侍御史与青州刺史调查刘刚的罪状。尚书韩棱，上言说罪犯就在京师，不应舍近求远。窦宪听了这句话，担心韩棱怀疑自己，急忙请太后下诏斥责韩棱。韩棱虽然被责备，仍然不改前言。三公全都袖手旁观，不敢发表意见。只有太尉何敞对宋由说："刘畅是宗室成员，现在竟然被杀死在京城，官吏却说刺客踪迹不明，无从抓捕。我不忍坐视不理，想亲自前去调查，力求侦破此案！"宋由准许他调查、缉拿凶手。司徒、司空二府听说后，也派人随行。天下无难事，只怕有心人。很快就查出刺杀刘畅的凶手，窦宪是主使，当即禀报给太后。太后勃然大怒，立即向窦宪询问情况。窦宪无从抵赖，跪下谢罪。太后将窦宪禁锢在内宫，窦宪担心遭到诛杀，请命攻打北匈奴，立功赎罪。

当时北匈奴遇到饥荒，邻国四面侵扰，优留单于被鲜卑所杀，北匈奴大乱。南单于屯屠何刚刚继位，上书汉朝，请求乘北匈奴混乱之际出兵征讨，把南北匈奴合为一国，使汉朝减少一个忧患。窦太后把书信拿给执金吾耿秉，耿秉极力赞成。只因尚书宋意上书阻止，事情因此没有定下来。窦宪想借北伐赎罪，窦太后念及同胞之情，心想窦宪既然有志立功，不如把他派出去，也好堵住众人的口，于是依从窦宪，令他为车骑将军，让执金吾耿秉为征西将军，作为窦宪的副将。窦宪出宫部署，仍然威震一时。窦宪还没有出兵，忽然接到护羌校尉邓训的捷报，说已经赶走羌人迷唐，收服羌众。

元和三年时，烧当羌人迷吾与弟弟号吾率领羌人前来犯边。陇西郡督烽掾李章，颇有才智谋略，暗中召集士兵，埋伏在重要关口。号吾见陇西没有防备，掉以轻心，陷入埋伏。李章紧紧追来，弓箭一发，射伤号吾的坐骑，号吾随即被李章擒住。号吾乞求道："我既然被擒，也不害怕死亡，杀死我又有什么用呢？不如放我回去，我会永远罢兵，不再侵犯边塞。"李章认为他说得有理，便转告太守张纡，张纡放回号吾。号吾果然解散羌人，迷吾也退到河北归义城。

章和元年，护羌校尉傅育因为贪功，派人离间羌人，让他们自相争斗。羌人不肯听从，又生二心，投靠迷吾。傅育调发郡兵数万，想攻打羌人，士兵还没有集齐，迷吾就迁往远处去了。傅育不肯罢休，亲自率领三千骑兵追击。迷吾在三兜谷设下埋伏，拦截傅育。傅育夜里走到谷口，没有防备，伏兵两面夹击，把傅育的部下杀死无数，傅育也做了无头鬼。幸亏各郡派兵营救，迷吾才领着众人退去。

战败的消息传到京师，朝廷令张纡为护羌校尉，驻扎临羌。迷吾再次入侵金城，张纡派从事司马防领兵截击，大破迷吾。迷吾写信乞降，张纡假装答应，等迷吾带着部下到来，张纡摆酒犒劳众人，偷偷将毒药放入酒中。羌人喝了酒，陆续倒在地上，迷吾也筋骨酥软不省人事。张纡于是指挥士兵，将他们一一屠杀，并砍下迷吾的人头祭祀傅育，再发兵袭击迷吾的残众，斩杀数千人。迷吾的儿子迷唐得以逃脱，因为父亲遇害，有志复仇，于是与其他羌人结婚，占据大小榆谷。张纡不能抵挡，上书请求发兵援助，朝廷因张纡滥杀羌人，就将张纡罢官，召回京城，改任前张掖太守邓训为护羌校尉。

邓训字平叔，是高密侯邓禹的第六个儿子，少年时便胸怀大志，崇尚武功，邓禹常斥责他不孝。哪知邓训善于安抚兵民，章帝时已担任乌桓校尉，与士兵同甘共苦，深得人心。番虏忌惮邓训的威严，不敢接近边塞。此后朝廷又调任张掖为太守，边境肃清。张纡被罢官后，大臣多举荐邓训继任。

邓训上任不久，迷唐就领兵一万来到塞下，一时不敢攻打邓训，只是威胁小月氏胡人赶快投降。小月氏胡人常散居塞内，约有数千名，其中有很多勇士不服羌人。汉吏就让他们抗拒羌人，他们倒也能以少胜多，为汉朝效力。只因汉朝平时很少给小月氏胡人赏赐，所以他们时常背叛。这次迷唐招降，胡人不愿听从，誓死与他们拼斗。邓训察知内情，便派吏人安抚胡人，并打开城门，放入胡人的妻儿，把他们安顿在城中。羌人无从掠夺，相继退去。胡人果然感恩，跪在邓训的面前说："一定听从你的命令！"邓训精选壮丁，并优待他们。胡人更加感动，无论男女老幼，都情愿归附。

不久邓训贿赂羌人，诱降他们。迷唐的叔父号吾率族人八百户前来投降，邓训全部收纳，妥善安抚，然后征集湟中的秦胡羌兵四千，出塞攻打迷唐。迷唐抵抗不住，丢掉大小榆谷，逃入颇岩谷，其余羌人也逐渐散去。邓训上书报捷。

不久，和帝改年号永元。迷唐想收复故地，派侦察兵往来于榆谷。邓训听说后，急忙调发湟中的六千兵马，令长史任尚为将领，乘夜渡河，攻取颇岩谷。迷唐猝不及防，被任尚乘机攻入，斩杀一千多人，擒获两千人，得到马、牛、羊三百多头。迷唐仓皇逃脱，向西跑了一千多里，各羌族全部背叛迷唐。烧当族酋长东号情愿归附，其余众人也相继投降。邓训妥善安置羌人，威信大增，然后遣散屯兵，令他们各回本郡，只留下两千余人修理城堡。

车骑将军窦宪部署人马，准备就绪，正要进宫辞行，又怕出征以后子弟犯法，便给尚书郅寿写了一封信，托他保护家属。哪知郅寿铁面无私，竟将窦氏门生抓进监狱，并上书陈明窦宪的罪过。窦宪当然气愤，设计陷害郅寿。何敞破案有功，得以提升为侍御史，不忍心袖手旁观，立即上书求情。窦太后看到何敞的书信，才免去郅寿的死罪，把他贬到合浦。郅寿痛不欲生，拔剑自刎。窦宪害死郅寿后，气焰更加嚣张，又因即将动身，就摆出大将的架子，颐指气使。三公九卿看不过去，联名上书，阻止北伐。接连上了好几本奏折，始终没有动静。太尉宋由不免惊疑，不敢再奏，其他人也多半退缩。只有司徒袁安、司空任隗还是接连上奏，甚至在朝堂上极力争取，仍不见听从。侍御史鲁恭为人忠诚正直，再次上书劝谏。奏章虽然言词恳切，但窦太后顾念骨肉情深，置若罔闻，鲁恭只好作罢。

窦太后最终决定派窦宪北征，并升窦笃为卫尉，窦景为奉车都尉，还为他们建造府第。

外戚专权

窦太后让兄长北征，又为弟弟修筑宅院，一位正直的大臣挺身而出，上谏阻止。他就是侍御史何敞。哪知奏折递上去之后，依然杳无音信。何敞是平陵人，与鲁恭同乡。尚书仆射朱晖，此时已经告病回家，也上书极力阻止北征，仍不见朝廷听从。

车骑将军窦宪奉皇太后之命，与耿秉等一同前往朔方。到了鸡鹿塞，度辽将军邓鸿从稒阳塞前来会合，南单于屯屠何也从满夷谷出兵迎接汉将。各军聚集在涿邪山，由窦宪调动人马，分别派遣副校尉阎盘、耿夔、耿谭，与南单于合兵一万，抵达稽落山。恰逢北单于领兵到来，两军交战，从中午一直打到晚上，北匈奴大败。北单于抱头逃去，其余众人也竞相逃跑。窦宪得到前锋的捷报，亲自率领大军追击，直抵私渠北鞮海，斩杀敌兵一万三千人，获得牲畜一百多万头，收降北匈奴八十一个部落。窦宪登上燕然山，自称声威远播，旷古绝今，就令中护军班固叙功刻石，表扬功德。班固本来就擅长文辞，此时奉窦宪之命，便发挥才华，写了一篇冠冕堂皇的铭词。写完之后，立即刻在石头上，然后班师回朝。

窦宪派军司马梁飒等带领一千骑兵前往北方。沿途宣扬大汉国威，服从的有赏，不服从的就被诛杀。北匈奴刚刚经过战乱，听到这个命令，自然争相趋附，梁飒先后招降一万多人。梁飒抵达西海时，北单于正在四处躲避，探知汉官前来发给赏赐，也出来迎接。梁飒宣传诏令，让他们归附天朝，北单于自然领命。梁飒又劝导北单于，让他效仿呼韩邪，保国安民。北单于十分欢喜，立即率人与梁飒一起前行。到私渠海时，才知汉兵已经入塞，只让弟弟右温禹鞮王跟随梁飒一起到都城。窦宪因北单于不肯亲自前来，就将他弟弟遣回，不与北匈奴修和。南单于屯屠何赠给窦宪一个古鼎，能容下五斗粮食，上面还刻有篆文：“仲山甫鼎其万年，子子孙孙永保用。”窦宪将鼎呈给太后，太后非常高兴，又因窦宪立了大功，就派中原将拿着符节慰劳，令窦宪为大将军，封为武阳侯，食邑两万户。窦宪还想沽名钓誉，推辞封爵，太后不允许，窦宪再三推辞，才暂时不封侯，只做大将军。

按照制度，大将军的位置在三公以下。窦宪立功回朝，威震宫廷，朝臣多阿谀奉承，请求让窦宪的地位居于三公之上。窦太后当然答应，然后分别赏赐将吏。第二年七月，窦太后又下诏封窦宪为冠军侯，食邑两万户；窦笃为郾侯、窦景为汝阳侯，窦瓌为复阳侯，各食邑六千户。

窦笃、窦景、窦瓌接受封赏，只有窦宪仍然推让，率兵镇守凉州。征西将军耿秉自班师回朝后，也被封为美阳侯，官至光禄勋。另派侍中邓迭代管征西大将军之事，辅佐窦宪。北单于见弟弟被遣回，又派车谐储王等入塞请求朝见。窦宪据实上奏，让中护军班固与司马梁飒去迎接北单于。可南单于想扫灭北匈奴，因为担心北单于受到汉朝保护，自己的愿望无法实现，就发兵攻击北单于。北单于逃脱，妻儿被擒。班固等人来到私渠海，没能与北单于相见，只好折回凉州。南单于写信给窦宪，请求乘胜扫灭北匈奴。窦宪本来贪功，便依从了他，开始筹备兵马。永元三年仲春，又派左校尉耿夔、司马任尚去攻打北单于。耿夔等日夜赶路，走了好几千里，也不见北单于的踪迹，再让侦探四处探寻，才知北单于驻扎在金微山。汉将耿夔赶到金微山下，将北单于团团围住，任尚等人随后杀入。北匈奴猝不及防，顿时向四处逃窜，北单于慌不择路，被箭射死。名王以下的五千多人，有的被杀，有的被抓，连单于的母亲阏氏也做了囚徒。耿夔等人扫平北匈奴，收兵南回。窦宪上书报捷，耿夔立了头功，被封为粟邑侯。

窦宪扫平北匈奴后，权倾朝野，任用耿夔、任尚等人为爪牙，邓迭、郭璜为心腹，班固、傅毅为羽翼，刺史守令多出于窦氏门下，因此毫无忌惮。司徒袁安、司空任隗刚正不阿，不肯屈从窦氏。窦氏兄弟十分恼恨，因袁安、任隗二人德高望重，倒也不敢中伤他们。河南尹王调、洛阳令李阜，因谄媚窦氏得以为官，上任后我行我素，被尚书仆射乐恢上书弹劾。窦瓌得知后，想替二人说情，前去拜见乐恢，乐恢却避而不见。乐恢的妻子说他惹祸上身，乐恢感叹道："我在朝为官，怎能坐视不理？非但王调、李阜二人不能放纵，就是窦氏一家，我也要弹劾！"说完，就写了一篇奏章呈上去。窦太后正宠任兄弟，怎肯为了乐恢的奏章将他们权位的削去？乐恢等了几天，不见动静，就称病乞求休假。朝廷传诏让太医前去看病，乐恢就说病情严重，另外推荐任城人郭均、成阳人高凤接代他的职位。可又有诏令传来，任命乐恢为骑都尉。乐恢上书辞谢，竟被批准，乐恢于是交出官印。大将军窦宪因为痛恨乐恢，嘱托京兆尹严加管束，不让他自由行动。京兆尹遵照窦宪的意思，狐假虎威，命令吏属，随时监察。乐恢虽然住在家中，却仿佛在监狱里一样，郁愤填胸，服毒自杀。门下弟子都前往吊丧，不下数百人。乡间百姓无人不悲痛。

窦宪先杀死郅寿，后逼死乐恢，气焰逼人，还有什么人敢去老虎头上搔痒？窦氏因此更加骄横，兄弟四家大兴土木，建造房屋。窦景被提升为执金吾，窦瓌升为光禄勋，盘踞朝廷内外。窦瓌小时候饱读经书，还知收敛，窦笃与窦景却肆无忌惮。窦景最为过分，见到珍宝玩物就强行夺取；民间妇女稍有姿色，就令奴仆抢到府中作为妾媵。甚至僮仆等也贪财好色，竞相效尤，霸占民妇。商店民宅见到他们，往往关门闭户，像躲避盗贼一样。有关部门不敢上奏，还是窦太后留心外事，略有耳闻，这才罢免了窦景的官职，不过仍保留他的爵位。窦氏一族中，有十多人在朝为官：城门校尉窦霸，是窦宪的叔父；窦霸的弟弟窦褒为将作大匠，窦褒的弟弟窦嘉为少府。就是窦宪的女婿郭举，也做了射声校尉，郭举的父亲郭璜为长乐少府。他们互相勾结，表里为奸。

永元三年十月，和帝出巡长安，召窦宪到行宫见面。窦宪奉命后，从凉州入关，拜见车驾，尚书等人都到十里外迎接，并且准备向窦宪跪下，齐称万岁。尚书韩棱严肃地说："窦大将军虽然战功显赫，毕竟是一个臣子，怎么能称万岁呢？"众人听了，倒也惭愧，都不敢出声。韩棱是颍川人，既有胆识又有谋略，与仆射郅寿、尚书陈宠齐名。窦宪虽然怀恨在心，却也无可奈何。之后，窦宪仍回凉州，和帝也返回宫中。

第二年，窦宪上奏说北单于死后，弟弟右谷蠡王于除鞬自立为单于，率兵数千投降，应立即册封，并设置中郎将领护。群臣商议此事，太尉宋由等认为可行，可袁安、任隗说北匈奴既然被灭，就应当令南单于返回北匈奴，并领导投降的众人，不必再立北单于，多增加一个胡虏。可廷臣多奉承贵戚，都有异言。袁安担心窦宪的提议被批准，又写了劝阻的奏折呈进去。这篇奏章由司徒府掾周荣起草。周荣是庐江人，为人正直，文采斐然，袁安的奏折多出自他之手。窦氏门客徐齮，私下恐吓周荣："窦氏已派刺客杀你，你为何不想办法保全自身，还在为司徒办事？"周荣慨然道："我本是江淮书生，能够辅佐宰相已经很知足了，就算被害，也心甘情愿！我已告诉妻儿，如果我突然遭遇不测，不必殡殓，任由尸体腐烂，希望能借此感动朝廷。此外还有何求呢？"

窦宪听说袁安上奏反驳，马上与袁安争辩，甚至引用光武帝诛杀韩歆、戴涉的事例恫吓袁安。袁安始终不改前言。但窦氏有太后做主，最终听从了窦宪的建议，派大将军左校尉耿夔拿着符节，册封于除鞬为北单于，并令任尚为中郎将，屯兵伊吾，监护北匈奴。司徒袁安忧愤成疾，一病不起。

少年皇帝发威

司徒袁安郁郁而终，汉朝失去了一位元老，都中人无不痛惜，只有窦氏一门拍手称快。太常丁鸿接任司徒一职。丁鸿是经学名家，被和帝提拔。和帝当时十四岁，知道窦氏专权，必成后患，所以特选拔丁鸿接代袁安。正巧夏天发生日食，丁鸿就借机上书，请求抑制窦氏一门。这封奏章如果被窦太后看到，肯定不高兴，可和帝已留心政治，密嘱小黄门收到奏折后，须先呈给他看一遍，然后再告诉太后。因此丁鸿的奏折被和帝看到，和帝就命丁鸿兼任卫尉一职，屯兵南北宫。当时邓迭已被封为穰侯，与窦宪一同镇抚凉州。邓迭的弟弟步兵校尉邓磊，与母亲元出入长乐宫，为窦太后所宠爱；窦宪的女婿郭举，也受到恩宠。彼此互相争权，两不相容。和帝已有所耳闻，心中十分焦急，暗想内外大臣多是窦氏的耳目，只有司空任隗与司徒丁鸿不肯依附窦氏，但如果召他们前来密商，必定漏泄机密，加速祸事的到来。想来想去，只有钩盾令郑众秦有心计，平时常在宫中侍奉，可以免去嫌疑。因此等邓众侍奉时，和帝就退去左右，与他商议起来。邓众请求先调回窦宪，然后将他们全部杀死。和帝于是颁诏凉州，说南北匈奴都已归顺，大将军应回朝辅政。然后前往北宫，借白虎观讲经为名，召入清河王刘庆共商大事。

刘庆就是被废的太子，与和帝关系很好。此时和帝召刘庆过来商议，也是因为他怨恨窦氏，必会出手相助。刘庆果然替和帝想了一个办法，就是把前朝的《外戚传》作为引证，免得太后不同意。只是《外戚传》不便取来，千乘王刘伉藏有副本，刘庆前去借阅。原来，章帝留下八个儿子，除和帝及清河王外，还有刘伉、刘全、刘寿、刘开、刘淑、刘万岁六人。刘伉年龄最大，是后宫姬妾所生，章帝时已封为千乘王。和帝永元二年，封刘寿为济北王，刘开为河间王。刘万岁当时还很小，到永元五年才被封为广宗王，后来病死。和帝因刘伉是长兄，很尊敬他。刘伉见刘庆借《外戚传》，也不问原因，立即取来给他。刘庆得到书籍后，连夜到宫中交给和帝。

就在和帝秘密安排的时候，窦宪、邓迭等人已奉诏还都，和帝命大鸿胪拿着符节出郊迎接，犒赏将吏。当时天色已晚，窦宪要等到第二天才能入朝，文武百官趁夜赶去问候。哪知当夜已有变动，邓迭兄弟、郭璜父子都被一股脑儿抓进狱中。和帝与郑众等人定下计策后，专等窦宪到来。一听说窦宪入都，郑众便趁夜传令丁鸿，让他紧闭城门，速调执金吾、五校尉等人，分头捉拿邓迭兄弟及郭璜父子。邓迭刚回家，与弟弟邓磊等正在叙谈。郭璜父子迎接窦宪之后，返回家中。执金吾等奉诏捉拿，一个也没有逃脱。窦宪当时还在家里，不曾听说。第二天天一亮，谒者、仆射就走进来宣读诏书，收回官印，改封窦宪为冠军侯，让他前往封地。窦宪只得将官印交出。等到朝使出去，派人打探，才知兄弟都已交还官印。不一会儿，邓、郭两家人都来报告消息，窦宪瞠目结舌，不知所措。此后，又听说邓迭兄弟、郭璜父子都被正法。没过多久，执金吾到来，催促窦宪赶快动身，窦笃、窦景、窦瓌三人也都被迫上路，不准逗留。窦宪打算到长乐宫告辞，乞求太后设法扭转局面，可执金吾不肯容情，催得更急。窦宪密令家人拿着书信到长乐宫，又被士兵抓了去。窦宪黔驴技穷，只好草草整装离去。笃景、窦瓌也分别上路。身边只许带领妻儿，所有宅院一律封闭，奴仆一律遣散。都中人无不拍手称快。

和帝认为郑众立了首功，就封他为大长秋。又查出窦氏余党，罢免多人，连太尉宋由也被牵连，丢了官职。宋由畏罪自尽。太傅邓彪慌忙告病乞求休假，和帝见他老态龙钟，不忍责罚，准许他辞职。司空任隗不久病逝。当时只有大司农尹睦、宗正刘方，曾与袁安、任隗一同对抗窦氏，和帝于是升尹睦为太尉，兼任太傅，刘方为司空。并派人逼迫窦宪兄弟自杀。河南尹张酺秉公执法，曾因窦景的家奴打伤市民，派人抓捕。窦景又让侯海等五百人殴打市丞，张酺抓住侯海，将他发配朔方。如今窦氏衰落，张酺却上书请求从宽发落。和帝看了张酺的奏折，有意赦免窦瓌，只派人威逼窦宪、窦笃、窦景三人自杀。光禄勋窦固早已死去，没有受到连累，安丰侯窦嘉官至少府，也被罢官，不过，总算保全了食邑。中护军班固是窦氏的党羽，和帝只将他罢官。洛阳令种兢，曾被班固的家奴辱骂，一直怀恨在心，此次正好假公济私，将班固抓到狱中，天天鞭笞。班固已经六十有余，怎禁得起这般凌虐？一时痛恨交加，死在狱中。种兢自知闯了祸，不得不罗织班固的罪名，上奏说班固已死。和帝下诏将种兢免官，将狱吏处死。班固曾是兰台令史，奉诏编撰《前汉书》，死时还缺少八表及天文志，其他人不能续写，只有班固的妹妹班昭博学多才，和帝就让她到东观藏书阁中续编。班昭，字惠班，是同郡扶风人曹寿的妻子。曹寿，字世叔，英年早逝，班昭发誓为曹寿守节。班昭奉诏入宫，后宫多尊她为女师。

西域长史班超，虽然是班固的兄弟，但在外多年，很少与窦氏往来，当然无罪，还被升为西域都护。班超自攻克莎车后，在西域威名远扬。月氏国王派兵帮助汉兵，攻破车师，因此写信给班超，想与汉朝和亲，迎娶公主。班超不肯转奏，竟将来信扔在地上。月氏王心中愤愤不平，于永元二年，派副王谢领兵七万，进攻班超。班超的部下只有几千，想召集各国兵马，但远水解不了近渴，一时间人心惶惶。班超从容镇静，一点也不担忧，并对将士说："月氏兵虽然强盛，但越过葱岭，远道赶来，粮草肯定跟不上，怎能支撑太久？我们只要坚守，月氏兵必因饥饿而投降。只要十天便无事了，何必担忧呢？”月氏副王谢自恃骁勇，前来挑战。班超率领众人坚守，十天不发一兵。副王谢屡攻不下，又不能与班超直接打仗，看看粮食快没有了，于是急中生智，派人带着金银珠宝贿赂龟兹，向他乞求粮草。班超早已料到，预先派兵在途中埋伏，月氏使臣经过时，伏兵一齐出来袭击，将使臣全部杀死。并将使臣的人头割下，把金银珠宝全部带回。班超把月氏使臣的人头悬挂在城外，副王谢大吃一惊，派人请罪，希望放他们一条生路。班超对来使说：“我已知道你们断了粮草，本应乘机发兵，让你们片甲不留。但我朝有意怀柔，不推崇杀戮，你们既然已经知罪，我就放你们回去。但此后要每年进贡财物，不得有误。否则明日决战，不要怪我无情！”来使唯唯听命，回营报告。副王谢只求活着回去，情愿按照班超的话做。班超就放他们西归，并未出兵追击。副王谢当然感激，回去禀告国王，说班超如何智勇双全。月氏王听得惊心动魄，答应每年上贡。

消息传遍西域，龟兹、温宿、姑墨三国都很震惊，纷纷派人谢罪乞降，班超据实上奏。上次都护陈睦战败而死，朝廷准备放弃西域，撤销都护及戊巳校尉等官。等班超降服西域后，就将这些官职重新设置，提升班超为西域都护，升军司马徐干为长史。并让龟兹侍子白霸回国为王，特令司马姚光护送他西行。姚光到西域与班超商议，班超认为龟兹本有国王尤利多，如果再立白霸，尤利多必会反抗，只有带兵一同前往，才能压倒尤利多。姚光听到这话非常欢喜，就与班超同去龟兹。龟兹国王尤利多果然想拒绝白霸，后来见来兵甚多，料知难以抵挡，只好俯首帖耳，让出王位。班超让尤利多跟随姚光同去京师。尤利多不敢不从，便同姚光一同前往洛阳。班超担心龟兹反复无常，就留在龟兹的它乾城，让徐干驻扎在疏勒。此后，西域各国大半归顺。只有焉耆、危须、尉犁三国，因以前曾攻打陈睦，不敢投降。

永元六年秋，班超发龟兹、鄯善等八国兵马一同讨伐焉耆等三国。士兵进入尉犁国境，先派人到三国说：“汉都护率兵前来，无非想镇抚三国，如果三国肯改过，就派酋长前去迎接，都护自会有赏赐；如果你们一再执迷不悟，对抗天朝，恐怕大兵入境，玉石俱焚，到时候想归降，也来不及了！”焉耆王广听到这话，就派人探视班超的军队，见汉兵果然兵多将广，连忙派左将北鞬支带着酒肉出去迎接班超的军队。班超听说北鞬支曾是匈奴的侍子，就当面指责道：“你是匈奴侍子，莫非还想臣事匈奴吗？我率大军来到，你们国王不立即出来迎接，想必是你在旁边阻挠。”北鞬支慌忙辩白，不肯认罪。班超假装很高兴地说：“你既然不曾阻挠，就回去告诉国王，让他亲自前来犒劳军队！”说着，就令人取出布帛数匹，赏给北鞬支，北鞬支拜谢而去。将吏向班超问道：“何不趁机杀死北鞬支？”班超摇头说：“你们只知发威，不知动脑筋。北鞬支在焉耆国中很有威望，如果没有进入他们国家，先将他杀死，反而会令他们严加防守，拼死抵抗，我还怎么到焉耆城下呢？”将吏都心悦诚服。

班超立即指挥军队前进，到焉耆国界，被河水挡住。河上本来有桥梁，叫苇桥，是焉耆国的第一重门户。北鞬支回国后，担心班超的军队跟着进来，便将桥梁拆去。班超在桥旁安下营寨，只留老弱之兵数百人，让他们在营外烧火做饭，自己率兵绕道而行，翻山越岭，在焉耆城二十里外安营扎寨，派人催促焉耆王犒劳军队。焉耆王广正与北鞬支商议迎接班超的事情，不料班超的军队已经兵临城下。焉耆王广心慌意乱，想带领众人入山保命。北鞬支则认为，只要国王出城迎接班超，奉献方物，便可以保全。焉耆左侯元孟，以前曾在京师做人质，后来被放回，心中感念汉朝的恩德，就暗中派人禀报班超，说国王将入山保命。班超定下一个日期，扬言说如果届期投降，将重重赏赐。焉耆王广就与北鞬支等三十人如期前来，只有国相腹久等十七人因惧怕被诛杀而逃跑。尉犁王汎也闻讯赶来，只有危须王没到。班超传二王进入帐内，刚刚坐定，就生气地指责道：“危须王为何不到？腹久等人为何逃跑？”说完这两句，便让将士把所有的人全部拿下，押到陈睦居住的城池，一刀一个，杀得干干净净。之后，班超又将两个国王的首级送到京都，然后领兵进城，斩杀五千多人，抓住一万五千人，得到马牛羊三十多万头，重新立焉耆左侯元孟为焉耆王。班超在焉耆城驻留了半年，安定民心。从此，西域五十多国全部归附。和帝下诏封班超为定远侯。

西域已被班超平定，匈奴和羌人却时叛时降。

邓绥德冠后宫

北单于于除鞬因窦宪极力争取，得以继位。窦宪本想派兵护送，后来因窦宪被召回京城，事情因此中止。于除鞬听说窦氏被杀，不等朝命到来，就叛汉而去。汉廷得知后，派将兵长史王辅和中郎将任尚率领数千骑兵追赶。途中任尚伪称护送，让于除鞬不要怀疑。于除鞬得到消息，果然中计，汉兵追上去，一阵冲杀。于除鞬还以为汉兵认错了人，策马上前辩白。谁知汉长史王辅挥动大刀，一声吆喝，竟将于除鞬劈落马下。余众慌忙逃走，汉兵从四面追杀，只见头颅滚滚，血肉横飞，霎时间便将匈奴兵杀光了。王辅等人收兵报捷，和帝下诏褒奖。

南单于屯屠何忽然病死，弟弟左贤王安国继位。安国没什么威信，国人不太信服。左谷蠡王师子是安国的堂兄，为人狡黠，多次协同汉兵攻打北匈奴，受到汉朝的赏赐，因此国人多敬惮师子，轻视安国。安国被立为单于，师子当然就是左贤王，他怕功高盖主，遭到猜忌，就迁居到五原界中。安国果然怀疑，笼络北匈奴投降的胡人，想杀死师子。每次召师子议事，师子都称病不去。汉度辽将军皇甫棱也保护师子，安国更加气愤，上书汉朝，指责皇甫棱，汉廷就将皇甫棱罢免，改任执金吾朱徽代管度辽将军之事。中郎将杜崇与皇甫棱一同镇守北方，朝廷不曾撤换，杜崇仍然反对安国。安国又上书状告杜崇。杜崇先让河西太守截住使臣，不让他到京城，并转告朱徽说安国有反叛汉朝的意思。朱徽就与杜崇联名上奏，说北匈奴刚刚投降，想杀死左贤王师子等人背叛朝廷，请求命西河、安定、上郡一带严加防守，以防不测。和帝让群臣商议，大臣多说胡人反复无常，应派人到单于庭，与杜崇、朱徽等观察动静，如果有变，见机行事。和帝同意了。朱徽、杜崇听说后，立即发兵攻打单于庭。安国听说汉兵到来，弃帐逃走，等到汉兵南归，又领着众人攻打师子。师子预先得知，急忙率部下进入曼伯城。安国追到城下时，城门早已关闭，攻不进去。安国就驻扎在五原，与师子相持。朱徽派人调停，安国不肯听从，朱徽就与杜崇调发各郡兵马，讨伐安国。安国两面受敌，支持不住，当然惊惶。安国的舅舅担心被诛杀，只好杀死安国，立师子为单于。南匈奴原本没有异议，只是北匈奴投降的胡人感念安国的恩惠，想替他报仇，趁夜袭击师子的营帐。多亏汉安集掾王恬率卫士援助师子，才赶走北匈奴投降的胡人。可这群人越聚越多，共分成十五部，有二十多万人，另立前单于屯屠何的儿子逢侯为单于。汉朝又派光禄卿邓鸿行车骑将军之事，与越骑校尉冯柱，会合朱徽、任尚等，统领四万汉、胡兵马，讨伐逢侯。

南单于师子与杜崇一同屯兵牧师城，等待汉兵到来，合兵北进。谁知逢侯先发制人，率一万骑兵围攻牧师城。碰巧邓鸿赶到美稷县，距牧师城只有数十里，逢侯听说后，立即撤去包围，向满夷谷退去。邓鸿来到牧师城下，与师子、杜崇等一同追击逢侯，在大城寨斩杀三千多人，擒住一万人。冯柱率兵追击逢侯其他的部落，斩杀四千多人。任尚率领乌桓、鲜卑等前往满夷谷攻打逢侯，又得大捷，先后斩杀一万七千多人。逢侯带着残余的部下向北逃去，汉兵不能远追，只好退回。朝廷认为邓鸿沿途逗留，致使逢侯逃跑，就将他召回去定罪。不久，因朱徽、杜崇在边关挑衅，将他们全部逮回下狱，邓鸿、朱徽、杜崇三人先后死去。只留冯柱防守五原，另任雁门太守庞奋行度辽将军之事。此后，朔方、漠北一带，又分成南北二部，频频扰乱边关。

匈奴纷争的时候，羌人乘机侵犯边关。此前，仗着护羌校尉邓训恩威并施，羌人畏惧，不敢叛乱。永元四年，邓训病死，羌胡如丧失父母，家家为邓训立祠，祭祀不绝。迷唐回到颇岩谷，再生二心。蜀郡太守聂尚被调为护羌校尉，他见邓训令羌人心服，也想效仿，就派人招抚迷唐，仍住到大小榆谷。迷唐常想收复故地，只是担心后来的校尉与邓训一样，智勇双全，因此不敢妄动。凑巧来人招他回榆谷，迷唐真是喜出望外，立即带领部属，回到大小榆谷中居住，并且让祖母卑缺到聂尚那里拜谢厚恩。聂尚十分欢喜，以为迷唐出自真心，就派人迎接卑缺，格外优待，并拿出钱财相赠。卑缺告辞时，聂尚还亲自将她送到寨下，又派田汜等五人护送她到榆谷。狼子野心的迷唐岂是小恩小惠所能笼络的？他派祖母过来拜谢，分明是来打探虚实，见聂尚没有威信，就乘机反目。抓住田汜等人，召集羌众，把田汜等当作牛羊，开膛取血，滴入酒中，让众人各饮一杯，说是同心酒，然后定计入侵。羌人本没有什么主见，当即尊迷唐为酋长，听从命令，骚扰金城。聂尚不能制伏他们，就向朝廷求助。朝廷自然归罪于聂尚，把他的官职罢去，改命居延都尉贯友代任。

贯友担心重蹈聂尚的覆辙，主张讨伐羌人，先派人通告羌人，给他们财物，让他们解散。羌人贪图小利，背弃迷唐。贯友于是派兵出塞，攻打大小榆谷，擒住八百多人，夺得麦子数万斛。迷唐幸免于难，逃出谷外。贯友不肯罢休，在榆谷附近的逢留河旁造船架桥，准备大举进攻。迷唐惊恐万分，率领部下向远处迁徙，在赐支河曲躲避。永元八年，贯友逝世，汉阳太守史充继任护羌校尉。史充决计消灭迷唐，大发湟中的羌胡出塞进攻，不料反被迷唐打败，伤亡数百人。史充因此被罢免，代郡太守吴祉接任。

过了一年，迷唐率领八千人侵犯陇西，并胁迫塞内的羌人，与他一起作乱。羌人多与他联合，共得三万人，打败陇西守兵，杀死大夏县长，蹂躏百姓。警报传到京都，和帝下诏派刘尚和赵世，调集三万人讨伐迷唐。刘尚屯兵狄道，赵世屯兵枹罕，再由寇盱率领各郡兵马，从四面进攻，声势浩大，吓得迷唐胆战心惊，慌忙逃入临洮南山。刘尚率兵从后面追赶，攻入山谷，与迷唐大战一场，斩杀一千多人，获得马牛羊一万多头。迷唐战败逃走，汉兵也死伤不少，不敢再追，于是收兵退回。

那一年，皇太后窦氏病逝。还没有下葬，梁松的儿子梁扈让堂兄梁禅上书，说汉家旧典，尊崇母氏，梁贵人却没有得到尊号。以前梁贵人自尽，由宫人草草下葬，并没有发丧。和帝当时年幼，由窦皇后抚养，还以为窦皇后是自己的生母。宫廷内外，都畏惧窦氏的势力，没人敢对和帝说明隐情。直到窦氏衰败，才有人提起，但窦太后还活着，群臣也不敢把事情的真相全部说出。等到梁扈上书，正值太尉尹睦病终，张酺任太尉。张酺召梁禅问明情况，进去告诉和帝。和帝才知自己是梁氏所生，很是悲恸，边哭边问："你认为该怎么办呢？"张酺回答说："母以子贵，汉朝自兴盛以来，皇帝的母亲无不尊贵。臣认为应追尊封号，安慰圣灵，并录用各位舅舅，顾全亲情。"和帝点头说："不是你说，朕几乎成了不孝之人！"张酺退出后，又有奏章呈入，署名是南阳人樊调的妻子梁嫕，也就是和帝生母梁贵人的胞姐。

和帝看完以后，就命人召梁嫕入宫。梁嫕举止大方，谈吐自如，说到母家蒙冤的事情，禁不住珠泪盈眶。和帝也为之泪下，就留梁嫕在宫中住了十多天，并赏赐衣物、钱财、宅院、奴婢，加封她为梁夫人，提升樊调为羽林左监。樊调是樊宏的族孙，樊宏就是光武帝的舅舅，曾为光禄大夫。当时司徒丁鸿早已病死，司空刘方接任司徒，用太常张奋为司空。三公联名上奏，请求废除窦太后的尊号，不让她与章帝合葬。和帝踌躇再三，毕竟窦太后抚育自己多年，不忍依从众人的提议，仍让窦太后与章帝合葬于敬陵，尊谥为明德皇后。又将生母小梁贵人另外棺殓，与姐姐大梁贵人一起葬于西陵，小梁贵人的谥号为恭怀皇后。追封梁竦为褒亲侯，赐谥为愍。并派人到汉阳迎回梁竦的棺材，在恭怀皇后陵旁建造坟墓，由和帝亲自送葬，百官一同前往。安顿好后，和帝召回梁竦的家属，封梁竦的儿子梁棠为乐平侯，梁棠的弟弟梁雍为乘氏侯，梁雍的弟弟梁翟为单父侯，各食邑五千户，并赏赐宅院、奴婢、车马。梁氏宗族成员，无论亲疏，都做了郎官。梁氏转衰为盛，受到恩宠。

清河王刘庆请求到生母宋贵人坟前扫墓致哀，和帝当然允许。刘庆又上言说外祖母王氏年老多病，乞求将她迎入京师治疗。和帝准他所请，宋氏家属也都入都。刘庆的舅舅宋衍、宋俊、宋盖、宋暹都被封为郎官。窦氏从此更加衰败，夏阳侯窦瓌虽然没被处死，后来因为贷钱给穷人，受到朝廷的谴责，改封为罗侯。梁棠兄弟奉诏回都，路过长沙，与罗县相距很近，就顺道威胁窦瓌，逼他自杀。和帝加恩于舅舅，没有查问。

和帝正值大好年华，还没有册立皇后。后宫里面已选入数人，入宫最早、最受宠的，要数前执金吾阴识的曾孙女。阴识是光烈皇后阴氏的兄长。阴女年少聪慧，知书达理，容貌秀丽动人，因此被选入后宫，后来受到恩宠，被封为贵人。永元八年，立为皇后。后来，又有一位大家闺秀入选，门弟不亚于阴家，姿色也超过阴皇后。正宫的位置不免摇动，终落得桃代李僵，燕去鸿来。

此女就是已故护羌校尉邓训的女儿，前太傅高密侯邓禹的孙女邓绥。邓绥的母亲阴氏是光烈皇后的侄女。邓绥五岁时就已粗通文字，六岁时能写篆书，十二岁精通《诗经》、《论语》。父亲邓训也对她另眼相看，无论大小事情，都与她商议。阴皇后入选时，邓绥也参选，恰逢父亲邓训病死，就回家守丧了。邓绥日夜哭泣，三年不沾酒肉，面容异常憔悴，人称孝女。

后来，一位相士看见邓绥的容貌，极口夸赞，说她有成汤的骨相。家人听到这话，私下庆贺，不过不敢明说。太傅邓禹在世时，常自叹："我统兵百万，未曾枉杀一人，后世必有兴旺的子孙。"邓禹的侄子邓陔，也说兄长邓训为谒者时，救活数千人，天若有知，子孙必定多福。邓绥十六岁时，守丧早已期满，衣食如常，长得异常貌美，身高七尺二寸，肌肤莹洁。她一选入宫中，大小粉黛都相形见绌。和帝年将及冠，正值好色年华，一瞧见她，怎肯放过？当晚就挈她入寝，共成好梦。一宵恩爱，如胶似漆，第二天就册封邓绥为贵人。

好在邓贵人虽备受宠爱，却并不骄纵，仍像以前一样谨慎。平时觐见阴皇后，必小心伺候；就是对待侍女，也和颜悦色，毫不骄横。因此后宫之人都心悦诚服，誉满一时。每逢六宫宴会，妃妾竞相修饰，衣服首饰焕然一新，只有邓贵人淡妆浅抹。平时的衣服，如果与阴皇后同色，立即换掉；与阴皇后不敢并行，不敢正坐；每逢皇上询问，必最后回答，不敢与阴皇后同时说话。和帝就劝她开口："贵人德才兼备，为人谦让，但也不要让自己过于辛苦！”阴皇后无子，邓贵人也没有怀孕，后宫虽然有人生产，但都相继夭折，邓贵人屡次借口患病，要皇上另选他人入侍，希望皇上早点留下后代。阴皇后相形见绌，妒恨越来越深，外祖母邓朱出入宫廷时，阴皇后常与她商议，打算令巫师咒死邓贵人，以泄心头之恨。谁知邓贵人不曾遇到灾祸，和帝却抱病在床，生命垂危。阴皇后极为气恼，对左右说：“我如果得志，不会让邓氏有好日子过！”宫人多得到邓贵人的厚恩，就将此话转告她。邓贵人哭着说：“我竭尽全力侍奉皇后，竟不被她体谅，反而遭到嫉妒！我不如现在就自裁，上可报答皇帝的恩典，下可使族人免除祸患，我死也瞑目了！”说着，就想喝药自尽。恰好宫人赵玉在旁边，慌忙劝阻，并谎称皇帝的病已痊愈，不必忧虑，邓贵人这才打消了轻生的念头。过了一天，和帝的病果然好了，渐渐地，有人把阴皇后的话传到和帝耳中，和帝开始憎恶她。眼见中宫的位置，就要拱手相让！

班超还朝

阴皇后怨恨邓贵人，已被和帝察觉，随时对她加以提防。永元十四年，竟有人告发阴皇后，说她与外祖母邓朱私下诅咒邓贵人。和帝立即令中常侍张慎与尚书陈褒，会同掖庭令，抓捕邓朱，并将她的两个儿子邓奉、邓毅，及阴皇后的弟弟阴轶、阴辅、阴敞，一并拘拿。严刑之下，几人当即招供，证明诅咒属实。和帝已与阴皇后不和，也不愿顾及旧情，便命司徒鲁恭拿着符节到长秋宫，废掉皇后阴氏，让她迁居到桐宫。

鲁恭由侍御史提升到光禄勋，正蒙皇帝宠信。不久，司徒刘方因罪自杀，光禄勋吕盖继任，很快被罢免，提升鲁恭为司徒。鲁恭奉命废掉阴皇后，阴皇后无计可施，只得缴出玺印，搬到桐宫居住。长门寂寞，烦闷无聊，即使不气死，也要愁死。况且父亲喝药自杀，弟弟们死于狱中，外祖母邓朱及舅舅奉毅也都陆续死去。阴、邓两姓家属都被发配到日南，单剩自己一身，凄惶孤冷，阴氏又后悔又气愤又悲伤，整日以泪洗面，茶不思饭不想，最终一命呜呼。宫人禀报和帝，和帝总算赏给她一口棺木，将她草草殓葬。

当时邓贵人听说阴皇后要被废，极力劝阻，和帝当然不肯听从。邓贵人就自称病重。过了几十天，有人又请求续立皇后，和帝说：“皇后是六宫之首，母仪天下，岂可轻率册立？朕想宫中的妃嫔，只邓贵人德冠后宫，尚可担当！”邓贵人听说后，连忙辞谢，推荐后宫周、冯等贵人。又过了一个月，和帝决定立邓贵人为皇后，邓贵人再三推让，最终因和帝下诏慰勉，才登上后位。宫廷内外竞相庆贺。

和帝崇尚儒术，选用正直之士。沛人陈宠，是前汉尚书陈咸的曾孙，由司徒鲍昱召为辞曹，掌管天下案件，平反过很多冤案。陈宠替鲍昱编撰《辞讼法》七卷，由鲍昱呈上，颁布为《三府定法》。司空张奋丢官后，太仆韩棱继任，韩棱以刚直著名，自然众望所归。

太尉张酺因病休假，曾推荐魏郡太守徐防接替自己，和帝提升大司农张禹为太尉，命徐防任大司农。张禹是襄国人，祖上曾随光武帝北征，父亲刘歆为淮阳相。张禹忠厚节俭，做扬州刺史时，常巡行郡县，为民申冤，百姓对他心悦诚服。此后，张禹还做过兖州刺史，政绩显著，做了大司农后，又提升为太尉，被朝廷倚重。徐防是沛人，精通经书。和帝因张酺引荐，召他为大司农。适值司空韩棱逝世，朝廷又升徐防为司空。

凉州西部多次发生边患。刘尚、赵世等人把叛羌迷唐赶出塞外就回朝复命。朝廷认为刘尚、赵世懦弱，不敢追击，将他们逮捕入狱，并罢去二人官职。另派谒者王信管理刘尚的军营，屯兵枹罕；谒者耿谭管理赵世的军营，屯兵白石。耿谭悬赏诱降羌人，羌人陆续归附。迷唐见部下离散，更加惊慌，因此派人乞降。耿谭让迷唐亲自前来，迷唐只得到汉营中去，耿谭与王信又让迷唐到京城去。他的部下不满两千，又饥又困，暂时让他们居住在金城，并拨给衣食。迷唐进京，朝见完毕，和帝让他回去居住在榆谷，不许再叛乱。迷唐领命，告辞西去。到了塞下，却不肯再回到故地，他想榆谷附近汉人已建造河桥，往来方便得很，怎能保守得住？因此写信给护羌校尉吴祉，说部下饥饿，不肯赶远路回去。吴祉还以为他说的是真话，赏赐了很多财物，让他立即出塞。不料迷唐变志，到金城带上部众后，顺便掠夺湟中，满载而去。王信、耿谭、吴祉因此被罢官，改用酒泉太守周鲔为护羌校尉。

永元十三年秋，迷唐又到赐支河曲，率人侵犯边塞。周鲔与金城太守侯霸调集各郡的兵马，与湟中小月氏合兵出塞。走到允川，不见羌人踪影。周鲔安营扎寨，让侯霸前去探路。侯霸骁勇善战，在路上巡逻时，忽然与迷唐相遇。侯霸毫不畏缩，冲锋向前，锐不可当，羌人慌忙退回，损失了四百多人。侯霸又领兵追击，羌人走投无路，多半跪在地上乞降，共有六千多人。迷唐只带了几百人逃往赐支河北。朝廷因周鲔逗留，不曾参战，让他回都领罪，提升侯霸为护羌校尉。不久，烧当降羌叛乱，郡守发兵剿灭，把妇女全部罚为奴婢。于是四海及大小榆谷不再有羌寇。

隃麋相曹凤上书献计，和帝认为可行，就设置西河郡，封曹凤为金城西部都尉，屯兵龙耆。后来金城长史上官鸿又添置归义、建威屯田二十七部，侯霸也增置东、西邯屯田五部，加上留、逢二部，总计三十四部。迷唐孤立无援，最终病死。他的一个儿子到塞内投降，人数只有几千，西部暂时稍稍安定。自从班超安抚西域后，西北一带就不再发生叛乱。班超从明帝永平十六年奉命西行，直到和帝永元十二年，都没有回汉境，先后约三十年。班超年近七十，思乡心切。恰逢掾史甘英奉班超的命令赶赴大秦，走到条支，被安息人挡住，半路折回。安息国献上狮子及条支大鸟，班超让儿子班勇偕同外使同回洛阳，并写了一篇奏折，乞求回国。

和帝因班超在西域很得人心，暂时找不到人代替，只得将此事搁置。转眼又是两年，班超等待朝命，却杳无消息。他听说妹妹班昭入宫续写史书，就寄一封书信给妹妹，让她代为设法。班昭本来就擅长写文章，立刻写好奏章呈上。和帝见了班昭写的奏章，不禁感动，于是召班超回朝，命中郎将任尚代任都护。

班超回到洛阳，进宫朝见，和帝慰问几句，令他为射声校尉。班超本来就患病，回来之后更加严重，入朝才一个多月便去世了，享年七十一岁。和帝派人前去吊祭，赏赐财物，并让他的长子班雄承袭爵位。

短命的皇帝

郑众被封侯，是汉朝史无前例的事情，和帝因他诛杀窦氏有功，所以格外宠信他。哪知像他这样无德无才的小人，实在不能与公卿相提并论。光武帝苦心经营的天下，就因为郑众被封侯，最终落得七零八落，不可收拾！

永元十五年夏，国内发生日食，有人认为是阴气太盛，上奏请求让诸王前往各自的封地。原来，和帝性情温和，效仿父亲的做法，让兄弟留在京城。看到各官员的奏折，和帝还是不忍分离。到了冬天，和帝贺临章陵旧宅，令诸王全部跟随。祭祀完毕后，大会宗室成员，饮酒作乐。此后又顺路游览云梦，还准备前往江陵。这时忽然接到留守太尉张禹的奏章，让和帝赶快回去。清河王的中傅卫䜣，与清河王刘庆一同随驾，他沿途索要贿赂，得钱一千多万缗。和帝察觉后，派人查治，并责怪刘庆不事先揭发。刘庆答道："卫䜣是朝廷选出来的。臣愚昧，只知对朝廷言听计从，不便纠察，所以事先没有听说。"和帝听了，颇合己意，就将没收卫䜣所得的赃物，全部赐给刘庆。刘庆再三推辞，不得已才接受。太尉张禹也得到赏赐，此外，留守的官员及随从的大臣，都得到了赏赐。

当时，岭南向朝廷贡奉龙眼、荔枝，沿途传送，昼夜不停，役使十分辛苦。临武县令唐羌，上疏陈述上贡时的艰苦情形，和帝于是下诏停止上贡。第二年司徒鲁恭因事被罢官，迁升司空徐防为司徒、大鸿胪陈宠为司空。又过一年，改号元兴，大赦天下。不久，雍地忽然裂开，当时人们都认为是不祥之兆。同年十二月，和帝突然驾崩，享年只有二十七岁，在位一十七年。

当时储君未立，后宫所生的儿子多半夭折，人们都把宫中当作凶地，遇到有人生育，就让乳娘抱到宫外，寄养民间。和帝驾崩后，群臣不知皇子的下落，无法拥立，不得不禀明邓皇后，请她定夺。邓皇后知道后宫还有两个皇子：长子名叫刘胜，向来有病，不便继位；少子名叫刘隆，出生才一百天，正在宫外寄养。邓皇后将刘隆迎入宫中，立为太子。刘隆当夜即位。朝廷尊邓后为皇太后，让她临朝听政。不到半个月，便改元延平，提升太尉张禹为太傅、司徒徐防为太尉。邓太后认为皇帝还在襁褓之中，想让朝廷重臣居住在禁宫。于是让张禹留在卫宫，五天一回府，并提升光禄勋梁鲔为司徒，继徐防后任，封皇兄刘胜为平原王。随后把和帝葬于慎陵，庙号穆宗。总计和帝在位十七年，英明仁爱，很有祖父的遗风。他少年时期铲除窦氏，总揽大权，后来又尊重儒生，礼贤下士，勤政爱民，可惜不到壮年就驾崩了。晚年封赏郑众，致使宦官专权，是和帝一生种下的最大祸根。

丧葬完毕后，清河王刘庆等人前往各自的封地。刘庆追念和帝的恩德，悲痛不已，甚至口吐鲜血。邓太后格外体恤，准许他设置中尉内史，赏赐他的物件都取自和帝的乘舆。皇帝太小，邓太后怕有不测，就让刘庆的长子刘祜与嫡母耿姬，仍住在清河府中。

邓太后接连下诏，大赦天下，凡建武以来的罪犯都被赦免。随后又下令节减国内的各项开支。过了一段时间，司空陈宠病死，由太常尹勤接任司空一职，虎贲中郎将邓騭被提升为车骑将军。邓騭是邓训的长子，邓太后的兄长，字昭伯，以前是窦宪的府掾。妹妹被立为贵人后，邓騭就与弟弟一起做了郎中。和帝曾想加封邓騭，被邓皇后谢绝，所以只做了虎贲中郎将。邓皇后临朝亲政，一切政务不能不召邓騭商议，为了避免嫌疑，提升邓騭为车骑将军，位同三司。三司就是三公，汉廷以前没有这个官名。邓騭倒也知道收敛、谦退。

光阴易逝，转眼又是仲秋。小皇帝偶感风寒，不久病逝，年仅两岁。邓太后连忙与邓騭密商立帝之事，好在清河王刘庆的儿子刘祜还在京城，邓太后建议立他为帝，邓騭也赞成。邓騭又与群臣商议，群臣都没有异议，邓騭便趁夜拿着符节迎刘祜入宫。不久，邓太后下诏让刘祜即位，称为安帝。群臣按照惯例入宫拜贺。安帝年仅十三岁，不能亲政，仍由邓太后临朝。过了一个月，就将小皇帝葬在康陵，幼主既无谥号，又无庙号，只称他为殇帝。安帝本与嫡母耿姬一同居住在清河府中，安帝继位以后，耿姬不便单独留下，邓太后就让中黄门送她回国。

安帝的生母叫左姬，字小娥，有一个姐姐字大娥。伯父因妖言惑众被杀，家属受到牵连，在后宫做事。二娥当然在内，并且都有些才色。小娥擅长写辞作赋，被众人称颂。和帝赏赐宫人给诸王时，清河王刘庆听说二女的大名，就贿赂宫中的侍从，得到二娥。如愿后，刘庆左拥右抱，其乐陶陶。不久，小娥怀孕生下一子，便是安帝。相传安帝年幼时，多次有神光照在屋中，又有赤蛇在床上呵护他。不过，大小二娥却是薄命，一对姐妹花，相继凋谢。安帝继位时，二娥已经逝世多年。

清河王刘庆回国一年后，也病入膏肓。到耿姬返回，已经生命垂危，他嘱咐清河中大夫宋衍："清河土薄，不能入葬。我想在我母亲坟旁安息。如果能够如愿，死也无憾了！"于是让宋衍写奏折呈上，乞求将骸骨葬在亡母宋贵人旁边。过了一夜，刘庆就逝世了，年仅二十九岁。奏折传到京师，邓太后也很悲哀，让司空尹勤拿着符节，与宗正一同前去吊祭。然后让掖庭令护送左姬的遗棺，与刘庆合葬于广丘。朝廷赐谥孝王，让刘庆的长子刘虎威袭位。第二年是永初元年，邓太后封宋衍为盛乡侯，并把清河分为两国，封刘虎威的弟弟刘常保为广川王。

车骑将军邓騭自从迎立安帝后，不想常在宫中居住，多次请求回府。太后准他所请。邓騭有四个弟弟，长弟邓京当时已经去世，二弟邓悝任城门校尉，三弟邓弘为虎贲中郎将，四弟邓阊还是郎中。邓太后增封邓騭为上蔡侯，邓悝为叶侯，邓弘为西平侯，邓阊为西华侯，各食邑一万户。邓陟因迎立安帝有功，加封食邑三千户。邓陟多次上书推辞，太后于是收回成命，又封邓陟的生母阴氏为新野君，食邑一万户。

虎贲中郎将邓弘精通尚书，太后就让他做安帝的老师。可内忧方平，外患又起。西域都护任尚做事苛刻，以致失去人心，西域各国相继反叛，围攻任尚。任尚上书求援，汉朝令郎中梁慬为西域副校尉，率河西四郡羌胡五千骑，日夜赶去支援。梁慬还没到，任尚已经解围。朝廷召任尚还都，另任骑都尉段禧为都护、西域长史赵博为骑都尉，一同驻扎在龟兹它乾城。城中地势狭隘，梁慬特意拜访龟兹王白霸，对他讲述朝廷的厚恩，嘱咐他不要辜负，并说龟兹势孤力单，应与都护等人一同入城防守。白霸本由汉廷遣回，才得以为王，听了梁慬的提议，当然答应。龟兹将士一同上谏阻止，白霸不肯听从。梁慬见众人有二心，急忙令手下禀报段禧，请求他立即率兵攻打龟兹城。段禧就与赵博率领八九千人赶到龟兹国都。

龟兹部下恨国王招来汉军，就勾结温宿、姑墨二国的兵马，攻打白霸，共计有几万人，环绕在龟兹城下，气势汹汹。白霸非常惊慌，连段禧、赵博二人也后悔仓促出兵，被人围住。梁慬却毫无惧色，出城迎战，三战三胜。叛乱的人自恃人多势众，虽然屡次战败，却始终不肯退去。梁慬出战一次，回来防守数日；出战两次，又回来防守数日。相持了好几个月，叛兵终于疲惫不堪，梁慬与段禧、赵博等人合力出战，大杀一阵。叛兵抵挡不住，败下阵来，温宿、姑墨两国的士兵也立即逃走。梁慬领兵追击，杀了很多敌兵，夺得许多牲畜。龟兹平定后，梁慬上书告捷。

无奈，除龟兹以外，其余国家都不肯服从，致使道路堵塞，等到捷报传到都城时，差不多已过了一百多天。一群公卿大夫，目光短浅，说西域路途遥远，又时常叛乱，朝廷多消耗粮饷，屯田的将士连年劳苦，花费甚多，不如取消都护，班师回朝。邓太后依从众人的建议，派骑都尉王弘前去迎回段禧、赵博、梁慬及伊吾卢、柳中屯田的将士。

班超数十年的功绩，至此毁于一旦，说起来，都是任尚贻误大事。可见安内攘外，全仗人才。朝廷大臣不知另举有才能的人，镇抚西域，反认为应当撤销都护。就这样一误再误，又惹得羌人变乱。烧当羌人首领东号，带领众人归附后，他的儿子麻奴，随父亲一同归降，居住在安定。东号死后，麻奴继立，族人越来越繁盛，散居在河西各郡县。当地官吏视他们为贱种，致使羌人心生怨恨。王弘奉命调发金城、陇西、汉阳等地的羌人，前去迎接从西域归来的军队，羌人还以为要将他们迁到西域，因此裹足不前。郡县官吏严刑逼迫，约有数千个骑兵来到酒泉，就不愿再出关，陆续逃跑。官吏将他们当作叛贼，发兵拦截，不是将他们杀死，就是将他们抓起来，或把他们的房屋全部毁掉。羌人更加惊慌，全部逃散，麻奴也支撑不住，向西走出塞外。先零的分支滇零与钟羌各族，乘机叛乱，占据陇道，大肆掠夺。郡县官员无法抵抗，不得不接连上奏，邓太后就让车骑将军邓陟发兵征讨羌人，又用任尚为征西校尉，让他归邓陟节制，一同西行。

勇将梁慬

车骑将军邓陟与征西校尉任尚等人讨伐羌人，因各郡兵马尚未到齐，就留在汉阳，只派前锋数千骑，窥探羌人的动静。不料到了冀西，突然与钟羌相遇，竟被杀死一千多人，余众狼狈逃回。碰巧西域副校尉梁慬抵达敦煌，奉诏援助邓陟，就领兵转赴张掖，斩杀五千多个羌人。到了姑藏，又有三百多羌人畏威乞降，梁慬将他们遣回原来的地方，各羌高兴地离去。

这年边疆未平，内地多灾多难，郡国十八个地方发生地震，四十一个地方发生水灾，二十八个地方有大风、冰雹。太尉徐防、司农尹勤相继上书辞职。邓太后准他们所请，命太傅张禹为太尉，太常周章为司空。宦官鄛乡侯郑众及尚方令蔡伦深得邓太后宠信，乘机干预朝政。司空周章多次劝谏，不见听从。周章生性戆直，见外戚宦官专权，邓太后始终不能省悟，不免气愤，就暗中联络僚友，谋杀邓陟兄弟及郑众、蔡伦等人，并打算废去太后所立的皇帝，改立平原王刘胜。还没有行动，就有人漏泄机密，周章自知死罪难免，服毒自尽。颍川太守张敏入朝任司空。司徒梁鲔病逝，仍起用鲁恭为司徒。

第二年二月，朝廷派光禄大夫樊准、吕仓，分别出巡冀、兖二州，赈济灾民。樊准上书说赈给不能济事，应将灾民迁往荆、扬熟二郡。邓太后准奏，百姓的灾难才稍稍减轻。

不久，朝廷接到任尚战败的消息。原来车骑将军邓陟让任尚及中郎司马钧，带领各部兵马讨伐羌豪、滇零。到了平襄，与滇零等战斗多时，任尚大败，伤亡八千多人，狼狈逃回。滇零打了胜仗，竟自称天子，招集武都、参狼、上郡、西河等地的羌人，向东侵犯赵、魏，向南侵入益州，并攻打汉中太守董炳，掠夺三辅，气焰嚣张。湟中各县，粮食被抢走，百姓死亡不计其数。朝廷既要转运粮饷，又要赈济百姓，忙乱不堪。

前左校令庞参见百姓苦不堪言，便让儿子庞俊上书献计，请命将凉州一带的百姓，迁到三辅，并免去一些的徭役。邓太后看到奏折后，踌躇不定。恰逢光禄大夫樊准从冀州回京复命，听说庞参上疏说事，计策可行，就上书推荐庞参。因为这一道奏折，庞参被封为谒者，监督三辅各军屯田防边。朝廷又下诏让梁慬屯兵金城。梁慬得到三辅的军报，知道叛羌随处骚扰，将要逼近园陵，立即率兵前去袭击，接连打败羌人，截获马畜财物不计其数。邓太后得到梁慬的捷报，心中稍稍宽慰，委任梁慬剿抚羌人，统率各军。然后听从庞参的建议，召回邓陟，只留任尚屯兵汉阳。邓陟奉诏东归，途中又接到太后的诏令，封他为大将军。到了都门，大鸿胪拿着符节出来迎接，中常侍带着酒肉犒劳，王侯等人相继前来问候，络绎不绝。太后既然优待邓陟，不得不一视同仁，于是封任尚为乐亭侯，食邑三百户。将护羌校尉侯霸被召回，贬为庶人，令前西域都护段禧继任护羌校尉。无奈羌人势力越来越强盛，永初三年春，三辅告急，朝廷派骑都尉任仁率领诸郡的屯兵，前去援助三辅。任仁屡战屡败，羌人更加猖獗，当煎、勒姐羌族攻陷破羌县，钟羌攻陷临洮县，连陇西南部的都尉都被擒去。

司徒鲁恭年近八十，乞求告老还乡，朝廷批准，改任大鸿胪夏勤为司徒。夏勤上任以后，天天担心国库空虚，只好与太尉张禹及司空张敏商议，依照前汉交粮封爵的事例，联名上奏，准许吏民交入钱谷，封他们为关内侯、虎贲羽林郎，以及五官、大夫、府吏、缇骑①、营士等。邓太后见三公同意，自然准奏。无奈天灾多次降临。上半年河洛发生水灾，京城大闹饥荒；下半年并、凉水溢，人吃人的现象多次发生。接着又传来许多警报。海寇张伯路等掠夺沿海九郡，渤海、平原盗贼刘文河、周文光等，与他勾结，搅得一塌糊涂。还有代郡、上谷、涿郡一带，乌桓、鲜卑二路叛胡，一再侵犯，打败五原太守，杀死郡中长吏。南匈奴骨都侯暗中帮助乌桓、鲜卑，闹得不可收拾。甚至南单于也背叛汉朝，把美稷守将耿种围住，局势异常危急。汉朝将相无法隐瞒，当然

---

① 缇骑：古代官廷的前导和随从的骑士。

上奏邓太后。

邓太后焦急万分，只好与兄长邓陉等人商议，一路一路地调遣人马，前去征讨。剿灭海贼的一路，委任侍御史庞雄；解救五原的一路，委任车骑将军何熙；攻打南单于的一路，委任辽东太守耿夔；又调梁慬行度辽将军之事，做耿夔的后应。侍御史庞雄围剿海寇，海寇毕竟是乌合之众，不能抵挡王师，张伯路战败乞降；渤海、平原等盗贼，也望风瓦解，四处逃避。庞雄上书报捷，朝廷下诏升庞雄为中郎将，让他前去帮助副车骑将军何熙。辽东太守耿夔与梁慬都是身经百战的名将，会师以后，便向美稷城进军，走到属国故城，被南匈奴部酋奥鞬日逐王率领三千多骑兵，截住去路。耿夔一马当先，耿鞬随后继进。二将好像生龙活虎，搅入匈奴阵中，奥鞬日逐王骑马逃脱，所有物资都被汉军夺去。

此时南单于师子早已病亡，堂弟檀继立为单于。永初三年六月，檀曾入都朝拜，随从是一个投降胡虏的汉人，名叫韩琮。朝拜完毕回国，韩琮说："关东发生水灾，军民饿死无数，如果发兵攻打，必能获胜！"单于檀被韩琮迷惑，因此背叛汉朝，围攻美稷。见日逐王战败回去，才知汉军仍然厉害，于是从美稷撤围，亲自率领精骑八千人攻打汉军。凑巧与梁慬相遇，梁慬部下只有两三千人，单于喜出望外，认为汉兵寡不敌众，于是指挥骑兵将梁慬围住。哪知梁慬毫不惧怕，带领部下把匈奴兵冲成几截，匈奴兵只好退去。南单于檀顾命要紧，逃回虎泽。不久南单于又去攻打常山。梁慬与耿夔合兵一万，前去支援常山，南单于再次退回。车骑将军何熙已到五原，打退乌桓、鲜卑叛胡，庞雄随后到来，何熙听说常山被攻，派庞雄前去救援。庞雄到了常山，见虏兵已经退去，就与梁慬等会合，进攻虎泽。南单于两次战败，已经是胆战心惊，又见汉军合兵进攻，更是吓得魂飞魄散，只好派奥鞬日逐王到梁慬营中乞降。梁慬将他斥责一番，并提出要单于檀亲自前来乞降。

单于檀无可奈何，只得出来投降。梁慬与庞雄、耿夔等人排开兵马，让他们拿着兵器站在两旁，然后传召檀进见。檀到了案前，不等斥责，已连连磕头。梁慬责怪他忘恩负义，要他派儿子做人质。檀慌忙答应，并发誓不再反叛。梁慬这才让他起来。檀应声离去，不到半日，便把儿子送来，并且释放了之前俘虏的汉民。梁慬班师赶往五原。五原还有乌桓余党出没，经梁慬等领兵攻击，全部投降。车骑将军何熙一病不起，在军中去世。汉朝封梁慬为度辽将军，镇守塞下，召回中郎将庞雄，提升他为大鸿胪。只是耿夔立功最少，且没有穷追单于，就将他贬为云中太守。北方一带，平定下来。

海寇张伯路归降一年后，又与渤海、平原的盗贼勾结，攻入厌次县，杀死长官。朝廷下诏派御史中丞王宗，会同青州刺史法雄，攻打贼党。张伯路等人全部被杀，部下多半散去。当时只剩下羌人不肯臣服，多次出来骚扰，羌豪、滇零进攻褒中，汉中太守郑勤移兵前往征讨。朝廷因任尚没有战功，传旨召回，令他率吏民退屯长安。谒者庞参写信给邓骘，说应迁徙边郡难民居住在三辅。邓骘非常赞同，并想放弃凉州，专攻朔方。朝廷召集群臣商议，群臣还有异议。邓骘愤然说：“衣服破了，把两件合为一件，还可以修补。如果不用这个办法，恐怕两个都保不住了！”众人听了这话，只得勉强赞成。光禄勋李修因张禹得病，接任太尉。他门下有一个很有智慧的人，刚被封为郎中，姓虞名诩，字升卿，是陈国武平县人。他听说邓骘决定放弃凉州，大吃一惊，只因自己官职太小，不便入朝反驳，就将此事告诉李修，托他挽回局面。

李修听了虞诩的建议，恍然大悟：“如果不是你，几乎误了国家大事。但想要保住凉州，应用什么计策？”虞诩答道：“如今凉州躁动不安，为防止变乱发生，朝中公卿应让该州的豪杰做掾属，再让牧守的子弟为官。这样一来，凉州有什么难保的呢？”一席话说得李修频频点头，立即入朝商议，公卿齐声赞成。邓骘只好取消之前的决定，但心中愤愤不平，想伺机陷害虞诩。后来听说朝歌盗贼宁季聚集数千人，攻杀长史，特别猖狂，州郡无法治服，就命虞诩为朝歌长。亲友都为虞诩忧愁，虞诩却笑道：“遇到事情不逃避，这是人臣的本分！只有这样，才能显示自己的才能。”说完，整装上路，直抵朝歌。先拜见河内太守马棱，马棱叹息道：“你是儒生，应在朝中为官，为何奉命到此？”虞诩回答说：“我之前来时，士大夫都为我担忧，这是认为我无能。既然身为人臣，怎敢躲避灾难？我想朝歌为韩、魏的郊野，背靠太行，面临大河，距敖仓只有一百里。青、冀百姓流亡甚多，盗贼不知开仓放粮，招抚众人，可见他们胸无大志，不足为忧。只是目前盗贼势力强盛，不可直接争斗，希望你不要牵绊，我自有办法扫平！”马棱慨然答应。

虞诩上任后，悬赏招募壮士，将他们分为三等：上等是喜欢抢劫的，中等是有偷盗行为的，下等是没有家产，游荡失业的。令掾史以下举荐，招来数百人，虞诩亲自挑选，去弱留强，还有一百多人。虞诩嘱咐他们混入盗贼中，诱使盗贼出来抢劫掠夺，然后派兵等着。等到贼众前来，便全力捉拿，擒斩几百人。余贼经此巨创，纷纷逃散，朝歌因此安定下来。

虞诩智敌强羌

永初四年九月，邓太后的母亲新野君患病，太后亲自前去探望，好几天也不见回宫。三公一再上书请求，邓太后才勉强返回宫中。不久，新野君病逝，邓太后又去送终，极其悲哀，并让司空张敏拿着符节护丧，一切仪式和清河王临终时一样，赐谥敬君。又赏赐给邓家人布三万匹，钱三千万。邓隲等人上书推让，并请求辞官还乡。太后不肯答应，前去询问班昭。

邓太后一向把班昭当老师看待，对她言听计从，这次也听从班昭的话，让邓隲等人回家守丧，并封班昭的儿子曹成为关内侯。班昭此时续编汉史，已经大功告成。班昭又写下《女诫》七篇作为内训：第一篇是卑弱，第二篇是夫妇，第三篇是敬慎，第四篇是妇行，第五篇是专心，第六篇是曲从，第七篇是和叔妹。总计不下几千字，流传后世，俗称“女四书”。校书郎中马融见了《女诫》，特意抄录下来，回去给妻子和女儿看，并让她们讲习，所以此书逐渐流传，千古不灭。当时的女中德妇还有广陵人姜诗的妻子，河南人乐羊子的妻子，都流芳百世。

多年来，羌人不断侵犯边塞，警报频频传来，汉中太守郑勤战死褒中。主簿段崇与门下史王宗、原展拼命杀敌，全部战死。骑都尉任仁支援三辅，没有打过一次胜仗，部下的士兵又不守纪律，朝廷派遣缇骑将任仁召回，下狱处死。护羌校尉段禧病死，无人接替，不得不再任用侯霸，命他屯兵张掖，防御羌人。羌人辗转入侵河内，百姓多渡河逃去，络绎不绝。北军中侯朱宠奉命率五营士兵防守孟津，并下诏让魏郡、赵国、常山、中山等地修筑坞堠六百十六所，分段防守。可是沿边的官吏，祖籍多在内地，不愿在外防守，纷纷上书请求迁徙郡县百姓，暂时躲避灾难。朝廷无计可施，只得把陇西迁到襄武，安定迁到美阳，北地迁到治池阳，上郡迁到衙县。此令一下，四郡官员当然欢喜，急忙催促百姓迁居，自己也好避开虎口。无奈百姓多留恋故土，不愿迁徙，这下恼惹了官吏，下令割去庄稼，撤去房屋，硬逼百姓迁徙。可怜百姓颠沛流离，老弱妇女大半送命，只有一小半壮丁还能勉强支撑，跟随官员迁徙，侥幸活命。前征西校尉任尚已经被罢免，现在又奉诏做侍御史，攻打羌人。

任尚赶到上党牛头山，与羌人交战数次，得了胜仗，羌人逃散。河内稍稍安定，朝廷就把孟津的屯兵撤回洛阳。

不久，汉阳盗贼杜琦及弟弟杜季贡与同郡的王信，串通羌人，攻占上邽城，自称安汉将军。汉阳太守赵博派刺客杜习混入上邽，枭了杜琦的首级，献给郡守。赵博听说后，就封杜习为讨奸侯，赐钱一百万，再令侍御史唐喜，领兵讨伐杜季贡、王信。王信等占据樗泉营，被唐喜一举攻破，王信也难逃一死。只有杜季贡逃脱，投奔滇零。恰逢滇零病死，儿子零昌继任为羌酋。零昌年纪还小，缺乏深谋远虑，就任杜季贡为将军，居住在丁奚城。这都是永初五、六、七年间的事情。

永初八年，改号元初，羌人中又出了一个叫号多的枭雄，当煎、勒姐各羌拜他为总帅，随他攻打武都、汉中。巴郡有一种蛮人，前汉开国时，曾受过高祖的恩惠，听说羌人多次骚扰汉中，表示愿意帮助汉朝。这些蛮人喜欢用板楯与敌人战斗，当时人称板楯蛮。板楯蛮约有数千人，与汉中五官掾程信会师，赶走号多。号多战败逃走，退回陇道，与零昌会合。护羌校尉侯霸，率同骑都尉马贤，再次攻打号多，杀死两百多人，号多再次逃跑。第二年，侯霸病终，朝廷令前谒者庞参接任。庞参招降号多，恩威并用，号多率众归降。庞参命号多入朝，蒙赐侯印，将他遣回原镇。庞参也前往令居，专顾河西通道，防御零昌。

不久屯骑校尉班雄屯兵三辅。左冯翊司马钧奉命行征西将军事，率领右扶风仲光、安定太守杜恢、北地太守盛包等，合兵八千多人，与庞参分头征讨零昌。庞参部下也有七八千人，走到勇士县东边，遭到杜季贡的伏击，失利退回。司马钧等人打了胜仗，乘虚进入丁奚城。杜季贡打退庞参，回到城下，见城上已经插着汉旗，也不反攻，立即逃去。司马钧让仲光、杜恢、盛包三人，领兵数千，出去收割羌人的庄稼，临行时嘱咐他们万事谨慎，切不可分散士兵。仲光等人违背司马钧的命令，分兵收割庄稼，只管深入，被杜季贡的伏兵攻击。司马钧恨仲光等人不遵从命令，虽然得到消息，也不去支援，仲光等人战败。杜季贡又乘胜杀来，司马钧见孤城难守，于是率兵逃走。此事被朝廷听说，下令将司马钧、庞参逮入狱中。又因北地、安定、上郡三地，都遭到羌人的破坏，令度辽将军梁慬调兵解救三郡的百姓，并把他们迁到扶风境内。梁慬派南单于的侄子优孤涂奴领兵前去迁徙百姓。事情办完，梁慬认为优孤涂奴有功，先给他羌侯的官印，然后才上报。哪知朝廷责备梁慬擅自做主，也将他召回，打入狱中。多亏校书郎中马融极力请求赦免庞参、梁慬，二人才得以活命。司马钧无人解救，在狱中自尽。朝廷又下诏任马贤为护羌校尉，并将班雄调回，命任尚为中郎将，屯兵三辅。

朝歌长虞诩当时已调任为怀令，他进见任尚，并乘机献计：“《兵法》上说：‘弱不攻强，走不逐飞。’如今叛羌全部骑马，一天跑数百里，来去如风，如果想让步兵追击，怎么能赶得上呢？所以虽然屯兵二十多万，旷日持久，毫无作用。不如罢除郡兵，让他们各出钱数千，拿二十个人的兵饷，可以买一匹马，这样就能有一万名骑兵。用一万名骑兵追逐胡虏的几千名骑兵，何愁不能立功呢？”任尚非常高兴，立即让虞诩写奏折呈上，朝廷准奏。任尚淘汰士兵，购买骏马，得到一万骑，袭击丁奚城。杜季贡仓促抵御，不能支撑，任尚的军队斩杀四百个敌人，获得马、牛、羊数千头，回营报功。任尚上书告捷，邓太后更加器重虞诩，提升虞诩为武都太守。

虞诩率部下上任，走到陈仓、崤谷一带，探知前面有羌人数千，截住要道，就停车不前，扬言要请兵支援。羌人信以为真，都去掠夺临近的郡县。虞诩乘虚冲了过去，日夜赶路，每天走一百多里，并每到一处驻扎，必令士兵各起两个炉灶，逐日加倍。部下莫名其妙，到武都后，就询问虞诩：“古时候孙膑带军，逐日减少炉灶，如今你竟下令逐日增加；并且兵法上说‘日行不过三十里’，现在每天走二百里，这是为什么呢？”虞诩笑道：“敌众我寡，走得慢了必被敌人赶上。我令你们增加炉灶，无非是想防备不测，敌人见我们炉灶逐日增加，以为有援兵前来迎接，必不敢冒犯，因此我们才安全抵达。从前孙膑减灶，故意示弱，我今天却想示强，彼此形势不同，你们不必多疑。”属吏这才省悟。

后来听说羌人因虞翊逃脱，果然前来追赶，见炉灶逐日增加，就退了回去。吏士更加佩服虞诩的谋略。虞诩查阅郡兵，不满三千，外面又传来警报，说有一万羌人围攻赤亭。虞诩急忙下令将士操练箭法。大约过了二三十天，等将士的箭法精湛了，就让士兵到赤亭引诱敌人，有退无进。羌人踊跃追来，快到城下时，虞诩发出弓箭手数百名，先用小弓，后用强弓。小弓射程不远，只能射几十步，羌人认为不足为惧，就猛攻城壕。虞诩又下令让弓箭手用强弓，并让二十人射一个羌人，百发百中，羌人的前锋多半死去，其余的士兵当然后退。虞诩又亲自率兵出城奋击，杀掉很多羌人，羌人退到数里外安营，虞诩也收兵回城。

第二天大开城门，虞翊让士兵从东郭门进入北郭门，又从北郭门进入东郭门。如此转了好几圈，每次都穿着不同的军装。羌人遥望虞诩的部下，不知有多少，吓得仓皇逃走。到了浅水滩边，虞诩纵马乱渡，忽然听到一阵鼓声，许多官兵从四面杀出，一齐大叫：“羌奴快留下头来！”

传奇廉吏杨震

羌人逃到浅水滩，被官兵这么一吆喝，已经心惊胆战，再加上夜色昏暗，辨不出官兵有多少，吓得拼命乱跑，把物资全部扔掉。命里该死的，都做了滩中的水鬼，其余的全部逃散，再也不敢攻打武都。其实这群官兵只有四五百名，由虞诩事先埋伏在滩旁，料知羌人必经此路，正好趁夜杀出，果然大获全胜。虞诩犒劳完士兵，又出去察看地势，增添营垒一百八十座，招回流亡的百姓，疏通水道，开垦荒田。他初上任时，谷每斗一千钱，盐每石八千钱，人口只有一万三千户。任职三年后，米每斗八十钱，盐每石四百钱，人口增加到四万多户。

邓太后派堂兄邓遵为度辽将军，会同南单于檀、左谷蠡王须沈，合兵一万，一同来到灵州，攻破零昌。朝廷下诏封须沈为破虏侯，并赐给南单于等人一些钱帛。元初三、四年间，中郎将任尚派兵攻打丁奚城，诛杀零昌的妻儿，并搜出零昌父子的文书。任尚又收买榆鬼等五人，让他们伺机杀死杜季贡，携首而归。任尚替榆鬼请求封赏，榆鬼得以受封为破羌侯。三辅一带，羌人的势力渐渐衰落。一些羌人进入益州，势力逐渐蔓延。朝廷曾派中郎将尹就去征讨，过了很久也没有铲平羌人，朝廷将尹就召回去定罪，改命益州刺史张乔前去平羌。张乔恩威兼施，羌人有的投降，有的逃跑。任尚已被提升为护羌校尉，令羌人号封刺杀零昌，得手后，号封被封为羌王。零昌虽死，谋士狼莫拥兵自重，不肯归附。任尚与骑都尉马贤合兵攻打狼莫，狼莫逃跑。羌人从此畏惧，陆续到邓遵营中投降，陇右平定。

邓遵买通羌人雕何。雕何用计将狼莫刺死，将首级献给邓遵。邓遵上报说大功告成，并陈述雕何的功绩。朝廷下诏封邓遵为武阳侯，食邑三千户，封雕何为羌侯。任尚与邓遵争功，彼此不和，邓遵弹劾任尚虚报杀敌的人数，接受赃物。邓太后当然相信邓遵，派人抓住任尚，用槛车把他押到都城。有人巴结奉承邓氏，将任尚枭首示众，并将他的家产全部充公。

羌人叛乱十多年来，朝廷调兵遣将，连年不绝，军费花去二百四十多亿，士兵死伤不计其数。一直到到零昌、狼莫被刺死，羌人瓦解，三辅、益州才安定下来。但并、凉二州已经疲惫不堪，国库也全部用尽，汉朝元气大伤。

元初七年，立皇子刘保为太子，改年号为永宁元年。皇子刘保是后宫李氏所生，安帝本想立李氏为后，因阎姬入宫，颇有姿色，专宠后宫，并且与邓太后有亲戚关系，因此立阎姬为皇后。阎皇后好妒忌，视李氏如眼中钉，就将李氏毒死，刘保侥幸得以存活下来。

册立太子之日，内外大臣入宫庆贺。忽然敦煌太守曹宗呈入奏章，请求发兵攻打北匈奴，招降西域。原来西域被汉廷放弃后，各国又被北匈奴控制，合兵侵犯边关。敦煌太守曹宗曾推荐掾吏索班，让他行长史事，屯兵伊吾，招抚西域。车师前王及鄯善王闻风归降。永宁元年，车师后王军勾结北匈奴，攻打索班，并赶走车师前王。曹宗上书请求北征，报复前仇。邓太后认为事关重大，召集群臣商议。群臣认为刚刚平定羌人，国家疮痍满目，不如关闭玉门关，免得兴师动众。太后犹豫不决，暗想前西域军司马班勇，是前定远侯班超的次子，不妨召来商议。班勇奉召入宫，却与群臣的意见相反，主张派兵出战。群臣争相责问班勇，都被班勇驳得理屈词穷、哑口无言。邓太后见班勇说得很有道理，再次设置西域副校尉，屯兵敦煌。鄯善各国这才没有二心，只有匈奴与车师国还是合兵侵入，继续掠夺河西。

前大将军邓陟守丧回家后，与各位兄弟共尽孝道。等守丧期满，邓太后又召邓陟等人官复原位，邓陟一再推辞，只有遇到朝中有大事，才入宫商议。不久邓弘病逝，邓太后亲自服丧致哀，安帝也前去吊唁。有人请求追封邓弘为骠骑将军，加封西平侯，邓太后因邓弘有遗言，不愿再受封赏，只赐给钱一千万，布一万匹。邓陟等人又再三推辞，朝廷让大鸿胪拿着符节到邓弘灵前，封邓弘的儿子邓广德为西平侯。又因邓弘曾是皇帝的老师，就加封邓广德的弟弟邓甫德为都乡侯。都乡是从西平分出来的，名为两侯，食邑其实没有增加，只不过图设虚名罢了。不久又封邓京的儿子邓珍为阳安侯，兼任黄门侍郎。不料邓弘死后，不到三年，邓悝、邓阊相继谢世，都留下遗言，不接受封赏。邓太后只好封邓悝的儿子邓广宗为叶侯，邓阊的儿子邓忠为西华侯。自此，邓氏兄弟五人，只有邓陟还在世。邓陟的儿子邓凤官至侍中，曾与尚书郎张龛书极力称赞郎中马融，还接受中郎将任尚所赠的马匹。任尚被处死后，邓凤害怕受到连累，在邓骘面前自首，邓骘让妻子及邓凤在天下人面前谢罪。舆论称颂一时。

邓氏子弟虽然向来接受训诫，有所顾忌，但声势显赫，宫廷内外无不曲意奉承。当时三公已经换人，太尉李修去世，后任为大司农司马苞，不久马苞又去世，接代他的是太仆马英；司空张敏被罢官，改任太常刘凯为司空；不久司徒夏勤丢官，提升刘恺为司徒，任光禄勋袁敞为司空。袁敞是已故司徒袁安的儿子，为人刚正不阿，与邓氏子弟稍有过节。尚书郎张俊写信给袁敞的儿子，在信中讲述了省中的秘议，当时还无人知晓。张俊的同僚朱济、丁盛品行极坏，张俊恼恨他们，想上书弹劾二人，二人事先得到风声，求陈重、雷义代为调解。

陈重、雷义都是豫章人，为人正直，二人又是至交。此次受朱济、丁盛所托，不知他们品行恶劣，只因是同僚，不便推辞，就转告张俊不要弹劾。张俊年少气盛，怎肯听从？朱济与丁盛更加恼恨，私下贿赂侍史，让他们察探张俊的短处，得知张俊给袁敞的儿子写信，立即上奏。朝廷因他漏泄机密，将张俊抓入狱中，并且责备袁敞教子不严，私通郎官，罢去他司空的官职。袁敞气愤自杀，张俊被判死刑。多亏他文采极好，在狱中上疏，侃侃而谈，邓太后喜爱他的文辞，下诏赦免。张俊死里逃生，真可谓侥幸万分。袁敞的儿子也被免去死罪，并恢复袁敞的官职，仍用三公之礼殓葬，继任是太常李郃。李郃不久又被罢官，另任卫尉陈褒。司徒刘恺与李郃同时被免官，令太常杨震为司徒。

杨震，字伯起，弘农郡华阴人，父亲名叫杨宝，终身隐居，不愿做官。相传杨宝九岁时，出游华阴山北，见到一只黄雀为鸱鸮所伤，坠落树下，被蝼蚁围住。杨宝心中不忍，将黄雀带回家中，喂它黄花。一百天后，黄雀羽翼丰满，杨宝将它放飞。当晚有黄衣童子进来拜见，向杨宝道谢："我是西天王母的使者，承蒙你拯救我脱离灾难，特送上白环四枚，让你的子孙清白做人，位列三公。"说完，将白环呈上，杨宝刚接过来，童子就不见了。杨宝后来娶妻生子，给儿子取名杨震。杨震少年丧父，却能继承父亲的遗志，熟读经书。因家境贫寒，杨震一直以教学为生，闲暇时亲自种植蔬菜，供养老母。门生想替他种植，杨震却不愿意，又拔起来重新种，免得弟子代劳。众儒生交口称赞："关西孔子杨伯起。"此后又有鹳雀衔来三条鳣鱼，飞着聚集在讲堂前，有人取过鳣鱼说："先生从此要升迁了！"当时杨震已经五十岁了，不久果然被大将他举荐为茂才。随后接连提升了四次，官至荆州刺史。调任东莱太守时，路过昌邑，县令王密本由杨震举荐，他乘夜进见，献上十斤黄金。杨震勃然大怒：“我了解你，你难道不了解我吗？”王密回答说：“现在是夜里，何人知晓？”杨震摇摇头：“天知地知，你知我知，怎么能说无人知晓呢？”说完，就把金子扔给他。

杨震上任一年多，又做了涿郡太守。他为官正直廉洁，从不接受贿赂，家中没有多余的钱财。有人劝杨震置办产业，留给子孙，杨震严肃地说：“让后世称颂我为官清白，便是给子孙积德，比留下金钱要好得多！”元初四年，朝廷召他为大司农。永宁元年，提升杨震为司徒。朝野上下无不羡慕，就是邓太后也对他另眼相看。

只是安帝快到壮年了，邓太后依然临朝亲政。郎中杜根上奏请求让皇帝亲政，因说话太直，惹恼了太后。邓太后下令将杜根打死，把尸体抛到城外。不料杜根竟大难不死，又复苏过来，逃到宜城山中，隐姓埋名，逃避灾难。平原郡吏成翊世，也上奏请求太后将政权交给皇上，被抓入狱中。越骑校尉邓康，因为替宗族担忧，多次劝邓太后退居深宫，邓太后不肯听从，邓康称病不再入朝。邓太后派侍婢前去探视，侍婢本是从邓康家入宫的，服侍太后多年，宫中多称她为“中大人”。侍婢奉命探视邓康，报名求见时，也以“中大人”自称。邓康厉声呵叱道：“你是从我家出去的，也敢自称‘中大人’吗？”说得侍婢羞惭满面。回宫复命时，便存心诬告，说邓康装病。邓太后十分恼怒，罢免邓康的官职，只保留夷安侯的旧封，让他前往封地。

永宁二年春，邓太后身体不佳，时常吐血，却还能勉强打起精神，处理国事。到了晚春，病情加重，一命归天，享年四十一岁，临朝十八年。

乳母王圣

安帝永宁二年三月，邓太后病逝，安帝亲政。尊谥邓太后为和熹皇后，与和帝合葬于慎陵。自邓太后临朝以来，连年发生水旱灾害，蛮夷外侵，盗贼内起，江山岌岌可危。多亏邓太后为政勤勉，知人善任，每次听说发生灾难，都极力挽救，所以天下又转危为安。废后阴氏的家属，本已由和帝下诏发配到日南，邓太后不计前嫌，下令把他们赦免，还赏钱五百万。不过，由于长久临朝亲政，不肯把政权还给皇帝，对邓氏外戚太过恩宠，难免给人留下话柄。

安帝亲政后，刚刚将邓太后奉葬到慎陵，便有大臣请求追封安帝亲生父母的尊号。安帝当然准奏，让司徒拿着符节与大鸿胪一起，到清河呈上尊号，追尊安帝生父为孝德皇，生母为孝德太后，孝德皇的母亲宋贵人为敬隐太皇太后。并添置园邑，称孝德皇墓为甘陵，又追封敬隐太皇太后的父亲宋杨为当阳侯，赐谥穆，将宋杨的四个儿子都封为列侯。孝德皇的妃妾耿姬还在，安帝尊她为甘陵大贵人。耿贵人是牟平侯耿舒的孙女，耿舒就是已故好畤侯耿弇的弟弟。耿宝承袭侯爵，是耿贵人的兄长，安帝召他为监管羽林军，又封赏耿贵人的妹妹等四人为长公主。因中常侍蔡伦，之前秉承窦皇后的旨意，逼迫宋贵人自尽，此时特令蔡伦到廷尉那里认罪。蔡伦自知难免一死，服毒自杀。蔡伦与鄛乡侯郑众都深得邓太后宠信，曾受封为龙亭侯，郑众已经死去，蔡伦还为长乐太仆。当时，人们因他的功劳足以抵罪却自尽，颇为叹惜。

原来，蔡伦很有才学，并且思想奇特，在宫中做的器械，无不精致，还有一种特殊的发明流传于后世，就是古今通用的纸。后来，蔡伦奉命同通儒谒者刘珍、博士良史等到东观校对经书，功劳也不小。只因为屈死宋贵人一案，不得善终。之后，中常侍江京、李闰等人相继并起，取悦安帝，把持政权。安帝的乳母王圣，盘踞宫廷，横行无忌，与江京等人朋比为奸，要推翻邓氏外戚，趁机邀功。

安帝的兄长平原王刘胜，得病去世，没有儿子承袭爵位，邓太后就令千乘王刘伉的孙子刘得过继。刘得的父亲刘宠已改封为乐安王，刘得因为过继给刘胜，所以被封为平原王。不久，刘得又因病去世，也没有子嗣，朝廷又令河间王刘开的儿子刘翼为平原王，仍供奉刘胜。刘翼风度翩翩，温文尔雅，邓太后很喜欢他，特意把他留在京城。安帝年少时也很聪明，所以能继承皇位，可长大后，却行为不检，为邓太后所嫌弃。乳母王圣担心安帝被废，就与江京、李闰等人叫安帝小心提防。安帝还以为他们是好人，把他们当作心腹，暗中怨恨邓太后。邓太后驾崩后，安帝加封宋、耿二族，封邓骘为上蔡侯。此后王圣等人想立功，多次谈起邓氏的短处，再加上宫女以前受过邓太后的责罚，正好乘机报复，诬告邓悝、邓弘、邓阊曾和尚书邓访，企图立平原王为帝。王圣与江京、李闰又从旁煽风点火，安帝便嘱咐人弹劾邓氏兄弟曾密谋废立，大逆不道。当天就下诏，将邓弘的儿子西平侯邓广德、都乡侯邓甫德、邓京的儿子阳安侯邓珍、邓悝的儿子叶侯邓广宗、邓阊的儿子西华侯邓忠，全部贬为平民。

邓騭本应受到牵连，因之前没有参与谋逆，只迁封他为罗侯，并让他去封地。邓氏宗族成员全部被罢官，遣回原籍。并抄没邓騭等人的家财田宅，发配尚书邓访及妻子到边境。郡县官吏秉承上意，逼迫邓广德及邓忠自尽。邓广德兄弟与阎皇后有亲戚关系，才得以免死，居住在都中。邓騭见家族被诬告，无从诉冤，又听说王圣等从中挑拨，料知将来多凶少吉，不禁忧愤交加，索性不吃不喝，最终饿死。邓凤见父亲这样，也随他绝食，与父亲共赴黄泉。邓騭的堂弟河南尹邓豹、度辽将军武阳侯邓遵、将作大匠邓畅得知后，吓得心神不宁，相继服毒自尽。只有越骑校尉邓康，以前被太后迁往夷安，此时受到恩宠，召为太仆。平原王刘翼被贬为都乡侯，遣回河间。多亏刘翼闭门谢客，不再参与政事，才幸免于难。朝臣自三公以下，都不敢进谏，只有大司农朱宠痛心邓騭无辜，进宫呈上奏折。

奏折言辞恳切，安帝也为之动容。已故司空陈宠的儿子陈忠，却弹劾朱宠与邓氏是同党，朱宠因此被罢官。和熹皇后开始正位中宫时，三公想追封皇后的父亲邓训为司空，陈宠当时也在朝，说没有前例，极力反对，邓氏与陈宠因此结下仇怨。陈宠的儿子陈忠颇有才华，父亲死后，浮沉于郎署，始终不能得志，所以朱宠上书时，陈忠不愿为邓氏洗清罪过，竟弹劾朱宠。哪知人心未死，公理尚存，百姓也为邓氏喊冤，接连呈上奏章。安帝不得已，只好谴责郡县官员，并下令将邓騭的遗体安葬在洛阳。邓氏宗戚也都回到都中。

除去邓氏，安帝报了私仇，就改永宁二年为建光元年，大赦天下，封江京、李闰为列侯，并让阎皇后的兄弟阎显、阎景、阎耀进宫为卿校，管理禁兵。中常侍樊丰、刘安、陈达都是江京、李闰的羽翼，互相援助。乳母王圣权力更大，甚至王圣的女儿伯荣，也得以出入宫廷。妇女阉人权倾一时，安帝受到蒙蔽，耳目失聪。太尉马英病死，安帝任用司徒刘恺为太尉。刘恺与司空陈褒只是资历较深，并没有什么才能。司徒杨震看到妇人干政，忍不住上书抗议。安帝竟然把杨震的奏折拿给王圣看，王圣看到奏折自然生气得很，极力为自己辩解，并哭着请求出宫。安帝正宠信她，当然不肯答应。王圣的女儿伯荣照常出入宫中，毫无禁忌。

当时，泗水王刘歙的堂曾孙刘瓌，天生一副媚骨，专与王圣母女交往。伯荣已长大成人，见刘瓌风流倜傥，情窦大开，常与他嬉笑戏谑。

刘瓌正想挑逗伯荣，凑巧对上眼，自然等不及嫁娶，便偷尝云雨之情，暗中以身相许。之后二人才向王圣说明，王圣当即答应下来。一对野鸳鸯，变作真鹣鲽，卿卿我我，情意越来越浓。伯荣替刘瓌乞求封赏，居然得到恩准。安帝令刘瓌承袭已故朝阳侯刘护的封爵，官至侍中。刘护是刘歙的曾孙，年龄比刘瓌还小，因为早死，没有留下子嗣，以致绝封。刘瓌是刘护的远房堂兄，怎能袭封？司徒杨震不禁愤怒，当即上书，却没有回复。安帝沉湎酒色，委任外戚内阉处理政事，就是边疆有事，也置之不理。烧当羌首领麻奴自从迁出塞外，虽然安定不动，但也不肯向汉朝投降。护羌校尉马贤见他们没有归附，也不抚恤，导致麻奴的党羽忍良等人产生怨言，怂恿麻奴，入侵湟中，转攻金城各县。马贤领兵前往，解散羌人，打败麻奴。麻奴穷途末路，就到汉阳太守耿种那里乞降。耿种据实上奏，安帝无心详察，只命人援照前例，赐了一些财物了事。此后鲜卑入侵庸关，云中太守成严及功曹杨穆，同时战死。鲜卑又掠夺雁门、定襄以及太原。警报传到京师，朝廷也不发兵征讨，只苦了边疆百姓。安帝对此置若罔闻，连日到宠臣冯石家中饮酒。冯石是已故阳邑侯冯鲂的孙子，冯鲂的儿子冯柱曾娶明帝的女儿获嘉公主，冯石得以袭爵，官至卫尉。此人生平没有其他的伎俩，只知巴结奉承，取悦皇帝。安帝因此格外宠信冯石，时常给一些赏赐，并提升冯石的儿子冯世为黄门侍郎，冯世的两个弟弟为郎中。那一年秋、冬两季，全国二十七处发生水灾，地震多达三十五处，安帝反而下令在第二年改元，称为延光元年。

姚光生性耿直，幽州刺史冯焕与姚光类似，仇家于是伪造诏书斥责二人，又假传诏令，命辽东都尉庞奋逮捕姚光、冯焕，令他们自裁。庞奋不知有诈，就令属吏杀死姚光，又前往幽州惩治冯焕。冯焕听说姚光被杀，就想自尽，以免受刑。冯焕的儿子冯绲聪慧过人，劝父亲暂时忍耐，以调查真伪。等辽东使人拿着诏书到来，父子仔细阅读诏书，发现有可疑之外，于是拒不接受，并上书诉冤。朝廷果然不知此事，立即召庞奋进京，将他下狱抵罪。

耿姬居住在甘陵。乳母王圣及刘瓌的妻子伯荣，奉诏到陵庙祭祀，并探视耿大贵人。备齐车马后，召集仆从，宫中的大小宦官、卫兵多半随行。王圣是正使，坐在车中，威风凛凛。伯荣是副使，在车上故意露出容貌。只见她满头珠翠，遍体绫罗，上身披着大红猩氅，下面系着五彩蝶裙，仿佛是出塞的昭君。沿途经过郡县，所有当差的官吏都来迎接。

等王圣母女到来，这些人也不管是否有失体统，就在她们裙下屈膝叩头。伯荣首先承受，端坐不动，任由他们跪拜。甚至河间王刘开及列侯二千石也都出郊迎接，甘拜裙下。等到母女二人过去，又取出许多钱财贡献，此外随从的人也都有馈赠。等走到甘陵，清河王刘延平已在陵旁恭候，见了伯荣母女，也是望车跪拜，毕恭毕敬。祭过陵庙，见过耿大贵人，出尽了风头，王圣等人才慢慢地回京复命。

杨震自尽

伯荣母女奉命祭祀甘陵，骄纵不法，致使天怒人怨。尚书仆射陈忠良心未泯，上疏弹劾。安帝看到奏章后，并不醒悟，反而封王圣为野王君。有志之人都扼腕叹息。陈忠曾因安帝亲政，上奏请求征用有才能的人，又推荐杜根、成翊世等人。杜根因为请求邓太后让出政权，触怒太后，后来侥幸大难不死，逃到宜城山中的一家酒店。陈忠听说，派人召他为侍御史。成翊世与杜根同罪，在狱中关押多年，多亏陈忠保救，才得以担任尚书郎。此外还有几个隐士，如汝南人薛包、黄宪、周燮等人，曾由内外大臣推荐，朝廷派人征请。偏偏这几个人品行高洁，不愿与小人同流合污，相继推辞，史家传为美谈，名垂青史。

南单于檀归降以后，北方战事较少。前单于屯屠何的儿子逢侯，与师子一起挑衅，逃往北塞，派人乞降。汉廷听从度辽将军的建议，令逢侯迁居颍川郡，当时度辽将军还是邓遵。北匈奴却出了一个呼衍王，他招集残众，共有几万人，又猖獗起来，常与车师掠夺河西。朝廷又想关闭玉门关，专保内地。敦煌太守张珰上书献计。上计是调发酒泉及属国将士，先攻打呼衍王，再征集鄯善的兵马讨伐车师，双管齐下，依次讨平，这是一劳永逸的策略；中计是不发兵，只派将士五百人占据柳中，令河西四郡供给军饷，伺机行动，安内攘外；下计是放弃西域，但也应把鄯善王等迁入塞内，省得他借机入寇边关，帮助胡虏。安帝将原奏颁示公卿。尚书仆射陈忠建议采用张珰的中计，并上书说明。

安帝下诏批准，又因为班勇的观点与陈忠相吻合，就令班勇为西域长史，率兵五百人，屯兵柳中。班勇领命前往，到了楼兰，因鄯善诚心归附汉朝，传诏嘉奖。又派人招抚龟兹，龟兹王白英约同姑墨、温宿二王向班勇乞降，班勇好言慰抚，并令各地调集步兵、骑兵，一同讨伐车师。白英等人既已投降，自然服从命令，就凑集一万多人，听命于班勇，直入车师前庭。前庭已归后王军就所有，军就仍居住在后庭，由北匈奴伊蠡王守住伊和谷。班勇冲杀过去，伊蠡王伺机逃跑。军就留下的士兵及前庭被威胁投降的士兵，约有六七千名，他们见匈奴兵被赶走了，哪里还敢抵敌？当时就逃跑了一二千人，其余的都跪在军前听命。班勇全部收下，仍让他们住在车师前庭，自己返回柳中。柳中距前庭只有八十里，来往十分方便。班勇打算暂时休养生息，筹备粮草，然后再攻打车师后王。

过了一年，也就是延光四年，班勇又想乘机进攻。他调发敦煌、张掖、酒泉三郡兵马，共六千骑兵，又征集鄯善、疏勒及车师前部的士兵，不下五六千人，亲自领着去攻打车师后王军就。军就领兵一万，出庭迎敌，不料班勇的部下都勇猛得很，军就一出战便被杀得人仰马翻，连忙退回，但部下已丧失了好几千人。军就惊惶失措，想向北匈奴求援，又担心道路遥远，只好硬着头皮防守。偏偏来兵厉害得很，乘胜直入，锐不可当，部下出去招架，不是逃散，就是被杀。霎时间庭中大乱，只见外面的汉兵一齐杀过来。军就无路可逃，只得拼死再战，忽然听得一声箭响，右肩被射中，疼痛难耐，晕倒过去。等到苏醒过来，早已被捆住，不能动弹。还有匈奴使人，也被捆着。不一会儿有数人到来，把二人作为祭品抬出。一声令下，军就与匈奴使者人头落地。班勇斩了军就以后，把他的人头送到京师，上书报捷。从此车师前、后庭以及西域各国，都畏于汉朝的威严，陆续归附。安帝听说西域归附，心又放宽，逍遥自在去了，把班勇的功绩搁置一旁，也不赏赐。

当时廉洁正直的大臣，第一个要数司徒杨震。永宁二年秋季，太尉刘恺因病辞职，由杨震继任太尉，另用光禄勋刘熹为司徒。皇帝的舅舅耿宝已被封为大鸿胪，为宦官李闰的兄弟说情，托杨震录用。杨震不肯。耿宝见杨震决意拒绝，悻悻离去。皇后的兄长阎显，已升任为执金吾，也托杨震举荐亲戚，杨震又不答应。司空陈褒已经罢官，后任是宗正刘授。他想讨好贵戚，一得到风声，便举荐李闰的兄长及阎显的亲戚。安帝又下诏为野王君建造宅院，大兴土木，中常侍樊丰及侍中周广、谢恽等竞相煽动朝廷。杨震身为首辅，忍无可忍，极力上书劝谏。奏章呈进去之后，好似石沉大海，杳无音信。樊丰、周广、杨恽等都恨杨震恨得咬牙切齿。野王君王圣母女也把杨震当作仇敌，恨不得将他立即除去。又因安帝不肯听从杨震的话，这些人更加肆无忌惮，不但王圣的宅院造得非常精巧，连樊丰等一群专权的阉党，也敢捏造诏书，调发司农钱谷，各自筑起坟墓、房屋、园池，花费无数。

杨震多次劝谏不见听从，气愤至极。又因岁末不便上书，勉强忍到第二年正月，再次呈上奏章。杨震的话虽然恳切，怎奈安帝已被小人蒙蔽，任他如何说，始终置之不理。加上阉党常常在安帝身旁诽谤杨震，安帝已渐渐觉得不平。只因杨震是关西名儒，如果突然将他除去，难免会遭人议论，摇动大局，所以不敢无端加害于他。

延光三年，安帝想出外游览，借着祭祀山川社稷的名义，出都东巡。文武百官多半随行，只有太尉杨震及中常侍樊丰等留在京都。樊丰等人因皇帝外出，更加大胆地挪用国家的财物修筑宅院。太尉掾高舒召大匠令史等人仔细调查，得知樊丰等人以前曾伪造诏令，就将此事告诉杨震。杨震因安帝东巡，不便揭发，只好等皇帝回京后再奏。樊丰等人得知后，特别惊慌，日夜与党羽密商，想先发制人，保全自己。也是杨震命里该绝，当时恰有不吉的天象显现，阉党以此为借口，让刚刚回到都门的安帝，暂且到太学中暂时休息。安帝还以为他们是真心爱主，立即准奏。

安帝到太学以后，樊丰等人乘机密奏，说太尉杨震心怀怨恨，意图谋逆，所以上天借星变显示危机，请安帝先抓捕杨震再入宫。安帝不信，踌躇半晌，才对樊丰说："杨震是名士，难道也会这样做吗？"樊丰应声说："杨震是邓氏提拔的官吏，现在邓氏灭亡，怪不得杨震有异心了！"安帝愕然点头，便在夜里派中使没收太尉官印，罢免杨震的官职。杨震不料有这样的事情发生，既然被阉党占了先机，后悔也无用，就将官印交出，坦然回到府第，闭门不出。安帝回宫以后，提升耿宝为大将军，耿宝与杨震之间有仇，又被樊丰等人从旁煽风点火，安帝于是下诏让杨震还乡。杨震奉诏上路，走到夕阳亭，慨然对门人说："人生难免一死，不能寿终正寝，也是常有的事。我位居宰辅，明知奸臣狡猾却不能铲除，还有何脸面再见日月？我死后就用杂木为棺，粗布为被，不必运回墓地、添设祠堂了！"说完，服毒自杀，当时他已经七十多岁了。杨震死后，樊丰等人仍不肯善罢甘休，还要设法摆布。

宫廷风波

樊丰听说杨震已死，仍不肯善罢甘休，秘密派心腹到弘农郡，嘱咐太守移良派人拦住杨震的丧车，不准他带着棺材回去下葬，并令杨震的儿子去充苦役。路人知道杨震的冤情，都替他暗暗洒泪。野王君王圣与大长秋江京，勾结樊丰等阉人密谋更换储君。先将太子刘保的乳母王男、厨监邴吉判处死刑，并将他们的家属迁出去，然后与阎皇后串通一气，诋毁太子及东宫属下的官僚。阎皇后曾毒死太子的生母李氏，担心太子长大以后报复，因此处心积虑，想将太子除去。

太子刘保当时已经十岁，因为王男、邴吉二人无端死去，时常叹息。阎皇后及王圣、江京见太子已通人情，更加着急，就日夜到安帝面前诉说太子的过错。安帝本来就宠爱阎皇后，再加上她的三寸之舌、一副娇容、许多眼泪，明知是有意诬告，也要顾及妻子，舍弃儿子况且又有王圣、江京、樊丰从旁证实，这个十岁孩童几乎被他们说成了毒虫猛兽。这位糊涂皇帝立即召集公卿，打算废掉太子。大将军耿宝首先赞成。太仆来歷与太常桓焉、廷尉张皓极力反驳。无奈安帝执迷不悟，仍然将太子刘保贬为济阴王，让他居住在德阳殿西钟下。太仆来歷邀同光禄勋祋讽、宗正刘祎、将作大匠薛皓、侍中闾邱弘、陈光、赵代、施延、及大中大夫朱伥等十多人，一同到鸿都门，极力为太子辩白，请皇上收回成命。安帝得知后，勃然大怒，让中常侍写好诏书，到鸿都门宣读。诏书读完以后，除太仆来歷外，众人都大惊失色，薛皓更是汗流浃背，慌忙叩头："愿意遵从诏令！"话刚说完，来歷就从旁呵斥："你事前是怎样说的？现在为何突然违背约定？身为大臣，处置国事怎么能这样反复无常？"薛皓又害怕又惭愧，瞅着一个机会就离去了。祋讽、刘祎等料知再谏也无用，依次退回。只有来歷孤身一个在鸿都门住下，好几天不肯退回。安帝十分懊恼，让中常侍告诉尚书，叫他们弹劾来歷。各位尚书不敢不遵从，就推选陈忠领头弹劾来歷。安帝有了借口，便罢去来歷的官职，并且废去来歷的母亲武安长公主的头衔，不准入宫。

来歷，字伯珍，是已故征羌侯来歙的曾孙。来歙的儿子名叫来褒，来褒的儿子名叫来棱，都承袭侯爵。来棱娶明帝的女儿武安公主为妻，来棱死后公主尚存。来歷为人刚正不阿，平常拒绝与专权的阉党往来。

如今得罪了皇上，更是闭门不出，不与亲友交往，亲友也不敢过问。

那一年，国内共发生地震二十三次，发大水、下冰雹三十六次。安帝不知悔改，反而在永光四年二月，趁着和风丽日，带着娇滴滴的阎皇后，以及国舅阎显兄弟，阉人江京、樊丰等人出都南巡。随从如云，旌旗蔽日，有说不尽的威严，沿途官吏忙个不停。只是百姓又都遭殃，卖儿卖女的钱都被皇帝用于寻欢作乐了。好不容易到了宛城，安帝忽然身体不适，忙令御医诊治，可是服药无效。那时不便再往前走，只好中途折回。才抵达叶县，安帝已经病入膏肓，想传下两三句遗嘱，怎奈痰已上涌，无法说出口。不一会儿，两眼上翻，一命归天。总计安帝在位十九年，死时年仅三十二岁。阎皇后不禁大哭。阎显兄弟与江京、樊丰等人在旁边，连忙向皇后摆手，等皇后收住眼泪，就对她密语道："如今皇上在途中驾崩，济阴王还在京师，倘若被大臣拥立，必成为祸害，我们将死无葬身之地！"阎皇后听了，也很着急，向众人询问计策。到底阉人还是有些奸计的，他们劝阎皇后秘不发丧，只说安帝病情加剧。阎皇后依计行事，将安帝的尸体放入卧车内，日夜兼程，赶往都城。鬼鬼祟祟地过了四天，才进入都中。到了晚上，宫中传出皇上驾崩的消息，迎立济北王刘寿的儿子北乡侯刘懿为嗣子，尊阎皇后为皇太后，封阎显为车骑将军。

济阴王刘保听说皇上驾崩，前去哭丧，却被内侍拦住，只允许他望着梓宫致哀。可怜刘保含冤莫白，有口难言，只能在灵帷前大哭一场，几乎晕倒在地上，接着又是好多天不吃不喝。内外官僚见他小小年纪便遭受如此委屈，又能尽孝，莫不欷歔流涕，替他不平。北乡侯刘懿年龄还小，阎太后想把持大权，所以才与阎显等人定计迎立幼主。幼主即位后，把安帝葬于恭陵。阎太后即日临朝，阎显揽政。阎显暗中痛恨大将军耿宝及野王君王圣、中常侍樊丰等人，于是结交三公，密谋除掉他们。当时卫尉冯石经过数次提升，已代替杨震，成为太尉。阎显将他推荐给阎太后，提升冯石为太傅，让司徒刘熹为太尉，用前司空李郃为司徒。冯石本是个唯唯诺诺的人物，又蒙阎显全力保举，当然唯命是从。刘熹、李郃二人也都感激不尽，何人再敢反对？阎显于是与三公同时参奏一本，弹劾大将军耿宝、中常侍樊丰、侍中谢恽、周广、乳母野王君王圣，结党营私等等。阎太后立即下诏，捉拿樊丰、谢恽、周广下狱，严刑审问。三人熬受不住，相继死去。朝廷贬耿宝为辛侯，耿宝服毒自尽，王圣母女被迁到雁门。又提升阎景为卫尉、阎耀为城门校尉、阎耀的弟弟阎晏为执金吾，阎氏兄弟都身居要职，手握大权。

过了几个月，幼主刘懿得病，病情日益加剧。中常侍孙程以前曾服侍邓太后，与樊丰、江京等人志趣不同。他见樊丰虽死，江京还在，自己要想出头，总非易事，朝思暮想，不如迎立济阴王，把阎显、江京等人一概推倒，自己定能封侯。打定主意后，就去对济阴王的谒者兴渠说："济阴王本是正统，并未犯错，先帝误信谗言，将他废掉。现在北乡侯一病不起，正好将济阴王迎入宫中，除去江京、阎显，大事可成！"兴渠欢喜地说："此计很好，应赶快安排！"孙程秘密筹备。中黄门王康曾是太子刘保的府史，太子被废，王康常常愤慨。长乐太官王国与孙程是莫逆之交，彼此商议一番，都愿意效劳。十月二十七日，幼主刘懿去世，阎显替阎太后划策，准备选择诸王的子弟继位。诸王都在外藩，往返需要时间，孙程连忙联络了十八个人，在十一月二日，一同来到德阳殿西钟下面。

十八人聚集在一起，与孙程密谋。第二天夜里，各自手拿兵器，闯入章台门，直登崇德殿。内侍江京、刘安、李闰、陈达四人在殿中守卫，突然见孙程等人闯入，不知何故。江京仗着多年的威势，出来呵斥，才说一句话，已被孙程拔出短刀杀死。刘安、陈达、李闰十分惊慌，连忙向里逃。偏偏心里愈急，脚步愈慢，才走了几步，就被孙程、王康追上杀死。只有李闰还活着，抖做一团，众人又想将他杀死，孙程却向众人摇手，只把刀搁在李闰肩上，严厉地说："今日应当迎立济阴王，你如果赞成，就不要兴风作浪，否则立即杀了你！"李闰已经吓得在地上浑身乱颤，听了这话，连忙说了几个"好"字。原来李闰在宫中颇有权威，内外畏服，所以孙程不愿将他杀死。听到李闰连声答应，孙程就把他扶起来，一同走到德阳殿西钟下，拥护济阴王刘保登位。刘保年仅十一岁，称为顺帝。

阎显当时在禁宫，听说顺帝即位，惊慌失措。小黄门樊登见阎显双眉紧蹙，踌躇不安，便上前献计，劝他立即传太后的诏旨，令越骑校尉冯诗、虎贲中郎将阎崇守住朔平门，调兵防御叛变。阎显立即召来校尉冯诗，阎太后对他说："抓到济阴王，封为万户侯；抓到李闰，封为千户侯。"冯诗领命离去。阎显担心冯诗的兵太少，又派樊登与他一同前往，到左掖门外号召将士。哪知冯诗阳奉阴违，一出宫门，便将樊登杀死，扬长而去。卫尉阎景听说后，急忙从省中回到外府，召集兵马数百人，想进入盛德门。孙程传顺帝诏令，让尚书郭镇带领羽林军逮捕阎景。郭镇正在患病，听到命令后，一跃而起，立即点齐值班的羽林军，走出南止车门，迎头碰到阎景，便大声说："阎卫尉下车听诏！"说着，拿出符节宣读诏书。阎景不肯下车，呵叱道："这诏书是从哪里来的？"一面说，一面拔剑砍向郭镇。郭镇眼明手快，早已闪在一旁，也拔出佩剑，大喝一声，向车中刺去，阎景从车中扑了出来，一个跟头栽在地上。郭镇的左右各拿着长戟，双管齐下，叉住阎景的胸口，立即将阎景擒住。阎景的部下全部溃散。郭镇把阎景送入狱中，阎景身受重伤，当天夜里就死了。

第二天，孙程派人入宫，向阎太后索取御玺。阎太后无可奈何，不得不将御玺交出，转给顺帝。顺帝得到御玺后，便走出御嘉德殿，让侍御史拿着符节逮捕阎显、阎耀、阎晏，并将他们处死，然后将阎太后迁居离宫。尚书令刘光等人乘机上奏请求制定新的礼仪。不久就有诏令颁出，准他所请，令有关部门参考以前的制度，制定新的礼仪。然后打开南北宫门，撤销屯兵，大封功臣。封孙程为浮阳侯，食邑一万户；王康为华容侯、王国为郦侯，各食邑九千户；中黄门黄龙为湘南侯，食邑五千户；彭恺为西平昌侯、孟叔为中庐侯、李建为复阳侯，各食邑四千二百户；王成为广宗侯、张贤为祝阿侯、史泛为临沮侯、马国为广平侯、王道为范县侯、李元为褒信侯、杨佗为山都侯、陈予为下隽侯、赵封为析县侯、李刚为枝江侯，各食邑四千户；魏猛为夷陵侯，食邑二千户；苗光为东阿侯，食邑千户。这就是十九侯。之前窦氏伏法，只封赏郑众，食邑只有一千五百户，已被有识之士担忧。此次多达十九人，孙程的封邑竟到一万户，阉人得志，无过于此时。从此汉主与宦官共拥天下，眼见得是祸患无穷了！孙程官至骑都尉，并得到了许多金银钱物；王康以下，也各有赏赐。朝廷又下令除阎氏兄弟及江京等人外，全部从宽发落。用王礼安葬北乡侯，任用来歷为卫尉。赦免王男、邴吉的家属，令他们回京，并赏赐钱币。光禄勋祋讽、宗正刘祎、侍中间邱弘等人均已去世，他们的儿子都被选为郎官。侍中施延、陈光、赵代、及大中大夫朱伥等，都受到重用。

杨震的门人虞放、陈翼得知樊丰、周广等人被诛，上疏请求为杨震洗冤。朝中大臣也都认为杨震为人忠诚。朝廷下诏命杨震的儿子杨牧、杨秉为郎，并赐钱一百万，允许他们将杨震的灵柩改葬到华阴潼亭。远近亲友都来会葬。下葬前十多天，有高约一丈多的大鸟，飞到灵柩前，悲鸣不已，泪水都打湿了身下的土地，一直到葬礼完毕才飞走。前来送葬的人都很惊奇，郡吏把这个情况上奏给朝廷，碰巧那时接连发生天灾，朝廷更加痛惜杨震冤死，就让郡守到墓前拜祭。杨震昭雪以后，当时人们在他的墓旁立了一块石头，上面刻着大鸟的形状，留作纪念。

阎太后身为国母，也算是巾帼中的领袖，因为贪心不足，终弄得身败名裂，迁居离宫。司隶校尉陈禅又指斥阎太后生性妒忌，与顺帝没有母子之情，请求将她迁居到别的地方，不应再行朝见之礼。此议一提，群臣纷纷赞成，好好一位太后娘娘，几乎要被贬入冷宫，不见天日了。

梁女正位中宫

阎太后迁到离宫以后，经陈禅上疏弹劾，又被迁到别处。阎太后愁上加愁，悲伤异常。多亏司徒掾周举替她到司徒李郃那里求情，李郃被他说动，上疏恳请顺帝不要听信陈禅的话，并请顺帝前去拜见阎太后。当时已经是岁末，不久就改元永建，下诏大赦，顺帝于是率领文武百官朝见阎太后。阎太后难免有些惭愧，再加上母族衰亡，忧伤不已，致使花容憔悴，一病不起，夜里噩梦不断，常常看见顺帝的生母李氏前来索命。她悔恨交加，病情日益严重，最终一命呜呼。顺帝仍为阎太后发丧，把她与安帝合葬于恭陵，赐谥安思皇后。

司隶校尉陈禅被罢官，前武都太守虞诩入朝接任司隶校尉。虞诩上任仅几个月，就上奏弹劾太傅冯石、太尉刘熹阿谀奉承，依附权贵。顺帝准奏，将冯石、刘熹罢官，改用太常桓焉为太傅、大鸿胪朱宠为太尉。司徒李郃因患病乞求休假，由长乐少府朱伥接任。朝廷因为虞诩的一句话，就接连罢免三公，群臣心寒不已。虞诩又弹劾中常侍程璜、陈秉、孟生、李闰等私受贿赂，虽然这几人没有遭到严惩，但同僚已经侧目，都说虞诩过于苛刻。当时正值盛夏，狱中罪犯很多，公卿弹劾虞诩滥捕。虞诩听说自己被弹劾，急忙上疏辩白。顺帝也知道虞诩忠心不二，就没有加罪于他。中常侍张防正受到重用，多次将虞诩上报的案子搁置，不呈给皇帝。虞诩极为愤懑，就到廷尉那里上书告状。奏章呈进去之后，张防当然着急，忙到顺帝面前哭诉，说虞诩诬告他。顺帝被他迷惑，派人从严审问。

宦官孙程、张贤等可怜虞诩，一同入宫，极力营救虞诩。见到顺帝后，孙程上奏道："陛下与我们谋事时，常恨奸臣误国，如今陛下登上大位，怎么甘心让自己重蹈前人的覆辙呢？司隶校尉虞诩为陛下尽忠，反而被拘押；常侍张防，罪证确凿，却能逍遥法外。如今天象示儆，宫中有奸臣，应赶快把张防逮捕下狱！"顺帝听了，向后看看，张防正在背后，脸上有恼怒的神色。孙程已瞧在眼中，仍大声呵斥张防："奸臣张防，为何不避入后殿？"张防虽然受到皇帝的宠信，毕竟拗不过孙程，只好退到东厢房里。孙程又催促顺帝："陛下应赶快逮捕张防，不要让他向阿母求情！"阿母是何人呢？她就是顺帝的乳母宋娥。顺帝继位时，宋娥也曾拥立，因此得以干预朝政，孙程知道内情，所以才说了这句话。顺帝犹豫不决，询问尚书。尚书贾朗与张防关系较好，当然说张防无辜，虞诩有罪。虞诩的儿子虞顗率领门生一百多人，举着白幡，在宫门外候着。凑巧中常侍高梵乘车出来，虞顗等就向他喊冤，甚至把头都磕破了。高梵下车劝慰，并说愿意为虞诩申冤，众人齐声道谢。高梵折回宫中，竭力劝谏，顺帝于是将虞诩赦放，迁到边关，贾朗等六人都遭到贬谪。孙程又上言说虞诩立有大功，不应遭贬，顺帝于是又召虞诩为议郎，过了几又天迁升虞诩为尚书仆射。虞诩举荐议郎左雄，左雄是南郡涅阳人，以正直闻名。顺帝于是提升左雄为尚书，后来又命他为尚书令。

孙程等十九侯自恃功高，常常上殿相争，不守臣节，顺帝忍无可忍。朝中大臣巴结奉承，上奏说孙程等人悖逆无道，长期留在京城会成为祸患。顺帝下诏将孙程等人罢官，迁到远县。司徒掾周举向司徒朱伥进言："主上在西钟下时，若非孙程等人，怎能继承大统？如今主上这样对待功臣，定会让后人耻笑，你何不乘他们还没有离去，为他们想想办法呢？"朱伥沉吟道："如今皇上正在恼怒，我如果上谏阻止，必定会遭到斥责，这怎么行呢？"周举又说道："你年过八十，位居台辅，不趁此时尽忠报国，还有何求？就算因此而犯罪，也不失为忠臣。如果认为我的话不值得采纳，我立即告辞！"朱伥于是把他的话上奏朝廷，果然得到顺帝的批示，十九侯原来的封地不动，只不过让他们前往封地。

永建二年夏天，顺帝得知生母李氏被草草葬在洛阳城北，悲哀不已，亲自祭祀，并将她改葬，追尊李氏为恭愍皇后，称园寝为恭北陵。不久司徒朱伥年老多病，不能再处理国事，太尉朱宠却因事被罢官，顺帝于是提升太常刘光为太尉、光禄勋许敬为司徒。司空一职，自宗正刘授接任后，中间经过顺帝继位，又换了两个人，刘授免职，任用少府陶敦，陶敦免职，又任用廷尉张皓。张皓与许敬都重视名节，许敬服侍了三个皇帝，从不与贵戚攀缘，所以窦、邓、耿、阎四族起起落落，士大夫多受到牵连，只有他安然无恙。张皓因为安帝废立储君一事，与桓焉、来历据理力争，被人们敬重。被提升为司徒，也是顺帝回忆起以前的事情，特别优待他。

顺帝又想寻求隐士，听说鲁阳人樊英，在壶山隐居，就派人带着礼物前去聘请。樊英精通星相学，擅长推断灾异，常常外出游览。安帝曾召他为博士，他不愿应召。顺帝备礼聘请，他仍然借病推辞。过了两年，顺帝让郡吏硬请，才将樊英请到宫中，樊英不得已做了五官中郎将。不久，他称病告辞，朝廷下诏任用他为光禄大夫，允许他回去养病。朝廷遇到灾异，就派人前去询问，樊英说的话都很灵验。樊英活到七十多岁，在家寿终。同时又有处士杨厚、黄琼，应征入朝。杨厚，字仲宣，广汉郡新都县人，他入宫进见时说汉朝到三百五十年，当有厄运，顺帝任命他为议郎。黄琼，字世英，是江夏人黄香的儿子。黄香博学多闻，世人称他为江夏黄童，后来官至终魏郡太守。黄琼因为父亲，做了太子舍人，后来回家服丧，不再为官。等到朝廷召见时，黄琼不便违背，入朝受封，做了议郎，不久又升任尚书仆射。

西域长史班勇屡立战功，安帝时未曾加封，顺帝永建二年，反因他攻打焉耆，将他逮捕入狱。过了很久才将班勇释放出来，还是因为他曾经立过战功，但官职已经罢免。班勇忧愤成疾，回到家中，不久就死了。

还有件冤案，说来更令人气愤。班勇的兄长班雄承袭父亲的爵位，曾为屯骑校尉，后来升为京兆尹，病死在任上。他的儿子班始袭爵，娶清河孝王的女儿阴城公主为妻。公主是顺帝的姑母，因为身份尊贵，竟把男子领入卧室交欢。班始当然不高兴，可公主却横行无忌，和情夫一同坐在卧室里，并呵斥班始跪在床下。男儿总有一些骨气，看到这种情形，怎肯忍耐？班始顿时火冒三丈，立即抽出佩刀，把一对奸夫淫妇杀死。有人将此事报告给顺帝，谁知顺帝不但不归咎于公主，还指责班始拿刀行凶，下令将班始腰斩，班始的同胞兄弟也都被处死。这是永建五年的事情。

转眼间顺帝已经十八岁，到了册立皇后的年龄。当时后宫已有四位贵人得宠，顺帝左右为难，想以占卜的方式来决定皇后。尚书仆射胡广与尚书郭虔、史敞等联名上疏，劝阻顺帝。顺帝于是在四个贵人中，选出一位梁氏女正位中宫。

梁女名妠，是和帝的生母梁贵人的侄孙女，父亲名叫梁商。梁商承袭父亲乘氏侯梁雍的爵位，官至黄门侍郎。永建三年，朝廷征选梁商的女儿及妹妹一同进入后宫，都被封为贵人，提升梁商为屯骑校尉。梁商的大女儿降生时，屋里闪现红光，全家都称为奇事。此女喜欢读书，九岁就能背诵《论语》。梁商常对她的各位弟弟说："先人救济河西，救活无数人，如果善有善报，就应验在这个女儿身上！"十三岁时，与姑姑一同进入后宫。相士茅通见梁女容貌过人，就到顺帝面前道贺说："臣给无数人看过相，从未见过这么富贵的面相！"顺帝令太史占卜，又得了一个吉兆，因此就册封她为贵人，对她宠爱有加。又于建七年正月，在寿安殿中册立梁贵人为皇后，并给皇后的亲父梁商增加封土，将他提升为执金吾，然后下诏大赦，改永建七年为阳嘉元年。过了一年，又封梁商的儿子梁冀为襄邑侯，连顺帝的乳母宋娥也受封为山阳君。尚书令左雄一再上谏劝阻，情真意切。左雄呈上奏章后，梁商就为儿子梁冀辞封，顺帝不肯答应。后来经梁商再三推辞，顺帝才收回封赏梁冀的成命，山阳君宋娥却没有辞让。这时京城发生地震，那刚正的左雄又要再进谏忠言了。

阉党权倾朝野

尚书令左雄见梁冀辞封，宋娥却不辞让，就借地震呈上奏章。宋娥听说左雄再三上书，也心生畏惧，于是向顺帝辞还封号。可顺帝顾及私情，不肯批准。左雄因此名声越来越大。

这时，洛阳令上奏说宣德亭边，平地无故裂开，宽约八十五丈。顺帝令公卿举荐贤人，入朝商议对策。被举荐的人中，名士居多，如扶风人马融、南阳人张衡都在其中。他们呈上的文章，由顺帝亲自阅览，里面有一篇佳作，详细说明了政治得失，顺帝当即将它列为第一。这篇文章的作者是谁呢？就是南郑人李固，即已故司徒李郃的儿子。李固五次被举荐为孝廉，后来又被举荐为茂才，都不应召。这次因为是卫尉贾建举荐，于是进宫呈上文章。顺帝特别欣赏，将他排名第一。受李固的影响，顺帝当天就让乳母宋娥住在外舍，并责备常侍干预朝政。各位常侍都叩头谢罪，朝廷肃然，接着封李固为议郎。马融以前曾为校书郎中，因为呈上的《广成颂》里暗寓讥讽，遭到罢免，此次又与李固一同被提升为议郎。

张衡，南阳人，字平子，精通天文阴阳历算，曾制作浑天仪、候风地动仪。当时张衡已为太史令，他不贪图荣利，所以一直没有得到迁升，过了好几年，才被封为侍中。

浮阳侯孙程等人在封地待了一年多，朝廷下诏让他们回京，与王道、李元一同封为骑都尉。后来又迁升孙程为奉车都尉。不久，孙程病死，汉廷追封他为车骑将军，赐谥刚侯。孙程临终留下遗言，希望将封邑传给弟弟孙美。顺帝把封邑分成两份，一份给孙美，一份让孙程的养子孙寿袭封。到了阳嘉四年，汉朝居然将其列为定例，下诏宦官可以领养子嗣，以承袭封爵。

御史张纲是司空张皓的儿子，张皓是留侯张良的六世子孙，为官正直，阳嘉元年病逝。张纲少年时就精通经学，做了御史之后，目睹顺帝宠信宦官，很是担忧，就写了一道奏折。奏折呈上去之后，杳无音信。当时三公已经换了数人，太傅桓焉、太尉朱宠、司徒许敬，相继被罢免。朝廷任用大鸿胪庞参为太尉，宗正刘崎为司徒，又因司空张皓的职位空出，升太常王龚为司空。太尉庞参上任三年多，为官忠正，内侍不便舞弊，多次诋毁他。司隶也党同阉人，上疏弹劾庞参。只有广汉郡上计掾段恭极力为庞参洗刷冤屈，请顺帝专心委任，顺帝于是仍像以前一样重用庞参。不料庞参的后妻出于嫉妒，竟将庞参的前妻推入井中。洛阳令祝良与庞参有过节，立即进入太尉府探查，然后上报朝廷。庞参因此被罢免，改任大鸿胪施延为太尉。过了二年，施延被免职，又任用庞参为太尉。庞参年老多病，一年后寿终，司空张龚接任太尉一职。升太常孔扶为司空，不久又改用光禄勋王卓。司徒刘崎也因事被罢免，特提升大司农黄尚为司徒。

梁皇后的父亲执金吾梁商，奉命为大将军，却不愿上任，借病推辞。顺帝让太常拿着诏书到他府中册封，梁商不得已进宫领命。汉阳人巨览、上党人陈龟都有才能，梁商任用他们为掾属。李固、周举也由梁商特意召来，作为从事中郎。

宦官十九侯中，孙程早已去世，王康、王国、彭恺、王成、赵封、魏猛等也陆续病亡，只剩下黄龙、杨佗、孟叔、李建、张贤、史汎、王道、李元、李刚九人，与顺帝的乳母宋娥。太尉王龚最恨宦官揽权，志在匡扶正道，于是极力诉说阉人的罪恶，请求立即将他们放逐。阉党不免惊惶，各自让宾客诬告王龚，顺帝听信谗言，命王龚自我申辩。李固得知后，就告诉梁商，让他为王龚辩白。梁商将此事禀明顺帝，王龚才得以无事。

梁商的儿子梁冀，相貌丑陋，并患有口吃病，却放荡无度，凡博弈、蹴鞠等技艺样样精通，又喜欢斗鸡走狗，此外却没什么才能。因为是贵戚，所以接连被提升。开始是黄门侍郎，后来迁升为侍中虎贲中郎将，到父亲梁商为大将军后，梁冀竟代任执金吾。阳嘉五年，朝廷改号永元，调梁冀为河南尹。梁冀为官暴虐，毫无仁道，洛阳令吕放进见梁商时，谈起了梁冀的过错，梁商当然指责梁冀。梁冀恨吕放多嘴，派人把他刺死，又恐怕父亲察觉，谎称吕放是被仇家所杀，请求让吕放的弟弟吕禹为洛阳令，严加抓捕。吕禹接任后，认为此事与梁冀无关，只将宗亲宾客严加拷问，冤死了一百多人。梁商自然被梁冀瞒过，顺帝更不用说了。

那年，武陵蛮叛乱，幸亏新任太守李进领兵讨伐，才平定下来。过了一年，象林蛮区怜等纠集众人叛乱，攻县衙、杀长吏，闹得一塌糊涂。交趾刺史樊演，调发交趾、九真两万多人前去援救象林，士兵不愿远行，倒戈反攻，多亏樊演依城拒守，伺机出击，才将叛兵赶跑，城郭安然无恙。叛兵投入蛮帐，蛮人势力越来越强。侍御史贾昌出使日南，听说蛮人猖獗，急忙与州郡官吏合力讨伐。怎奈岭路崎岖，蛮人负隅顽抗，官兵多次失利，最后反被包围。贾昌飞书求援，皇上下诏令文武百官商议方略。群臣请求大发荆、扬、兖、豫的兵马，前去讨伐蛮人。只有大将军属下的从事中郎李固极力反驳，并献上一条计策。大臣多认为李固的计策好，不再坚持己见。朝廷于是封祝良为九真太守、张乔为交趾刺史，让他们立即上路，赶赴岭南。张乔到了交趾，以怀柔政策，显示朝廷的恩典，叛乱的人有的投降，有的解散。祝良到九真后，单骑进入蛮人的巢穴，晓谕祸福，以真诚感动他们，蛮人俯首帖耳，愿遵从约束，投降数万人，岭外再次平定。

朝廷未接到捷报，还让公卿等举荐猛士，选择将帅。尚书令左雄当时已调任司隶校尉，将前冀州刺史冯直保举上去。尚书周举认为冯直因贪赃罢官，不能推荐，因此弹劾左雄举荐贪官，徇私舞弊。左雄认为周举能够做尚书，是自己推荐的，此次恩将仇报，太不近人情，就去责问周举。周举慨然回答："昔日赵宣子任用韩厥为司马，韩厥反而杀死了赵宣子的仆人，赵宣子对大夫们说：'可以祝贺我！'如今承蒙你的器重，我才升到现在的位置，因此不敢阿谀，以免使你蒙羞。不料你与古人不同，我自知得罪了！"左雄听了周举的话，高兴地道歉："这是我的过错！你不要介意！”说完拱手告别。当时人称周举善于规劝，左雄善于匡正，都是贤士。

还有一班窃权揽势的宦官，乘机举荐私人，培植势力。大长秋良贺清俭忠厚，没有举荐任何人，顺帝暗暗诧异，召来询问原因。良贺直答道：“臣生长在宫中，天下人才，臣无法得知，又缺乏交游，怎敢滥举？”顺帝听了，叹息不已。但像良贺一样的内侍，实在是不可多得。其他人多招权纳贿，酿成灾祸。永和四年元月，中常侍张逵竟假传诏令抓人，险些构成大狱，连累无辜。

张纲平盗

中常侍张逵为人狡黠，善于揣摩皇上的心意，所以受到宠信。只是汉宫里面的宦官多达上千人，彼此争权夺宠，一直互相竞争。当时除张逵以外，还有小黄门曹节及曹腾、孟贲等，都为顺帝所宠爱，各自揽权用事。甚至皇后的兄长梁冀及梁冀的弟弟梁不疑，也常常与他们往来，结为至交。大将军梁商不但不禁止，反而让儿子与阉人交好，作为护身符，朝臣都不敢与他对抗。张逵相形见绌，心中愤愤不平，就串通山阳君宋娥、黄龙、杨佗、孟叔、李建、张贤、史汎、王道、李元、李刚等九侯，诬告大将军梁商与曹腾、孟贲等人企图废立，请皇上严加防范。顺帝却严肃地答道：“必无此事！朕想你们是心怀妒忌，才会这样说！”张逵等人大惊失色，立即退出。张逵因妒生根，因恨生惧，索性想一不做二不休，冒一次险，先除掉曹腾、孟贲，再作打算。于是假传诏令，抓捕曹腾、孟贲下狱。顺帝得知后，勃然大怒，立即下令拿住张逵，交给法司。一经拷问，水落石出，便将张逵推出去杀头。乳母宋娥被夺去爵位，遣回家乡；命黄龙等九侯前往封地，削去国土的四分之一；释放曹腾、孟贲，令他们仍任以前的职务。从此阉党十九侯中，除已经死去及被罢免的，只有广平侯马国、下隽侯陈予、东阿侯苗光，保全爵位封邑，富贵终身。

陇西塞外的羌人，自从麻奴归降后，稍稍安定了一些。不久，麻奴病死，弟弟犀苦继位为烧当羌酋，他鼓动锺羌反叛汉朝，掠夺凉州。护羌校尉马贤率兵出击，斩杀一千多人，其余众人多数投降。马贤得以晋封为都乡侯。后来马贤因事被召回，由右扶风韩皓代任。韩皓不久又被罢免，由张掖太守马续继任。锺羌酋良封等人再次叛乱，入寇陇西、汉阳。朝廷下诏再次任用马贤为谒者，前去镇抚羌人。马贤到了陇西，马续已打败良封。马贤调发陇西的将士及羌胡骑兵，追击良封出塞，斩首八千余级。良封穷途末路，被马贤杀死，部下全部投降。马贤又围剿锺羌支族且昌，大获全胜，且昌率种族十多万人，到梁州刺史那里投降。汉廷于是仍任命马贤为护羌校尉，调马续为度辽将军。马续在任四年，恩威并施，颇得民心。

南匈奴左部句龙王吾斯、车纽等人自恃强盛，率领三千多骑兵，入侵西河，又蛊惑右贤王围攻美稷，杀死朔方、代郡各地的长吏。度辽将军马续与中郎将梁并、乌桓校尉王元，调发守边的士兵及羌胡骑士，攻打吾斯、车纽，杀敌颇多。吾斯、车纽虽然战败，却是屡次溃散，屡次聚集，到处骚扰。汉廷派人拿着诏书责备南单于，单于休利本来没有参与，只好到中郎将梁并那里谢罪。梁并好言抚慰，令他回去。

不久，梁并因病乞求休假，五原太守陈龟接任。陈龟认为南单于不能驾驭部下，逼他自杀，又迁徙单于的亲属到内郡居住，导致胡人心生怨恨，颇有怨言。朝廷因陈龟办理不力，将他逮捕，押入都中，下狱罢官。大将军梁商打算招降叛胡，就上疏朝廷，阐述自己的意见。顺帝于是下诏让马续招降叛胡。梁商又写信给马续。马续既接朝廷的旨意，又得到梁商的书信，当然专心招抚。南匈奴右贤王部抑鞮率领一万三千人，到马续那里乞降，只有吾斯、车纽，仍然不肯归服。吾斯又推车纽为单于，东引乌桓、西收羌胡等数万人，攻破京兆虎牙营，攻打上郡都尉及军司马，掠夺并、凉、幽、冀四州。朝廷还主张退守，迁西河到离石，上郡到夏阳，朔方到五原。等到敌军日日紧逼，警报时常传来，才派中郎将张耽招集幽州、乌桓各郡的营兵，讨伐叛胡。张耽颇有胆识和谋略，善于安抚士兵，部下都乐意为他效劳。走到马邑，与胡兵相遇，斩杀胡虏三千多人，生擒无数。车纽与部下骨都侯等人，心惊胆战，下跪乞降。吾斯逃跑后，又收拾残众，再来侵略。张耽与马续合兵出击，追到谷城，大败吾斯。吾斯逃入天山，与乌桓兵依险自守。张耽领兵深入，越过河涧，攀登山崖，连斩乌桓头目，夺回被掠夺的人畜。吾斯再次逃跑，胡虏势力越来越弱。

北边的胡虏刚刚被平定，西边的羌人再次叛乱，甚至蹂躏三辅，以致烽火连天。原来且昌羌投降以后，其余羌人多被马贤赶走，陇右安宁了一年多。不久，烧当羌酋那离再次叛乱，被马贤诛杀。马贤被调任为弘农太守，另任来机、刘秉为并、凉二州刺史。来机与刘秉到任以后，对待羌人异常苛刻，于是且冻、傅难、锺羌再次叛乱，攻打金城、湟中，入侵三辅，杀害官吏，虐待百姓。朝廷得到警报，急忙将来机、刘秉二人召回，派马贤为征西将军，骑都尉耿叔为副，带领十万兵马，屯驻汉阳。大将军梁商考虑到马贤年纪老迈，难以胜任，请求改任大中大夫宋汉，顺帝不肯听从。马贤在途中逗留，多日不肯前进。当时马融是武都太守，上书劝谏。奏折呈进去之后，杳无音信。安定人皇甫规，得知马贤的情况后，料知他必败，也据实上奏。顺帝既然不肯听从马融的话，又怎肯听信于皇甫规？当然置之不理，只是派人催促马贤进兵。马贤抵达汉阳后，还是无心作战。永和六年正月，且冻羌分路入侵，掠夺武都，烧毁陇关，势力蔓延。马贤只好带着两个儿子及骑士五六千人，向姑射山进攻。羌人事先设下埋伏，引诱马贤入谷，把马贤困住。马贤与两个儿子拼命杀敌，最终没能逃脱，只落得父子同时殉难，暴死沙场。警报传到京师，顺帝不免叹息，赐给马贤家布三千匹，谷一千斛，封马贤的孙子为舞阳亭侯，又派侍御招集征西营兵，抚恤死伤。羌众打了大胜仗，气焰更加嚣张。

羌人向来分作两部：居住在安定、北地、上郡、西河边境的，称为东羌；居住在陇西、汉阳、金城边境的，称为西羌。东西会合，越聚越多，其中有一群巩唐羌更是野蛮，趁着汉兵战败的机会，长驱直入，从陇西直抵三辅，焚烧园陵，骚扰关中，杀害官吏。郃阳令任頵领兵出击，因寡不敌众，战败身亡。武威太守赵冲打败巩唐羌，斩杀四百多人，收降两千多人，朝廷下诏任用他为护羌校尉，总管河西四郡兵马，伺机行事。安定的郡将因皇甫规才智和谋略过人，任命他为功曹，率领壮士八百人，出击羌人。皇甫规挥兵杀敌，击毙羌人前锋数名，羌人吓得纷纷后退。安定局势稍稍扭转，皇甫规被举荐为上计掾。皇甫规乘机上书，主动请命效力。

顺帝看过奏折之后，因皇甫规资望太浅，不肯委以重任。当时巩唐羌又入侵北地，北地太守贾福与赵冲合兵讨伐，失利退回，羌人又辗转攻打武威。顺帝听说羌人猖狂，凉州震惊，于是迁徙安定北地的百姓到扶风、冯翊居住。又派执金吾张乔行车骑将军之事，率兵一万五千人，防守三辅。不久，护羌校尉赵冲招降罕种羌五千多户，接连打败烧何、烧当等羌人。羌人于是散居塞外，边患稍稍缓解。顺帝下诏罢去张乔的屯兵，让他们回都。

大将军梁商得病，医治无效，顺帝亲自前去探望，见梁商起床的力气都没有，料知病险，就向他询问后事。梁商边喘边答道："尚书周举曾因事被罢免，由臣召为从事中郎，此人清高正直，可以重用，希望陛下留意！"顺帝连连答应，见梁商没有别的话要说，便告辞离去。梁商又嘱咐儿子们说："我在世时享受富贵，却不能为朝廷立功，死后又怎能再消耗财物呢？像衣物、美玉、珠宝之类的东西，对死人毫无用处，况且边境不安，盗贼未被铲平，岂可为我一人，消耗国库？我气绝身亡之后，立即载到坟地下葬，不要违背我的遗言！"说完就逝世了。儿子将他的遗言呈上，顺帝不听，特赐东园寿器，以及玉匣待定物二十八种，钱三百万，布三千匹，赐谥忠侯。然后令梁商的长子梁冀袭封为乘氏侯，接任大将军，梁冀的弟弟梁不疑为河南尹。提升周举为谏议大夫，一是报答梁商的功绩，一是遵从梁商的遗言。

梁冀贪婪骄横，与父亲大不相同，为正人君子所不容。恰逢荆州强盗兴起，顺帝派李固为荆州刺史。李固妥善慰抚，允许盗贼改过自新，盗贼全部肃清。南阳太守高赐贪赃枉法，担心被李固弹劾，特派心腹带着黄金入都，贿赂梁冀。梁冀爱财如命，全部收受，写信嘱咐李固从宽发落。李固不肯依附权贵，办案更加严谨。高赐又向梁冀乞怜，梁冀竟把李固贬为泰山太守。泰山也有很多盗贼，郡守曾屯兵千人，到处围剿，始终不能平定。李固到任不到一年，盗贼全部解散。只是别处的牧守多是贪官污吏，只知巴结上司，不知安抚百姓，因此百姓流离失所，多半沦为盗贼。可恨这群牧守，将造反的事归咎于百姓，上奏朝廷。

顺帝改永和七年为汉安元年，大赦天下，分别派遣侍中杜乔、及光禄大夫周举、郭遵、冯羡、栾巴、张纲、周栩、刘班等八人，出巡州郡，宣示威德，举荐贤才。刺史、二千石有贪污不法的，立即上书弹劾；二千石以下，允许依据情况将他们关押。杜乔等领命以后，立即出发。张纲年龄最小，气节很高，出京才一里多，便慨然说道："豺狼当道，怎么能向狐狸问罪呢？"于是写好奏章，回都呈上，弹劾大将军梁冀及河南尹梁不疑。奏折写得淋漓透彻，慷慨激昂。当时梁冀的妹妹是皇后，正受宠幸，梁氏姻亲布满内外，张纲不顾利害，说别人不敢说的，群臣都为之战栗。幸亏顺帝知道他忠诚正直，没有派人斥责，只不过将原奏搁起。梁冀因此痛恨张纲，整天想着中伤他。恰逢广陵贼张婴聚众数万攻打刺史、二千石，骚乱徐、扬一带，非常猖獗。前任郡守只派兵马护城，无一人敢去讨伐。梁冀于是嘱咐尚书，举荐张纲为广陵太守。

张纲赴任，只率郡吏十多人，径直来到张婴的营垒。张婴见张纲态度平和，就跪在路旁开门迎接。张纲亲自将他扶起，一同进入营寨，并询问他们的疾苦。张婴回答说官吏暴虐无道，不得不沦为盗贼，以求死里逃生。张纲随即说道："前后二千石多贪财暴虐，致使你们心怀怨愤，聚集在一起作乱。二千石原本有罪，但你们的所作所为，也属不义。如今皇上仁厚，想以德服人，特派我来这里抚慰，意在赏赐你们爵位俸禄，不愿出兵围剿，这正是你们转祸为福的机会！如果你们不肯归服，天子必然恼怒，征调荆、扬、豫、兖的兵马前来征讨，到时候岂不危险？试想以弱敌强，弃善从恶，怎是明智的选择？利害得失，请你自己决定吧！"张婴听张纲说完，不禁哭着说："我们愚昧无知，以致铸成大错。如今承蒙你开诚布公，晓示利害，让我们重见天日，我们还有什么话说？只担心投降之后，终不免全部被杀！"张纲对张婴指天发誓，张婴于是决定投降。张纲告辞后，张婴宣布归降。张纲再次进入营寨，遣散叛党，任由他们离去。又亲自做张婴建造宅院，分给田地，凡子弟想做郡吏的，全部量才而用。众人心悦诚服，南州终于安定下来。

张纲理应受到封赏，却被梁冀从中阻挠。顺帝很器重张纲的才能，想加以提升，张婴得知消息后，上疏挽留，朝廷仍让张纲担任原职。张纲在郡一年，忽然患病身亡，享年三十六岁。百姓扶老携幼，都到府中哭丧。张婴等五百多人身穿孝服，前去送葬。朝廷听说后，封张纲的儿子张续为郎中，赐钱一百万。

梁冀投毒害幼主

顺帝时的名吏，确实不少，除张纲以外，还有洛阳令任峻、冀州刺史苏章。任峻能选用人才，发挥他们各自的特长，爱民如子，洛阳一片繁荣景象。苏章为冀州刺史，秉公无私。之前巡行州郡的八使，只有张纲半路折回，后来出任广陵郡守，病死在任上。其余的如杜乔、周举等人，也都不避权贵，弹劾梁氏姻亲及宦官党羽。无奈宫廷已被小人把持，任由他如何弹劾，顺帝只是置之不理。杜乔到了兖州，上疏称泰山太守李固的政绩天下第一，朝廷于是召杜乔为将作大匠，不久迁升为大司农。太尉王龚，因病告归。太常桓焉及司隶校尉赵峻，相继为太尉。司空王卓病终，光禄勋郭虔继任，此后又改用太仆赵戒。司徒黄尚卸任以后，接连换了两个人，一个是光禄勋刘寿，一个是大司农胡广。当时梁冀专权，三公九卿都唯唯诺诺，不置可否。只有前太尉王龚的儿子王畅，倒还有父亲的风范，不依附权贵，不结党营私。

汉安二年，匈奴句龙王吾斯率人入寇并州，王畅推荐茂陵人马寔为中郎将，领兵防边。马寔派人刺杀吾斯，将他的人头送到洛阳。第二年，马寔又攻打余党，收降乌桓七十多万人。朝廷下诏褒奖，赐钱十万。然后册立南匈奴守义王兜楼储为单于，让他镇抚南庭。兜楼储以前曾居住在洛阳，顺帝亲自颁给他玺印，并命太常、大鸿胪等在都门为他饯行。南庭有这样的主子，自然不忘汉朝的恩德，较为恭顺。西陲一带，经护羌校尉赵冲前去镇抚，恩威并施，羌种前后三万多户全部投降。后来护羌从事马玄心生异志，背叛赵冲，来到塞外，羌人也叛离不少。赵冲追赶叛羌，遭遇埋伏，战死沙场。朝廷下诏封赵冲的儿子赵义为义阳亭侯。不过赵冲虽然阵亡，羌人的势力也衰弱了，再加上梁并接任左冯翊，招降叛羌离湳、狐奴，陇右稍稍安定。

汉安三年，顺帝已近壮年，却还没有册立储君。梁皇后等人多半没有孩子，只有后宫虞美人生下一个儿子，取名刘炳，年仅两岁。顺帝立刘炳为太子，改汉安三年为建康元年，颁诏大赦。恰好侍中杜乔回京复命，于是任用他为太子太傅；又命侍御史种暠为光禄大夫，在承光宫中监护太子。种暠，字景伯，河南洛阳人；杜乔，字叔荣，河内林虑人。二人都被举为孝廉，是汉朝的名臣。不久，种暠出任益州刺史。杜乔任大司农一职，后来又为大鸿胪。那年八月，顺帝身患重病，卧床不起，没过几天便驾崩了，终年三十岁，在位十九年。群臣奉太子刘炳即位，尊梁皇后为皇太后。两岁幼主，怎能亲政？当然由皇太后梁氏临朝。提升太尉赵峻为太傅、大司农李固为太尉，领尚书事。

过了一个月，顺帝落葬于宪陵，庙号敬宗。当天，京城及太原、雁门一带发生地震，朝廷下令举荐贤才，并让百官陈述政治得失。前安定上计掾皇甫规上奏，他从外戚专政说起，梁冀瞧见后，愤恨之极，立即将他迁到自己门下，官至郎中。皇甫规知道梁冀另有企图，借病回归故里。州郡阿谀奉承，常想陷害皇甫规，皇甫规深居简出，只以《诗》、《易》教授门徒，得以幸免。

当时扬、徐二州盗贼再次兴起。扬州盗贼范容等人占据历阳。九江盗贼马勉攻入当涂，自称皇帝，不久又建立年号，封赏百官，任党羽徐凤为无上将军。广陵归降的盗贼张婴，自张纲病死后，也心生异志，仍然号召党羽，骚扰堂邑、江都。梁太后正打算召集公卿，选派将领征讨，只因临近岁末，朝廷改元永嘉，百官连日庆贺，无暇顾及军情。等到庆贺完毕，幼主忽然身患重病，一睡不醒，年仅两岁。梁太后因扬、徐盗贼猖狂，担心他们趁国家办理丧事时生事，特派中常侍告诉三公，打算先召集王侯，然后发丧。太尉李固进言："皇上虽然年幼，仍是天下的君主，如今驾崩身亡，身为臣子岂能互相隐瞒？从前秦始皇病死沙邱，胡亥、赵高隐匿不报，致使扶苏被害，秦朝最终走向灭亡。北乡侯病逝，阎太后兄弟及江京等人也都隐瞒真相，致使孙程得逞。这是天下大忌，不可不防！"梁太后于是依从李固的建议，当晚就发丧。

不过顺帝只有一个儿子，不得不另求旁支继承大统。于是征清河王刘蒜及渤海王的儿子刘缵，一同入京。刘蒜是清河孝王刘庆的曾孙，刘缵是乐安王刘宠的孙子，刘宠是千乘王刘伉的儿子。刘蒜已长大成人，刘缵只有八岁。太尉李固想立长为帝，就对大将军梁冀说："现在迎立君主，应选择年长而又能够躬身政事的人，才可以治理好国家。希望将军从大局出发，不要效仿邓、阎二后，为了自己的利益而立幼君！"梁冀不肯听从，与梁太后秘密商议后，将刘缵迎入南宫，称为质帝，仍由梁太后临朝，遣刘蒜回国。然后商议安葬前幼主，选择山陵。李固又进谏说："如今盗贼充斥，到处都需要围剿，军费势必加倍。况且刚刚修建了宪陵，劳役还没有免去，前帝年纪幼小，可安葬在宪陵墓内，只须从旁边附加一个墓穴，费用便可减去三分之一。以前孝殇皇帝奉葬康陵，也是这样，现在不妨依据前例。"梁太后听从李固的话，将前幼主下葬，谥为冲帝，墓号怀陵。

李固刚正不阿，他的建议多半被朝廷听取。只有梁冀喜欢猜忌，再加上阉人从中挑拨，造谣生事诬告李固。幸好梁太后不肯相信，李固才得以无事。李固又与太傅赵峻、司徒胡广、司空赵戒等人举荐北海人滕抚。朝廷下诏封滕抚为九江都尉，讨伐扬、徐的盗贼。滕抚连战连胜，斩杀马勉及徐凤、范宫等人，得以晋封为中郎将，总管扬、徐二州军事。滕抚又进军广陵，杀死张婴。历阳盗贼华孟，自称黑帝，也被滕抚领兵杀死。东南平定。

第二年朝廷改元本初，下诏让各郡国举荐精通经书的人到太学学习，学成之后，封给官职。公卿都派子弟前去学习，学生多达三万人，学风旺盛。扬、徐一带已平定，西北也还安宁，正是励精治国的好时机。哪知贵戚梁冀仗势横行，大逆不道，公然做出了弑君的事情。

原来，质帝年纪虽小，却聪明得很，常在朝上指着梁冀说："这正是跋扈将军！"梁冀听了这话，心中怨恨，暗想皇上如此年少，已经这么厉害，如果长大成人，那还了得！不如除去他，另立别人。于是暗中嘱咐内侍，把毒放在饼中呈进去。质帝吃了几口，便觉得肚子疼痛，烦闷不堪，他召问太尉李固："吃了饼肚子痛，喝水能好吗？"梁冀在旁边接口说："恐怕喝水以后会呕吐，不如不喝！"话还没说完，质帝已经捂着肚子大叫，晕倒地上，紧接着手脚青黑，一命呜呼。李固趴在尸体上大哭一场。

不一会儿，梁太后到来，也挤出了两滴眼泪。李固当面请求太后彻查此事，梁太后含糊答应。司徒胡广、司空赵戒听说皇帝驾崩，前来哭丧。李固待他们哭完，出去与他们商议善后的事情，因为担心梁冀另立幼主，就邀请二人一同写信给梁冀。梁冀看了书信，召集百官商议。李固与胡广、赵戒及大鸿胪杜乔，都请迎立清河王刘蒜。梁冀默然不语。之前，平原王刘翼被贬为都乡侯，遣回河间。刘翼的父亲刘开当时还在世，愿将蠡吾县作为刘翼的封邑，上疏请求，朝廷准奏，于是改封刘翼为蠡吾侯。刘翼死后，由儿子刘志袭封。刘志酷似父亲，长相俊美，顺帝驾崩时，曾入都会葬，被梁太后看见。太后有一个妹妹，想与刘志结婚，合成佳偶，只因国丧期间，不便与他商议，所以令他回国。过了两年多，刘志已经十五岁，梁太后于是召他入朝，商议婚事。恰逢质帝突然驾崩，群商议另立新主，梁冀就想立刘志为帝，自己好一直专权。不料三公多主张立清河王刘蒜，与自己的意愿不合。梁冀不便开口，只得沉默不语。

公卿退出后，天色已晚，梁冀吃过晚饭，正在踌躇，忽然中常侍曹腾等人前来拜见。他对梁冀说："将军身为贵戚，大权在握，宾客如云，难免会有过失。清河王向来严明，如果他被册立，恐怕将军会有灾祸！不如立蠡吾侯，还可以长保富贵！"梁冀皱着眉头说："我也有此意，但公卿等人不肯赞成，怎么办呢？"曹腾又说道："将军手握重权，命令一下，何人敢违背？"梁冀不等他说完，奋然起身说："我……我决定了！"曹腾等人欣然辞去。

第二天一早，梁冀重新聚集公卿，提出立蠡吾侯刘志为新主，且怒目圆睁，言辞激烈。胡广、赵戒以下都被梁冀震住，齐声说："愿遵从大将军的命令！"只有李固与杜乔坚持之前的提议，还在辩驳，梁冀不让他们多说，大声说道："今天到此为止！……罢会！"说完之后，就走了。梁冀先请梁太后下诏，将李固罢免，然后到夏门亭迎接蠡吾侯刘志。刘志当晚即位，称为桓帝。梁太后依旧临朝亲政，安葬质帝于静陵，追尊河间王刘开为孝穆皇、吾侯刘翼为孝崇皇。孝穆皇陵号为乐成陵，孝崇皇陵号为博陵。桓帝的生母匽氏，本是蠡吾侯刘翼的媵妾，此时也被尊为博园贵人。

第二年改元建和，正月初一便有日食发生，朝廷下诏让三公九卿陈述政治得失。到了四月，京师发生地震，又下诏让大将军、公卿等人，举荐有才能、敢于直言劝谏的人。那时，豺狼当道，还有谁愿意拼着性命，将自己送到豺狼口边呢？有贤能的人都不愿在乱世为官，至于直言劝谏，更不必说了！司徒胡广已代替李固做了太尉，因盛夏发生日食，将胡广罢免，进升杜乔为太尉。追封梁冀食邑一万三千户，封梁冀的弟弟梁不疑为颍阳侯，梁不疑的弟弟梁蒙为西平侯，梁冀的儿子梁清为襄邑侯，又封中常侍刘广等为列侯。太尉杜乔，刚正不阿，上疏劝阻。奏折呈上去之后，犹如石沉大海。以前杜乔为大司农时，永昌太守刘君世，用黄金铸造了一条蛇，准备献给梁冀，事情被益州刺史种暠听说，上疏弹劾，将金蛇收入国库。梁冀还想索取，就对杜乔说想看看金蛇，杜乔知道梁冀不怀好意，婉言拒绝，梁冀因此怀恨在心。梁冀的小女儿病死，公卿都前去吊丧，只有杜乔不去，梁冀恨上加恨。到迎立桓帝时，杜乔又与李固等人反对梁冀的提议，梁冀更是恨得咬牙切齿。幸好梁太后知道杜乔忠诚，提升杜乔为太尉。杜乔仍像以前一样正直，又上谏阻止加封梁冀等人，朝廷没听取，只是增加了梁冀怨恨。

桓帝由梁氏迎立，自然答应立梁冀的妹妹为皇后。梁冀想趁机大出风头，要桓帝用隆重的仪式迎娶妹妹，可杜乔仍援引旧例，只准按照前汉时惠帝立后的标准。梁冀因杜乔是首辅，不便硬争，心中的芥蒂更深了。等妹妹做了皇后，梁冀的势力更大了。恰逢都中再次发生地震，于是将此事归咎于首辅杜乔，将他罢免，进升司徒赵戒为太尉，封为厨亭侯；司空袁汤为司徒，封为安国侯；任用前太尉胡广为司空，封为安乐侯。三人封侯后，对梁氏唯命是从。只有李固、杜乔不肯依附梁氏，难免被诬陷，要同时丧命了。

骄夫悍妻

李固、杜乔虽然相继被罢免，但还在都中居住。外戚、宦官都因他们为人正直，把二人视为心腹大患。桓帝即位以后，宦官唐衡、左悺等人一同对他说："陛下即位前，李固、杜乔首先反抗，说陛下不应继承大统，真正可恨！"桓帝听了，不禁愤怒起来。当时甘陵人刘文与南郡妖贼刘鲔交往，传言说清河王应当统一天下，想立刘蒜邀功，就劫住清河相谢暠，拿着刀威胁："我们要立清河王为天子，你可以助我们一臂之力！"谢暠不肯听从，怒目圆睁，厉声呵叱，以致被刘文杀死。清河王刘蒜听说国相被劫，忙令王宫卫兵出去营救。卫士见谢暠被杀，当然全力与贼人拼斗。刘文、刘鲔部下不多，一时抵挡不住，被捆绑起来，推到清河王面前。清河王不肯饶恕，下令将他们杀死。可朝廷不谅解清河王的苦衷，反而听信奸人，将他贬为尉氏侯。刘蒜原本没有谋反的意思，却蒙受冤屈，遭到诬告，一时难以承受，服药自尽。

梁冀趁此机会诬告李固、杜乔与刘文、刘鲔串通，请求速将他们逮捕定罪。梁太后知道杜乔忠贞，不答应抓捕杜乔，梁冀就将李固打入狱中，逼迫他承认。李固当然不肯。李固有一个门生叫王调，上疏替李固喊冤。河内赵承等几十人也请求赦免李固，梁太后于是下诏释放李固。李固出狱后走到集市，百姓都欢呼万岁。梁冀得知后，大吃一惊，又对太后说李固收买人心，必会成为后患，不如趁早将他处死。梁太后还不答应，梁冀竟擅自传达诏令，再次将李固抓入狱中。李固自知死罪难免，在狱中写好书信，托狱吏转交太尉赵戒、司空胡广。赵戒、胡广看到李固的书信，明知李固是被梁冀陷害，但又担心如果出头解救，非但自己富贵不保，连家族也难以保全，因此不敢代为申冤，只是在心中惭愧、感叹罢了。其余的公卿大臣地位较低，全都袖手旁观，免得招来横祸。可怜这位为国尽忠的李固，最终死于非命，享年五十四岁。

梁冀杀死李固以后，又派人逼迫杜乔："请早点自裁，还可保全妻儿！"杜乔怎肯为了梁冀的话而死？到了第二天，梁冀派人到杜乔府中探视，并没有听到哭声。梁冀不等太后下令，就将杜乔抓进狱中，杜乔当夜就死了。梁冀将李固、杜乔的尸体放在城北，说他们串通叛逆，并下令说前来哭丧的人，一并定罪。李固的弟子郭亮年龄很小，到洛阳游学，得知李固冤死，就上疏乞求为李固收尸。朝廷不允许。郭亮去为李固哭丧，守着尸体，不肯离去。夏门亭长呵斥道："李固、杜乔身为大臣，不知为国家尽忠，反而意图逆谋，最终身败名裂。你为何还敢违反诏书、以身试法呢？"郭亮慨然道："生死由命，我只是为了一个'义'字，我早已将生死抛开，何必用大话吓我？"亭长也为之叹息，他对郭亮说："如今这世道，耳目众多，不要乱说话！"不久，南阳人董班也到李固尸体旁恸哭，不肯离去。杜乔的故掾杨匡，日夜兼程从陈留赶来奔丧，谎称是夏门亭的吏人，守着尸体驱逐蝇虫。三人守了十二天。司隶得知后，据实上奏，梁太后垂怜他们，下旨赦免，并让他们将尸体安葬。董班送李固回汉中，杨匡送杜乔回河内，家属都护送棺材回归故里。

以前李固罢免太尉时，已派三个儿子李基、李兹、李燮还乡。李燮年仅十三岁，姐姐文姬嫁给同郡赵伯英为妻，贤惠过人。她见兄弟回来，问明原因后，边叹边哭道："李氏恐怕从此就要灭亡了！祖上历代积德，为何落到这个地步呢？"文姬秘密与两位兄长商议，打算将弟弟藏起来，谎称已将他送到京师。同乡的人都信以为真。不久，郡守接到梁冀的书信，逮捕李固的三个儿子。李基、李兹被捕，死在狱中，只有李燮被文姬藏匿，幸免于难。文姬还担心难以保全，就召父亲的门生王成进入内室，哭着对他说："你以前在我父亲门下，为人仗义，如今我想以孤子相托。李氏存亡，全在你身上，希望你不要推辞！"王成应声道："师父的恩情，难以忘怀，我愿听从你的安排。"文姬于是将李燮交给王成，王成带着李燮沿江东下，进入徐州境内，让李燮隐姓埋名在酒家做佣人，自己到市中占卜。李燮有空就跟从王成学习，从不懈怠。酒家老板知道他不是常人，想把自己的女儿许配给李燮。此女已经成人，料到刘燮不会久居人下，情愿委身于他。于是酒家老板选取吉日成礼。李燮仍像以前一样勤学，最终得以精通经书。后来朝廷多次颁下赦罪书，并寻找李固的后代，李燮这才将真相告诉酒家老板。酒家老板依礼将他送回，李燮为父亲服丧，与姐姐相会，又入朝受封为议郎。

建和二三年间，国政虽被外戚把持，内外没有什么大事，只是灾异时常发生。建和二年五月，北宫中德阳殿及左掖门失火；建和三年六月，洛阳发生地震，宪陵寝屋都被震坍；七月廉县下起了肉雨，形状有的像羊肺，有的像手掌，远近都称为奇事；八月京都发大水；九月地震两次，山崩塌五处。太尉赵戒因灾难被罢官，朝廷迁升司徒袁汤为太尉、大司农张歆为司徒。梁太后下诏自责，并赈济灾民。第二年正月，梁太后身体不适，把政权交付桓帝，大赦天下，改元和平。

梁太后把政权交出后，在长乐宫养病，接连召御医诊治，仍旧无效，病情越来越严重。一天，她勉强起床，到宣德殿召见宫省官属以及梁氏兄弟，本想当面加以嘱咐，因痰气上涌，无法开口，只得令左右拟诏，以笔代口。颁下诏书的第二天，梁太后就逝世了，享年四十五岁，尊谥顺烈皇后，葬于宪陵。桓帝的生母匽贵人尚在人世，桓帝派司徒张歆拿着符节前往博园，尊匽贵人为孝崇皇后，称她的住室为永乐宫，并设置太仆、少府等官，就像长乐宫一样。名为桓帝亲政，实际上大权仍被梁冀掌握。

当时颍川郡有两大名儒：一个是荀淑，字伯和，任涂长；一个是陈寔，字仲弓，任太丘长。二人齐名，又是好友，二人的德行感动了上天，德星聚集。朝中太史上奏五百里内有贤人相聚。大将军梁冀只知作威作福，哪管什么贤人不贤人？后来光禄勋、少府等人推举荀淑入朝，荀淑在文章中讥讽贵戚，为梁冀所忌恨，迁补他为朗陵侯相。荀淑处事公正，世人称他为神君。不久，荀淑弃官还乡，在家隐居数年，到六十七岁病终。以前李固、杜乔曾跟随荀淑学习，同郡人李膺也拜荀淑为师。荀淑死时，李膺已为牧守，他上疏为老师服丧，郡县均为荀淑立祠。

梁冀残害忠良，不肯稍稍收敛。和平元年，又得以增封食邑一万户，与以前的封邑加在一起为三万户。弘农人宰宣巴结奉承，上言说大将军的功劳能与周公相比，应加封他的妻子。朝廷准奏，封梁冀的妻子孙寿为襄城君。这位襄城君孙寿，是一个非常淫悍的妇人，面貌很是妖艳。眉毛本来细长，却故意弄成曲折形，叫做愁眉；眼睛本来清澈，却轻轻擦拭眼眶，好像有泪一样，叫做啼妆；腰本来轻柔，行动时却来回摆动，好似弱不禁风，叫做折腰步。梁冀格外怜爱、宠幸她，稍一忤逆她的意思，她便撒娇，吵得全家不安。梁冀原本好色，现在被妻子控制，不能纵欲，也不免心存芥蒂。碰巧父死服丧，他谎称到城西守节，不与妻子同居，暗地里却与美人友通期日夜寻欢，在丧庐任情取乐。

友通期原本是一个歌妓，由梁冀的父亲梁商献给顺帝，顺帝将她留在后宫。后来因友通期犯下过错，被发回梁家，梁商令她出嫁，可梁冀疼爱友通期，等梁商死后，便嘱咐门人，暗中将友通期引诱过来，以偿夙愿。怎奈艳妻已有所闻，等梁冀出去后，就率领家奴闯入丧庐，搜捕友通期。友通期不曾防备，竟被孙寿揪住头发，赏了几个耳光，然后交给家奴，把她牵回去。友通期本来有一头美发，孙寿将它剪去，再将友通期的花容月貌用刀划开，又逼着她脱去外衣，鞭打数百下。友通期无从申诉，痛苦不堪。梁冀得到消息，大吃一惊，慌忙到岳母家叩头请罪，请岳母在女儿面前说情，放过友通期。孙寿的母亲前去说情，孙寿才将友通期放回。梁冀急忙去探视，见她伤痕累累，禁不住心痛起来。立即替她抚摩，并请名医调治，内被外敷好几天才痊愈。友通期感激梁冀的厚意，仍然与梁冀续欢，像以前一样亲昵。后来，友通期生下一个男孩，取名梁伯玉。孙寿得知后，让儿子梁胤带着家奴，闯进友氏家里，不论男女老幼全部杀死。只有梁冀的私生子梁伯玉，被藏匿在复壁中，幸免于难。梁胤灭尽友氏后，扬长而去。梁冀亲自前去探视，惨不忍睹，忙命人买棺收殓，一一埋葬。心中虽然痛恨妻子，但畏妻如畏虎，不敢回家责问，只格外珍惜那个私生子，花高价雇了一个乳娘，将他养在民间。自己也不愿回家，一直在外面居住。

孙寿见梁冀不愿回家，也去寻欢。可巧有个叫秦宫的太仓令，曾在梁冀家当过奴仆，长相俊俏，口齿伶俐，梁冀很喜爱他，将他推荐为县令。秦宫却并未上任，仍在梁冀家中出入往来。孙寿有什么事，往往让秦宫去办。秦宫小心伺候，殷勤得很。孙寿见他体贴周到，更加喜欢，有时就退去左右，与秦宫私下谈论，耳鬓厮磨，很是亲密。秦宫岂会瞧不透孙寿的心意？况且孙寿姿色未衰，就放大了胆，趁四目相对的时候，将孙寿轻轻搂住。孙寿故作娇嗔，呵斥他无礼，娇躯却全不动弹，任由秦宫拥入罗纬，宽衣解带，成就好事。

此后大将军门下，要算秦宫最出风头。刺史、二千石入都求见大将军，必先贿赂秦宫，然后才能通报姓氏。秦宫又为梁冀夫妇互相调停，让他们重归于好，并劝他们对街修筑宅院，左为大将军府，右为襄城君府。府第修好后，里面摆设极其华美，差不多与秦朝的阿房宫相似。又开辟园林，用土筑成假山，山上种植草木，驯养鸟兽。梁冀与孙寿一同乘车游览，前有歌僮，后有乐妓，整天整夜地寻欢作乐。不久，梁冀又不满足，在河南城西增设兔苑，绵亘数千里，如果有人误入，立即处死。梁冀的两个弟弟曾私自前去打猎，梁冀得知后，怕他们杀伤生兔，立即派家奴抓捕，杀死三十多人。另在城西建造别墅，强取良家子女为奴婢，名曰“自卖人”。

孙寿在梁冀面前诬告梁氏，罢免外官数人，暗中让孙氏宗族将空缺补上。孙氏宗亲贪婪不法，竞相派人调查富户，诬告他们有罪，令他们的家人拿钱来赎，稍不满意，就将人打死。扶风富豪孙奋生性悭吝，梁冀曾给他几匹马，向他要钱五千万，孙奋只出三千万。梁冀十分恼怒，写信给太守，伪称孙奋的母亲是他府中的奴婢，说她盗去白金十斛，紫金一千斤。太守立即抓捕孙奋兄弟，逼他们缴出赃物。孙奋等人并未做这样的事，怎肯承认？结果被活活打死，家产全部被没收，多达一亿七千多万缗。这些钱有一大半归梁冀所有，梁冀这才泄恨。此后又派人四处去寻找宝物。他派去的人多依势作威，抢劫妇女，殴打百姓，吏民痛心疾首，忍气吞声。侍御史朱穆本是梁氏故吏，也写信劝谏梁冀。梁冀看到书信以后，不知省悟。朱穆知道梁冀心胸狭窄，不便再劝，只好付诸一叹。

第二年元旦，桓帝到大殿接受文武百官的朝贺，梁冀竟然带剑入朝。这时，从左班忽然闪出一人，大声呵斥梁冀，不让他进去，并让人把梁冀的佩剑夺下。梁冀倒也心惊，跪在殿前，叩头谢罪。

铁面无私的朱御史

梁冀带剑入朝，突然被殿前的一个人喝退，并夺下佩剑。此人是尚书张陵，张陵胆识过人，所以才有此举。梁冀跪下谢罪，张陵还不肯罢休，弹劾梁冀目无君上，应交给廷尉定罪。桓帝不忍严惩，只罚梁冀一年的俸禄，梁冀只好拜谢而退。河南尹梁不疑曾举荐张陵，听说张陵当面叱责兄长梁冀，就召来张陵说道："我举荐你出仕为官，却给自己带来灾难，未免出人意料！"张陵直言答道："你器重张陵，并加以提升。我这样做，正是报答私恩，你为何要怀疑呢？"梁不疑听了，不免心生惭愧，把张陵送出。梁冀因为梁不疑举荐张陵，致使自己被弹劾，立即将此事迁怒于梁不疑，嘱咐中常侍告诉桓帝，调梁不疑为光禄勋。梁不疑知道自己惹怒了兄长，就让出官位，与弟弟梁蒙闭门谢客，不再参与朝政。梁冀暗示百官，举荐自己的儿子梁胤为河南尹。梁胤还有一个名字叫胡狗，年仅十六岁，容貌十分丑陋，都人见他毫无威仪，竞相耻笑，只有桓帝特别宠信梁胤，给他很多赏赐。

和平二年，改号元嘉。春去夏来，天气越来越暖，桓帝乘夜微服出行，到梁胤的府第，整夜宴饮。当晚大风把树连根拔起，天明以后，仍是阴雾笼罩。已故太尉杨震的次子杨秉，已由郎官迁升到尚书，上书劝谏桓帝，不见听取。当时，时而大旱，时而地震，桓帝下诏举荐有才能之人，安平人崔寔被举荐到都城，他目睹国家衰乱，料知自己无力扭转局面，索性称病不去，并写了一篇《政论》，总结时政得失。高平人仲长统，读到崔匽的《政论》，喟然叹息："人主应照抄一遍，作为铭文！"梁冀是当道豺狼，顺帝还当他是奇才，想再次加以褒奖，特让公卿商议。当时赵戒、袁汤、胡广接连担任太尉，光禄勋吴雄为司徒、太常黄琼为司空。胡广见梁氏势力强盛，就称梁冀功德过人，可与周公相比。司空黄琼进言说："可与邓禹相比！"朝廷折中作出决定，给梁冀规定特殊的礼节，如入朝不拜，可以带剑上殿，礼比萧何；增封四县，礼比邓禹；赏赐金帛奴婢，礼比霍光。梁冀得到如此荣宠，还不满足，心里闷闷不乐。不久，桓帝的生母匽氏病终，桓帝到洛阳西乡致哀，命弟弟平原王刘石主持丧礼，王侯以下全部送葬。只是，匽氏子弟无一人在位，这全是因为梁冀专权，心怀妒忌，因此不让匽氏参政。

元嘉三年五月，改元永兴。到了秋天，黄河水涨，水势越来越凶。冀州一带，河堤溃决，洪水泛滥成灾，百姓流离失所，人数多达几万户。朝廷下诏令侍御史朱穆为冀州刺史。朱穆奉命动身，县令、邑长担心朱穆检举、弹劾他们，于是辞职离去。朱穆到郡以后，果然弹劾贪官污吏，铁面无私。贪官中有几个情急自杀，有几个死在狱中。宦官赵忠送父亲的灵柩回来下葬，擅自用玉匣。朱穆因他祖籍安平，属自己管辖，特派遣郡吏前去查看。吏人知道朱穆严明，不敢违背，扒开坟墓一看，果然有玉匣，于是将赵忠的家属逮捕下狱。谁知赵忠不肯认错，反而到桓帝面前说朱穆擅自打开他父亲的棺材，私自将他的家眷抓起来。再加上梁冀痛恨朱穆，从旁诬蔑，桓帝十分恼怒，立即派人逮捕朱穆入都，交给廷尉。太学学生几千人，都为朱穆打抱不平，他们推选刘陶为领袖，上疏代朱穆喊冤。

桓帝看到学生的奏章后，才将朱穆赦免，放回南阳故里。朱穆是已故尚书令朱辉的孙子，字公叔。五岁时，便以孝闻名，后来入都做了议郎，再迁升为侍御史。他为官廉洁、正直，曾写下《崇厚论》儆戒世人，被人称诵一时。罢官回到乡里，太学生刘陶等人又上奏称朱穆、李膺为人忠诚，实是国家的支柱，应召他入朝，辅佐王室等等。颍川人李膺是已故太尉李修的孙子，为官清廉，与朱穆齐名，后来迁升到青州刺史，此后又辗转调任渔阳、蜀郡各地的太守，出任乌桓校尉。鲜卑兴兵侵犯边塞，李膺率领步兵、骑兵前去截击，多次负伤，最终攻破强虏，斩杀两千多人，鲜卑于是不敢入侵边塞。不久，李膺因事被罢官，退居纶氏县中，教授学生，门生不下一千人。刘陶向来敬重李膺，所以将他与朱穆一同举荐。桓帝不肯听从。

君子遭殃，小人当道，天怒人怨，天灾人祸接踵而至。陈留盗贼李坚，自称皇帝；长平盗贼陈景，自称是黄帝的儿子；南顿盗贼管伯，自称真人；扶风人裴扰，也自称皇帝。多亏他们都是乌合之众，不足为惧，郡县发兵围攻，他们先后被诛杀。只有泰山、琅玡盗贼公孙举、东郭窦等聚集的人较多，他们反叛官府，杀死长吏，连年不能平定。永兴三年正月，朝廷又改号永寿，大赦天下。公孙举等人顽抗如故，还有南匈奴左奥鞬台耆及且渠伯德，率领胡虏入侵美稷，东羌随后响应。多亏安定属国都尉张奂恩威并施，羌胡才被平定。

过了一年，鲜卑首领檀石槐，率领胡骑三千名，入寇云中。相传檀石槐出生时，十分奇异。他的父亲是投鹿侯，曾跟从匈奴的军队，三年才回来一次。投鹿侯的妻子竟然在家里生下一个儿子，投鹿侯责问妻子，妻子说白天走路时，听到雷声，仰视天空，有冰雹进入口中，吃了之后就怀孕生下一个男孩。投鹿侯似信非信，决定将将婴儿抛弃，就把他扔到田野里。妻子偷偷命下人将他捡了回来。檀石槐长到十四五岁，既勇猛又有才智，其他部落的酋长偷取檀石槐家的牛羊，檀石槐单身匹马追赶，将牛羊全部夺回，从此各个部落都畏服于他。到了壮年，檀石槐被众人推为大人。檀石槐在弹汗山招兵买马，逐渐强盛，掠夺云中。警报像雪片似的传到京师，桓帝再任用李膺为度辽将军，让他防御鲜卑。鲜卑向来忌惮李膺，就将所掠夺的男女和牲畜全部放还，出塞而去。李膺也不穷追，只是安抚百姓，塞下又安定起来。

当时，公孙举等人骚扰青、徐二州，还没有平定。嬴县地势险要，盗贼时常出没，成为百姓的祸害。朝廷得知后，四处招集有才能的人，得到颍川人韩韶，让他做了嬴长。韩韶很有名气，一到任，盗贼纷纷向远处迁徙，不敢入境。流民一万多户得以安然回乡，只是室内已空，一时无从找到吃的，一个个饥肠辘辘。韩韶开仓放粮，主吏说没有得到皇上的命令，不能开仓，韩韶慨然说："能让百姓死里逃生，就算因此获罪，也足以含笑九泉了！"流民有粮食充饥，都活了下来，郡守也知道韩韶贤明，并不加罪于他。当时人称"颍川四长"：一是荀淑，一是陈寔，一是钟皓，还有一人就是韩韶。钟皓开始是本郡的功曹，后来迁升为林虑长，不久就离职了。钟皓的侄子钟瑾很喜欢学习。钟瑾的母亲是李膺的姑姑，李膺的祖父曾说钟瑾有志向，于是将李膺的妹妹许配给钟瑾。钟瑾接连被州郡召去，始终没受到重用。李膺称钟瑾太清白，钟瑾转告钟皓。钟皓叹息道："既然想保全自身，何必去做官呢？"此后叔侄隐居，不再出山。

韩韶做了嬴长，只能保全自己的县境，不能顾及其他县。盗贼逃到山东，继续打家劫舍，百姓怨声载道。地方长官不得已，只好上奏朝廷，请求派人围剿。当时太尉胡广，因日食遭到罢免，朝廷任司徒黄琼为太尉、光禄勋尹颂为司徒。尹颂因东方多强盗，举荐议郎段熲，朝廷将他封为中郎将，命他领兵东讨。段熲本是已故西域都护段会宗的从曾孙，世代以武术见长，又熟知兵法，善于安抚士兵。此次围剿盗贼，正如虎入羊群，屡战屡胜，先击毙东郭窦，又斩杀公孙举，一举将盗贼荡平。段熲受封为侯，长子也被封为郎中。

光阴易过，转眼到了永寿四年。仲夏发生日食，太史令陈授上书将此事归咎于大将军梁冀。梁冀十分气愤，立即将陈授逮捕下狱，活活打死。不久，蝗虫成灾，京师遍地都是。桓帝不知反省，只是在夏尽秋来时，将年号改为延熹，并将太尉黄琼罢免，再任用胡广为太尉。不久，南匈奴及乌桓、鲜卑一同入侵，度辽将军李膺此时已调任为河南尹，朝廷就任命京兆尹陈龟为度辽将军，镇抚朔方。陈龟到任以后，州郡震惊，鲜卑也不敢侵犯边塞，节省费用约一亿多。大将军梁冀与陈龟有过节，说他有损国威，沽名钓誉，不为胡虏所畏服，陈龟因此坐罪，被贬官回乡。后来朝廷再次召他为尚书，陈龟又弹劾梁冀的罪状，请求立即诛杀他，桓帝始终不肯听从。陈龟自知得罪梁冀，必遭陷害，索性绝食，七天后去世。西域的胡夷以及并、凉二地的百姓，都为他致哀，吊祭陈龟。匈奴、乌桓等虏兵，得知陈龟去世，又来侵犯，朝廷调属国都尉张奂为北中郎将，抵御匈奴、乌桓。

张奂来到塞下，胡虏正在焚烧、掠夺各地。守兵无不惊慌，只有张奂安坐帐中，谈笑自若，暗中却派人离间乌桓，让他攻击匈奴。再派张奂领兵讨伐，匈奴十分恐慌，认罪投降。张奂因南单于车居儿一会儿叛乱，一会儿归附，就将他抓住，上奏请求改立左谷蠡王。桓帝不答应，仍让张奂放还车居儿，并召张奂回京，命种暠为度辽将军。种暠赏罚分明，羌胡纷纷效命，四境归服。

定密谋诛杀梁氏

桓帝的皇后梁氏专宠后宫，生活极其奢华，所有帷帐服饰，都光怪陆离，是前代皇后所没有的。梁氏的姐姐顺烈皇后驾崩后，皇帝待她渐不如以前。皇后既没有子嗣，又生性妒忌，一听说宫人怀孕，便设法陷害。桓帝暗暗恼恨，只因畏惧梁冀，不敢发作，但很少到中宫。梁皇后抑郁成疾，到延熹二年七月，一命归阴。皇帝依皇后之礼殡殓，将她葬在懿陵。梁氏一门，前后共七人得以封侯，三女被立为皇后，六女被封为贵人，夫人、女儿又有七人称君，儿子娶公主的有三人，此外如卿、将、尹、校共五十七人，极其尊贵。

梁冀权倾朝野，独断专行，无论大小政事，都归他一人裁决，宫卫近侍都是梁家的走狗，莫不对他巴结奉承。百官升迁，必先到梁冀家里谢恩，然后才敢受命上任。下邳人吴树做了宛令，向梁冀辞行。梁冀的亲戚多在宛县，因此嘱托吴树，吴树答道："奸佞小人，理应诛杀。将军贵为皇戚，位居上将，更应该推崇公正廉洁。宛邑是大县，名人甚多，如今我拜见将军，没有听到你夸奖一个名士，却以私事相托，我不敢奉命！"梁冀默然不语，脸上露出恼怒的神色，吴树于是告辞离去。至了宛邑，便调查梁氏的亲戚，得知有几个祸害民间，就令属吏将他们抓到狱中，依法处治。百姓都感恩戴德，只有梁冀怀恨在心。后来吴树迁补荆州刺史，又向梁冀辞行，梁冀假装设宴款待，暗中却在酒中投毒。吴树喝完酒离去，不一会儿，毒发身亡，死在马车中。辽东太守侯猛，因不肯拜见梁冀，梁冀就诬告他有罪，将他斩首。

郎中袁著年仅十九岁，见梁冀越来越蛮横，不胜愤懑，上疏弹劾。梁冀得知后，火冒三丈，派属吏抓捕袁著。袁著托病假死，买棺下葬。梁冀识破计谋后，嘱咐手下四处捉拿。袁著被抓获以后，竟被笞打致死。太原人郝絜、胡武与袁著是好友，梁冀屠杀胡武全家，冤死六十多人。郝絜自知无法幸免，服毒自尽。安帝的嫡母耿贵人死后，侄子耿承被封为林虑侯，梁冀向耿承索要耿贵人的留下的珍宝，没有如愿，就杀死耿承家十多人。涿郡崔琦善于作文，为梁冀所器重。因作《外戚箴》，遭到梁冀斥责，崔琦奋然道："我听说管仲在齐国时，喜欢听诽谤他的言论；萧何辅佐高祖，特意让人写他的过错。如今将军位居台辅，黎民涂炭，难道不想听忠言吗？”梁冀无言以对，将崔琦遣回故里。崔琦匆匆上路，中途被刺客杀死。这刺客的来历，不必细猜，定是梁冀所派。

梁冀滥杀无辜，在朝堂上又专横跋扈，桓帝愤愤不平。和熹皇后的侄子邓香，有一个女儿叫邓猛，生得秀丽动人。邓香中年病逝，妻子嫁给梁纪。梁纪是梁冀的妻子孙寿的舅舅，孙寿见邓猛年轻貌美，就将她送入后宫，邓猛因此得以受封为贵人。梁冀想认邓猛为女儿，让她改姓梁，又担心邓猛的姐夫邴尊将事情泄露，就派门客刺死邴尊。后来又想将邓猛的母亲宣一并刺死，好杀人灭口。宣家在延熹里，与中常侍袁赦邻近，梁冀派刺客夜里登上袁赦的屋顶，进入宣家。袁赦听到声音，怀疑是盗贼，立即叫醒众人抓捕。好不容易抓住一人，当面加以审问，才知是由梁冀派来的，意在行刺宣。

袁赦急忙向宣家报告情况。宣因自己的女儿已成为贵人，便入宫对女儿诉说。贵人又转告桓帝。桓帝怒不可遏，问小黄门唐衡：“宫中何人与梁氏不和？”唐衡回答：“中常侍单超、小黄门左悺，以前到河南尹梁不疑家作客，稍稍失礼，梁不疑便把他们的兄弟抓进洛阳狱中，单超与左悺登门谢罪，才被释放。中常侍徐璜、黄门令贝瑗也与梁氏有过节。”桓帝不等他说完，就召单超、左悺入内，低声对他们说：“梁将军兄弟专权多年，公卿以下，无人敢反抗，朕想将他除去，你们意下如何？”单超、左悺齐声说：“祸国奸贼，早就应该死了。我们才能平庸，还望圣上明示！”桓帝又说：“你们与朕的意见相同。但要除掉梁氏，必须秘密定计，才能成功！”单超、左悺又答道：“如果真想除掉他们，也并非难事，但恐怕陛下不肯啊！”桓帝说：“奸臣危害国家，理应伏法，有什么可顾惜的呢？”于是又召徐璜、贝瑗入内，一起商议。桓帝亲自咬破单超的手臂，歃血为盟。单超又重申道：“陛下既然心意已决，就不要再说了。梁氏耳目甚多，一旦败露，后果不堪设想！”说完，立即退去。不久，密议之事，果然有人报告梁冀，只是所议论的内容，没有泄露。

梁冀已怀疑单超，急忙让中黄门张恽入宫探视，以备不测。贝瑗命人抓住张恽，说他无故探视宫中，图谋不轨，立即把桓帝拥到御殿，召集尚书进来密商。然后由黄门令贝瑗招集虎贲、羽林剑戟士，共得一千多人，会同司隶校尉张彪，前去包围梁冀的府第。并令光禄勋袁盱，没收梁冀大将军印，降封梁冀为都乡侯。梁冀仓皇失措，喝药自杀。妻子孙寿无路可逃，也将毒酒喝下。梁冀的儿子河南尹梁胤与叔父屯骑校尉梁让、亲从卫尉梁淑、越骑校尉梁忠、长水校尉梁戟等，全部被抓。孙寿的内外宗亲也都受到牵连，无论老幼，全部被诛杀。梁冀的弟弟梁不疑及梁蒙已经病死，朝廷不再追究。其余的如公卿、列校、刺史、二千石，被处死的有几十人。太尉胡广、司徒韩缜、司空孙朗因依附梁冀，被贬为平民。四府的门客，也被罢免三百多人。

此事发生得仓促，官府里沸腾数日，才安定下来，百姓莫不拍手称快。梁冀的家产全部充公，共有三十多亿缗。朝廷下诏减免天下一半的赋税，将梁冀的私人园林全部开放，让贫民耕种。安葬懿陵的梁皇后，也被废掉，降称贵人冢。又封单超为新丰侯，食邑二万户；徐璜为武原侯、贝瑗为东武阳侯，各食邑一万五千户；左悺为上蔡侯、唐衡为汝阳侯，各食邑一万三千户。他们五人便是五侯。尚书令尹勋以下，有功之臣共计七人，都被封为亭侯。其中尹勋为都乡亭侯、霍谞为郷都亭侯、张敬为西乡亭侯、欧阳参为仁亭侯、李玮为金门亭侯、虞放为吕都亭侯、周永为高迁乡亭侯。

单超奏称小黄门刘普、赵忠等也除奸有功，应受到封赏。安帝又封刘普、赵忠以下八个阉人为乡侯。从此宦官的权力日盛一日，一发不可收拾了。贵人邓猛因美色得宠，一跃成为皇后，邓猛的母亲宣受封为长安君。桓帝不知邓后的本姓，还以为她是梁家女儿，因梁氏被诛，特将她改为薄姓。后来有司上奏，说皇后的父亲邓香曾为郎中，不应再改他姓，于是让皇后仍恢复邓姓，追封邓香为车骑将军，封安阳侯。邓香的儿子邓演被待为南顿侯，受封不久就死了，他的儿子邓康承袭爵位，迁封为沘阳侯。长安君宣也被迁封为昆阳侯，食邑较多，所领的赏赐数以万计。朝廷提升大司农黄琼为太尉、光禄大夫祝恬为司徒、大鸿胪盛允为司空，并始设置秘书监官。

黄琼上任以后，志在惩治贪官，将州郡贪赃的官吏弹劾去十多人，又召汝南人范滂为掾吏。范滂清正廉洁，奉命做清诏使，巡行冀州时，贪官不等他弹劾，便主动辞职。范滂回都复命，被升为光禄勋主事。当时陈蕃任光禄勋，范滂进府参拜时，陈蕃没有让他免礼，范滂一气之下，辞官离去。黄琼认为他有操守，所以做了首辅之后，立即召范滂回来。恰逢朝廷下诏让三府掾属弹劾各级官吏，范滂就弹劾刺史、二千石、及豪党二十多人。尚书嫌范滂弹劾的人太多，范滂回答说："农夫除草，禾苗才茂盛；忠臣除奸，世道才清廉。如果弹劾不当，我愿受诛杀！"尚书见他理直气壮，也不便再责问，只是没有将他所弹劾的人全部罢免。范滂知道后，辞官离去。

光禄勋陈蕃升任尚书令后，举荐徐稚、姜肱、韦著、袁闳、李昙五人。朝廷下诏让他们入朝，五人都不愿意前往。这五人都很正直，名重一时。安阳人魏桓，也以清廉著名。桓帝下诏召他，友人多劝他入都，魏桓始终不愿为官。桓帝征求名士，本没有什么诚意，来与不来，都由他们自便，对旧部私亲，却从不吝惜赏赐。中常侍侯览献缣五千匹，桓帝便赐爵关内侯，又将他列入诛杀梁冀的功臣里，进封高乡侯。侯览本没有功劳，尚且能受到封赏，单超、贝瑗等五侯自然格外尊贵。这些人受到宠信，渐渐骄横起来。白马令李云上疏诉说此事，言辞颇为激烈。桓帝看完之后，异常震怒，立即命人逮捕李云入狱，让中常侍管霸与御史、廷尉一同审问，严厉惩处。弘农掾杜众听说李云因进谏忠言而获罪，也向朝廷请求，愿意与李云同死。桓帝更加恼怒，派人将他交给廷尉。陈蕃此时已做了大鸿胪，与太常杨秉、洛阳市长沐茂、郎中上官资，上疏乞求赦免李云。桓帝又下诏谴责，罢免陈蕃、杨秉，将沐茂、上官资降职。管霸见人心不服，也跪在桓帝面前请求，桓帝将他呵斥一番，然后令小黄门传令，将李云、杜众处死。太尉黄琼自知无力扭转局面，称病乞归。桓帝没有立即答应，过了两年才让他离职，升太常刘矩为太尉。

当时司徒祝恬已死，司空盛允继任，不久盛允又被罢去，碰巧度辽将军种暠被召回，就令种暠为司徒。司空一职，由太常虞放继任。不久，朝廷又提升中常侍单超为车骑将军。单超手握兵权，气焰更加嚣张。前大鸿胪陈蕃被罢免一年多，又由朝廷征用为光禄勋。陈蕃见桓帝赏罚不明，内宠越来越多，很是气愤，立即上书劝谏。桓帝总算采用了一二条，放出宫女五百多人，降邑侯邓万世、黄携为乡侯，又任用前太常杨秉为河南尹。

杨秉上任没多久，便与阉人单超发生了冲突。原来，单超的弟弟单匡任济阴太守，因贪赃枉法，被兖州刺史第五种得知，派人一调查，查出赃款五六十万缗。第五种于是上书弹劾单匡兄弟。单匡很是惊慌，暗中嘱咐刺客任方杀害卫羽。卫羽早有防备，反将任方捕获，囚禁在洛阳。单匡恐怕杨秉出头，就密令任方越狱逃亡。尚书召来杨秉责问，杨秉回答道："任方原本无罪，罪在单匡。只要把单匡逮捕下狱，真相自然就水落石出了！"这番话，本来公正无私，可单超却诬告杨秉私自放走任方，嫁祸单匡，请旨将杨秉罢免，罚他去做苦役。又给第五种加了一个罪名，将他迁到朔方。那时，天气干旱，第五种奉诏迁徙，险些死于非命。

五侯祸乱人间

第五种因忤逆单超，被迁徙到朔方，已经冤屈得很，哪知单超计中有计，叫他前往朔方，实是死路一条。原来，朔方太守董援，是单超的外孙。董援一听说第五种要来，自然想将他处死。第五种担任高密侯相时，曾优待门下掾孙斌。孙斌此时已入京城当差，得知单超的阴谋后，就对友人闾子直、甄子然说："如今第五种去的地方，偏偏单超的外孙在那里做郡守，这明明是让第五种前去送死啊！如果我将第五种追回，希望你们能把他藏匿起来！"闾子直、甄子然齐声答应。于是孙斌率领几个侠客，日夜兼程追赶第五种。走到太原，终于追上了第五种。孙斌等人杀死护送第五种的官吏后，孙斌把马让给第五种，自己随后步行。他们一天一夜走了四百多里，才得以脱险。孙斌将第五种交给闾子直、甄子然，让他们到外面隐匿数年。一直到单超死后，徐州从事臧旻为第五种鸣冤，第五种才得以还乡。

单超在延熹二年病死。出葬的时候，桓帝派五营骑士与将作大匠筑造坟墓，并让将军、侍御史护丧。此后，左悺、贝瑗、徐璜、唐衡四侯更加骄横，争相建造宅院，里面陈设极其繁华。他们又找来美女当作姬妾，穿的是绮罗，戴的是金玉，几乎与宫中的妃嫔相似，所有仆从婢媪也都乘车出入，作威作福。四侯的权势越来越大，只是苦于不能生育，他们或找同宗的人，或找异姓，甚至把买来的奴隶认作儿子，以便承袭封爵。兄弟姻戚乘势巴结，都想得个一官半职。单超的弟弟单安，被封为河东太守，单匡被封为济阴太守；左悺的弟弟左敏，被封为陈留太守；贝瑗的兄长贝恭，被封为沛相；徐璜的弟弟徐盛，被封为河内太守，兄长的儿子徐宣，被封为下邳令。

这群阉人的家属全都无德无能，只知作威作福，可怜那些无辜百姓，备受折磨，无从诉苦。下邳令徐宣尤其暴虐，上任以后，凡是他想得到的，一定要弄到手。已故汝南太守李暠，祖籍下邳，他有一个女儿，长得美貌如花。徐宣早就听说，想将她占为己有。李暠虽然已经去世，毕竟是大家旺族，怎肯将女儿嫁给阉人子弟？当然婉言谢绝。哪知徐宣怀恨在心，做了下邳令以后，就派人闯入李暠家，将李暠的女儿抢过来。李女宁死不从，开口辱骂，惹恼了徐宣，指挥奴仆将李女的衣服扒去，把她赤条条地绑在柱子上，肆意污辱她。李暠的女儿很仍倔强，徐宣反而转怒为笑，取出一张软弓，把李暠的女儿当作箭靶，接连射了好几箭。李女被射死后，徐宣把弓扔在地上，大笑不止。然后下令将她的尸体拖出去，草草葬在城东。

李暠家失去女儿，自然向太守喊冤，太守忌惮徐宣的势力，不敢判案，一拖再拖。李暠家再三催促，仍然没有音信。碰巧东海相黄浮刚正不阿，不畏强权。李暠的家人就到他那里陈述冤情。下邳是东海的属县，黄浮正好秉公办理，立刻派人传来徐宣，当面审问。徐宣还想抵赖，黄浮又派人将徐宣的家属一并抓来，逐一审问，免不得有人招认。徐宣无法狡辩，只是他仗着叔叔的势力，不肯认罪。黄浮就让左右取下徐宣的衣冠，将他捆绑起来，推出去斩首。掾史以下，争着到黄浮面前劝阻，黄浮奋然道："徐宣罪不可恕，今日杀了他，明日我就是下狱，也无憾了！"说完，起座出署亲自监斩，都中无不拍手称快。

徐璜得知徐宣的死耗，怨恨不已，就捏造谣言，说黄浮收了贿赂，杀害他的侄子。桓帝信以为真，将黄浮革职问罪，让左悺的兄长左胜任河东太守。皮氏县令赵岐，以做左胜的属下为耻，辞官回家。越岐是京兆人，以为回家就可以免祸，哪知新任京兆尹是唐衡的兄长唐玹，他与赵岐有过节，于是诬告赵岐窃取国家财钱，并派人抓捕。赵岐事先得到风声，逃到别处。吏役无法复命，索性把赵岐的家人全部抓去，逼他们交出赵岐。赵岐听说全家被抓，逃得更远，哪里还敢投案？唐玹将赵岐族人全部诛杀。赵岐隐姓埋名逃到北海市中，以卖饼为生。北海人孙暠见赵岐仪表堂堂，料他不是寻常人，便将他带回去藏在复壁中。后来唐氏失势，赵岐才出来，官至并州刺史。

太尉黄琼因病辞官，太常刘矩继任。刘矩是沛人，以前为雍邱令，在任期间，政绩显著，百姓争相称颂，后来迁升为朝中首辅。不久司空虞放因事被罢免，朝廷召黄琼为司空。黄琼多次推辞，朝廷不准，黄琼只得上任。一个月后，又辞职离去，朝廷升大鸿胪刘宠为司空。刘宠祖籍东莱，曾防守会稽，后来入都为将作大匠，转任大鸿胪，迁升为司空，与刘矩同是东汉名臣。当时，司徒种暠也很有名气，三人齐心辅政，阉人稍稍敛迹。

已故太尉李固的幼子李燮，奉诏入都，向姐姐文姬辞行时，文姬告诫李燮："我家只剩你这一条血脉了。现在你重见天日，此去定会得个一官半职。你做官以后，不能与别人往来过密，更不可痛恨梁氏，产生怨言。否则，牵连到主上，灾祸又会降临了！"李燮唯唯离去，入朝做了议郎。不久，王成病逝，李燮不忘旧恩，依礼将他安葬，并且随时祭拜。

延熹三四年间，西羌再次叛乱，护羌校尉段颎多次讨伐，屡战屡胜，所向披靡。只是羌人刁钻，出没无常，闹得河西一带鸡犬不宁。烧当、烧何羌人先入侵陇西、金城，被段颎击退。先零羌、零吾羌又掠夺三辅，辗转进入并、凉二州，段颎调集湟中义从的兵马前去堵截。偏偏凉州刺史郭闳嫉贤妒能，多方牵制段颎，使他不得前进。义从的士兵因为出来打仗太久，都想回家，陆续溃散。郭闳上书弹劾段颎，说他不能安抚部下，朝廷震怒，逮捕段颎下狱。

当时，皇甫规为泰山太守，因平定盗贼叔孙无忌，威震一方。他的家在安定，熟悉羌人的情况，听说羌人叛乱猖獗，就慨然上疏请命。朝廷下诏任皇甫规为中郎将，监管关中兵，讨伐羌人。皇甫规领命西行，到了凉州，立即部署兵马，攻击羌人，斩杀八百人，羌人退回。皇甫规恩威并施，随时招抚，羌人投降十几万人。第二年，沈氏羌又入寇张掖、酒泉，皇甫规调拨降羌前去抵抗，恰逢暮春天气，阴雨连绵，军中发生瘟疫，十人中有三四人死去。皇甫规亲自到营帐巡视将士，三军感激不已，士气大振。羌人闻风丧胆，派人乞降。安定太守孙儁、属国都尉李翕、督军御史张禀，生性暴虐，杀死许多投降的羌人。凉州刺史郭闳、汉阳太守赵熹，又都不守法度。皇甫规把他们的罪状上报朝廷，这些人或被罢免，或被诛杀，羌人更是不胜感激，甘愿听命于他。沈氏羌人滇昌、饥猛等人带领十多万人，一同到皇甫规的军营，叩头请罪。皇甫规好言劝慰，扶他们起身入座，晓示祸福利害。滇昌等连连答应，欢跃而去。

皇甫规立下战功，理应受到嘉奖，谁知朝中阉人因他弹劾自己的私党，又没有金银相赠，就在桓帝面前多次进谗，诬告皇甫规贿赂羌人。桓帝糊涂得很，下诏责备皇甫规。皇甫规忧愤交并，上疏辩白。桓帝看到他的奏折后，虽然不再谴责，但仍将他召回都中，让他做议郎。中常侍徐璜、左悺，还想向皇甫规索取贿赂，多次派人询问皇甫规，皇甫规始终不肯答应。徐璜等恼羞成怒，再次将前案提起。皇甫规毅然对簿公堂，不肯屈服。亲友同僚多劝皇甫规暂且屈服，并想为皇甫规聚集钱财，馈赠阉人，皇甫规誓死不从。阉人于是罗织罪名，罚他去做苦工。幸亏三公从中解救，又有太学生张凤等三百多人上书陈述，代皇甫规鸣冤，皇甫规这才被赦免，罢官回家。

不久，长沙、零陵一带，盗贼聚集，进攻桂阳。艾县盗贼闻风响应，焚长沙、掠益阳。零陵、武陵蛮人乘机到处劫掠。御史中丞盛修奉诏前去讨伐，反被盗贼打败。南郡太守李肃，弃城逃跑。主簿胡爽据理上谏，被李肃杀死。朝廷抓捕李肃，将他处斩，又令太常冯绲为车骑将军，率兵剿贼。冯绲见以前所派遣的将帅，往往被宦官陷害，就请求派一名中常侍同行，监察军费，桓帝于是命张敞监军。前武陵太守应奉，德望甚高，百姓信服，冯绲调他一同前往。抵达长沙后，应奉对盗贼晓谕利害，盗贼果然归降。冯绲又领兵攻打武陵蛮，斩杀四千多人，招降十万多人，荆州平定。冯绲归功应奉，推荐他为司隶校尉，请求辞官还乡，朝廷不许。宦官向冯绲索要贿赂，没能如愿，就让监军张敞上奏，说冯绲带着美女从军，并在江陵的石头上记下功劳。尚书令黄儁极力陈述冯绲无罪，安帝才将此事搁置不提。

第二年，桂阳发生叛乱，太守陈奉率人平复。冯绲因此被罢官。前冀州刺史朱穆被提升为尚书，他目睹宦官的骄横，不忍缄默，极力上谏。奏章呈进去之后，朱穆等了几天，没有消息。宦官痛恨朱穆，多次诋毁他。朱穆愤愤不平，不久就病死了，享年六十四岁。朱穆为官几十年，清正廉洁，公卿都上疏请求追封朱穆，桓帝于是下诏追赠朱穆为益州太守。先是朱穆的父亲朱颉为陈相，朱颉死后，朱穆与众儒生依据古义，追谥他为贞宣先生；等朱穆病逝，陈留人蔡邕又与门人讲述朱穆的品行，追谥他为文忠先生。

前太尉黄琼在家居住两年，病情日益加剧，暗想阉人当道，却不能除去，常常叹息不已。于是写了一篇千字的遗书，派人呈上。怎奈桓帝执迷不悟，视这群小人，好似再造恩人，无论他们如何逞凶，总是不忍驱逐，致使赤胆忠心的黄琼含恨去世。朝廷赐谥忠侯，追封他为车骑将军。黄琼死后，四方名士争着前去吊丧，多达六七千人。

皇后的悲哀

因星相异常，侍中爰延劝桓帝任贤去奸，始终不见桓帝听从，爰延称病离去。陈蕃当时仍担任原职。他调任为光禄勋时，正值桓帝车驾出游河南，在广成苑中狩猎，陈蕃上书劝阻，说当时正值“三空”，不应出游。“三空”就是田野空、朝廷空、仓库空，确实是当时的弊政。可桓帝游兴正浓，不肯中止，一群近臣巴不得皇上出巡，好乘机填饱自己的口袋。于是奉御驾南行，沿途索取的财物不计其数。等打猎完毕，一个个满载而归。

太尉刘矩、司空刘宠，都因国家发生灾难而被罢免。司徒种暠病死后，桓帝升太常杨秉为太尉，升卫尉许栩为司徒，升周景为司空。杨秉是杨震的次子，父子相继为太尉，世人称颂。周景在任时，正直无私，与杨秉意气相投。他们联名上奏，请求将中官子弟全部罢免，桓帝总算依从，罢免匈奴中郎将燕瑗、青州刺史羊亮、辽东太守孙谊等五十多人，再度起用皇甫规为度辽将军，镇抚朔方。皇甫规上任几个月后，说武威太守张奂才智过人，应为主帅，自己情愿做副将。朝廷准他所请，就任命张奂为度辽将军，皇甫规为使匈奴中郎将。张奂本是酒泉人氏，曾是梁冀的部下，梁氏被诛杀时，遭到禁锢。皇甫规与他关系很好，七次举荐，张奂才成为武威太守。武威地处西陲，居民大多野蛮，经张奂管理，风化有所改变，百姓无不悦服，为他建下生祠。张奂做了度辽将军，加上皇甫规的辅助，恩威并用，幽、并二州安宁了好几年。

桓帝沉迷于游乐之中，多次想到南巡。自广成苑狩猎回来，转眼又是一年，桓帝游兴再起，借口到章陵祭祖，起驾出都，随从数以万计，比前次到广成狩猎热闹一倍，沿途骚扰不休。护驾从事胡腾看不过去，就严格约束，遇到宦官索取钱财的事情，就令州县上报，州县如有隐瞒，罪加一等。这个政策一执行，宦官们都本分了很多。等车驾返回都城时，已是延熹八年腊月了。

第二年正月，朝廷下诏派遣中常侍左悺前往苦县，祭祀老子。待左悺回来复命，凑巧有宦官犯事，左悺也被弹劾。专横跋扈的左悺，回天无术，只好自寻死路。说起这桩案子，祸根源自益州刺史侯参。侯参是中常侍侯览的亲弟弟，他倚仗兄长的势力，横行霸道，凡民间有财产多的人家，他就诬告其大逆不道，诛灭他们全家，没收财物，前后得到赃款无数，百姓怨声载道。事情被太尉杨秉得知，据实上奏，朝廷下诏用槛车逮捕侯参，侯参在路上自杀。京兆尹袁逢发现侯参的行李共有三百多车，里面都装着金银珍宝，就上报朝廷。杨秉又弹劾侯览，请求将他一并罢免。桓帝看到奏折后，不忍心罢免侯览，便让尚书召来掾属，出言责问：“大臣弹劾近官，汉朝有这样的事情吗？”掾吏答道：“汉丞相申屠嘉曾当面指责邓通，这本是三公分内之事，怎么说不能弹劾近官呢？”尚书无话可说，回去禀报桓帝。桓帝不得已，只好罢免侯览。司隶校尉韩缜又上奏弹劾左悺及他的兄长太仆左称。左悺与左称因为心虚，又担心不能脱罪，都服毒自杀。韩缜接着弹劾贝瑗的兄长贝恭说他在担任沛相时贪赃甚多，朝廷下诏逮贝恭下狱。贝瑗进宫缴还东武阳侯印。桓帝将贝瑗罢免，贬为都乡侯。贝瑗回去后，死在家中。当时单超、唐衡早已去世，徐缜也死了，他们的子弟本已袭封，都被降为乡侯。这就是五侯的结局。

皇后邓氏专宠后宫，母族备受皇恩，兄长的儿子邓康早已受封为淮阳侯，邓康的弟弟邓统承袭皇后母亲的封邑，得为昆阳侯。邓统的堂兄邓会承袭皇后的父亲邓香的封爵，得为安阳侯。邓统的弟弟邓秉受封为淯阳侯。连皇后的叔父邓万世，也官至河南尹，常与桓帝一起下棋，无比荣耀。过了六七年，邓皇后容颜衰老，桓帝另选美女进入后宫，先后有五六千人。其中有几个人容貌超群，赛过邓皇后，桓帝于是喜新厌旧，把邓皇后冷淡下来。邓皇后心怀不满，常有怨言，又因桓帝最宠的是郭贵人，就与郭贵人结下仇恨，互相搬弄是非。郭贵人正在受宠，桓帝向来昏庸，怎能不被她蒙蔽？郭贵人趁机诋毁邓皇后，说她如何骄横，如何妒忌。桓帝十分恼怒，于延熹八年正月，废去皇后邓氏，将她赶到暴室，活活困死。河南尹邓万世及安阳侯邓会，也被逮捕下狱，相继死去。邓统等人也被逮到暴室，后来罢去官职，回归本郡，财产全部没收。邓氏一族败落。

前度辽将军李膺做了河南尹，恰逢宛陵大姓羊元群自北海郡罢官归来，赃物甚多。李膺上书陈述羊元群的罪状，想加以惩治。哪知羊元群贿赂宦官，反说李膺恶意中伤，将李膺罢官入狱。前车骑将军冯绲入都为将作大匠，后来迁升廷尉，在调查山阳太守单迁时，因单迁罪过较大，将他打死。单迁是已故车骑将军单超的亲弟弟，与中官有关系，中官就上书捏造冯绲的罪过，冯绲与李膺一起做了阶下囚。中常侍苏康、管霸霸占良田，州郡不敢过问，大司农刘祐写信到州郡，将两位阉人侵占的产业全部没收。二人当然到桓帝面前哭诉，桓帝十分恼怒，将刘祐下狱论罪。太尉杨秉正想为三人喊冤，不料一病不起，不久便辞世了。杨秉中年丧妻，没再续娶，为官清正，颇有父亲的风范，常自称三不惑，即不被酒、色、财所迷惑。病故时，已有七十四岁。桓帝赐给墓地，进升陈蕃为太尉，陈蕃推辞道：“臣不如太常胡广、议郎王畅、狱中的李膺，希望陛下在他们三人中选择一人代任。”桓帝不答应，陈蕃这才领命上任。陈蕃入朝时，常说起李膺、冯绲、刘祐三人的冤屈，请求将他们赦免，恢复原职，桓帝置之不理。陈蕃又跪下再三恳请，反复诉说，桓帝仍不允许。

司隶校尉应奉见陈蕃的请求不被批准，也上疏为李膺、冯绲、刘祐辩白。奏折一呈上，承蒙桓帝听从，将三人赦免。不久，桓帝打算册立采女田圣为皇后，田圣出身微贱，却长得极其妖艳，姿态绝伦。桓帝得了此女，又将郭贵人抛在脑后，与田圣朝夕相处，如胶似漆。司隶应奉据理力争，说田氏出身低微，不足以母仪天下。太尉陈蕃也说册立皇后应慎重选择，不如册立窦贵人，她家世代是贵戚。桓帝无可奈何，只好立窦贵人为继后。窦女入宫没多久，就被封为贵人，现在又正位中宫。父亲窦武升任城门校尉，受封为槐里侯。只是窦皇后的姿色比不上田圣，桓帝不便违背众人的意思，才勉强册立她，所以窦皇后有名无实。桓帝的爱情，仍然专属田圣一人。

大兴党狱

桂阳太守陈奉剿灭长沙盗贼后，又剿灭了桂阳盗贼李研，桂阳于是安定下来。盗贼卜阳、潘鸿等人逃入深山，隐匿一年多，得知官兵防备松弛，又出来到处掠夺，蹂躏百姓。艾县的残贼趁机与卜阳、潘鸿二贼勾结，成为祸患。荆州刺史度尚胆略过人，他招募蛮夷，悬赏讨伐，大破贼众，夺得很多珍宝。卜阳、潘鸿二贼又逃进山谷，因贼众党羽还有很多，度尚想捣破盗贼的巢穴，斩草除根。可是士兵已经得了很多财物，不愿冒险深入，只图逍遥自在，丧失了斗志。

度尚想出一个办法，扬言说：“卜阳、潘鸿做了多年的盗贼，能战能守，不容易除去。我军劳苦不堪，与盗贼相比，还是敌众我寡，不便进攻。如今应征集各郡兵马，合力攻击盗贼，才可以立功。你们现在可以随时出外打猎，不要使自己懈怠。待到各郡的兵马一到，大举剿灭盗贼，岂不是一劳永逸？”士兵听到这话，都很喜悦，就成群结队出去打猎，并将每天获得的禽兽，送到厨房做成美味佳肴。众人更加踊跃，于是士兵们全部出去，四处射猎，尽兴了才回来。不料到了营寨旁，个个触目惊心，叫苦连天。原来，那几座营盘，都已变成灰烬，所有积累的珍宝都被大火烧毁了。

原来，度尚见军心涣散，无非是因为钱财，因此就引诱他们出去打猎，令心腹将士暗中放火，毁掉营寨。众人不知是度尚的计谋，一个个悔恨交加，痛哭流涕。碰巧度尚到营中巡视，他故意跺着脚说："我让你们出去练习打猎，是为铲平盗贼。如今营寨无故被毁，致使你们失去积蓄，都是我防范松懈造成的，我定要让盗贼赔偿！"说到这，见众人都很感激，又继续说道："卜阳、潘鸿的财宝不计其数，你们如果能努力杀敌，便能全部取来。失去的这些财物，又算得了什么呢？明日就捣毁盗贼的巢穴！"众人都应声说："愿意遵从命令！"度尚心中欢喜，令各军做好准备，第二天早上就出发。

黎明时分，度尚传出号令，命全军动身，自己也披挂上马，直抵盗贼的营寨。卜阳、潘鸿等还没有起来，一点儿也没有防备，被官军杀入，如削瓜割草一般。卜阳、潘鸿二人急忙逃跑，将士快步赶上，挥刀砍去，将他们砍得血肉模糊。其余盗贼大半死于刀下，剩下几个手脚麻利的，虽然侥幸逃生，也已是心惊胆战，情愿改过自新，做个平民。度尚因此被封为右乡侯，调任桂阳太守。第二年，度尚回京，任胤接任桂阳太守。

荆州的士兵头目朱盖当兵很久了，因嫌奖赏太少，起来作乱，与桂阳盗贼胡兰等人合力，共三千多人，进攻桂阳，掠夺郡县。任胤胆小如鼠，立即逃走。盗贼势力渐渐强大，时常骚扰零陵。太守陈球依城拒守，掾吏向陈球进言说："盗贼势力强大，你不如带着家人避难，还能够保全自家！"陈球勃然大怒："太守领导一方，岂可为顾全妻儿折损国威？如果再敢说逃避，立斩不赦！"掾吏于是咋舌退去。陈球就做成弓箭，射死贼党多人。盗贼攻不下城池，就灌水入城，陈球察看地势，在高处屯兵，反而引水去淹盗贼，盗贼惊慌失措，将流水放去。内外相持十多天，全城安然无恙。

朝廷封度尚为中郎将，让他率领幽、冀、黎阳、乌桓两万六千人，援救零陵。度尚接连打败盗贼，又与长沙太守徐抗等调集各郡士兵，合力攻击，大胜胡兰。胡兰慌不择路，策马乱奔，度尚领兵追赶，拉弓射箭，将胡兰的马射倒，胡兰也摔倒在地上。有几个眼明手快的将士，立即上前将他杀死。其余盗贼死了三千五百多人，朱盖等人逃往苍梧。朝廷下诏赏赐度尚一百万钱，徐抗等人也都受到奖赏。度尚是山阳人，徐抗是丹阳人，二人都是当时的名将。朱盖等人进入苍梧境内，又被交趾刺史张磐击退，仍逃回荆州，后来被零陵太守杨璇剿灭。

李膺遇赦后，被任命为司隶校尉，他生性刚强正直，虽然接连遭受挫折，仍然刚正不阿。小黄门张让的弟弟张朔为野王令，贪婪暴虐，甚至给孕妇用刑。他一听说李膺做了校尉，便立即到京城躲避，藏在兄长家里。李膺得知后，亲自率人到张让家四处搜寻。后来见室内有复壁，就让人把复壁毁掉，果然在里面找到了张朔。李膺派人将张朔押到洛阳狱中，审问之后，立即处斩。张让派人说情，却晚了一步，无奈之下，只得到桓帝面前诉苦，说李膺擅自将他弟弟杀死。桓帝召进李膺，当面谴责，问他为何不事先上奏，擅自将张朔处死。李膺从容作答，桓帝见他理直气壮，就对旁边的张让说："你弟弟有罪，应该被处死，不能怪司隶啊！"于是让李膺退去，张让也只好退下。

此后黄门、常侍都不敢轻举妄动，就是在休假时，也不敢出宫。桓帝奇怪，询问原因，众人都叩头哭着说："畏惧李校尉！"当时朝廷越来越乱，纲纪颓废，李膺仍不屈不挠，好似中流砥柱。太尉陈蕃推荐议郎王畅为尚书，出任河南太守。王畅刚正不阿，与李膺齐名。太学三万多人，都钦慕陈蕃、李膺、王畅等人，交口称赞，编出三句话："天下楷模李元礼，不畏强御陈仲举，天下俊秀王叔茂。"元礼、仲举、叔茂分别是李膺、陈蕃、王畅三人的字。太学生有这样的榜样，君子、小人辨别得很清，君子与君子一党，小人与小人一派，小人只知作恶，党派却结得很牢固。君子与君子，有时因为学说不同，政见不同，互生龃龉。从一党中分出两党，两党相互诽谤，僵持不下，小人嘲笑不已，乘机攻入，得以将"党人"二字，加到君子身上。昏君不察内情，怀疑他们结党营私，听信谗言，滥加逮捕，闹得一塌糊涂。这就是党祸。

桓帝为蠡吾侯时，曾跟随甘陵人周福学习。等继承大统，便提升周福为尚书。还有甘陵人房植，曾担任河南尹，也很有名气。周福字仲迟，房植字伯武，乡人替他们作歌说："天下规矩房伯武，因师获印周仲迟。"二人各设置宾僚：周福门下的无不帮助周福，往往贬低房植；房植门下的无不帮助房植，又都贬低周福。双方互不相容，产生仇怨，"党人"的名号，就从甘陵的周福和房植两家而来。

不久，汝南太守宗资，任用范滂为功曹。南阳太守成瑨，任用岑晊为功曹。二郡又有歌谣说："汝南太守范孟博，南阳宗资主画诺；南阳太守岑公孝，弘农成瑨但坐啸。"宗资是南阳人，成瑨是弘农人，孟博是范滂的字，公孝是岑晊的字。歌中寓意是，范滂、岑晊二人名为功曹，实际上与太守没有区别。宛县人张泛为桓帝乳母的外亲，手里有些钱财，便拿去贿赂中官，中官与他成为莫逆之交，往来甚密。张泛仗势欺人，横行无忌，宛吏不敢过问。南阳功曹岑晊，因宛县为南阳的属地，劝太守成瑨抓捕张泛入狱。张泛慌忙给中官报信，乞求他解救自己。中官就代为求情，将他赦免。岑晊又催促成瑨杀死张泛。然后又宣诏赦免。小黄门赵津家住晋阳，为人残酷肆虐，太原太守刘瓆将赵津逮到狱中，虽然见了赦书，却仍将赵津处死。

中常侍侯览当时已经官复原职，就让张泛的妻子上疏喊冤，并在桓帝面前诋毁成瑨、刘瓆，说他们不遵从诏命，大逆不道。桓帝十分恼怒，立即抓成瑨、刘瓆下狱，命人审问，官员见风使舵，说二人都应当斩首。同时山阳太守翟超，命张俭为督邮，巡查郡县。侯览家在防东，残害百姓，大修坟墓。张俭上奏弹劾侯览，被侯览从中阻拦。张俭忍耐不住，就命人毁去侯览家的坟墓，没收他的家产。侯览怎肯罢休？向桓帝哭诉，归罪于太守翟超，翟超也被逮捕下狱。有关部门奉命审理此案，判翟超与前东海相黄浮同罪，罚他们做苦工。司空周景当时已被罢免，由太常刘茂接任。太尉陈蕃，邀请刘茂一同劝谏，请求赦免成瑨、刘瓆、翟超、黄浮四人，桓帝不肯听从。中常侍又从中进馋，刘茂担心被诬告，不敢再说。只有陈蕃不甘沉默，再次上书，极力劝谏。桓帝看到后，非但不听从陈蕃的请求，反而下诏责备陈蕃。黄门中常侍等更加痛恨陈蕃，只因陈蕃是名臣，一时不敢加害，所以陈蕃得以继续为官。平原人襄楷上疏为成瑨、刘瓆鸣冤，桓帝置之不理。襄楷又上疏弹劾宦官，文中说："殷纣好色，所以妲己出现；叶公好龙，所以真龙降临。如今黄门常侍犯下重罪，陛下仍宠信他们，臣认为陛下没有子嗣，根源就在于此！"这几句激怒了阉人，他们一片哗然。桓帝已到壮年，还没有一个儿子，不免懊恼起来，就召襄楷入朝，让尚书询问。襄楷回答说："古时候本没有宦官，自武帝末年，才给阉人设置官职，这是前朝的弊政，不应效法！"尚书等斥责襄楷诬蔑主上，就请求把他送到洛阳狱中，还是桓帝将此事搁置不提，他才被免去死刑。符节令蔡衍、议郎刘瑜，上书解救成瑨、刘瓆，蔡衍、刘瑜也都因此被罢免。成瑨与刘瓆死在狱中，只有岑晊、张俭在逃，未被抓获。

张俭有清正之名，辗转来到东莱，藏匿在李笃家。外黄令毛钦得知后，前去抓捕，李笃对他说："张俭闻名天下，并没有罪过，你为官清廉，怎么忍心抓捕名士呢？"毛钦于是叹息离去。李笃又护送张俭出塞，张俭才得以幸存。岑晊逃往齐鲁，亲友也都愿意接收，只有前新息长贾彪闭门不见。贾彪很有威望，在做新息长时，见贫民多抛弃孩子，就下令禁止，申明如有抛弃孩子者，与杀人同罪。他在任几年间，百姓富庶，百姓称他为贾父。如今，贾彪不接纳岑晊，众人都疑惑不解。贾彪喟然道："《传》云：'相时而动，才能不连累后人！'你要挑衅，却连累亲属，我岂能容忍呢？"后来岑晊逃到江夏山中，得病死去。

一案未了，一案又起，河内术士张成，擅长占卜，料到朝廷将要大赦时，就让儿子去杀人。司隶校尉李膺刚抓捕张成的儿子下狱，第二天果然朝廷下诏大赦，张成的儿子理当被释放，李膺却援引杀人抵命的例子，不肯轻易饶恕，将张成的儿子杀死。张成与宦官有些交往，宦官便替张成报仇，怂恿张成的弟子牢修上书，弹劾李膺结交太学的学生，结成党羽，诽谤朝廷，败坏风俗。桓帝误听误信，下旨逮捕党人，宣告天下。太尉陈蕃一看党人的名字，都是海内名人，便皱着眉头说："如今要逮捕的这些人，都是忧国忧民、享誉四海的名士，他们本身并没有罪，为何要无端抓捕呢？"因此不肯署名。桓帝更加恼怒，索性将司隶校尉李膺罢官下狱。太仆杜密，御史中丞陈翔及范滂等二百多人受到株连，陆续入狱。有人听到风声躲避起来，朝廷悬金缉拿，都被抓捕归案。

杜密是颍川人，开始是北郡泰山太守，后来调任北海相，监视宦官子弟，有过错者，必会严惩。后来丢官回家，每次见到太守，都托他替自己设法开脱。同郡刘胜也从蜀郡告归，闭门不出，不再见客。颍川太守王昱常在杜密面前称赞刘胜，说他清高绝俗，杜密知道是在讽刺自己，奋然说道："刘胜位居大夫，知道有才能的人却不举荐，听说有人犯罪也不上报，噤若寒蝉，这是当世罪人啊！"王昱听到这话，心中惭愧，待杜密更好了。杜密后来入朝做了尚书令，升官为太仆，疾恶如仇，与李膺名望相当，当时人称他们为李杜。李膺下狱后，杜密自然不能脱身，受到连累。

陈翔是汝南人，官至议郎，出任扬州刺史，曾揭发豫章太守王永贿赂中官。吴郡太守徐参倚仗兄长中常侍徐璜的权势，贪污受贿，王永与徐参因此被罢免。宦官与陈朔结怨，此次也将他列入名单，逮入狱中。陈实本来与宦官无仇，不过因为他名气太大，遭到怨恨，以致被安上罪名。有人劝陈实逃亡，陈实不肯，自请入狱。范滂原本就反对奸佞小人，一听说朝廷要逮捕他，便昂然入狱。狱吏说犯罪的官员应祭祀皋陶，范滂严肃地说："皋陶是古时候正直的大臣，如果知道我无罪，必会向天帝诉说。如若不然，祭祀又有何用？"众人听了范滂的话，都不再祭祀。度辽将军张奂已为大司农。中郎将皇甫规升任为度辽将军，听说朝廷抓捕名士，以自己不在抓捕之列为耻，他上疏说："臣以前举荐大司农张奂，臣犯罪时，太学生张凤等为臣鸣冤，所以是他们的党羽，应该同时列入，受到处罚！"桓帝看到后，搁置一旁，并不作答。

窦太后执政

桓帝延熹八年，大兴党狱，缉拿名士多达二百人。一位大臣不忍坐视不理，于是极力上书劝谏。此人是谁？就是太尉陈蕃。桓帝信任奸佞，决定除掉党人，看了陈蕃的奏章，怀疑他是党人中的一员。再加上阉人乘机进谗，诋毁陈蕃，桓帝就传出一道圣旨，将陈蕃罢免，再任用周景为太尉。周景见陈蕃因上疏被罢免，就不敢再进言。其余的人乐得置身事外，免得惹祸上身。

过了一年，党人还没有被赦免。前新息长贾彪义愤填膺，在家叹息道："我不西去，大祸不能解除！"于是进入都城，拜见城门校尉窦武及尚书霍谞，请他们为党人辩白。窦武于是就此事呈上奏章，又缴上城门校尉及槐里侯官印，自愿辞职。桓帝不允许，仍将官印发还。尚书霍谞又上疏请求释放党人，桓帝稍稍悔悟，让中常侍王甫到狱中审问。当时党人都禁锢在北寺狱中，归黄门管辖。王甫将他们依次传入，逐一审问。当问到范滂时，范滂仰天长叹："古人做善事，自求多福，如今做善事，反而被杀。我死以后，希望将尸首埋葬在首阳山旁，上不负皇天，下无愧百姓！"王甫听了范滂的话，也为之动容，就返报桓帝。李膺等人又多把宦官子弟说成是他们的同党，宦臣也不禁惶恐，于是向桓帝进言，说应当大赦，桓帝这才将狱中的二百多人全部释放。然后下诏改元，号为永康。范滂出狱后，回到汝南，南阳士大夫在路上欢迎，车马数百辆，范滂叹息说："这样反而会给我带来灾祸！"于是从小路回家，不再见客。其余的人也都回归故里。

那年仲夏，京城及上党地面裂开。到了仲秋，东方发生水灾，渤海溃溢。郡国官吏受中官嘱托，竟上疏称有祥瑞降临。巴郡说有黄龙出现，西河说有白兔到来，魏郡说禾苗生长、甘露降临，种种谎话全部都为取悦上面。大司农张奂因鲜卑、乌桓再次叛乱，受命为中郎将，出督幽、并、凉三州及度辽、乌桓二营。乌桓听说张奂的威名，不战而降。鲜卑大酋檀石槐自恃勇猛，不肯归服，虽然率兵暂时退去，仍觊觎边疆。朝廷考虑到不能时时控制他，就派人封檀石槐为王，打算与他和亲。檀石槐不肯，自己把属地分为东、西、北三部，各设置酋长管理，时常出来掠夺幽、并、凉各州。

桓帝沉迷于酒色，暗自庆幸天下无事，就算西北一带暂不安宁，也不必担忧，不如及时行乐，与田圣等人朝夕纵欢，享受温柔滋味。待到精髓干涸，疾病到来，还想封田圣等九女为贵人，结果是脾肾亏虚，无可救药。好好一个三十六岁的皇帝，在德阳前殿卧床不起，一命归天。总计桓帝在位，改元多达七次，是东汉时绝无仅有的，在位也不过二十一年。三次册立皇后，没有一个儿子，此外有贵人数十人，宫女一千人。

窦皇后惊慌失措，急忙召来父亲窦武商议由谁继位，窦武又转问侍御史刘鯈，打算在宗室中选择有才能的人继位。刘鯈想了很久，回答说解渎亭侯刘宏。刘宏是河间王刘开的曾孙，祖父名叫刘淑，父亲名叫刘苌，世代为解渎亭侯，母亲是董氏。刘宏袭封侯爵，年仅十二岁。刘鯈举荐刘宏，分明是奉承窦皇后，好让她援引故例，借口说皇帝年幼，亲自临朝。窦武告知窦皇后，果然合窦皇后的心意，就派刘鯈拿着符节，与中常侍曹节与中黄门虎贲羽林军一千人，日夜赶往河间，请刘宏入都。

桓帝驾崩时，是永康元年的残冬，解渎亭侯刘宏入宫即位，已是第二年的正月，称为灵帝，改元建宁。窦皇后早已尊自己为皇太后，临朝亲政，不等桓帝下葬，便将贵人田圣等人一并处死，然后封窦武为大将军。太尉周景因病休假，不久逝世。司徒许栩已经被罢职，由太常胡广继任；司空刘茂也已免官，接代他的是光禄勋宣酆。窦太后记起以前的事，想到自己得以正位中宫，全靠陈蕃、周景二人。周景已经病死，无法报恩，就提升陈蕃为太傅，让他与大将军窦武及司徒胡广领尚书事，又将司空宣酆罢免，升长乐卫尉王畅为司空。灵帝将桓帝安葬于宣陵，追尊皇帝的祖父刘淑为孝元皇，夫人夏氏为孝元皇后，刘苌为孝仁皇，墓号慎陵，母亲董氏为慎园贵人。又加封窦武为闻喜侯，窦武的儿子窦机为渭阳侯，侄子窦绍为鄠侯、窦靖为西乡侯。窦氏一门封了四侯。

涿郡人卢植为之心寒，特写信规劝窦武。窦武看到书信后，认为皇帝刚刚继位，自己大权在握，一时不会有变动，何必要放弃富贵呢？就将来信搁置，不再留意。窦太后又封太傅陈蕃为高阳乡侯，中常侍曹节为长安乡侯。曹节当然乐得接受，只有陈蕃结连上疏推辞，上疏十次，才得到允许。陈蕃与大将军窦武同心辅政，任用前司隶李膺、太仆杜密、宗正刘猛、庐江太守朱寓等，又命前越隽太守荀昱为从事中郎、前太邱长陈实为掾吏，参议政事。二人志在除奸，窦太后却也能言听计从。不过妇女容易改变想法，往往喜欢听阿谀奉承的话。灵帝的乳母赵娆，随灵帝入宫，宫中称她为赵夫人。此人性情狡黠，善于揣摩别人的心意，整日里服侍窦太后，说长论短，深得窦太后欢心。还有一群女尚书，也都受到赵娆的笼络，串通一气，结党营私。中常侍曹节、王甫又谄媚窦太后，与赵娆等人朋比为奸。窦太后反而把他们视为好人，只要有所请求，一概允许。

窦太后误听谗言，不等与窦武、陈蕃商量，就下令封赏。窦武与陈蕃不便反驳，又不忍坐视不理，懊恼异常。陈蕃疾恶如仇，与窦武在朝堂会晤时，私下对窦武说："曹节、王甫等在先帝时已把持国权，扰乱海内，百姓无不痛心。如今如果不设法将他们除去，必会成为祸患！"窦武点头称是。陈蕃心中欢喜，告别离去。窦武又封尹勋为尚书令、刘瑜为侍中、冯述为屯骑校尉，秘密商议大事。五月朔日，发生日食，朝廷下诏让公卿以下，上疏陈述政治得失。陈蕃就对窦武说："如今朝政由阉人把持，正直之士遭殃，我已将近八十岁，还有何求？只想为朝廷除害，辅佐将军立功，所以暂时不肯离去。现在正可以借日食斥责宦官，以应天变。并且赵夫人及女尚书，蛊惑太后，也应当预防。请将军赶快行动，不要留下忧患！"窦武依从陈蕃的话，对窦太后说："向来黄门常侍只看守门户，主管宫内财物。如今竟让他们干预政事，委以重任，致使他们的子弟横行无忌。天下不得安宁，就是因为这个原因，应将他们全部罢免，扫清宫廷！"窦太后答道："汉朝世代都有宦官，如果查出他们有罪，应酌情加以惩罚，怎能同时废去呢？"窦武于是先揭发中常侍管霸、苏康，说应该立即诛杀他们，窦太后总算依从他的建议。窦武抓捕管霸、苏康，将他们下狱处死。窦武又请求诛杀曹节等人，窦太后不忍心，将此事搁置。陈蕃不能久等，立即上疏申请。陈蕃满心希望太后感念旧恩，按照他的话办，谁知太后仍然搁置不提。那一群油头粉面的妖女、口蜜腹剑的阉人，早已愤恨异常，要与窦武、陈蕃势不两立了！

窦武失计被杀

灵帝元年八月，太白星在西方出现。侍中刘瑜颇知天文，暗想星象有变，危及将相，就上奏太后："星相有变，对将相不利，应加以提防！"然后又写信给窦武、陈蕃，请他们速做决定，不要留下祸患。窦武与陈蕃再次协商，定下计谋。先任朱寓为司隶校尉、刘祐为河南尹、虞祁为洛阳令，然后上奏罢免黄门令魏彪，由小黄门山冰代任。并且让山冰禀告窦太后，抓捕长乐尚书郑飒，把他送入北寺狱中。陈蕃向窦武进言说："如果能抓捕他们，应当立即处死，何必送入狱中呢？"窦武不肯听从，命山冰会同尚书令尹勋、侍御史祝瑨，到狱中审讯郑飒。郑飒的供词牵连到曹节、王甫，尹勋与山冰就将此事奏报，让侍中刘瑜呈上。

窦武踌躇满志，以为曹节、王甫等有权无力，不必防备，就放心出宫，回府等待消息。刘瑜呈上奏章后，也立即退出。不料出纳奏章的内官，拿到了奏本，先去告诉长乐宫内的五官史朱瑀。朱瑀听说郑飒被抓，大吃一惊，他与曹节、王甫等人向来关系很好，立即索取奏本，私自展阅。看了几行，已经十分恼怒，等看完后，更加忍耐不住，自言自语道："中官不法，可以诛杀。我们有什么罪？为何要全部杀掉呢？"说着，眉头一皱，计上心来，大声叫道："陈蕃、窦武上奏太后，将废掉皇帝，这怎么行呢？"一面说，一面召集长乐宫从吏连夜过来商量。当时应召到来的人有共普、张亮等十七人，彼此歃血为盟，密谋诛杀窦武、陈蕃，然后报告给曹节、王甫。曹节仓促惊起，对灵帝说："外边有传言，有人将对圣上不利，请速到御德阳前殿，下诏平乱！"灵帝才十三岁，怎知其中隐情？就依从曹节的话。曹节与阉党拔剑相随，踊跃走出。乳母赵娆也随后来到殿中，在旁拥护，传令关闭禁门，召来尚书官员，取出亮晃晃的大刀，威胁他们写下诏书。尚书官属无不贪生怕死，就算心中痛恨阉人，也不敢不依从。曹节假托皇帝的意思，封王甫为黄门令，让他拿着符节到北寺狱，抓捕尹勋、山冰。山冰等人当时已经入睡，听说有中使到来，急忙披着衣服出来迎接，抬头一看，竟是王甫。又见他气势汹汹，心中暗暗怀疑，刚想转身进去，王甫已抢前一步，大声吆喝道："山冰敢不听从诏命吗？"话未说完，已从手中拔出佩剑，向山冰背后砍去，刀光一闪，山冰倒地身亡。尹勋也被王甫杀害。

王甫到狱中放出郑飒，回到长乐宫，逼窦太后交出御玺。窦太后还没有起床，御玺已被人取出，献给王甫。王甫令谒者守住南宫，令郑飒等拿着符节，和侍御史谒者一起前去抓捕窦武、陈蕃。窦武听说后，急忙走进步兵营，与侄子步兵校尉窦绍，拉弓对抗，射死数人，并召集北军五校士数千人，屯兵都亭，向众人说道："黄门、常侍等人造反，你们能尽力诛杀奸人，定有重赏！"将士半信半疑，勉强听从窦武的命令。郑飒慌忙奔回，禀报曹节、王甫。曹节又假传诏令，让少府周靖行车骑将军之事，与护匈奴中郎将张奂，率领五营士兵讨伐窦武。张奂才从北方被召回来，到都城只有两三天，不知底细，一听说宫中有紧急的诏令，立即奉命出来，与周靖会合。王甫又招集虎贲、羽林各将士，出来响应张奂。

张奂在途中遇到陈蕃等八十多人，就摆开兵马，将陈蕃一行人拦住。陈蕃等振臂大叫道："大将军忠心卫国，黄门叛逆，怎能反诬窦氏呢？"王甫应声说道："先帝刚刚离开，窦武有何功劳，父子兄弟都得以封侯，他还时常设宴，擅自逼迫宫人，私下纵欢，几十天之内拥资上万。这样的人也能说是忠臣吗？"说着，就指挥将士将陈蕃围住。陈蕃拔剑呵斥，声色俱厉。王甫全然不顾，令将士一拥而上，捉拿陈蕃。陈蕃年纪老迈，所带领的官属，多是文质彬彬，怎么能抵得住将士？于是束手就擒，无从逃生。总计陈蕃等八十多人，一大半被他抓去，押送北寺狱。

黄门从官都是阉人的羽翼，见陈蕃被抓到，便拳打脚踢，开口说道："老不死的，还排挤我们的人，剥夺我们的权力吗？"陈蕃怎肯忍气吞声，自然反唇相讥。这下，惹恼了这群狐群狗党，他们向曹节、王甫索要了一道假诏书，将陈蕃害死。当时已经天明，张奂领兵到达朱雀掖门，王甫领军随后跟来，差不多有几千人，与窦武针锋相对。王甫又让将士大声对窦武的军队说："窦武叛逆，你们都是禁兵，应当守卫宫中！为什么对抗朝廷？如果醒悟，前来投降，朝廷自会有赏，不用多疑！"营府向来畏惧中官，又见张奂、王甫等从宫内出来，拿着符节，应该是领了皇帝的命令，因此心怀顾虑，不愿帮助窦武。张奂领兵多年，善于观察敌人气势，遥望窦武军队松懈下来，马上挥军进攻，势不可当。窦武的部下已怀疑窦武，又遭到张奂的压迫，料知形势不好，不如见机投降，还可以免去罪过，受到赏赐，于是丢盔弃甲，纷纷投入张奂军中。窦武手下只剩下一百多骑兵，怎能支撑？只好策马逃走，窦武的侄子窦绍也随即逃跑。

张奂与王甫领兵追击，到了洛阳都亭，将窦武等人围住。窦武与窦绍惶急万分，心想已经无路可逃，先后拔剑自杀。张奂就将二人枭首，交给王甫。王甫将他们的人头示众三日，随即收兵回去逮捕窦氏的宗族及亲戚、宾客，将他们全部屠杀。只有窦武的妻妾免死，被迁往日南。

窦武出生时，与一条蛇同时从母亲肚里出来，家人不敢杀蛇，将它送到林中。窦武的母亲死后，抬着棺材出葬，有大蛇蜿蜒到来，用头顶着灵柩，泪和血一起流出来，过了很久才离去。智士当时已知不祥。窦武有一个孙子，名叫窦辅，年仅两岁，多亏掾吏胡腾听到风声先赶往窦武家，将窦辅藏到别处，窦辅才得以幸存。侍中刘瑜、屯骑校尉刘述，均被杀掉，家族也被牵连。曹节、王甫又逼迫窦太后迁往南宫，并且乘机报复，诬告虎贲中郎将刘淑、前尚书魏朗，都与窦武等人串通，派人捉拿，二人愤愤自尽。其余的如公卿以下，以前由窦武、陈蕃举荐的，全部被罢免。甚至两家的门生也无一逃脱，全部被禁锢起来。

议郎巴肃本与窦武等一同密谋，曹节等不明情况，因为他是由窦武举荐，只将他罢免，遣回故里。后来查知巴肃也曾参与密谋，又派人前去抓捕。巴肃得知消息，不等朝廷派的人到家，便到县里投案。县吏素来敬重巴肃，想与他一起死。巴肃慨然说道：“身为人臣，有错不敢隐瞒，有罪不能逃避。巴肃本参与密谋，要除去奸人，不幸失败，怎么敢逃避罪过？希望跟随窦武、陈蕃于地下，让后世知道渤海巴肃。你的情意，巴肃死了也会感激，实在不愿拖累你！”县令叹息不已，将巴肃交给朝使。朝使宣诏诛杀巴肃，巴肃丝毫不惧。

铚令朱震是太傅陈蕃的朋友，弃官入都，为陈蕃收尸下葬。陈蕃的家属有的被害，有的迁徙远方，只有陈蕃的儿子陈逸在逃，投奔朱震。朱震担心他被抓捕，嘱咐陈逸隐姓埋名，藏于甘陵县境。后来被朝廷发觉，逮捕朱震下狱，一再审问，威胁他供出陈逸的下落。朱震誓死不肯承认，甚至全家被抓，仍然不供，才得以将案情拖延。直至黄巾盗贼兴起，朝廷颁诏大赦，朱震才被释放，陈逸也安全回来。就是窦武的遗骸，也由胡腾埋葬。窦武的孙子窦辅在胡腾的保护下，逃入零陵。胡腾隐姓埋名，把窦辅当作自己的儿子，费尽千辛万苦，才将窦辅养大成人。献帝建安年间，荆州牧守刘表召窦辅为从事，才知窦辅是窦武的后裔。窦辅在那时才恢复窦姓，开始供奉窦武。

忠良害尽后，曹节迁升为长乐卫尉，封育阳侯；王甫迁升为中常侍，仍做黄门令；宋瑀、共普、张亮等，都为列侯；张奂仍为大司农，也被封侯。事后，张奂悔悟以前的过失，恨自己听命曹节等人，于是上疏推让，缴还侯印，朝廷下诏不准。第二年三月，灵帝尊母亲董贵人为孝仁皇后，由慎园迎入都城。过了一个多月，有青蛇从空中坠下，蟠绕御座，过了很久才离去。第二天又刮起大风，下起冰雹，电闪雷鸣，拔起大树一百多棵。朝廷下诏让群臣直言。大司农张奂乘机上疏，劝灵帝去南宫探视窦太后。灵帝看到后，也为之感动，并转告中常侍。中常侍等人都慌忙拦阻，毕竟灵帝年纪还小，没有主见，又将此事拖延过去。司徒胡广已代替陈蕃为太傅，领尚书事。胡广从司空做到司徒，又从太尉迁升到太傅，为官三十多年，熟悉朝政，只是生性优柔寡断，只知曲意奉承，任宫廷怎样变乱，一点儿也没有遭到连累。京城流传说："万事不理问伯始，天下中庸有胡公。"伯始是胡广的字。此外，宗正刘宠代替王畅为司空，后来升任司徒，又继任太尉。刘宠平时清廉有余，刚断不足，所以虽然忧心时事，终究不敢直言上谏，匡正朝廷。至于许栩、许训等相继为司徒，刘嚣、桥玄等相继为司空，因才能平常，在任又不久，更是没什么作为。

张奂见四公在位，毫无建树，于是又与尚书刘猛一同举荐李膺等人为三公。曹节、王甫得知后，心怀怨恨，请旨谴责张奂。张奂与刘猛被囚禁起来，数日才得以释放，还被罚去三个月俸禄，以示惩戒。郎中谢弼看到朝中的局势，满怀愤懑，上疏陈述内忧外患。奏折呈进去之后，阉党一片哗然，都想加罪谢弼。只因灵帝下诏让人直言上谏，如果突然将谢弼抓起来，不免与以前的诏书相违背，于是说他党同罪人，不应在位，将谢弼贬为广陵府丞。谢弼不愿任职，辞官回家。阉人还不肯善罢甘休，查得谢弼家在东郡，特任命曹节的侄子曹绍为东郡太守。曹绍诬告谢弼，将他抓起来，多次审讯，硬要他供认罪伏。谢弼明明无辜，怎肯承认？终落得冤死狱中。

已故太尉杨秉的儿子杨赐晋升为光禄勋，灵帝常让他在殿中侍讲。杨赐精通经术，常趁上奏时，斥责奸人，但语言模糊，不曾指明阉党。此时灵帝还没有册立皇后，乳母赵娆不过是一介女流，不知道这些详情，因此杨赐安然无恙。只是他的请求，终究无用，只是纸上空谈罢了。

这一年内政虽乱，外事倒还顺手，边疆传来捷报，东西羌全部被讨平。

阉党尽诛名士

并、凉二州之外的羌人，时而叛乱，时而归服。段颎、皇甫规等相继出兵讨伐，屡次打败羌人，西境才安定下来。不久，段颎、皇甫规先后被人诬陷，回京领罪，羌人又活跃起来。皇甫规担任度辽将军时，段颎还在服刑。西州吏民都为段颎喊冤，段颎才被赦免，入朝为议郎，出任并州刺史。

后来，滇那等羌人入侵武威、酒泉、张掖各郡，焚烧民房，势力猖狂，凉州几乎被攻陷。朝廷得到警报，又命段颎为护羌校尉。滇那等素来忌惮段颎的威严，不等交锋，就下跪投降。当煎、勒姐各羌互相勾结，仍然对抗，段颎连年出击，多次打败他们。段颎率兵穷追不舍，转战山谷间，大小经过几十次战斗，共斩杀两万三千人，擒获敌兵几万人，得到马牛羊八万多只，西羌瓦解。段颎因此被封为都乡侯。

不久，鲜卑诱惑东羌，攻打河西。中郎将张奂掌管幽、并、凉三州，主张招抚。东羌很多种族都愿意投降，只有先零羌不肯从命。度辽将军皇甫规派人诏谕先零，先零时降时叛，异常狡黠，此后又进攻三辅。张奂于是派司马尹端、董卓出击先零，斩杀一万多人，三辅安定下来。

桓帝末年，朝廷下诏询问段颎驾驭羌人的方略，段颎主张征讨。朝廷准他所请，让他领兵出击。段颎率领一万多人，带了半个月的军粮，围剿先零羌。从彭阳直指高平，抵达逢义山。见羌人漫山遍野，军用物资和牲畜源源不断，段颎的部下不免惊慌，唯独段颎神色自若，下令把部队分为数队，包抄过去，羌人顿时溃散。段颎从后面追击，斩杀八千多人，获得牛羊二十八万只，这才收兵回营，上疏告捷。

正巧这时灵帝即位，窦太后临朝亲政，封段颎为破羌将军，赐钱二十万，召段颎的儿子为郎中，并拿出财物犒赏将士。段颎又带领骑兵追击羌人，一天一夜行走二百多里。追上羌人后，段颎指挥骑兵冲过去，喊杀声震天动地。羌人没料到段颎杀到，回头就跑，略微迟慢的，便把性命丢了。等逃到落川，距奢延泽已有几十里，颎军才停下来，羌人于是招集溃散的逃兵，暂时休息。

段颎又派司马田晏率领五千人到羌人东面，假司马夏育率领两千人到羌人西面，东西夹攻，羌人再次战败逃走。田晏派人报告段颎，段颎亲自前去接应，会同田晏、夏育两军，一同前行。在灵武谷与羌人大战一场，杀得羌人四处逃散。段颎又追赶了三天三夜，斩杀无数。到了泾阳，见将士们脚下都生了茧，才停了下来，羌人都逃入汉阳山谷。段颎打算休养几十天，再将剩余的羌人消灭。

这时，中郎将张奂上奏说东羌虽然战败，但难以除尽，不如施以恩德，朝廷于是下令让段颎停止进攻。段颎已决定荡平羌人，就上疏奏请。当时朝廷正发生内变，宰辅、阉人互相争斗，以至窦武、陈蕃被诛杀，无暇顾及此事，所以段颎虽然上奏，却没得到详细的答复。朝廷只派谒者冯禅抚慰汉阳羌人，羌人穷途末路，情愿投降，约有四千人。段颎得知后，又上言说现在正值春天，羌人虽然暂时投降，县官没有粮食接济，羌人必会再次沦为盗贼，不如乘虚进攻，一鼓作气，荡平羌人。朝廷又搁置不理。段颎就自己发兵，再去攻击东羌，将羌人屠戮干净。共诛杀羌酋以下一万九千人，夺得牛马等不计其数。只剩下冯禅安抚的四千人，分别安置在安定、汉阳、陇西三郡。总计段颎用兵两年，先后一百八十战，斩杀敌兵三万八千六百人，夺得牲畜四十二万七千五百多头，花费四十四亿，将士只死了四百多人，朝廷论功行赏，封段颎为新丰侯，食邑一万户。段颎对待将士极为仁爱，士兵负伤，就亲自前去探视。段颎在营中数年，没睡过一夜好觉，与士兵同甘共苦，所以人人愿意听从指挥，为他效劳。当时皇甫规、张奂都以防边出名，段颎与他们成鼎足之势。皇甫规字威明，张奂字然明，段颎字纪明，三人的祖籍都是凉州，世人称他们为“凉州三明”。

李膺、杜密等人，自陈蕃、窦武失败后，遭到牵连，全部被监禁。以前人称窦武、陈蕃、刘淑为三君，三君都已去世，海内无不痛惜。此外还有八俊、八顾、八及、八厨等名称。八俊是指李膺、杜密、荀昱、王畅、刘祐、魏朗、赵典、朱寓，八人都是人中英杰；八顾是郭泰、东慈、巴肃、夏馥、范滂、尹勋、蔡衍、羊陟，顾字的意义，是指能以德服人；八及是张俭、岑晊、刘表、陈翔、孔昱、范康、檀敷、翟超，及字的意义，是指能引导人们；八厨便是度尚、张邈、王孝、刘儒、胡母班、秦周、蕃向、王章，厨字的意义，就是能仗义疏财。这三十二人，除尹勋、巴肃被杀外，其余的都还健在，备受士人仰慕，但阉人视他们为仇敌。

中常侍侯览，为了张俭毁坟一事，怀恨在心，嘱咐乡人朱并上疏诬告张俭。朱并是个奸佞小人，向来被张俭小瞧。此次得了机会，当然愿意听从侯览，于是诬告张俭与同乡的二十四个人企图危害社稷。朝廷立即下诏，命人抓捕张俭。长乐卫尉曹节又让朝臣揭发，请求将前司空虞放及李膺、杜密、朱寓、荀昱、刘儒、翟超、范滂等人全部逮捕。

李膺的一个同乡，事先得到风声，急忙对李膺说："大祸临头，赶快逃亡吧！"李膺慨然道："我已经六十岁了，生死由命，要逃到哪里去呢？"于是奉诏入狱，最终被处死。妻儿被流放到边关，门生全部监禁。侍御史景毅的儿子景顾，是李膺的门生，没有受到牵连，景毅就叹息道："本来认为李膺贤明，派儿子跟着他学习。如今怎能庆幸自己漏网，苟安富贵呢？"于是上疏辞职，当时人们称他为义士。汝南督邮吴导，奉诏前去逮捕范滂。范滂住在征羌县中，吴导来到驿站，闭门不出，暗自哭泣。范滂听说后，说道："这一定是不忍心逮捕我，为我悲伤呢！"于是亲自来到县里的大狱中。县令郭揖到见到范滂，大吃一惊，解下官印，想与他一同受死，并对他说："天下之大，哪里不能安身？你为何甘心下狱呢？"范滂答道："只有我死了，你才可以免祸，我怎敢连累你呢？何况我母亲年已老迈，我如果逃避，岂不是要连累我母亲吗？"郭揖于是派人迎来范滂的母亲，让他们诀别。范滂向母亲拜辞道："小弟范仲博向来孝敬，自能奉养您老人家，儿愿意跟从父亲龙舒君共入黄泉。希望母亲割舍亲情，不要悲伤，就当儿子得病死了吧！"母亲听到这话，拭干眼泪，咬牙说道："你能够与李、杜齐名，死有何憾？既想获得名声，又想寿终，天下恐怕没有这么好的事情。"范滂听了，呜咽不已。于是跟随吴导入都，随后死在狱中。其余的如前司空虞放、司隶校尉朱寓、沛相荀昱、任城相刘儒、山阳太守翟超等人也一并被抓，全部冤死，妻儿都被流放边疆。

更可恨的是阉人肆虐，任意株连，平日与他们稍有过节的，不是被禁锢，就是被诛杀。有的人与宦官无冤无仇，只因名气很大，也被指为党人，一网打尽。这样枉死的共有一百多人。阉人又让州郡捕风捉影，辗转牵连不下六七百人。郭泰名列八顾，没有受到连累，不过他探知正人名士死了很多，不由得悲从中来，私自挥泪说："《周诗》上说：'人之云亡，邦国殄瘁。'如今汉室也重蹈覆辙，离灭亡恐怕不远了！"只有张俭亡命在外，始终没被抓到。侯览想杀张俭，令郡国务必将他缉拿到案，如果有帮助他躲藏的，与张俭同罪。郡国官吏四处搜查，遇到曾收留张俭的人家，立即抓来审问，这些人多死于乱棍之下。

鲁人孔褒，与张俭是至交，张俭投奔到孔褒门前时，恰逢孔褒外出，他的弟弟孔融年仅十六岁，出门接待客人。张俭得知孔褒不在家，面有窘色。孔融问起他的姓氏，张俭因他年轻，不便相告，说话难免支支吾吾。孔融就笑着说："兄长虽然外出，难道我不能做主吗？"于是留张俭在家住宿，过了几天张俭才离去。郡吏听到风声，前去抓捕，见张俭已经逃走，就将孔褒、孔融二人下狱审问。孔融首先认罪说："张俭是来过我家，现在他已经离开，不知到哪里去了。只是我兄长当时出门在外，并不知情，我愿意承担一切，与兄长无关！"孔褒等孔融说完，立即接嘴说："他来求我，弟弟本不知情，罪责在我。"郡吏听了他们的供词，犹豫不决，于是传讯孔融的母亲。孔母答道："我的丈夫已死，我就是家长，家事都归家长处理，我甘心认罪！"郡吏见他们都争着寻死，难以定罪，就将供词上奏朝廷。朝廷下诏让孔褒领罪，释放他的母亲及孔融。孔融因此出名。据说孔融是孔子的二十世子孙，字文举，父亲名叫孔伷，曾为泰山都尉。孔融从小就与众不同，四岁时，与兄长们吃梨，舍大取小。家人询问原因，孔融答道："我最小，应当吃小梨。"家人都称他为奇童。

张俭当时已出塞远逃，最终免遭杀害，只是连累了几个亲友。陈留人夏馥，听说张俭逃亡，连累多人，不禁感叹道："自己作孽，却连累他人，还要怎么活下去呢？"

汝南人袁闳，怕遭到连累，想藏到深山中，只因老母还在，不便远逃，就建了一间屋子。屋子没有门，只有一扇小窗，袁闳孑身一人呆在屋里，每天从窗子接进食物。母亲想念他时，前往探视，袁闳才开窗应答。母亲离去后，便将窗户关住，连兄弟妻儿都不得与他相见。这样过了十八年，最后病终。

已故太丘长陈寔，家在颍川，也是一位名士，与中常侍张让同乡。张让的父亲去世，郡吏都去送葬，只有名士不敢前去，陈寔却前去祭吊，张让因此感激陈寔，所有颍川的名士，因陈寔而得以保全。

陈球仗义执言

窦太后迁居南宫，已有两年，灵帝从未前去探视。张奂、谢弼相继进谏，都被阉人拦阻。灵帝册立宋氏为皇后，朝臣道贺。宋氏是执金吾宋酆的女儿，建宁三年选入后宫，被封为贵人。第二年正位中宫，朝廷晋封宋酆为不其乡侯。后位已正，宋氏当然要到永乐宫朝见灵帝的生母孝仁皇后，却独独没有去南宫。不久，灵帝良心发现，暗想自己能继承帝位，全仗窦太后从中主持，大恩终究不可忘。因此于十月初一，率领群臣前往南宫。窦太后转忧为喜，畅饮尽欢。黄门令董萌向来受窦太后恩宠，见灵帝省悟，正好乘机进言，为窦太后诉冤。灵帝于是常派董萌过去探视窦太后，一切供奉的东西，比以前加倍。曹节、王甫对此怀恨在心，诬告董萌诽谤永乐宫，将他处死。灵帝又为阉党所迷惑，将南宫置之脑后，不再前去。第二年颁诏大赦，改元熹平。中常侍侯览被调任长乐宫太仆，更加骄横，不但夺人妻女，毁人房屋，甚至同党也遭到他的逼迫，互生嫌隙。官吏们这才弹劾侯览的罪状，灵帝下诏没收侯览的官印，侯览在狱中自杀。

曹节、王甫仍像以前一样手揽大权，窦太后被二人排斥，常觉得抑郁苦闷。后来听说生母死在日南，连尸骸都不能运回来安葬，更觉得无限心酸。往事不堪回首，窦太后心痛不已，于熹平元年六月，在南宫病逝。曹节、王甫禀报灵帝，请求用贵人礼殡殓。灵帝摇头："太后亲自迎立朕统承大统，朕正惭愧自己不孝，怎能降太后为贵人呢？"于是按照太后之礼将她棺殓。曹节等又想把窦太后葬在别处，让冯贵人与桓帝合葬，灵帝不许，下诏让公卿商议，特派中常侍赵忠监督。

当时太傅胡广已死，太尉刘宠早被罢免，继任是太仆李咸。李咸自升任太尉后，多次患病，休假在家，得知朝廷商议，想将窦太后葬在别处，就强打起精神，令家人准备好毒药，藏在袖中，与妻儿诀别道："如果窦太后不能与桓帝合葬，我发誓不活着回来！"说完，乘车入朝。李咸远远望见官僚们聚集一堂，差不多有几百人，就下车慢慢走进去。群臣面面相觑，都不敢发言，李咸也只好暂时忍耐。不一会儿，赵忠开口道："诸位既然已经到齐，应该立即商议！"这时，有人起来说："皇太后母仪天下，应配先帝，何必多疑？"李咸听到此话，心中欢喜，忙把头转向发言的大臣，原来是廷尉陈球。正想接口赞成，赵忠微笑道："陈廷尉既有此意，应立即拿笔写下来！"陈球取过纸和笔，随手写了几行字，拿给众人看。众人都没有异议。赵忠突然改变了脸色，对陈球说："陈廷尉提出这样的建议，可谓胆略过人。"陈球应声道："陈蕃、窦武已经受冤，皇太后无故被幽禁，臣常痛心疾首，天下臣民也无不愤慨。如今为国事直言上谏，就算朝廷怪罪，臣也甘心情愿！"这几句话更是火上浇油，赵忠顿时脸色铁青，欲出恶言。陈咸忍无可忍，起身说道："臣的意思与廷尉陈球的相同，皇太后不应葬在别处。"群僚听了，齐声附和："皇太后应该与先帝合葬！"赵忠势孤力单，不便多嘴，悻悻入内。李咸、陈球等人也陆续退回。

曹节、王甫在灵帝面前力争，李咸探知消息后，又极力劝谏。灵帝于是决定依从李咸的建议，将窦太后葬到宣陵，追谥为桓思皇后。不久宫中发现无名帖，上面写着"曹节、王甫幽杀窦太后，公卿等人莫敢忠言，天下应当大乱。"曹节、王甫慌忙报告灵帝，为自己辩白。灵帝下诏令司隶校尉刘猛调查此事。刘猛因无名帖上说的都是实话，不愿全力抓捕，拖了一个月多月，毫无结果。曹节、王甫就弹劾刘猛玩忽职守，将他贬为谏议大夫。恰在此时，护羌校尉段颎班师回朝，阉人与他素有往来，就让他代替刘猛担任司隶校尉。段颎派人四处缉拿，抓到太学生一千多人，关在狱中，逐日审问，也没有得到证据。曹节等又嘱咐段颎弹劾刘猛，刘猛因此被捕入狱。

大司农张奂调任太常，因多次与宦官作对，被他们忌恨，又因与段颎争论羌事，彼此素不相容。正巧前司隶校尉王寓，依仗阉人的势力，弹劾张奂曾依附党人。段颎于是落井下石，把张奂赶回原籍，并授意郡县逼张奂自裁。张奂不胜惶恐，写信向段颎道歉。段颎看到书信，动了恻隐之心，不忍加害张奂，就命州郡好生看待，送张奂西归。张奂返回敦煌，从此闭门著书，不问世事，才得以保全。

不久，中常侍王甫得知渤海王刘悝，与郑飒、董腾交往颇多，于是向段颎告密，请他快速查究。段颎奉命，再次兴起大狱，杀死多人。渤海王刘悝是桓帝的亲弟弟，曾袭封蠡吾侯，后来因渤海王刘鸿死后无子，朝廷让刘悝过继，袭承刘鸿的封地。桓帝延熹八年，有官员上奏说刘悝暗怀阴谋，桓帝降刘悝为瘿陶王，只食邑一县。刘悝密谋复国，派人入都活动，贿赂中常侍王甫，让他代为奏请，若能恢复旧封，给他五千万缗钱，王甫满口答应。不久，桓帝驾崩，朝廷下诏恢复刘悝的封地，刘悝喜出望外，又得知得以恢复封地，是因为桓帝顾及亲情，并非是因为王甫周旋，于是将五千万钱的原约，视为无效。哪知王甫贪得无厌，多次派心腹向刘悝索要钱财，却始终不能如愿，于是他暗中窥察刘悝的过错，以便报复。

朝廷迎立灵帝时，曾有流言，说渤海王刘悝图谋不轨，当时也无暇追究。后来中常侍郑飒、中黄门董腾，与渤海王串通，常有书信往来，被王甫得知，就让段颎出头告发，把郑飒等送入北寺狱。尚书令廉忠也是王甫的爪牙，顺从王甫的意思，诬告郑飒等密谋迎立刘悝为帝，大逆不道。再经曹节从旁证实，不由灵帝不信。灵帝立即下诏，命冀州刺史抓捕刘悝下狱，又派大鸿胪、宗正、廷尉三官一同赶赴渤海，逼刘悝自尽。刘悝家中的妃妾十一人，子女十七人，歌伎二十四人，全都死于狱中。傅、相以下的僚属，也被指责辅佐不力，冤冤枉枉地死了很多。郑飒、董腾既被廉忠指为罪魁祸首，哪里还能活命，自然被诛杀。王甫晋封为冠军侯，曹节也增加食邑四千六百户。宫廷内外，就数曹节、王甫二位宦官的权势最大，他们同宗族的子弟都被封官。曹节的弟弟曹破石任越骑校尉，贪淫骄横，探知某营吏的妻子稍有美色，就逼他献上，营吏怎敢违抗？只好与妻子诀别，嘱咐她前往。哪知妻子却是烈性，晓得三从四德，执意不去，服毒自尽。曹破石得知后，诬陷营吏防守不严，罢免了他的官职。

嘉平二年春，瘟疫肆虐，病死多人；夏季发生地震，海水泛滥。灵帝不知反省，反而降罪于大臣，太尉李咸被罢免，升司隶校尉段颎为太尉，司徒桥玄、许栩、司空许训、来艳、杨赐，先后被罢免。朝廷任命大鸿胪袁隗为司徒、太常唐珍为司空，段颎与宦官串通一气，所以得到升迁。袁隗是已故太尉袁汤的第三个儿子，中常侍袁赦把他认作同宗，所以袁隗得以位列三公。唐珍是已故中常侍唐衡的弟弟，显然是宦官的亲党。朝中重臣都是阉人的耳目。

会稽人许生首先发难，自称越王，指斥时政。不到一个月，聚众一万，东攻西打，占据了好几座城池。朝廷下诏让扬州刺史臧旻、丹阳太守陈夤，合力围剿盗贼，好多天也不能扫平。许生又自称阳明皇帝，接连打败官军。吴郡司马孙坚智勇双全，招募壮士一千多人作为臧旻、陈夤的先锋，一再打败盗贼，进入会稽，枭下许生的头颅，东南平定。

经过两年的扰乱，百姓十室九空。灵帝宠信宦官，任由他们横行，从不问民间疾苦。四府三公，多仰阉人鼻息。幽、并二州，寇患不绝；鲜卑骑兵，出没塞下。平庸的官吏被罢免，狡猾的官吏乞求休假，国家职位空缺，防备一天比一天糟。议郎蔡邕上疏劝谏，奏章呈上后，杳无音信。蔡邕不便再上谏，只好忍耐。蔡邕字伯喈，祖籍陈留，祖上曾为前汉时的郿令，因王莽篡位，弃官入山。蔡邕的父亲蔡棱为人清白，死后谥为贞定公。蔡邕孝顺母亲，与叔父、堂弟三代同居，不分财产，乡里竞相赞美，名重一时。蔡邕博览书史，精通音律。桓帝时，朝廷征蔡邕入都。蔡邕因五侯骄横，走到偃师，称病折回，不肯前往。一直到桥玄做了司徒，召他为掾属，才应命前去。不久，蔡邕迁升为议郎。

蔡邕因五经文字残缺不全，担心误导后人，就与五官中郎将堂谿儿、光禄大夫杨赐、谏议大夫马日磾等，上奏请求校正。灵帝向来喜欢经学，立即准奏。蔡邕抄录五经，用古文、篆、隶三体依次定成，刻在石头上，竖在太学门外。中外士子多来临摹抄写，每日车马杂沓。灵帝也自编《皇羲篇》五十章，颁示天下。侍中祭酒乐松、贾护招来了许多俗士，让他们上奏乡间有趣的事，希望讨得皇上欢心。灵帝年少好奇，看到这群俗士的奏本，无奇不有，乐得早晚阅览。还有几个市井小民，不知他们是怎样活动的，竟被称为宣陵孝子，官居郎中。永昌太守曹鸾痛心时事，认为招揽凡夫俗子不如赦免名士，于是为党人申辩。曹鸾将奏章呈进去，盼望灵帝能够采纳，立即赦免党人。不料赦罪书并没有颁下，缇骑却已到来，让黄鸾缴出官印，然后给他加上锁链，把他送到槐里狱中。槐里令奉诏审问，打得曹鸾皮开肉绽，体无完肤。黄鸾又气又痛，绝食数天，一命呜呼。当时，政治腐败，刑法苛虐，终落得天怒人怨，一会儿急风暴雨，一会儿响雷冰雹，庄稼被毁害，大树连根拔起。就连御殿后面的槐树也被狂风掀起，倒竖起来。灵帝胆战心惊，下诏群臣陈述政治得失。

蔡邕又上疏请求皇上听取忠臣的劝谏，亲贤臣远小人。灵帝执迷不悟，怎肯听取？只是亲自到北郊祭祀，此外又将宣陵孝子等人贬为丞尉。

赵苞破敌

鲜卑首领檀石槐，自恃强盛，不肯归附汉朝，连年侵掠幽、并各州。朝廷认为，田晏、夏育二人曾追随段颎打败羌人，功劳显著，就任命田晏为护羌校尉、夏育为乌桓校尉，分别防守边疆。不久，田晏因事犯罪，想立功自赎，就派人贿赂王甫，请他派自己为统将，攻打鲜卑。夏育也有志立功，上言说鲜卑入寇边疆，从春到秋不下三十次，请求征集幽州各郡的兵马，出塞征讨。灵帝召群臣商议，群臣有的同意，有的不同意，议论纷纷。议郎蔡邕曾说不应对鲜卑用兵，现在仍坚持以前的观点，再次上疏力争。灵帝没有听从，而是封田晏为破鲜卑中郎将，领一万骑兵到云中，作为正师。令夏育到高柳，中郎将臧旻出雁门，作为偏师。三路并进，约有三四万人，出塞两千多里，才与鲜卑兵相遇。鲜卑首领檀石槐召集东、西、中三部头目，抵挡汉军。汉军远道而来，很是疲乏，不堪一战，檀石槐以逸待劳，派精锐部队前来争锋。汉兵招架不住，纷纷溃败。田晏、夏育、臧旻三将，各顾自己的性命，回头便跑，所有军用物资全部丢弃，甚至连符节也一并丢失了。三路人马，死了七八成，只剩下几千人，零零落落逃奔回来。朝廷得知后，将田晏、夏育、臧旻三将抓捕下狱。三将的家属把家财全部拿出，才将三人赎出。

鲜卑打了胜仗，更加猖獗。广陵令赵苞素来清正廉洁，被提升为辽西太守。赵苞上任后，修筑城堡，训练士兵，一年以后，才派人到甘陵迎接老母妻儿，好多天也不见他们到来，不免挂念。忽然有人进来禀报："鲜卑兵一万多人，突然前来，前锋已经入境，不久就要到城下了！"赵苞很恼怒："鲜卑竟敢来侵犯疆界！待我前去拦截，杀他个片甲不留，以免留下后患！"说着，就召集将士，慷慨陈词，勉励他们为国尽忠，将士踊跃从命。赵苞立即调集两万兵马，亲自带领，出城迎战。

大约走了一二十里，便见前面尘土大起，敌兵蜂拥前来。赵苞依险列阵，截住鲜卑兵。赵苞正打算指挥士兵攻打，不料敌兵推出几辆囚车，并大声说："赵苞快下马受擒，免得全家被诛！"赵苞定睛一看，好似万箭穿心，险些晕倒地上。原来，囚车里不是别人，正是自己白发苍苍的老母与娇颜稚齿的妻儿。赵苞见家眷被劫，怎不惊心？况且母子情深，如果不降，母亲必然会被杀死；如果投降，岂不是有负君主？赵苞进退两难，流了许多眼泪，凄声说道："孩儿不孝，本想孝顺您老人家，不料反给母亲带来灾祸！如今身为大臣，不能只顾私情，该怎么办？"刚说完，听到母亲叫着他的字说："威豪！人各有命，怎能因私忘公？以前王陵的母亲陷入楚国，对着汉使拼死勉励王陵。我愿意效仿王陵的母亲，你也当像王陵一样忠诚！"赵苞待母亲说完，打定主意，回头大吼："大小将士，与我一起努力杀贼，上雪国耻，下报家仇！”话未说完，将士一齐杀出。鲜卑兵凶悍得很，大喊一声，把赵苞的母亲及妻儿杀死，将他们的人头扔到赵苞军中。

赵苞义愤填膺，还顾什么利害，一马当先，与敌兵拼命。部下两万人，也个个激愤，冒死攻入鲜卑阵中，霎时间攻破敌阵，杀死敌兵无数。鲜卑兵无力支持，四处溃散。赵苞收兵还城，将母亲、妻儿殡殓，上书陈述军情，并请求辞职回家安葬家人。

灵帝忙派人前去吊慰，加封赵苞为鄃侯，答应他的请求，并赏了他很多财物。赵苞奉诏回家，等将母亲等人安葬以后，也因悲伤过度，吐血身亡。赵苞本是中常侍赵忠的堂弟，因为与赵忠不和，所以做官以后，从未给赵忠写过一封书信。赵苞死后，赵忠也不为他请赐谥号，只要自己能作威作福，还管什么兄弟宗亲？

灵帝只宠信身边侍臣，不看重内外群臣。太傅一职，一直无人担任，太尉、司徒、司空三官，一年改换数人。段颎以后，太尉一职由陈耽、许训、刘宽、孟戫等人交替担任。几人中，只有刘宽颇为廉洁。到了熹平七年，日食、地震接连发生，灵帝下诏改元，号为光和，大赦天下。太尉孟戫被罢免，任命常山人张颢为太尉。张颢是中常侍张奉的弟弟，因兄长的关系而做官，出任梁相。一次，一只喜鹊飞到府前，役吏与喜鹊嬉戏，用竹竿将喜鹊打落，哪知喜鹊竟变成圆石。役吏非常惊愕，把石头献给张颢。张颢命人将圆石打破，里面有一枚金印，印上刻着“忠孝侯印”四字。张颢喜出望外，马上写信给兄长，说是祥瑞的象征。张奉伺机与灵帝谈起此事，又托永乐宫的门吏霍玉代为宣扬。灵帝被他迷惑，召张颢入都，封他为太常，不久又迁升张颢为太尉。其余的如司徒、司空，也由袁隗、唐珍、杨赐、刘逸、陈球、袁滂、来艳等人接连上任，任期多则数月，少则只有几十天。

光和元年四月，都中发生地震。侍中署内，雌鸡变成了雄鸡。到了五月，有白衣人进入德阳殿内，与中黄门桓贤相遇。桓贤询问有什么事，白衣人严厉地说：“梁德夏叫我上殿，你为何阻止我？”桓贤不知梁德夏是什么人，正要将他抓住，详细审问，白衣人却已不知去向了。桓贤惊骇不已，查问宫廷内外，也没有人听说过梁德夏，只好将此事留作疑案。到了六月，又有黑气堕入温德东庭中，长十达多丈，形状像龙，好一会儿才散去。又过一个月，有青虹出现在玉堂殿。人们对此议论纷纷。

灵帝召光禄大夫杨赐、谏议大夫马日磾、议郎蔡邕和张华、太史令单扬等人到崇德殿，让中常侍曹节、王甫二人询问发生灾异的原因，以及消除灾异的办法。杨赐、蔡邕引经据典，详细回答，曹节与王甫回去禀报灵帝。灵帝又下诏询问蔡邕，让他陈述政治得失，准许用皂囊封上。蔡邕见灵帝坦诚询问，也就没有忌讳，直言揭露时弊。灵帝看了之后，叹息不已。曹节站在后面，只恨相距太远，一时看不清楚，又不便上前看个明白。正在着急，凑巧灵帝起座更衣，曹节连忙走近一瞧，已知大概。虽然与自己没有太大关系，但蔡邕弹劾的人，都是自己的同党，总不免怀恨在心。曹节立即转告左右，将蔡邕奏章里面的内容宣扬出去。蔡邕与大鸿胪刘郃素来不和，叔父蔡质又与将作大匠阳球有过节，阳球是中常侍程璜的女婿。程璜因蔡邕奏章里，曾有“程大人将成为国家的祸患。”等话，决定先发制人，免得被弹劾。于是暗中派人上疏，诬告蔡邕叔侄多次将私事托付给刘郃，刘郃不肯相从，导致蔡邕怀恨在心，谋害刘郃。灵帝又被迷惑，令尚书询问蔡邕，蔡邕不得不上疏为自己辩白。

无奈程璜定要加害蔡邕，坚决请求灵帝抓捕蔡邕下狱，彻底追查。灵帝糊涂，依从他的建议。蔡邕于是被抓到洛阳狱中，连蔡质也一起被逮捕。众位官员不敢忤逆旨意，并且受程璜暗中嘱托，上奏说蔡邕因私废公，谋害大臣，应以大不敬罪判处死刑。也是蔡邕命不该绝，来了一个大救星，救了他一命。

这大救星不是公卿，仍出自中常侍。此人姓吕名强，字汉盛，与程璜一样是阉人，可品行却与程璜等人不同，倒是一个清正忠诚的好侍臣。他知道蔡邕无罪，不忍坐视不理，便挺身出来，到灵帝面前叩头为蔡邕诉冤。灵帝于是让吕强传诏，免去蔡邕的死罪，将他发配朔方。蔡质也被迁徙，家属一同前往。将作大匠阳球得知后，忙派刺客事先埋伏在路上，打算待蔡邕出都后，将他刺死。哪知刺客仰慕蔡邕，假装听命，得到钱财后，一溜烟地逃向别处。阳球等候了很久也没有消息，料知此事没有办成，便派人拿着财物，贿赂监守官。监守官得到贿赂后，反将详情告诉蔡邕，让他戒备，蔡邕与蔡质因此得以生存。

此时，宫闱又起风波，皇帝和皇后被人离间，好好一位宋皇后，并没有什么大过，竟被王甫诬陷，导致身死家灭。说起来，更令人发指。宋皇后姿色一般，沉默寡言，不善于奉承，因此正位以后，并不得宠。后宫嫔妃想乘机夺取皇后的位置，便传播流言，灵帝不免怀疑。渤海王刘悝的妃子宋氏，是宋皇后的姑母，刘悝被王甫陷害后，夫妇一同死去。

王甫怕宋皇后报复，趁机下手，约同大中大夫程阿捏造谣言，说宋皇后诅咒皇上。妃嫔等从旁作假证，灵帝下诏废掉宋皇后，收回玺印，将她赶到暴室中，活活幽禁至死，宋皇后的父亲宋酆及兄弟等都被诛杀。宫内侍臣可怜宋皇后无辜，各自取出私房钱，凑集在一起，将宋皇后及宋酆父子的遗骸安葬。

宋宋后冤死之后，王甫等人的气焰更加嚣张。一位正直的尚书，上疏规劝。

灵帝西园卖官

涿人卢植，以前曾写信给窦武，劝他把封赏让给别人，窦武不肯听从，结果含冤而死。此后，卢植被召为博士，出任九江、卢江各郡太守，政绩颇佳。后来入都为议郎，晋升为尚书。卢植身高八尺二寸，声如洪钟，小时候与北海人郑玄一起拜马融为师，博古通今。马融是明德皇后的堂侄，家境富有，不拘小节，服饰奢华，常在高堂中悬挂薄纱，前面是学生，后面是美女，弟子难免分心，窥视美色。只有卢植在那里学习多年，未曾转眼看过，马融因此对他另眼相看。

卢植学成告辞后，也闭门教授学生，他秉性刚毅，有志济时。光和元年，卢植升为尚书，见宋氏无辜遭祸，不由得触动衷肠，上疏陈述八件事，都为匡正朝堂。可呈进去之后，灵帝并没有采纳。只是宋皇后的家属，任由内侍安葬，不再过问。太尉张颢任职半年，毫无建树，并且因天灾接连显现，朝廷将他罢免，任用太常陈球为太尉。司空来艳病死，进升屯骑校尉袁逢为司空。袁逢是前司徒袁隗的兄长，袭承父亲袁汤的爵位，得以为安国亭侯。灵帝继位时，袁逢官居太仆。袁隗先为司徒，袁逢为司空，虽然家世显赫，却是由中常侍袁赦推荐，所以先后迁升。隐士袁闳是袁逢和袁隗的侄子，他常私下对家人说："我先人把福留给后代，后世不能积德，竟热衷名利，在乱世争权，恐怕难免会成为晋三郤了！"因此居安思危，隐居土室，不愿与世相争。有时遇到伯父馈赠东西，他一概不接受，甚至母亲去世，也没有从土室里出来送葬，乡人都视他为狂生。

陈球为人忠直，做了两个月的太尉，便被阉党排挤，他们借着日食为名，将陈球罢免，任用光禄大夫桥玄为太尉。桥玄也很有名气，只因朝廷昏乱，无力挽回，只得辞职离去。灵帝因他素有名望，多次将他罢免，又多次召他回来。桥玄升任太尉一个多月后，又借病乞求休假，朝廷下诏赐给假期，让他养病。又过两个月，桥玄仍以病为由告辞，于是朝廷再次起用段颎为太尉，让桥玄领大中大夫的俸禄。

灵帝因国库不充实，常怨恨桓帝不会当家，于是特别想出一个敛财的方法，在西园卖官鬻爵。二千石的官职，定价为两千万；四百石的官职，定价为四百万；如果有才有德之人前来应选，也要交纳一半或者三分之一的定价；令、长等职位，根据县的好坏，定价不同；富家先交钱后做官，贫士上任后，再加倍交纳钱财。此令一下，无论是谁，只要有钱，便可以平地升官。一群獐头鼠目的人，正好明目张胆地集资买官，将来好在百姓身上索取利益。因此西园府第内，交易越来越多。

灵帝见每天得到的钱成千上万，自然欢喜。永乐宫中的董太后嗜钱如命，得知灵帝有这么好的买卖，也出来分利，并且让灵帝将生意做大，连三公九卿这样的官职也可以卖。灵帝遵从教诲，不过还是心存顾虑，暗中让左右私下贸易，三公价为一千万，九卿价为一百万。大约过了几个月，国库充盈，永乐宫中，也满堆了钱。灵帝十分高兴，召来侍中杨奇，询问说："朕与桓帝相比怎么样？"杨奇是杨震的曾孙，是杨震的长子杨牧的子孙，颇有祖风，他回答道："陛下与桓帝，也犹如虞舜和唐尧！"灵帝生气地说："不愧是杨震的子孙，死后必定也能招来大鸟了！"接着，任杨奇为汝南太守。杨奇也不愿在朝内为官，领命离去。过了一年，即光和二年。春季发生大瘟疫，灵帝派中常侍等出去施舍药物。晚春时分又发生地震，初夏发生日食。灵帝将此事归咎于大臣，罢免司徒袁滂、司空袁逢，另任大鸿胪刘郃为司徒、太常张济为司空。只有太尉段颎有内援，没有遭到罢免。

天下事多出人意料，往往求福反得祸，乐极易生悲。段颎倚仗的内援是王甫，王甫恶贯满盈，遭到诛杀，段颎也因此送命。王甫有两个养子：一个叫王萌，曾为司隶校尉，转任永乐少府；一个名叫王吉，为沛相。他们平时都残暴不法，王吉尤其残酷，杀人以后就将尸体肢解，夏天尸体容易腐烂，就用绳穿住骨头，拿到郡上巡行一周，所到之处，臭气熏天，远近畏惧。王吉却依靠王甫的权势，任职五年，杀人数以万计。阳球担任将作大匠时，曾恨恨地说："如果我能做司隶，绝不让这个人活命！"不久，他果然做了司隶校尉，正准备弹劾王甫父子，恰逢王甫派门生王彪到京兆境内，索要税收七千多万。这些钱多半进了王甫的腰包，被京兆尹杨彪揭发。王甫正在休假，段颎也正因日食回府待命。阳球听说杨彪已经呈上弹章，便乘王甫、段颎等不在宫廷时，立即入宫，极力诉说王甫、段颎等人的种种罪状。灵帝非常恼怒，命阳球调查。阳球立即派吏役，先捉拿王甫、段颎，再抓捕王甫的养子永乐少府王萌，并将沛相王吉一并逮到，收押洛阳狱中，亲自审问。王甫等人异常狡黠，哪会招认？阳球是有名的酷吏，怎肯轻易放过？就喝令左右，大刑伺候。王甫熬受不住，以致晕厥，过了很久才苏醒过来。

王萌抬头对阳球说："我父子如果真的该死，也请看在先后同任一职的情分上，从宽发落，饶过我们！"阳球拍案呵斥："你们罪大恶极，死有余辜！还敢让我从宽发落吗？"王萌也生气地骂道："你以前服侍我们父子，就像奴仆一样。奴仆竟敢侮辱主人，落井下石，恐怕你也离死不远了！"阳球怒上加怒，令左右将王萌拖倒在地，用泥塞住他的嘴，将王萌活活打死。王甫与王吉都死在杖下，段颎自杀身亡。阳球下令把王甫的尸体放在夏城门，旁边写着"贼臣王甫"，然后没收王甫的家产，把他的家属全部迁到南方。

王甫伏法以后，阳球还想弹劾曹节等人，于是对从事说："我要先除去大奸大猾之人，然后再处理其他人。如果公卿都像袁家，凡事自己就能办理，哪还用得着校尉费心？"这几句话传出去，权臣莫不震惊，连曹节也不敢出宫。恰逢冲帝的母亲虞贵人病逝，发丧出葬。百官前去送殡，曹节等人也在其中。曹节见王甫的尸体暴露在外，不禁流泪。回来之后，急忙对灵帝说："阳球是有名的酷吏，不应让他做司隶！"灵帝点头，命曹节传诏，任阳球为卫尉。阳球正因虞贵人安葬，奉命去祭祀园陵，曹节托尚书令立即召来阳球，催促他担任卫尉一职。阳球接到诏令，赶快进见灵帝，叩头请求再让他做一个月的校尉。头都磕破了，灵帝毫不心动，阳球只好怏怏退出。曹节等人没了忌讳，仍然横行霸道。郎中审忠不忍缄默，上奏一疏。不料如石沉大海一般，多日没有音信。中常侍吕强与曹节志趣不同，由灵帝封为都乡侯，吕强推辞不受。他听到审忠上疏后，灵帝无动于衷，也写了奏章呈上，灵帝仍然置之不理。前太尉陈球现任永乐少府，志在除奸，就与司徒刘郃结交，秘密筹划。刘郃的兄长刘倏曾为侍中，因为与大将军窦武是同党，后来被处死。刘郃因兄长的事怀恨在心，所以也想诛灭阉党。陈球于是写信劝刘郃，请他设法升卫尉阳球为司隶校尉。

刘郃看到陈球的书信，也很赞同，但担心曹节等人势力庞大，犹豫不决。尚书刘纳忤逆宦官，被贬为步兵校尉，听说刘郃想为兄报仇，就去拜见刘郃，说曹节等人祸害国家，不可不除。刘郃皱着眉头叹息道："我也这样想，只因宦官耳目甚多，一不小心，恐怕事情还没有办成，灾祸反而降临到自己身上。"刘纳慨然道："你是国家栋梁，怎能不全力除奸去恶？"刘郃这才回答说："承蒙你提醒，我理应为国尽力，但也须你助我一臂之力！"刘纳应声道："你不用嘱咐，我已做好死的准备了！"刘郃又想起陈球的来信，打算让阳球官复原职，于是乘机拜会阳球，阳球本来就有志除阉，当然满口赞成。

怎奈屏风后面有一个小妾，已听得明明白白。这个小妾正是中常侍程璜的女儿。阳球把客人送走，转身回房，二人的脸色都与平常不同。阳球偏爱小妾，料知已被她窃听，索性和盘说出，叫她先报告程璜，诛死曹节。倘能相助，事后应当共享富贵。小妾满口答应，回去转告父亲。程璜虽然与曹节是同党，心想如果曹节死了，内政能归自己一人把持，并非无利，正好卖个情面，由他去做。于是嘱咐女儿报告阳球，答应保守秘密。不料此事被曹节得知，亲自去见程璜，先说了一番兔死狐悲的话感动程璜，再从袖中取出黄金作为赠礼，随后又用虚词恫吓。说得程璜又吃惊又恐惧，又感动又惭愧，索性将阳球的密谋一一说出。曹节邀同程璜及党羽一起去见灵帝，齐声上奏道："刘郃等常与藩国交往，声名狼藉，最近又与步兵校尉刘纳、永乐少府陈球、卫尉阳球图谋不轨，如果不赶快抓捕，必有祸事发生！臣等死不足惜，恐怕圣上会有不测，所以急忙前来上奏！"灵帝听了，大发雷霆，命曹节等带领卫士，前去捉拿刘郃、刘纳、陈球、阳球，四人无法辩白，束手就擒，一同入狱，相继死去。

黄巾贼作乱

宋皇后被废后，转眼已是两年，中宫未立，六宫无主，内外大臣一再奏请，乞求册立皇后。灵帝于是立贵人何氏为皇后。何皇后出身微贱，是屠户家的女儿，父亲名叫何真，家居南阳，颇有积蓄，常想攀附权贵，博取名声。凑巧宫中招选采女，何真就到都中贿赂中官，将女儿选入。也是此女命里应该大贵，天生一副花容月貌，身高七尺一寸，肌肤莹艳，骨肉婷匀。灵帝素来好色，瞧见这个美人儿，哪有不喜欢的道理？几度春风，含苞结种，过了十个月，生下一个男孩，取名刘辨。当时后宫生下的儿子常常不能成人，灵帝怕重蹈覆辙，就令乳媪把刘辨抱出宫，寄养在道人史子眇家。灵帝册封何女为贵人，对她宠爱有加，后来又立她为皇后。灵帝命何皇后的兄长何进为侍中，追封何皇后的父亲何真为车骑将军，兼舞阳侯，称何皇后的母亲兴为舞阳君。

何皇后爱猜忌，正位以后，怕他人夺宠，随时加以提防。赵国佳人王氏是前五官中郎将王苞的孙女，也应选入宫，姿色与何皇后不相上下，才华则比何皇后更胜一筹。灵帝不肯放过，几次鸾颠凤倒，又种下欢叶爱苗。灵帝因她身怀六甲，晋封王氏为美人。何皇后略有所闻，侦察得更严，想方设法陷害。王美人生性聪敏，时常防备，拜见正宫时，就用帛布束住腰，不让她看出来。无奈胎儿一天天长大，美人的肚子也一天天大起来，王氏朝夕不安，担心隐瞒不住，就服了堕胎药，希望能保全自己的性命。哪知药竟然不灵，胎儿始终安然不动。王美人暗想，莫非应生贵子，不能堕胎？于是不再服药，听天由命。也是这个胎中儿命中该有三十年的帝号，所以无论如何遇险，总是安然无恙。

好容易过了十个月，胎儿脱离母体。侍女报告灵帝，灵帝自然欢喜，给他取名刘协。刘协出世以后，王美人身体还没有恢复，须服药调理。何皇后秘密派心腹内侍，带着毒药到王美人宫内，乘机把毒药放入药中。王美人虽然伶俐，毕竟暗箭难防，服药以后，一命呜呼！

灵帝听到噩耗，亲自前去探视，看她四肢青黑，料是中毒，禁不住潸然泪下。经过调查，得知是何皇后下毒，顿时怒不可遏，想将何皇后废去。何皇后又惊又怕，急忙贿赂曹节、张让等人，代为周旋。果然钱可通神，曹节等人竟使何皇后的位置安然不动。只是灵帝随时预防，下令将王美人所生的儿子刘协寄养在永乐宫中，请董太后留心抚养。刘协这才安然无恙，免遭暗算。

灵帝不但好色，而且喜欢巡游。他在洛阳宣平门外，筑起两座大花园，署名为罼圭苑，分列东西。东罼圭苑，周长一千五百步，西罼圭苑，周长三千三百步。又在两苑旁边增建灵昆苑，规模与两苑相同，苑中的布置，极其繁华。灵帝还不满足，又在阿亭道筑造台观，高四百尺，并设置了园圃署，用宦官为令。还在后宫设置集市，让后宫的采女摆摊贩卖，灵帝也在其中扮演商人的角色。灵帝毕竟不是商人，怎知其中的内情？所有市中的货物，常被采女偷去，甚至因为彼多此少，人有我无，弄得明争暗斗，吵闹不休，只瞒过灵帝一双眼睛。灵帝反而自鸣得意，白天督促采女贸易，晚上拥着她们宴饮，对朝政置之不理，一味寻欢作乐。宫女以外，还有一群阉人子弟入宫，灵帝都赏赐他们爵位。灵帝常常用四头驴驾车，京城互相仿效，致使驴价与马价相等。郡国贡献方物，必先交纳例钱，称为导行费。此法一通行，四海沸腾。中常侍吕强忠诚正直，上疏规劝。灵帝执迷不悟，怎肯听从？太尉段颎与司徒刘郃相继去世，后任是刘宽、杨赐。司空张济奉承阉党，贪赃枉法，终落得声名狼藉。刘宽与杨赐任职一年多，都被罢去，只有张济仍官居原位。朝廷另用许馘为太尉、陈耽为司徒。许馘品行低下，比张济好不了多少。陈耽颇为清廉，不久就被罢免，朝廷再任袁隗为司徒。三公都是阉人的党羽，朝政一片浊乱。此后接连发生日食，河流决口，高山崩塌。最奇怪的是洛阳女子生下一个婴儿，两头四臂，似人非人。

当时钜鹿郡有张氏兄弟三人，老大名叫张角，老二名叫张宝，老三名叫张梁。张角读书不成，误入旁门左道，自称大贤良师，诱惑乡民。其实，他所谈的一切，无非是假托黄老之言，以假乱真。恰逢民间发生大瘟疫，百姓病死无数。张角乘机查得几个医治瘟疫的秘方，制成药汁，倒入瓶内，为人治病。病人接踵而来，登门求药。他便将药水取出，假装烧符念咒，令病人在坛前跪拜，然后拿出药水让他们喝。一些人命不该死，喝下药水，果然病情好转，就把张角奉为神明，辗转称颂。每天到张角那里求医的，多则一百人，少则数十人。张角又自称太平道人，派门徒周游四方，到处宣扬。大约过了十几年，青、徐、幽、冀、荆、扬、兖、豫八州民众，无人不知张大贤良师，百姓交相倾慕，甚至变卖财产，争着跟随张角。因此十多年间，张角的门徒多达数十万，郡县不知张角的用意，反而称誉张角。只有司徒杨赐为此担忧，曾对掾吏刘陶说："张角蛊惑百姓，必成后患，如今势力已经蔓延，如果让州郡前去抓捕，恐怕会激起民变。我想命刺史、二千石派人将他的门徒遣回原籍，等到只剩下头目的时候，再派人抓捕。你以为这个办法可行吗？"刘陶应声说："这正是孙子所说的'不战屈人'，怎能说不是好计策呢？"杨赐于是将此事列入奏章呈上，过了很久也不见采用，杨赐因病乞求休假。刘陶又将此事重提，说张角图谋不轨，散布谣言，应下诏抓捕等。灵帝仍不以为然，置之不理。

张角逍遥法外，私自设置三十六方，大方一万多人，小方六七千人，设立渠帅，地位相当于将军。大方贼帅马元义招揽荆、扬等地的无赖约数万人，与张角相约起兵，自己运送金帛，到京城贿赂中常侍，约他们为内应。那时，中常侍曹节已死，赵忠、张让、夏恽、郭胜、段珪、宋典、孙璋、毕岚、栗嵩、高望、张恭、韩悝等十二人，都得以封侯，显贵无比；还有封谞、徐奉，也受到宠信，但比不上赵忠、张让。灵帝常称张常侍是我父，赵常侍是我母，所以张、赵二人势焰与皇帝无二。封谞、徐奉虽是赵忠、张让的羽翼，但因势力不及二人，不免阳奉阴违。得到马元义的贿赂后，封谞、徐奉不顾灵帝的恩宠，就与他订下密约，愿作内援。马元义非常欢喜，立即报告张角，定于三月五日，内外一起行动。

张角的门徒唐周上书告变，朝廷于是派人逮捕马元义，在洛阳市中，将他处以极刑。并且下诏三公司隶，查究宫内和宫外与张角交往的人，立即处死。又令冀州刺史严厉缉拿张角兄弟。张角等听说事情败露，连夜起兵，自称天公将军，称弟弟张宝为地公将军、张梁为人公将军，所有门徒都在头上包着黄巾，作为标记，因此当时人称黄巾贼。张角的党羽三十六方，同时响应，烧毁官府，掠夺州郡，烽火连天，四海震惊。

灵帝接连收到警报，也焦急起来，命何皇后的长兄何进为大将军，加封慎侯，让他率领左右羽林兵五营，屯兵都亭。又在函谷、太谷、广成、伊阙、轘辕、旋门、孟津、小平津八关，派人把守，赐名为八关都尉。可贼人声势浩大，官兵不敢与之争锋。警报传到京师，灵帝赶紧与群臣商议讨贼的方法。北地太守皇甫嵩正回都述职，见此情形，极力请求赦免党人，并调拨钱财和西园的马匹，赏赐军中，鼓励人心。这两件事本是灵帝不愿听的，但事已至此也不便坚持已见，于是询问中常侍吕强。吕强乘机进言："党人被囚禁已久，人人心怀怨恨，如果再不囚释放，他们一旦与张角合谋，到那时就后悔莫及了！现在请先考察左右，诛杀奸臣，大赦党人，虽有盗贼，也不用愁了！"灵帝于是颁下赦书，将党人全部放出。然后下诏寻求列将的子孙，大发天下精兵，命尚书卢植为北中郎将，率领北军五校士讨伐张角。再进升皇甫嵩为左中郎将、谏议大夫朱儁为右中郎将，调发五校、三河的骑兵，并招募壮丁四万多人，分别讨伐颍川的黄巾贼。

三将都熟知兵法，一经重用，立即分路进攻。途中探知盗贼勾结内侍，便据实上奏。封谞、徐奉曾私下结交马元义，马元义被诛杀以后，二人惊慌得很，担心密谋泄露，于是将所得的财物转赠给张让，求他代为周旋。张让只用寥寥数语，便把二人的逆谋洗刷干净。等三将的奏报传到京城，灵帝又责备诸位常侍："你们常说党人想危害社稷，如今党人为国效力，你们反而串通贼人，该不该斩首呢？你们自己说！"众位常侍连忙跪下，痛哭流涕："这都是王甫、侯览等人所为，我们实在不知情，乞求陛下宽恕！"灵帝见他们苦苦哀求，心生怜悯，就让他们起身，只将封谞、徐奉二人逮捕下狱。

各常侍心怀鬼胎，陆续请求回归故里，各自召回京外的子弟，不让他们为官。灵帝好言劝慰、挽留，叫他们安心做事。吕强看不过去，劝灵帝赶快惩治逆党，灵帝这才下令诛杀封谞、徐奉，对其余人则不再过问。赵忠、夏恽与封谞、徐奉交情颇深，二人一同诬陷吕强。灵帝不辨真假，便令小黄门拿着剑去召吕强。吕强十分恼怒，取来小黄门手中的剑，往脖子上一抹，顿时毙命。

小黄门见吕强自杀，立即回去禀报。赵忠又进谗言："吕强不等审问，便急着自尽，显然是有罪。吕强的亲族还在，应当再加以审问，不能让他们漏网！"灵帝又收押吕强的亲属，没收他们的财产。侍中向栩上疏弹劾阉党，又被张让诬陷，说他与张角串通，想做内应，灵帝立即将向栩送到黄门北寺狱中处死。

郎中张钧上疏斥责宦官。灵帝看完后，把奏章拿给张让等人，叫他们自己翻看。张让等人看完后，吓得形色仓皇，叩头谢罪，主动乞求到洛阳狱中服刑，并愿意拿出家财作为军饷。灵帝心怀不忍，仍让他们照常办事，张让等人谢恩退出。张钧不管死活，再次重申前次的提议。阉党更加恼怒，暗中嘱咐御史捏造罪责，将张钧抓入狱中，活活打死。前司徒杨赐当时正任太尉，灵帝召杨赐商议讨伐贼人的事情。杨赐上言说，想抵御外寇，必先除掉内奸。灵帝心中不悦，将杨赐罢免，改用太仆邓威为太尉，并罢去司空张济，任命大司农张温为司空。然后下诏，令三位中郎将限期荡平张角。左中郎将皇甫嵩、右中郎将朱儁，各统率一军，赶赴颍川。朱儁与黄巾贼波才相遇，朱儁战败退回。波才进攻皇甫嵩，皇甫嵩退回长社，依城拒守。各处黄巾贼听说官兵败退，更加猖狂。南阳黄巾贼张曼成，攻杀太守褚贡；汝南太守赵谦，被黄巾贼杀败；幽州刺史郭勋及太守刘卫，均被黄巾贼杀害。

颍川黄巾贼波才，乘胜围攻长社。皇甫嵩依城拒守，部下只有数千，他们俯瞰城下，见贼众约有数万，不禁大惊失色。皇甫嵩下令说："贼人虽然强盛，我自有破敌之计，你们只要听从我的号令，包管打败贼人！"将士听了此话，稍稍安下心来。波才猛扑几次，因城上硬箭、巨石纷纷落下，不能得手。当时正值仲夏，天气炎热，贼众多用草搭成营帐，停战以后在里面乘凉。皇甫嵩对将吏说：“用兵不在于多寡。如今贼众用草做营帐，我们正好用计将他们打败。”军吏问是什么计，皇甫嵩不慌不忙地说：“火攻。”军吏听了，齐声称好。皇甫嵩让将士扎好草炬，待到黄昏，拿着草炬登城。碰巧大风刮起，天昏地暗，将士们点燃草炬，一齐向贼人的营帐中抛去。敌营霎时间火焰冲天，贼人惊慌失措。皇甫嵩又率兵开门出城，从四面逼近，杀得群贼尸横遍野，血流成河。转眼已是天明，忽然又有一支部队杀到，截住贼人的去路。为首的是一员战将，细目长须，仪容不俗。此人乃是一位汉末枭雄，特奉朝廷之命，来这里追杀贼人。

奸雄曹操

黄巾贼波才被中郎将皇甫嵩击败，寻路逃跑，途中又被官兵拦住，为首的将领正是骑都尉曹操。曹操，字孟德，小名阿瞒，沛国谯郡人，本姓夏侯氏，因父亲曹嵩是中常侍曹腾的养子，所以改姓曹。曹操小时候机警过人，喜欢游猎，放浪无度。叔父恨曹操不务正业，就到曹嵩面前告状，曹嵩因此常责备曹操。曹操在心中记着，一次与叔父相遇，曹操翻身倒地，装作中风的样子。叔父急忙告诉曹嵩，曹嵩连忙前去探视。曹嵩赶到时，曹操已经站起，曹嵩问曹操：“你的病好些了吗？”曹操回答说自己没病。曹嵩又问：“你叔父说你中风，怎能会没病呢？”曹操假装吃惊地说：“我并没有中风，想必是叔父恨我，所以才这样说！”曹嵩信以为真，此后不再相信自己的弟弟。乡人见曹操斗鸡走狗就像无赖一般，都很鄙视他。只有梁人桥玄、南阳人何颙视曹操为奇才，曾对曹操说：“天下将要大乱，非奇才不能济事，将来安抚天下，就靠你了。”何颙常说汉室将要灭亡，只有曹操才可以平定天下。曹操因此常与二人往来。桥玄又嘱咐曹操：“你还没有名声，可以与许子将交往，千万不要耽误自己！”曹操应命离去。

子将是许劭的字，许劭是前司徒许训的侄子，祖籍汝南，善于识别人才。他与堂兄许靖名重一时，但凡乡里的人物，一经他品评，往往成为定论。但他评价人，往往每月更换一次褒贬，所以汝南人称他为“月旦评”。曹操前来拜见许劭时，许劭正担任功曹一职，他将曹操请进去，谈论世事，曹操应对如流。可许劭却一直不下定论，曹操烦躁起来，禁不住质问道："我听从桥公的教诲，特来拜访你，你向来善于鉴赏人才，我到底是什么样的人呢?"许劭笑而不答。曹操愤然道："好就说好，不好就说不好，怎能善恶不分，不作回答呢?"许劭被曹操逼得无奈，才应声说："你是治世之能臣，乱世之奸雄！"曹操毫不动怒，反而高兴地说："你真可谓是我的知己了！"说完之后，告别许劭回家。

曹操二十岁时，做了郎官，后来调任洛阳北部尉。刚入官署，就下令整修四门，特制作五色棒十多条，悬挂在门口。然后宣示禁规，如果有人违犯，不论贵贱，一律棒责。小黄门蹇硕深得灵帝宠爱，蹇硕的叔父拿着刀在夜里行走，违犯禁令，曹操令左右将他拿住，用棒打死。从此权贵收敛形迹，无人敢犯，曹操因此名扬天下。

黄巾贼兴起时，朝廷封曹操为骑都尉，率将士几千人，前去帮助皇甫嵩、朱儁，讨伐颍川贼。曹操领兵抵达长社，正遇上贼众战败逃走，便趁贼人危急之时，追杀一阵。贼众心慌意乱，哪里还敢对敌?连忙抱头逃去，曹操率兵杀死多人，夺得马匹不计其数。待到残贼全部逃跑，皇甫嵩也领兵赶到，与曹操相会，随后朱儁也来会师。波才等人聚众再战，又被官军打败，死了数万人。颍川平定。

皇甫嵩上疏告捷，朝廷下诏封皇甫嵩为都乡侯。皇甫嵩更加兴奋，邀同朱儁、曹操讨伐汝南、陈国各贼。波才逃到阳翟，打家劫舍，抢夺百姓的粮食，一听说皇甫嵩等人追到，慌忙聚众对敌，已经来不及了。皇甫嵩、朱儁、曹操从三面围攻，将残贼剿灭干净。波才无路可逃，连同妻子一起被杀。皇甫嵩等又抵达西华，恰好贼人的头目彭脱在该地祸害百姓，彭脱未曾见过大敌，冒冒失失来与皇甫嵩等交战。战了一两个时辰，被皇甫嵩等人捣破阵势，纷纷溃散。皇甫嵩下令招降，贼众多半匍伏乞命。彭脱见大势已去，寻路逃跑。汝南、陈国各贼全部到皇甫嵩营中投降，两郡又被平定。皇甫嵩上疏报捷，将首功让给朱儁，说曹操也杀贼有功。朝廷加封朱儁为西乡侯，赐号镇贼中郎将，升曹操为济南相。又令皇甫嵩讨伐东郡，朱儁讨伐南阳，曹操到济南任事。三人告别以后，分头离去。

当时北中郎将卢植接连攻破张角，斩杀一万多人。张角逃到广宗，卢植追到城下，下令制造云梯。云梯造好之后，正准备率众登城，不料小黄门左丰带着诏书，前来探视卢植的军队。卢植瞧不起他，勉强将他迎进，淡淡应答一番。左丰有些恼怒，匆匆告辞。有人劝卢植厚赠左丰，卢植摇头不答，任由他回都。左丰日夜兼程赶到都城，对灵帝说：“广宗贼容易消灭，可卢中郎却固守营寨，连日不出，臣看他是要留着贼众，等上天来诛杀了！”灵帝听了，十分恼怒，立即派人带着槛车，押卢植入都，另调河东太守董卓为东中郎将。

董卓，陇西郡临洮县人，字仲颖，生性粗猛，体力过人，平时能带两个弓袋，左右射击。陇西一带，羌胡杂居，董卓常留心结交羌人的头目，羌人见董卓力大无比，都很畏服。桓帝末年，董卓曾入朝为羽林郎，随从中郎将张奂征讨羌人，因立下战功，被升为郎中，朝廷赐给他九千匹缣。董卓慨然道：“我能够立功，全靠将士。”于是将缣全部犒赏给将士们。此后出任并州刺史，辗转做了河东太守，如今又奉诏为东中郎将，拿着符节到广宗军营。军中将士因卢植被抓，心中不服，再加上董卓颐指气使，更加不满，都不愿替他效劳。张角从城中冲出，攻打董卓。董卓率兵迎战，士兵都往后退，董卓也只好后退。张角追到下曲阳，夺去许多军用物资，满载而去，只留弟弟张宝与董卓抗拒。董卓自知打不过张宝，上疏乞援。灵帝下旨谴责董卓，将他罢免，特派皇甫嵩讨伐张角。

皇甫嵩正在围剿东郡，接到朝廷的诏命以后，就去转攻张角，日夜兼程赶往广宗。张角此时得了重病，不能起床，只派弟弟张梁出城迎战。张梁的部下刚刚战胜，气焰嚣张，皇甫嵩的军队也很精锐，两军旗鼓相当，交战多时，仍不分胜负。皇甫嵩鸣金收军，退到十里外安营扎寨。第二天探子前去打探，见城外的贼营还像昨天一样，只是人心惶惶，好像有大事发生，仔细侦查，才知张角已死，立即禀告皇甫嵩。皇甫嵩喜出望外，传令将士，三更做饭，五更进攻。将士依令部署，待到鸡叫时一拥而出，由皇甫嵩亲自带领，直抵贼营。

贼人不肯让步，出营厮杀。大约战到午后，贼党渐渐疲乏，阵势乱了下来，皇甫嵩急忙率兵向前，冲破敌阵，杀死多人。贼众惊骇逃跑，张梁也想逃回兵营，但官兵已经追上，一刀将他杀死。皇甫嵩见张梁已死，乘势抢城，城中贼众夺门而出，又被皇甫嵩分兵追杀，将他们赶到河滨。贼众走投无路，一齐投入河中，淹死数万。皇甫嵩进入广宗后，见署中摆着棺材，料知是张角的尸骸，就下令打开棺材，将张角的人头割下，送到京城。张角的弟弟张宝还驻守在下曲阳，皇甫嵩又邀同钜鹿太守郭典，一同攻打张宝。官兵连战连胜，阵斩张宝，其余贼人多半投降，差不多有十多万。

消灭张角兄弟，首功应归皇甫嵩。灵帝论功行赏，晋升皇甫嵩为左车骑将军，担任冀州牧守，封槐里侯。皇甫嵩请求减免冀州一年的田租，暂时缓解百姓的困苦，朝廷准奏。百姓为皇甫嵩作歌道：“天下大乱兮市为墟，母不保子兮妻失夫，赖得皇甫兮复安居。”皇甫嵩在军中善于安抚士兵，深得人心。治理民政时，又恩威并施，百姓莫不畏服。

前信都令阎忠写信劝皇甫嵩自立，创建奇功。皇甫嵩看了之后，不敢贸然听从。阎忠见自己的提议没被采用，就离开了。

镇贼中郎将朱儁领命前往南阳。南阳黄巾贼张曼成，屯兵宛下，最后被南阳新任太守秦颉杀死。贼党重新推赵弘为头目，攻陷宛城，拥众十几万。朱儁到了南阳，与太守秦颉及荆州刺史徐璆，合兵一万八千人，围攻赵弘，两个月也没有打败贼人。朝廷大臣听说朱儁久战不克，上奏请求召朱儁问罪。司空张温进谏说：“古时候秦任用白起，燕任用乐毅，持续一年多，才分出胜负。中郎将朱儁前去讨伐颍川已立下功劳，如今率兵南下，必有自己的作战方针，将来定能消灭贼人。臣听说打仗时改换将领是兵家大忌，为何不宽限一些日子呢？”灵帝于是传诏催促朱儁急攻。

碰巧赵弘率众出城，前来劫营，朱儁的军队一齐杀出，将赵弘刺死。其余贼人逃回城中，又推选了一个头目，叫韩忠，依城固守。朱儁探知城中贼党还有数万，担心自己兵少，难以对敌，就修筑堡垒，并特意堆了一座高出城头的土山，以便俯瞰城内动静。一天，朱儁登高遥望，忽然想出一条奇计。回营后，立即派兵攻打城的西南角。韩忠忙率众守御西南，朱儁却悄悄带领四五千人，绕到东北进攻。佐军司马孙坚捷足先登，领兵入城。韩忠听说东北失守，吓得魂飞魄散，忙丢弃西南，退回内城，派人乞降。徐璆、秦颉及朱儁部下的司马张超，都想就此招降，只有朱儁不肯答应，将韩忠派来的人呵斥出去，又率兵全力攻打内城。贼众料知没有生路，拼死抵抗，朱儁无机可乘。朱儁再次登上土山，默默注视城中，当时司马张超站在旁边，朱儁回头对张超说：“我已经想出破城的方法了。贼众因外城被围，内城危急，乞降不成，又出不来，只得与我们决一死战。万众一心，不好抵挡，何况他们还有数万人。我想暂时撤围，放敌人出城，贼众出来之后，必定无心恋战，那时就容易消灭他们了！”张超赞成。朱儁立即传令撤围，退出外城。

韩忠不知是计，还以为朱儁的军队有变，于是号召贼众出来追赶。朱儁边战边退，将韩忠引到离城十多里的地方，然后翻身拼杀，并分兵抄到敌后，截断他们的退路。韩忠正在厮杀，忽然望见后面也有官军的旗帜，才知中计，急忙策马退回。可朱儁的士兵不肯放松，步步紧逼，害得韩忠无法脱身。这时，后面的官兵也来夹攻，韩忠腹背受敌，进退两难，只得夺路而逃。大约走了几十里，已是人困马乏，韩忠手下只有几百人，正准备下马休息，不料官兵从后面追到，四面八方都是黑压压的军旗、亮晃晃的刀剑，就算韩忠背上长出翅膀，也无法飞出。韩忠不得已，只好下跪乞降，在朱儁面前叩头悔过。朱儁担心韩忠有诡计，令左右将他绑住，牵到城下。城内已经空虚，任由官军进去。刚进外城，突然一将迎头拦住，手起剑落，把韩忠劈成两段。

杀死韩忠的是南阳太守秦颉，秦颉恨韩忠固守城池，所以不听从朱儁的命令，擅自将他杀死。朱儁不免为之叹息，但因秦颉征战有功，只好容忍过去。哪知贼众得知后又起了疑心，聚集在一起，推举孙夏为头目，屯兵宛境，想夺回城池。朱儁接到报告，急忙领兵攻打孙夏。孙夏战败，逃到西鄂城南的精山中，朱儁一路追踪，斩杀一万多人，贼众这才溃散。宛城终于平定，朱儁上疏告捷，被封为右车骑将军。护军司马傅燮，追随皇甫嵩、朱儁等讨伐黄巾，转战南北，多次歼灭贼兵首领，立功甚多。朝廷本应对他加以重赏，可中常侍赵忠忌恨傅燮，从中诬告，说刘燮不但无功，还应将他定罪。多亏灵帝没有完全糊涂，没有加罪于傅燮。但傅燮的汗马功劳，已被搁置一旁了。

桃园三结义

护军司马傅燮，北地灵州人，本来字幼起，因仰慕南容，后来改字南容。他身高八尺，仪表不凡。做了护军司马后，常说国家大患不在于贼寇，而在于阉人，所以从军出征后，还在营中上疏。因为奏章感动了灵帝，他才免遭谴责，尽管立下战功但没有得到封赏，灵帝只命他为安定都尉。豫州刺史王允，讨伐黄巾时，发现贼人那里，有中常侍张让门客的书信。王允将原书上报，灵帝召来张让责问，张让叩头说："书信从外面呈进来，怎知无诈？不能用它做证据。"灵帝被他用花言巧语瞒骗过去。张让被赦免后，索性诬告王允欺君罔上，灵帝相信张让，竟逮捕王允下狱。朱儁班师回朝后，被封为光禄大夫，宫廷内外齐声庆贺。灵帝不胜欢喜，下诏改光和七年为中平元年，颁诏大赦。这一道赦书，便宜了好几个人：王允遇赦释放，前北中郎将卢植，也得以出狱，恢复自由。皇甫嵩上疏举荐卢植，灵帝又任用卢植为尚书。卢植有一个弟子，与卢植同郡，他乘乱起兵，讨伐黄巾，立了一些功劳，由校尉邹靖举荐，做了安喜县尉。

此人是谁呢？正是汉景帝的儿子中山靖王刘胜的子孙，名备，字玄德。刘备的祖父刘雄与父亲刘弘，世代为郡县吏。刘弘早已病逝，只剩下妻子和儿子，孤儿寡母，形影相吊。因家境贫困，刘备不得已靠卖鞋织席为生。刘备家的东南角有一棵大桑树，高约五丈，浓荫满地，好似车盖一般，往来行人，都很诧异。同县人李定颇会看相，说这家必出贵人。刘备年幼时曾与村中的儿童在树下嬉戏，指着树说："我将来定会乘这样的羽葆盖车。"叔父刘子敬听到这话，告诫刘备："你口出狂言，会招来灭门之灾！"刘备于是不再说此类的话。到了十五岁，刘备与同宗的刘德然、辽西公孙瓒，一起拜卢植为师。刘德然的父亲刘元起，可怜刘备家境贫寒，时常周济刘备。刘元起的妻子劝阻说："我们与他并非一家，为何时常拿钱财给他呢？"刘元起感叹道："我同宗中有这样的男儿，将来定非凡人，为何不拿钱接济呢？"后来，刘备渐渐长大，身强力壮，高七尺五寸，耳朵垂到肩上，手垂下来超过膝盖。平时喜欢狗和马，又爱好音乐。待人宽厚平和，喜怒不形于色，很多人都愿意与他交往，刘备也乐于交结朋友。

当时有两个壮士，同时来到刘备家，刘备极为欢迎，与他们结为生死之交。一个是河东解县人，姓关名羽，字长生，后来改为字云长。此人朱颜赭面，凤眼蚕眉，体力过人。因在解县杀死土豪，逃难到涿郡，恰与刘备相遇，两人相谈甚欢，结成至交。另一个世代居住在涿郡，姓张名飞，字翼德。此人平时粗犷豪放，不喜欢与人结交，唯独见了刘备、关羽，却意气相投，格外友好。相传三人曾在桃园结义，结为异姓兄弟，不求同年同月同日生，只愿同年同月同日死。刘备年龄最大，其次是关羽，最后是张飞。他们按照顺序，以兄弟相称，情同手足，同桌吃饮，同床睡觉，一起出入，形影不离。刘备听说黄巾贼造反，便想仗义起兵，为国家讨伐乱贼，只是苦于无从筹备粮草马匹。三个异姓弟兄，单靠六条臂膀，怎能成事？

正在发愁，凑巧有两个人领着伙伴前来，刘备与二人交谈一番，才知他们是中山的大商人，以贩卖马匹为业。这二人一个叫张世平，一个叫苏双。刘备将他们请回家，殷勤款待。二人说沿途有很多盗贼，不便做生意，所以投奔到偏僻的地方躲避。刘备对他们说："我正想招集人马前去杀贼，可惜手无寸铁，又没钱买马，很是着急。”二人齐声说：“这有什么难的？我们全力相助就是了！”说完，取出黄金数百两，牵来好马数十匹，赠送给刘备。刘备接受之后，招集乡里的勇士，铸造兵器。刘备给自己做了一把双股剑，给关羽打了一把青龙偃月刀，给张飞做了一根蛇矛。然后穿上盔甲，配好马匹，领着众人，前去投奔校尉邹靖。邹靖见三人气宇轩昂，肃然起敬，将他们留下。待到黄巾入境，邹靖便率三人一同前去拦截。关云长的宝刀，张翼德的利矛，接连杀死很多贼人，就是刘玄德的双剑，也击杀了好几个人。邹靖得到三人的帮助，立即将黄巾贼驱逐出境，并上疏奏报。朝廷因刘备是平民，只任命他为安喜县尉。

刘备辞别了邹靖，带着关羽和张飞一同到安喜上任。过了几个月，忽然朝中颁下诏令，凡是因立军功做长吏的，一律淘汰。刘备为之惊心，转念一想，县尉一职地位低、俸禄少，去留无所谓，不妨静候上面的命令。又过了好几天，郡守派督邮到来，县令慌忙迎接，刘备也只好前去伺候。哪知督邮妄自尊大，只许县令进见，不准县尉进去，刘备只好忍住怒气退回。第二天，刘备又整理衣冠到馆门前求见，等了很久，才有一个人出来，说督邮抱病在床，不愿见客。刘备明知督邮藐视县尉，不想见自己，一时又不便发火，勉强耐着性子，怅然回去。

关羽、张飞见刘备白跑两趟，问明原因，不禁恼怒起来。张飞的性子更烈，当时就想到馆舍中刺杀督邮。刘备极力拦阻，张飞表面上顺从，一瞅到机会，就大步走出，找督邮算账去了。刘备发现张飞不见了，料知他必会闯祸，慌忙带着关羽等人赶往督邮馆舍。还没到门口，就听见一阵喧闹，又有叫骂声传来。刘备急走几十步，见张飞抓着督邮，边骂边打，立即大声制止。督邮又痛又气，已是神志不清，听到刘备喝止的声音，才将灵魂收回躯体，喘息一番，又摆起架子，责问刘备：“这……这个野奴，是你派来的吗？”刘备还没有来得及回答，督邮又说：“我奉命到这里，正要罢免你这样的狂人。你目无尊长，竟敢派人打我，该当何罪？”这几句话激怒刘备，刘备说道：“我也是奉命前来缉拿你的。”张飞在旁边听刘备这么说，胆子又大起来，见左边有一棵树，便将督邮推过去，拽下柳条把督邮捆在树上，再用柳条为鞭，狠狠抽打。刘备上前阻止张飞，张飞大声嚷嚷：“兄长立了大功，只得了这么一个小小的官职，不做也罢。我今天定要杀死他，为民除害！”说到这里，张飞取出佩刀，要把督邮杀死。督邮吓得浑身发抖，连忙改口哀求：

“玄德公恕我无知，求你饶我一命吧！”刘备转怒为喜，笑着说：“你早知如此，我们自然好好伺候，何必白白挨一顿打呢？”说完，便取出官印，系在督邮的脖子上，对他说：“烦劳你交还官印，我也不愿意在这里做官，就此与你告辞了！”三人一同返回署中，草草收拾行装，飘然离去。

督邮手下并非无人，但见了张飞的虎威，都只顾自己的性命，谁也不敢上前。等张飞走远，才敢到树旁，为督邮松绑。督邮全身疼痛，由随从扶到馆舍，医治了好几天，痊愈之后，回去禀报郡守。郡守派人捉拿，刘备、关羽、张飞早已逃走，官兵自然无从捕获了。

中平二年二月，南宫云台忽然失火，灵台、乐成等殿均被毁坏。后来火势蔓延，章德殿、和欢殿也全部被烧毁。宫中侍卫全力抢救，四面泼水，无奈火势越浇越猛，等到火渐渐熄灭，所有的龙台凤阁已全部变成了废墟。灵帝不知醒悟，还打算大兴土木，修筑宫殿，只是国库空虚，一时筹不出这笔巨款，不免忧愁。中常侍张让、赵忠为皇帝设法，请求增加田税，积少成多，就足以修筑宫殿了。灵帝当然答应，颁诏按亩增加赋税。乐安太守陆康上谏阻止，张让与赵忠诬告陆康诽谤朝廷，应以大不敬罪论处。灵帝于是下诏用槛车把陆康抓到廷尉那里。多亏待御史刘岱极力解救，陆康才得以活命。随后灵帝又下诏向州郡索要木材、石头，让内侍督工建造。内侍贪得无厌，常常向州郡索取贿赂，稍不如意，就说他们的木材、石头不能用，下令以贱价变卖，叫他们另去购买。等他们第二次把木材石料运到都中时，内侍又不肯立即接受，最终导致材料腐烂，宫殿多年不能建成。灵帝又派人督促州郡。州郡官吏想要免遭谴责，不得不一面贿赂朝使，请他们代为周旋，一面剥削百姓，私自增加赋税。

百姓已经困苦不堪，可朝廷还嫌不够，甚至规定官吏必须先到西园商议好价钱，才能上任。钜鹿太守司马直，向来有清廉之名。他上书陈述时弊，并以死劝谏灵帝。灵帝看了司马直的遗信，稍稍感动，不过大小官吏，仍须到西园交了钱，才能到任。

朝政日益腐败，吏民怨声载道，难免沦为盗贼，而且一呼百应，在各自的地盘上横行霸道。盗贼的头目各有绰号：声如雷震的，称为雷公；骑着白马的，称为白骑；眼睛较大的，称为大目；其他的还有浮云、白雀、杨凤、眭固、苦蝤等等。人数多的有二三万人，少的也有六七千人。常山贼褚燕，勇猛矫捷，贼党称他为飞燕。飞燕把黑山占为巢穴，人数越聚越多，竟拥众上百万，时称黑山贼。河北各郡县受害最为严重，朝廷无力讨伐，就许给官爵，诱惑他们投降。褚燕于是上疏乞降，朝廷下诏封褚燕为平难中郎将。褚燕虽然领命，但仍旧祸害百姓，朝廷无可奈何，只好得过且过。

陇西一带，胡人乘机推举胡人北宫伯玉为将军，勾结先零羌，与枹罕、河关等地的强盗，一同作乱。金城人边章、韩遂很有胆略，闻名西州。群盗把他们劫持到寨中，让他们主持军务，然后攻打州郡，杀死金城太守陈懿及护羌校尉伶征。陇右刺史左昌手拥重兵，却不去解救。长史盖勋极力劝谏，反而触怒左昌。左昌只给盖勋几百人，让他屯兵河阳，抵御盗贼。又派从事辛曾、孔常，与盖勋一同前往，表面上是帮助盖勋，实际上是想观察盖勋的过失，以便加罪于他。哪知盖勋威望甚高，连盗贼都不敢前来侵犯。边章等绕出河阳，到冀城攻打左昌。左昌忙派人召回辛曾、孔常、盖勋。辛曾等人不肯回去，盖勋恼怒地说："你们只是从事，难道敢不听从命令吗？"辛曾等听到这话，心中惧怕，只好随盖勋回去解救左昌。盖勋来到城下，见边章正指挥盗贼，猖獗异常，就大声对边章说："你在西州威望很高，为何要联合盗贼反叛朝廷？"边章答道："左昌如果早听从你的话，发兵攻打我，我早就改过了。如今罪孽太深，难以再降，只有退避三舍，以此作为报答！"说完，领兵撤围，扬长而去。

不久，左昌被革去官职，后任刺史为宋枭。宋枭见陇右盗贼很多，打算给百姓讲读经书，使他们改过自新。他召来盖勋说："凉州百姓不知学习，所以多次叛乱，现在不如多抄写《孝经》，让他们诵读，等到家喻户晓，盗贼自然就没有了！"盖勋极力说不行，宋枭却不以为然，仍将自己的意思上奏朝廷。果然朝廷下诏斥责，召宋枭回京。新任护羌校尉夏育被羌人围住，盖勋率州兵前往援助，终因寡不敌众，败退下来。羌众从后面追赶，盖勋的部下多半溃散，只剩下一百多个骑兵。盖勋拼死抵抗，无奈对方人多势众，自己一百多个骑兵又战死一半，盖勋身受三处重伤，不能再战，索性下马大喊："我今天就死在此地，为国殉难了！"羌众见盖勋已无反抗之力，都想上前将他杀死。这时有一人阻止说："盖长史是贤人，你们如果将他杀死，岂不是有负上天？"盖勋听到这话，定睛一看，是勾就羌的头目滇吾。二人之前认识，但此时盖勋已将生死置之度外，不愿滇吾为自己说情，于是瞪着眼骂道："你晓得什么天意？快来杀我吧！"滇吾一点也不恼怒，反而走近盖勋，下马相见，并且愿意将马让给盖勋。盖勋不肯答应，滇吾于是指挥手下，把盖勋抬到寨中，请盖勋上坐，并拿出酒菜款待，十天之后，才派人将盖勋送回汉阳。朝廷听说盖勋忠肝义胆，就召他为讨虏校尉。

盖勋虽然活着回来，敌寇却始终没有平定，满朝公卿又在为凉州叛乱之事大伤脑筋。

东吴始祖孙坚

凉州叛乱，连年未平，群臣奉诏商议，莫衷一是。司徒崔烈建议放弃凉州。当时安定都尉傅燮已入都为议郎，他听了崔烈的话，十分生气："应该斩了司徒！斩了司徒，天下才能安定！"这几句话说出来，举座皆惊。尚书顾全崔烈的脸面，不得不弹劾傅燮口出狂言。灵帝召来傅燮询问，傅燮从容回答："凉州是天下要塞、国家门户，崔烈身为宰辅，不去想怎么消除灾难，反而轻易将它放弃。如果胡虏占据此地，入侵内地，试问国家如何抵御？这岂不是危害社稷吗？"灵帝听完傅燮的话，下诏让左车骑将军皇甫嵩镇守长安，伺机讨伐盗贼。贼党边章、韩遂等人攻打三辅，皇甫嵩领兵迎战，将贼党击退。可中常侍张让、赵忠与皇甫嵩有过节，说皇甫嵩没有战功，白白消耗军饷。灵帝不分青红皂白，收回皇甫嵩左车骑将军的官印，降皇甫嵩为都乡侯。

原来，皇甫嵩讨伐张角时，路过邺中，见赵忠的宅院不合制度，上奏请求没收。后来，张让向皇甫嵩索求贿赂五千万，皇甫嵩没有答应。二人由此不和。张让多次谋害皇甫嵩，又因皇甫嵩消灭张角，得了头功，只有把皇甫嵩除去，才好将功劳归于内廷，自己才能够领赏。张让阴谋最终得逞，皇甫嵩被排斥。昏庸无能的汉灵帝，受一群小人的蛊惑，说讨伐张角，内侍参议有功，竟封张让、赵忠等十三人为列侯。然后任命司空张温为车骑将军，并召前中郎将董卓为破虏将军，归张温统率，前去讨伐凉州盗贼。张温调集各郡兵马，约有十多万人，屯兵善阳。边章率众前来攻打，张温战斗失利，董卓也败退下来。不久就到了冬天，天气寒冷，夜里有流星落下，光芒长约十多丈，照彻敌营，贼众认为是不祥之兆，想返回金陵。董卓得到消息，心中欢喜，邀同右扶风鲍鸿等，一同攻打盗贼。盗贼都有归意，不愿再战，一哄而散，弃营逃走。董卓等追杀一阵，斩杀数千人，回营报功。张温让董卓前去讨伐叛羌，另派荡寇将军周慎追击边章。边章退到榆中，据城固守，周慎想立即进攻。前佐军司马孙坚，刚刚被张温调到军中参议军事。孙坚向周慎献计："盗贼进入榆中，缺少粮草，定会从外面输运。我愿意带领一万人，截住盗贼的粮道，将军率人做后应。盗贼坚持不了太久，自然会逃走。如果他们逃入羌中，我们合力前去讨伐，凉州从此就安定了！"周慎不听孙坚的建议，领兵围攻榆中。边章听说周慎的军队将要到来，先派人驻扎在葵园。待到周慎的军队攻城，边章坚守不战，却密令葵园的贼众截断周慎的粮道。周慎没有了粮食，只好丢掉军用物资，狼狈逃回。

董卓带领人马，抵达望垣北边，突然遇到羌胡蜂拥前来，一时无法后退，被敌人包围。士兵被困之后，粮饷不继，急得董卓终日不安，左思右想，终于得到一条良策，立即命将士实行。董卓靠水安营，就在水旁筑起一座大坝，假装捕鱼，暗中却将水堵塞，乘着夜深人静，悄悄从坝下过河。待盗贼知道，出来追击，董卓的军队已全部过河。董卓又下令放水，将贼众淹死多人，贼众慌忙退回，董卓全师引退，返回扶风。恰逢边章与韩遂争功，两不相让，边章写信给张温，乞求投降。张温当然答应，收兵退回长安，并将军情上奏朝廷。灵帝见战功多出自董卓，特加封董卓为斄乡侯，食邑一千户，将他调任并州牧守。并立即颁诏给张温，让张温转告董卓。董卓得知封侯的消息后，趾高气扬，张温派人召见他时，他竟然不听从命令。张温等了很久，不见董卓到来，又派遣属下带着诏令去召见他。董卓这才慢慢而来，进营之后，不但不感谢张温，反而面露骄傲的神色，颇有压倒张温的气象。张温看不过去，出言责备，董卓反唇相讥："西征各将都是无能之人，如果没有我董卓，怎能使盗贼畏服？"张温十分气愤："边章等人表面上虽然乞降，并不是出自真心，将军既然智勇双全，还应当再接再厉，扫平盗贼，才能上报国恩！"董卓反抗道："盗贼已经投降，无故前去攻打，岂不有失威信？我虽志在杀贼，却不能师出无名！"说完，起身离去。

张温见董卓如此傲慢，也不起身相送，只是闷坐营中。这事惹恼了一位参军，他上前说道："将军怎么放董卓出营了呢？"张温见是孙坚，便退去左右，询问原因。孙坚答道："董卓不知自己有罪，反而大言不惭，将军何不以军法处置，说他不肯应召，立即下令将他斩首？"张温吃惊地说："董卓颇有威名，如果将他杀死，西征靠谁呢？"孙坚慨然说道："你亲自率领大军，威震天下，为何要依靠一个董卓呢？况且董卓有三条罪过：傲慢无礼，出言不逊，这是罪一；边章、韩遂飞扬跋扈多年，理应讨伐，董卓反而说不应进攻，这是罪二；董卓应召时迟迟不到，还趾高气扬，妄自尊大，这是罪三。此时不杀他，更待何时？如今你不忍诛杀他，养虎为患，他日后悔也来不及了！”张温始终不能下定决心，挥手让孙坚退下。孙坚退出后，叹惜不已。不久，又有诏书颁到长安，朝廷提升张温为太尉。张温虽然没有除掉董卓，但颇注重孙坚的才能，推荐他为议郎。

孙坚就是后来的东吴始祖，字文台，吴郡富春县人，家里世代为郡吏，历代祖墓都在富春城东，墓上常有五色云彩笼罩。乡亲父老常议论道：“这不是平常的云彩，看来孙氏子孙将要兴旺了！”孙坚的母亲怀孕时，梦见有人剖腹取出肠子，绕到吴郡门外，孙母不禁失声大叫，惊醒之后，回忆起梦境，还觉得恐怖。第二天，孙母将此梦告诉邻居，邻居劝慰道：“怎知不是吉祥的象征呢？不必担忧。”不久，她生下一个儿子，取名孙坚。孙坚长大成人后，做了县吏。十七岁时，与父亲乘船到钱塘，远远看见有海盗数十人来掠夺商人的财物，在岸上分赃。孙坚告诉父亲：“赶快杀贼！”父亲摇手阻止孙坚，嘱咐他不要轻举妄动。哪知孙坚已经取出一把刀，纵身跳到岸上，大喊杀贼，手中的刀东西指挥，做出招人过来的样子。盗贼十分吃惊，还以为孙坚在招呼官兵，立即丢下财物，分头逃散。孙坚拿着刀追过去，杀死一个盗贼，把他的人头拿到船上。此后，孙坚名声大振，由郡守召为郡尉，后来迁升为司马。会稽贼许生造反，一年多都没有平定，多亏孙坚招募勇士，会合州郡兵马，才斩杀许生父子。刺史臧旻上报孙坚的功劳，朝廷并没有给予重赏，只让他做了三任县丞。到黄巾叛乱时，才由右中郎将朱儁保荐，从军多年。

张温出征后，司空一职，一直空缺。灵帝查阅奏章，看到杨赐、刘陶之前所上的奏章中，有遣散张角的党羽，然后诛杀头目之类的话，此时张角已被消灭，灵帝也有些悔悟，因此加封杨赐为临晋侯，让他代替张温担任司空，封刘陶为中陵乡侯，任谏议大夫。杨赐上任才一个月，便病死了。灵帝三日不上朝，亲自致哀，令公卿以下都去送葬，并赐谥文烈。杨赐的长子杨彪袭爵。

谏议大夫刘陶，做了言官后，再次上疏。无非是指责宦官，说他们欺君害民，给国家酿成大乱。中常侍张让、赵忠等得知后，无不咬牙切齿，一同对灵帝说：“以前因张角叛乱，皇上下诏晓示恩德，我们都已悔过自新。如今四方安定，刘陶竟危言耸听，试想州郡并没有一人奏报，刘陶怎么知道呢？显然是他与盗贼串通，所以先来恫吓，想要把我们全部置于死地，才好为所欲为。希望陛下不要被他欺骗！”灵帝视张让、赵忠如父母一般，认为他们不会欺骗自己，就下诏斥责刘陶，并将他收押在黄门北寺的狱中。北寺狱由黄门掌管，刘陶当然归阉人审问。刘陶自知必死无疑，瞪着眼问宦官：“朝廷已经省悟，如今为何又误信谗言？没有除掉你们，我死不甘心。”说到这里，就用手扼住喉咙，气绝身亡。前司徒陈耽也曾反抗宦官，张让、赵忠索性将他牵扯在内，抓入狱中，活活打死。这件事情之后，赵忠反而升任为车骑将军。赵忠想安置亲信，重新追封讨伐盗贼的功臣，只要是阉党的走狗，给了贿赂，便说他参与讨伐黄巾贼，上奏请求封给官职。执金吾甄举见了赵忠说：“傅南容以前在东军，有功却没被封侯，天下失望。如今将军担当重任，应该给予封赏，这样才能不负众望。”赵忠点头认可，待甄举离去后，就派遣弟弟城门校尉赵延，前去拜访傅燮。赵延乘机对傅燮说：“你只要答应让我做常侍，万户侯便是你了！”傅燮严肃地说：“人生在世，一切都是命中注定，有功得不到赏赐，这难道不是命吗？傅燮岂能妄自求取赏赐？”说得赵延无言以对，回去禀报兄长。赵忠心中恼恨，只因傅燮是众人推选的，不敢加害于他，只将他调任汉阳太守。

傅燮才上任数月，已是中平三年。盗贼的头目韩遂杀死同党边章及北宫伯玉，纠集十万多人围攻陇西。太守李相如无法御贼，就与盗贼勾结。汉阳贼王国自称合众将军，响应韩遂，四处掠夺。凉州刺史耿鄙号召六郡兵马，讨伐贼众，令治中程球为先锋。程球生性贪婪，百姓都很怨恨他。傅燮知道耿鄙必败，就向耿鄙进谏：“盗贼听说大军将到，必定万众一心，势不可当。你统领的新兵上下不和，万一发生内变，就后悔莫及了。我认为不如暂时休养士兵，暗中加以训练。等贼寇松懈之后，我们就可以一鼓作气，将他们消灭。”耿鄙自恃兵多，不听从傅燮的劝告，率兵前往。刚过狄道，就有人响应盗贼，先杀程球，后杀耿鄙。耿鄙的手下，扶风人马腾，手握重兵，却不去解救。王国、韩遂等接着进攻汉阳。城中兵少粮尽，傅燮拼死守住。贼党中有数千个骑兵，与傅燮同乡，常受傅燮的恩惠，他们见傅燮登城抵御，都跪在城下，希望送傅燮还乡。傅燮呵斥他们退下。

傅燮的儿子傅干年仅十三岁，知道父亲性情刚烈，也向傅燮跪下说：“如今天下混乱，孤城难守。乡里羌胡因感激你的恩德，想送你回归故里，你不如暂且答应。回乡以后，召集义士，等碰到明君，再出来也不迟啊！”傅燮听完这几句话，感慨道：“我听说殷纣暴虐无道，伯夷尚且不吃周朝的粮食，饿死在首阳。如今朝廷虽然昏庸，但我出仕为官，怎能见到危险就离去？我已决定死在此地，你有才智，以后应当自勉！主簿杨会可以托孤，我死也瞑目了！”傅干痛哭流涕，不能再说，左右也痛哭不已。忽然前酒泉太守黄衍求见，傅燮传令放他进来，傅干于是起身进入帐后。待黄衍进来，傅燮请他入座，问起来意，黄衍开口对傅燮说：“成败已经可以预知，识时务者为俊杰，你如果有意，我们一起成就霸业。黄衍等当尊你为君师，愿听从你的差遣，希望你不要失掉这个机会！”傅燮不禁改变了脸色，拔剑说道：“你也做过朝廷大臣，反为盗贼来做说客吗？本应将你斩首，但又怕玷污了我的剑，暂且饶你一命，回去报告叛贼，不要再痴心妄想！”黄衍惭愧离去。傅燮传令将士，开城迎战。贼众自恃人多势众，上前围攻。傅燮冒死突围，杀敌数十人，怎奈士兵太少，又没有外援，终落得为国捐躯，战死沙场。傅燮的儿子傅干由杨会保护着，回归故里。朝廷听说傅燮阵亡，赐谥壮节。后来傅干长大成人，才华出众，出仕为官，官至扶风太守。

当时，还有一位有名的贤人，在家寿终。大将军何进特派人前去吊祭。四海之内赶去奔丧的，多达三万人。此人是谁呢？就是前太邱长陈寔。陈寔做了太邱长后，隐居不出，党人被禁锢、诛杀时，陈寔也受到牵连，后来被释放。中常侍张让的父亲去世时，陈寔前去吊祭，颍川党人才得以保全。陈寔在家乡多年，百姓有争执，他都能做出公正的判断，人们无不悦服。闹饥荒时，有小偷夜里进入陈寔家，藏在梁上。陈寔早已瞧见，故意不说，只叫来子孙训诫道：“人不可以不自勉，恶人并不是天生就是恶人，而是因为后来染上恶习，你们看看梁上的君子便知道了！”小偷在梁上听到后，大吃一惊，连忙跳下来，叩头谢罪。陈寔对他说：“看你的相貌不像恶人，如果能改过自新，就不必担心贫困了！”说完，又让子孙取出白绢两匹，赠给小偷。小偷拜谢而去。前太尉杨赐及司徒陈耽入朝为官，群僚前来道贺，杨赐认为陈寔还没有为相，自己反而先登上台辅之位，常因此惭愧。大将军何进等多次派人聘请，陈寔始终不肯出仕。中平四年夏季，陈寔在家寿终，享年八十四岁。前来吊祭的人一同到陈寔墓前瞻拜，立下石碑，谥为文范先生。陈寔有六个儿子，其中陈纪、陈谌最为贤明。

灵帝阅兵

灵帝中平年间，朝政日益混乱，国势越来越衰弱，灵帝只知信任阉人，纵情享乐。今年修建万金堂，明年修建玉堂殿，种种工程，都由掖庭令毕岚监工。就是一群阿谀奉承的小人，也无不修筑宅院，样式多仿照皇宫。灵帝常登台观看景色，赵忠怕灵帝望见自己的宅院，上前进言说："皇上不宜登高，否则百姓会背离朝廷！"灵帝于是不再登台。阉党更加横行无忌，只瞒过灵帝一个人。

哪知内忧未平，外患又来。西羌连年骚扰边境，从未平定，鲜卑首领檀石槐虽然已经病死，但部落人数众多，仍然出没于塞下，多次入侵幽、并各州。其他各地的盗贼，多如牛毛。江夏散兵赵慈杀害南阳太守秦颉，纠集众人叛乱，多亏荆州刺史王敏发兵剿灭，诛杀赵慈。不久，中牟令落皓及主簿潘业又被荥阳贼杀死。河南尹何苗率兵前去围剿，杀死多人，盗贼暂时平定下来。长沙贼区星、零陵贼观鹄又相继造反，朝廷令议郎孙坚防守长沙。孙坚先斩区星，后斩观鹄，荆湖平定。渔阳人张纯、张举接连起兵，张举自称天子，张纯号称弥天将军，同时进攻幽、冀二州。另外像休屠等胡人，也乘机叛变，入寇西河，杀死郡守邢纪，转攻并州。刺史张懿与胡人作战，不幸阵亡。黄巾余孽郭太等人因西河被胡人占据，也在白波谷揭竿而起，联络胡人，分别掠夺太原、河东。左屠等胡人又胁迫南单于，一同叛乱，骚扰朔方。

冀州刺史王芬见战乱四起，日夜戒备，寝食不安。前太尉陈蕃的儿子陈逸，从成所被释放回来，前去拜见王芬，谈起天下大乱都由阉党专权导致，王芬也为之叹息。当时术士襄楷也在场，他起身说道："天象不利于宦官，看来黄门、常侍均要被灭族了！"陈逸欢喜地说："如果真有这样的事，不但国家可以安定，我那含冤于地下的先人，也能得以昭雪，含笑九泉了！"王芬接着说："如果天象有征兆，我愿为国家除掉阉贼！"襄楷说阉人灭亡，就在这一两年。王芬于是召集豪杰，筹备粮饷、兵器，上疏说盗贼越来越猖狂，要攻打郡县，应招兵买马，分头围剿。灵帝不理会，一心想到河间的旧宅出巡。王芬得知后，想出兵拦截御驾，诛杀黄门、常侍，乘势废掉灵帝。

济南相曹操此时已做了议郎，与王芬是好友。王芬因曹操足智多谋，特派人与他商议，让他作内援。曹操摇头说：“‘废立’二字，是天下最不祥的字眼，古人只有伊尹、霍光做过此事。伊尹、霍光位居首辅，所以事情才能办成。如今你们不及古人，却妄想做出这样的举动，这岂不是为自己招灾惹祸吗？”于是嘱咐来使回去告诉王芬，务必慎重，不要鲁莽行事。王芬不肯听曹操的话，又召平原人华歆、陶邱洪共商大事。陶邱洪正要动身前往，华歆急忙劝阻：“废立大事，伊尹、霍光不过是侥幸成功，王芬才疏学浅，威望又不高，怎能成事？千万不要鲁莽！”陶邱洪听了此话，不再前去。当时北方出现赤气，半夜越来越盛，横贯东西。太史上奏说北方有阴谋，不适合出巡，灵帝于是无心北上，又下令让王芬罢兵。不久，灵帝召王芬回都，王芬怀疑是密谋泄露，不敢应命，并解下官印，逃到平原。后来，又担心朝廷捉拿，仓皇自尽。陈逸、襄楷没有受到牵连，议郎曹操等人也安然无恙。

太常刘焉本是前汉鲁恭王的后裔，迁居竟陵，因为是汉朝的宗室，得以为官，由中郎迁升为太常。他见朝政混乱，上言说刺史、太守因贿赂得官，剥削百姓，导致叛乱不断，应赶快选出清廉而有威望的大臣，出任牧伯，恩威并施，才能平定战乱。建议没有被采纳。侍中董扶与刘焉关系很好，他私下对刘焉说：“京师将要大乱，听说益州有天子气，不知是何人？”刘焉含糊对答，心里却另有打算，巴不得立即赶赴益州。碰巧益州发生叛乱，刺史郄俭祸害百姓，被黄巾余党马相所杀，马相自称皇帝，攻占巴蜀。警耗传到都中，刘焉又重申之前的提议，灵帝就命刘焉为益州牧守，封阳城侯，让他平定蜀郡。刘焉喜出望外，领命前往，到了荆州东边，见前面有很多盗贼，不便西进，故意逗留了好多天。也是他时来运转，官运亨通，益州皇帝马相被益州从事贾龙杀死。贾龙派人迎接刘焉进入蜀地，奉他为州主。益州的官府本在洛县，刘焉认为那里不吉利，就迁徙到绵竹，然后设法笼络人心。侍中董扶听说刘焉得志，也请求做蜀郡西部属国都尉，灵帝准他所奏，董扶立即动身西去，为刘焉做参谋。

宗正刘虞也是汉家的支派，是东海王刘强的后人，以孝廉被举荐，不久升任为幽州刺史。他爱民如子，内外皆服，后来因事被罢官。到黄巾叛乱，刘虞又做了甘陵相，晋升为宗正，始终尽忠职守。张纯、张举在渔阳起兵，幽州大乱。灵帝已派骑都尉公孙瓒讨伐叛军，又因刘虞在幽州时，深得民心，就特命他为幽州牧守，拿着符节镇抚叛军。

灵帝接连收到警报，不免忧从中来，暗想小黄门蹇硕身材强健，比车骑将军赵忠更为勇猛，不如让他保护宫廷。于是撤销赵忠的兵权，特封蹇硕为上军校尉，屯兵西园。蹇硕以下，又设校尉七人：虎贲中郎将袁绍为中军校尉，屯骑校尉鲍鸿为下军校尉，议郎曹操为典军校尉，赵融为助军左校尉，冯芳为助军右校尉，谏议大夫夏牟为左校尉，淳于琼为右校尉。他们七人都归蹇硕统管，共称西园八校尉。

这时，又有术士前来告变，说京师将有大兵到来，恐怕会导致两宫喋血。灵帝为了消灾，特征集四方兵马聚集京师，把平乐观当作讲武场，在观中筑起大坛，上建十二重华盖，高约十丈，在坛东北另设小坛，又修筑九重华盖，高约九丈。四面插着赤帜，分别站着步兵、骑兵数万人，格外壮观。灵帝身披铠甲，骑着马到军中游行，大将军何进为前锋。御驾直抵坛前，在大坛下停住。灵帝站在大华盖下，传令各军，演习阵法，将士一齐应令，万马齐腾，很是整齐。灵帝只觉得赏心悦目，当下想入非非，想到一个称号，叫无上将军，就令左右写在旗上，随即骑马在阵中绕行一周。只听见军吏一齐高呼万岁，灵帝兴致越来越高，精神越来越振奋，又兜了两圈，才将兵符交给何进，自己起驾回宫。

讨虏校尉盖勋随后跟着，灵帝回头问道："朕今日阅兵，规模宏大，你认为怎么样？"盖勋应声道："如今贼人距京师很远，陛下在都中列阵，臣认为还不足以扬威！"灵帝听了，感悟道："你说得很对。从没有人说过这样的话。"盖勋拜谢而退，途中遇到中军校尉袁绍，说起刚才与皇上对话的情形，盖勋对袁绍说："主上聪明过人，却被左右所蒙蔽，真是可惜！"袁绍是前司空袁逢的儿子，目睹阉党专权，很是愤怒。听到盖勋的话，便邀请他到自己的宅院，与他密谋诛杀阉党，彼此约定，伺机而动。

太尉张温当时已经回来，做了司隶校尉，举荐盖勋为京兆尹。灵帝想让盖勋守在身边，随时询问，可蹇硕等怨恨盖勋正直，劝灵帝依从张温，封盖勋为京兆尹。灵帝准奏。盖勋外调以后，所有的密谋便不能如约实行了。与此同时，凉州盗贼越来越猖獗，陈仓被贼众头目王国包围，异常危急。灵帝又封皇甫嵩为左将军，并让董卓为前将军，受皇甫嵩统率，一同解救陈仓。皇甫嵩与董卓合兵两万，走到半路，屯兵不前。董卓请求快速去陈仓，皇甫嵩不答应。董卓很愤怒："将军领命前来，无非是为陈仓，快速解救才可保全城池，否则陈仓必被贼人占为已有！"皇甫嵩驳斥道："你说错了！从来百战百胜，不如不战屈人。陈仓虽小，城池坚固，王国虽强，未必能攻下陈仓。我们等贼人疲惫后，再出兵攻击，贼人就会惊慌溃散，这就是所谓的不战屈人啊！”董卓拗不过他，只得静静等待。

大约过了八十多天，陈仓安然未动，王国却解围退去。皇甫嵩听说王国退去，下令快速追击。董卓又说道：“兵法上说‘穷寇勿追’，如今我兵追击王国，便是与兵法相违背了！试想困兽犹斗，何况王国势力强盛，怎能穷追不舍？”皇甫嵩反驳道：“我之前不出击，是躲避贼人的锐气；如今想去追击，是乘贼人势力衰弱。王国已经退去，没有斗志，并非‘穷寇’。”说完，领兵前进，让董卓为后应。此去，果然接连得胜，斩杀一万多人，王国也死于乱军之中。董卓自愧没有立功，与皇甫嵩有了过节。

第二年，朝廷召董卓为少府，让他将部下交给皇甫嵩统率。董卓找遍借口，乞求留下，不去上任。皇甫嵩兄长的儿子皇甫郦在军中，向皇甫嵩进言说：“如今朝廷失政，若想扭转局势，首先在叔父，其次为董卓。如今叔父与董卓有过节，两不相容。董卓竟不听诏令，上疏反抗，已是违反命令。又因京师混乱，踌躇不去，更是心怀奸计。董卓为人凶狠，将士不服，叔父现在为元帅，不妨声讨他，上为国家尽忠，下为百姓除害，岂不是一举两得？”皇甫嵩叹息道：“他不听从命令有罪，我如果擅自诛杀他，也未尝无罪。现在不如据实上奏，请主上决断。”皇甫嵩没有听从皇甫郦的话，只呈上一篇弹劾董卓的奏章，灵帝下诏斥责董卓。从此，董卓更加痛恨皇甫嵩。

王国死后，凉州略微安定一些。幽州有二张作乱，还没有平定。自称弥天将军的张纯，曾做过中山守相，丢官以后，因凉州叛乱，写信给前车骑将军张温，希望他会同乌桓骑兵，巡行凉州。张温置之不理。张纯于是与同郡人张举攻打校尉太守，称霸一方。张举也曾任泰山太守，因失职丢官而心生怨恨，图谋不轨，想南面称尊。骑都尉公孙瓒奉命出征。公孙瓒本是前中郎将卢植的门徒，辽西侯太守见公孙瓒相貌非凡，就把女儿许配给他。公孙瓒从此发迹，随军多年。他率兵前去讨伐二张，领兵到了蓟地，恰逢张纯攻打蓟中，公孙瓒一马当先，领兵冲入敌阵，所向披靡。张纯战败以后，又去引诱乌桓部酋邱力居等人攻打渔阳、河间、渤海，进入平原。公孙瓒领兵前去，到石门山，大胜敌兵。张纯等人远逃塞外，连妻儿也抛弃不顾。张举立不住脚，跟随张纯一起逃奔。公孙瓒追出塞外，向北深入，不料在辽西管子城被邱力居包围，相持两百多天。粮食没有了就吃马，后来马也吃完了，全军险些饿死。幸亏天降大雪，敌兵饥寒交迫，撤围奔向柳城，公孙瓒才得以生还。朝廷下诏升公孙瓒为降虏校尉，封都亭侯。

碰巧幽州牧守刘虞拿着符节到任，与公孙瓒相见，公孙瓒打算再次出兵扫除虏贼，刘虞却主张招降。刘虞探知张纯、张举二人逃入鲜卑，就派人到鲜卑晓谕利害，劝他们将张纯、张举刺死，并献上首级。鲜卑首领步度根犹豫不决，张纯的门客王政却将张纯刺死，把他的人头送给刘虞。邱力居向来仰慕刘虞的名声，也派人乞降。公孙瓒心怀怨恨，暗中派人拦截胡使，胡使探知情由，绕道告诉刘虞。刘虞于是上疏请求罢兵，只让公孙瓒率一万人驻守右北平。公孙瓒与刘虞从此结下仇怨。

灵帝因刘虞有功，准备重赏，恰逢太尉马日磾被罢免，就提升刘虞为太尉。张温降职为司隶后，两年中太尉之职更改换数人，如司徒崔烈、大司农曹嵩、永乐少府樊陵以及射声校尉马日磾。光禄大夫许相接替杨赐为司空，后来又代替崔烈为司徒，任职一年多，最终被罢免。只有光禄勋丁宫迁任司空、司徒，还算任职较长。司空刘弘也是由光禄勋被提升，才能很是平庸。

中平六年四月，灵帝得病，不能临朝，公卿以下都请求册立太子，却没有得到答复。又过了十多天，仍没听说皇上召大臣进去。只有上军校尉蹇硕出入寝宫，得以与灵帝商议后事。他正想依旨宣布，不料灵帝一命归阴。蹇硕秘不发丧，假传诏令召大将军何进入宫领命。何进接到诏令，匆匆进宫。刚到宫门，正与潘隐相遇。潘隐举手示意，叫他不要进去。何进与潘隐是故交，慌忙退回营中，潘隐随后到来，对何进说："皇帝已经驾崩，蹇硕想杀死将军，立皇子刘协为帝，希望将军另做打算！"何进大吃一惊，急忙领兵前往百郡邸，静候命令。

不久，何皇后又派人召何进，何进详细询问之后，才敢进去。原来，灵帝的长子刘辩，是何皇后所生，他为人轻佻，没有威仪，灵帝想舍长立幼，又怕何皇后与兄长何进不赞成，所以迟迟没有宣布。上军校尉蹇硕是灵帝的亲信，早已窥透皇上的意思，劝灵帝派何进西征，灵帝当然依从，命何进向西攻打韩遂。何进也知灵帝不怀好意，不肯轻易前往，上奏说派袁绍在徐、兖一带招募兵马，等袁绍回都后再西征。蹉跎了一两年，灵帝一病不起，自知难以宣布册立太子一事，只好与蹇硕密商，叫他拥立次子。蹇硕想先杀何进，再立刘协。可计划被潘隐泄露，只好任由何皇后立皇长子刘辩为帝。何进已问明原委，自然放胆入宫，让皇子刘辩即位，尊何皇后为皇太后。刘辩年仅十四岁，不能亲政，由何太后临朝。接着大赦天下，改元光熹。封皇弟刘协为渤海王，命后将军袁隗为太傅，与何进同领尚书事。何进把持朝政后，想除去蹇硕，碰巧袁绍回京，为何进出主意，不但想杀死蹇硕，而且打算诛尽宦官，扫清宫禁。何进因袁氏数世得宠，就请袁绍帮助他，并封何颙为北军中侯、荀攸为黄门侍郎、郑泰为尚书。蹇硕暗中提防，写信给中常侍赵忠、宋典等人，让同党郭胜送去。郭胜与何进都是南阳人，向来互相关照，他就把信拿到大将军府交给何进。何进打开一看，不禁吃了一惊。

引狼入室

何进从郭胜手中取过书信阅览，看完之后，顿时惊惶失色。信中约有几百字，有几句话最为惊人："大将军兄弟把持朝政，想联合天下党人诛杀我们，我们现在应抢先下手。"何进踌躇了很久，才问郭胜："赵常侍等人已经知道了吗?"郭胜答道："他们即使知道，也不肯与蹇硕同谋。现在大将军只要嘱咐黄门令诛杀蹇硕就可以了。"何进于是让郭胜转告黄门令，引诱蹇硕入宫，立即捕杀他，然后公布蹇硕的罪过。蹇硕被杀以后，所有蹇硕的部下，一概不受牵连，都归大将军统率。众人免受牵连，自然愿意听从，均无异言。

骠骑将军董重是永乐宫董太后的侄子，本来与何进势力相当，不相上下。再加上皇次子刘协寄养在永乐宫，颇得董太后宠爱，所以董太后与董重密商，劝灵帝立刘协为储君。董太后与灵帝说了几次，灵帝左右为难，始终没有决定下来，以致董氏的密谋没有成功。等何皇后临朝亲政，何进手握大权，他们怕董氏干政，就加以抑制。董太后愤愤不平，在东宫责骂何太后："你自恃兄长是将军，目中无人，我若想让骠骑割掉何进的头，易如反掌，看你如何处置?"何太后听说后，召何进商议，叫他除去董氏。何进告诉三公及亲弟车骑将军何苗，让他们共同参奏一本，请永乐后仍回本国。这奏章呈进去之后，何太后立即批准，派人逼董太后出宫。何进又领兵包围骠骑府，逼董重交出官印。董重惶急自杀，董太后也忽然驾崩，死因不明。中原人士，多为董氏喊冤，不服何进。何太后为灵帝发丧，将他葬于文陵。总计灵帝在位二十一年，死时只有三十四岁。董太后的灵柩被遣回河间，与孝仁皇合葬于慎陵。渤海王刘协被改封为陈留王。

校尉袁绍向何进献计："以前窦武想诛杀阉党，自己反被杀害，无非是因为机密泄露。当时五营士兵都畏服中宫，窦武反而想重用他们，怪不得自取灭亡。如今将军兄弟统领士兵，部下将吏又都是俊杰，乐于效命，事情均在你的掌握之中，这真是天赐良机！将军应为天下除掉祸患，垂名后世，千万不要迟疑！"何进点头赞成，于是告诉何太后，请求罢除宦官，改用士人。何太后沉默半天才说："中官统领禁宫，是汉家故例，何必全部除掉？况且先帝刚刚去世，我也不便与士人共商国事，此事以后再议吧。"何进不敢再争，唯唯退出。袁绍上前问道："事情成了吗？"何进皱着眉头说："太后不肯听从，怎么办呢？"袁绍也很着急："骑虎难下，一旦失去时机，恐怕就后悔莫及了！"何进答道："我看不如杀一儆百，只处治罪祸首，其余的还能怎么样？"袁绍又说："中官亲近至尊，牵一发而动全身，岂是杀一两个人就能除绝后患的？况且同党作恶，哪里分什么主次？必须将他们全部杀死，才无后顾之忧！"何进是个优柔寡断的人物，始终不能决定。

哪知张让、赵忠等人已略有耳闻，忙用财物贿赂何进的母亲舞阳君及何进的弟弟何苗。舞阳君母子多次到太后宫中，替宦官说情，并说大将军专杀左右，权力太大，并非少主的福气。何太后为之动容，渐渐疏远何进。何进越来越失势，不敢逞强。袁绍在一旁十分着急，又为何进出谋划策，请他召集四方猛将及各地豪杰，领兵入都，逼迫何太后除去阉人。何进想依从袁绍，召集兵马，主簿陈琳却阻止说："如今将军手握兵权，如果想诛杀宦官易如反掌，但应当机立断。如果想借助外臣，则非但不能成事，反而会发生变乱！"何进置之不理，令左右写好文书，派人送出去。典军校尉曹操看到信偷笑道："宦官自古就有，只要君主不给他们大权，就不会酿成祸乱。若想除掉元凶，一个狱吏便足以成事，何必要从外地招兵呢？我担心事情一旦泄露，必定失败！"

不久，前将军董卓从河东派人来报，说他很快就能入京。何进十分欢喜，侍御史郑泰劝谏道："董卓贪得无厌，如果给他权力，将来他必定骄横不法，危及朝廷。你身为贵戚，不过想除去几个阉人，何必依附董卓？而且事情一拖，容易横生枝节，只要果断出手，便能成事。"何进仍然不肯听从。郑泰出来对黄门侍郎荀攸说："大将军执迷不悟，我等不如辞官！"荀攸没有离去的意思，郑泰毅然乞归，在河南故里安享天年。尚书卢植也劝何进阻止董卓入都，何进不肯听从，并派府掾王匡、骑都尉鲍信回乡招募士兵。并命东都太守乔瑁屯兵成皋，武猛都尉丁原率数千人到河内，在孟津放火。董卓领兵上路，在途中派人上书，请求诛杀宦官。

何太后看到董卓的书信，还是不肯诛杀宦官。何苗也袒护宦官："以前我与兄长从南阳入都，何等困苦？多亏内官帮助，才有今天的富贵。国家政治，谈何容易？一旦失手，覆水难收，还望兄长三思！现在不如与内侍和好，不要轻举妄动！"何进听了弟弟的话，满腹狐疑，忐忑不安，就让谏议大夫种邵带着诏书，制止董卓。董卓已到渑池，不听从诏令，竟然向河南进兵。邵种劝他回头，董卓怀疑有变故，令部兵拿着利器上前，想加害邵种。邵种毫不畏惧，指责董卓违背诏令。董卓自知理亏，驻扎夕阳亭，派邵种复命。袁绍得知后，担心何进改变主意，便威胁何进："形势已经败露，将军还有什么可疑虑的？不早做决定，恐怕要重蹈窦氏的覆辙了！"何进于是命袁绍为司隶校尉，从事中郎王允为河南尹。袁绍令洛阳武吏监视宦官，并且催促董卓上疏，说要进兵平乐观。何太后恐慌起来，将常侍、小黄门全部罢免，只留下何进平日的亲信。各位常侍、小黄门，都到何进那里谢罪，任凭他处置。何进对他们说："天下叛乱，正是因为你们。如今董卓将要到来，你们何不早点离去？"众人听了这话，默然退下。袁绍又劝何进快速行动，何进不肯听。袁绍再三怂恿，仍无济于事。袁绍于是假借何进之令，写信给各州郡，令他们抓捕中官亲属，到案定罪。

中官得此消息，惊慌失措。张让的儿媳是何太后的妹妹，张让急不暇择，跑回府上，一见到儿媳何氏，就跪下向她叩头。儿媳也连忙跪下，惊问原因。张让痛哭流涕："老臣知罪，自知应当返回故乡。只是身受皇恩，如今要远离宫殿，恋恋不舍，如果能再见到太后，死也瞑目了！"儿媳见张让这样，自然极力劝慰，表示愿意出头周旋。张让于是起身离去。张让的儿媳匆匆出门，去见母亲舞阳君，乞求她向太后说情，仍让张让等人入侍。何太后毕竟是女流之辈，难以违背母亲的意思，不得不令张让官复原职。何进被袁绍逼迫，进宫禀报何太后，请求诛杀常侍等人，并选用三署郎官，监守宦官的住处。何太后一言不发，何进只得退出。

张让、段珪等见何进入宫，早已怀疑，暗中派亲信跟踪，在外面偷听。张让、段珪接到亲信的回报后，悄悄定计，又让私党数十人，怀揣利刃，分别埋伏在嘉德殿门外，并假传太后的命令，召何进议事。何进还以为太后要依从他的建议，贸然前往。刚入殿门，便被张让等人截住。张让指着何进说："天下纷乱，责任在于将军，怎能把罪过全部归于我们呢？以前王美人暴死，先帝与董太后几乎要将何太后废掉，我们全力解救，各自拿出上千万家财，才得以挽回。如今将军不记旧恩，反想将我们全部诛杀，是不是太过分了？现在我们也不能顾及将军了！"何进无言以对，想出去。张让哪里还肯放过？忙招呼手下。尚方监渠穆抢先向何进杀去。何进手无寸铁，怎能招架？渠穆将他砍倒在地，又补上一刀，割下何进的人头。段珪擅自下诏，命故太尉樊陵为司隶校尉、少府许相为河南尹，罢去袁绍、王允二人。这份假诏书颁到尚书那里，各位尚书不免心生疑虑。卢植与何进有旧情，更加惊愕，急忙到宫门外探听消息，并请大将军出宫商议，不料宫内有人大叫："何进谋反，已经被诛杀了！"刚说完，就扔出一个鲜血淋淋的头颅，卢植慌忙上前审视，正是何进的人头，立即俯身将头颅拾起，赶到大将军营中，拿给将士们看。将吏吴匡、张璋又悲伤又气愤，领兵直指南宫。袁绍得知消息后，立即派堂弟虎贲中郎将袁术前去帮助吴匡、张璋。宫门全部关闭，中黄门拿着兵器抗拒。袁术等人在外边叫骂，逼迫宫中交出张让等人，骂了好久也不见有动静。天色已晚，他们索性在青琐门外放起火来，火势猛烈，照亮宫中。张让等也很惊心，慌忙禀明何太后，说大将军的部下叛乱，焚烧宫门。何太后不知何进已死，惊慌失措，张让等人劫持何太后、少帝、陈留王及宫中侍臣，从复道逃往北宫。尚书卢植早已料到这一步，在复道窗下守候。遥见段珪等逼着何太后进入复道，便大声叫道："段珪逆贼，你们已经害死了大将军，还敢劫持太后吗？"段珪这才将何太后松开。

当时袁术、吴匡、张璋等人已攻进南宫，诛杀阉人，只抓到几名小太监，未见常侍、黄门等人。恰逢袁绍赶到，袁术等详细叙述情形，袁绍说："阉党虽然人多，现已没有生路，能逃往哪里呢？只有樊陵、许相二人，甘为逆党，不可不除！"说完，假传诏令，召来樊陵、许相，将他们处斩。碰巧车骑将军何苗闻讯赶来，袁绍就与他赶往北宫。在朱雀阙下，迎头碰见中常侍赵忠，袁绍指挥众人将他拿下。赵忠从北宫前来探查，不料被袁绍抓住，自然难逃一死。赵忠见何苗在旁边，还想求他解救，大声说道："车骑忍心见死不救吗？"何苗虽然没有回答，却已把视线投向袁绍，眼神里似乎有说不出的苦衷。待到赵忠的人头落地，何苗脸上的神色更加悲惨。吴匡等人本来就怨恨何苗不与兄长同心，见他神色悲凄，更加怀疑，就传话部下：“车骑参与杀害大将军一事，将士能为大将军报仇吗?”话未说完，众人已经把何苗抓出去，砍成了两段，将尸体丢在苑中。

袁绍领着众人冲入北宫，关住大门，分头搜寻阉党，见一个，杀一个，见十个，杀十个，无论老少长幼，只要看他没有胡须，全部杀死，接连杀了三千多人。有几人本不是宦官，只因年纪太轻，胡须较少，也被误杀，做了刀下鬼。只有张让、段珪等人还没有被杀，袁绍料知他们躲藏在内宫，守着何太后、少帝、陈留王，于是领兵深入搜查。只找到何太后一人，其余的人都不见了。袁绍询问何太后，何太后也说不明白，只说尚书卢植把她救到这里，皇帝等人被张让劫持到宫外，不知去了哪里，卢尚书已经保驾去了。袁绍仍请何太后摄政，并派人前去解救少帝和陈留王。

究竟少帝和陈留王被张让等人劫持到哪里去了呢?原来张让、段珪因外兵已进入北宫，就劫持少帝，连夜赶往小平津。公卿无一人跟从，少帝连传国御玺都没来得及带上。到了半夜，尚书卢植及河南中部掾闵贡才相继赶来。闵贡手下有步兵数人，见过少帝后，便叱责张让、段珪：“乱臣贼子，我今日不能饶你们了!”说着，拔出佩剑，砍倒好几个阉人。张让与段珪无力抗拒，只好向少帝下跪，叩头哭泣道：“我们死了，愿陛下保重!”说完站起来，见前面是津涯，急走数步，跳了下去。

闵贡见张让、段珪已死，就与卢植带着少帝回宫。少帝与陈留王向来生长在宫中，从未走过夜路，路上荆棘满地，高低不平，天色又黑暗得很，虽然有人扶着，还是觉得步步艰难。幸亏流萤三五成群，透出微光，才能模糊看路。大约走了几里，路旁才有人家，门外放着板车。闵贡瞧见后，就让随从把板车推过来，也无暇敲门告诉主人，就请少帝和陈留王一起坐在车上，让步兵在后面推着。等走到洛驿，已是五更了。天空中雾气弥漫，少帝又很疲倦，就在驿舍中留宿。不一会儿，天已大亮，卢植先起来，告诉少帝，说先去召公卿前来迎驾。少帝当然准奏，卢植告辞离去。

闵贡认为驿舍不便久留，动身离去。驿舍中只有两匹马，少帝一匹，闵贡与陈留王共坐一匹。朝中公卿此时也陆续赶到。众人经过北邙山下时，忽见前方尘土大起，大队人马迎面而来。百官大惊失色，少帝更加惊慌，吓得不知所措。群臣见大队人马中走出一员大将，浓眉大眼，膘肥体壮，身穿铠甲。定睛一看是前将军董卓，这才稍稍放心。董卓本在夕阳亭候命，因袁绍写信催促，他才领兵前进。到显阳苑，望见都中起火，料知有变故发生，便趁夜抵达城西。天破晓时，董卓探知公卿前去驿舍迎驾，也前来迎接少帝，碰巧在北邙山前与少帝相遇。陈留王见少帝露出害怕的神色，就传诏阻止董卓。侍臣上前高声对董卓说："皇帝有令，士兵停止前进！"董卓登着眼说："各位公卿身为国家大臣，不能匡正王室。董卓前来迎驾，并非造反，为什么反要阻止呢？"侍臣无言以对，只好领董卓拜见少帝。少帝惊魂未定，说话结结巴巴，好似口吃一样。还是陈留王代为抚慰，并转述祸乱的原因，自始至终，没有一句失言。董卓暗暗称奇，心中不由得产生了废掉皇帝的念头，脸上却不露声色，只是奏请御驾回宫。以前京城有童谣："侯非侯，王非王，千乘万骑上北邙。"现在果然灵验。少帝回宫后，颁诏大赦天下，改光熹年号为昭宁。不过，传国御玺却丢失了，下落不明。

骑都尉鲍信曾奉何进的命令，到泰山招募兵马。回到都城后，发现时局大变，就对袁绍说："董卓拥兵入都，心怀不轨，不早做打算，必被他控制。可趁他疲劳时，乘机诛杀。只有除掉董卓，国家才能安宁！"袁绍见董卓部下很多，加上国家刚刚安定，不敢贸然行动。鲍信长叹几声，辞官回乡。

袁绍不敢诛杀董卓，董卓更加横行无忌。

董卓废帝

董卓领兵入都时，部下只有三千人。他担心兵力太弱，不足以服众，就想出一个办法。常常在夜深人静时，让士兵悄悄出去，待到第二天早上，士兵又大张旗鼓地走入营中，谎称西兵来到。都中人都被瞒过，还以为董卓日夜增兵。不久，何进兄弟的部下，也被董卓收编，董卓的势力更加强盛。

武猛都尉丁原，字建阳，勇猛过人，何进曾让他屯兵河内，威吓宫廷。众人被诛后，少帝就召丁原为执金吾。丁原部下有一个主簿，英俊威武，能敌万人。此人姓吕名布，字奉先，祖籍九原，丁原很器重他。董卓想笼络吕布，特派心腹李肃与吕布结交，除了金银珠宝外，还赠给吕布一匹名马，此马名叫赤兔，浑身像火一样，日行千里。吕布心花怒放，非常感激。李肃却说出一个条件：刺杀丁原，投奔董卓。吕布为了财物，也不管什么情义，瞅个机会，就将丁原刺死，带着他的首级来到董营。董卓盛情款待，当面封吕布为骑都尉。吕布大喜过望，屈膝下拜，认董卓为义父。董卓又取出很多钱财，令吕布招募丁原的旧部。董卓的气焰越来越嚣张。

恰逢阴雨连绵，董卓让官员弹劾司空刘弘，由自己代任司空。又听说蔡邕有才，就召他入都。蔡邕被中常侍程璜诬陷，发配到朔方，后来遇到大赦，才得以回来。他担心不能免罪，亡命江湖十二年。董卓派人征召他，蔡邕称病不去。董卓得知后，十分恼怒："蔡邕敢违抗我的命令，真是自寻死路，休想再逃了！"说着，又传召蔡邕立即到他府上，否则就要逮捕蔡邕。蔡邕不得已，只好入都拜见董卓，董卓让他做祭酒，对他敬重有加。过了一天，迁升蔡邕为侍御史；又过一天，迁升他为侍书御史；再过一天，提升他为尚书。三天连升三次，在当时绝无仅有。不久，朝廷下诏任命蔡邕为巴郡太守，董卓又将他留为侍中。

董卓手握大权，有心废掉皇帝。暗想袁氏历代为官，可以借来压服人心，于是举荐前司徒袁隗为太傅，并且召来司隶校尉袁绍，婉言对他说："如今主上平庸，陈留王年龄虽小，才智却超过兄长，我想立他为帝，你认为怎么样？"袁绍答道："汉家称帝已有四百年，万民拥戴。如今主上并没有大过，你要废长立幼，恐怕人心不服，还请三思！"董卓勃然大怒："天下大事都操纵在我手里，我想废立，谁敢不从？"袁绍又答道："朝廷难道没有公卿吗？你不应该擅自做主，我也须禀明太傅，再做决定。"董卓听到这话，更加愤怒，拔出剑放在桌子上："愚蠢！你以为我不敢杀你吗？"袁绍也奋然道："天下难道只有你强吗？"一面说，一面拿着佩刀告辞。袁绍匆匆走到上东门，解下官印，悬挂在门口，然后奔往冀州去了。

董卓不肯就此罢休，召集百官商议。公卿以下，不敢不到。董卓首先开口："皇帝平庸软弱，不足以供奉宗庙、安抚社稷。我想效仿伊尹、霍光，改立陈留王，你们认为怎么样？"众臣听了，面面相觑，不敢发言。董卓继续说："我听说霍光定计，延年手拿利剑，说如果有人胆敢阻止，以军法处置！"这时有一人答道："昔日昌邑王继位只有二十七天，罪过有一千多条，所以霍光才将他废去，改立宣帝。如今皇上并没有过失，怎能与昌邑王相提并论？"董卓十分气愤，回头一看，见说话的是尚书卢植，立即拔剑起身，恶狠狠地向卢植砍去。卢植躲避，董卓不肯罢休，追着卢植出来。侍中蔡邕将董卓拦住，劝董卓息怒。议郎彭伯也劝董卓：“卢尚书是海内的名儒，威望甚高，如果先加害于他，反而会使天下不安！”董卓这才停止不追。只是怒气未消，走入朝堂，逼迫其他尚书写下诏书，罢免卢植。卢植匆匆出都，担心董卓派人行刺，绕道回乡。后来董卓果然派人追赶，因在途中没有看见卢植，才转身退回。董卓又将废立的草议派人拿给太傅袁隗，袁隗不敢反抗，点头同意。

九月甲戌日，董卓到崇德前殿，会同太傅袁隗等人，威胁何太后废掉少帝。何太后不敢发言，只是不停地流泪。哪知董卓厉害得很，不但废掉少帝，还要幽禁何太后。百官虽然心中反对，但畏惧董卓，只好唯命是从。董卓又带领百官，拥出陈留王刘协，献上皇帝御玺，让他登上御座。少帝刘辩也在群臣中，以兄拜弟。陈留王刘协年仅九岁，看到这个情形，心中不安，但苦于被董卓控制，不得不假装镇定，接受朝拜，史家称他为献帝，是汉家的末代君主。随后朝廷颁诏大赦，改昭宁元年为永汉元年。少帝于四月继位，九月被废，在位仅五个月。群臣朝贺完毕，献帝回宫，董卓令弘农王刘辩带宫妃唐姬，到外邸居住，又逼迫何太后迁居永安宫。何太后只得迁移，但满腔悲愤无处发泄，难免连哭带骂，口口声声诅咒董卓老贼。有人将此事报告董卓，董卓派人带着毒酒来到永安宫，逼何太后喝下。何太后求生不得，一饮而尽，不一会儿，毒发身亡。距献帝登基，只有三日。董卓让献帝到奉常亭致哀，公卿只穿白衣送葬，不举行丧礼。将何太后与灵帝合墓，谥为灵思皇后。

董卓因永乐太后与自己同姓，极力为她报仇。将何太后毒死后，又下令将何苗的遗骸挖出来肢解，扔到路旁。还抓住何苗的母亲舞阳君，将她一并处死，裸体挂在枳棘中，下令不准收葬。董卓自己做了太尉，尊老母为池阳君，令太尉刘虞为大司马、大中大夫杨彪为司空，晋升豫州刺史黄琬为司徒。公卿以下，各自在黄门侍郎中挑选一人为郎，到宫中服役，补上以前宦官的空缺。至于宣布皇帝的命令、伺候皇后，就委任给侍中、给事、黄门、侍郎，共计一十二人。又重新处理陈蕃、窦武及党人的冤案，将这些人全部官复原职，并任用他们的子孙。所有宦官的家产，全部没收。董卓自封郿侯，不久又升任相国，不但入朝不拜，还可以拿着利剑上殿。任司徒黄琬为太尉，司空杨彪为司徒，光禄勋荀爽为司空。

荀爽是前当涂长荀淑的儿子，幼年好学，十二岁就精通《春秋》、《论语》。桓帝时，入朝为郎中，由于自己的建议没有被采纳，辞官离去。此后因党人大狱，逃亡海上十多年。董卓入朝废立，虽然凶狠残暴，还想笼络人心。尚书周毖、城门校尉伍琼，劝董卓任用天下名士。董卓于是下令召荀爽及陈纪、韩融、郑玄、申屠蟠，申屠蟠与郑玄称病不到。荀爽被逼无奈，受命为平原相，走到宛陵，又被调回都中，迁升为光禄勋，任职只三天，又被提升为司空。陈纪、韩融不得已应征而来，陈纪为侍中，韩融为大鸿胪。董卓又举荐尚书韩馥为冀州牧守，侍中刘岱为兖州刺史，孔伷为豫州刺史，张邈为陈留太守，张咨为南阳太守。董卓与这几个人并没有关系，只是礼贤下士。

董卓忆起袁绍抗命，心有余恨，特悬赏缉拿。周毖、伍琼与袁绍是故交，乘机对董卓说："废立大事，原不是平常人所能做的，袁绍不识大体，因此逃亡，并无其他的志向。如果把他逼得太急，反而会激成变乱。袁氏四代为官，门生满天下，万一与你对抗，聚集豪杰，独霸一方，恐怕山东就不是你的了。不如从宽发落，封他为郡守，这样一来，袁绍必心存感激，就不会再有其他的变故了。"董卓于是任命袁绍为渤海太守，封为邟乡侯，又任命袁术为后将军，曹操为骁骑校尉。

袁术担心遭来灾祸，逃往南阳。曹操也不愿听命董卓，出都东归。曹操走到成皋，路过故人吕伯奢家，恰逢吕伯奢外出，家中只有五个儿子。他们与曹操素来相识，当然热情接待，留曹操住下。曹操生性多疑，夜里躺在床上，忽然听到屋后有磨刀的声音，他一跃而起，侧耳细听，又模模糊糊地有听见"快杀"二字，曹操很怀疑。暗想我背弃董卓潜逃，莫非董卓已派人到这里，叫他们杀我，不如快走。于是曹操出门就走。吕伯奢的儿子得知后，出来挽留，神色似乎很慌张。曹操更加怀疑，也不问原因，拔出佩刀，将吕伯奢的儿子杀死。转念一想，索性一不做二不休，闯入后宅，杀个干净。吕家未曾防备，见曹操拿着刀进来，来不及躲避，都被曹操杀死。除吕伯奢的五个儿子外，曹操又杀死妇女三人。搜到厨房，却见一头猪被绑着，还没有宰割，才知自己误杀好人，不禁潸然泪下。转念一想，宁可我负人，不要人负我！于是掉头连夜逃走。

曹操走到中牟，正遇见亭长巡逻，见曹操带刀夜行，怀疑他是盗匪，把他拦住。亭长询问姓氏，曹操不肯说出姓名，支支吾吾，亭长更加怀疑，将曹操送到县中。县廨有一个功曹，曾与曹操见过一面，知道他是乱世枭雄，便在县令面前代为求情，曹操这才被释放出来。曹操侥幸脱身，匆匆东去。

董卓见曹操不辞而别，也曾下令缉拿，只因自恃手握大权，认为无人敢反抗，就算曹操等人不服，悄悄离去，也无关轻重，所以对抓捕一事并不追究。且得志以后，贪恋财色，见财便取，见色便掳，称为“搜牢”。洛阳贵戚甚多，往往存有钱财，拥有娇妻。董卓的“搜牢”令一下，这些人都倾家荡产，连床头的美人也被抢入相国府，不知是死是活。董卓在府中等着，每遇士兵抢掠回来，必亲自查验，最贵的珍宝、最好的妇女，都归自己所有，其余的全部赏给将士。董卓还嫌不够，又从宫中索取采女，无论受到宠幸的，还是没有受到宠幸的，只要稍有姿色，便立即占为己有。甚至娇滴滴的公主，也被他抢回，每天逼她们侍寝，轮流取乐。可怜这群妙龄女郎，含苞未放，枉遭那淫贼的恣情蹂躏，求生不得，求死不能。

转眼已是年末，朝廷下诏除去光熹、昭宁、永汉三个年号，仍称中平六年。第二年元旦，改号初平。百官都到相国府道贺，然后由董卓带领他们入宫朝见献帝。退朝后，董卓回到府中，召集一群油头粉面的歌伎，通宵宴饮，歌舞升平。大约过了十多天，又要安排元宵灯节，大庆团圆。忽然外面递来警报，关东牧守合兵声讨，公然索要董卓的身家性命。董卓十分惊慌，派人打探消息。事情还要从东郡太守桥瑁身上说起。

桥瑁是已故太尉桥玄族人的儿子，曾为兖州刺史，颇有名气。他调任东郡太守时，正值董卓废掉皇帝，恶名昭彰。海内豪杰多想起兵讨伐董卓，只因无人带头，不敢轻举妄动。桥瑁有志讨伐逆贼，但也担心势孤力单，不能成事，于是谎称三公写来密信，要他招集兵马，前去讨伐。冀州牧守宋韩馥由董卓推举，到任几个月后，探知渤海太守袁绍日夜招募兵马，准备讨伐董卓，暗想渤海属于冀州，正好派人监管，让袁绍不能轻举妄动，以报董卓的知遇之恩。刚刚打定主意，偏偏接到桥瑁的书信，于是韩馥召来从事询问：“是应当帮助董氏呢？还是帮助袁氏？”话刚说完，从事刘子惠挺身回答：“起兵是为了国家，怎么能说袁氏和董氏呢？”韩馥被他提醒，于是写信给袁绍，表示愿意起兵。袁绍得知韩馥赞成，更加胆大，派人去约其他人，一同起义。东郡太守桥瑁当然赞成。袁绍的堂弟后将军袁术、山阳太守袁遗，也立即响应。还有豫州刺史孔伷、兖州刺史刘岱、陈留太守张邈、广陵太守张超、河内太守王匡，均赞同袁绍。前典军校尉曹操，逃回陈留后，招募兵马，为讨伐董卓做准备，又得到孝廉卫兹的帮助，聚集了五千人。一听说袁绍起兵，立即率人前去会合。前骑都尉鲍信领兵返回故里，并没有将士兵分散，反而多招了一万多人，共有步兵两万，骑兵七百，军用物资五千多车，与弟弟鲍韬严格操练，支援各州郡。袁绍领兵到河内，与王匡合兵；韩馥驻扎在邺城，运输军粮；袁术屯兵鲁阳，其余军队聚集在酸枣。他们设坛祭天，歃血为盟。各位牧守互相推让，不敢先登上高坛。突然，广陵郡功曹臧洪撩起衣服，首先登上高坛，当即向众人宣誓。

臧洪，字子原，广陵人，是已故匈奴中郎将臧旻的儿子。曾做过郎官，后来因战乱辞官，回家隐居。太守张超请他担任功曹。张超起兵响应，实是受臧洪怂恿。臧洪身高八尺，身材魁梧，声如洪钟，登坛向众人宣言时，慷慨激昂，声泪俱下。众人听了，无不动容。歃血完毕，由各牧守推选盟主，众人都说袁绍祖上世代为官，应为领袖。袁绍再三辞让，经众人一致要求才答应下来。袁绍自称车骑将军，领司隶校尉事，让曹操行奋武将军事，然后号令天下。长沙太守孙坚随后起兵，杀死荆州刺史王睿，直指南阳；前西园假司马张杨，回原籍招募兵马，路过上党，听到号令，也在上党起兵，纠集数千人赶往河内。总计讨伐董卓的人马，先后共有十四路。

董卓得知后，又惊又气，想出一条计策，让郎中令李儒前去执行。

汉廷迁都

郎中令李儒按照董卓的计谋去布置。原来关东起兵，指责董卓的第一条罪过，便是废去少帝。董卓暗想少帝虽然已经被废为弘农王，但还留在京城，终究会成为后患，不如斩草除根，将他杀死。于是嘱咐李儒去毒杀弘农王。

李儒拿着毒酒来到弘农王府中，举起酒敬献弘农王，说道："请喝下此酒，可以避邪！"弘农王摇摇手："我没有疾病，为何要喝下这酒呢？想必你是来毒死我的吧！"李儒逼他喝下，弘农王皱着眉头不答话。李儒瞪着眼说："董相国有令，你怎能不听从？就算不喝这酒，你也活不长了！"当时王妃唐姬在旁边，情愿替弘农王喝下，李儒又叱责道："相国并不是让你死，怎能代劳？"弘农王自知难免一死，就与唐姬永别，二人痛哭流涕。李儒在一旁催促道："相国还等着我回去禀报，岂是一哭就能了事的？"弘农王于是取过毒酒，回头对唐姬说："你身为王妃，此后不能再做吏民的妻子，请自爱！"唐姬悲痛异常。弘农王将毒酒喝下，不一会儿，毒发身亡，年仅十五岁。李儒见弘农王已死，立即回去禀报董卓。唐姬趴在尸体上大哭一场，待到棺殓完毕，又有人将唐姬逼出府第。唐姬对着灵柩拜别，然后回到颍川母家。

董卓毒死弘农王后，想调集兵马，攻打关东各路大军，于是召集百官商议。突然有一个人插嘴说："从政在于德，而不在于人多！"董卓听到这句话，回头一看，是尚书郑泰，便叱责道："照你这么说，士兵真的没用吗？"郑泰答道："我并不是说士兵无用，只是认为山东虽然起兵，我们不必兴师动众地抵挡。试想，自光武帝以来，百姓生活安逸，已经很久没有发生战乱。如今山东州郡勾结，看似强盛，实际上是一群乌合之众，这是其一；你从西州起兵，身经百战，闻名天下，人们无不慑服，这是其二；袁绍是公卿子弟，生长在京师，张邈是东平长者，只会高谈阔论，一味吹嘘，并没有什么韬略，这是其三；山东的将士都不够勇猛，只要偏师一出，就能平定他们，这是其四；就算他们之中真的有健将，也不能同心，怎能持久？这是其五；关西各军，屡经沙场，况且又都是勇士，让他们抵挡关东的军队，定可大获全胜，这是其六。你如果听从我的建议，不必发兵惊动天下。否则反而有损威望，徒劳无益！"这一番话，说得董卓呵呵大笑，极口夸奖："你真不愧是智士！"当面封郑泰为将军，让他统领各军，出击关东。郑泰暗自欢喜。

郑泰本来已经回归故里，为何又出来担任尚书呢？原来，董卓搜寻名士，召郑泰入朝，郑泰不得已，应召而来。他见董卓凶狠无道，也想设法除掉他，只是一时无从下手。碰巧遇到关东起兵，正好乘机进言，好得到董卓的重用，以便联络其他人，暗中摆布。等被董卓封为将军，就立即部署兵马，准备行动。谁知有人窥透郑泰的心意，向董卓进言："郑泰才智过人，常想勾结外敌，如今反为你出谋划策，我私下为你担忧啊！"董卓于是制止郑泰出兵，留他做议郎，此后格外提防。又提升义子吕布为中郎将，让他守卫在自己左右，形影不离。

侍御史扰龙宗向董卓报告军情，只因没有解下佩剑，董卓就呵斥他无礼，叫吕布将他杀死。越骑校尉伍孚，为扰龙宗愤愤不平，朝服里面穿着小铠甲，怀揣利器，想伺机刺杀董卓。一天，他拜见董卓，说完事之后，告辞出去。董卓因伍孚威望甚高，特别敬重，起身送他几步。伍孚见董卓只身一人相送，以为他命中该死，故意回头拦阻，乘机取出佩刀，向董卓砍去。董卓眼明手快，侧身闪过，又仗着两臂的力气，抓住伍孚的手腕。吕布早已瞧见，上前救董卓，将伍孚掀倒地上。董卓生气地问："谁让你造反的？"伍孚说道："你并非是我的君主，我也不是你的臣子，有什么反不反的？你祸乱国家，谋杀主上，罪大恶极，天下人都想除掉你！今日是我的死期，所以来诛杀你。可惜，可恨，不能杀死你，以谢天下！”董卓听到这些话，更加愤怒，立即下令将伍孚拖出去，处以极刑。

董卓杀死伍孚之后，警报越来越急，不但关东的军事迫在眉睫，就连白波贼郭太，也聚众十多万，攻打太原，占领河东，气焰旺盛得很。董卓急忙派女婿牛辅前去讨伐白波贼，另派中郎将徐荣在京城周围屯兵，阻止关东各路人马。当时都中有童谣说：“西头一个汉，东头一个汉，鹿走入长安，方可无斯难。”董卓略有所闻，找人占卜，得知汉朝将要灭亡，便想迁都长安。与公卿商议，公卿等人都不想西迁，只因忌惮董卓，不敢反抗。

当时车骑将军朱儁担任河南尹。董卓因朱儁是征战多年的名将，表面上假装亲昵，暗中却很嫉恨他，担心他与关东的将士串通，就迁朱儁为太仆，做相国副手，并派朝使带着诏书去召他。朱儁不肯接受，朝使无奈，返报董卓。董卓又召集百官，再次商议迁都的事情。太尉黄琬、司徒杨彪、司空荀爽等都在朝中。董卓首先提议：“昔日高祖定都关中，共有十一世；如今光武帝定都洛阳，至今也有十一世。我看现在仍应还都长安。”众臣面面相觑，不敢发言。司徒杨彪起身说：“迁移都城，事关重大，如今无故迁都，必会惊动百姓，反而多增忧愁，不如不迁！”董卓反驳道：“石苞曾预言说汉朝只有十一个皇帝，如果不赶快迁都，难道就此罢休吗？”杨彪又说：“石苞的话多属邪说，不能相信，况且关中因王莽叛乱，未曾恢复，所以光武帝才定都洛阳。如今百姓安乐，何必要迁都自寻危机呢？”董卓生气地说：“关中物产富饶，地势较好，所以秦才能并吞六国。如果宫殿残破，陇右木材多得是，且运输便利。杜陵南山下，有瓦窑几千个，如果开工营造，很快就能完成，百姓有什么可非议的呢？尽管西迁就是了！”杨彪又说：“关东正起兵作乱，如果听说我们迁都，必会向西进军，不可不防！”董卓狞笑道：“这更不用忧虑了！迁居长安后，居高临下，势如高屋建瓴，并且陇西的士兵足以驱逐他们，你不必费心！”杨彪还想再说，这下惹怒了董卓，董卓悍然说道：“你想从中阻挠吗？”太尉黄琬从旁婉言劝道：“这是国家大事，杨彪的话，并非没有道理，还请三思！”董卓瞪着黄琬，默然不答。司空荀爽见董卓声色逼人，恐怕他加害杨彪等人，就从容进言说：“相国的本意，想必也不愿兴师动众，无非是因为山东起兵，不能立即消灭，所以才选择迁都，依关自守，这也是秦汉开国的妙计啊！”董卓听他这样说，怒气稍平。黄琬、杨彪、荀爽等人趁机退了出去。

董卓假借天灾，上奏罢免黄琬、杨彪二人，另提升光禄勋赵谦为太尉、太仆王允为司徒。尚书周毖与城门校尉伍琼，一同到董卓面前，阻止迁都。董卓并不理睬，二人又极力劝谏。董卓不禁想起前事，拍案大骂：“袁绍由你们保荐，如今他成了贼人的头目，如果我再听从二位，恐怕我的命就要从此断送了！我不负二位，二位却辜负了我！”说到这里，令左右将周毖与伍琼拖出去斩首。又派司隶校尉宣播率领将士，杀死太傅袁隗及太仆袁基，两家的亲眷家属，无论男女老少，全部被诛杀，共计五十多人。董卓又下令把一大堆的尸骸，运到春城门外，埋在同一个墓穴里。黄琬、杨彪还留在都中，怕自己被诛杀，慌忙到相国府谢罪。董卓嘉奖他们能悔过自新，上书请求封黄琬、杨彪为光禄大夫。

董卓决定西迁，先令文武百官出都，再让洛阳几百万百姓全部迁到长安。宫廷内外，无一人甘愿西行，只是为董卓所逼，不得不草草整装上路。哪知董卓凶恶得很，规定期限，不准拖延。富裕人家总有若干财产，一时来不及安排，请求宽限几天，董卓就斥责他们违抗命令，派人逮捕，将他们斩首示众，并将财产没收，充作军饷。可怜这些官民，放弃家园，扶老携幼，仓皇上路，随着献帝的车驾，陆续前行。途中步兵、骑兵连番驱赶，相互践踏，再经路旁盗贼乘隙抢夺，无论贫富贵贱，都是颠沛流离，甚至饿死路上。董卓还带着兵马，驻扎在洛阳罕圭苑中，令将士放火，把宫庙和百姓的住宅全部毁坏，二百里之内，鸡犬不留。又派吕布挖掘陵园及公卿以下的坟墓，取来珍宝，据为己有。然后再派遣将士，攻打关东各军。

不久，听说河内太守王匡进军河阳津，想攻打洛阳。董卓一面派人迎战，一面派精锐部队从小平津偷渡，绕到王匡背后，前后夹击，大胜王匡。又将抓获的将士用布缠住，用油浇灌，然后放火焚烧，烧了很久才将俘虏全部烧死。一时间，喊声惊天动地，臭气熏天，真是惨不忍睹。王匡退回河内，将此事报告袁绍，袁绍正为袁隗、袁基被诛杀悲愤不已，听完此事之后，立即传令各军进攻。不料王匡战败退回，各路将士士气大跌，连袁绍也彷徨起来。奋武将军曹操说道：“举兵起义，诛杀暴乱，众人已经会合，还有什么可疑虑的？就算董卓挟持天子，占据长安，仍不足为患。如今董卓焚烧宫殿，逼百姓西迁，海内震动，天怒人怨，正是诛杀他的好时机。如果全力西讨，定能成就大事！”可各军将帅虎头蛇尾，不敢率先进攻，袁绍也犹豫不决。只有陈留人卫兹，和曹操志同道合，想与曹操同行。他与太守张邈商议，得了几千兵马，愿意帮助曹操。曹操毅然单独进军，自己率领部下为先锋，让卫兹随后跟上，经过成皋，直抵荥阳，一路顺风，所向披靡。

董卓听说曹操为先锋，向西进发，沿途接连攻破数座营寨，不禁惶急起来。暗想关东人马不下数十万，如果都跟随曹操，人多势众，自己怎能抵挡得住呢？不如用缓兵之计，派人修和。于是派遣大鸿胪韩融、少府阴循、执金吾胡母班、将作大匠吴循、越骑校尉王瑰，前去宣慰，劝他们罢兵。袁绍等当然不肯听从，杀死胡母班、吴循和王瑰，袁术也将阴循杀死。只有韩融德望甚高，被释放回去。董卓得知后，十分恼怒，令中郎将徐荣守住汴水，不准放过关东一兵一卒，又调拨精锐部队帮助徐荣。徐荣奉董卓之命，在汴水旁严加防守，等曹操赶到后，开营出战。徐荣的部下比曹操多好几倍，曹操手下的士兵突然遇到劲敌，都很惊慌，曹操激励众人，领兵冲出，与徐荣大战一场，从中午杀到日落。徐荣见与曹操相持不下，于是抽出精锐的骑兵，专攻曹操的中坚，又派兵从两翼包围。曹操的部下已经疲惫不堪，见徐荣的军队过来包围，只好各顾性命，分头乱跑。只有几个曹氏将领，像曹仁、曹洪、夏侯惇、夏侯渊等，还坚持为曹操效力，舍命作战。曹操料知不能再斗，策马返奔，可后面的追兵，喊杀不绝。当时天色昏暗，路又难行，正在万分危急的时候，突然听到弓箭声，马应声倒下，把曹操掀翻在地。马上就有几个敌兵来杀曹操。多亏曹洪赶到，抢刀赶散敌兵，然后一跃下马，为曹操包扎伤口，又将曹操扶上马，自己情愿步行。曹操对曹洪说："我弟弟岂能没有马？倘若追兵到来，你怎么办呢？"曹洪说："天下可以没有曹洪，不可以没有你啊！"曹操正在叹息，后面喊声再次传来，于是加鞭快逃。逃了一里多，忽然前面又有一支军队到来，曹操与曹洪都很惊慌，仔细一看，原来是卫兹，这才放心。

卫兹到了曹操面前，见曹操狼狈得很，也无暇多说，就拥着曹操，连夜退回酸枣。酸枣共有数路屯兵，差不多有十几万人。张邈、刘岱、桥瑁、袁遗等太守，都按兵不动，整日宴饮，消遣快活。曹操见此情形，气愤地对众人说："你们在此逗留，莫非想坐以待毙不成？如果肯听从我的话，最好请袁绍带领河内的将士，移兵孟津、酸枣，你们分别把守成皋，占据敖仓，置敌人于死地。再让袁术率领南阳的士兵，攻入武关，不用与他们作战，只用疑兵左出右入，让他们自乱阵脚，他们必死无疑。如今只在这里徘徊观望，惹人耻笑，我以为这样不足取！”张邈等嘲笑道：“孟德刚刚战败，最好先休养数日，再作打算。”曹操听到这话，更加气愤，掉头出去。与曹洪、复侯惇等人赶赴扬州，进见刺史陈温及丹阳太守周昕，劝他们一同讨伐董卓。二人庸碌无为，只是碍于情面，拨给曹操四千名士兵。曹操走到龙亢，夜里在帐中睡觉，忽然帐外哗声四起，急忙起来察看，只见烟尘缭绕，一时无暇仔细询问，料想是营兵叛变，立即拔出佩剑冲出去，砍倒十几人。碰巧曹洪、夏侯惇等也拿着兵器过来，这才将乱兵驱散，把火扑灭。曹操沿途又招得壮士一千多人，仍回到河内。听说刘岱、桥瑁互相残杀，桥瑁被刘岱刺死，改任王肱为东郡太守。曹操不禁感叹道：“逆贼未除，先自相残杀，怎能成事呢？”

过了残年，关东各将议论纷纷，要推立幽州牧守刘虞为皇帝。刘虞是汉室的后裔，自从他到幽州以后，百姓安居乐业。青、徐二州的士兵和百姓，避难投奔刘虞的，约有一百万。刘虞收留抚恤，使他们获得重生。董卓曾封刘虞做大司马，并加封他为太傅，只因道路梗塞，音信不通，所以刘虞仍镇守幽州，安抚一方。关东牧守听说朝廷向西迁都，天子年幼，生死未卜，就打算立刘虞为主。袁绍乐于听从，便去询问曹操，曹操慨然道：“我们起兵西向，远近莫不响应，无非是因为师出有名。如今幼主受贼臣的牵制，并非有昌邑亡国的罪孽，一旦改立皇帝，我们与董贼有什么差别！你们在北边重新拥立皇帝，我的心仍在西边，不改初衷。”袁绍哑口无言，再派人捎信给袁术，袁术也不肯听从。袁术、曹操意见相同，但目的却不一样，袁术当时已密谋自立，曹操还有志效忠。

孙坚喜得御玺

袁绍等人想推立刘虞为帝，虽经曹操、袁术二人阻止，仍不肯罢休，并派前乐浪太守张岐，带着书信到幽州禀明刘虞。刘虞厉声斥责：“如今天下大乱，我身受国恩，恨不能扫除国耻。你们占据各个州郡，正应全力效忠王室，一同诛杀罪魁祸首，为何想造反呢？”说着，将来信扔回，拒绝张岐。张岐扫兴而归，袁绍、韩馥再派人到幽州，请刘虞领尚书事。刘虞又不肯，并将使人斩首。众人这才将此事搁置。

袁绍等人始终不肯进军，没过多久，士兵疲倦，粮食用尽，陆续解散。长沙太守孙坚，豪气逼人，从荆州到南阳，拥兵数万，向太守张咨借粮，张咨不肯。孙坚假装得了急病，愿将部下交给张咨接管。张咨害怕有诈，率五六百个骑兵赶到孙坚营中。孙坚令部将与张咨周旋，自己从后帐冲出，将张咨杀死。张咨手下的五六百人，无不战栗，情愿投降。孙坚在城内取得军粮，辗转到鲁阳城与袁术相见。袁术任命孙坚为破虏将军，兼任豫州刺史。孙坚与袁术约定，自己向前冲锋，由袁术输运粮草接济。孙坚领兵前进，所向披靡。

董卓得到报告，忙调中郎将徐荣拦截孙坚。徐荣颇有勇气和谋略，先带领骑兵抵达梁县，令大队随后跟上。孙坚正屯兵梁东，探知徐荣的部下不多，不以为然。谁知到了夜间，营外起火，竟有敌兵前来劫营。孙坚一听说有变故，马上披挂上阵，带领众人出去作战。到了营外，从火光中望去，只见四面八方都是敌兵的军旗，不禁暗暗吃惊。心想营垒已陷入包围，难以保住，不如让部兵各自为战，杀出重围后再作打算。于是下令军中，分头冲杀。孙坚也亲自带领一队人马，拼命突围，待到杀出重围，只有祖茂等几十人跟随。敌兵紧追不舍。祖茂劝孙坚脱下衣服，穿上自己的盔甲先走，自己断后。孙坚走后，祖茂急中生智，把孙坚的衣服挂在坟墓旁边的石柱上，自己悄悄下马，埋伏在草丛中。敌人望见孙坚的衣服，以为孙坚站在那里，便团团围住，想活捉孙坚。有几个胆大的将士，紧握拳头，抢步上前，一拳挥去，手上鲜血淋漓。仔细辨认，才知是石柱，并不是孙坚，只得转身离去。

祖茂脱逃后，回去拜见孙坚，孙坚很是欣慰，趁夜招集败兵，还有一两万人。第二天，孙坚又部署军队，屯兵阳人聚。徐荣接到报告，领兵前去攻打。孙坚已吸取上次的教训，不敢轻易接战，先让程普、韩当、黄盖等人在三处设好埋伏，等敌军走近，亲自出去引诱。战了几个回合，孙坚策马返奔。徐荣部下有一个叫华雄的骁将，平时作战，无人敢挡，他见孙坚战败逃跑，挺身追击，部下自然跟随。徐荣见孙坚人少，也指挥军队追击。孙坚把他们领进埋伏圈，一声号令，程普、韩当、黄盖先后杀出，围住华雄。华雄仗着一把大刀，左右招架，还能勉强支撑。不料箭声四起，一把刀怎能抵挡许多硬箭？眼见得身受重伤，死在马下。华雄被射死后，部下也被孙坚全部杀死。徐荣到来，得知前军全部覆没，慌忙退回，以致自相践踏，混乱不堪。再经孙坚率兵追杀一阵，十成士兵死了五六成，其余的人匆匆逃回。

董卓接到徐荣战败的消息，急忙派陈郡太守胡轸为大督护，义子中郎将吕布为骑督，领兵帮助徐荣。胡轸自恃年长，瞧不起吕布。吕布不胜愤懑，等走到广成，距阳人聚约有几十里，就不愿再前进，让胡轸先去。胡轸因人困马乏，也打算休息一夜，等到第二天早上进攻。夜里在旷野安营扎寨，没有防备，将士远道而来，疲惫不堪，都解下铠甲睡觉。睡了一会儿，突然听到有人大叫："敌军来了！快走！"士兵们从梦中惊起，个个丢盔弃甲，四处狂奔，胡轸也寻路乱跑。走了十多里，并不见有敌军追来。究竟声音是从何处发出的呢？实际上是吕布欺骗胡轸的诡计。

好不容易等到天明，胡轸带人回到原处拾取兵器，不料尘土大起，有敌兵杀到，领头的一员大将，正是破虏将军孙坚。胡轸的部下大惊失色，回头就逃，稍慢一点的，全被杀死。胡轸仓皇逃窜，跑到几十里外，才摆脱追兵。最奇怪的是吕布的军队却不知去向。胡轸等了好久，才有溃散的士兵聚集过来，十成中已丧失四五成，只是仍然不见吕布。胡轸垂头丧气，自知不能再战，只好返回洛阳。等回去拜见董卓，见吕布站在董卓旁边，才知吕布早已回来，连忙叩头谢罪。好在吕布也投鼠忌器，只说孙坚势力强盛，未曾指责胡轸，胡轸才免遭谴责。

孙坚连打两次胜仗，派人报告袁术，并催袁术运输粮草。袁术误信谗言，担心孙坚到洛阳后，自己不能再控制他，就不再输送粮草。孙坚得知后，连夜求见袁术，用棍子比划着说："我与董卓本来无仇无怨，之所以挺身前来，不顾生死，一是为国家讨伐逆贼，二是为将军报仇！如今大功将要告成，将军竟听信谗言，不发给军粮，怎么办呢？"袁术心中惭愧，只好调拨粮草给孙坚。孙坚仍屯兵阳人聚。

董卓派将军李傕到阳人聚和亲，孙坚勃然大怒："董卓逆天行事，颠覆王室，不诛他三族，我死不瞑目，他还想与我和亲吗？"传令将李傕赶出去。李傕回洛阳复命，董卓还想威武一番，镇定人心，就派兵前往阳城。恰逢民间祭祀神灵，男女聚集。士兵突然闯进去，将男子全部杀死，把他们的人头系在车辕上，并将妇女全部带回，唱着歌入城，说是大获全胜。董卓下令把人头烧毁，将所有掠夺来的妇女犒赏士兵。

不久，有人进来禀报："孙坚带兵进入大谷，距这里只有九十里了！"董卓当然着急，见长史刘艾在旁边，对他说："关东各军多次战败，都是无能之辈。只有孙坚颇有谋略，应传令将士，小心迎敌。我亲自出战，与他一决雌雄！"董卓令吕布为先锋，自己为元帅，出城迎敌。抵达皇陵时，见孙坚的军队奋勇杀来，气势锐利，便让吕布出去迎战。

孙坚让程普、韩当等抵挡吕布，自己率领精锐直捣中坚，攻打董卓。李傕、郭汜慌忙拦阻，都被孙坚杀退。董卓见孙坚骁勇善战，也很震惊，立即策马返回。主帅一动，全军皆乱，吕布虽然力大无比，也不得不舍掉敌人，保护董卓，踉跄西逃。董卓不愿进入洛阳，与吕布一同赶到渑池。孙坚进入洛阳后，修整宗庙，凡董卓挖掘的陵寝，都令将士恢复原状。又分兵进入新安、渑池，追击董卓。董卓派中郎将董越、段煨等人分别把守要害，自己与吕布赶赴长安。

孙坚听说董卓西去，也不追赶，只在洛阳城内四处巡逻，筹备修补城池。无奈满城瓦砾，四处荒凉，让孙坚从何处着手？孙坚禁不住痛哭流涕起来。忽然看见城南有一道亮光，向空中冲起，共有五种颜色，不知是什么在作怪，孙坚立即赶过去。凝神细看，竟是井口在发光，像锅里冒出的蒸气一般，袅袅不绝，井栏上刻有“甄官井”三个字。再向井中俯视，只见井水深不见底，无法辨明。孙坚命令将士先将井水抽干，然后用绳把士兵放入井中。不一会儿，再把井里的士兵拉上来，士兵取出一个匣子献给孙坚。孙坚打开匣子一看，竟是一方御玺，上面刻着五条龙，下有篆文“受命于天，既寿永昌”八个字，只是旁边缺了一角，是用金子修补的。孙坚料知是秦汉二朝的传国之宝，不由得把玩一番。但不知为何缺少一角，又为何扔进井中。仔细追查，才知王莽篡位时，孝元皇后曾将御玺扔在地上，所以损坏一角。少帝被张让逼迫，由北宫到小平津，仓促间来不及携带御玺，掌玺的内侍怕御玺被人夺去，索性把御玺扔进井中。后来内侍被杀，无人知道御玺的下落，御玺因此长期沉于井底。孙坚得到传国御玺之后，脑海中突然涌出一个想法，立即拿着御玺回营，住了一夜，便让将士赶回鲁阳。

袁绍屯兵河内，探知孙坚进入洛阳，也想乘势进军。无奈各路兵马多半溃散，再加上冀州牧守韩馥持观望态度，不肯调拨粮草，导致袁绍进退两难。袁绍的门客逄纪献计：“将军想成就大事，为何非要靠别人资助呢？”袁绍答道：“我也这样想过，但冀州兵力强盛，我们无法与他争锋。”逄纪又说道：“何不写信给公孙瓒，叫他进攻冀州？韩馥是个庸才，见到公孙瓒，必然恐惧。你可派一个说客，陈述利害关系，不愁韩馥不让位！”袁绍依计而行，果然公孙瓒答应起兵攻打冀州。

韩馥派兵抵御，都被公孙瓒打败。正在焦急，有两个人踉跄进来：“车骑将军袁绍已从河内退兵，驻扎在延津了！”韩馥一看这两个人，乃是荀谌、郭图，都曾是自己门下的宾客，便开口问道：“你们二位怎么知道？”荀谌答道：“袁绍的部下前来报告的。”韩馥惊喜道：“莫非他前来救我？”荀谌又说道：“公孙瓒率燕、代的勇士，乘胜南下，锐不可当。袁绍也乘机东向，居心叵测。我们颇为将军担忧啊！”韩馥皱着眉头说：“该怎么办呢？”荀谌接着说：“袁绍是人中豪杰，岂肯居于将军之下？如果公孙瓒攻打北面，袁绍攻打西面，一座孤城，怎能守住？但袁氏与将军有旧情，如今不如把冀州让给袁氏，袁氏得到冀州之后，必定厚待将军，还怕什么公孙瓒呢？”韩馥生性懦弱，又听荀谌说得天花乱坠，便依从他的建议，打算派人前去迎接袁绍。

长史耿武、别驾关纯、治中李历等相继进谏：“冀州拥兵上百万，粮草够用十年。如今袁绍势孤力单，就像婴儿一般，一旦断绝乳汁，不久就会灭亡，为何反要把城池让给他呢？”韩馥摇头说：“我本是袁氏的门下，才能又远不及袁绍，让贤退位，理所当然，你们何必多疑？”耿武等人只得退去。从事赵浮、程涣又进来劝谏：“袁绍军中缺乏粮草，不堪一击，我们愿意出兵抵抗，不出半个月，定能打退敌人，将军何必将城池拱手让给他人？”韩馥不肯听从，派儿子把官印送给袁绍，迎接袁绍进城，自己带着家眷迁居前中常侍赵忠的旧宅。

袁绍进城之后，自己做冀州牧守，任韩馥为奋威将军，但只给他虚衔，不给兵马。所有韩馥的部下一律撤换，另用从事沮授为监军、田丰为别驾、审配为治中，许攸、逄纪、荀谌、郭图为谋主，分别治理冀州。好好一位冀州牧守韩馥，落得个手中无权，反而要寄人篱下，事事受到监控。韩馥后悔被荀谌、郭图出卖，悄悄逃出城，投奔陈留太守张邈。后来袁绍派人到陈留，与张邈私谈，韩馥怀疑他们想加害自己，于是自杀身亡。

曹操屯兵河内，已有多日，见袁绍领兵离去，各路人马纷纷解散，料知讨伐董卓难以成功，只得自寻出路。鲍信与曹操是莫逆之交，虽由袁绍举荐为济北相，仍然追随曹操。他与曹操商议道：“袁绍名为盟主，但他热衷权势，将来恐怕会心生叛志，一个董卓未除，另一个董卓又起来了。但现在要除掉袁绍，也很困难，不如先进攻大河以南，静观局势，再作打算。”曹操也赞同这样做。碰巧十多万黑山贼攻打东郡，太守王肱不能抵挡，弃城而逃。曹操领兵前去攻打，到濮阳杀败贼党，收复东郡，向袁绍报捷。袁绍因此令曹操为东郡太守。

颍川荀彧是荀淑的孙子，小时候就很出名。天下大乱时，荀彧率领宗族投奔冀州，依从韩馥。不料韩馥自愿让位，荀彧就进见袁绍。袁绍以礼相待，把他当作上宾。荀彧见袁绍才疏学浅，胸无大志，料知他不能成就大业，辗转投靠曹操。曹操与他谈论，见荀彧应对如流，不禁欢喜道："你真是我的子房啊！"于是令荀彧为奋武司马，遇事必与他商量。不久，曹操将黑山贼驱逐出境，东郡于是安定下来。

右北平将领公孙瓒，曾由袁绍唆使，出击冀州牧守韩馥。袁绍夺得韩馥的位子后，公孙瓒也退兵回去。幽州牧守刘虞与公孙瓒意见不合，产生仇怨，但表面上还彼此相容，互相往来。刘虞的儿子刘和正为侍中，跟随献帝迁到长安。献帝想东归，派刘和悄悄出武关，绕道禀告刘虞，让刘虞率兵迎驾。刘和路过南阳，拜见袁术，与他说起皇帝的意思。袁术竟将刘和留住，嘱咐他写信给刘虞，希望与刘虞会师，一起西去。刘虞看到刘和的书信，准备派数千骑兵南下。此事恰被公孙瓒得知，公孙瓒认为袁术心怀叵测，劝刘虞不要发兵。刘虞不肯听从，催促骑兵起程。公孙瓒担心袁术得知后，心生怨恨，也派堂弟公孙越领兵拜见袁术，暗中让袁术拘禁刘和，与刘虞结仇。刘和得道风声，伺机北逃，走到冀州，又被袁绍截住。袁绍因袁术不肯拥戴刘虞，心中已经愤愤不平；袁术又写信给公孙瓒，称袁绍并非袁氏子孙。兄弟之间的仇恨越积越深。

袁绍任部将周昂为豫州刺史，与孙坚争夺豫州。袁术令公孙越帮助孙坚攻打周昂，孙坚将周昂赶走，公孙越中箭身亡。袁术于是将公孙越的尸体送回，并怂恿公孙瓒攻打袁绍。公孙瓒看到书信后，愤愤地说："杀死我弟弟的罪魁祸首是袁绍。袁绍依赖我才得到冀州，没见他割地酬谢我，反而害死我弟弟，此仇不报，誓不为人！"当即屯兵磐河，准备攻打袁绍。袁绍心虚，还想与公孙瓒和好，特将渤海太守官印，赐给公孙瓒的堂弟公孙范。公孙范上任之后，反而率领渤海的士兵帮助公孙瓒，与公孙瓒一起消灭黄巾余贼，夺得军用物资和粮草不计其数。公孙瓒威震河北，决定进攻袁绍，并且先上书长安，列了袁绍的十大罪状。奏章呈上之后，公孙瓒就领兵进攻冀州，各州郡不能抵御公孙瓒，多半投降。公孙瓒令部将严纲为冀州刺史，田楷为青州刺史，单经为兖州刺史。前安喜尉刘备奔走多年，山东各军讨伐董卓时，他也想仗义从军，后来听说各军解散，就与关羽、张飞投奔公孙瓒。公孙瓒与刘备本是同窗，自然欢迎，并且让他做了平原相。刘备见公孙瓒手下有一少将，身高八尺，相貌堂堂，武力与关羽和张飞不相上下，就秘密与他结为至交。

吕布戏貂蝉

公孙瓒部下有一员骁将，姓赵名云，字子龙，是常山郡真定人。常山本属冀州管辖，袁绍占据冀州，士人多半归附，只有赵云前去投奔公孙瓒。公孙瓒十分高兴："听说士人多愿意跟从袁氏，你为何前来投奔我呢？"赵云答道："天下混乱，不知孰是孰非。百姓生活在水深火热之中，只要是仁政所在，就可托付，这和远近没有关系！"公孙瓒听到这话，十分喜悦，特别优待他。后来，赵云见公孙瓒不能成就大事，暗自后悔自己操之过急，奔错了人。凑巧来了个刘备，他们意气相投，结为至交，就是关羽、张飞二人，也视赵云为知己，常常往来。刘备赶赴平原时，邀请赵云一同前去，并到公孙瓒跟前，请求让赵云帮助他。公孙瓒准他所请。于是刘备与赵云一同赶赴平原去了。

袁绍听说公孙瓒前来攻打，郡邑多半叛变，已有戒心，又怕公孙瓒同袁术南北夹击，自己难以抵挡，就派人到荆州，嘱咐刺史刘表牵制南阳。刘表，字景升，祖籍高平，少年时便胸怀大志，被列入八俊。灵帝末年，曾为北军中侯。荆州刺史王睿被孙坚杀害后，孙坚向西行去，刘表奉诏为荆州刺史，乘机入城，占领江表。他派人告诉袁绍，愿意合兵讨伐董卓，屯兵襄阳，作为后应。袁绍到冀州后，刘表始终按兵不动，只与袁绍互通音信，袁绍因此托他防备袁术。

袁术担心刘表袭击自己，写信给孙坚，让他攻打荆州。孙坚率兵前去攻打。刘表派部将黄祖迎战，被孙坚打败，退回襄阳。孙坚率军将襄阳城团团围住。刘表趁夜派黄祖等袭击孙坚的营寨，孙坚一马当先，亲自斩杀敌兵一百余人。程普、韩当等挥兵后进，杀敌甚多。黄祖领着几百个骑兵，逃入岘山。孙坚自恃勇猛，赶到山下，见黄祖已经进山，仍紧追不舍。当时后军远远落下，只有几十个骑兵与孙坚同行。黄祖躲藏在林中，借助月光望见孙坚，便让骑将吕公等人拉弓射箭，并扔下巨石。孙坚用槊挡箭，边挡边进，不料头顶上有一块巨石落下，孙坚来不及躲闪，被压在巨石下面，死于非命，年仅三十七岁。孙坚死后，黄祖等人踊跃跑出林外，把孙坚的骑兵一概杀死，然后下山回城。程普、韩当正率领军队寻找孙坚，不料蒯越、蔡瑁等人前来支援黄祖，双方争斗一场，各有死伤。黄祖、蒯越、蔡瑁合兵离去，程普、韩当再到岘山中寻找，只有骑兵的尸首，唯独不见孙坚，料知凶多吉少，于是回营休息。天明之后，襄阳城上已将孙坚的人头悬挂出来，吓得程普等人手足无措。桓楷与刘表相识，自愿入城索取尸体，费了一番口舌，才将孙坚的尸首领回，在曲阿安葬，程普等人全部退回。

袁绍得知刘表愿意牵制袁术，就率领全军进攻公孙瓒。走到界桥，正与公孙瓒的军队相遇，公孙瓒的部下约有三万人，势力强盛。袁绍令部将麹义带领精兵八百，左持盾、右挽弓，作为前锋。公孙瓒见对方人数甚少，就带领骑兵冲杀过去。麹义让将士用盾保护自己，站立不动，待到公孙瓒领兵临近，就将盾拿开，拉弓射箭，公孙瓒的部下多被射倒。麹义领兵猛扑，迎头碰着严纲，正是公孙瓒刚刚任命的冀州刺史，麹义舞动大刀，将严纲劈落马下。袁绍的部将颜良、文丑，都是有名的猛将，见麹义得胜，怎肯落后？立即拍马搅入公孙瓒的军阵中。公孙瓒的军队大乱，部下纷纷逃去。袁绍听说公孙瓒已经溃败，便下马休息，身边只有几百个骑兵跟随着。不料公孙瓒带领步兵两千人，突然从小道绕过来，将袁绍团团围住，箭如雨下。袁绍的别驾田丰，当时在袁绍旁边，想将袁绍扶到矮墙后面，暂时躲避。袁绍生气地说："大丈夫应当拼死相斗，怎得躲到墙内苟且偷生？"说完，指挥部下对射，与公孙瓒相持。碰巧麹义赶来，将公孙瓒打退。不久公孙瓒又出兵龙湊，与袁绍再战，打败之后，退回蓟城，从此不再亲自出战。

那时穷凶极恶的董卓，早已安安稳稳地到了长安，公卿们出城恭候，跪在车前。左将军皇甫嵩，屯兵抹风，与京兆尹盖勋密谋讨伐董卓。董卓预先防备，召皇甫嵩为城门校尉，盖勋为议郎。皇甫嵩的长史梁衍，劝皇甫嵩不要应召前往，皇甫嵩惧怕董卓，不敢违抗，只得入都任职。盖勋势孤力单，也只好应召还都。此后皇甫嵩任御史中丞、盖勋任越骑校尉，一起西迁。二人听说董卓将要到来，不得不随同百官出去迎接。董卓与皇甫嵩有些过节，见皇甫嵩跪拜在车前，禁不住骄横起来，叫着皇甫嵩的字说："义真服我吗？"皇甫嵩十分惭愧："我肉眼凡胎，只顾眼前，不知你竟然能有今天！"董卓捻着胡须说："鸿鹄志向远大，燕雀怎能知道？"皇甫嵩答道："我与你都是鸿鹄，只因你如今变成凤凰，怪不得鸿鹄落后！"董卓冲皇甫嵩笑了一笑，总算冰释前嫌。只是对卫尉张温，仍然心存仇恨。

董卓一入长安，便诬告张温与袁术勾通，将张温拘禁狱中，并且威胁朝廷下诏，封自己为太师，地位在诸侯王之上。进升弟弟董旻为右将军，兼封郿侯；封兄长的儿子董璜为侍中，领中军校尉事。另外，董卓的宗族亲戚，大多官居要职，男的被封侯，女的称邑君。董卓听说孙坚战死岘山，认为大患已除，无人敢反对自己，就在长安城东修筑房子，作为太师府第。又在郿县依山修筑堡垒，在堡垒里建造宫室府库，储藏的粮草足够三十年之用。董卓将那里称为郿坞，也称万岁坞。董卓心中暗想，如果大事可成，当雄霸天下，万一不成，退守坞中，也足以养老。

董卓素来好色，到老更加淫荡，派人采选民间少女八百人，居住坞中。还将九十岁的老母，与一群妻妾子孙，全部迁入坞内，坐享荣华富贵。此外金玉珍宝等等，逐日向坞中运输，不计其数。前度辽将军皇甫规去世多年，留下孤儿寡母，住在安定原籍。皇甫规元配早逝，后妻颇有才华，擅长作文，又天生丽质，妩媚动人。不知何人将此事报告董卓，董卓艳羡异常，用车一百乘，马二十匹，奴婢钱帛不计其数，前去聘娶皇甫规的妻子。皇甫规的妻子毅然拒绝，不愿前往。

董卓怎肯罢休，再三催逼。皇甫规的妻子自知不能幸免，索性毁掉容貌，到董卓门前恳求。董卓出来，见她虽然黯淡无华，姿容仍然未减，恨不得即刻搂她过来，共享欢乐。董卓出言劝慰，说出许多好处，想让她心动。可皇甫规的妻子不肯从命，任董卓说得天花乱坠，依然拒绝。这下惹恼了董卓，他令左右拔刀围住她，并说道："我言出必行，四海之内，无不服从。难道你一个妇人，敢不听从吗？"皇甫规的妻子听了，突然站起来，指着董卓大骂："你本是羌胡遗种，荼毒天下，还不满足吗？皇甫氏是汉朝的忠臣，岂像你人面兽心、行同猪狗？你危在旦夕，还敢对我无礼？真是痴心妄想！我如果怕你，就不来了！"董卓被她一骂，顿时火冒三丈，让左右揪住她的发髻，横加鞭打。不一会儿，皇甫规的妻子气绝身亡。董卓下令将她弃尸野外。当时有人怜悯她忠贞，私下将她殡葬。

董卓余恨未消，无法排解，特赶往郿坞消遣。郿坞与长安相隔二百六十里，须三五日才可到达。董卓临行时，百官都到横门外饯别，设置酒席，极其丰盛。喝到半酣，恰有北地投降的士兵数百人，前来报到。董卓下令把这些人先割掉舌头，接着斩断手足，再挖去双眼，用大锅烹煮，呼喊声响彻都门。在座宴饮的官僚，都吓得魂不附体，只有董卓仍旧谈笑自如。董卓忽然想起卫尉张温还在狱中，就命吕布到狱中提来张温，将他杀死，然后起身撤去酒席，向司徒王允拱手告别，嘱托完朝中之事，登车离去。

王允，字子师，太原祁县人，与同郡人郭泰交好。后来与左中郎将皇甫嵩、右中郎将朱儁等人围剿黄巾贼，立下大功。之后，被阉党陷害，被打入狱中，大赦以后，做了中郎，辗转为河南尹。不久又入都做了太仆，代杨彪为司空。董卓迁都关中，王允收集兰台、石室各处的书籍，追随车驾入关，所以经籍才不至于被毁坏。当时董卓还留在洛阳，朝政都委任王允主持，王允有意讨好董卓，遇事多向他禀报。董卓因此与他结为密友。王允买动董卓欢心，无非是想让董卓不加提防，好暗中设法除掉他。前太尉黄琬任司隶校尉，与王允志同道合。尚书郑泰上书，请求让护羌校尉杨瓒行左将军事，执金吾士孙瑞为南阳太守，率兵到武关，借口攻打袁术，乘机除掉董卓，然后奉驾回洛阳。哪知董卓刁滑得很，不准发兵，以致王允的计划落空。王允又举荐杨瓒为尚书，孙瑞为仆射，作为自己的得力助手。

河南尹朱儁移兵洛阳，私下与山东各将交往，在中牟一带招兵买马，讨伐董卓。徐州刺史陶谦派兵帮助朱儁，推荐朱儁行车骑将军事，其他州郡竞相响应。王允接到警报，急忙派人到郿坞禀报董卓。董卓立即入朝，王允想让杨瓒等人出征，董卓不肯，只调遣亲信李傕、郭汜等人领兵抵抗朱儁。王允希望朱儁打败李傕、郭汜，乘胜入关，自己可作为内应。可朱儁竟然败退，董卓又安定下来。司空荀爽也想除掉董卓，可惜还没有付诸行动就死了。他的从孙荀攸才智过人，被封为黄门侍郎，暗中与尚书郑泰、长史何颙、侍中神辑等人一同密谋刺杀董卓。事情快要办成时，董卓听到风声，抓捕何颙、荀攸下狱。何颙忧愤自杀，荀攸却毫无惧色，在狱中仍谈论自如。董卓查无实据，不得不缓刑。郑泰逃出关外，投奔袁术。袁术举荐郑泰为扬州刺史，郑泰在上任途中得病去世。

王允每天都想着除掉奸贼，却抑郁不得志，愁得面容憔悴，寝食难安。幸亏董卓只怀疑他人，未曾怀疑到王允身上。董卓见王允精神不好，还以为他过分劳累，所以格外体恤，上疏封王允为温侯，食邑五千户。王允推辞不受。仆射士孙瑞进言说："想成就大事，须依从时势，为何要保持气节，惹人怀疑呢？"王允听到这话，有所感悟，就受封二千户，并到董卓府中道谢。董卓非常欣慰，又想自称尚父，派人询问左中郎将蔡邕。蔡邕劝阻说："昔日太公辅佐周朝，除掉殷商，所以被尊为尚父。如今你的功德虽大，但想称尚父，还应等到关东平定，车驾返回洛阳，那时就无人非议了！”董卓于是将此事搁置。

初平三年春季，雨一连下了六十多天。王允与孙瑞、杨瓒等人登台祈祷，瞅着一丝空隙，商议除掉董卓之事，孙瑞说：“此时还不除掉奸贼，必定后患无穷。我们应早做打算，不要再拖延了！”王允点头同意，回到府中，踌躇很久，心想只有从董卓的义子吕布下手，才有可能成功。于是取出家藏的珠宝，赠送给吕布。吕布当然拜谢。此后二人常相往来，结为好友。王允暗想，少年人一是贪财，二是好色，有了财物作饵，还须有一个美人，才能笼络吕布。主意打定后，王允便开始物色人选，碰巧有一个歌伎貂蝉，秀外慧中，非常伶俐。王允就把她召入府中，热情款待，视若己出。

貂蝉感念王允的恩情，时时想着报答，见王允常闷闷不乐，欲言又止，就趁左右无人的时候，询问王允。王允把她领到密室，谈论密谋。貂蝉慨然道：“贱妾蒙大人厚恩，无以回报，如今既然有这样的计策，就将贱妾献给吕布，叫吕布刺杀董卓吧！”王允感叹道：“吕布与董卓情同父子，岂肯为了你一句话便去行刺？事情如果办不成，我王氏便要有灭门之灾了！”貂蝉听了，沉默不语。王允又说道：“我有一计，可以让吕布杀掉董卓，但不知你能不能照办？”貂蝉应声道：“愿意听从你的命令！”王允附耳对她说了几句，只见貂蝉的脸蛋忽红忽白，待到王允说完，她才毅然答道：“如果对国家有益，贱妾又怎会怜惜自身？”王允怕她泄露密谋，再三叮嘱。直到貂蝉对天发誓，王允才放下心来，并向貂蝉下拜。貂蝉吃惊地跪在地上，等王允起身，才告辞退下。

第二天，王允设宴邀请吕布，酒至数巡，召貂蝉出来服侍。貂蝉一身艳装，慢慢出来，行同拂柳，翩若惊鸿，到了吕布座前，先道一个万福，然后轻轻抬起玉手，提壶代他斟酒。吕布见到一双玉手，已是销魂，再睁眼看那芳容，真是国色天香，见所未见。更厉害的是她那秋波一动，竟把那吕布的魂儿摄了去。待听到王允说“将军请饮酒”时，吕布才如梦初醒。喝了一杯又一杯，杯杯都觉得沁人心脾。王允再令貂蝉唱歌跳舞，貂蝉振动娇喉，轻转躯体，惹得吕布目眩神迷，如痴如醉。舞完之后，貂蝉到吕布座前告辞，回眸一笑，返身离去。吕布目送貂婵进去，过了好一会才问王允：“这个女子是什么人？”王允答道：“义女貂蝉。”吕布又问有没有许配人家，王允回答说没有。吕布赞不绝口。王允乘机说道：“将军如果不嫌弃，希望能让她服侍将军左右！”吕布当即站起来说：“这是真的吗？”王允微笑道：“淑女当配英雄。当今能称得上英雄的，只有将军。只怕小女无才，不合你的心意。”吕布倒身下拜道：“承蒙您的赏赐，大恩大德无以回报，愿誓死效忠于您！”王允就与吕布约定日期，送女儿过去，吕布欢天喜地地离开了。

过了两三天，王允等吕布外出，又请董卓过来宴饮。董卓前来赴约，王允身穿朝服迎接，大摆筵席。董卓坐在上位，王允在旁边相陪，边喝边谈，说了许多阿谀奉承的话，哄得董卓心花怒放。等董卓有几分醉意时，就让貂蝉出来唱歌跳舞，脆生生的歌喉，娇怯怯的舞态，倾倒一时。董卓本是个色鬼，见了这么好的女子，怎能不动心？便询问此女的来历，王允只说是歌伎，绝口不提“义女”二字。董卓赞美道：“这真可谓举世无双了！”王允答道：“既然太师喜欢，理当献上！”董卓十分欢喜。散席之后，王允便命貂蝉跟随董卓同去。

吕布得知此事后，跑到王允府中，责备王允负约。王允却说：“太师听说我有一个义女配给将军，亲自来接，我怎敢阻止？只好让小女跟随，想是太师看重将军，所以才有这样的举动，将军怎么能错怪我呢？你去问明太师，然后与小女结婚便是了！”吕布将信将疑，返回太师府中，探听消息。哪知那心上人竟被董卓霸占，吕布恼怒异常，又去责问王允。王允劝解道：“这恐怕是府中人误传，太师德望甚高，怎能霸占自己的儿媳呢？莫非因吉期未到，所以拖延，请将军再去打探。”吕布是个有勇无谋的人，听了王允的话，又回去打探。

碰巧董卓入朝，吕布便大步进入凤仪亭，正巧与貂蝉相遇。貂蝉见了吕布，泪如雨下，哽咽不止。吕布见她泪容满面，好似带雨梨花，忙替她擦泪。貂蝉边哭边说：“不要玷污了将军的贵手，妾身已被太师霸占，只希望能再见将军一面，死也甘心。如今心愿已了，就从此永别吧！妾身为王司徒的义女，能嫁给将军，已经心满意足，不料被人强占，不能再侍奉将军了，不说也罢！”说到“罢”字，竟撩起衣裙向荷花池内跳去。吕布忙上前一步，抱住纤腰，与她温存。貂蝉若迎若拒，急得吕布发起誓来，说今生非貂蝉不娶。二人正在拉拉扯扯，突然走来一个人，大喝一声，吕布转头一看，不是别人，正是义父董卓，慌忙向外逃去。董卓顺手取来一支戟，向吕布刺去，多亏吕布手脚麻利，把戟挡开，飞快跑出去。董卓身体肥胖，走得较慢，追赶不上，就把戟向吕布扔去。吕布已经走远，飞戟也追不上了。董卓怒责貂蝉，又被貂蝉花言巧语骗过，只说是吕布前来调戏，多亏太师救了性命。董卓被美色迷惑，任由她哄骗。吕布走到司徒府，把事情的经过一五一十地告诉王允。王允低头叹息，然后故意出言激怒吕布。吕布拍案大叫，誓要杀死董卓老贼。可转念一想，又说道："如果与他没有父子关系，我立即前去！"王允微笑道："太师姓董，将军姓吕，并非骨肉，他向你扔戟时，有没有考虑父子之情呢？"这几句话提醒了吕布，吕布转身就想去杀董卓。王允把他拦住，与他耳语一番。吕布一一答应。

董卓丧命

初平三年，献帝患病，数日不能起床。孟夏四月，献帝病已痊愈，准备亲自驾临未央殿召见群臣。太师董卓也准备入朝，提前一天命卫士临时保护，又让吕布随行。吕布进去拜见董卓，董卓怕他记起前仇，出言抚慰，吕布也连忙谢罪，唯唯受教。当晚有十几个小孩，站在城东唱道："千里草，何青青？十日卜，不得生！"有人将这几句话禀报董卓，董卓不以为然。第二天清晨，将士聚集，吕布身披铠甲，手拿画戟，守候在门前。骑都尉李肃带领勇士秦谊、陈卫、李黑等入内请命，吕布与李肃打了一个照面，用眼睛暗示李肃。李肃心领神会，匆匆进去。不久，李肃出来对吕布说："太师让我为前锋，我在北掖门内恭候你！"吕布向李肃点点头，李肃转身离去。

原来，吕布与李肃是同郡人，李肃前次听从吕布，投奔董卓，却没有得到重赏，不免怏怏不乐，只是与吕布仍然要好。吕布因此让他做帮手，一同谋害董卓。李肃离去后，又过了很久，这位恶贯满盈的董太师，里面穿着铁甲，外面罩着朝服，大摇大摆地走出来。董卓登上车马，向前行进，两旁的士兵如铜墙铁壁一般。吕布跨上赤兔马，紧紧跟随。忽然前面有一个道人，拿着长竿，上面绑着一块布，两头写一个"口"字，连叫"布！布！"董卓从车中望见，大声呵斥。话音未落，已有卫士出来驱赶道人。董卓虽然觉得诧异，但认为有士兵保护，不会出事，依然放胆前进。快到北掖门前时，马忽然停住，抬头大叫。董卓不禁怀疑起来，回头对吕布说，想要折回。吕布答道："已经走到宫门前面了，难以返回，倘若有意外，有儿臣在这里，怕什么？"说着，下马扶住车轮，直入北掖门。卫兵多站在门外，吕布赶车进去。李肃站在门旁，瞄准董卓的胸膛，拿着戟刺去。谁料董卓有铠甲在身上，没有刺进。李肃连忙改刺董卓的脖子，董卓用手臂遮住，手腕受伤，倒在车上，大声呼喊吕布。

吕布在后面厉声说："奉诏讨伐逆贼！"董卓骂道："你这条庸狗，也敢这么做吗？"话未说完，吕布的画戟已经刺入他的咽喉，李肃又补上一刀，枭掉董卓的首级。吕布从怀中取出诏书，向众人宣读，无非是说董卓大逆不道，应该诛杀等等。

这诏书从何处而来呢？原来，尚书士孙瑞早已写好诏书，秘密交给吕布，所以吕布临时取出，宣告众人。众人都恨董卓残暴，无人怜惜他，所以不仅见死不救，反而一同欢呼。还有一群百姓恨董卓入骨，得知董卓的死讯，竞相庆贺。司徒王允如愿以偿后，让吕布去抄董卓的家产，又让御史皇甫嵩率兵前往郿坞。吕布跨马离去，进入太师府，将董卓的姬妾全部杀死，只留下美人貂蝉，带回自己的府第。皇甫嵩到了郿坞，攻进坞门，先将董旻、董璜杀死，再领兵冲进去。迎面遇到一个白发苍苍的老妇人，拿着拐杖哀求道："请饶我一命！"皇甫嵩定睛一看，是董卓的母亲，便一刀将她杀死。其他的董氏亲属，不分男女老少，全部处斩，只把郿坞里的良家妇女释放。又在库房中搜查一番，得黄金二三万斤，白银八九万斤，奇珍异宝堆积如山。皇甫嵩指挥士兵，将这些一股脑儿搬入都中。当时天色已晚，见市中有一具带火的尸体横在路上，皇甫嵩很惊诧，问明守候尸体的小吏，才知是董卓的遗骸。先前袁隗等人被董卓所害，他们尸体都埋在青城门外。董卓建造郿坞后，怕尸体被他人所盗，又将尸体搬到坞中。董卓死后，袁氏的门生前往坞中收拾袁隗的遗骨安葬，并将董氏亲属的尸骸移到袁氏墓前，烧成灰烬。

献帝命司徒王允做尚书，进升吕布为奋威将军，加封温侯，二人一同执掌朝政。王允追查董氏党羽，将他们或者罢免，或者诛杀。左中郎将蔡邕在座上感叹，被王允听见，王允勃然大怒："董卓逆贼几乎使汉室江山灭亡，今日他被诛杀，普天同庆。你身为臣下，竟顾念私情，反而伤感，岂不是他的逆党？"蔡邕起身说道："我虽然不忠，但还知道一个'义'字，怎肯背叛国家、依附董卓？见董卓的宗族被诛杀后，又连累到同僚，一时心生感慨，所以叹惜。自知犯错，还请见谅！倘若我不被断手断脚，能够续写《汉史》，将把你的恩惠全部记载上去，我也能稍稍赎罪了。"王允听了这话，更加恼怒，让左右抓蔡邕下狱。众位官员都替蔡邕求情，仍不见听从。太尉马日磾也劝王允："蔡邕是旷世奇才，熟知汉朝之事，应当让他续成《汉史》。如今他犯罪较轻，如果突然处以死刑，恐怕会让众人失望。"王允摇头："昔日武帝不杀司马迁，让他著书诽谤，留传后世。如今再让佞臣陪伴幼主，舞文弄墨，不但无益，就连我辈也会遭人非议，所以不能轻易饶恕！”马日磾退出后，王允嘱咐狱吏，将蔡邕逼死狱中。

当时董卓的女婿牛辅，正移兵陕州，防御朱儁。校尉李傕、郭汜、张济等人击败朱儁的军队，攻占陈留、颍水各县，所过之处，皆成废墟。吕布派骑都尉李肃讨伐牛辅，牛辅出兵迎战，将李肃打败，李肃狼狈逃回。吕布责怪道：“你挫伤我的锐气，该当何罪！”李肃正在为诛杀董卓有功，却没被提升心存怨恨，难免反唇相讥。吕布怎肯忍受，命令左右将李肃推出去斩首，然后亲自前去攻打牛辅。牛辅素来忌惮吕布的勇猛，暗中怀有戒心，手下将士也都惶恐。牛辅自知难以抵挡，就收拾金银珠宝，带领家奴胡赤儿等人弃营逃走。胡赤儿贪恋牛辅的财物，将牛辅刺死，把他的人头献到长安。

吕布得到牛辅的人头后，又与王允商议，打算传诏河南，将李傕、郭汜等人全部杀死。王允感叹道：“他们未尝有罪，不应全部诛杀！”吕布又请将董卓的财产赐给公卿将校，王允不肯听从。王允虽然与吕布同时执掌朝政，但他见吕布是一介武夫，所以国家政事，往往独断独行，不与吕布商量。吕布意气用事，不肯相让，二人意见不合，互生怨恨。王允与仆射士孙瑞商议，准备下诏赦免董卓的部下，后来又暗自思量：他们既然是党逆，就不应该轻易赦免，此事以后再说吧。不久，王允又想将李傕、郭汜等人全部罢免。有人劝王允委任皇甫嵩统率各部，镇抚陕州，王允迟疑不决。

李傕、郭汜、张济的部下都是凉州壮丁，当时有讹言传来，说朝廷打算把凉州人全部诛杀。李傕、郭汜、张济三将互相转告：“蔡邕为人忠厚，尚且被处死。恐怕我们今日交出兵权，明日就要被杀了！”李傕等人非常害怕，不知所措，想各自解散，逃回乡里。讨虏校尉贾诩本在牛辅部下，牛辅死后，投奔李傕。他献计说：“如果放弃军队东逃，一个亭长便足以逮住你们，不如向西攻打长安，为董公报仇。如果侥幸成功，可以执掌朝政；如果不成功，再逃亡也不迟。”李傕等人于是传令：“京城不颁下赦免我们的公文，我们总难免一死。如今要想死里求生，只有全力攻打长安，战胜可以得天下，不胜也可以掠夺三辅，得到妇女财物，向西回归故乡。”大众听了，应声如雷，随即一齐拥出。王允接到警报，召来凉州人胡文才、杨整修，愤然对他们说：“关东鼠辈，想要做什么呢？你们把他们叫过来，听我发落！”胡文才、杨整修虽然领命东去，心里却愤愤不平。二人到了李傕营内，反说王允与吕布不和，劝他赶快进军。李傕等人沿途招兵买马，牛辅的旧部全部前来归附，还有董卓的旧将樊稠、李蒙等人，也同时会合，约有十几万人，直抵长安。吕布登城抵抗，相持了八天。不料，吕布手下的蜀兵叛变，偷偷打开城门，接纳外兵。李傕等人领兵四处掠夺，满城遭殃。吕布拿着戟拼命作战，从早上杀到中午，虽然刺死很多人，无奈乱兵太多，并且越战越勇，禁遏不住。吕布不得已杀开一条血路，直到青琐门，并派人叫王允一同逃跑。王允长叹道："社稷安定，国家繁盛，是我的夙愿，万一不成，我只有一死。主上年幼，须靠我扶持，我不忍心遇到灾难就独自逃生。请为我传话给关东将士，让他们努力使国家安定下来，我死也瞑目了！"吕布听完，也顾不得他，便带领几百名残骑，投奔袁术去了。

李傕等人赶走吕布后，率领众人围攻宫门。卫尉种拂带着卫士出宫作战，因寡不敌众，为国捐躯。李傕与郭汜冲进南掖门，杀死太仆鲁旭、大鸿胪周奂、城门校尉崔烈、越骑校尉王颀，此外吏民约有一万人死亡。王允扶着献帝登上宣平门楼，俯瞰外面的士兵，见他们像一排排墙壁似的，气势汹汹。献帝还没有被吓得失去理智，大声对李傕等人说："你们领兵杀过来，究竟心怀何意？"李傕等望见皇帝，还算有礼貌，跪在地上叩头说："董卓为陛下尽忠，竟被吕布杀死，我们前来，是替董卓报仇，并非叛乱。事成以后，我们自然会到廷尉那里领罪！"献帝又说："吕布已经逃走，你们如果想抓吕布，尽可以去追，为何还要围攻宫门？"李傕等答道："司徒王允与吕布串通，请陛下将王允交出，由我们当面问明！"王允听到这话，拼着性命下了楼。李傕等人责问王允："太师犯了什么罪被你害死？"王允瞪着眼说："董卓罪恶滔天，死不足惜。长安城的百姓一听到董卓死亡的消息，无不拍手称快，你们没有听说吗？"李傕等人反驳道："就算太师有罪，也与我们无关，为何不肯赦免我们？"王允呵斥道："你们残害百姓，怎能说无罪？如今起兵攻打长安，岂不是大逆不道？还有什么话说？"李傕也不与他多说，指挥士兵将王允拥出去，并且逼献帝大赦天下，封给他们官职。献帝不得已，颁诏大赦天下，封李傕为扬武将军、郭汜为扬烈将军、樊稠、张济等都为中郎将。李傕得志以后，将司隶校尉黄琬与王允一并关到狱中，又召左冯翊宋翼、右扶风王弘，入朝听命。

宋翼、王弘都是太原人，与王允同郡，王允让他们镇抚三辅，是想让他们作外援。李傕召他们入都，二人刚进都门，就被李傕的手下抓住。李傕先杀黄琬，后杀王允，再杀宋翼、王弘。李傕最痛恨王允，下令将王允的尸体弃市，并杀死王允的妻子及宗族十多人，只有王允的侄子王晨、王陵得以脱身。平陵令赵戬本是王允的门下，辞官到京城，替王允收尸，后来安然无恙。仆射士孙瑞曾参与谋杀董卓，因为没有对外提起自己的功劳，所以幸免于难。李傕、郭汜找寻董卓的尸体，只剩下一些残灰，二人把残灰收入棺中，准备葬在郿坞。墓门才开启，突然有狂风暴雨吹向墓中，霎时间墓穴水深数尺，成了潭穴。工役将水排去，正准备下葬，哪知风雨又来，水势猛涨，又把棺木冲出。一连三次都是这样，工役们只好勉强堵住墓门，草草封葬。哪知天空中响起霹雳，将墓穴震开，接着又是一声巨响，棺材被劈碎，连残灰也被卷走，无从寻觅了。

太尉马日磾与李傕没有仇怨，由李傕等人推为太傅，做了尚书。李傕迁升为车骑将军，领司隶校尉事，郭汜为后将军，樊稠为右将军，张济为镇东将军。张济屯兵弘农，李傕、郭汜、樊稠共同掌握朝政，令贾诩为左冯翊，并准备给他封侯，贾诩推让道："我不过为救命献计，后来侥幸成事，怎敢邀功受赏？"于是改封贾诩为尚书典选。李傕怕关东牧守前来声讨，特派太傅马日磾及太仆赵岐赶赴洛阳，宣布朝廷的命令。

当时兖州刺史刘岱，出兵讨伐黄巾残贼，战败而死。黄巾贼又强盛起来，号称百万。东郡太守曹操遵照郡吏陈宫的计策，乘虚进入兖州，自称刺史。济北相鲍信会同曹操，接连攻打黄巾贼。黄巾贼人多势众，曹操战败失利。后来曹操激励将士，定下奇计，才反败为胜，击退黄巾贼。鲍信战死后，尸体下落不明，曹操四处寻觅，始终没有找到，就用木头刻成他的肖像，亲自祭奠。众人更加奋勇，追踪黄巾贼直到济北，大杀一阵。黄巾贼败退，大半投降，曹操招收降兵三十万，留下强壮的士兵，严格训练，称为青州兵。赵岐奉诏东行，曹操出城远迎，极其殷勤。袁绍、公孙瓒二人因争夺冀州，争战不休，经赵岐代为调解，双方自愿罢兵。赵岐与他们约定日期，将皇上迎回洛阳，又向南前往陈留，劝说刘表。偏偏途中得病，勉强到了荆州，病情日益加剧，最终卧床不起，因此迎皇上回洛阳的约定也只好搁置了。太傅马日磾抵达南阳，招降袁术，袁术心怀异志，将他留住，气得马日磾吐血身亡。

曹操占领兖州，颇想效仿桓文，成就霸业。平原人毛玠才智过人，曹操任用他为治中从事。毛玠劝曹操迎回天子，号令诸侯。曹操派人到河内，向太守张扬借路，前往长安，张扬不肯答应。定陶人董昭曾为魏郡太守，卸任之后，被张扬留住。他劝张扬与曹操结交，不要阻拦曹操的使者，并代曹操向长安各将写了一封书信，让曹操的使者带到都中。李傕、郭汜看到书信后，恐怕曹操有诈，打算把曹操的使者拘押。黄门侍郎钟繇认为关东人心未服，只有曹操派人前来，应当厚待他。于是李傕、郭汜优待曹操派来的使者，厚礼遣他回去。

曹操收罗英才，招募勇士，文武并用，齐聚一堂。暗想自己有所成就了，理应迎来老父，共享天伦之乐，于是派泰山太守应劭前往琅玡郡迎接父亲曹嵩。曹嵩是中常侍曹腾的养子，官至太尉，当然有些金银财宝。他接到曹操的书信，不胜欢喜，便带着爱妾、小儿子曹德以及家中老少数十人，押着一百多辆车，满载财物向兖州奔去。路过徐州，牧守陶谦派兵护送，曹嵩总以为这样会稳稳当当，一路福星高照，不料大祸忽然临头，就在他们抵达泰山郡华费时，竟全部被陶谦的部将张闿杀死。

究竟是陶谦主使，还是张闿自作主张呢？陶谦，字恭祖，祖籍丹阳。他为官清廉，颇有名气。任徐州刺史时，剿灭了黄巾余党。下邳贼阙宣起兵作乱，自称天子，又由陶谦率兵剿灭。朝廷命陶谦为安东将军、徐州牧守，封溧阳侯。等李傕、郭汜各将起兵入关，挟持君主，陶谦特推河南尹朱儁为太师，相约一同讨伐逆贼。可朱儁应征入朝，只做了太仆，陶谦只得暂时将计划中止。后来听说曹操胸怀大志，就想与他结交，碰巧曹操的父亲路过自己境内，正好卖个人情，派都尉张闿领兵护送。张闿是黄巾贼，战败投降，毕竟贼心不改，见曹嵩财物甚多，暗暗垂涎，伺机下手，先将曹德杀死。曹嵩得知后，急忙带着爱妾逃到屋后，想穿墙出去，怎奈爱妾身体肥胖，一时不能脱身。张闿此时已率人杀过来，曹嵩逃无可逃，只好带着爱妾，躲在厕所旁。张闿看见后，将他们一同杀死。曹氏一家全部被杀，只有应劭逃脱，他不敢再见曹操，只好投奔袁绍。张闿劫了曹家的财物后，奔赴淮南去了。

曹操正因袁术北上，对兖州不利，特屯兵封邱，打败袁术。袁术逃到寿春，赶走扬州刺史陈瑀，自己做刺史。曹操正想乘胜出击，恰逢全家被杀的消息传来，曹操非常震惊，顿时哭了又骂，骂了又哭，口口声声要与陶谦拼命。曹操哭骂完毕，就在军中服丧，发誓要为父报仇。他让谋士荀彧、程昱等驻守鄄、范、东阿三县，自己率领大队人马，浩浩荡荡杀向徐州。

曹吕之争

曹操为父报仇，亲自率领大队人马直奔徐州。徐州自陶谦上任后，贼寇销迹，百姓安居乐业。曹兵到来后，乱杀乱夺，接连攻破十多座城池，所过之处，不论男女老少，一律处死。陶谦接连收到警报，只好发兵抵抗，才出彭城，就遇到曹操的士兵，双方大战。曹操率领众人猛攻，势如破竹，陶谦怎么抵挡得住？只得退到郯县。郯城虽小，但地势险要，曹操追到城下，四面猛扑，始终不能攻破。于是转攻睢陵、夏邱等地，将这些地方焚烧一空，连鸡犬都没有留下。

陶谦无计可施，派人到青州求救。青州刺史田楷想赶去支援，但又担心曹操势力强大，自己难以支撑，就写信给平原相刘备，让他同行。田楷与刘备都由公孙瓒委任，刘备正在东边援助北海相孔融，讨伐黄巾贼管亥。孔融弱冠以后，由州郡举荐，不久升为虎贲中郎将。董卓废掉少帝后，孔融不愿意依附董卓，就出都做了北海相。上任以后，建立学堂，宣扬儒术，礼贤下士，除暴安良。黄巾贼管亥纠集众人作乱，异常猖獗，孔融屯兵都昌，结果被贼人包围。东莱人太史慈，曾避难辽东，母亲在家中居住，孔融时常资助。孔融在都昌城被困后，碰巧太史慈回家探视母亲，母亲就嘱咐他赶快去解救孔融。太史慈只身前往，突围入城。又奉孔融的命令，到平原乞求援助。太史慈喜欢骑射，箭无虚发，因此出入自如，贼人不敢靠近。到了平原，他对刘备说："我是东莱鄙人，与孔融既不是骨肉至亲，也没有同乡之情，只因他讲义气，觉得应与他一起面对灾难。如今黄巾贼的头目管亥，围攻都昌，孔融万分危急，他听说你很讲义气，一定不忍袖手旁观，特派我前来求援。"刘备说道："孔融也知道世间有一个刘备吗？"说完之后，便与关羽、张飞率领精兵三千，前去解救都昌。关羽、张飞本来骁勇，太史慈也武力过人，三条好汉杀入贼人的营垒，好像虎入羊群，所向披靡。管亥战死，其余贼人全部逃散，都昌解围。孔融出城迎接，邀请刘备一同宴饮，并犒赏刘备的军队。

待到刘备返回平原，青州使者已等了两三天。刘备看完使者带来的书信，也不推辞，当即率军到青州与田楷会师，一同援救陶谦。曹操攻不下郯县，又探知田楷、刘备合兵支援，自知不能取胜，于是领兵退去。

田楷听说曹操已经退兵，立即折回，只有刘备到郯城与陶谦相会。陶谦见刘备仪表出众，对他格外敬重，留刘备一同住下，并且上疏请求封刘备为豫州刺史。刘备一再告辞，陶谦殷勤劝阻，让他屯兵小沛，作为声援。盛意难却，刘备只得依从陶谦，领兵来到小沛城，修整城池，安抚居民。百姓都很爱戴他。

刘备多次丧妻，现在得了一个甘家女儿为姬妾。甘氏姿容绰约，妩媚清扬，艳丽中寄寓端庄，袅娜间不流轻浮。刘备虽然胸怀大志，不计较女色，但有此佳丽，自然喜爱，于是令她管理内事，将她视作正妻。

过了几十天，曹操再次进攻陶谦，夺取徐州。刘备感激陶谦厚待自己，自然领兵援助陶谦。走到郯城东边，正值曹操的军队杀来，千军万马，势不可当。刘备担心被包围，带领众人退下。曹操追了一程，见刘备已经走远，便移兵攻打郯城。陶谦很是焦急，勉强守了一夜，打算天明逃往丹阳。不料曹操的军队竟忽然退去，到了天明，城外已经寂静无人了。

原来，陈留太守张邈与曹操关系较好，以前关东起兵，张邈也曾参与。盟主袁绍常常露出骄傲的神色，张邈于是指责袁绍，袁绍不甘忍受，派曹操刺杀张邈。曹操认为天下没有平定，不应自相残杀，张邈这才得以保全。此后，张邈对曹操越来越好。曹操攻打陶谦时，曾对家属说："我如果战死，你们可以投奔张邈。"哪知张邈竟背弃盟约，私下结交吕布，让吕布悄悄进入兖州，占据濮阳。说来也有原因。吕布投奔袁术之后，不安守本分，派兵肆意掠夺，遭到袁术的责备后，转投河内太守张杨。后来又赶赴冀州，帮助袁绍攻打褚燕军，自恃立下大功，横行霸道，遭到袁绍的嫉恨，又逃往河内。路过陈留时，张邈派人将他迎进去，设宴款待，临别时还订立盟约，相互救助。待吕布离去后，张邈听说九江太守边让，因为讥讽曹操而被诛杀，连妻子也没有幸免，就不再亲近曹操，并且心存忧虑。碰巧兖州从事陈宫也因边让无辜遭到杀害，想乘机背离曹操，另投他人。恰逢曹操再次攻打徐州，嘱咐陈宫屯兵东郡。陈宫就写信给张邈："如今天下混乱，豪杰并起，你拥兵十万，反要受制于人，岂不是太愚蠢了吗？近日曹操领兵东出，城内空虚，你不如迎吕布进来，让他做前锋，攻打兖州。吕布是天下壮士，英勇善战，必能一举成功。拿下兖州以后，再观看形势，伺机而动，也不难纵横一时啊！"张邈依从陈宫的计策，与弟弟广陵太守张超，联名招纳吕布。吕布正东奔西走，无处安身，一得到张邈等人的邀请，立即带着随从赶到陈留。

张邈调拨一千人给吕布，将他送往东郡。陈宫把吕布迎进，推荐他为兖州牧，各郡县多半响应。鄄、范、东阿三城，由曹操的手下荀彧、程昱等人把守，不肯响应。荀彧急忙派人将此事报告曹操，曹操于是收兵赶回。途中又接到警报，吕布已夺去濮阳，陈宫正进攻东阿。曹操忧愤交集，日夜兼程赶往东阿城。幸亏有程昱在，城池安然无恙。

程昱安慰曹操："陈宫叛乱，迎接吕布，事情出人意料，几乎导致全州失陷。如今只有三座城池还得以保全，程昱已派兵截住仓亭津，料陈宫不能飞渡，此城应当安全了！"曹操连忙抓着程昱的手说："如果不是你坚守此城，我就没有落脚之地了！"于是令程昱为东平相，屯兵范城。后来又接到荀彧的军报，说已经守住鄄城，击退吕布，吕布仍屯兵濮阳，请求赶快出击。曹操捋着胡须微笑道："吕布有勇无谋，不足为虑！"说完，领兵前去攻打濮阳。

吕布出城抵抗，仗着一枝画戟，直奔曹操军营。曹操的部下知道吕布英勇，还没开战，先有了几分怯意。等见到吕布左挑右拨，果然厉害得很，立即纷纷逃跑。曹操还想阻止，不料兵败如山倒，部下自相践踏，反将曹操的马挤倒。吕布突然到来，拿戟刺向曹操，曹洪、曹仁、夏侯惇等人拼命抵抗，才挡住吕布，救起曹操。曹操边战边逃，一直退到十里外，吕布才收兵回城。

曹操选好地方安营扎寨，到了夜间，想出一个办法，立即下军令，要去袭击濮阳西边的敌营。这里的屯兵是吕布预先设置的，与城内互相援助，曹操想趁吕布不防备，折掉他的羽翼。曹操亲自率领众人，直抵濮阳城西。一声呐喊，杀入敌营，果然营内不曾防备，曹操的军队赶走守兵，占据营垒。正在这时，吕布的将领高顺突然率兵杀过来，曹操不得不领兵对敌。战到天明，东方传来鼓声，吕布又亲自杀到，曹操自知不能逗留，只好弃寨逃走。偏偏吕布截住他的退路，不肯放行，曹仁、曹洪等虽然敢于作战，却都不是吕布的对手，都被吕布击退。从清晨斗到日落，战了数百个回合，曹操的部下伤亡甚多，仍没有找到出路。曹操十分恼怒，一马当先，亲自冲锋陷阵。不料吕布阵内发出许多硬箭，任曹操如何大胆，也不敢冒险前进。正在进退两难的时候，忽然跳出一员猛将，来到曹操面前。这员猛将名叫典韦，他拿着双戟冲杀过去，只见吕布的部下纷纷避开，连吕布也制止不住。典韦冲出一条血路，领着部下，奋勇杀出。曹仁、曹洪、夏侯惇等保护着曹操，好不容易才冲破敌阵。那时已经是傍晚了，吕布也无心恋战，任由他们过去。曹操匆匆逃脱，赶回营中，重赏典韦，给他加官都尉，将他留在左右。典韦是陈留人，英勇强悍，本在太守张邈部下做牙役，因没有升官，投奔夏侯惇，由于杀敌有功，得以被封为司马。受到曹操重用，典韦自然感激不尽，决心誓死为曹操效劳。

吕布返入濮阳后，与陈宫商议如何攻破曹操。陈宫查知濮阳城中，田氏最富有，就让吕布捏造书信，假借田氏之名，谎称愿意投降曹操，做内应。吕布依计办理，派人把书信送到曹操营中。曹操因两次失败，正无处发泄心中的愤懑，一得到田氏的投降书，也不论真假，立即重赏使人，约定在夜间里应外合。使人欢喜离去，禀报吕布。吕布预先布好埋伏，悄悄等着。

当夜月色朦胧，曹操带着将士，直抵城下。他见东门大开，心中暗喜，就命典韦为前锋，夏侯惇为后应，自己率领曹仁、曹洪等人居中而入。进了城门，见前面并无一人，曹操才觉得可疑，想叫典韦回头，可典韦冒冒失失，有路便走，与他相距很远，一时无法招回。曹操唯恐失去一员爱将，只得前进。突然听到一声炮响，四面喊声惊天动地，仿佛江海沸腾一般。曹操自知中计，忙掉转马头，向东门奔去。不料前面烟火冲天，截住去路，敌兵又围绕过来，口中大声喊着，不是杀曹操，就是擒曹操。曹操心急如焚，眼见难以从东门出去，只好伺机跑向北门。偏偏途中遇到敌兵，不放曹操过去。曹操手下的将士又多失散，不能上前厮杀，无奈之下，只得逃向南门。南门也有敌兵把守，于是再向北门逃窜。迎头碰到一员大将，拿着戟过来，透过火光辨认，来人正是吕布。曹操急中生智，从容勒马，低头从他身边过去。吕布因在东门没有看见曹操，怀疑曹操逃往别处，所以来回寻找。既然与曹操相遇，应该一戟将他刺死，可吕布见此人骑着马慢慢走，当时又在黑夜中，看不清此人的真面目，以为曹操没有这么胆大，就横着戟问道："曹操在哪里？"曹操用手指着前面说："那个骑黄马的想必是曹操。"话未说完，吕布已经策马奔去。曹操急忙返回东门，恰好与典韦相遇，典韦领着曹操杀出。曹仁、曹洪、夏侯惇等正在门外等着，急忙拥着曹操回营。

曹操当夜查点人马，丧失了一两千名士兵，庆幸的是将领没有伤亡，但被烧得焦头烂额的士兵也不少。曹操亲自抚慰，并笑着说："我一心想消灭敌人，以致误中诡计，此后誓必攻下此城，才消我心头之恨。"将士见曹操谈笑自如，各自安心回营。

第二天，曹操早早起来，令部下连夜制造攻城的器具。三五天就将器具备齐了。曹操再次率众攻城。吕布领兵把守，硬箭、巨石纷纷落下，曹操的军队无机可乘。此后，这样一守一攻，相持了三个月，彼此都筋疲力尽，勉强支撑。恰逢当时发生蝗灾，庄稼都被毁坏，军中没有食物，曹操只得退回鄄城。濮阳城内也是十室九空，吕布也只好前往山阳，暂且罢兵。

当时大司马刘虞与公孙瓒仇怨越积越深，公孙瓒率兵四处掠夺，刘虞上疏陈述，公孙瓒弹劾刘虞不拨给他粮草，二人互相诋毁。朝廷之内也是一片混乱，李傕、郭汜等人争权夺势，哪里还顾得上他们。公孙瓒更加想除掉刘虞，特地在蓟城东南修筑一座小城，领兵驻扎，以便逼迫刘虞。刘虞又忧愁又痛恨，多次邀请公孙瓒面谈，公孙瓒不肯前往。刘虞于是征兵十万，出城讨伐公孙瓒。公孙瓒没料到刘虞会突然派兵到来，准备弃城东逃。等登高俯视，见刘虞的部下队伍不整，旗帜错乱，料知刘虞不会有什么作为，就留守在城中，不肯出战。刘虞爱惜百姓的房屋，不让士兵烧毁，并且对部下说："不要伤及百姓，只诛杀公孙瓒就行了！"部下虽然遵从命令，但因不能够掠夺财物，已经兴味索然。再加上只在城下逗留，却攻不下城池，都产生了回去的想法。公孙瓒连日登城，窥探敌情，起初见刘虞的部下虽然不很严整，但还有些雄赳赳的气象。后来见他们逐渐倦怠，就决定出击，招募壮士数百人，在夜间出来，趁风放火。刘虞的部下东逃西窜，公孙瓒趁势出城，直捣刘虞的军营。刘虞的部下已经混乱不堪，怎经得住公孙瓒的军队杀入？霎时间，四处逃散，只剩下一座空空的营垒。刘虞率人狼狈逃回，谁料公孙瓒的军队从后面追上，进入城中。无奈之下，刘虞只好带着妻子逃出居庸关。公孙瓒紧追不舍，乘胜进攻。刘虞的部下已全部逃跑，只剩下几百人，怎能防守？相持了三日，关城被攻陷，刘虞也被生擒。刘虞的家眷，一股脑儿全成了囚徒。

公孙瓒收兵回到蓟城，将刘虞关在一间屋子里。恰有朝使段训拿着诏书到来，加封刘虞的封地。公孙瓒截住诏书，诬告刘虞与袁绍串通，想自称皇帝，并且请求段训假传诏令，斩掉刘虞。段训不肯听从，公孙瓒用兵威胁，也不管段训是否答应，令士兵把刘虞推出去斩首，然后又将刘虞的家人全部诛杀，派人将刘虞的首级送到长安。刘虞勤政爱民，北州吏民听到他的死讯，无不感叹。前常山相孙瑾、幽州掾张逸、张瓒等人忠肝义胆，愿意与刘虞一同赴死。公孙瓒下令将他们斩首，孙瑾等人骂个不停，直到死去。刘虞的门生尾敦在途中埋伏，拦截公孙瓒派往长安的使者，夺得刘虞的人头，将刘虞安葬。

公孙瓒留段训为幽州刺史，其实是要他做个傀儡，所有幽州的事情，全归公孙瓒一人主持。公孙瓒意气风发，准备攻打冀州。袁绍也有防备，想与曹操一同攻打公孙瓒，于是派人到鄄城，劝曹操迁居邺中，互相援应。曹操刚刚失去兖州，军中又缺乏粮食，便将计就计，暂且答应。东平相程昱得知后，连忙赶来拜见曹操，问道：“将军想与袁绍连和，迁居邺城，此事已经确定了吗？”曹操答道：“确有此事。”程昱接口说：“将军这样做，好像是临阵退缩，我认为太胆怯了！试想袁绍占据燕、赵，志在吞并天下。但他势力有余，才智不足。将军如今迁往邺城，能听命于袁绍吗？昔日田横是齐国的壮士，还不甘心向高祖称臣，难道将军聪明英武，反情愿成为袁绍的下属吗？”曹操答道：“我又何尝甘心听命袁绍呢？只是兖州大半已经失去，恐怕难以立足，所以暂且与他联和，以后再从长计议。”程昱又说：“兖州虽然残缺，但还有三座城池，将士不下一万。将军智勇双全，如果再招罗智士和壮丁，不但可以收复兖州，就是想成就霸业也不难啊！”曹操不禁鼓掌：“你说得很对，我就依从你。”于是购买粮草，招募士兵。休养了几十天，曹操又要与吕布决一雌雄。

李傕挟持献帝

曹操想再次攻打吕布，于是屯兵东阿，袭击定陶。济阴太守吴资急忙领兵守卫南城，然后向吕布求援。吕布率军赶到，遭到曹操伏击，输了一仗。曹操又攻占定陶，却没有拿下。吕布的大将薛兰、李封屯兵钜野，与定陶相距不远，曹操为防止他们援助定陶，便分兵围攻定陶，自己带领典韦等人前去攻打钜野，捣破薛兰、李封的营垒。吕布得到消息，赶去营救，又被曹操击退，薛兰、李封先后战死。曹操占据钜野，又到乘氏县追击吕布。

这时徐州传来消息，说陶谦病死，徐州已归刘备所有。曹操十分恼怒：“刘备不费一兵一卒，竟然取得徐州，天下有这么容易的事吗？况且陶谦是我的仇人，待我先攻打徐州，报仇雪恨，然后再来消灭吕布。”谋臣荀彧极力劝阻，并晓示利害关系。曹操这才将攻打徐州的事暂且搁起，专心与吕布作战。并令士兵四处割麦，作为军粮。突然有人前来禀报，说吕布与陈宫率兵一万，前来攻城。曹操因士兵出去割麦，一时来不及召回，慌忙让百姓登上城池，自己率领守兵出城迎敌。可等了好久也不见吕布到来，又有探子报告说：“吕布的军队在西面大堤旁探望了很久，又退回去了！”曹操大笑：“吕布担心我军有埋伏，所以想进攻又不敢。他见堤南有很多树林，容易埋伏士兵，所以起了疑心，哪知是他太多心了！明日吕布一定会来烧毁树林，然后再进攻。我偏要在那里设下埋伏，看他中不中计。”到了夜间，曹操便吩咐曹仁、曹洪：“你们二人潜伏到堤旁，在树林南面一里多的地方埋伏。我亲自去叫战，引诱吕布赶来，你们乘机杀出，不得有误。”曹仁、曹洪领命离去。

第二天早晨，西面烈火冲天，吕布果然前来烧毁树林。曹操高兴地说：“不出我所料，今日定能打败吕布了！”于是率兵出营，前去挑战。吕布见林木全部烧毁，放胆前行。才走了半里，就与曹操相遇。双方交战，曹操假装战败逃走，吕布认为前面没有伏兵，于是放心追击，不料伏兵从堤下出来，将吕布的军队冲成两截。吕布顾此失彼，当然着急，再加上曹操回头杀来，吕布腹背受敌。猛将典韦很是厉害，除吕布以外，无人敢挡。吕布心慌意乱，无暇与典韦争斗，急忙策马退回，仓皇中杀开一条血路，已损失很多部下。曹操的部下直追到吕布营中，见天色已晚，才退了回去。吕布经此一战，锐气完全丧失，只好趁夜逃去。

陈留太守张邈听说吕布战败逃走，料知曹操必来报复，就让弟弟张超保护家属，守住雍邱，自己到袁术那里求救。曹操攻下定陶以后，又转攻雍邱城，城内势力微弱，援兵又一直不到，最终失陷。张超惶急自杀，家眷全被曹军杀死。张邈到扬州后，也被从吏所杀。此后兖州重归曹操所有，曹操自称兖州牧守。

吕布失去兖州后，又没有了落脚之地，只好带着家眷，投奔徐州。徐州刺史陶谦，死时已经六十三岁，临终时，嘱咐别驾麋竺：“我死以后，非刘备不能安定此地，你们可以迎他进城，不要忘记我的话。”麋竺将陶谦棺殓以后，率人到小沛，迎接刘备进入徐州。刘备推辞不去。下邳人陈登，字元龙，胸怀大志，弱冠后就被举荐为孝廉，做了东阳长，爱民如子。陶谦上疏请求封陈登为典农校尉。陶谦也跟随麋竺迎接刘备。陈登见刘备不肯前往，上前劝道：“如今汉室混乱不堪，正是建功立业的好时机。徐州富裕，人数多达上百万，你正可以借此发迹，为什么要推辞呢？”刘备推让道：“袁术占据寿春，此人祖上世代为官，众望所归，不妨请他管理徐州。”陈登答道：“袁术为人骄横，不足以拨乱反正。现在我等想为你召集十万兵马，上足以匡扶正义，成就霸业，下足以割地自守，还请你三思。”刘备正在推让，碰巧北海相孔融到来。刘备把他请进去，谈起徐州之事，孔融说：“我正为此事而来，诚心劝你。你想把徐州让给袁术，可他岂是为国为民的大臣？我看袁术虽然占据扬州，却不能成就大事。如今徐州百姓都很爱戴你，如果你现在不接受，将来后悔就来不及了！”刘备于是听从孔融的建议，由小沛移居徐州。恰逢吕布前来投奔，刘备因他袭击兖州，徐州才得以解围，所以出城迎接，摆酒为他接风。

过了两三天，吕布设宴酬谢，刘备也赶去宴饮。酒过数巡，吕布酒后忘情，竟称刘备为弟弟，颇有自夸的意思。刘备不免心中怨恨，但表面上仍然欢笑，不露声色。等告辞回去，才令吕布屯兵小沛。吕布虽然心中不快，但也不便争论。过了一夜，就与刘备道别，前往小沛去了。

李傕、郭汜等在朝专政两年后，献帝举行冠礼，改元兴平，追谥王氏为灵怀皇后，改葬昭陵。这时献帝已经十六岁了，四府三公已换了数人。太尉接连更换了四次，依次是皇甫嵩、赵忠、朱儁、杨彪。司徒更换了三次，分别为赵谦、淳于嘉、赵温。司空更换了四次，先是淳于嘉，其次为杨彪，然后为赵温，赵温被提升为司徒，后任是张喜。这十多人毫无建树，一切军国大权，都由李傕、郭汜等人掌握。李傕想招抚陇西，特派人买通马腾、韩遂等，给予重赏，召他们入朝。马腾与韩遂贪图名利，就率人来到长安。朝廷任命韩遂为镇西将军，屯兵凉州；马腾为征西将军，屯兵郿县。

马腾虽然得了官爵，但心中还不满足，又向李傕索取贿赂。李傕不肯，触怒了马腾，二人因此产生过节。谏议大夫种劭，是已故太常种拂的儿子，李傕等人攻打长安时，种拂遇害身亡。种劭仇恨李傕，想为父报仇，又见李傕等人手握重兵，逼迫主上，祸害国家，就与侍中马宇、左中郎将刘范召马腾入都，商议除掉李傕。马腾立即答应，领兵来到长平观中。李傕料知有内应，先在城里搜查，种劭等人一同逃奔槐里。樊稠、郭汜及李傕兄长的儿子李利，由李傕派去攻打马腾，马腾战败，逃往凉州。樊稠领兵追赶，李利既不善于作战，又总是落在后面，樊稠将他召到军前，生气地叱责道：“现在如果有人想杀死你的父亲，你还会这样缓慢吗？你以为我不敢把你斩首吗？”李利无奈，只好谢罪。抵达陈仓后，凑巧韩遂领兵到来支援马腾。等樊稠追来，韩遂便上前拦阻：“我们发生争执，并非出于私怨，不过是为了王室。我与你本是同乡，何苦自相残杀？不如就此罢兵，冰释前嫌，重归于好。”樊稠听他说得有道理，就与他握手言和，随后退回都中。

李傕又派樊稠攻打槐里，种劭、马宇、刘范等人全部战死，朝廷升樊稠为右将军、郭汜为后将军。樊稠又请求赦免韩遂、马腾二人，安定凉州。朝廷下诏准奏，免去韩遂、马腾二人的罪责，令马腾为安狄将军、韩遂为安降将军。只是出关东攻的提议，李傕还在踌躇，不肯贸然答应。樊稠再三催促，并且主动请求领兵前去，反令李傕疑窦重生。李利仇恨樊稠，又向李傕讲述韩遂、樊稠在军前握手言和时的对话，李傕十分恼怒："军前谈论私事，定是图谋不轨，如果不赶快除掉此人，必定成为后患。"李傕以商议军事为名，邀请樊稠过来。樊稠还以为他准备发兵，高兴前往。谁知刚刚坐下，李傕就叫出士兵，将樊稠劈死。然后李傕又宣示樊稠的罪状，说他私通韩遂、马腾，意图叛乱。各将似信非信，心生怀疑，连郭汜也心生不安。

李傕想结交郭汜，多次请郭汜夜饮，有时甚至留他住宿。郭汜的妻子唯恐郭汜在外拈花惹草，就从旁劝阻。一天夜里，李傕又邀请郭汜饮酒，郭汜被妻子缠住，只得婉言谢绝。可李傕格外巴结，派人把菜肴送到郭汜家里。郭汜的妻子把药放入菜肴中，待郭汜吃饭时，妻子便说："食物是从外面送来的，怎能随便吃呢？"说完用筷子扒菜，取出药对郭汜说："妾怀疑将军误信李傕。"说着，就向郭汜冷笑。郭汜知道妻子心中嫉妒，极力为自己辩白。妻子边笑边劝："只要将军不去李府，妾自然就不会怀疑了。"郭汜随口答应。

过了十几天，郭汜已将誓言忘记，又到李傕家喝得大醉，踉跄回来。一进屋，便吐了一地。郭汜的妻子哭着说："将军还不相信我的话吗？明明是中毒了，该怎么办呢？"郭汜也焦急起来，捶着胸脯说后悔，还是郭汜的妻子替他想了一个办法，忙把马粪绞成汁，让郭汜喝下。郭汜顾命要紧，只好捂着鼻子喝下去。不久，因为恶心，吐出很多秽物，才稍稍放心一些。郭汜气愤地说："我与李傕一同起兵，遇事相互帮助，为何他还要加害我呢？我不先发制人，还能保全自己吗？"第二天，就查点部下，下令攻打李傕。

李傕听说郭汜无故攻来，怒不可遏，出兵抵抗。又派侄子李暹率领数千人围住宫门，威胁皇帝迁驾。太尉杨彪对李暹说："自古以来，没有听说帝王迁居到大臣家的，你们做事，怎么能这么轻率呢？"李暹反抗道："我家将军担心郭汜入宫叛逆，所以派我来迎驾。你来阻止，莫非与郭汜勾结不成？"杨彪不便再说，进去禀明献帝。献帝刚册立伏氏为皇后，便遭到这样的变故，一时也无计可施。李暹用三辆车入宫催逼，一辆接献帝，一辆接伏皇后，一辆由李傕的门下贾诩、左灵共乘，监押皇帝和皇后到李傕营中。天子已成傀儡，任由李傕摆布，其余的宫廷侍臣，还能有什么办法？只好跟着乘舆，步行而去。李暹又派兵入宫，掠夺财物，把御库里的金银珠宝全部搬到李傕营中。更可恨的是他们还放火，将宫殿烧毁。

献帝到了李傕营中，虽然由李傕另设营寨，衣食无忧，但与在宫中相比，迥然不同，因此日夜心神不宁。他命太尉杨彪、司空张喜、尚书王隆、光禄勋邓渊、卫尉士孙瑞、太仆韩融、廷尉宣播、大鸿胪刘部、大司农朱儁等人到郭汜营内讲和。郭汜不肯依从，反将群臣扣留，逼他们一同攻打李傕。杨彪勃然大怒："大臣相斗，一个劫持天子，一个拘押公卿，从古至今，有这样的事吗？"郭汜听了此话，起身离开座位，拔出佩剑指着杨彪，面目狰狞恐怖。杨彪毫无惧色，从容说道："你不顾念国家，我也不敢死里求生！"中郎将杨密连忙上前阻止，郭汜这才罢手，但还不肯放回群臣，仍与李傕争斗。李傕召来羌胡数千人，赏给财物，令他们攻打郭汜，并答应诛杀郭汜以后，用宫人、妇女重赏他们。郭汜也暗中贿赂李傕的部下中郎将张苞，约他为内应，自己率兵趁夜攻打李傕。李傕慌忙出来抵抗，仓促间听到箭声，急忙向右边闪过，可左耳上已中了一箭。忽然又有浓烟从营后冒出，李傕料知有人叛变，更加惊惶。幸亏都将杨奉领兵支援，才将郭汜杀退。再查看后营，火已经熄灭，唯独不见中郎将张苞，才知张苞串通郭汜，投奔到郭汜营中去了。

李傕经此一吓，更加小心。他将献帝迁居北坞，让校尉看守坞门，献帝几乎与外界隔绝，饮食也不能准时送来，侍臣都很饥饿。献帝向李傕要米五斗，牛骨五具。李傕愤怒地说："朝夕送饭，为何还要米呢？"于是只送了些臭牛骨进去。献帝见了，异常恼恨，便想召李傕过来责问。侍中杨琦急忙上奏："李傕自知行为悖逆，想把车驾迁往池阳，希望陛下暂时容忍，静待时机。"献帝低头不语，默默流泪。司徒赵温见献帝被李傕控制，写信责备李傕。李傕又想杀死赵温，经弟弟李应劝解，才将此事搁置。

李傕迷信鬼怪，常派道人及女巫哄骗部下，又为董卓在北坞立祠，亲自前去祭祀。祭祀后，顺路探望献帝，也不解下铠甲兵器，上奏时常常出言不逊，有时称皇帝为明陛下或明主。又在献帝面前陈述郭汜的种种罪过，说应该将郭汜诛杀，献帝无奈，只好依从。李傕高兴地说：

“明陛下真是圣主！”此后便没有了加害皇帝的意思。献帝又派谒者皇甫郦为李傕、郭汜二人调解矛盾。皇甫郦先到郭汜营中，婉言相劝，郭汜点头答应。再到李傕那里，李傕却不肯，并且出言不逊，皇甫郦忍无可忍，反驳道：“古时有后羿，自恃擅长射箭，最终灭亡。最近董公虽然强盛，也被诛族。可见有勇无谋，最终自取灭亡。如今将军身为上将，子孙多身居要职，岂可辜负国恩？并且郭汜劫持公卿，将军威胁至尊，孰轻孰重，不问可知。如果你再不悔悟，一旦众叛亲离，后悔也来不及了！”李傕怎肯听从，呵斥他出去。皇甫郦走出军营，遇到侍中胡邈前来探信，皇甫郦对他说：“李傕不肯奉诏，出言不逊。”胡邈急忙摇手：“你说这话，只会自取其辱。”皇甫郦瞪着眼说：“胡邈，你也算是国家大臣，为何也说这话呢？我身受皇恩，当然不能眼睁睁地看着皇上受屈辱。如今如果被李傕杀害，也是天命所在，有什么可惧怕的呢？”张邈不等他说完，匆匆禀告献帝。

献帝怕皇甫郦得罪李傕，急忙派人将他召回。李傕果然派虎贲将王昌追回皇甫郦，王昌知道皇甫郦为人忠直，就回报说没有追上皇甫郦，并且劝李傕不要杀戮敢于直言的大臣。皇甫郦回去拜见献帝，献帝下诏将他罢免。皇甫郦与已故太尉皇甫嵩同族，当时皇甫嵩已经病死，皇甫郦以忠直闻名，有幸死里逃生，未尝不是上天的眷顾！献帝担心李傕心怀怨恨，特提升李傕为大司马。李傕把功劳归于巫师，重赏他们，将士们却什么也没有得到。部将杨奉不愿意听从李傕，暗中与李傕的军吏宋果商议谋杀李傕，迎回天子。不幸密谋泄露，宋果被李傕杀害，杨奉逃脱。此后，李傕的部下陆续叛变。

碰巧镇东将军张济领兵入都，进见献帝，请求下诏让李傕、郭汜言和，并希望皇帝巡游弘农。献帝自然乐意，立即派人拿着诏书，分别到李傕、郭汜那里。李傕、郭汜还有异议，经使臣往来十多次，二人才握手言和。郭汜于是释放群臣，杨彪等人全部回朝。朱儁抑郁寡欢，得了重病，先一步被释放出来，可刚回到家便死了。张济催促皇帝上路，日期定在兴平二年七月甲子日。偏偏这时，几千名羌人抗议道：“李将军曾答应给我们宫人，如今可以兑现诺言了吗？”献帝听了，心中更加忧虑，命侍中刘艾与贾诩商议解决。贾诩由李傕举荐，已被封为宣义将军，既然皇上有命，只好召来羌胡的首领，答应给予重赏，叫他们禁止部属惹事，羌胡这才离去。不久，到了启程的日期，群臣拥着皇帝、皇后，出了宣平门，刚要过吊桥，突然有数百名骑兵在桥上阻拦，不许乘舆过去，献帝又惊又恼。

汉献帝逃亡

献帝出了宣平门，突然被乱兵拦住，护驾的大臣忙上前询问原因。士兵齐声说："我等奉郭将军命令，把守此桥，不准官民自由往来。"侍中刘艾责备道："官民不能往来，天子也不能往来吗？"士兵说须亲自见到天子，才能相信。侍中杨琦便将车帘拉开，刘艾又大声喝道："天子在此，快来见驾。"士兵上前审视，献帝说："你们竟敢逼近至尊，快快退下。"士兵这才让车驾过桥东去。

夜里抵达霸陵，随从的大臣都很饥饿，由张济分给干粮，才吃了一顿饱饭。李傕不愿意跟随，屯兵池阳。郭汜领兵追上献帝，献帝命张济为骠骑将军、郭汜为车骑将军、杨定为后将军、杨奉为兴义将军，四人都被封侯。又封牛辅的旧将董承为安集将军，一同赶赴弘农。郭汜不愿东去，请求献帝去高陵，献帝派人对郭汜说："弘农与洛阳很近，方便祭祀宗庙，你不要怀疑。"郭汜不肯接受诏令。献帝于是整日吃不下饭，异常懊恼。郭汜又说可以到近一点的县郡。等走到新丰，他又想威胁皇帝回郿城。侍中种辑将此事告诉杨定、董承、杨奉，约他们一起阻止皇帝。郭汜见自己势孤力单，就直入南山。余党夏育、高硕等人还想秉承郭汜的意愿，劫持皇帝西归，就在营外放火。杨定、董承保护皇帝、皇后进入杨奉营中，夏育等人又来劫驾，多亏杨定、杨奉全力保护，才杀退夏育等人。

过了一夜，献帝又启驾东去。到了华阴，宁辑将军段煨出营迎接，热情款待。可杨定与段煨有过节，他勾结董承、杨奉等人，诬告段煨勾结郭汜，企图劫驾。献帝半信半疑，却没有加罪段煨。杨定与杨奉突然领兵攻打段煨，段煨也率兵抵抗。打了十多天，未分胜负。段煨仍派人供奉饮食，并上疏表明心迹，说不敢有二心。献帝派侍臣替他们调解，才得以平息纷争。

不料一波才平，一波又起。李傕、郭汜二人联合来追乘舆。杨定听说李傕、郭汜到来，怕不能抵挡，索性丢下皇帝、皇后，赶往蓝田。中途被郭汜拦截，落荒而逃，单枪匹马奔向荆州。张济也生二心，准备到杨奉营内，夺回皇帝。杨奉窥知内情后，与董承一起，趁夜带着献帝悄悄逃到弘农。等张济得知，已经追不上了，张济就会同李傕、郭汜二军，一同追赶。杨奉、董承不得不率兵作战，毕竟寡不敌众，打了败仗。随从的大臣和侍卫都被挤入东涧，多半淹死，财物也全部抛弃，皇帝、皇后两辆车，在董承拼命保护下，才得以逃脱。射声校尉沮俊从马上坠落，身受重伤，被李傕抓住。李傕问左右："此人还能活命吗？"沮俊大骂道："你们劫持天子，杀害公卿，自古以来，乱臣贼子没有这么凶恶的。你们将来不被人诛杀，也必遭天谴。我为主上效命，死后也会名留青史，不像你们遗臭万年。"李傕听了，恼羞成怒，拔出佩剑，将沮俊杀死。再领兵攻打弘农，闹得鸡犬不宁。

献帝带着伏皇后仓皇东逃，进入曹阳境内，天色已晚，无处栖身，只得在野外住宿。杨奉招集战败的士兵，与董承商议："我军已败，不能再战，只好向别处求援，才能抵挡追兵。"董承赞同。二人想了很久，只有河东的前白波贼李乐、韩暹、胡才以及南匈奴右贤王去卑等人，可以招抚，便召他们速来救驾。然后用缓兵之计，派人与李傕等人议和，假意周旋。不久，李乐等人陆续赶到，共有骑士几千人，董承、杨奉让他们做先锋，攻打李傕。李傕等人遥望旗帜，知道是河东的士兵，也很吃惊，就退了回去。李乐、韩暹、胡才等人一路追击，再加上董承、杨奉随后赶上，李傕的部下被斩杀无数。第二天早上，杨奉等人带着献帝继续向东进发。大约走了几里，后面尘头大起，李傕、郭汜、张济三路人马又分头赶到。原来李傕探知河东援兵只有几千人，白波贼又都是乌合之众，不足为惧，便领兵前来追击。董承、李乐慌忙护着御驾先走，杨奉、韩暹、胡才及匈奴右贤王去卑，领兵断后。谁料李傕、郭汜、张济三面夹攻，横冲直撞，把杨奉等人截成数段。杨奉队伍大乱，死伤甚多。李傕、郭汜、张济乘胜发威，见人便杀。光禄勋邓渊、廷尉宣璠、少府田芬、大司农张义来不及逃走，都被杀害。司徒赵温、太常王绛、卫尉周忠、司隶校尉管郃，被李傕截住，多亏贾诩极力解救，才免遭毒手。

董承、李乐跟随献帝走了几里，背后追兵再次到来，李乐大叫："事情紧急！请天子上马快走。"献帝哽咽道："不可！百官无辜，朕怎么忍心舍弃呢？"李乐等边战边走，好容易才到达陕地。查点将士，已丧失了七八成，虎贲羽林军不满一百人。李傕、郭汜、张济三路叛兵，又前来围营叫喊，侍从等人大惊失色，各自散去。李乐请献帝乘夜渡河，到孟津投奔关东各牧守。太尉杨彪说："无船岂能渡河？并且随从较多，怎么能全部渡过去呢？"李乐说："我去寻找船只，如果有船可渡，就举起火把作为信号。你们看到信号后，保护着皇帝一同过来。”杨彪连连答应。过了一段时间，杨彪等人见河滨隐约透出火光，料知船已经备好，就拥着皇帝出营。伏皇后云鬓蓬松，花容惨淡，至此也只好跟着献帝，踉跄同行。皇后的兄长伏德，一手扶着皇后，一手还抱着十四白绢。董承心中愤愤不平，就让符节令孙徽的手下上前争夺白绢，多亏献帝出言喝止，争执才算停息。

献帝等人到了河滨，见河中只有一艘船停在岸边。天寒地冻，岸高数丈，叫皇帝、皇后如何下去。多亏伏德手中还有白绢，众人用白绢裹住皇帝，轻轻放到船中。伏德有些武力，背着皇后跳到船上。杨彪以下，依次下去。船中已有数十人，不能再容纳士兵，等董承、李乐跳到船头，便想解下缆绳离去。士兵多半不能渡河，争着去扯缆绳。董承与杨奉用戈乱打，剁掉的手指不计其数。早有人将此事告诉李傕，李傕出兵追击，见皇帝、皇后已经东渡，不能截回，就将岸上的士兵全部抓去。卫尉士孙瑞没能渡河，被乱兵杀死。幸亏李傕只知掠夺，没有东追，皇帝、皇后才渡到彼岸，踉跄登陆。步行几里，才抵达大阳，天色已经大亮了。董承、杨奉到民间搜索车马，一无所得，只找来牛车一辆，让皇帝、皇后坐在上面，其余的人都步行相随。

走到安邑，河内太守张扬、河东太守王邑，才得到车驾到来的消息。张扬派人送米，王邑派人送衣物，献帝封张扬为安国将军，王邑为列侯。李乐、韩暹、胡才等又举荐手下数十人，这些人都被封官，由于来不及刻官印，就用锥子在石头上刻字，然后颁发。献帝害怕李傕等人渡河，特派太仆韩融向西赶赴弘农，与他们讲和。李傕等人夺得妇女、财物，已经心满意足，就听从韩融的提议，放回所抓的士兵，归还乘舆、器物。杨奉、韩暹想在安邑建都，太尉杨彪等都打算返回洛阳，文吏拗不过武夫，只好暂时驻扎，慢慢再做打算。献帝命韩暹为征东将军，李乐为征北将军，胡才为征西将军，让他们与董承、杨奉一同执掌朝政。当时蝗灾四起，天气大旱，随从的官员无处寻找食物，只好把蔬菜、水果取来当作粮食。眼见着哄不饱肚子了，碰巧张杨自野王前来朝见，请献帝还都洛阳，杨奉等人仍有议异，张杨于是又回野王去了。

当时关东有威望的人，首推二袁，袁术心怀异志，怎肯向西解救献帝？袁绍虽然不敢称帝，但因冀州刚刚平定，也不愿轻易离去。从事沮授进言说：“将军历代辅政，世代忠贞，如今朝廷遭遇灾难，将军正应该向西迎接皇帝，挟天子以令诸侯，然后再发兵讨伐其他人。名正言顺，必会成功，希望将军不要失去这个机会。”袁绍被他说动，有了出兵的想法，偏偏有两个人进来阻止说：“汉室衰落，难以再兴盛起来。如今英雄并起，各自占据州郡。如果迎接天子，每有行动就必须上奏，听从命令便失去权力，违背命令便遭到诽谤，不如不去迎接。”沮授见是同僚郭图、淳于琼出来阻挠，就反驳道：“迎接天子，正是占领先机，如果不早点行动，必会落在别人后面。机不可失，时不再来，请将军快做决定。”袁绍见三人各执一词，迟疑不决。这时东郡太守臧洪背弃袁绍自立，袁绍就将迎驾的问题搁置不提，发兵围攻东郡，接连几个月也没有拿下。

东郡本属冀州管辖，臧洪能做太守，也多亏袁绍。曹操围攻雍丘时，张超曾向臧洪求援。臧洪曾是张超的功曹，因为合兵讨伐董卓，慷慨宣誓，得到袁绍的赏识，袁绍让他管领青州，后来又调任东郡。臧洪天生有一股侠气，常常救人于危难之中，一听说张超求援，便到袁绍那里恳请发兵。袁绍与曹操向来没有过节，不愿援助张超，结果张超被灭族。臧洪因此痛恨袁绍，不再与他来往。袁绍也恨臧洪忘恩负义，率兵前去攻打，可臧洪誓死防守，相持了很久。袁绍爱惜臧洪有才，不忍逼迫，就令陈琳写信劝臧洪悔过。臧洪写了一封回信，执意不肯听命于袁绍。袁绍看完书信，已知臧洪打算倔强到底，不肯投降，就增加兵马攻打东郡。臧洪日夜严加防守，最终精疲力尽，只好派了两位司马赶赴徐州，向吕布告急。吕布正在小沛，自己都顾不了自己，怎能前去解救臧洪？臧洪等了十多天，毫无动静，再加上粮食将尽，朝不保夕，于是召集将士，哭着对他们说：“袁氏无道，我为了‘义气’二字与他作对，如今不得不死了。你们可在城池未被攻陷时，带领家眷逃命去，我从此与你们永别了！”将士都哭着说：“你与袁氏本无冤无仇，只是不忍心见死不救，才被围困，我们又怎么忍心舍弃你呢？”于是众人决心誓死坚守城池，守一天算一天。臧洪等人开始还能挖老鼠吃，等老鼠也被吃光时，内厨只有粝米三斗，主簿据实禀报，想用这些米为臧洪熬粥吃。臧洪叹息道：“我怎么忍心独自享用呢？可做成稀粥，分给众人。”等到粥煮好后，臧洪召众人一同享用，顷刻间粥就没有了。他又推出爱妾，亲自下手，把她杀死，将肉分给众人，众人泪流满面。等到城池被攻陷，男女老幼七八千名，已全部死尽，却无一人叛变。臧洪气息奄奄，被袁绍生擒过去。

袁绍在帐中摆下酒席，与诸将宴饮，命人将臧洪推到面前，拈着胡须对他说："臧洪，早知如此，何必当初？你现在服我了吗？"臧洪生气地说："袁氏一向身受皇恩，如今王室衰乱，你不能赶去解救，反而图谋不轨，陷害忠良。可惜我势单力薄，不能杀死乱臣为国报仇，有什么服不服的？"袁绍异常恼怒，呵斥左右将臧洪推出去斩首。这时，有一人出来阻止，说道："将军起兵，本想为天下除暴安良。如今竟先诛杀忠臣，上违背天意，下辜负众人的期望，并且臧洪违抗命令，实是情有可原，为何要将他杀死呢？"袁绍闻声瞧去，是前东郡丞陈容，与臧洪同郡，便怒叱道："你已被臧洪派出，寄居在我这里，怎能偏袒臧洪？"陈容对袁绍说："人生只凭'仁义'二字，讲义气的是君子，背信弃义的是小人，陈容宁愿与臧洪同死，也不愿与将军同生！"袁绍怒上加怒，令左右也将陈容推出帐外，与臧洪一同处死。在座的将领，无不叹惜。

袁绍杀死臧洪以后，又想进攻幽州。幽州被公孙瓒占据，公孙瓒自杀死刘虞以后，逐渐骄横起来。前幽州从事鲜于辅，暗中聚集兵马，想为刘虞报仇，百姓也多怀念刘虞，怨恨公孙瓒，乐意为鲜于辅效命。燕人阎柔颇有威信，胡人都很佩服他。鲜于辅推荐阎柔为乌桓司马，让他招抚胡骑，一同攻打公孙瓒。公孙瓒手下的渔阳太守邹丹，得到风声后，加强防备。鲜于辅、阎柔率兵进攻，将邹丹杀死。二人又探知刘虞的儿子刘和在袁绍军中，就到冀州，想将刘和迎回去。袁绍当然答应，并派大将麴义领兵十万，护送刘和，进入幽州境内。公孙瓒连忙率兵截击，手下的士兵也不少，但与麴义交锋，一边是生龙活虎，一边是观望不前，眼见得必败无疑。鲍丘一战，公孙瓒打了败仗，损失两万多人，之后逃到蓟城，不敢出头。代郡、上谷、右北平等地纷纷响应鲜于辅、刘和等人，公孙瓒被孤立起来。

以前幽州有童谣："燕南垂，赵北际；中央不合大如砺，唯有此中可避世。"公孙瓒听到这首歌谣，暗想燕、赵的交界处是易地，于是从蓟州迁到易地，修筑堡垒，自我防守。公孙瓒平时只让姬妾待在身旁，凡七岁以上的男子，不准擅自出入，遇有文书往来，就用绳悬挂。一切谋臣猛将他概不接见，因此部下松懈。只是公孙瓒命不该绝，麴义等人捣入境内后，因为粮草没有及时运到，领军退去。公孙瓒追击一阵，夺得许多财物，满载而归。麴义禀报袁绍，说公孙瓒势力强盛，一时难以消灭。袁绍于是暂停进攻，但心中总想吞并幽州，至于迎接御驾的大计划，反而拱手让给了别人。这真叫做一着算错，满盘皆输。

挟天子以令诸侯

董承、杨奉等保护献帝驻扎在安邑，第二年改元建安。太尉杨彪等名为三公，实际上毫无政权，一切事情，都是武夫作主，文臣不能过问。杨奉等人打算在安邑定都，可董承想回洛阳，与杨奉意见不合，杨奉就派将军韩暹袭击董承。董承逃往野王，投奔张杨，张杨决定调兵迎御驾回洛阳，令董承先去修筑宫室，并写信给荆州刺史刘表，请他帮助。刘表陆续派出兵役，输送粮草，还算是对王室忠心。杨奉、韩暹等人得知后，心中恐惧，在险要的地方屯兵，拒绝张杨、董承。还是献帝代为调解，杨奉与韩暹才听从诏令，回到安邑，保护御驾东行。胡才、李乐仍留在河东，不愿跟随。当时已是建安元年秋季了。

七月初，献帝抵达洛阳，宫殿尚未修成，暂时借已故常侍赵忠的宅院为行宫，然后出郊祭祀天地，大赦天下。张杨在途中迎接御驾，一同回到洛阳，先在南宫修建宫殿，半个月就竣工了，称为杨安殿，意在记录自己的功劳。然后请皇帝、皇后迁居杨安殿。张杨对众将说："朝廷自有公卿大臣，不劳我们费心，我就出去防守吧。"于是又回到野王。杨奉屯兵梁地，韩暹、董承留在宫中。献帝封赏功臣，命张杨为大司马兼安国将军，杨奉为车骑将军，韩暹为大将军。只是洛阳的宫殿，已被董卓毁坏，一时难以修好，除杨安殿外，到处都瓦砾成堆，满目疮痍。百官无处安身，暂时住在断壁残垣下。朝廷没有粮草，派人向州郡征取，无一人援助。自尚书郎以下，往往亲自出去寻找食物充饥，有的朝不保夕，甚至饿死。

消息传到兖州，雄心勃勃的曹阿瞒，想挟持天子以号令诸侯。部下将吏多半不赞成，只有荀彧进言说："昔日晋文公迎纳周襄王，最终成就霸业；汉高祖为义帝服丧，天下响应。将军志在效忠，人人知晓。如今御驾刚刚回洛阳，百姓渴望安定，豪杰想为汉室尽忠，将军如果此时行动，众望所归，定能成就大事。韩暹、杨奉是盗贼出身，当然不足为虑。一旦失去这个机会，让人占先，将来恐怕就再也没有这样的机会了！"曹操十分欢喜，立即派中郎将曹洪领兵向西。快到洛阳时，被董承等人拦阻。当时骑都尉董昭刚从河内到安邑，跟随御驾进入洛阳，做了议郎。他与曹操有交情，于是为曹操设法，假借曹操之名写了一封信，寄给杨奉。杨奉看到书信后，十分欢喜，上疏举荐曹操为镇东将军，让他袭承父亲曹嵩的爵位，为费亭侯。曹操正在汝南、颍川一带围剿黄巾余党，斩杀盗贼的头目黄邵，收降何义、何曼。接到洛阳的诏令后，得知袭承侯爵，不过是照例封赏，并不惬意。过了几天，又接到董承的书信，邀请他速到洛阳，曹操这才喜笑颜开，立即领兵出发，与曹洪在途中会合，直抵东都。董承本想拒绝曹操，阻止曹洪西去，只因韩暹遇事专横，所以改变初衷，召曹操前来保卫。曹操赶到洛阳后，先令大队人马驻扎都城内外，然后登殿朝见。献帝让曹操平身，又出言慰劳一番。曹操拜谢退下。出来见到董承，董承与他说起韩暹的罪状，曹操向来嫉恨张杨，所以上书弹劾韩、张二人。韩暹害怕被诛杀，逃往大梁。献帝因韩暹、张杨护驾有功，不愿惩治他们，将此事搁置，又令曹操领司隶校尉、尚书事。曹操手握大权后，杀三人，封十三人，追封一人。记述如下：

尚书冯硕、侍中壶崇、仪郎侯祈被处以死刑。卫将军董承、辅国将军伏完、侍中丁冲种辑、尚书仆射钟繇、尚书郭溥、御史中丞董芬、彭城相刘艾、左冯翊韩斌、东郡太守杨众、议郎罗邵、伏德、赵蕤被封为列侯。追封已故射声校尉沮俊为弘农太守。

辅国将军伏完，便是伏皇后的父亲，祖籍琅玡，八世祖先是伏湛，东汉的开国功臣，官至大司徒，伏完得以袭爵为不其侯。伏完娶桓帝的女儿阳安公主，有一子一女，儿子是议郎伏德，女儿就是伏皇后。卫将军董承保驾有功，献帝封他的女儿为贵人，封董承为车骑将军。议郎董昭已迁升为符节令，曹操与他是好友，就向他询问计策。董昭答道："将军兴义师，诛暴乱，朝见天子，辅佐王室，这真是当代的桓文，无人可比！但我看各将都有异心，未必会服从，留在此地，多有不便，不如移驾许城，才是上策。但皇帝刚回洛阳，如果现在迁徙，必会遭到非议。希望将军果断决定，不要迟疑。"曹操说道："我也正有此意，只是杨奉在梁地，手握重兵，不知道会不会发生变故？"董昭答道："杨奉虽然有很多兵马，但没有党羽援助，常想与将军结交。将军可以厚赠他，取得他的欢心。然后宣告天下，说京都没有粮食，只好把皇上迁到许城。杨奉有勇无谋，必不会怀疑，待他出兵阻止，将军已经到许城了！"曹操连连说好，派人送给杨奉很多金银财宝，自己入朝上奏，请献帝驾临许城。献帝不得不从，群臣都畏惧曹操，不敢有异议。曹操担心有人劫驾，步步为营，并让曹洪等带领精锐部队埋伏在阳城山谷中，专等杨奉前来。

杨奉得到曹操的馈赠后，倒也无心拦劫御驾。韩暹当时已投奔杨奉，他怂恿杨奉，出兵伏击。杨奉派出的士兵才抵达阳城，就被曹洪等人左右夹攻，大败而回。曹操安然抵达许城，修筑宫殿，建立宗庙社稷，让献帝居住。献帝提升曹操为大将军，封武平侯。太尉杨彪、司空张喜见曹操独揽大权，先后辞职。曹操又请献帝下诏，严责袁绍，说他土地广阔，拥兵甚多，却不知为汉室效力，只顾结党营私。袁绍上疏申辩，并请献帝转幸鄄城。献帝把书信拿给曹操，曹操当然反对，只请求封袁绍为太尉。诏令传到冀州，袁绍愤怒地说："曹操数次死里逃生，多亏我前去解救。如今他敢挟持天子来命令我吗?"于是拒不接受诏令。曹操担心袁绍前来攻打，请求将大将军一职暂且让给袁绍，并封袁绍为邺侯。袁绍仍旧不接受侯爵，只是不再与曹操争论。曹操自己做司空，行车骑将军事，立即声讨杨奉，责备他出兵阳城，企图拦截御驾，大逆不道。诏令先传出去，大军随后直捣大梁。杨奉、韩暹开营迎战，都被曹操的军队打败。杨奉的部将徐晃英勇过人，所向无敌，被曹操诱降。杨奉既失去良将，又丧失士兵，势孤力单，只好弃营东逃。韩暹当然与杨奉同行，奔往扬州，投奔袁术去了。

曹操最嫉恨杨奉，将他赶跑之后，心中很是欢喜，就上疏举荐荀彧为侍中尚书令，荀彧的儿子荀修为军师，郭嘉为司空祭酒。荀氏父子都是颍川名人，才智过人。郭嘉，字奉孝，也是颍川人，小时候便胸怀大志，之前投奔袁绍，后来见袁绍优柔寡断，就返回家乡。曹操让荀彧寻求俊杰，荀彧就举荐了郭嘉。曹操召郭嘉前来谈论，大叹相见恨晚，曹操说郭嘉必成大器，郭嘉也称曹操是明主。曹操有二荀一郭在军中运筹帷幄，真是如虎添翼，势力更加强盛。其余的如曹洪、曹仁、夏侯惇、夏侯渊、及典韦、李典、乐进、于禁、徐晃等，都是曹操部下的猛将，均被封官。曹操又召前北海相孔融为将作大匠。

孔融在北海，喜欢结交宾客，常感叹道："座上常有宾客，杯中常有好酒，我也可以无忧无虑了!"孙融在郡六年，颇得民心，但与袁绍、曹操不相往来。袁绍的儿子袁谭为青州刺史，领兵攻打孔融，从春到夏，争战不息，士兵大半死亡。孔融却还在那边读书，谈笑自如。后来城池被攻陷，孔融才奔往东山。曹操听说孔融很有名气，就召他为将作大匠。孔融曾跟随北海人郑玄学习，特替他另建立一乡，称为郑公乡。孔融进入许城后，曹操又召郑玄为大司农，郑玄借口患病，没有应召，在家寿终。

曹操封羽林监枣祗为屯田都尉，骑都尉任峻为典农中郎将。枣祗本姓棘，先人因避难改换姓氏，直到枣祗这一代才出仕为官。枣祗曾为东阿令，帮助曹操守住了东阿城，曹操因此很器重他。枣祗见天气干旱，军粮不够，就提议在许城垦荒种田。任峻是河南中牟人，曹操起兵时，为县中主簿，曾劝中牟令杨原响应曹操，很讨曹操欢心，曹操于是将堂妹许配给任峻为妻。任峻与枣祗上任后，仅仅几年时间，就储藏谷物数百万斛，并且令州郡各设置田官。曹操因此不用担心军粮，最终成就大业。

刘备治理徐州已有一年多，任用糜竺、陈登从旁辅助，并任命北海人孙乾为从事，与民休养生息。不料袁术从扬州起兵，来与刘备争夺徐州。袁术自从得到扬州以后，就自称徐州伯。当时李傕等人专权，想勾结袁术作为外援，特请旨授袁术为左将军，封阳翟侯。袁术表面上接受诏令，暗中却想自己做皇帝。孙坚得到御玺的事情，袁术听说。孙坚战死岘山，御玺由孙坚的妻子吴氏保管，袁术趁孙坚的妻子回家奔丧时，将她抓住，索要御玺。御玺到手以后，袁术便打算称帝，被主簿阎象等人阻止，袁术只好暂时将此事搁置。袁术心中暗想，徐、扬二州临近，如果能吞并徐州，拓宽地域，再称天子，较为名正言顺，于是派遣将士，侵入徐州境内。

刘备听说袁术派兵侵犯，不得不亲自抵抗，令张飞留在下邳，自己与关羽等人屯兵盱眙。双方交战数次，未分胜负。不料袁术写信给吕布，让他袭击下邳。吕布出尔反尔，不顾情义，听命于袁术，悄悄领兵东下，由小沛袭击徐州。张飞喜欢喝酒，醉后又爱耍性子，曾怒责徐州旧将曹豹。曹豹因此与张飞挟仇，开城迎接吕布。张飞仓促迎敌，无法取胜，只好杀出东门，奔往盱眙，连刘备的家眷都来不及带走。刘备正与袁术的兵马相持，突然见张飞狼狈逃回，问明原因，才知下邳被吕布夺去。刘备顾家心切，领兵退回，想与吕布争锋。偏偏距城数里时，全军溃散，刘备不得已逃往广陵，收集士兵，再作打算。糜竺、孙乾等人从下邳逃出后，仍然投奔刘备。

糜竺有很多家产，有一次到洛阳做生意，回来时遇见一个美女，要求与糜竺共乘一辆车，糜竺慨然答应。走了好几里，糜竺都没有偷看这个女子一眼。女子心怀感激，临别时对糜竺说："我是仙女，前去烧东海糜竺的家，感谢你让我乘车，特将此事相告。"糜竺吃惊地问："可以避免吗？"女子说："天命难违，你赶快回去搬家，一过中午，便来不及了!”话一说完，人就不见了。糜竺慌忙回家，带着家眷出门，将财物全部搬出来。中午果然发生火灾，房屋全部烧毁。糜竺此次本与张飞一同把守下邳，张飞被吕布袭击，仓促逃脱，糜竺收拾东西，带领家眷，混出城门，寻找刘备。刘备问起自己的家属，糜竺说还在城内，但被吕布的部下看管，无法解救，所以不能一同带来。刘备叹息不止，糜竺有一个妹妹，已长大成人，糜竺就让她侍奉刘备，并将随身所带的金银全部取出，充作军饷。刘备因此又振作起来，写信给吕布，讲述旧情，请他送回家眷。吕布与刘备本来没有仇怨，只是一时起了贪念，才响应袁术，毕竟天良未泯，进入徐州后，仍派兵保护刘备的家属。此后又派人到袁术那里索要军粮。袁术悔约，说必须擒住刘备才兑现诺言。吕布恨袁术言而无信，准备与刘备讲和。恰逢刘备派人送来书信，吕布当然答应，并且准许刘备屯兵小沛。刘备于是赶往小沛城，吕布也派人送出甘夫人。甘氏和糜氏相见后，谈得十分投机，渐渐情同姐妹。

袁术探知吕布与刘备和好，又想出一条离间计。他派人赶到徐州，想与吕布结为姻亲，并且答应支援吕布很多粮草，吕布转怒为喜。之后，袁术命部将纪灵领兵数万，进攻小沛。刘备派孙乾向吕布求救，吕布不愿支援刘备，孙乾向吕布揭露袁术的阴谋，说小沛保不住，徐州也一定不能独存。吕布猛然醒悟，亲自前去解救刘备。纪灵领兵直抵小沛城下，不料吕布突然赶来，纪灵不知吕布帮助哪一方，便派人询问。吕布答道：“我与袁术既然已经结为姻亲，理应出手相助袁术，请纪将军明天过来叙谈。”纪灵十分欢喜，待到第二天，径直来到吕布营中。刚入营门，突然看见刘备也在，纪灵不禁大吃一惊，转身想退回。谁知吕布已从营中走出，一把将纪灵扯住，纪灵害怕地问：“将军是想杀死我吗?”吕布回答说不是。纪灵又问是否想与他一起杀死刘备，吕布又说不是。纪灵莫名其妙，呆呆发愣。只听吕布哈哈大笑：“玄德是我的弟弟，如今将军要攻打他，我愿意代为调解，彼此都停战吧!”说到这里，就将纪灵拉入帐中，与刘备相见。刘备受到吕布的邀请，所以先一步入座，等见到纪灵，也不禁惊诧起来。吕布叫他们行礼，二人没有办法，勉强作揖，只是心中都忐忑不安。吕布对二人说：“我劝二位讲和，恐怕二位还不相信，待我看看上天的意愿，上天如果让你们停息战争，你们不得违背天命。”二人含糊答应。吕布令左右搬出酒席，与二人共饮，左边是纪灵，右边是刘备，自己坐在中间。酒过三巡，吕布又让左右取过画戟，到辕门外面插好。然后他笑着对纪灵、刘备说：“二位看我射戟，如果射中，你们各自罢兵，否则怎么样争斗都与我无关。倘若有人不听从我的话，我就把他当做仇敌！”纪灵、刘备都无异言。吕布起身取来弓箭，“飕”的一声，那箭便飞到百米之外，不偏不倚，正中画戟。帐内帐外，无不齐声喝彩。

曹阿瞒宛城猎艳

吕布把弓扔在地上，笑着对纪灵、刘备说：“这是天意要让你们罢兵啊！”刘备马上起座敬酒向吕布道谢。只是纪灵面有难色，既不便出尔反尔，又不好满口答应，沉默半天，才对吕布说：“将军神威，令人敬佩，我理应遵从命令，但该怎么向主人禀报呢？”吕布应声说：“这也不难，我写一封书信，麻烦你带回去就是了。”纪灵只好答应，起身告辞。吕布又与刘备、纪灵约定，明日继续宴饮，并为纪灵饯行。纪灵因为没有得到吕布的书信，只好逗留一夜。

到了第二天，纪灵又与刘备聚集在吕布营中，气氛比昨天稍微融洽一些。待到撤席，吕布才将书信交给纪灵，彼此作揖告别，纪灵拔营回去。刘备把吕布迎入城中，盛情款待。之后，吕布辞别刘备，返回下邳。纪灵回去禀报袁术，呈上吕布的书信。袁术看完后，十分恼怒，准备亲自攻打吕布。纪灵极力劝阻，说对吕布只可智取，既然已与他结为姻亲，务必先除去刘备，再慢慢打算。袁术只好暂时忍耐，一面与吕布互通音信，假意应酬；一面听从孙策的提议，让孙策去平定江东。

孙策是孙坚的长子，字伯符，颇有才干，喜欢结交宾客。舒人周瑜，字公瑾，与孙策同岁，也胸怀大志，听说孙策喜欢结交朋友，就从舒城赶到寿春。孙策和周瑜一见如故，孙策比周瑜大两个月，周瑜便把孙策当作兄长。并劝孙策把家迁到舒城，自己又让出一座大宅院，让孙策全家居住。

孙策十七岁时，正想建功立业，不料凶耗传来，父亲孙坚战死岘山。孙策异常悲痛，带领母亲吴氏护送父亲的灵柩东归。孙策的舅舅吴景正为丹阳太守，孙策打算将父亲安葬在曲阿，曲阿属丹阳管辖。路过扬州时，袁术截住他们，威胁孙策的母亲交出御玺，孙策的母亲无奈，只得将御玺交出。孙策有一个堂兄叫孙贲，他将叔父孙坚的旧部召集起来，也交给袁术接管，袁术令孙贲为丹阳都尉。广陵人张纮避难到江东，此人精通经术，孙策多次前去拜访，讲述自己的志向，并且询问说：“如今汉室衰落，天下混乱，四方豪杰只顾私利，不识大体。我父亲与袁氏共同打败董卓，功业未成，却被黄祖杀害。我虽然年幼，却有志替父报仇，想跟随袁术到扬州，召集父亲的旧部，向东占据吴会，向西攻打荆襄，报仇雪恨。如果你认为此计可行，还请赐教。”张纮正在为母亲服丧，婉言谢绝。孙策慷慨陈述，声泪俱下，张纮被他感动，回答道：“堂堂少年，就有样的志气，何愁不能成就大事？最好先投奔丹阳，召集兵马，然后占据长江，匡扶正义，功业定会高出桓文。等我服丧期满，一定与你会合。”孙策又说道：“我上有老母，下有三个弟弟，能否托付给你，让我不致为家事担忧？”张纮立即答应下来。孙策于是径直到寿春拜见袁术：“我父亲曾从长沙讨伐董卓，与你相会于南阳，后来不幸遇难，致使功业半途而废。我想继承父亲的遗志，还请你调拨士兵，让我报仇雪恨。”袁术见他英姿飒爽，禁不住暗暗称奇，但还不肯将孙坚的旧部直接拨还，只是说道：“我已任命你的舅舅为丹阳太守，堂兄为都尉，丹阳是三吴要地，不缺乏壮士，你可以到那里去招募兵士。”

孙策与汝南的吕范、族人孙河，一同前往丹阳。孙策的舅舅吴景当然接纳他们，并且嘱咐孙策把母亲和弟弟接来。孙策返回舒城，把母亲吴氏，弟弟孙权、孙翊、孙匡，还有一个妹妹，都接到曲阿，把他们安置在父亲的坟墓旁居住。一开始，招募到壮士数百人，却被泾县贼祖郎袭击，部下丧失一半多。无奈之下，孙策只得再去拜见袁术，哭着请求他归还父亲的旧部。袁术这才从孙坚的旧部中拨出一千多人，交给孙策，并上书请求封孙策为怀义校尉，并说不久就会迁任他为九江太守。孙策拜谢退出，召集父亲的旧部，自立营寨，程普、韩当、黄盖等都在他的营中。一个骑兵私自逃跑，进入袁术营中，孙策察知内情，率人抓捕，将逃兵斩首，然后到袁术那里谢罪。袁术说道：“逃兵理应被处斩，不用谢罪！”孙策退回。军中这才知孙策胆识过人，不敢轻视，就是袁术的部将乔蕤、张勋，也都佩服孙策的英明。袁术时常感叹：“我如果有一个孙策这样的儿子，死也无憾了！”话虽如此，心中仍不免猜忌。

九江太守一职空缺，袁术不肯让孙策接任，另用丹阳人陈纪。袁术向庐江太守陆康索取三万斛米，没能如愿，就派孙策去攻打陆康，并对孙策说：“以前错用陈纪，以致没有兑现诺言，如今烦劳你攻打庐江，成功以后，你就是庐江太守了！”孙策领兵前去，奋力作战，将陆康赶走，占据全城，并向袁术报捷。谁知袁术又召回孙策，另外委派刘勋为庐江太守。孙策因此怨恨袁术，只因兵力不足才听命于袁术，将庐江城交给刘勋，怏怏退回。

这时，朝廷派侍御史刘繇为扬州刺史。扬州的官府本在寿春，因寿春被袁术占据，于是刘繇就到曲阿，赶走丹阳太守吴景及都尉孙贲。吴景与孙贲退回历阳，禀报袁术。袁术怒不可遏，封惠衢为扬州刺史，命吴景为督军中郎将，与孙贲一起攻打刘繇。刘繇让部将樊能、于麋屯兵横江津，张英屯兵当利口，分头防守。吴景等人屡攻不下，丹阳人朱治以前是孙坚的校尉，此时又投奔孙策，劝孙策前去帮助吴景，收复江东。孙策于是对袁术说："父亲以前曾在江东，我希望现在能帮舅舅一同攻打横江。横江攻下之后，可以在那里招募壮士，能得三万士兵，那时再来辅佐你，天下就不难平定了！"袁术知道孙策心怀怨恨，但听说刘繇占据曲阿，兵力不弱，并且有会稽太守王朗为刘繇作后盾，认为孙策一定不能战胜，就乐意让他去送死。袁术于是命孙策为折冲校尉，行殄寇将军事。

孙策率领一千多人、几十匹战马立即动身，沿途不停地招揽宾客、壮士，抵达历阳时，差不多已有五六千人了。孙策的母亲吴氏以及弟弟、妹妹五人，已跟随吴景到达历阳，孙策拜见母亲之后，立即前进，顺便写信给周瑜，请他出兵。周瑜的伯父周尚正为丹阳太守，周瑜前去探望周尚，途中接到孙策的书信，就向丹阳借兵，顺路迎接孙策。孙策非常高兴："公瑾远道而来，事情一定可以办成了！"于是进攻横江，直捣当利口，赶走守将张英，与吴景、孙贲等会师。之后，又打败樊能等人，渡江进入牛渚营，夺得很多粮草、兵器，士气大振。

当时，彭城相薛礼、下邳相笮融，都投奔刘繇，推选刘繇为盟主。薛礼占据秣陵城，笮融屯兵县南。孙策先领兵攻打笮融，笮融出营作战，被孙策打败，伤亡五百多人，逃回营中，不敢再出来。孙策又去攻打秣陵，日夜猛扑，薛礼手足无措，乘夜逃走。孙策进入秣陵城，安抚居民，下令禁止士兵掠夺。忽然有探子来报，樊能、于麋等人袭击牛渚营，截断孙策的退路。孙策奋然起身，立即领兵攻打，大胜樊能、于麋，擒获一万多人，樊能、于麋等都仓皇逃去。孙策转攻笮融。

笮融令弓箭手埋伏在营门，待孙策走近，一声令下，万箭齐飞。孙策用槊拨箭，不肯退回，但百密总有一疏，腿上突然中箭，孙策翻身落马。左右忙将他救起，护送他回到牛渚营。部将进入营帐问安，孙策笑着对众将说："我如果伤得不重，怎么会坠落马下？你们可以说我已经死去，假装退兵，笮融必会追击，看我设法擒住笮融！”众将拍手称快。孙策预先布置一番，办妥之后，令将士假装哭丧，动身离去。早有人将此事报告给笮融，笮融果然派部将于兹率兵追赶孙策。孙策的军队引诱于兹进入埋伏，然后从四面冲出，将于兹射死，扫平敌军。孙策乘胜逼近笮融的营寨。笮融正想接应于兹，忽然看见一队人马杀到，领头的是一个雄赳赳的少年，只听这少年大声说道：“孙郎在此，叫笮融出来受死！”笮融没有料到孙策“死而复生”，顿时领兵逃跑。孙策追杀一阵，夺得许多铠甲，然后又攻破海陵，占领湖孰、江乘，直指曲阿。

刘繇听说孙策领兵到来，急忙准备兵器防守。碰巧太史慈前来探视刘繇，刘繇因太史慈与自己同郡，不得不传他相见。太史慈进入帐内行礼，刘繇以前辈自居，只是略微欠身，并问太史慈：“听说你曾投奔孔融，现在为什么来到这里呢？”太史慈答道：“北海早已解围，听说您遭遇劲敌，所以前来效力，希望能做前锋！”刘繇淡然说道：“我也知道你勇敢，可惜少不更事。既然前来帮助我，可以为我去侦察敌情，等打败敌人之后，再提升你也不迟！”太史慈十分失望。

孙策领兵到来，在神亭驻扎。太史慈率领两个骑兵前去侦探，突然与孙策相遇，孙策的随从有十三人，其中包括韩当、黄盖等人。太史慈不认识孙策，只看他年轻威武，料知不是寻常人，便开口询问：“谁是孙策？”孙策见太史慈胆识过人，也暗暗称奇，应声道：“我就是。”太史慈又说：“人人都怕你，我太史慈却不怕你！能与我交战一百回合吗？”孙策笑道：“打就打，我岂会怕你？我还要与你单打独斗，免得你说我以多欺少！”说完，就令韩当等人退后，自己策马向前，与太史慈大战几十个回合，不分胜负。太史慈不禁喝彩：“好个孙策，果然名不虚传。”一面说，一面拍马就走。孙策怎肯舍弃太史慈，边追边叫：“不要用诈败计引诱我，我要擒住你才回去！”太史慈只管往前跑，孙策紧追不舍。二人跑了几里，太史慈忽然掉转马头，与孙策再战，又打了几十个回合。二人正在相持，韩当等人已经赶到，刘繇也派人来寻找太史慈。不一会儿，双方大军都赶到这里，大战一场，直到天黑，才各自鸣金收兵。太史慈回去拜见刘繇，刘繇反责怪他轻易挑衅，不但太史慈灰心丧气，其他的将士也愤愤不平，于是人人都不愿意替刘繇尽力，最终导致城池失守，刘繇逃奔到丹徒，太史慈也向西逃往泾县。

孙策占据曲阿，入城安抚百姓，丝毫没有侵犯百姓。又传令各县，凡是刘繇、笮融人的部下前来投降，既往不咎；百姓愿意从军，全家都免除徭役。才过十多天，就招收了两万多人，威震江东。孙策派人把家眷接到曲阿，自己领兵前往会稽。吴景想先平定吴中盗贼，然后再南下。孙策也慨然说道：“吴中盗贼只有严白虎最为强大，但他胸无大志，容易擒住。一旦平定会稽，回来扫平鼠辈，便好像摧毁枯木，一点也不费力。”于是领兵渡过浙江，进攻会稽。会稽太守王朗派兵抵挡，一连打了数次败仗，索性弃城逃到东冶。孙策又从后面追赶，大胜王朗，王朗投降。孙策做了会稽太守，任用虞翻为功曹，对他以礼相待。孙策再领兵回来讨伐严白虎，严白虎哪里是孙策的对手，战败之后，向北逃到余杭，不久就死了。孙策任命吴景为丹阳太守，孙贲为豫章太守，朱治为吴郡太守，又用厚礼聘请广陵人张纮、彭城人张昭等人为参谋。此时的孙策，足以与袁术抗衡，就不再听命于他了。

袁术得知后，十分气愤，想起兵攻打孙策。部将纪灵、桥蕤等进帐劝阻，说应先攻占徐州，再讨伐江东。袁术询问占领徐州的方法，纪灵答道：“吕布、刘备都在徐州，必成为心腹大患，如今仍要采用之前的计策，让吕布攻打刘备，这样就能占领徐州了。”袁术于是派人去见吕布，先提起婚事，然后说刘备在小沛城招军买马，劝他加以防备。吕布派人打探，得知刘备果然聚集了一万多人，就率兵围攻小沛。刘备自知难以抵抗，索性带着家人，与关羽、张飞一起杀出重围，投奔曹操。曹操正礼贤下士，笼络人心，一听刘备到来，立即将他迎进去，热情款待。刘备详细讲述吕布反叛的情形，曹操安慰道：“吕布不讲信义，只是靠着蛮力逞强，将来我助你擒住吕布，你不要担心。”刘备起身道谢，曹操又摆酒与刘备宴饮，喝到很晚才散席。

刘备离开后，程昱进言说：“刘备也是当世英雄，志气不小，不如早做打算，否则必成后患。”曹操默然不语。程昱退出后，恰逢郭嘉进见，曹操就与他说起程昱的话。郭嘉说道：“程昱的话不无道理。但你领兵起义，为百姓除暴安良，正是树立威信，招罗豪杰的时候。刘备颇有名气，如今穷途末路，前来投奔，如果突然加害于他，豪杰人人自危，定会另投别处，试问你将与何人一同平定天下呢？”曹操答道：“你的话正合我意。”第二天就举荐刘备为豫州牧守，调拨士兵几千人帮助刘备，令他到沛城上任，向东攻打吕布。刘备即日辞行，带领家眷，赶赴沛城。

曹操正准备亲自出城，与刘备一同消灭吕布，忽然从南阳传来警报，说张济在攻打穰城时，中箭身亡。张济的侄子张绣带领部下屯兵宛城，任用贾诩为谋士，联结刘表，图谋不轨。曹操恼怒地说：“我先除掉这个跳梁小丑，然后再讨伐吕布。”于是调兵遣将，前去讨伐张绣。张绣听说曹操领兵到来，颇为害怕，马上与贾诩商议。贾诩也认为曹操势力强大，不如派人求和。张绣于是让贾诩到曹操营中调解，曹诩见了曹操，只用三言两语，便让曹操心服。曹操想把贾诩留在自己军中，说道：“你曾是尚书，官至宣义将军，如今何不跟随我入朝呢？我自会上疏请求，让你官复原职。”贾诩答道：“自从御驾东迁，我就缴还了官印。如今承蒙张绣厚待，不忍离他而去，您的厚恩，他日有机会再报答。”曹操又亲自把贾诩送出营帐，殷勤告别。

贾诩回去禀报张绣，张绣亲自到曹操营中，当面投降。曹操没有异议，但一时并没有退兵，还在宛城驻扎。一天，他带着长子曹昂和侄子曹安民，骑马走出营帐，查看地势。远远望见一辆车子徐徐过来，里面坐着一个妇人，锦衣素裙，飘飘若仙，再瞧那一副芳容，真是桃腮杏靥，秀色可餐。曹操本来好色，弱冠前已娶妻丁氏，后来纳妾刘氏，又见娼妓卞氏颇有姿色，将她带回洛阳，占为己有，大加宠爱。董卓叛乱时，曹操避难东去，来不及带回卞氏，洛阳城中传出谣言，说曹操已死，有人劝卞氏改嫁，卞氏誓死不肯。等朝廷稍稍安定后，卞氏回到曹操身边，曹操对她敬爱有加。而宛城少妇比卞氏更加妩媚，曹操禁不住心荡神迷。最厉害的是少妇的秋波，她向曹操这里看了又看，更是脉脉含情，勾魂摄魄。不一会儿，车已行过，曹操还在不停张望。回到营中，曹操依旧心荡不已，秘密派侄子曹安民打探这个妇人的下落。

曹安民去了半天，便回来禀报。这个妇人原来是张绣的婶母，张济的妻子。曹操喟然叹惜，打算将此事搁置。曹安民有意讨好曹操，说张济已死，不如将这个寡妇娶过来，张绣也无可奈何。曹操又怦然心动，待到太阳一落，就令曹安民带着数十名骑兵带这个妇人过来。妇人到来后，进入后帐，拜倒在曹操面前。曹操起身相扶，抓住她的玉腕。妇人一点也不躲避，任由曹操握住双手，低首无语。曹操询问姓名，果然是张济的妻子邹氏。当即在帐后摆下酒席，与邹氏对饮，四目相顾，男有情，女有意，不由得痴心惓惓，软语喁喁。待酒席撤去，一对宿世冤家，就在军营中作了洞房，相偎相抱，彻夜地凤倒鸾颠，几乎不知道东方已经大亮了。露水情缘，欢娱无限。第二天就有人将此事告诉张绣，张绣十分恼怒，要与曹操拼命。

大谋士郭嘉

张绣听说曹操强占了自己的婶母，不由得怒气上冲，便与贾诩商议，准备袭击曹操。曹操为美色迷惑，日夜与邹氏寻欢作乐，以致忘记回去。邹氏自觉心虚，担心被张绣得知，因此喜中带忧，劝曹操加以提防。曹操笑道："我有大将典韦守卫营门，就算千军万马来了，也不惧怕。况且我并非长久在此居住，过三五天就要动身，你随我回去，安享荣华富贵吧！"话虽如此，但曹操暗中也有了戒心，探知张绣部下的勇士，首推胡车儿，就派左右秘密与他结交，叫他乘机刺杀张绣。不料胡车儿得到曹操的金银后，反向张绣报告。张绣立即号召将士，攻打曹操。

曹操令典韦把守营门，总以为是一夫当关，万夫莫开，就安心与邹氏作乐。这天夜里，典韦见夜深人静，以为不会有什么事，就脱下铠甲，睡觉去了。突然听到一声呐喊，典韦急忙跳起，走到门口，只见光火四射，有无数人马杀入营门，典韦挺身出来阻止。可敌兵愈来愈多，又用长矛猛刺。典韦身上没穿铠甲，全身被刺伤十多处，还在拼死作战。敌兵又从四面攻击，典韦索性扔掉双戟，空手搏斗，提起两个敌兵，将他们当作双戟，抵御敌军，又打倒了八九人。敌兵暂时退下，典韦又拿出短刀，向前乱砍，杀死了好几十人，只是身上受伤更加严重，难以支撑，他大叫一声，倒地身亡。敌军上前枭掉首级，冲进后营。此时曹操早已惊醒，与邹氏一同起床，慌忙从营后骑马逃脱。曹昂与曹安民也策马赶上，保护曹操。

敌兵搜寻后帐，只有一张合欢床，并不见曹操的踪迹，料知他已从营后逃走，于是全力追赶。走到清水河边，遥见前面有数人急奔，猜想定是曹操，便拉弓射箭。曹安民中箭身亡，曹操的马也受了重伤，不能再跑。还是曹昂将马让给曹操，曹操才策马渡河。一个爱子，一个情妇，都被抛在对岸，从此生离死别，不能再相见了！曹操领兵到宛城，想必总有几万兵马，为何张绣劫营，只有典韦防守，没有其他将领前来支援呢？原来，曹操得到邹氏以后，日夜淫乐，为防止军中有异议，特派各将令巡视别处。就算还有剩余的士兵，也令他们分散驻扎，只留下儿子、侄子以及猛将典韦，带领一千人，守住本营。到张绣偷袭，营兵从睡梦中惊起，都已惊慌逃走，所以无人抵挡。只有典韦挡住营门，拼死作战，最终丢掉性命。当日如果没有典韦，曹操必定难以逃脱，恐怕早与邹氏一同登上黄泉路了。

曹操渡过清水，各将才闻风赶到，护送曹操回都。走到舞阴，曹操听说典韦已死，不禁痛哭流涕，便派人找寻典韦的遗骸，将他厚葬，又亲自祭奠，痛哭一场，并封典韦的儿子典满为郎中。自己领兵赶回许都，整顿兵马，准备攻打张绣。忽然听说袁术在寿春称尊，曹操不禁嘲笑道："此人也配做皇帝吗？"话未说完，有人呈上一封书信，署名是大将军冀州牧袁绍，曹操立即打开阅读。袁绍在信中言辞傲慢，顿时惹怒曹操。曹操把书信藏起，一言不发。左右见曹操面有怒色，不敢贸然询问。大约过了两三天，部将还觉得曹操心神不定，坐立不安。侍中锺繇私下问荀彧："曹将军近日好像患了心病，莫非是为了征战宛城失利吗？"荀彧摇摇头："胜败乃兵家常事，曹将军决不是因为此事，待我前去询问一番。"说完，前去拜见曹操。曹操不等荀彧开口，就把袁绍的书信拿给他。等荀彧看完，曹操才开口："我想前去讨伐袁绍，又担心兵力太弱，该怎么办呢？"荀彧正要回答，恰巧祭酒郭嘉进来，他抢先接口："古今争战，只看才智，不在于兵力强弱。袁绍生性多疑，只任用亲信，你礼贤下士，不问远近；袁绍优柔寡断，你能当机立断；袁绍手下的大臣争权，互相诋毁，你部下却万众一心；袁绍骄傲自大，不会用兵，你却能以少胜多，用兵如神。由此看来，胜负已分，怕他做什么？"曹操听了此话，高兴地说："照你这么说，袁绍必败，我军必胜，但我自愧没有这样的能力，怎能承受得起呢？"郭嘉又说："你不必谦虚，只有徐州的吕布是心腹大患，如今袁绍正与公孙瓒相持，我们应当趁此机会，向东攻打吕布。否则我们去攻袁绍时，吕布必来袭击。"荀彧也赞成："不除掉吕布，我军也难以占领河北。"曹操皱着眉头说："我担心的还不止这些！倘若袁绍侵犯关中，向西攻打羌胡，向南引诱蜀汉，那时他的势力将更加强盛，区区兖、豫还能保守得住吗？"荀彧答道："关中将帅只有马腾、韩遂最强大，如果施以恩德，与他们连和，虽然不能长久相安无事，总不至于有近忧！我知道侍中锺繇才智过人，如果把此事托付给他，一定可以办成！"曹操点头说："此计很好。"当即令左右写信，举荐锺繇为司隶校尉，让他拿着符节前往关中各军营。献帝当然听从，立即派锺繇前去镇抚长安。锺繇写信给马腾、韩遂，陈述利害关系，马腾、韩遂都派儿子进京入侍，发誓决无二心。曹操这才安心出兵攻打吕布。

后来，曹操听说吕布与袁术结亲，又担心袁术支援吕布，就改用反间计，派奉车都尉王则带着诏书，封吕布为左将军。曹操还亲自写信给吕布，令王则一同带去。王则还没到徐州，袁术已派韩胤向吕布求亲。吕布当然答应，连夜准备嫁妆，送女儿前去。韩胤自然随行。吕布将女儿刚刚送出，沛相陈珪忽然带病求见，陈珪开口说："袁术反叛汉朝，自称皇帝，将军为何要与他和亲？"吕布说："这……这有何妨？"陈珪说道："孙策向袁术借兵，取下江东，尚且不肯听命于袁术。试想像袁术这样骄侈的人，能成就大事吗？况且曹操服侍天子，一旦奉诏讨伐，海内响应，袁术必定灭亡！将军与他结亲，显然是逆党，能不因此受到连累吗？"吕布不禁变了脸色，低头不语。陈珪接着说："将军最好是派人到朝廷，与曹操结交，既可以保全名位，又足以安身，比起与袁术结亲，好处要多得多。"吕布皱着眉头说："我女儿已经离去，怎能再回来？"陈珪也很着急："还没去多久，可以追回！"吕布听了此话，立即派骑兵前去追赶。才过半天，就将女儿追回，并把韩胤囚禁狱中。陈珪又劝吕布押解韩胤进入许都，并举荐儿子陈登为使臣。吕布还在踌躇，碰巧朝使王则到来，颁发左将军官印，吕布欣然接受。王则又拿出曹操的书信交给吕布，喜得吕布手舞足蹈，立即派陈登拿着书信，跟随王则入都道谢。临行时吕布与陈登密谈，要他告诉曹操，举荐自己为徐州牧守。陈登说如果能押解韩胤入都，自然可以如愿。吕布当然答应，就将韩胤推入囚车，让陈登带去。

陈登到了许都，呈上书信，求见曹操。曹操听说韩胤被押到，立即下令将他处斩。陈登对曹操说："吕布有勇无谋，你应该早做打算！"曹操十分欢喜："我就知道吕布狼子野心，还要请你父子代我从中谋划。"陈登连连答应，曹操立即上疏封陈登为广陵太守。临别时，曹操还握着陈登的手叮咛："东方的事就托付给你了，请你不要忘记！"

陈登赶回徐州，见了吕布，详细叙述自己如何身受皇恩，只字不提徐州牧守的事。吕布十分恼怒，拔剑指着陈登："你父亲劝我与曹操结交，拒绝袁术，如今我不能如愿，你却受到封赏，明明是你父子出卖我，你还敢回来见我吗？"陈登从容自若："我拜见曹操，原本是为将军进言，说养将军就像养虎，只有喂饱了才不会吃人。曹操却批驳我，说养将军就像养鹰，喂饱就离去了，所以不肯封你为徐州牧守。将军对此事怎么想呢？"吕布转怒为喜："曹操把我当作鹰吗？"话刚说完，有人进来报告："袁术派大将张勋、桥蕤、韩暹、杨奉合兵数万，分七路来攻打徐州了！”吕布很吃惊：“我部下只有一万人，怎么抵挡得住呢？”说完，又瞪着陈登：“都是你父亲教我拒婚，惹出这样的灾祸，你快去叫你父亲过来，为我想办法抵挡袁术。如果想不出良策，休想活命！”陈登大笑：“将军为何这般懦弱，我看袁术的七路军队，就像七堆腐草，立即可以扫平。”这时陈珪已经到来，吕布问起御敌的方法，陈珪答道：“我正为此事而来。如今袁术虽然有七路大军，都是乌合之众，韩暹、杨奉未必甘心听命于袁术，只要将军写信招降就行了。如果袁术亲自到来，我保证为将军擒住袁术！”吕布的语气软了下来：“写书信的事仍要劳烦你父子，希望你们不要推辞。”陈珪答道：“有我儿子陈登一人就足够了。”说完转身离去。陈登当即写了一封书信，先交给吕布。吕布看完之后，十分欢喜，便派陈登前去招降。

过了几天，陈登回报吕布：“韩暹、杨奉愿做内应，专等将军前去，一同攻打袁术。”吕布立即起兵，带着张辽、高顺、陈宫、臧霸等人出城迎敌。走到几十里外，与袁术的大将张勋相遇，张勋不敢交战，闭营自守，静待各军前来接应。吕布在距张勋几百步的地方停下。不久，喊声响起，韩暹、杨奉两军杀到。张勋望见之后，以为他们是来帮助自己的，立即开营作战，不料韩暹与杨奉反招呼吕布，三面夹击，杀得张勋叫苦连天。张勋慌忙领兵退回，逃到汝滨，士兵多半溺水身亡。吕布与韩暹、杨奉二军乘胜南下，直指寿春，抵达锺离时，见有重兵把守，就写信讥讽袁术，然后退回淮北。袁术接到战败的消息后，率五千兵马亲自到淮上，与吕布隔水相望。吕布令部兵辱骂袁术一番然后，班师回去。韩暹、杨奉想与吕布同到徐州，吕布将沿途掠夺的财物分给二人，让他们驻扎在徐、扬交界的地方，防备袁术。二人于是分别驻扎，但偶尔也会派兵出去抢劫百姓。

豫州牧守刘备正在沛城，得知韩暹、杨奉祸害百姓，就引诱二人前来宴饮，暗中嘱咐关羽、张飞在席间把他们杀死。众人见主将已死，纷纷逃散，百姓稍稍安定。当时与韩暹、杨奉挟持皇帝东行的，还有胡才、李乐，二人屯兵河东，后来李乐病死，胡才被仇家杀害。李傕、郭汜、张济、樊稠四将同时作乱，樊稠被李傕杀害，张济在穰城战死，郭汜居住在郿坞，也被部将伍习刺死，只剩下李傕逃到关西。宁辑将军段煨奉诏前去讨伐，阵斩李傕，并诛其三族。

曹操得知袁术战败的消息，正要攻打吕布，忽然又接到陈国的警报，说陈王刘宠与陈相骆俊都被刺客打伤，相继去世。这刺客是袁术差遣的。

袁术向刘宠索要军粮不成，所以才有这样的举动。曹操暗想，袁术如此无道，正好宣布他的罪状，先荡平淮南，再攻打徐州。于是上疏请求东征，亲自讨伐袁术。袁术听说曹操大举东来，慌忙弃军逃走，只留下部将桥蕤、李丰、梁纲、乐就等人把守蕲阳。曹操领兵围城，一鼓作气，把桥蕤等人全部斩杀，然后又去追击袁术，袁术渡河逃去，曹操才班师。

途中，壮士许褚带着众人前来投奔曹操，许褚自称沛国谯人，与曹操同籍。曹操见许褚身高八尺，相貌雄伟，当即封他为都尉。与许褚一同过来的武夫，因体力过人，被称为虎士，仍归许褚管辖。抵达叶县时，听说张绣联合刘表密谋袭击许都，曹操便令许褚为先锋，移军宛城，并在清水旁边祭祀死亡的将士。曹操失声大哭，将士上前劝慰，曹操说："其他将士还可以置之不提，只是典韦在此捐躯，我始终不能忘记！"正在欷歔，有人报告说刘表的大将邓济占据湖阳，准备支援张绣。曹操下令将士迅速出击湖阳。许褚奉命先行，曹操随后跟上。曹操还没到湖阳城下，许褚已擒住邓济，曹操给许褚记下头功，将邓济斩首。湖阳城不攻自破。

曹操再分兵攻打舞阴，也即刻拿下。然后围攻穰城，穰城由张绣亲自把守，他见曹军势盛，不敢出来迎战，写信向刘表求援。刘表派兵援救张绣，截住曹操的后路。曹操正准备分兵抵御，突然接到许都送来的信函，信是侍中荀彧写来的，说袁绍有袭击许都的意思，让他赶快回来，并告诫他途中务必小心。曹操给荀彧回信说："刘表屯兵安众，截断我军归路，一旦后退，张绣、刘表前后夹击，后果不堪设想。我已想出办法，一到安众，必能攻破张绣，你不要担忧！"信发出去之后，曹操立即撤围西归。到了安众地界，果然前后都有敌人的兵马，曹操暗中派兵分别埋伏在两旁，自己率领骑兵等着。张绣、刘表两军合兵追击曹操，不料中了埋伏，再加上曹操带领骑兵迎头痛击，张绣、刘表的部下伤亡无数，剩下的全部逃回。之前张绣想追赶曹操，贾诩曾极力劝阻，张绣不肯听从，现在果然战败，张绣很后悔没听贾诩的话。贾诩却劝张绣："现在可以再去追赶曹操，必大获全胜。"张绣颓然道："我军已经战败，怎么还能追击呢？"贾诩答道："这次追击，如果不胜，贾诩甘愿领罪！"张绣于是收集兵马，亲自追去。曹操的士兵果然不敢再战，将物资全部抛弃，仓皇逃走。张绣还想继续追赶，突然一队人马昂然前来，截住张绣的去路。领头的将领大叫："李通在此，谁敢过来？"张绣见曹操有援军赶到，只好领兵退回。

李通，江夏人氏，字文达，以猛勇闻名。建安初年，投奔曹操，曹操令他为中郎将，屯兵汝南西境。听说曹操攻打张绣，李通领兵前来与大军相会，凑巧曹操领军退回，被张绣追击，他便截住张绣，曹操才得以安全进入都城。李通因此被提升为裨将军，封建功侯。张绣夺得许多物资，回到穰城。贾诩出郊迎接，张绣笑着问他："以前用精兵追赶，你说必败；后来用败兵追赶，你说必胜。而结果都和你说的一样，这是为什么呢？"贾诩答道："将军虽然善于用兵，却不是曹操的对手。曹操未曾战败，急着退兵，必然是因为许都有事，他料定我军会追击，必事先做好部署，所以说我军必败。曹操战胜后，认为我军不会再追赶，安心回去，将军趁他不备，追杀过去，就算不能擒住曹操，打败曹操也绰绰有余了！"张绣这才省悟，从此更加佩服贾诩。

曹操回到许都，派人探视袁绍的行踪，得知袁绍的大军未曾出发，才稍稍放心。这时，从沛地传来急报，刘备被吕布攻打，乞求援助。原来，吕布又与袁术结交，进攻刘备。曹操派夏侯惇领兵数千，前去支援刘备。刘备与吕布失和后，彼此都想消灭对方。吕布在徐州派人到河内买马，中途被刘备抢去，吕布当然恼怒，立即派部将高顺、张辽等率兵攻打沛城。刘备担心抵挡不住，所以向许都求救。夏侯惇走到沛城，还没有安营扎寨，高顺已经率精锐骑兵七百多人，乘机杀了过来。夏侯惇慌忙接战，才几个回合，就被高顺打败，部下四处逃散，急得夏侯惇手忙脚乱。夏侯惇正要策马逃回，左眼突然中箭，险些坠落马下，多亏部下保护，才死里逃生。高顺赶走夏侯惇后，又去攻打沛城，恰逢刘备带着关羽、张飞出城接应夏侯惇。谁知夏侯惇已经败退，刘备等人迎面与高顺相遇，只好接战。张辽又从背后袭击刘备，将关羽、张飞二人冲散，刘备不得已，只好逃往梁地。沛城只有孙乾、糜竺等几个文人怎能防守，眼见得全城被攻陷，甘、糜两位夫人束手就擒，被高顺派兵送往徐州去了。

吕布丧命

刘备逃到梁地，部下所剩无几，忽然看见前面来了无数人马，举着曹字旗号，暗想："莫非是曹操亲自来救我了？"等军队走近，果然是曹操。曹操见到刘备，握着他的手说："我领兵来迟，致使玄德受惊，请不要见怪！”刘备拜谢之后，讲述战败的情况。曹操劝说道：“我接到夏侯惇战败的消息，才知吕布势力强盛，所以亲自领兵前来。吕布有勇无谋，必会被我打败，玄德放心！”说着，与刘备一起赶往彭城。当时夏侯惇的眼伤还没有痊愈，被曹操召回许都调养，其余士兵仍然跟随曹操东行。到了彭城，守将侯谐不知好歹，开城迎战。曹操的大将许褚上前接战，几个回合，便将侯谐活捉。曹操下令将彭城的官民全部屠杀，然后领兵进攻下邳。

广陵太守陈登带领众人迎接曹操，自愿为曹操做先锋，浩浩荡荡，杀到下邳城下。吕布亲自出战，却连连失利，只好退回城中，不敢出来。曹操率兵日夜围攻，关羽、张飞也收拾残兵，来与刘备会合，与曹操的大军合力攻城。吕布登上城楼，见曹操的部下多如蚂蚁，不免惊心。碰巧有一支箭飞来，箭头上穿着一封信，吕布拆开一看，是曹操劝自己投降的书函。吕布拿着书信下城，与陈宫商议，想出去投降。陈宫因为自己之前曾背叛曹操，担心投降后没有生路，就极力劝阻，并向吕布献计：“曹操率军远道而来，肯定坚持不了多久。将军可率兵驻扎城外，我领兵守在城内。曹操如果进攻将军，我就从背后袭击曹操；如果曹操前来攻城，将军就领兵援救，互相呼应。不出十日，曹操缺乏粮草，自然退去。那时我们再合力追击，定会取胜！”高顺点头赞成：“将军在城外屯兵，不但可以援助城内，还可以截住曹操的粮道，曹操如果断粮，怎能不走？”吕布于是令高顺帮助陈宫守城，打算自己出城安营扎寨。

到了晚上，吕布将计划告诉妻妾，妻子严氏劝阻说：“陈宫与高顺不和，将军一走，二人岂肯同心守城？倘若有个闪失，将军怎么自保？而且曹操曾厚待陈宫，陈宫还离开曹操归顺我们，如今将军对待陈宫，未必胜过曹操，将军竟放心把全城以及妻儿托付他吗？一旦发生变故，妾还能活命吗？”吕布听了妻子的话，沉默不语。严氏又流着泪说：“妾以前在长安，已被将军抛弃，多亏庞舒保护，才有幸与将军相聚。不料今日将军又想丢下妾，妾始终难免一死，请将军自己决定吧！”吕布怎么忍心割舍爱妻，只得好言温存，然后派许汜、王楷趁夜出城，到袁术那里求援。袁术恼怒地问：“吕布出尔反尔，不仅不把女儿嫁过来，反而将我派去的使臣害死，我正想找他问罪，他还想让我救他吗？”许汜、王楷齐声说：“这是因为误中曹操的反间计。如今吕布已经后悔，所以才让我们前来求救。你如果不支援吕布，与自己战败有何区别呢？吕布被曹操攻破后，你恐怕也难免被打败了！”袁术怒气稍减，对他们说：“吕布既然已经知错，就应把女儿送过来，我自会派兵援救他！”许汜与王楷不便再说，只好回去禀报吕布。吕布无奈，只得将女儿嫁过去。但城外布满敌兵，怎么送得出去？想了又想，终于有了办法，等到半夜，吕布用布裹住女儿，背着她上马，出城作战。才走几十步，就被曹操的部下发觉，上前截住。吕布一马当先，后面又有张辽等将跟上，倒也冲破了好几重。怎奈曹军突然放下兵器，改用弓箭。吕布虽然勇猛过人，毕竟没有办法躲避硬箭，又担心女儿受伤，只得退回城中。

河内太守张杨与吕布关系较好，听说吕布被曹操包围，出兵支援。不料部将杨丑背叛张扬，竟将张杨刺死。杨丑正打算将人头送给曹操，眭固为替张杨报仇，又纠集众人杀死杨丑，向北串通袁绍，屯兵射犬，最终也不敢营救吕布。吕布只得振作精神，与陈宫等人拼死防守。

过了一个多月，曹操仍没有将城攻破，便有了回去的想法。荀攸、郭嘉劝谏说：“吕布屡战屡败，已经丧失锐气，陈宫虽然有才智，但遇事迟疑。如今吕布的士气没有恢复，陈宫也没有想出好办法打败我们。我们乘机猛攻，定能擒住吕布，为何无故退兵呢？”曹操说：“我军屯兵城下，时间一长，将士必定疲惫，该怎么办呢？”郭嘉说：“可把沂泗的河水灌入城中。”曹操高兴地说：“此计很好。”说完，调拨将士把水灌入城中。不到一天，城中内外全都变成了水乡，河水滔滔不绝，曹操令部下全部迁徙到高处。吕布日夜守城，丝毫不敢疏忽。城池遭到水淹，吕布不禁惶急起来，登城眺望，遍地汪洋，当然愁眉紧锁，心中恐慌。曹操的军队在高处瞧见，边笑边叫：“吕布何不快快投降！”吕布答道：“只要你们解围，我自会向明公自首。”陈宫在旁边听了，十分恼怒：“逆贼曹操，怎能称得上是明公？如今如果出去投降，就像以卵击石，还能保全自己吗？”吕布无奈，只好与妻妾饮酒解闷。第二天清晨，吕布对着镜子一照，发现自己消瘦了许多，不禁吃惊地说：“我如此消瘦，想必是因为喝酒所致，此后不应再喝酒了。”随后，下令城中不准酿酒。

吕布的大将侯成失去几匹名马，连忙调查，最终将马追回。各将向侯成道贺，赠送酒肉给他。侯成恐怕违背军令，先将酒肉献给吕布一些。吕布十分愤怒：“我刚刚禁酒，你们就将酒献上来，太藐视我了！难道是想谋害我？”一面说，一面下令处斩侯成，宋宪、魏续等跪下请求，吕布才从宽发落，但还是打了侯成几十军棍。侯成愤愤不平，暗中与宋宪、魏续密谋，待到夜间，竟率众作乱，把陈宫、高顺抓住，开城投降。吕布听说后，慌忙登上白门楼。待到天色微明，楼下已布满曹操的部下。

吕布自觉势孤力单，见左右还有几个人，便对他们说："你们跟随我也没有益处，不如取下我的首级献给曹操，还可以邀功受赏。"左右不忍心杀死吕布，劝吕布下楼投降，吕布无法，只得下楼。曹操的部下见了，七手八脚地将他押住。吕布已经乞降，不便动手，只好任由他们捆绑，将士担心吕布的力气太大，绑得格外紧。曹操率兵进城，将水泄去，随后在帐内坐定，众将都站在两旁。吕布望见曹操，大叫道："我被绑得太紧，请从宽发落。"曹操笑着说："绑虎不得不紧。"吕布又说道："你的心腹大患就是我，如今我已经心服口服，天下对于你来说，唾手可得。你为大将，我做你的副手，还有什么事不能成功呢？"曹操知道吕布英勇，也有意将他收留，正在犹豫，凑巧刘备进来，曹操就欠身请他坐下。吕布对刘备说："玄德公，你为座上客，我为阶下囚，为何不替我说一句好话，恳求曹将军从宽发落呢？"刘备听到此话，笑而不答。曹操问刘备："你觉得怎么样？"刘备边笑边说："你没有听说过丁原、董卓的事吗？"曹操不禁点了点头。吕布用手指着刘备说："大耳朵最不讲信义，实在可恨！"忽然有一人进来叫道："要死就死！何必多说？"吕布见是高顺，不禁高呼自己有负于他。曹操也知道高顺忠勇，就劝他投降，高顺大吼："宁死不降！"吕布见高顺旁边站着宋宪、魏续二人，就指着他们对曹操说："我待他们不薄，二人竟然背叛我，你为何不将他们诛杀呢？"曹操反驳道："据说你只听从妻妾的话，不听从众将的话，怎能说是待将士不薄呢？"吕布默然不语。曹操就下令将吕布、高顺推出去，一并处死，枭首示众。

等到陈宫被推到曹操跟前，曹操对他说："陈宫！你曾说自己足智多谋，今天怎么落到这个地步？"陈宫叹息道："吕布不听从我的话，才会如此。如果他肯听从，我怎会被擒？"曹操又说："应当如何处置你呢？"陈宫大声说："身为大臣不忠，身为子孙不孝，应该受死！"曹操又说："你不怕死，还记得你的老母吗？"陈宫慨然道："我听说以孝治理天下者，不伤害他人的父母。我母亲的生死，由你决定吧。"曹操又问陈宫："你的妻儿怎么办？"陈宫答道："圣主施行仁政，不伤及无辜。我的妻儿能否活命，也任由你发落。"说完，转身向外走去。曹操问陈宫往哪里去，陈宫坚定地说："出去受死，你还有什么话要说？"曹操不禁起身离座，哭着与他告别。陈宫死后，曹操派人抚恤陈宫的母亲和妻儿，就是吕布的家人，也都派人带回许都，赦免他们的罪过。吕布的部下张辽、臧霸等全部投降，前尚书令陈纪的儿子陈群，本在吕布军中，也听命于曹操。还有吴敦、尹礼、孙观等人也都由臧霸招来，曹操全部封给他们官职，让他们守在青、徐等沿海各地。刘备的妻妾甘、糜二夫人，安然无恙。曹操邀请刘备回许都，只留将军车胄留守在徐州，任徐州刺史，加封陈登为伏波将军，仍防守广陵。

孙策占领江东以后，不再听命于袁术。袁术称帝时，孙策曾写信责备他不忠。袁术十分恼怒，但仍不肯取消帝制。孙策便与袁术绝交，上疏献帝，表明对汉廷的忠诚。曹操想笼络孙策，特派议郎王辅带着诏书东行，封孙策为骑都尉，袭爵乌程侯，并令他做会稽太守，前去讨伐袁术。孙策领命后，派张纮赶赴许都，贡献金银珠宝。曹操又上疏举荐孙策为讨逆将军，进封吴侯，令张纮为侍御史，并且召回前会稽太守王朗，让他担任谏议大夫。孙策得到封赏后，名气越来越大，江东人士陆续归附。孙策令周瑜回去镇守丹阳。恰逢袁术让堂弟袁胤为丹阳太守，接替周尚。周尚是周瑜的伯父，离职后，邀请周瑜一同返回寿春，周瑜不得不从。周尚领着周瑜拜见袁术，袁术见周瑜仪表非凡，想封他为将。周瑜坚决推辞，只请求做居巢长，袁术不知周瑜的用意，当即答应。

周瑜到了居巢，听说临淮人鲁肃乐善好施，就率数百人前去拜访，乘机借粮。鲁肃对周瑜一见如故，把家中的两仓米赠给周瑜，每仓约有三万斛。周瑜只接受了一仓。从此，周瑜与鲁肃结为知己。鲁肃与周瑜告别后，忽然接到袁术的命令，令他为东城县长。鲁肃表面上接受，暗中却带领家人及志同道合的少年一百多人直达居巢，与周瑜商议。周瑜问明来意，叫着鲁肃的字说：“子敬与我的观点相同，我也知道袁术必不能成就大事，所以才乞求到这里为官，以便东行。”周瑜与鲁肃一起渡江，并让鲁肃的家人住在曲阿旧宅，自己带领鲁肃前去拜见孙策。孙策听说周瑜到来，亲自出去迎接。周瑜把鲁肃推荐给孙策，孙策与鲁肃交谈几句，见鲁肃不是寻常人，对他格外敬重。孙策又封周瑜为建威中郎将，拨给他士兵两千人，马五十匹，让他和鲁肃一起屯兵牛渚营。自己领兵讨伐丹阳贼祖郎，将祖郎活擒回营。祖郎跪下谢罪，孙策微笑道：“我以前在曲阿，被你无端偷袭，如今你被我擒来，本应将你处死。但想到建功立业，不应记仇，你如果真能改过自新，我自会赦免你！”祖郎接连叩头，情愿投降。

孙策听说刘繇的旧将太史慈逃到芜湖山中，纠集数千人，自称丹阳太守，便去攻打泾县，想为刘繇报仇。谁知连战数次，都未能得手。后来孙策在勇里设下埋伏，引诱太史慈进来，才将太史慈抓住。孙策亲自给太史慈松绑，并握着他的手说：“还记得神亭的事吗？如果那时被你抓获，你会害我吗？”太史慈笑着回答：“不知道。”孙策大笑：“我想与你荣辱与共，希望你不要嫌弃！”孙策说完，把太史慈领进去，请他上坐，并问他该如何进军。太史慈谦让道：“我是你的手下败将，怎敢在这里高谈阔论？”孙策反驳道：“昔日韩信得到李左车，最终取得成功。如今我向你讨数，希望你不要推辞！”太史慈于是说：“刘繇刚刚战败，士兵四处逃散，恐怕难以再聚集。我想出去安抚散兵，以便帮助你，不知你肯相信我吗？”孙策起身谢道：“这正是我的愿望，希望你明天中午回来。”太史慈应声离去。众将进谏说：“怎么能放太史慈回去呢？明天他一定不会回来。”孙策摇头：“太史慈是青州的名人，向来很讲信用，决不会欺骗我。”众将似信非信。

到了第二天，孙策准备酒席等候太史慈。到了中午，太史慈果然带领众人回来。孙策下座迎接：“你真是讲信用的人，没有辜负我对你的期望！”说完，命左右搬出酒肴，与他共饮，到日暮才散席。次日，孙策让太史慈与祖郎为前锋，班师回吴地。后来听说刘繇逃奔到豫章，得病身亡，部下一万多人想尊豫章太守华歆为主，华歆不敢接受。孙策就令太史慈为折冲中郎将，前去招安，并对太史慈说：“刘繇听命于朝廷，名正言顺，我不敢与他对抗。只因我父亲留下的数千人都投奔了袁术，我不得不借此机会增添兵马，占据曲阿。袁术擅自称尊，我已与他绝交，可见我并非真的叛汉。如今刘繇突然死亡，他的儿子留在豫章，不知华歆如何对待他，也不知他的旧部肯不肯归附我。你前去为我安抚他的旧部，愿意来便让他们与你同来，不愿意来也任由他们选择，顺便看看华歆有什么打算。一切都由你定夺，需要多少兵马，你自己随意挑选吧！”太史慈答道：“将军如此信任我，令我感激不尽，只有誓死为你效忠，才能回报你的知遇之恩。如今我奉命前往，并非去打仗，带的士兵过多反而会让人怀疑，几十人就足够了！”说完，转身出去。程普等人进言说：“太史慈离开后，一定不会回来！”孙策慨然道：“他离开了我，还能投奔何人呢？”第二天，孙策亲自到昌门饯别，握着太史慈的手说：“什么时候可以回来？”太史慈说大约六十天。过了两个月，太史慈果然回到吴地，说华歆没有其他想法，只想自守。孙策拍手大笑：“我料想华歆也不过如此。”

转眼已是建安四年，孙策正准备出兵向西攻打，碰巧袁术病死江亭。原来，袁术称帝以后，日益骄横，后宫几百人穿的是绫罗绸缎，吃的是山珍海味，他唯独不肯善待百姓。前司隶冯方的家眷到扬州避乱，冯方有一个女儿，非常漂亮，被袁术看中，袁术派人把她抢进宫中，作为嫔嫱，大加宠幸。后宫妻妾心怀妒忌，将冯女杀死，悬挂在梁上。袁术还以为冯女心中抑郁，自杀身亡，于是痛哭一场，下令将她厚葬。此后袁术常常思念冯女，几乎成了心病，又因孙策不肯听命于他，整日担忧不已，加上将士屡战屡败，军中缺乏粮食，只好烧毁宫殿，迁到灊山，依靠部将雷薄、陈兰。谁知二将已有异心，将他拒之门外，部下又沿途逃散，袁术更加忧愁。后来袁术派人到冀州，说愿意将帝号让给袁绍。袁绍的儿子袁谭正任青州刺史，写信说愿意迎纳接袁术。袁术于是改道向北。刚走到徐州，就被大军截住去路，原来是刘备奉曹操之命，来这里袭击自己。袁术自知打不过，慌忙退回，可后面的军用物资已被刘备夺去，无奈之下，只得前往寿春。走到江亭，距寿春还有八十里，当时正值暑天，粮草都已断绝，只剩下三十斛小麦。袁术把它分给随从，自己也吃这些粗粮，想要一些蜜浆止渴，都无法得到，不禁大叫：“袁术！袁术！为何会到今天这般地步呢?”说完这句话，便哇的一声，吐出许多鲜血，死在床上。妻儿等趴在尸体上痛哭，然后将他草草棺殓，带着灵柩来到庐江，投靠太守刘勋。

前广陵太守徐璆得知袁术有传国御玺，便纠集众人拦截。袁术的妻子无计可施，只得将御玺交给徐璆。徐璆亲自到许都献上传国御玺，被封为高陵太守。庐江太守刘勋本是袁术的部将，袁术的家人前来投奔，刘勋当然迎纳，又招集袁术的部下，共几万人，兵力颇为强盛，只是苦于粮饷不够。此事被孙策得知，便想乘机西攻，召周瑜为中护军，部署兵马，立即动身。周瑜献计说：“刘勋刚刚得到袁术的旧部，如果与他交战，必多费兵力。最好劝他攻打上缭，上缭粮草颇多，刘勋必会垂涎。待他攻打上缭时，我军以讨伐黄祖为名，乘虚而入，庐江就容易拿下了！”孙策听了此话，十分欢喜，派人给刘勋送去一封信，并赠送给他很多珠宝。刘勋果然前去攻打上缭。孙策令堂兄孙贲、孙辅二人率兵八千到彭泽，截住刘勋的归路，自己同周瑜领兵两万，袭击皖城。皖城是庐江的官府所在地，因徐勋外出，守兵不多，突然听说孙策领兵到来，全部惊慌逃散。孙策长驱直入，抓住刘勋的妻子，袁术的家属也全部成了俘虏，其余众人通通投降。孙策治军严整，不许士兵掠夺，下令将袁术、刘勋的家人全部释放。孙策得知乔公有两个女儿，都生得国色天香，便派人送去聘礼，得到乔公的允许，送来一对姐妹花。孙策娶大乔为妻，周瑜娶小乔为妻。郎才女貌，结成伉俪，当然两情相悦，恩爱缠绵。后来孙策又接到孙贲的捷报，说他已经赶走刘勋。

狂生祢衡

刘勋被孙策所骗，前去攻打上缭。上缭的豪杰据城自守，刘勋一无所获，只好屯兵海昏，为攻城做准备。忽然听说孙策袭击皖城，刘勋慌忙退回，路过彭泽时，被孙贲、孙辅痛击一阵，逃到流沂。刘勋派人到夏口，向江夏太守黄祖求援，黄祖派五千人支援刘勋。孙贲将此事禀报孙策，孙策亲自率兵前往，打败刘勋，刘勋逃往许都。刘勋的部下两千多人，以及黄祖派遣的数百艘战船都被孙策俘获。孙策乘胜西进，进击黄祖，黄祖率领水军迎战，并向刘表乞求援助。刘表派侄子刘虎及部将韩晞率长矛队五千人，帮助黄祖对抗孙策。结果，韩晞战死，刘虎逃回。黄祖孤立无助，转身退走，连妻儿都抛去了，部下死了几万人。孙策返回豫章，屯兵椒邱，让功曹虞翻招降华歆。华歆有文无武，怎能抵御孙策，立即投降。孙策因华歆有才，待他如同上宾，又封孙贲为豫章太守，并且从豫章分出庐陵郡，令孙辅任职，留周瑜镇守巴邱，自己班师回到吴地。

刘备跟随曹操进入许都，得以进见献帝。按辈分献帝应该称刘备为叔叔，献帝当然殷勤慰劳他，曹操又上疏举荐刘备为左将军。刘备见曹操专权，心怀不满，只因兵力较弱，无法报效国家，不得不暂时忍耐。曹操诬告前太尉杨彪勾结袁术，将他关在狱中，多亏将作大匠孔融、侍中荀彧、许令满宠等极力劝解，才将杨彪救出。议郎赵彦恨曹操蛮横，上疏弹劾曹操，被曹操杀害。曹操请献帝到许田打猎，曹操射到一头鹿，群臣以为是献帝射的，齐呼万岁，曹操也不推辞。刘备与关羽等随驾打猎，关羽见曹操如此无礼，想将他杀死，多亏刘备从旁极力劝阻，关羽才没有动手。献帝怏怏不乐，停止打猎，返回宫中。暗想朝廷大臣，只有车骑将军董承可以信任，但无端召见董承，又容易被人怀疑。只好密令董贵人制作一条玉带，把书信藏在玉带中，用线缝好，赐给董承。董承心知肚明，剖开玉带，取出密诏，看了之后，就与将军吴子兰、王服及长水校尉种辑等人，密谋诛杀曹操，并邀请左将军刘备一同参与。刘备是宗室成员，不能不答应，但因曹操势力正盛，担心曹操起疑，就在宅院后面的园子里种菜，静待时机。一次，曹操邀请刘备宴饮，席间谈论四方豪杰，曹操笑着说："天下英雄，只有你与曹操。"话未说完，刘备大吃一惊，手中的筷子都掉在了地上。也是老天要帮助刘备，空中响起了一个霹雳，刘备这才将自己的惊慌轻轻瞒过。

袁术逃往青州后，刘备向曹操讨要差事，希望率领关羽、张飞等前去袭击袁术。曹操派裨将朱灵、路昭与刘备同行，名为帮助，实是监视。刘备脱离虎口，岂是朱灵、路昭二人所能牵制的？刘备一到徐州，截得袁术的军用物资，就让朱灵、路昭回去禀报，自己与关羽、张飞抵达下邳城，假传曹操的命令，引诱刺史车胄出来迎接。车胄不知是计，开城迎接，兜头碰到关羽，关羽手起刀落，把车胄劈成两半。刘备对外称车胄谋反，所以才将他处死，其余众人无辜，一律免罪。百姓也不知是真是假，只要能保全生命，自然没有异言。

刘备探视家属，得知甘、糜二夫人相安无事，放下心来。他留下关羽把守下邳城，自己到小沛招集散兵，共得一万人，又担心曹操派兵攻打，就派从吏孙乾结交袁绍。袁绍刚打败并杀死了公孙瓒，吞并幽州，正想攻打曹操，既然刘备派人到来，便与他联合。袁绍派孙乾回去禀报，刘备才稍稍放心一些，但想起自己与公孙瓒是同窗好友，不免有些伤心。想起告别公孙瓒，向南解救陶谦时，正值赵云的兄长去世，赵云回到常山，好几年没能相见，也不知他身在何处。面对生离死别，刘备伤感不已。究竟公孙瓒是怎样死的呢？原来，公孙瓒迁居易城，袁绍屡攻不克，就想与他言和。可公孙瓒不答应，并对长吏关靖说："如今群雄并起，没有一个能攻下我的城池，袁绍虽然强盛，也奈何不了我。"袁绍得知此话，便大举进攻，守将接连告急，公孙瓒说："我如果前去解救，人人都想着让我去救，就不肯拼死作战了。"守将等不到援军，有的投降，有的逃跑，袁绍长驱直入，抵达城下。公孙瓒急得没办法，派儿子公孙续到黑山求救。可等了很久也没有援军到来，就想自己带领骑兵，出去迎接黑山援军，侵占冀州，截断袁绍的退路。关靖阻止说："主将一出，城池必定失陷，不如坚守不出，等待援军到来。"公孙瓒听从了他的建议。

不久，黑山贼张燕派人禀报公孙瓒，说领兵十万前来解救易城，公孙瓒当然欢喜。过了十天，援军仍然不到，公孙瓒又派人催促张燕，并嘱咐儿子公孙续快快领兵回来，约好以火把为信号。不料公孙瓒的使臣刚刚出城，就被袁绍擒去。袁绍看了公孙瓒的书信，将计就计，派兵埋伏在北郊，举起火把引诱公孙瓒。公孙瓒还以为是公孙续，忙连打开北门，领兵出来响应。哪知袁绍的军队已从四面杀来，公孙瓒慌忙逃回，部下伤亡大半。袁绍又率兵围攻，公孙瓒自知难以幸免，先勒死妻子和姐妹，然后放火自杀，部将田楷战死。关靖叹息道："我如果不阻止将军出城，或许不至于如此。将军死了，我怎能独自偷生呢？"后来，关靖也战死沙场。黑山贼帅张燕听说易城被攻破，当然不再出兵。公孙瓒的儿子公孙续无家可归，流离朔方，被屠各胡杀害。

袁绍把公孙瓒的人头送入许都，曹操暗中猜忌，说他没有接到朝廷命令，擅自攻打幽州。袁绍听后，十分恼怒，就想起兵攻打曹操。监军沮授进谏说："最近因讨伐公孙瓒，连日出兵，百姓疲惫，仓库空虚，不可轻举妄动。不如先休养生息，然后再做打算。"从事田丰也赞成。只有郭图、审配秉承袁绍的意思，主张出兵。袁绍立功心切，把士兵分成三队，让沮授予郭图、淳于琼各领一军，攻打曹操。

曹操派曹仁、史涣等人攻打河北，杀死张杨，又派眭固攻下射犬城。曹操亲自到河上，为将士们助威。后来得知袁绍即将到来，就驻扎在敖仓，与众将商议。众将都认为袁绍势力强盛，难以争锋。曹操奋然道："我知道袁绍的为人，他志大而智小，为什么要惧怕他呢？"于是派臧霸等人到青州，防备袁谭，驻扎在禁屯河上。又因官渡是南北要塞，于是派兵严守，自己返回许都，安排粮草。随后又派人招抚张绣、刘表。张绣与曹操有过节，见了曹操派来的使臣，迟疑不决。

正巧袁绍也派人来招抚张绣，张绣无所适从，召贾诩商议。贾诩一进去就对袁绍派来的使者说："劳烦你回去告诉袁绍，兄弟尚且不相容，怎能容得下天下豪杰呢？"袁绍的使人无言以对，匆匆离去。张绣吃惊地说："为何要拒绝袁氏？"贾诩答道："袁绍不能成就大事，将军跟随他，只会自取灭亡。"张绣又问："难道要投奔曹操吗？"贾诩点头："不如前去投奔曹操！"张绣皱着眉头说："袁绍强大，曹操弱小，况且曹操又与我有仇，怎能去投奔他呢？"贾诩劝道："正因为如此，才要投奔他。曹氏挟持天子，这是其一；袁氏强大，你去投奔他，未必会受到重用，曹氏势力较弱，得到我们必定欢喜，这是其二；曹氏既然来招抚将军，就不会记仇，并且会格外重用你，以显示他的大度，这是其三。有此三点，请将军不要犹疑，应当立即前去！"张绣于是与贾诩一同赶赴许都，投降曹操。曹操见到张绣，十分欢喜，设宴为他接风。第二天，曹操就领张绣拜见献帝，当面举荐张绣为扬武将军，贾诩为执金吾。献帝准奏。退朝以后，曹操又想与张绣结为姻亲，希望张绣把女儿嫁给儿子曹均，张绣当然答应。

刘表观望不前，不肯贸然投奔曹操。曹操因刘表优柔寡断，不足为虑，并不十分计较。这时孔融上疏举荐一人，他姓祢名衡，字正平，是平原人。孔融说他疾恶如仇，武艺高强，颇有才干。曹操于是派人去召祢衡。祢衡生性刚强，不肯为曹操效力，一再托病，谢绝曹操，并口出狂言，讥讽曹操。曹操得知后，不免愤怒，因祢衡有才，不便将他杀害，只派士兵逼迫祢衡入府。祢衡无法推辞，昂然前去，见了曹操，只作一个长揖，并不下拜。曹操也不请他坐下，任由他站着，祢衡仰天长叹："四海虽大，只恨缺乏人才。"曹操瞪着他："许都刚刚建立，名人济济，怎能说没有人才呢？"祢衡答道："只有孔融和杨修还有些才干，其他人都碌碌无为，不能称为有才！"曹操狞笑道："想必你刚进许都，还没见识朝中有才能的人。我手下的文武官员，哪一个没有才能？"祢衡嘲笑道："你认为他们有才，何人敢说他们无才？依我看来，都是一群家奴，毫无能力。荀彧只可用来吊丧，荀攸只可用来守墓，程昱只可用来关门闭户，郭嘉只可用来吟诵诗词歌赋，张辽只可用来击鼓，许褚只可用来放牛，乐进只可用来宣读诏令，李典只可用来传送书信，吕虔只可用来磨刀铸剑，满宠只会饮酒，于禁只可用来修筑城墙，徐晃只可用来杀猪，夏侯惇可以称为完体将军，曹仁可以称为要钱太守。此外都不必说了！"曹操愤怒地问："你能做什么？"祢衡答道："上可以定国安邦，下可以为民造福，不像那些凡夫俗子，只知阿谀奉承！"曹操又说道："听说你善于击鼓，就在我门下做一个鼓吏吧！"祢衡也不推辞，应声退下。

到了第二天，曹操会集宾客，宴请群臣，让鼓吏在阶下击鼓。按照规矩，鼓吏应当换衣服，祢衡却没有，他登上台阶，见鼓便敲，章节悲壮，像是在谩骂，又像是在讽刺，群臣听了，都为之动容。击完之后，祢衡径直来到曹操面前，有人将他拦住，并叱责道："鼓吏为何不改换装束？"祢衡并不回答，反而将衣服脱去，裸体站着。孔融当时也在，他担心祢衡得罪曹操，就让他下去。祢衡退到鼓旁，慢慢穿上衣服，再次击鼓，声音越来越激烈，击完之后，转身离去。曹操笑着对大臣们说："本想侮辱祢衡，没想到反被祢衡侮辱。"众人不欢而散。孔融心中不安，责备祢衡："祢衡，君子是你这样的吗？"祢衡沉默不语，孔融又讲述起曹操的诚意，嘱咐祢衡前去拜谢。祢衡沉默半天，才勉强答应。孔融又去拜见曹操，说祢衡有痴狂病，现在已经清醒，前来谢罪，曹操点头同意。孔融离去后，曹操让门吏不要阻止客人，专等祢衡到来。等到日暮，门吏踉跄进来禀报："祢衡大胆！竟敢在营门外面用棍敲地，叫骂不休，请将他治罪。"曹操很是恼怒："我杀祢衡，就像踩死一只蚂蚁那么容易。只是此人徒有虚名，杀了他，世人会说我小气，如今我有一个办法，可以借刀杀他。"于是传令祢衡前往荆州，招降刘表，限他第二天动身，并且嘱咐门下的谋士，在城南饯行。

次日清晨，曹操派人催促祢衡上路。祢衡本不想前往，经不住来人再三催逼，只好草草收拾行李，骑马出城。城南门外摆着酒席，还有一群人等着，祢衡只好下马相见。哪知一群衣冠楚楚的人物，名为饯行，却都坐着，并不起来迎接。祢衡看到这个情况后，失声痛哭，众人不能不问，祢衡挥泪说："坐为冢，卧为尸，我与尸冢相对，怎能不悲？"说完，上马离去。众人将此事禀报曹操，曹操笑着说："我不杀他，自然有人杀他，看他狂妄到什么时候？"话刚说完，忽然有人禀报："刘备在徐州勾结袁绍，袭击都城。"曹操气愤地说："刘备遣回朱灵、路昭，擅自诛杀车胄，我正要讨伐他，他还敢前来攻打我吗？"长史刘岱在曹操旁边，听了曹操的话，主动请求效力，攻打刘备。曹操于是令刘岱与中郎将王忠领兵一万，攻打徐州。刘岱、王忠二人没什么才干，一到徐州境内，便遇到刘备的军队，他们摆好阵势，请刘备回话。刘备策马出来相见，刘岱指责刘备忘恩负义，刘备从容答道："我并非有意背叛曹操，实在是因为车胄想谋害我，不得不将他杀死。请二位将军回去禀报，免得伤了和气。"刘岱、王忠齐声说："谁会相信你的谎话？快快下马受擒，免得我们动手！"刘备大笑："曹操亲自前来，胜负尚且不可知。像你们这些庸才，就是来一百个我也不怕。"刘岱、王忠听了，双槊并举，上前攻打刘备，刘备背后闪出关羽、张飞，把他们截住。刘岱、王忠哪是关羽和张飞的对手，只打了几个回合便战败逃走。一直逃到几十里外，才敢安营扎寨，并派人到许都禀报曹操，请求派兵支援。曹操因新年将要来临，勉强忍耐，打算在许都度过新年，然后亲自出征，攻打刘备。

车骑将军董承见曹操日益专横，暗中派人写信给刘备，让他做外援，自己为内应，然后与吴子兰、王子服等人日夜筹备。谁知此事被曹操得知，曹操立即派兵把董承等人一并拿下，拘禁在狱中。曹操带剑入宫，向献帝索要董贵人。献帝正与伏皇后闲坐，见曹操进来，且怒容满面，不禁大惊失色。曹操开口说："董承无道，竟敢谋反，请陛下立即将他治罪。"献帝嗫嚅道："董承是朝廷贵戚，不至于谋反吧？"曹操又说道："老臣把皇上接到此地，未曾辜负陛下。董承自恃是皇亲国戚，竟想害死老臣，臣如果被害，陛下恐怕难以自保，这不是谋反吗？"献帝说："你有证据吗？"曹操生气地说："陛下袒护董承，莫非是你让他杀老臣？"献帝本有密诏给董承，此时经曹操一说，更加心虚，只好说："董承有罪，理应依法惩治。"曹操又说道："董承的女儿在宫伴驾，也应该依法处治。"说完，就喝令卫士前去捉拿董贵人，卫士不敢不听，一会儿便将董贵人推了出来。曹操又对献帝说："应该立即处死此女。"献帝呜咽道："董女刚怀孕几个月，等她分娩以后，再治罪也不迟。"曹操凶狠狠地说："无论董女有没有怀孕，就算已经生了孩子，也应当全部诛杀，怎能留下祸患让他为母报仇呢？"献帝听了此话，吓出一身冷汗，连话都说不出来，再看那董贵人满面惨容，更似万箭穿心，异常痛苦。只听见一声呵斥，曹操竟下令将董贵人拖出去勒死。然后，曹操又将董承、吴子兰、王子服、种辑等人一并斩首，并诛其三族。

曹操杀死董承等人之后，领兵攻打刘备。

义士关云长

曹操整顿兵马，准备攻打刘备。众将担心袁绍乘机偷袭，多半不同意。曹操说刘备是人杰，应当早点除去，祭酒郭嘉也赞成曹操，说袁绍生性多疑，就是前来攻打，动作也一定迟缓，不如先攻打刘备。曹操于是率兵出都，直达徐州。刘备接到报告，自知寡不敌众，急忙派从事孙乾赶往冀州，向袁绍求援。

袁绍因小儿子有病，不想出兵。别驾田丰劝谏说："曹操、刘备正在争斗，何不乘机袭击许都，既可以杀掉刘备，又可以消灭曹操。"袁绍欷歔道："我三个儿子中，只有小儿子最合我意，如今他不幸得病，我哪还有心情再谈论军事？"于是遣回孙乾，只说等儿子病愈后，再派兵解救。田丰退出以后，用棍子敲着地说："想得到天下，竟因小儿得病，错失良机，岂不可惜吗？"袁绍始终不肯改变主意。

刘备日夜等待援军，直到孙乾回来，才知袁绍无心派兵解救，只好率领张飞出城迎敌。曹操的士兵约有几万人，比刘备多出几倍，就算张飞骁勇绝伦，也挡不住曹操的千军万马。曹操又把部下分成好几路，从前后左右，四面杀入，以致刘备、张飞不能顾及对方。好容易杀出重围，刘备、张飞已经失散。张飞向芒砀山逃去，刘备逃往青州。

曹操攻下小沛后，转攻下邳，下邳由关羽把守，甘、糜二位夫人也住在城中。曹操的部下漫山遍野，直奔城下，把全城团团围住，关羽多次杀出，都被曹操的军队截回。曹操令张辽招降关羽，关羽心想，自己单刀匹马，还可以突围，只是两个嫂子都是女流之辈，怎能逃脱？无奈之下，不得不与张辽定约，只投降汉朝，不投降曹操，并且一旦得知刘备的下落，立即离去。张辽禀报曹操，曹操一一答应，关羽这才出来投降。曹操带着关羽返回许城。关羽与两个嫂子同行，沿途在馆驿住宿。曹操令关羽与两个嫂子同处一室，关羽秉烛达旦，诵读《春秋》，彻夜不眠。曹操因此更加器重关羽，回都以后，封关羽为偏将军，五天一大宴，三天一小宴，并将吕布留下的赤兔马转赠给他。关羽虽然道谢，心里却总放不下刘备。曹操曾派张辽试探关羽，关羽慨然道："我也感激曹操的厚意，但我与刘将军曾发誓生死与共，最终不能在此地常留。只有立功报答曹公，才敢告辞离去。"张辽听了此话，叹息不已，回去禀报曹操。曹操不禁赞美："好个义士！我恨不得将他永远留在此地！"张辽答道："关羽受到你的恩惠，说必会立功报答，想必一时总不至于离去。"曹操点头说："我正是因此称他为义士。"

过了十几天，曹操患头疼病，痛苦地躺在床上。忽然左右递来一张纸，曹操接过一看，竟是一篇讨伐自己的檄文。看完之后，不禁汗流浃背，连头疼病都好了。他一跃而起，对左右说："想必是袁绍传来的檄文，文笔虽好，可惜才略不足！"说完，马上派人去打探袁绍的动静。

袁绍因小儿子得病，不愿支援刘备，刘备逃到青州后，刺史袁谭将他迎进去。袁谭是袁绍的长子，曾被刘备举荐为茂才，因此格外尊敬刘备，并写书信将此事报告袁绍。袁绍亲自到邺中，把刘备迎进冀州，准备起兵攻打许都。田丰又进谏说："曹操既然攻破了刘备，班师返回许都，许都已经不再空虚，不能轻易进攻。如今将军占有四州，依山带河，若能结交英雄，挑选精锐士兵，乘虚出击，分别骚扰河内，他救左，我攻右，他救右，我攻左。不出三年，就可以把曹操消灭了！"袁绍不肯听从，田丰再三劝谏，袁绍不但不肯听从，还将田丰拘押狱中，令陈琳起草檄文，陈述曹操的罪恶。陈琳曾为大将军主簿，避乱到冀州，被袁绍召为记室。

袁绍调齐四州兵马，共有十多万，进攻黎阳，又派大将颜良攻打白马城。监军沮授料知袁绍不能战胜曹操，又因田丰已经下狱，所以不敢再劝，临行时把家产分给宗族说：“主人骄傲，士兵怠惰，贸然出兵，必定失败，我此去恐怕不能再返回了！”袁绍派颜良攻打白马城时，沮授进谏说：“颜良虽然骁勇，但性情急躁，不能只派他一人前去。”袁绍仍然不听。东郡太守刘延因白马城被困围，向曹操告急。曹操已探知袁绍出兵，正打算亲自拒敌，一听说刘延告急，马上赶去解救。关羽也辞别两位嫂子，随曹操同行。快到白马城时，军师荀攸对曹操说：“敌众我寡，应派偏将向西到延津。待袁绍向西防备时，我们就直抵白马城，趁他不备，定能擒住颜良。”曹操依计而行，袁绍果然中计西去，曹操立即进攻颜良。颜良没料到曹操领兵到来，仓促接战，刚刚出营，迎面一位大刀将军就向颜良砍来。颜良措手不及，被砍落马下。此人正是一心想报答曹操的关云长。河北士兵失去主将，当然大乱，曹操领兵乘势追杀，大获全胜，白马解围。曹操见了颜良的首级，就给关羽记下头功，并上疏封关羽为汉寿亭侯，然后屯兵河西。

袁绍听说颜良战死，顿时大怒，急忙渡河追击曹操。沮授又对袁绍说：“胜负乃兵家常事。如今应留在延津，防守官渡。”袁绍哪里肯听？骑将文丑与颜良是至交，他发誓要为颜良报仇。后来听说颜良是被关羽所杀，特邀请刘备一同前往，查明虚实。袁绍令文丑先去，让刘备随后出发，刘备毫不推辞。袁绍也率领大军渡河，沮授走到河滨，望着河流感叹说：“上骄下贪怎能不败！悠悠黄河，为何要渡过去呢！”说完，就借口患病，向袁绍辞职。袁绍不肯答应，只是裁减沮授的部下，归郭图带领。沮授无奈，只得渡河。到延津南岸后，袁绍下令安营，等待消息。文丑领兵前进，遥见曹操的军队在南陂驻扎，只有数千人，不过马匹却有很多，他立即领兵前去抢马。曹操的部下大叫：“敌军来了！速速把马牵走。”曹操置之不理，荀攸上前摇手说：“这正是诱敌之计，为什么要牵走？”说完这句，见曹操正在微笑，就不再多说。说时迟，那时快，文丑的部下纷纷抢夺战马，以致队伍混乱。曹操指挥士兵杀入，大胜文丑。文丑自恃体力过人，还想拼命作战，不料曹操军中闪出一员大将，拿刀将他拦住，刚交战几个回合，文丑就被砍下马来。这人正是新任汉寿亭侯关羽。刘备听说文丑被杀，曹操派兵追赶，只得退回。袁绍接连损失两员大将，十分生气，等探知颜良、文丑都死在关羽手中，他怒不可遏，向刘备问罪。刘备能言善辩，说应当招回关羽，一同消灭曹操。袁绍便让刘备写信让关羽前来，自己屯兵阳武县，与曹操相持。

曹操还想再战，听说黄巾余党刘辟在汝南起兵，响应袁绍，接连攻下河南各郡县，许都戒严，只好退到官渡，令将士等闭营坚守，自己率领关羽返回许都。关羽到达许都后，才接到刘备的来信，他将所得的赏赐存在库中，交上汉寿亭侯官印，写信与曹操告别。曹操将印官还给关羽，并派人挽留关羽。关羽亲自去告辞，曹操托词不见。关羽迫不及待，带着甘、糜两位嫂子，以及十几名亲信立即动身。把官印悬挂在堂上，其余的东西一概不要，只将赤兔马骑了去。有人将此事禀告曹操，曹操叹惜不已。各将请求领兵将关羽追回，曹操不同意，说道："不忘旧情，来去分明，关羽不愧是天下第一义士。我以前已答应他，不能失信，任由他离去吧，不必追了！"关羽带着两位嫂子驰出都门，一路畅通无阻。

途中有一人骑马赶来，叩马拦阻，关羽定睛一看，是刘备的亲吏孙乾。关羽问他为什么到这里，孙乾答道："刘将军投奔袁绍，颇受优待，只因袁绍生性多疑，部将又互相猜忌，恐怕将来未必能成事，所以向袁绍讨了一个差事，前去与汝南的刘辟相会。他担心你不知内情，误投袁绍，特派我来找你，请你改去汝南！"关羽于是与孙乾同行。路过古城，与张飞相见。张飞还以为关羽投降曹操，拿着长矛，恶狠狠地要与关羽拼命。多亏甘、糜两位夫人从旁劝解，张飞才把长矛扔到地上，哭着向关羽叩拜，并将他们领进城中。关羽令张飞保护两位嫂子暂且住在古城，自己与孙乾一同赶赴汝南，与刘备相会。哪知刘备此时又回到了袁绍军中。原来，曹操派曹仁攻打刘辟，刘辟部下多是乌合之众，战败就逃，刘备无法阻止，只好仍投奔袁绍。只是苦了关羽，白费很多艰辛。

孙策吞并江东后，与曹操结交。曹操正经营河北，无暇顾及江南，又因孙策英武出众，有心笼络他，答应将弟弟的女儿配给孙策的弟弟孙匡，又让次子曹章娶孙贲的女儿。孙策也知道曹操是奸雄，假意与他应酬，互相往来。后来，孙策听说曹操出去与袁绍作战，便想趁机袭击许都，迎回献帝，于是秘密部署兵马。就在此时，巡江将吏抓住一名探子，并搜出一封密信。孙策看完之后，十分恼怒。信的内容是：孙策英勇，与项籍相似，应加以笼络，召他回京。他如果不来，必会成为后患！署名是吴郡太守许贡。孙策询问探子，才知许贡暗中串通曹操，立即派人召许贡过来。许贡不知使者被抓，赶来相见。孙策取出书信扔给许贡，许贡还想抵赖，孙策就让他与探子对质，许贡无法狡辩，呆若木鸡。孙策呵斥他："你想断送我的性命吗？"说完，令人将许贡杀死。

孙策喜欢微服出行，更喜欢打猎，功曹虞翻常常阻止。孙策也知虞翻忠诚，却始终没有听从。一天，他带了几名骑兵到西山打猎，突然有一只鹿跑到马前，飞奔而去。孙策策马追鹿，随从被远远落下。偏偏鹿跑得飞快，逃入林中。孙策不肯舍弃，向林子探望，鹿不知去向，只有三个人拿着弓箭站着。孙策问道："你们是什么人？"三人回答说是韩当的部下，在此射鹿。孙策心存疑虑，边走边回头看，不料一箭飞来，正中他的面颊，孙策忍痛将箭拔出，拉弓向三人射去，其中一人应声倒地。另外两个人大叫："我们是许贡的家客，来为主人报仇！"说着，用箭乱射。孙策用弓抵挡，一箭未了，又是一箭。正在危急关头，随从赶到，一拥上前，把二人砍成肉泥。孙策脸上受伤，流血不止，忙策马回去医治。医生说箭头上有毒，必须静养，不能动怒，要一百天才能痊愈。

孙策年少气盛，怎肯静养一百天？他勉强休息几天，觉得箭伤渐渐痊愈，就召集部将，到城楼上眺望。突然听到城下有喧哗声，低头一看，见有许多百姓正向一个道人下拜，孙策不禁愤怒起来，正要询问部将，不料部将也纷纷下楼迎接道人。孙策勃然大怒："这是什么妖人？快给我抓过来！"左右齐声说："这个道人叫于吉，能治百病，当地人都称他为于神仙，不可轻易捉拿。"孙策更加恼怒："你们敢违抗命令吗？"左右不敢不遵命，只得下城去抓于吉。孙策回到府舍，专等于吉过来。不久，左右将于吉抓来，孙策拍案大喝："你敢妖言惑众，罪该斩首！"于吉答道："贫道在曲阳泉上，得到神书一百多卷。贫道按照上面的秘方替人治病，并没有迷惑百姓，何罪之有？"孙策呵叱道："想必你就是张角的余党，如果不将你诛杀，祸害无穷。"将吏都上前阻止，孙策怒上加怒，下令立即斩掉于吉。忽然从屏后走出内侍，传太夫人的命令，召孙策进去说话。孙策于是命人将于吉暂时押入狱中，自己进去拜见太夫人吴氏。吴太夫人对孙策说："于先生能医治将士，不应杀害他。"孙策恼恨地说："于吉蛊惑人心，我刚才在城楼上，见部将丢下我纷纷下楼跪拜妖道。母亲试想，我是一城之主，反不如一个妖道的话管用，这还了得？"话刚说完，外面又有很多人乞求赦免于吉。孙策怒不可遏，便想杀掉于吉。一个将吏想出一个办法，说如今天气干旱，可让于吉求雨，如果不灵验，再杀也不迟。孙策于是命人从狱中提出于吉，让他求雨。于吉嘴里念念有词，不一会儿，大雨滂沱而至。将士等无不腾欢，争着到于吉跟前道谢。孙策瞧见以后，更加愤恨，大步走出，拿剑把于吉杀死，并下令将于吉的尸体放在市曹，不准收殓。过了一夜，派人去看于吉的尸体，尸体已不知去向。孙策又想追究，碰巧太夫人吴氏走出，哭着对孙策说："你越来越消瘦了，为何还不知静养呢？"孙策拿来镜子一照，大叫一声，晕倒地上。

官渡之战

孙策照过镜子之后，就晕倒在地上，究竟为什么呢？原来镜子中竟有于吉的幻象。左右将他放在床上，竭力抢救，孙策才苏醒过来。他自知命不长久，就召来长史张昭："中原大乱，一时难以平定。我占据吴越，控制三江，根基已建立，本想与你们共创大业，不料不得不就此放手，你们要尽心辅佐我的弟弟。"说到这里，见弟弟孙权在旁边，便将官印取出，递给孙权："与天下争战，你不如我；知人善任，保护江东，我不如你。你应时刻想着父亲和兄长创业的艰难，努力成就大业。"孙权哭着接受，孙策又与母亲吴氏、妻子乔氏等诀别，瞑目而逝，终年二十六岁。

孙权见孙策已死，哭倒在床前，张昭劝道："现在不是哭的时候，你应继承他的遗志才是。"他让孙权换上衣服，巡视军中。孙权率领部下上疏朝廷，令内外文武官员照旧任职。周瑜在巴丘听到噩耗，日夜兼程赶来奔丧。孙权一面令周瑜与张昭共同掌管国事，一面料理丧事。当时孙权年龄还小，有些部下不肯服从他的命令，幸亏张昭、周瑜全心辅佐，国内才得以安定下来。

不久，许都遣回张纮，令他为会稽东部都尉，并且带着诏书封孙权为讨虏将军，任会稽太守。张纮曾由孙策派遣，入朝进贡财物，曹操留他为侍御史，差不多有两三年。袁绍、曹操相争时，孙策想袭击许都，有风声传入都城，曹操以下都有戒心。只有郭嘉料知孙策轻狂，不足为虑，果然不出他所料，孙策年纪轻轻就死了。曹操得到孙策的死讯，便想乘着办丧事的机会攻打孙权。侍御史张纮说乘别人办丧事的时候出兵，实属不义，一旦失败，反而会成为仇敌，不如笼络孙权。曹操于是上疏请求封孙权为讨虏将军，并让张纮回去辅佐孙权，劝孙权归附。张纮因此奉诏回到吴地。孙权的母亲吴太夫人，因孙权过于年轻，委任张纮与张昭共同辅佐孙权。张纮知无不言，全心辅佐。

周瑜又举荐鲁肃，孙权把他引为宾佐。琅玡人诸葛瑾，字子瑜，避乱江东。此人才识过人，孙权把他请来，待若上宾，后来又令他为长史、中司马。汝南人吕蒙，擅长打仗，孙权令他为别部司马。会稽人骆统为功曹，行骑都尉事。下蔡人周泰、寿春人蒋钦、余姚人董袭、庐江人陈武，都跟随孙策多年，战功显赫。周泰，字幼平，曾追随孙权居住宣城。有一次遇到山贼围攻，孙权险些遇害，多亏周泰拼死保护，孙权才死里逃生，因此孙权格外器重周泰。吴人陆绩，六岁时去拜见袁术，袁术拿出橘子招待，陆绩在怀里藏了三个。告别时，橘子竟落在地上。袁术笑着说："陆郎来此做客，竟怀揣橘子离去吗？"陆绩跪下说："想拿回去孝敬老母。"袁术在心中暗暗称奇。后来陆绩博览群书，做了孙权的奏曹掾，以忠直闻名。此外还有一群旧将，如程普、韩当、黄盖、太史慈等，都全力辅佐孙权。江东基业，渐渐稳固。

曹操笼络孙权以后，又到官渡与袁绍决战。袁绍屯兵阳武，探知曹操再次出兵，也想率军前进。沮授进谏说："我军虽然人多势众，却不如敌军勇猛；敌军虽然精锐，粮草却不如我军充足。最好是坚守不动，待到敌军粮尽时，敌军自然不战而退。"袁绍怒叱道："你多次摇动军心，看我前去攻破曹操，再来问你的罪！"说完，率军直逼官渡。袁绍的军队势力强盛，无人可挡，曹操的部下招架不住，边战边退，丧失了好多人马。多亏曹操亲自率领精兵援助，才将袁绍的军队打退，收兵回营。

袁绍率兵赶到曹操营外，在四面修筑土山，令弓箭手在上面射击，曹操大惊，慌忙用盾抵挡，还是有很多人中箭身亡。曹操见军心大乱，忙召集谋士商议，想出一种抵御敌人的兵器，叫发石车。车中藏着石头，扳机一动，能将石头弹出数丈以上。发石车造成以后，曹操下令向土山进攻，袁绍的部下无处藏躲，多被打得头破血流，因此称它为霹雳车。从此，袁绍的部下再也不敢登高射箭，曹操的军营稍稍安定一些。双方坚持了一个多月，曹操的军队渐渐疲惫，又因缺少粮草，将士都产生了回去的想法。曹操也犹豫不决，暗想侍中荀彧留在都中，不如派人前去询问是进还是退。过了几天，得到荀彧的回信，曹操看完信后，决定坚守不退，并派人出去打探敌情。

徐晃的部将史涣抓到袁绍派来的间谍，问明敌情，才知袁绍派韩猛到冀州运粮，很快就能到来。徐晃将此事告诉曹操，荀攸献计说："韩猛自恃勇猛，向来轻敌，如果派人前去拦截，定能取胜。”曹操问应该派谁，荀攸推举徐晃。徐晃也愿意效力，率领史涣等人前去拦截韩猛。韩猛押着几千辆粮车，快到官渡时，被徐晃截住，双方交战，不分胜负。不料史涣绕到韩猛的后面，放起一把火，烧毁粮车，韩猛心慌意乱，策马返奔。徐晃率军追杀，与史涣一起，将几千辆粮车烧为灰烬。韩猛两手空空地去见袁绍，袁绍想斩掉韩猛，众官一再求情，韩猛才被免去一死。

袁绍又派兵运粮，特选大将淳于琼带领一万骑兵驻扎在乌巢，以确保粮草安全。淳于琼领命离去。沮授又对袁绍说：“淳于琼屯兵乌巢，还是孤军，应另派偏将蒋奇作为支队，巡行乌巢，既可以防备曹操，又可以支援淳于琼。”袁绍摇头不答，沮授怅然走出。谋士许攸劝袁绍：“曹操的士兵本来不多，如今全部出来对抗我们，许都必定空虚，如果派兵袭击许都，定能攻克。那时我们就可以把献帝接过来，以此为借口，号令天下讨伐曹操，曹操必被擒获。就算不能立即攻下许都，也能让曹操两头奔波，那时再攻破曹操就不难了！”袁绍仍然不肯听从。许攸还想再说，忽然统军审配走进来，说许攸的家属犯法，应抓起来治罪。袁绍瞪着许攸说：“你连自己的家属都管不好，还敢在这里指挥我吗？”许攸又愧又愤，退出后，心想自己与曹操相识，就去投奔曹操。

曹操听说许攸前来投奔，当然欢迎，并问他如何打败袁绍。许攸说：“我曾劝袁绍率兵袭击许都，首尾夹攻。”曹操不等他说完，吃惊地说：“你为何想出这样的毒计？”许攸道：“你不必惊惶，袁绍无知，不肯听从，反将我的家属关押起来，所以我才背叛袁绍投奔你。”曹操很高兴：“袁绍不知重用你，怎会不败？”许攸问道：“你现在还有多少粮饷？”曹操回答说可支持一年，许攸冷笑道：“未必吧？”曹操又说足够支持半年，许攸立即站起来，生气地对曹操说：“你不是想打败袁氏吗？为何要欺骗我？告辞了。”曹操慌忙将许攸留住，低声对他说：“在军中不便明说，实话告诉你，军粮只够用一个月了！”许攸笑道：“我就知道你的粮食快没有了！内无粮草，外无援助，真是危急万分啊！”曹操皱着眉头说：“你既然不忘旧情，肯来投奔我，应当为我想想办法。”许攸献计：“袁绍的军用物资都在乌巢，派淳于琼把守。淳于琼喜欢喝酒，你可以趁机派兵去焚烧军用物资。不出三天，袁绍的军队就会大乱，他还能不败吗？”曹操听到此话，十分欢喜。

曹操挑选五千人，打着袁绍的旗帜，乘夜赶到乌巢焚粮，留曹洪、荀攸守营，让许攸一同住在营中。曹操带领许褚、徐晃等一群猛将及五千人马，黄昏后动身，部下人人背着木柴，直指乌巢。乌巢距袁绍的军营约四十里，淳于琼虽然奉命把守，但自恃有大营作为屏障，轻敌大意，整日酗酒作乐。这天，他又喝得酩酊大醉，四更时分，突然听到寨外有毕剥声，赶快起来巡视全营，只见火光四射。淳于琼慌忙召集兵马迎敌，士兵们手忙脚乱，毫无纪律，怎能挡住曹军？曹军从四面杀入，捣破淳于琼的营寨。淳于琼还有三分醉意，勉强上马作战，迎头碰见许褚，大战了六七个回合，便被许褚砍落马下，部众也战死一千多人，其余的全部溃散。曹操令将士烧毁粮草，烈火熊熊，照彻百里。

袁绍在营中瞧见，担心乌巢有事，想派人赶去支援。郭图献计说："曹操如果攻打乌巢，营内必定空虚，我们何不前去劫他的营寨呢？"袁绍高兴地说："此计很好。就算曹操能打败淳于琼，我已拿下他的大寨，他也走投无路了。"于是命部将张郃、高览袭击曹操的军营。张郃进言说："曹操善于用兵，营内必然做好了防备，不如先去解救淳于琼，如果淳于琼被攻破，粮草被烧毁，我们只能束手就擒了。"袁绍答道："我自有妙计，你们尽管去袭击曹操的大营，我另派蒋奇支援乌巢。"张郃与高览刚到曹操营外，便听见号炮响起，左有曹洪，右有荀攸，各自领兵杀来。张郃与高览分头抵抗，还是支持不住，战败逃回。郭图得知后，暗自惭愧，却对袁绍说："张郃战败了还很高兴，分明是不肯效力，现在已经退回。"袁绍十分恼怒，立即派人召回二人，重重治罪。张郃、高览担心被诛杀，索性到曹操营中投降。曹洪正收兵回营，听说张郃、高览前来投降，不敢接受。荀攸说："张郃等打了败仗，害怕回去被诛杀，所以来乞降，有什么可怀疑的呢？"曹洪于是放他们进来。曹操在乌巢，粮草还没有烧尽，蒋奇已领兵到来，曹操见援兵到来，忙分兵迎敌。许褚、徐晃并力作战，夹击蒋奇。蒋奇措手不及，不一会儿就被杀死了，部下竞相逃奔。曹操也不追赶，等军用物资全部被烧毁，才下令从袁兵的尸体上割下鼻子，从牛、马身上割下舌头，然后领兵退回。

曹操回到营中，曹洪引见张郃、高览。曹操好言抚慰二人，并将割来的人的鼻子和牛、马的舌头拿给袁绍的部下看。袁绍的部下都很害怕，自相惊扰。曹操又命人四处散布谣言，说将要率兵攻打邺城，断绝袁绍的退路。袁绍的部下信以为真，纷纷溃散，连袁绍也惊惶失措，与长子袁谭微服骑马，渡河离去。曹操接到报告后，率兵追赶，已来不及捉拿袁绍父子了，只截住几万名士兵。这些士兵无路可逃，只得投降曹操。

曹操见他们并不是真心投降，便将他们全部杀死。又抓住袁绍的监军沮授，曹操与沮授本来相识，就令左右替他松绑，沮授大声说："我不投降，既然被擒，情愿去死！"曹操安慰道："袁绍不知重用你，才有今天的结局。现在国家大乱，我愿意与你共图大事，希望你不要执迷不悟！"沮授反抗道："我家人的性命都在袁氏手中，你还是赶快把我杀了吧！"曹操又说："我如果早点得到你，天下已经平定了！"于是厚礼相待，把他留在军中。沮授在营中偷了一匹马，想逃回去，被曹操的部将察觉。曹操见沮授不肯为自己效力，下令将他处斩，但仍用厚礼将他安葬。曹操来到袁绍营中，见有一摞文书，多是袁绍与都中人交往的信件，曹操下令将这些信件全部烧毁，并对众人说："袁绍强盛时，我都不能自保，何况众人呢？"又把收得的钱财全部犒赏将士，众人欢呼雀跃。只是营中已没了粮食，曹操就把军队迁到安民，休养生息，然后再作打算。

袁绍渡河回去，神色沮丧，走进黎阳北岸的军营，戍将蒋义渠出帐迎接，袁绍握着他的手说："我败得这样惨，应把首领的位置交给你了！"蒋义渠极力劝慰，并让他传下号令，招集溃散的士兵。士兵渐渐聚集过来。后来，蒋义渠说："袁将军如果肯听从田丰的话，就不会落到今天这个地步了！"袁绍听了，也暗自后悔，对护军逄纪说："我之前不听田丰的话，才有这样的失败。我回去后，无颜再见他了。"逄纪趁机诬陷田丰："田丰在狱中，得知主公战败，竟然开怀大笑，还说果然不出所料。"袁绍恼怒地说："他竟敢嘲笑我吗？"于是派人去杀田丰。田丰已在狱中关押了很久，狱吏向他讲起袁绍战败的情况，田丰叹息道："我就要死了！"狱吏很惊讶："主公战败回来，必会后悔，肯定会释放你出狱，加以重用。"田丰摇头说："如果战胜，主公心中欢喜，或许还能将我释放，如今打了败仗，他心中惭愧，我还有活命的希望吗？"不久，袁绍果然派人前来，传令杀死田丰。当时冀州人心涣散，袁绍收集散兵，四处攻打，人心才稍稍稳定。

刘备两次投奔袁绍，又两次离开袁绍，路过鄚城，与赵云相遇，二人阔别多年，再次聚首，当然喜出望外。刘备再到汝南寻找刘辟，途中与关羽相会，又是一番悲喜交加。关羽告诉刘备，甘、糜两位夫人和张飞都在古城，刘备急忙到古城与他们相见，终于夫妇团圆，兄弟欢聚。再加上糜竺、孙乾等亲信聚集，刘备仿佛有了重见天日的感觉。过了几天，刘备因古城狭小，不能久住，决定带领众人一同到汝南，寻觅刘辟。刘辟始终下落不明，只有刘辟的余党龚都占据汝南，迎接刘备入城。不久袁绍战败的消息传来，刘备对关羽、张飞说：“我见袁绍生性多疑，部下竞相猜忌，已知他不是曹操的对手。上次到了汝南，就想与袁绍脱离关离，恰逢曹操领兵到来，不得已再次依附袁绍。后来见袁绍不肯采用良策，就向他献计，叫他联结刘表，我自己做使者，才得以乘机南来。袁绍不足为虑，我顾虑的是曹操，只怕我们不能在此地安居！”正在踌躇，有人进来禀报：“曹操的部将蔡阳领兵入境，要来攻打此城。”张飞跳起来说：“我愿意去杀死蔡阳！”关羽、赵云也愿意一同前往。三员虎将一同出战，不到半天，便将蔡阳的人头取回。刘备又喜又惊：“我们斩杀了蔡阳，曹操必定亲自到来。他势力正强大，锐不可当，我们不如投奔刘表。”张飞说：“曹操如果真的到来，不妨与他决一死战！难道曹操一定能取胜吗？”关羽也说：“依靠他人，终不是办法，还是等曹操到来再做打算吧。”刘备于是仍留在汝南，派人打探曹操的动静。

过了几十天，果然有急报传来，说曹操亲自率领大军杀来。刘备急忙下令整装动身，张飞还要出去作战，刘备严厉阻止，匆匆带领家人及关羽、张飞、赵云等将士，赶出南门，直抵荆州。汝南城内只剩龚都一人，他知道不能抵挡曹操，仓皇逃去。曹操来到后，如入无人之境。他下令禁止掠夺，然后顺路回到许都，并与荀彧商议：“我本想渡河剿灭袁绍，刘备却占据汝南，袭击我背后，我不得不移军讨伐。如今听说刘备投奔刘表，我想乘势南下，攻打荆州，你认为怎么样？”荀彧答道：“袁绍刚刚战败，不乘此机会攻占河北，怎么想着去攻打江汉呢？倘若袁绍收集兵马，乘虚袭击你背后，你怎么办呢？”曹操于是不再提起南下之事，就在许都过年。到建安七年正月，曹操又进军官渡。

袁绍回到冀州，抑郁成疾，连连吐血。这可急坏了他的继妻，她借探病为名，日夜进言，劝袁绍册立小儿子。袁绍更加烦闷，病情日益严重。原来袁绍有三个儿子，长子叫袁谭，次子叫袁熙，小儿子叫袁尚。袁尚是继妻刘氏所生，长得眉清目秀，袁绍很喜爱他。刘氏早就请求立袁尚为嗣子，袁绍担心舍长立幼遭到非议，就让袁谭去做青州刺史。当时沮授等人已有意见。袁绍向众人解释说：“我想令三个儿子各自镇守一州，试验他们的才能，才好决定立何人为嗣子。”于是又让次子袁熙为幽州刺史，却不把袁尚派出去。并州刺史一缺，另派外甥高干上任。官渡一战，袁绍将袁谭、袁熙等全部调集过来，不幸被曹操算计，败回河北。后来，袁绍命袁谭、袁熙等回去镇守本州，并令河上各营坚守不战。

残年将尽，袁绍忽然病情严重，娇妻爱子在床前哭泣，已让他愁上加愁。谁料到曹操又进军官渡，捣破仓亭，袁绍急得直吐鲜血，昏倒在床上。妻儿慌忙呼唤，袁绍虽然苏醒过来，但已气喘吁吁，说话困难。不一会儿，便两眼一翻，一命归阴！袁绍的妻子刘氏急忙召进审配、逢纪，说袁绍有遗命，立袁尚为嗣子。审配与逢纪都与袁谭有过节，情愿听命袁尚。袁绍有宠妾五人，她们都来致哀，刘氏十分恼怒，指挥卫士把五个小妾全部杀害，并毁去她们的容貌，指着她们的尸体叱骂道："你们生前迷惑将军，如今落在我手中，让你们死后无颜再去卖弄风骚！"袁谭回来奔丧，听说父亲立袁尚为嗣子，心中闷闷不乐。袁尚任袁谭为车骑将军，屯兵黎阳，并令逢纪监军。袁谭因黎阳是要害之地，请求袁尚调拨重兵把守，袁尚只给数千人马，并传话给逢纪，催袁谭快快动身。袁谭忍无可忍，索性杀死逢纪，自己到黎阳去了。袁谭抵达黎阳，正值曹操领兵进攻黎阳。

审配死守孤城

袁谭屯兵黎阳，才过几天，就听说曹操杀到。袁谭手下只有几千人马，怎能挡得住曹操的大军，只好向袁尚告急。袁尚本不想解救袁谭，只因黎阳一旦失去，关系非同小可，不得不亲自领兵支援，与袁谭共同作战。袁氏连战连败，只得闭城坚守，另派河东太守郭援会同并州刺史高干，向平阳进兵，牵制曹操，并写信给关中将马腾，让他援应。马腾颇有应允的意思。司隶校尉钟繇正出兵关中，探知消息后，急忙派人前去安抚马腾，陈明利害关系，并约马腾一同抵御敌兵。马腾于是派儿子马超领兵一万，与钟繇相会。钟繇与马超一同出发，直抵汾河，恰逢郭援渡河西来。郭援本是钟繇的外甥，钟繇专心帮助曹操，无暇顾及私情，便趁他不备领兵攻击。校尉庞德非常勇猛，迎头遇到郭援，立即交战，不到十个回合，已将郭援的人头砍下。郭援的部下大乱，无论已经渡河的，还是没有渡河的，一股脑儿被逼进水中，淹死过半。高干听到战败的消息，只好领兵退回。庞德拿着郭援的首级，向钟繇报功，钟繇见了郭援的人头，不禁潸然泪下。庞德十分诧异，后来得知钟繇与郭援有甥舅关系，入帐谢罪。钟繇怅然道："郭援虽然是我外甥，但他做了国贼，理应被杀，你为何要谢罪呢？"钟繇又写信让曹操不要担忧。

曹操接得捷报，猛攻黎阳，袁谭、袁尚保守不住，逃到邺城。曹操率兵追击，割麦为粮，还想乘胜攻占邺城。听说祢衡被黄祖杀害，又惊喜又气愤，召来将士说："祢衡是一个狂人，我能容忍，其他人怎能容忍？我已料到他必死无疑了！但祢衡是我派去的，黄祖敢杀我派去的使者，就是藐视我，我定要前去问罪。"郭嘉乘机进言："何不现在就讨伐荆州呢？"话未说完，众将都说："袁谭、袁尚还没有消灭，为什么要去荆州？"郭嘉说："袁谭、袁尚本不和睦，逼急了，他们就会连兵，如果不逼，他们必会自相残杀。我们正好乘机退去，向南攻占荆州，待他兄弟反目，就可以趁机将他们一举消灭。"曹操拍手叫好。只留部将贾信屯兵黎阳，自己率领大军回到许都，然后向南攻打刘表。

刘表接见祢衡时，知道祢衡是北方的才子，以礼相待。后来因祢衡异常傲慢，就将他派往江夏见黄祖。黄祖仰慕祢衡的大名，命他掌管文牍。黄祖的长子黄射，喜欢文辞，曾托祢衡写《鹦鹉赋》。祢衡即刻写成，黄射大加赞赏，把祢衡当作老师。后来黄祖在舰中宴请宾客，祢衡也在座，酒后忘情，祢衡开口谩骂黄祖，黄祖性情急躁，令士兵鞭打祢衡。谁知祢衡仍叫骂不休，黄祖就一刀将祢衡杀死。祢衡死时，年仅二十六岁。黄祖的儿子黄射前来解救，已经来不及了。黄祖酒醒之后，也非常后悔，下令厚葬祢衡。

曹操设计杀死祢衡，反而以祢衡的死为借口进攻刘表。军队到达西平时，袁谭忽然派辛毗叩营求见。曹操召辛毗进来询问，辛毗回答说袁谭、袁尚互相残杀，袁谭战败，逃回平原，事情危急，愿意向曹操投降，乞求援助。曹操召集部将商议，部下多说袁谭、袁尚衰落，已不足为惧，而刘表却很强盛，应早点扫平，免得成为后患。只有荀攸进言说："天下正值多事之秋，群雄逐鹿。刘表拥有江汉，不能向四方拓展，不足为虑。袁氏占据四州，拥兵数十万，假如两个儿子和睦，势必难以摇动。如今他们兄弟不和，我们应乘机进攻，机不可失啊。"曹操点头赞成，决定援助袁谭。他让辛毗先回去，自己领兵赶到黎阳。袁谭、袁尚原本一同逃往邺中，曹操南还时，袁谭想追击曹操，请袁尚派兵跟从。袁尚又怀疑起来，不肯派兵。袁谭当然气愤，再加上郭图、辛评两人从旁撺掇，袁谭于是领兵攻打袁尚。袁尚拥兵较多，袁谭的部下较少，交战一场，袁谭再次战败。别驾王修从青州赶来支援袁谭，袁谭还想回头进攻袁尚，王修阻止说："兄弟犹如左右手，还没有与别人打斗，自己先砍断右手，试想还能取胜吗？希望将军与袁尚和好，这样才能安内攘外，横行天下！”袁谭始终不听，仍然率兵攻打袁尚。哪知袁尚已经赶来，在南皮城外接战，袁谭再次失利，奔回平原。袁尚追到平原城下，率兵围攻。郭图等人劝袁谭投降曹操，向曹操求救，袁谭被他们迷惑，派辛毗前去乞降。袁尚得知消息后，连忙撤围回到邺城，部下听说曹操的大军到来，都有惧色。吕旷、高翔二将首先背叛袁尚，投降曹操。袁谭密谋招降吕旷、高翔，暗中刻好将军印信，派人带给二人。二人既然诚心归附曹操，自然将印信交给曹操。曹操笑而不答，并派人到平原，为曹整说媒，娶袁谭的女儿为妻，袁谭不敢不从。曹操又借口军中缺乏粮草，领兵暂时退回。袁尚以为曹操已经退回，不足为虑了，只留下审配防守邺城，自己又领军攻打平原。审配再次写书信劝袁谭与袁尚和好。

袁谭与袁尚势不两立，怎肯为了审配的一封信改变主意？于是袁谭又向曹操乞援，催促他进攻邺城，牵制袁尚。曹操原本就在等袁谭求救，一见到袁谭派来的使臣，立即指挥人马，直指邺城。审配听说曹操再次领兵到来，急忙抵御，并让武安长尹楷屯兵毛城，接济粮饷。配将冯札心怀异志，开门迎进曹操，曹操前队一千多人踊跃而入。哪知才有一小半进城，城上的大石头便没头没脑地飞下来，曹操的部下来不及闪避，正想退去，猛然听到“咣当”一声，有闸板将门掩住，把曹操的兵马内外隔开。曹操的士兵约有三百多人陷入城内，无路可逃，被杀得一个不留，连冯札也丢掉了性命。原来，审配得知变故后，急忙登上城池，指挥士兵扔下石头，所以曹操的士兵虽然进城，审配却并不慌张，反而杀死三百多人。曹操随后赶到，率军猛攻，只见硬箭、巨石一齐落下，曹操令大小三军围绕城池驻扎，但好几天也不能得手。审配日夜严加防范，一点也不敢疏忽，再加上尹楷随时输运粮草，源源不绝，所以全城镇定。

曹操留下曹洪等人围住邺城，自己领兵攻打毛城。尹楷运粮到达邺城，被曹操在途中截获，尹楷战败。曹操又分兵攻占邯郸，招降易阳、涉县，翦去邺城的羽翼。然后领兵回到邺城，命将士在城外挖凿土沟，宽约一丈，深只有几尺。审配在城上望见之后，不以为然。谁知曹操计中有计，到了夜里，他命人将壕堑挖到两丈多深，引漳水灌入城中。审配后悔中计，但已经来不及了，只好带领众人登上高处，躲避洪流。又过几天，城中没有了粮食，死了很多人。碰巧袁尚率兵回来支援，前锋已到阳平亭，距邺城只有十七里。消息传到曹操营中，众将说袁尚的士兵回来支援，必将拼死相斗，不如暂时避避他的锐气。曹操说：“他如果从大路赶到，我应当躲避；如果从小路来到，说明他心里已经胆怯，不堪一击！”后来探子回报，袁尚是从小路回来支援审配。曹操十分欢喜：“我料道袁尚定会这样！”说完，令曹洪等人堵住守兵，自己去攻打袁尚。袁尚已经到达阳平，与审配约好，夜间举火为号，里应外合，打败曹操。还没有行动，曹操已率兵杀到阳平，袁尚的部将马延、张顗见曹操势力强盛，还没有作战就投降了，其他的部将竞相逃走，袁尚只好返回，将物资和兵器全部抛弃。曹操也不追赶，领兵回到邺城城下。

审配曾出兵城北，接应袁尚，被曹洪截回，退守城中。等曹操战胜回来，将在阳平得到的东西拿给守兵看，守兵心情沮丧。审配对部下说：“曹操的军队已经疲惫，料想难以坚持太久，并且幽州必来支援，你们不要发愁，只要拼命坚守就是了！”曹操准备再次猛攻，恰逢袁谭派辛毗到来，曹操就令辛毗招降审配。辛毗来到城下劝降，审配很是恼怒：“袁氏兄弟不和，都是因为你的兄长辛评以及郭图挑拨。如今你兄长的家属已被关进狱中，他日抓住你，定将你们一起处死，你还敢来招降我吗？”说完就拉开弓箭，想要射击，吓得辛毗连忙退回。原来，袁谭去邺城时，郭图、辛毗等人的家眷都得以随行，只有辛评的妻儿晚走一步，被袁尚抓住，关在狱中，无从逃脱。等辛毗返报曹操，曹操知道审配不会投降，就指挥部下猛攻。审配自己防守东南，令侄子审荣抵御西北。审荣不愿坐以待毙，开门迎进曹操。审配在东南角楼上望见西北失守，急忙派人到狱中，杀死辛评的全家，自己率兵下城巷战，最终被擒。

辛毗去营救兄长的家人时，已经晚了。辛毗回到曹操营中，恰巧碰到审配被士兵押过来。仇人相见，分外眼红，辛毗举起手中的马鞭，猛抽审配的头说：“死奴，你也有今天吗？”审配也不甘示弱：“疯狗，攻破我冀州，我恨不得将你杀死！”等进去见了曹操，曹操颇敬佩审配的忠诚、勇猛，有意劝降。他故意询问审配：“你知道开门的是谁吗？”审配说不知道。曹操告诉他是审荣，审配气愤地说：“儿辈无能，竟做出这样的事！”曹操安慰他说：“你为袁氏尽忠，不得不这样。如今已成手下败降，还有什么话说？”审配答道：“城在我在，城亡我亡，何必多说？”曹操还是不忍心将审配杀死，辛毗在旁边哭道：“我兄长一家遭到屠戮，请速速杀死审配，为我兄长报仇！”审配瞪着辛毗说：“一个投降的人，怎配做忠臣，赶快杀死我吧！”曹操这才令左右将审配处以死刑。接着命人将审配棺殓葬在城北，然后进入邺城。

曹操的次子曹丕年仅十八岁，跟随父亲从军，他跨马先行，直入府舍。府中已由曹操的士兵监守，见曹丕进来，当然让他进去。曹丕提剑下马，径直走进后堂，只见一个中年妇人坐在那里流泪，膝下有一少妇跪着，头发蓬乱，身体微微颤动。曹丕瞧了一眼，见少妇头发乌亮，已经动情，就执剑问道："你们是谁？"中年妇人回答："我是袁将军的妻子刘氏。"又用左手遮住少妇的玉颈，右手指着那个少妇说："这是次子袁熙的妻子甄氏，年轻胆怯，还请手下留情！"曹丕和颜悦色地说："既然是刘夫人，我理当代为保全，你让少妇抬起头来，不必惊慌。"刘氏于是让少妇起来，嘱咐她道谢。曹丕留心注视，只见少妇已哭得花容失色，脂粉模糊，但一种娇羞的情态，却是楚楚动人。曹丕立即上前替她擦拭，甄氏露出庐山真面目，桃腮杏脸，妖艳绝伦。曹丕自报姓名，并叫她放心。刘氏听说他是曹操的儿子，忙令甄氏下拜，并且对她说："可以不用死了！"甄氏含羞下拜，偷看曹丕，见是一位翩翩少年，英姿潇洒，仪表风流，不由勾动芳心，含情脉脉。

曹丕痴立多时，忽然听到外面人声嘈杂，于是掉头走出，前去迎接父亲。曹操已进入府中，问起袁氏家属，曹丕抢前一步说："袁家只有婆媳二人，还望父亲能饶恕她们！"曹操点头："我与袁绍一同起兵讨伐逆贼，发誓患难与共，如今不幸成了仇敌。如果他的家人肯投降，应该一视同仁，更何况是妇女呢？"这几句话正中曹丕的下怀，他进去领出刘氏婆媳二人。曹操见了甄氏的花容月貌，也为之叹赏，便问刘氏："家里为何只有你们二人？"刘氏答道："家人都出去了，只有儿媳愿意服侍我，所以还留在此地。现在承蒙你家公子保全，感激不尽。"曹操看看曹丕，只见他两眼直直盯住甄氏，目不转睛，立即明白了曹丕的心意，于是嘱咐曹丕将她们领回去。然后又下令安抚百姓，免去一年的赋税。百姓自然喜悦。

曹操摆酒犒劳将士，连袁氏婆媳也得以享用酒肉。众将喝完酒，都向曹操道谢，只有许攸醉意醺醺地对曹操说："阿瞒，如果不是我，恐怕你未必能拿下此州！"曹操心中恼怒，表面上仍强颜欢笑："你说的是，应当给你记头功！"许攸狂笑离去。曹操上疏报捷，朝廷下诏封曹操为冀州牧守，曹操接到诏令以后，愿意将兖州让还。部将都入帐道贺，只有曹丕怏怏不乐。俗语说得好："知子莫若父。"曹操马上派人做媒，希望曹丕能娶袁熙的妻子甄氏。刘氏不敢不从，与甄氏商议，甄氏也没有异议。待到洞房花烛夜，曹丕与甄氏并蒂谐欢，柳絮随风，桃花逐浪，有说不尽的亲密。只是委屈了幽州刺史袁熙，死了还要做乌龟。将作大匠孔融此时已调任大中大夫，得知曹操为儿子迎娶袁熙的妻子，就写信给曹操："昔日武王伐纣，曾把妲己赐给周公，想必你有心学习古人，我怎能不道贺呢？"曹操看到书信，还以为孔融博学多闻。后来与孔融会谈，问起此事，孔融笑道："这是我自己揣摩出来的，当时武王圣明，决不会杀死美人，将她赐给周公，岂不是两全其美吗？"曹操这才知道孔融是在讥讽自己，于是心怀怨恨。

曹操得到冀州以后，又想吞并幽、并各州。幽州刺史高干听到风声，主动归降，曹操让高干官居原职。不久，袁尚逃入中山，被袁谭围攻，袁尚又逃往幽州，袁谭招集袁尚的部下，屯兵龙凑，颇有自立的意思。曹操派人责备袁谭违约，并出兵进攻。袁谭不能抵挡曹操，退回南皮。曹操追到城下，围攻一两个月，还是不能攻克。当时已是建安十年正月，冬尽春来，曹操亲自击鼓，催促士兵登城。士兵全力而上，聚集城楼。袁谭下城逃走，沿江离开北门，又被曹洪拦住，砍落马下。郭图、辛评还在城内，都被曹操的部下擒住。曹操下令把郭图处死，将辛评赦免。青州别驾王修正从乐安运粮回来，得知袁谭被杀，下马哭道："没有了主人，还回去做什么？"于是径直到曹操营中，乞求替袁谭收尸。曹操见王修忠义可嘉，就准他所请，仍让他到乐安运粮。乐安太守管统不肯投降曹操，曹操嘱咐王修将管统的人头割下，王修不忍心杀死管统，就抓住管统去见曹操，请曹操赦免管统。曹操依从王修，并令王修为司空掾。郭嘉劝曹操招揽名士，曹操于是到处招揽有才能的人，唯独不赦免袁绍的记室陈琳。一番悬赏缉拿，陈琳竟然被他擒获。

三顾茅庐

曹操抓住陈琳后，见他温文尔雅，不禁动了怜才的念头，于是温和地询问陈琳："你以前为袁绍写檄文，陈述我的罪状倒也罢了，为何还要提起我的祖父？"陈琳答道："主上有命，我不得不听从。你今天怪罪我，我也自知有罪，你让我活我便活，你让我死我便死。"曹操听了陈琳的话，怒气全消，赦免陈琳的罪过，让他与陈留人阮瑀一同做记室。袁氏的部下崔琰曾劝袁绍划境自守，不要用兵，袁绍不肯听，最终在官渡战败。后来袁谭、袁尚自相残杀，两人都想重用崔琰。崔琰借病推辞，却被袁尚囚禁，多亏陈琳营救，才得以回到河东。陈琳与曹操说起此事，曹操就召崔琰为别驾从事。崔琰应召到来，曹操对他说："我查了本州的户籍，可以从此地得到三十万士兵。”崔琰说道：“如今天下混乱，四海分裂，二袁兄弟自相残杀，祸害百姓。没有听说你要救民于水深火热之中，竟先想着征收士兵，这让当地的百姓怎么看你呢？”曹操因此把崔琰当作上宾，并让他做曹丕的师傅，留在邺城。自己部署人马，准备攻打幽州。就在这时，袁熙的部将焦触、张南派人送来投降书，说已将袁尚、袁熙赶到乌桓。曹操心中欢喜，上疏请封焦触、张南为列侯。不久，并州刺史高干率兵把守壶口关，不再听命于曹操。曹操派部将乐进、李典率兵攻打，很多天也没有拿下。河内人张晟、河东掾卫固、范先等又纠集人马响应高干，转去攻打渑、崤一带。曹操采用荀彧的计策，调西平太守杜畿为河东太守。杜畿上任后，表面上与卫固、范先联络，暗中却解散反叛的众人，再由曹操嘱咐马腾攻打卫固、范先，里应外合，将卫固、范先杀死。随后，曹操移兵消灭张晟，河东再次安定下来。只有高干占据并州，负隅顽抗。

建安十一年正月，曹操亲自率领大军攻打壶口关，围攻了两个多月，关上守兵不堪再战，开关迎进曹操。高干听说壶口失守，留下部将守城，自己到匈奴求救。匈奴已经臣服汉朝，不愿与曹操结仇，于是拒绝了高干。高干率领几个骑兵回来，在路上得知并州已经投降曹操，自己无家可归，只好奔往荆州。路过上洛时，被都尉王琰截杀。并州又归曹操所有了。

山阳人仲长统曾到并州游学，得到高干的优待，高干多次问起仕途，仲长统答道：“你具有大志，可惜缺乏才略，我颇为你担忧，希望你谨慎做事！”高干听了此话，闷闷不乐，仲长统告辞离去。荀彧知道仲长统有才，举荐他为尚书郎，曹操立即召他过来。曹操又顺路向东攻打边疆，黑山贼张燕率领十万人前来投降，被封为列侯，只有海贼管承不肯归附。曹操派李典、乐进为先锋，赶走管承，管承逃入海岛。曹操班师回朝，在邺城度过残冬。第二年春天论功行赏，封功臣二十多人为列侯，并且特别陈述荀彧的功劳，荀彧已受封为万岁亭侯，因此又增封一千户。曹操常说能够出谋划策、安抚内外的首先是荀彧，其次为荀攸。荀彧封侯后，荀攸也被封为陵树亭侯，叔侄均受到重用。曹操又将女儿嫁给荀彧的长子。

袁尚、袁熙逃往乌桓。乌桓部酋蹋顿占据辽西，与袁氏常相往来，袁绍曾立他为单于，用家奴冒充自己的女儿，嫁给蹋顿。蹋顿不知真假，对袁绍敬重有加。袁尚、袁熙前来投奔，蹋顿当然欢迎，并调拨士兵帮助他们。早有幽州边吏将此事报告曹操，曹操打算北伐，部下都心存疑议，有人说大军北征，刘表、刘备定会乘机进攻许都。只有郭嘉与曹操的看法一致，他驳斥众人：“袁氏厚待乌桓，蹋顿不忘旧恩，必为他效力。如果袁尚兄弟号召蛮夷，大举进攻，青、冀、幽、并等州就危在旦夕了。刘表自知才能比不上刘备，不肯重任刘备，刘备也未必甘心听从刘表，二人并不同心，定难成就大事。现在我们出兵远征，一定没有忧虑，只管放心好了。”曹操立即动身，抵达易城后，想让将士休息，郭嘉又进言说：“兵贵神速，况且是领兵到千里之外去袭击别人，更应趁他不备。”曹操说：“你说得很对。但向北道路崎岖，无人引导，确实难走。”郭嘉说道：“你如果留心察访，怎么会没有人呢？”曹操按照他的话探访，得到右北平人田畴。

田畴曾是幽州牧守刘虞的从事，刘虞被公孙瓒杀害后，田畴从长安返回，拜祭刘虞的坟墓。为此险些被拘禁，多亏有人说情，才得以逃脱。袁绍将公孙瓒消灭之后，派人去请田畴，封他为将军，田畴推辞不去。此次曹操派人传令，一召即来，田畴说：“我的志向不在于做官。之所以前来见你，是因为乌桓无道，祸害乡民。如今你领兵北征，为民除害，我当然愿意前来。”曹操封田畴为蓨县令，田畴不愿上任，只带领曹操的军队向无终赶去。当时正值暑天，连日下起大雨，道路不通，胡虏又派兵防守要道。曹操问田畴该怎么办，田畴献计说：“此路原本就不好走，水浅时不能通车马，水涨时不能载舟船。如果要领兵向前，必然处处困难。以前北平郡的官府在平冈，从卢龙可以抵达柳城。自建武以来，行人稀少，却还有一条路可以通过。胡虏无知，以为大军必须从这里经过，只要守住要塞就可以了。如果我们从卢龙口进军，直捣胡虏的巢穴，蹋顿虽然强大，也不愁不被你消灭了。”曹操自然听从，扬言退兵，并在路旁的树木上刻下几句话：“如今正值酷暑，道路不通，等到秋冬再进军。”随即让田畴作为向导，改从卢龙口进兵，直指柳城。

蹋顿以为曹操已经退兵，不必严加防范。偏偏曹操的军队正悄悄前进，距柳城只有一百多里时，蹋顿才得知。他仓皇部署，带同袁尚兄弟率领数万骑兵，出去拦截曹操。曹操在白狼山与他们相遇，遥见胡虏人数众多，部下多有惧色，就对部将张辽说：“胡虏队伍散乱，人马虽多，却没什么威力，你去为我迎战！”张辽应声下山，率先冲进敌阵，许褚、徐晃、于禁等随后继进，立即将敌阵捣破。蹋顿正在惊惶，不料张辽突然杀到，迎头一槊，把他刺落马下。袁尚、袁熙早知曹操的部下厉害，又见蹋顿落马，慌忙返回，胡虏多数溃散。曹操下令招降，蹋顿的部下先后归附，共有二十多万。

曹操整军进入柳城，上疏封田畴为亭侯，田畴一再向曹操推辞，曹操才将此事搁置。后来探知袁尚兄弟投奔辽东太守公孙康，众将都请求进攻辽东，曹操微笑道："不必！不必！袁尚与袁熙自寻死路，公孙康自会把他们的人头送到这里，何必要派兵去呢？"众人半信半疑，曹操却分兵驻守柳城，自己率领部将班师。这次作战，将士基本上没有伤亡，只有郭嘉水土不服，得了重病，返回易城时，不幸身亡，年仅三十八岁。曹操亲自前去祭奠，失声痛哭，荀攸等人从旁劝解，曹操对他们说："你们的年龄与我相当，只有郭嘉最小，我想将后事托付给他，不料他竟然中年夭折，真是可惜。"曹操又上疏陈述郭嘉的功劳，郭嘉生前已受封为洧阳亭侯，于是追封食邑八百户，赐谥为贞，由他的儿子郭奕袭爵。

曹操正准备从易城返回邺城，忽然辽东派人到来，献上两个人头，一个是袁尚，一个是袁熙。众将都佩服曹操有先见之明，却不知他为何未卜先知，于是齐声询问。曹操笑道："公孙康向来畏惧袁尚、袁熙。如今袁尚、袁熙穷途末路，前去投奔，我如果急着攻击，他们必会合力抗拒我，只有我主动退兵，免除公孙康的后虑，他自然乐得杀死袁尚、袁熙。这是情理之中的事，只是你们没有细想罢了！"

公孙康的父亲叫公孙度，是辽东人氏，由董卓举荐为辽东太守。他乘乱自立，号称辽东侯，担任平州牧守，后来向东讨伐高句骊，向西进击乌桓，又收复东莱各县，雄霸一方。曹操因辽东路途遥远，只想羁绊住他，于是令公孙度为武威将军，封永宁乡侯。公孙度愤怒地说："我已在辽东称王，还要什么永宁乡侯？"于是将官印搁置在武库中。不久公孙度去世，公孙康继位，将永宁乡侯的封赏转让给弟弟公孙恭。

袁绍占据冀州时，曾想吞并辽东，没有如愿。袁尚、袁熙战败逃走，曾在途中议论："我兄弟二人被曹操攻打，以致失去四州。如今不如投奔公孙康，公孙康如果出来接见，我们就把他们杀死，趁机占领辽东，这样就有容身之地了。"不料公孙康比他们狡诈，在二人抵达前，预先布置好埋伏，然后请他们进去。二人拿着剑进去，才到中门，便有士兵冲出，将他们抓住。二人连拔剑都来不及，只好束手就擒。公孙康将二人的人头献给曹操，曹操上疏请求封公孙康为襄平侯，任左将军，并将袁尚的人头悬挂起来，下令敢哭者立斩不赦。

袁氏的旧部牵昭前去致哀，曹操感叹他是义士，举荐他为茂才。田畴也去吊祭，曹操置之不问，仍想封田畴为侯。田畴以死发誓，决不接受封赏，只带领家族三百多人，跟随曹操返回邺中。曹操见田畴意志坚决，不再强迫，只让田畴为议郎。然后养兵蓄锐，为南攻做准备。刘备自汝南投奔荆州牧守刘表，刘表派刘备屯兵新野。光阴易逝，转眼就是五年。曹操攻打袁氏时，刘备曾劝刘表乘虚袭击许都，刘表胸无大志，不愿进攻。等袁氏灭亡，曹操回到邺城，刘表又开始后悔，对刘备说："以前不听你的话，坐失良机，真是可惜！"刘备安慰他："如今天下四分五裂，连年争战，以前失去了机会，怎知今后就没有机会呢？只要此后不要再犯这样的错误，就不必后悔了。"话虽如此，但刘备心中总不免惆怅。不一会儿，刘备起身去厕所，见自己的赘肉都长出来了，不禁潸然泪下。回到席上，脸上还有泪痕，刘表看见后，向刘备询问原因。刘备说："我以前从不曾离开鞍马，因此没有赘肉，如今很久不骑马，赘肉长出来了。日月如梭，人已经老了，却毫无建树，不能不悲伤啊！"刘表这才派刘备屯兵新野。刘备到达新野后，与颍川人徐庶相遇，就请他担任宾佐。凑巧曹操派夏侯惇、于禁领军来攻，徐庶为刘备出谋，烧毁储存的粮草，出城向南走去。夏侯惇和于禁怀疑刘备不敢迎战，领兵追赶。不料中了刘备的埋伏，夏侯惇等人被杀得七零八落。

刘备回到新野，从此对徐庶更好了。徐庶对刘备说："南阳有一个人叫诸葛孔明，世人称他卧龙，将军愿意与他相见吗？"刘备忙说道："既然有这样的名士，怎能不见？他与你相比怎么样？"徐庶答道："孔明曾把自己比作管仲、乐毅，我怎么能与他相比呢？"刘备又说："你既然与他相识，麻烦你去一趟，邀请他过来。"徐庶摇摇头："将军如果亲自去请，或许他会出来效力，否则虽用厚礼相聘，恐怕卧龙也未必出山。"刘备听后，留下徐庶与赵云等人守城，自己带着关羽、张飞直奔南阳。

一开始，刘备没找着孔明，但遇到一个襄阳名人司马徽。司马徽，字德操，隐居不仕。刘备虽然与司马徽初次会面，见他道貌清秀，料知他不是寻常人，就请求他帮助自己。司马徽答道："山野村夫，不识时务，识时务的须是俊杰，这里有伏龙、凤雏，都是济世奇才，得到一个就足以平定天下。"刘备问伏龙、凤雏是谁，司马徽回答说是诸葛孔明和庞士元。刘备说："我这次来正想拜访卧龙先生，可惜没有遇到。"司马徽说："卧龙高卧隆中，如果诚心相邀，他定肯出来相见，千万不要轻视此人。"刘备唯唯受教。过了一天，刘备又去隆中拜访孔明。隆中是山名，在襄阳城西二十里，属南阳管辖。孔明名亮，琅琊郡阳都县人，是已故司隶校尉诸葛丰的后裔。他的父亲诸葛珪早死，诸葛亮与弟弟诸葛均跟随叔叔诸葛玄迁居南阳。诸葛玄与刘表有交情。诸葛玄不久也病死了，诸葛亮就在隆中盖了一间草屋，亲自耕种。平时与博陵人崔州平、汝南人孟公威、颍川人石广元，常相往来。徐庶也视诸葛亮为知己。徐庶等人博学多才，诸葛亮曾对徐庶等人说："你们出仕为官，可做刺史、郡守。"徐庶等人问起诸葛亮的志趣，诸葛亮笑而不答。他知道刘备前来拜访，不肯相见，两次将他拒之门外。直到刘备往返三次，才出来相见。

刘备见诸葛亮身长八尺，貌秀神怡，头戴纶巾，身披鹤氅，飘飘然犹如神仙一般，不禁肃然起敬，对诸葛亮拱手道："久闻先生大名，如雷贯耳。以前已经求见过两次，今日承蒙接见，不胜荣幸。"诸葛亮从容回答，彼此谦逊一番。刘备讲述起自己的本意，诸葛亮推辞说："我生性愚昧，无志于功名利禄，将军忧国忧民，还请另求高人。"刘备慨然道："先生不出来，怎么安国呢？"诸葛亮问："将军想怎么样呢？"刘备答道："汉室社稷荒废，奸臣当道，我不自量力，想为天下讨回正义，只恨自己缺乏才识，所以迄今一事无成。但又不甘心就此收手，所以敬候先生，乞求赐教。"诸葛亮就为刘备分析天下形势："自董卓叛乱以来，群雄并起，曹操比袁绍势力弱，最后竟吞并袁氏，虽然占有天时，但主要还是人力。如今曹操已拥兵百万，挟天子以令诸侯，此时不能与他争战。孙权占据江东，已历经三世，国家安定，百姓和乐，又能够重用有才能的人，根基已经牢固，只能与他结好。荆州地势便利，自古以来，是兵家必争之地；益州沃野千里，一向号称天府之国，高祖曾因得到此地而成就大业。将军身为帝室后代，闻名四海，求贤若渴。如果得到荆、益二州，可向西与戎人讲和，向南安抚夷越，外结孙权，内修政治。天下一有变故，可命一上将从荆州出发直抵宛、洛一带，将军自己率领益州的将士前往秦川，百姓必将欢迎将军，岂不是霸业可成吗？"刘备十分欢喜："先生的一席话，令我茅塞顿开。希望先生能够出山相助，让刘备得以随时请教。"诸葛亮又推让道："感谢将军的厚意，但我疏懒已久，恐怕会辜负将军，因此不敢答应。"刘备非常失落："先生具有这样的才能，不肯为刘备屈驾，这是刘备的不幸，也是汉室命中应当灭亡。"说到这里，竟然哽咽起来。诸葛亮被他感动，答应出山。刘备命关羽、张飞进来拜见，并留下礼物，诸葛亮不肯接受，经刘备再三恳求，方才收下。

诸葛亮的妻子黄氏，是沔南人黄承彦的女儿，相貌丑陋，但德才兼备。诸葛亮不嫌她貌丑，娶她为妻。南阳人有歌谣说：“莫作孔明择妇，止得阿承丑女。”诸葛亮听了别人的嘲笑，置之不理。诸葛亮出山后，让弟弟诸葛均在家侍奉嫂嫂，自己与刘备、关羽、张飞三人一同去往新野。徐庶等人将他们迎进去，故人相聚，自然格外亲热。刘备待诸葛亮像老师一样，二人感情越来越好。关羽、张飞颇有异议，刘备对他们说：“我得到孔明，如鱼得水，你们不要再非议了。”刘备对诸葛亮言听计从，三分天下的策略，就要开始实施了。

过了几天，刘备与诸葛亮正商议军情，忽然刘表派人送来书信，邀请刘备到荆州议事。

孙权复仇

刘备接到荆州来信，与诸葛亮商议，诸葛亮说：“想必是因黄祖战死，所以请将军去抵御东吴。将军不妨前去，我愿意随行。”刘备听到这话，十分欢喜，和诸葛亮一同来到荆州。

黄祖是怎样死的呢？原来，孙权接管东吴后，占据江东，曹操担心孙权强盛以后，难以控制，就让他派遣儿子到许都做人质。孙权犹豫不决，与张昭等人商议，周瑜极力反对，并将此事告诉吴太夫人。吴太夫人嘱咐孙权：“公瑾与孙策同年，只相差一个月，我把公瑾当作儿子看待，你也要把公瑾看作兄长，不得违逆他的提议！”孙权唯唯受教，于是没有听从曹操的命令。孙权的弟弟孙翊出任丹阳太守，贪财好色，督将妫览、郡丞戴员常被孙翊责备，心中愤愤不平，私下与孙翊的亲信边鸿结为心腹，企图杀害孙翊。碰巧孙权为父报仇，攻打黄祖，妫览、戴员二人趁机作乱，嘱咐边鸿将孙翊刺死。孙翊的妻子徐氏秀外慧中，曾占卜一卦，得到一个凶兆，就劝孙翊小心。孙翊不肯听从，最终遭遇祸事。徐氏抚尸大哭，并令部将速速捉拿凶手。妫览、戴员将边鸿拿住，不等审问，就将他处斩。妫览于是住在军府中，索取孙翊家的姬妾及左右侍女，又见徐氏姿色可人，想将她占为己有。徐氏表面上答应，说须等到晦日，把丧服换下，才可成婚，暗中却召来旧将孙高、傅婴，定下计策。到了晦日，徐氏沐浴熏香，浓妆艳抹，派侍婢出去邀请妫览。妫览大喜过望，也盛装前来。徐氏从容将他迎进去，等妫览坐好，吹出一声暗号，孙高、傅婴立即闯进来，将妫览杀死。然后假传妫览的命令，邀请戴员过来宴饮，又伺机将戴员处死。徐氏换上丧服，拿着二人的首级，前去祭奠孙翊。将士都称徐氏颇有才智。

孙权在椒邱得到消息，急忙返回丹阳，见妫览、戴员已死，索性将逆党全部诛杀，升孙高、傅婴为牙门将，让他们把守丹阳。然后接回徐氏及侄儿孙松，加以抚养。孙权的母亲吴太夫人因孙翊死于非命，抑郁成疾，一年后去世。吴太夫人弥留时曾召见张昭等人托付后事。孙权依礼安葬，守丧一年多，又提议讨伐黄祖。少年都尉凌统因父亲被黄祖的部将甘宁射死，有志报仇，主动请命。孙权亲自率领兵马，指日出发。

这时，都尉吕蒙领着一位降将进见，这位降将正是凌统的仇人甘宁。甘宁，字兴霸，本是巴郡临江人，最初亡命江湖，后来投奔刘表，没有得到重用，因此赶往东吴。路过夏口时，被黄祖留在军中，他一再立功，不见重赏，黄祖的部下苏飞保举甘宁，反被黄祖呵斥。苏飞又为甘宁设法，调他为鄂县长，甘宁才脱身进入东吴，又担心以前曾杀死吴将，遭到东吴人的痛恨，所以先拜见吕蒙，探问吉凶。吕蒙一力担承，说担保无人加害于他，然后领着甘宁进见孙权。

孙权坦诚相见，谈起江夏的情形，甘宁献计说："如今曹操专权，势力越来越大。刘表没有深谋远虑，他的城池难以保守，将军再不早做打算，恐怕要被曹操捷足先登了！如今应先攻打黄祖，黄祖年老体弱，军纪散漫，将军前去攻打，必能消灭他。把黄祖消灭以后，再向西进军，将楚关拿下，再取巴蜀也不难了！"孙权很高兴："报仇雪恨，在此一举了！"当即命周瑜为大督，吕蒙、董袭、凌统各将为先锋，甘宁为前导，沿江前进。到了沔口，有两艘大船挡住去路，鼓声一响，船中万箭齐发，吴军无法前进。董袭、凌统分别带领一百人，冒着箭雨冲上去，砍断敌船的缆索，吴军才得以前进。黄祖忙令都督陈就带领水军迎战，却被吕蒙、甘宁打败。吕蒙亲自砍下了陈就的人头，进攻江夏。黄祖的部将苏飞开城迎战，又被捉住。黄祖领兵逃走，吴军追杀过去，砍死黄祖，取下他的人头报功。周瑜、孙权先后进入江夏城，拿着黄祖的人头祭祀孙坚，然后下令军中，要取下苏飞的首级。苏飞向甘宁求救，甘宁传话说："你就是不说，我也不会忘记。"当时孙权正犒劳众将，大摆酒席，甘宁哭着下拜："如果不是苏飞，我早就死了，还怎么能为你效命？乞求将军开恩，赦免苏飞！"孙权被他感动，说道："今天为你赦免苏飞，苏飞如果逃去，你肯受罪吗？"甘宁答道："承蒙赦免，苏飞定会感激不尽，还会逃走吗？他如果逃去，我愿意一死！"孙权于是命人将苏飞释放，并召苏飞一同宴饮。

苏飞拜谢孙权，正想与甘宁一起坐下，忽然席上有一人跳起，拔剑刺向甘宁。甘宁慌忙躲避，连苏飞也逃到一角，众将连忙起座阻拦。孙权起身一看，拿剑的正是凌统，就出言劝解："甘宁射死你父亲，是因为当时各为其主，不得不那样做。如今欢聚一堂，最好不念旧仇，希望你息怒！"凌统叩头大哭："父仇不共戴天，我岂能与仇人同席？"孙权叹息不已，只好令甘宁领兵五千，带着苏飞，驻扎当口。甘宁拜谢离去，孙权也班师回去。

这时候，刘表非常着急，邀请刘备一同防备东吴，诸葛亮早已料到，劝刘备模糊应付。刘备见了刘表，只说应先打探军情，再想办法对敌。刘表派人打探，得知孙权已经班师，才放下心来，邀请刘备宴饮。酒至半酣，刘表叹息道："我已经老了，儿子又都没有才能，看来我死以后，此地非你莫属了！"刘备吃惊地说："你为什么这么说呢？我怎敢担此重任？各位公子都很贤明，请你不要担忧！"刘表还想再说，听见屏后有环珮声，便不再开口。刘备从旁窥透，起身告辞，退到客馆，与诸葛亮讲起此事，诸葛亮笑道："将军为何不承认呢？"刘备摇头说："刘表曾优待于我，我如果夺他的位置，岂不薄情？我决不这样做！"诸葛亮喟然叹息："将军仁厚过人，恐怕将来要多费周折了！"正在谈论，刘表的儿子刘琦从外面走了进来，说了几句客套话，便请求密谈。诸葛亮不等刘备开口，转身走出。刘琦向刘备边哭边拜，秘密谈论一番。刘备眉头一皱，计上心来，附耳对刘琦说了几句，刘琦才告别离去。

原来，刘琦是刘表的长子，少年时就失去母亲。刘表又娶妻蔡氏，蔡氏生下一个儿子刘琮。蔡氏认为刘琦不是自己所生，常劝刘表舍长立幼，并把自己的侄女嫁给刘琮。刘表溺爱后妻，难免被她迷惑，所以立嗣问题始终没有定下来。这位蔡夫人硬要干预，每次遇到刘表会见宾客，都要到屏后偷听，所以刘备进去饮宴时，有声音从里面传出。刘琦长大后，害怕后母杀害他，日夜不安，因此向刘备请教。刘备嘱咐他转问诸葛亮，又知道诸葛亮为人小心慎重，不肯答应，就替刘琦设法，令他照办。

第二天，刘备假装身体不舒服，让诸葛亮拜见刘琦。刘琦把诸葛亮请进密室，讲述自己的处境，求诸葛亮指教。诸葛亮默然不语，刘琦就邀请诸葛亮游览后园，一同登上高楼。在高楼上，刘琦又跪下向他请教，诸葛亮推辞说："这是你的家事，外人怎好参与？"说着便想下楼，哪知楼梯已经撤去，刘琦又哀求道："此地只有你我二人，先生还不肯赐教吗？”诸葛亮于是低声说：“你应该熟知历史，难道没有听说过申生在内危险，重耳在外反而安全吗？”这两句话提醒了刘琦，刘琦拜谢之后，取出梯子，送诸葛亮下去。

诸葛亮回去将此事告诉刘备，刘备打算向刘表辞行，凑巧刘表又来邀请刘备。刘表见了刘备，皱着眉头说：“江夏重地，必须派人防守，我想派长子前去镇抚，你认为怎么样？”刘备已知刘琦从中活动，就怂恿道：“黄祖生性残暴，所以招来祸端。长公子宽厚仁爱，百姓一定喜欢，有何不可？”刘表又说：“听说曹操在邺中整兵，将要南下，该怎么办？”刘备答道：“我愿意在樊城驻扎，你不必担忧！”刘表点头答应。刘备起身告辞，回馆整顿行装，顺便接来家眷。当时甘夫人已生下一个儿子，取名刘禅，字公嗣。甘夫人在他诞生时曾梦见自己吞下北斗星，所以又为刘禅取了一个乳名，叫阿斗。阿斗生于建安十二年，这时已经快满一周岁了。刘备见他体质强壮，心中欢喜，就让刘禅母子乘坐一辆马车，又用一辆马车载着糜夫人，自己与诸葛亮跨马同行，到新野召集关羽、张飞等人，一同进入樊城。

才过几十天，忽然有人从荆州赶来，说刘表病重，请刘备速去诀别。刘备想征询孔明的意见，恰逢孔明外出，只好带着赵云匆匆赶到荆州。刘备走进刘表的寝室，见刘表已经生命垂危，不禁潸然泪下，刘表也被他感动，说道：“以前与你谈起过后事，想必你还没有忘记吧？”刘备答道：“我自会竭力辅佐公子，不敢有负重托！”刘表又说：“我儿子都没有才能，怎么办呢？”刘备劝慰道：“他们都能守城，你何必多虑？”刘表拱手说：“全仗贤弟指导，兄长就要与你长别了！”说完，咳嗽不止。刘备不便久留，起身告退。刘表的妻舅蔡瑁以及蒯越，邀请刘备商议后事，刘备只好暂时留在外厅，与他们议事。蔡瑁、蒯越二人故意与刘备商议继位的问题，刘备沉默不语。这时，有人进来说：“曹操已从邺城发兵，前来攻打荆州！”说到这里，向刘备望去。刘备抬头一看，原来是山阳人伊籍。伊籍在刘表手下做事，与刘备相识多年，此时二人四目相对，刘备料知必有隐情，就假装起身去厕所。伊籍在后面跟随，并低声对刘备说：“蔡瑁居心不良，你赶快走吧。”刘备不禁有些着急，多亏伊籍把他从后园放出去。刘备担心没有马，伊籍说：“我已经将你的坐骑牵到这里，你赶快上马离去吧。”刘备又说赵云在外面还不知道，恐怕会遭到毒手。伊籍催促道：“我自会前去报告赵将军，请你先走一步。”刘备快马加鞭，一路飞奔，直出西门。

走了一里多，前面有一条河，宽约数丈，水流湍急。刘备所骑的马，名叫的卢，十分雄骏，只是额边长有白点，相马家说此马不利于主人，刘备却始终不肯将它舍去。到了河边，眼见不能飞渡，回顾后面，尘头大起，想必有追兵到来，一时无奈，只好骑马走入溪水，马蹄陷进淤泥里，几乎蹶倒，刘备十分惊慌："的卢，的卢，今日你果然要害死我了！"话才说完，那马竟一跃三丈，跳到对岸。刘备仿佛在梦里一般，猛然听到对岸有人大叫："你为何无故离去？"叫声将刘备惊醒，刘备遥望对岸，见是蔡瑁的人马，也无暇回答，纵马离去。蔡瑁暗暗诧异，收兵回去。途中遇见赵云，赵云问起刘备，蔡瑁说已经回去，赵云已得到伊籍的通报，所以无心详问，策马离去。到了河边，赵云见河水宽阔也吃了一惊。返回去询问守门的将士，都说刘备已跃到河对岸，千真万确。赵云于是绕道去樊城，刘备果然早已回来，安然无恙。不久，伊籍也来了，说刘表已病死，刘琦探病被拒绝，仍回了江夏，蔡瑁、蒯越已立刘琮为主。诸葛亮叹息说："刘琮无才，怎能守住荆州？如果不早做打算，必会被曹操占有。"伊籍接着说："何不借吊丧的名义占领荆州呢？"诸葛亮拍手赞成，刘备却不愿意，只派人到荆州吊丧。

曹操平定河北后，想向南攻取荆州，又担心朝臣从中牵制，索性上奏罢免三公，自已做丞相，任用崔琰为西曹掾，毛玠为东曹掾，司马朗为主簿，司马懿为文学掾。司马懿是司马朗的弟弟，河内温县人。司马朗，字伯达，司马懿，字仲达，崔琰曾说司马朗比不上司马懿，所以曹操特地对司马懿加以重用。司马懿称病，不肯任职，曹操察知内情，想把司马懿拘禁起来，司马懿这才出来任职。

曹操安排好以后，打算领兵南下。大中大夫孔融上奏说天下刚刚稳定，疮痍满目，不应出兵。这分明是与曹操作对，曹操当然怀恨在心。御史大夫郗虑与孔融有过节，他诬告孔融在北海时招集众人，图谋不轨，入朝后又暗中与孙权结交，诽谤朝廷，还与祢衡互相赞扬，实属大逆不道，应该将孔融诛杀。曹操有了借口，便令廷尉将孔融抓进狱中。孔融有两个儿子，都很年幼，听说父亲被拘禁，还对坐下棋，左右劝他们快逃，这两个孩子说："覆巢之下怎有完卵！"话未说完，曹操派的人已经到来，把孔融的妻子以及两个儿子一并抓去，与孔融一起斩首示众。京兆人脂习是孔融的朋友，曾劝诫孔融不要太刚直，孔融不听，果然被害。脂习趴在孔融的尸体上号啕大哭，有人将此事报告曹操，曹操命人捉拿脂习，脂习长叹道："孔融已死，我也不愿意活着了！"曹操却没有让脂习死，而是将他释放。脂习将孔融全家的尸首收殓埋葬。曹操也不再过问，率领大队人马出发。

曹操才抵达宛城，蔡瑁、蒯越已经惊慌失措，掾属傅巽、王粲等人想出一条乞降的下策，进去告诉刘琮。刘琮庸碌无能，能有什么主见？刘琮的母亲蔡氏也没有办法，为了顾全性命，情愿将荆州献给曹操。刘备屯兵樊城，得知曹操的大军南下，急忙派人询问刘琮。刘琮还不肯将实情告诉他，直至曹操的大军抵达新野，才派掾吏宋忠禀报刘备。刘备这才知道刘琮已投降曹操，不禁又惊又怒："你既然想投降曹操，为何不早点告诉我？如今曹操的大军已到，才来禀报我。可惜！可恨！"又拔剑指着宋忠说："今天即使砍掉你的首级，也不足以泄恨，但杀了你又有何用？你赶快回去，让刘琮自己反省。"宋忠抱头出去。刘备急忙与诸葛亮等人商议，诸葛亮进言说："上策莫过于占领襄阳，下策是前往江陵。如果曹操的大军到来，区区樊城，怎能保守得住？"刘备踌躇半天才开口："宋忠说刘琮已赶赴襄阳迎候曹操，如今前去占领襄阳，势必会害死刘琮。刘表临死时，曾把儿子托付给我，我不能保护他的儿子，反而加害他，死后还有何脸面再见刘表？我想不如去江陵。"路过襄阳时，刘备在城下叫刘琮，刘琮不敢出来，蔡瑁等人登城防备，用箭乱射，刘备不得已，退到襄阳城东，对着刘表的坟墓拜别。荆、襄两地的百姓见刘备如此仁义，陆续赶来，跟随刘备同行。刘备抵达当阳时，部下已有十多万，军用物资数千车，因此每天只能走十几里。部将多向刘备进言："这里距江陵遥远，应快速行军。百姓跟在后面，又不能作战，再多也无用。等曹操的大军一到，难免要玉石俱焚了。"刘备哭着说："想成就大事，全靠人心，人们愿意跟随我，我怎么忍心将他们抛弃呢？"诸葛亮接着说："将军既然不忍心抛弃百姓，就应派云长先赶到江夏，借战船数百艘，前来接应，这样才能确保无事。"刘备按照他的话，派关羽前去。刘备仍慢慢行走。忽然有人禀报："曹操亲自率领大军追来了！"刘备令张飞断后，赵云保护家小，孙乾、糜竺、伊籍等照顾百姓，自己与诸葛亮、徐庶同行。

哪知曹操煞是厉害，刘琮把他迎进襄阳以后，他便调刘琮为青州刺史，令刘琮东去，蒯越以下全部留下。表面上封蒯越等为列侯，实际上是翦掉刘琮的羽翼，不让他们跟从刘琮。然后自己率领骑兵一万，日夜兼程，追赶刘备。一天一夜，走了三百多里，抵达当阳。刘备正在前进途中，突然听说曹操从后面追来，还想保全百姓，诸葛亮十分着急：

“灾祸就在眼前，为何还要拖延？”接着催促刘备快走，自己与徐庶保护刘备同行。哪知曹操的军队已经从后面赶上，单靠一个张飞，当然拦阻不住。曹操的部下冲到前面，顿时将众人驱散，连甘、糜两位夫人也只好各走各的路。赵云仗着一杆长枪，杀出一条血路，可已不见了甘、糜两位夫人，再从乱军中杀进去，找到甘夫人，将她带回长坂坡。碰巧张飞已走到坡上，见赵云送来甘夫人，便让她过桥。问起小阿斗，才知被糜夫人抱着。赵云不顾死活，沿原路折回，一杆枪神出鬼没，无人敢挡，过了好久，才将敌兵打败，救出糜夫人。糜夫人已经受伤，但还抱住阿斗不肯放手，见了赵云，将阿斗交给赵云，自己跳入枯井中，以身殉难。赵云来不及打捞尸体，将阿斗裹在怀中，骑马离去。张飞还在长坂桥上等候赵云。赵云刚到桥边，后面追兵又到，忙叫张飞过来支援，张飞应声说：“有我在这里，请你放心！”于是让开一步，让赵云过桥。不一会儿，曹操的大军到来，张飞令手下二十多人在桥后埋伏，自己拿着长矛站在桥上，瞪着眼大吼一声：“我是燕人张飞，谁来与我决一死战！”这声呼喊，好似空中霹雳，吓得曹操的部下纷纷后退，无人敢上桥争战。

张飞吓退敌军后，拆掉桥梁，策马回去拜见刘备。

赤壁之战

刘备一路狂奔，幸亏有张飞断后，才得以逃脱。等见到赵云救回甘氏母子，得知糜夫人去世，不禁百感交集，潸然泪下。不一会儿，张飞赶来，说已将桥梁毁掉，刘备失声喊道：“桥梁不断，敌军怕有埋伏，不敢追来，如今桥梁已经拆去，他料到我们胆怯，必然追赶，不如赶快走吧！”于是带领众人，从小路逃往汉津。抵达沔口时，后面果然有追兵赶到。正在惊惶，江中已有许多船只，扬帆而来，船头站着一员大将，威风凛凛，正是关羽。刘备转忧为喜，忙率众上船。关羽留心一看，不见了糜夫人，便向刘备问起。刘备叹息说：“甘氏母子，多亏子龙救回。子龙出入敌阵数次，有的说他已投奔曹操，我料到子龙必不会抛弃我，他果然救回我的妻儿，但糜氏已经殉难了！”关羽异常悲愤。

正在谈论，遥见追兵将要到来，刘备急忙下令开船，关羽说：“没事！江夏太守刘公子率众前来支援，就在后面。”话未说完，刘琦已带着一千艘战船，前来相会。关羽指挥士兵上岸，要与敌军一决胜负。张飞、赵云也跳到岸上，与关羽一起杀过去。曹操的部下都被吓退。关羽、张飞、赵云夺取许多铠甲、兵器，才返回船上。随后溃散的众人纷纷聚集，刘备等才稍稍安心。徐庶没看见自己的老母，很是担忧，刘备想派人去找，有人禀报说："徐母已被曹军抓去了！"徐庶不禁痛哭流涕，起身与刘备告辞："本想与将军一同成就大业，如今失去老母，方寸大乱，就此告别吧！"刘备叹息道："你莫非要去投奔曹操吗？"徐庶哭着回答："想保全老母，不得不如此；但我决不会为曹操出谋划策！"说到这里，又与诸葛亮告别："孔明雄才大略，定能成就大业，我可以放心了。"刘备、诸葛亮等将他送出十里之外，才与他诀别。徐庶径直来到曹操营中，被曹操封为御史中丞。

刘备返回船上，到了夏口，恰与东吴的鲁肃相遇。鲁肃本来请孙权与刘备联合，一同抵抗曹操，此次借去荆州吊唁为名，乘机拜见刘备。碰巧刘备从当阳战败逃跑，途中叙谈，鲁肃试探刘备，问他要到哪里去，刘备假意答道："以前与苍梧太守吴臣有交情，准备前去投奔。"鲁肃生性忠厚，直说道："苍梧地处偏僻的岭南，到那里能有什么用呢？我认为不如投奔孙氏，孙权聪明仁慈，礼贤下士，英雄豪杰都愿意归附。为今之计，最好是与他联合，共同抵御曹操。"刘备还没有来得及回答，诸葛亮从旁插嘴说："刘将军与孙将军素未谋面，怎能轻易投奔呢？"鲁肃笑着说："你的兄长诸葛瑾现任江东长史，与我是好朋友。我愿意与你同到江东，既可以与你的兄长相聚，又能与孙将军共商大事。"诸葛亮于是对刘备说："事情紧急，我愿奉命前去拜见孙将军，一同对抗曹操。"刘备点头，诸葛亮于是与鲁肃一同赶往江东。

当时曹操已占据江陵，正打算东下，孙权屯兵柴桑，坐观成败。鲁肃领诸葛亮进见，孙权起身相迎。诸葛亮见孙权两眼炯炯有神，料知他不是平庸之辈，开口对孙权说："海内大乱，将军起兵占据江东，刘备也招集汉南的兵马，与曹操争夺天下，两位明主志趣相同，真是无独有偶。"孙权皱着眉头说："如今曹操拥兵百万，顺流东来，有的劝我作战，有的劝我讲和，究竟是和还是战呢？"诸葛亮答道："曹操平定河北，攻破荆州，威震四海。虽有英雄，可是无用武之地，所以刘备逃到这里。将军应赶快为自己作打算，如果能起兵抗衡，不如早点与曹操断绝关系。否则干脆听命于曹操，还可以苟且偷安。如今将军外表服从，内心犹豫，当断不断，反而会招来灾祸。"孙权生气地说："刘备为何不投降曹操？"诸葛亮继续说："田横只是一个壮士，尚且不甘心受侮辱，更何况刘备是汉室后裔，英才盖世，怎能卑躬屈膝，甘心听命曹操？”孙权勃然大怒：“我当然不能带着吴地的十万士兵任人摆布，我已决定对抗曹操了！但刘备刚刚战败，怎么能抵制曹操的大军呢？”诸葛亮又说道：“刘备虽然战败，但关羽手中的水军不下一万，刘琦的江夏士兵也有万人以上。曹操远道而来，部下疲惫，听说他追赶刘备，一天一夜走了三百多里，这就是所谓的强弩之末。并且北方人不习惯水战，荆州百姓被曹操所逼，并非诚心归附，可见曹操并不是真的不可抵挡！将军如果能挑选猛将统兵数万，与刘备同心协力，必能打败曹操。曹操战败以后，定会向北返回，荆、吴势力日益强盛，鼎立的局面就形成了。”孙权欢喜地说：“先生才智非凡，令人敬佩，我自会与刘备同心抵抗曹操。”说完，命鲁肃把诸葛亮领出帐，让他与诸葛瑾相见。

诸葛瑾，字子瑜，就是鲁肃所说的江东长史。他本是诸葛亮的兄长，避乱到东吴，因此为孙氏效力。兄弟重逢，自有一番密谈。孙权听了诸葛亮的话，便召集部下，商议出兵。恰逢曹操派人送来书信招降。孙权看完来信以后，把它递给部下，众人大惊失色。长史张昭说：“曹操假借天子之名，四处征讨，如果拒绝，我们就名不正言不顺，况且将军也不足以对抗曹操。如今曹操占据荆州，又拥有战舰，不如前去迎接吧。”其余众人也多附和张昭，只有鲁肃不说话，后来他见孙权入内更衣，就跟着孙权进去。孙权已知鲁肃的意思，握着他的手说：“你认为该怎么办呢？”鲁肃答道：“别人可以投降曹操，只有将军不应迎纳曹操。”孙权问起原因，鲁肃说：“如果众将投降曹操，未必会失去官位，就算失去官位，也可以安然回乡。将军投降曹操，将回到何处呢？希望你早作打算，不要被众人迷惑。”孙权叹息道：“此话正合我意，但想抵挡曹操的大军，谁能领军作战呢？”鲁肃说：“周瑜。”孙权听从鲁肃的建议，立即派人到鄱阳，召周瑜前来商议。

周瑜正在鄱阳湖训练水军，接到命令后，立即赶来。孙权对他说要与曹操讲和，周瑜生气地说：“曹操名为汉相，实是窃国贼。将军继承父亲和兄长的遗志，占有江东，土地方圆几千里，士兵精锐，粮食充足，应当为汉朝除去祸害，为何要去迎纳汉贼呢？”孙权这才道出实情：“我并不想迎纳曹操，只是担心寡不敌众，所以召你过来商议。”周瑜说道：“曹操如今东来，实际上犯了很多兵家大忌：北方没有平定，马腾、韩遂还在关西，是曹操的后患，曹操却一心想要东攻，这是一忌；南方人擅长水战，北方人擅长陆战，曹操舍长用短，这是二忌；现在正值隆冬，天气寒冷，马匹缺少粮草，这是三忌；中原士兵水土不服，必然生病，这是四忌。曹操犯了这么多忌讳，部下多又有何用？将军擒捉曹操，就在此时，周瑜愿带领精兵几万，驻扎在夏口，保管为将军攻破曹操，请将军不必担忧。”孙权听了周瑜的话，起身说道：“曹操想篡夺汉室江山，只是忌讳二袁、吕布、刘表和我，如今群雄已被他消灭，只有我还在，我与曹操势不两立，你的话正合我意。”周瑜又说：“将军决定了吗？”孙权拔出利剑，将桌子砍去一角，向众人宣布道：“如果有人再敢说迎纳曹操，下场就像这张桌子一样。”张昭等人在旁边听了，都很吃惊。周瑜告辞离去。

鲁肃见到周瑜以后，详细地讲述诸葛亮求援的事情，周瑜就让鲁肃邀请诸葛亮，诸葛亮与周瑜相见，寒暄一阵后，谈起军事，诸葛亮笑着说：“恐怕孙将军现在还有疑虑，应该替他剖析，让他知道曹操的虚实，除去疑问，才能成事。”周瑜听了这话，连连说好。诸葛亮告别时，已经日暮，周瑜吃过晚餐，又拜见孙权：“部将劝将军迎纳曹操，无非是因为曹操虚张声势，说他有八十万兵马。其实曹操并没有这么多部下，曹操在北方的士兵只有十五六万，并且经过多次战役，已疲惫不堪。至于荆州投降的士兵，最多不过七八万，还不是真心归附。试想，这些士兵沿江东来，人数虽多，实在不足为惧。周瑜只要有精兵五万，便可以抵御曹操了。”孙权起来拍着周瑜的背说：“你的话消除了我心中的疑虑，张昭等人只顾自己的妻儿，毫无远见，令我大失所望。只有你、鲁肃与我同心同德，我已经选好三万人，劳烦你与鲁肃、程普立即出发，我再聚集兵马，援助你们。你如果失利，便领兵回来，我发誓要与曹操决一死战。”周瑜告退。

第二天，孙权令周瑜、程普为左右督，鲁肃为赞军校尉，领兵三万，与刘备相会，合力抵抗曹操。程普在众将中年龄最大，反而成了周瑜的副手，不免怏怏不乐。后来见周瑜部署人马，井井有条，才心服口服。周瑜见诸葛亮的才智在自己之上，就请孙权让诸葛瑾留诸葛亮在东吴为官。孙权将此话告诉诸葛瑾，诸葛瑾前去挽留诸葛亮，诸葛亮反而邀请诸葛瑾同行。诸葛瑾回去禀报孙权说：“弟弟诸葛亮已决心听命刘氏，决无二心，他不留在东吴，犹如我不去听命刘备一样。既然彼此一起抗拒曹操，就不必计较亲疏远近了。”孙权又将此话转告周瑜，周瑜听后，便辞别孙权与诸葛亮一同西进。

走到樊口时，刘备已守候多日。刘备见到东吴的水军后，便让糜竺犒劳士兵。周瑜对糜竺说：“我本想拜见刘备，一起商议计策，只因正统率大军，不便轻易离开，如果刘备肯屈驾前来就好了。”糜竺回去禀报刘备，刘备就划着小船前去相会，问周瑜带多少兵马，周瑜说三万，刘备嫌太少，周瑜微笑道：“兵不在多，主要靠将才。你只要看我攻破曹操就是了！”刘备夸赞了几句，就告辞回去安排将士，协助周瑜攻打曹操。

周瑜领军前进，抵达赤壁后，与曹操的前锋相遇，两军交战，曹操的军队战败退去。周瑜在南岸安营扎寨，曹操驻扎在北岸，两军夹岸相持。曹操的部下多是北方人，不习惯南方水土，因此呕吐不止，筋疲力尽，不堪争战。周瑜此时也没有胜算，静观形势。转眼间已过了十多天，曹操见江中波浪，时而大起，时而停止，士兵一经颠簸，便头晕目眩，因此想出一个办法，用铁环将各个战舰锁住。吴将黄盖得知后，便向周瑜献计：“敌众我寡，难以与他相持，曹操的战舰首尾相连，只要用火一烧，不怕曹操不退兵。”周瑜微笑着说：“我也有这样的想法，但曹操的军队沿江巡逻，我们难以靠近，又怎么放火呢？”黄盖跳起来说：“为何不用诈降计呢？”周瑜鼓掌说：“此计非你出马不行。你可先派人写信给曹操，曹操如果中计，便可以成功。”黄盖写了一封投降信，先交给周瑜过目，待到深夜，派人给曹操送过去。当晚月亮高挂，水天一色，曹操对月感叹，与部将痛饮几杯。乘着三分酒兴，走出营寨，登上战舰，眺望夜景，忽然看见乌鹊向南飞去，不由得取过一槊，横放船头，信口作歌：

对酒当歌，人生几何？譬如朝露，去日苦多。慨当以慷，忧思难忘；何以解忧？唯有杜康。青青子衿，悠悠我心；呦呦鹿鸣，食野之苹。我有嘉宾，鼓瑟吹笙；皎皎明月，何时可辍？忧从中来，不可断绝；越陌度阡，枉用相存。契阔谈宴，心念旧恩；月明星稀，乌鹊南飞，绕树三匝，何枝可依？山不厌高，水不厌深。周公吐哺，天下归心。

才吟唱完，手下过来禀报，说东吴派人递上一封书信。曹操将东吴的使人召过来，并将书信看了一遍，信中署名是吴将黄盖。曹操看了又看，过了很久才开口询问使人：“你是黄盖派来的，莫非黄盖是诈降？”使人极力诉说黄盖的诚意，曹操又说：“黄盖如果愿意投降，自会给他加官封爵，我不再写回信了，麻烦你转告他吧。”使人回去禀报，黄盖十分欢喜，并转告周瑜。周瑜让黄盖预先准备，伺机而动。黄盖挑选了十艘船，并准备了干柴，上面浇了火油，再覆盖上赤幔，船头插着一面青龙旗，布置停当以后，专等周瑜的命令。

当时正值隆冬时节，常有西北风，很少有东南风，曹操在北面，没有东南风怎么放火呢？所以周瑜一再拖延，并请诸葛亮过来密商。诸葛亮熟知天文，料到冬至那天会有东南风，便起身说：“孔明不才，能够祈求风雨，愿助你一臂之力。”周瑜大喜过望，便请诸葛亮选择一个地方，设坛祈祷。过了一天一夜，果然有东南风渐渐刮起，周瑜十分诧异，派人去见诸葛亮。诸葛亮已驾着一叶轻舟，到樊口找刘备去了。周瑜下令在夜里行动，让黄盖再次写信给曹操，约好夜里去投降，船上有青龙幡的，便是投降的船只。曹操信以为真，等到黄昏，率领部将出营，眼巴巴地等着黄盖前来投降。又过了一会儿，星光闪烁，月色迷蒙，江中刮起一阵大风，寒彻肌骨。忽然看见对面有许多战舰顺风前来，隐约有青龙旗飘动，曹操高兴地说：“黄盖果然来投降了！”程昱、贾诩等人在旁边，齐声对曹操说：“来船颇多，不可不防。并且东南风刮得厉害，倘若他借风放火，怎么抵挡？”曹操有所省悟，传令各船，小心戒备，并且派巡逻的船只出去打探虚实。号令才下，敌船已经到来，在相距不到二里的地方，顺风放火，火焰被狂风卷来，直烧到曹操的军舰上。将士连忙解救，已经来不及了，只见火越烧越旺，船又被铁环锁住，再加上黄盖乘风过来，接连放火，不但船只被烧毁，甚至岸上的营寨也被烧着了。可怜曹操的部下被烧得焦头烂额，只好“扑通扑通”地跳入水中。

曹操见无法支撑，想从岸上逃走。幸亏张辽找到一艘小船，上前营救曹操，曹操跳到船上，飞一般地逃去。黄盖从火光中瞧见后，连忙追赶，不料一支箭飞来，正中肩窝，黄盖翻身落水。后面是韩当的水军，黄盖在水中大声求救，被韩当听到，他急忙下令将黄盖捞起，送回大营医治。韩当去追曹操，曹操的部下还有几艘战舰，跟随曹操逃走。哪知东吴的水军相继聚集，吴大都督周瑜也乘船擂鼓，从后面追来。曹操的部下已死了七八成，其余的也多半受伤。赤壁山成了火焰国，扬子江里全是死人，曹操在水上逃了数十里，才敢登岸，然后寻到一匹快马，向北逃去。吴兵上岸追击，多亏曹操的部将陆续赶到，保护着曹操，边战边逃。谁料刘备又派来关羽、张飞、赵云，沿路追杀。曹操带领部将，杀开一重又是一重，等到杀出重围，东方已经发白，检点人数，只剩几千个骑兵了。曹操打算逃回南郡，因从华容道走较近，便从华容道逃去。偏偏疾风未停，暴雨又来，一阵淋漓，害得曹操等人拖水带泥，狼狈不堪。过了很久，才抵达南郡，可是曹操的士兵已经寥寥无几了。曹操仰天长叹：“如果郭嘉还在，我就不会这样狼狈了！”说完之后，又大哭道："悲哀啊郭嘉！痛苦啊郭嘉！可惜啊郭嘉！"众将都很惭愧，勉强休息一夜。第二天，曹操命征南将军曹仁、横野将军徐晃留在江陵，折冲将军乐进防守襄阳。布置完毕后，自己折回许都去了。

周瑜等人追到南郡，曹仁已备好兵马，与周瑜对敌。

既生瑜，何生亮

周瑜领兵到达南郡，与曹仁隔江相持，曹仁坚守不战，周瑜也不便急攻。甘宁请求进攻夷陵，周瑜于是调拨三千士兵，让甘宁带去。甘宁到达夷陵，立即将夷陵攻下。曹仁得知夷陵失守，分兵前去支援，将夷陵城团团围住，甘宁向周瑜求救。周瑜想领兵前去解救甘宁，又担心曹仁出击，进退两难。吕蒙说道："留凌统在这里，我与你赶去支援，应当可以快速解围。我担保凌统能坚持十天，不会有事。"周瑜就让凌统守住营寨，自己与吕蒙等赶去支援。到了夷陵城下，击退曹仁的士兵，夺得战马三百匹，立即赶回。凌统这边果真安然无恙。周瑜屯兵北岸，伺机进攻。孙权听说周瑜打了胜仗，于是亲自领兵攻打合肥，接连几天都没有攻克。曹操派将军张喜率兵支援，可援军很久也没有到来。扬州别驾蒋济对外谎称援兵将要到来，派人拿着书信前往城中，被孙权的手下抓获，孙权信以为真，撤围离去。刘备用诸葛亮的计策，上疏举荐刘琦为荆州刺史，分别派关羽、张飞、赵云前去攻打武陵、长沙、桂阳、零陵。三员大将先后占领四郡。

赵云奉刘备之命，前去攻打桂阳。桂阳太守赵范开城投降，邀请赵云进去宴饮。赵云坦然而入，与赵范对饮，彼此虽然不是同族，却是同姓，气氛很融洽。喝完酒后，赵范请赵云到后园游览。过了一会儿，赵范借口更衣，出去引来一位美丽的少妇。少妇走到赵云座旁，嫣然含笑，替赵云倒酒。赵云连忙避开，推辞说不敢当。再看那位美女，淡妆浅抹，恰似一枝秋后海棠，但却不知道她是谁的家属，来这里是什么意思，一时又未便多问，只好以礼相待。那少妇斜送秋波，把赵云上下打量一番才离去。赵云问起少妇的来历，赵范答道："这是嫂子樊氏，青年丧夫，令人惋惜。"赵云听了此话，更加诧异，赵范又说："守节原本就是一件困难的事。我曾探问过嫂子的心意，她也想再嫁，但必须是一位出色的英雄才肯改嫁。姻缘凑巧，遇到将军，又与我同姓，如将军不嫌弃，我愿意玉成此事。”赵云十分恼怒：“我与你同姓，你的兄长就是我的兄长，你的嫂子就是我的嫂子，为何要让我乱伦呢？这事不要再提了。”赵范无言可对，满脸惭愧。赵云立即告辞出去，因为担心赵范心怀芥蒂，暗中变乱，就命部下日夜严防，并派人前去迎接刘备。

刘备赶到时，赵范已经逃走，赵云与他说起拒婚的事情，刘备笑道：“这也没什么！”赵云应声说：“赵范刚刚投降，我怎敢突然答应他的请求呢？况且他让嫂子改嫁，既失去名节，又背叛兄长，由此可见他的为人。天下的美女太多了，我岂能因此堕落？”刘备赞叹不已，封赵云为偏将军，担任桂阳太守。赵云将赵范的家眷及樊氏送回原籍，自己在桂阳任职。刘备又尊诸葛亮为军师，兼职中郎将，让他到零陵、桂阳、长沙三郡征收赋税，作为军饷。长沙太守韩玄、零陵太守刘度、武陵太守金旋，自投降刘备后，刘备仍让他们为官。攸县守将黄忠，年老力强，也来乞降，刘备将他接纳。庐江营帅雷绪，也率部下数万人投奔刘备。刘备招贤纳士，从此开始创立基业。可惜好事多磨，如花似玉的甘夫人，因为长坂一战，受到惊吓，卧病一年多，香销玉殒。刘备自然无限伤感。

周瑜围攻江陵，很久没有攻克。周瑜年轻气盛，一心想攻破此城。曹仁用诱敌计，假意开城与周瑜厮杀，周瑜担心将士不肯尽力，一马当先。曹仁假装战败，返回城中，等周瑜追到城旁，下令让预先埋伏在城楼的部将，射杀周瑜。周瑜右胁中箭，翻身落马，曹仁又从城中杀出，想要活擒周瑜。多亏韩当、徐盛等人拼命保护，才将周瑜救回大营。吴兵自相践踏，伤亡甚多，江陵城丝毫没有损失。周瑜拔出箭头，虽然用药调治，却是疼痛难忍，好多天不能亲自领兵。曹仁听说周瑜不能起床，多次前来挑战，周瑜忍痛上马，来到阵前，大声叫道：“曹仁，你可认得我吗？”曹仁的部下都很吃惊，全部退回，被周瑜追杀一阵，死伤无数。曹仁锐气大失，援兵又一直不到，于是弃城向北逃去。周瑜进入江陵城后，派人向孙权报捷。孙权命周瑜为南郡太守，屯兵江陵，程普为江夏太守，吕范为彭泽太守，吕蒙为寻阳令，并召鲁肃等人赶回吴地。曹操得到江陵战败的消息，十分恼恨，因九江人蒋干口才较好，又与周瑜是故交，曹操就令他前去招降周瑜。蒋干身穿布衣，到江陵求见周瑜，周瑜出来迎接蒋干，叫着蒋干的字说：“子翼远道而来，十分辛苦，但你是来为曹氏做说客的吗？”蒋干只好否认：“我与你分别多年，今天特来叙谈旧情，怎能怀疑我是说客呢？”周瑜一笑置之。一会儿，又与蒋干一同参观仓库，还笑着对蒋干说：“大丈夫处世，就应报答主人的知遇之恩。我与孙将军名为君臣，却情同骨肉，福祸与共。幸亏你不是说客，否则换成别人，我恐怕就要与他绝交了。”这一席话，说得蒋干有口难言，立即告别。蒋干回去禀报曹操，说周瑜不是一言半语能招来的，曹操也没有办法，只得再作打算。江东因此安然无事。

孙权听说鲁肃回到吴地，与众将出城迎接。相见以后，鲁肃向孙权下拜，孙权也下马答礼，然后对鲁肃说：“你一路辛苦，我今天亲自出城迎接你，你觉得荣耀吗？”鲁肃回答说：“没有！没有！”大众都很愕然，鲁肃又举起鞭子慢慢说：“希望将军能威服四海，称霸九州，成就帝业。那时再迎接我，我才觉得荣耀。”孙权拍手大笑，与鲁肃一同进城。鲁肃说能够在赤壁打胜仗，多亏刘氏帮助，此后应当始终合作，才能够抗拒曹操。孙权点头赞成。这时刘琦病死，孙权于是让刘备为荆州牧守，并且派周瑜屯兵南岸各地，归刘备管制。刘备屯兵油口，将此地改名公安。孙权有一个妹妹，已长大成人，还没有许配人家，听说刘备接连丧失妻妾，就准备将妹妹嫁给刘备。刘备也有意联合东吴，当然答应，待到双方说妥，刘备亲自到东吴迎亲。临行时，诸葛亮对刘备说：“将军此去喜忧参半。我不怕孙权，只怕周瑜。周瑜并非真心与我们和好，这都是鲁肃从中调停。将军如果一定要去东吴，往返必须迅速，并且应找人保护，才能无事。”接着又将赵云调回，让他跟随刘备同行。

刘备到达江东后，孙权把他迎进去，二人虽初次会面，但彼此都是英雄，谈到投机的时候，也十分欢洽。孙权选择吉日，留刘备在东吴成婚，刘备只好答应。转眼到了吉日，孙权把客馆摆设停当，准备举行婚礼。一百多名侍婢，簇拥着一位佳人，走上红毯，站在右侧。刘备也整好衣冠，到左边拜天地。礼仪完成以后，一同步入洞房。等到三更时分，二人便携手进入帏幔，成就好事。

刘备接连住了一个多月，虽然身在温柔乡，但却时刻惦记着荆州。一天，他见过孙权，谈论一番之后，就请孙权将荆州借给他。孙权没有多想，慨然答应，刘备起身道谢，并想立即回去。孙权一再挽留，刘备只得暂且住下。此事已被江陵太守周瑜得知，他急忙写了一封信，派人送到东吴。孙权看完之后，又把周瑜的书信拿给鲁肃、吕范等人，吕范说应听从周瑜的话，鲁肃却反驳说：“将军虽然神武，势力却比不上曹操。曹操现在仍想夺回荆州，不如将荆州借给刘备，并把他遣回去抵挡曹操，这才是上计。”孙权听了鲁肃的话，觉得有理，就不再坚持留下刘备。刘备略有耳闻，恳求妻子孙夫人，说他想乘机西归，孙夫人倒也豪爽，收拾东西，立即出发。刘备只留下一封书信与孙权告辞，自己与赵云等人乘船离去。孙权看到刘备的书信后，亲自率领鲁肃、张昭等十多人，追上去为刘备送行。刘备从容拜见孙权，说曹操正觊觎荆州，不能不回。孙权也不责备他，只是摆酒饯别，并且邀请孙夫人过来宴饮。鲁肃等人不便出席，避到后仓。酒至半酣，刘备低声对孙权说："公瑾文韬武略，是人中豪杰，只怕他志向远大，不肯屈于人下，希望你早点预防。"孙权笑而不答，待到宴饮之后，刘备夫妇扬帆离去，孙权也退了回去。

刘备到达公安后，诸葛亮等人把他接进去，刘备对诸葛亮说："英雄所见略同。以前先生担心我去东吴，也是为此。如果孙权听从周瑜的话，恐怕我就不能与你们再见面了。"诸葛亮等人起身道贺，刘备开宴庆赏，喜气洋洋。刘备又重赏赵云，不再让他回桂阳，并且写信向孙权索借荆州。恰逢周瑜从江陵到吴地，询问孙权为何放走刘备，孙权说是为了防备曹操。周瑜又说："曹操刚刚败退，一时还不能与将军作战；刘备刚刚与我们联姻，一时也不至于失和。但刘备不窥视东吴，必想夺得蜀地，我们最好先发制人，周瑜愿带领奋威将军仲异一同进攻巴蜀。然后让仲异在那里防守，与马腾的儿子马超互为援应，我再回来与将军夺取襄阳，向北攻打曹操。曹操如果战败，刘备更不足为虑了。"孙权连连称好，让周瑜整顿兵马，攻打蜀地。周瑜返回江陵时，在途中患病，但他还强打起精神到巴丘练兵，并嘱咐孙瑜尽快赶到夏口，又请求孙权写信给刘备，免得受到牵制。孙权派人到公安，把书信交给刘备，大意是说，刘璋无法防守，如果曹操得到蜀地，荆州就危险了。如今想先攻打刘璋，再攻打张鲁，以便将来统一南方，到那时，即使有十个曹操，也不用担忧了。

信中提到的刘璋是益州牧守刘焉的小儿子，曾任奉车都尉，留在京师居住。献帝让刘璋安抚刘焉，刘焉不愿意为朝廷效命，索性让刘璋留在蜀中。沛人张鲁是五斗米道张陵的孙子，世代继承祖业，寄居蜀中。张鲁的父亲张衡早死，母亲颇有姿色，常出入刘焉家，刘焉很宠信她。刘焉令张鲁为督义司马，屯兵汉中。不久，刘焉得病身亡，刘璋担任益州刺史。张鲁渐渐骄横起来，不服从刘璋的命令。刘璋竟杀死张鲁的母亲，从此与张鲁结仇。张鲁占据汉中，自称师君，提倡鬼道，与黄巾军相似。刘璋多次与张鲁争战，彼此都有死伤，不分胜负。刘备与刘璋都是汉室后裔。刘备看完孙权的书信后，便将信拿给诸葛亮看，诸葛亮说："要占领益州，何必烦劳东吴？如今暂且用缓兵计，先写回信，再慢慢作打算。"刘备让诸葛亮写好回信，交给东吴的使者带回。孙权看完后，把回信交给周瑜，周瑜怎肯罢手，仍催促孙瑜领兵上路。孙瑜熟知兵法，与周瑜又很默契，立即由丹阳发兵到夏口，远远望见前面列着战舰，挡住去路，不得不询问明白。忽然有一人叫道：“请吴将上前答话！”孙瑜望过去，见是荆州牧守刘备，便对他说，自己奉命攻占蜀地，刘备大声说：“你想攻占蜀地，请从别的地方绕行，我已经写信给孙将军，劝他收手。”孙瑜还想再说，刘备竟退回船中，不再与他相见。孙瑜无法再前进，又不好与刘备交战，只得退回，禀报周瑜。周瑜正想领军前进，得知此事，愤怒异常。俗语说怒气伤肝，周瑜的病本来就没有痊愈，哪禁得住这样恼怒？顿时口吐鲜血，晕倒在地上。左右把周瑜抬到床上时，他已经气息奄奄。又经医生医治，最终无效。周瑜自知病情无法好转，就命人记录自己的遗言。还没有说完，已气喘吁吁，周瑜突然大声呼道：“既生瑜，何生亮？”说完就去世了，年仅三十六岁。

部将将他棺殓，并把遗书呈给孙权。孙权流泪叹惜：“公瑾雄才大略，如今忽然去世，我还能依赖谁呢？”又看到周瑜在遗书里举荐鲁肃代替自己，就令鲁肃为奋武校尉，到巴丘接管周瑜的军营。周瑜有两个儿子和一个女儿，孙权厚意抚恤，将周瑜的女儿配给自己的儿子孙登，周瑜的长子周循娶了孙权的女儿，官至骑都尉。后来，周循早死，弟弟周胤官至兴业都尉，封为都乡侯。

鲁肃前去上任，路过寻阳，会见寻阳令吕蒙。吕蒙是汝南人，喜欢武术，不读经书，经孙权耐心规劝，才专心学习，手不释卷。鲁肃与吕蒙相见，吕蒙摆下酒席款待，对古今世事侃侃而谈。鲁肃起来拍着吕蒙的背说：“吕蒙，数日不见，不料你现在竟如此有才，不再是那个吴下阿蒙了！”吕蒙笑着说：“士别三日，当刮目相看，你为何这样小看人呢？”鲁肃又拜见了吕蒙的母亲，然后才与吕蒙依依道别。等抵达江陵，鲁肃仍坚持之前的观点，请求暂时将荆州借给刘备。孙权于是召孙瑜回来把守丹阳，把江陵、南郡等地借给刘备。刘备令诸葛亮防守南郡，关羽防守江陵，张飞防守秭归，自己在孱陵驻扎。

曹操听到周瑜的死讯，心中欢喜，正打算嘱咐曹仁等再去攻打荆州，忽然接到报告，孙权已将荆州借给刘备。曹操又转喜为忧，将进攻荆州的事情暂时搁置，自己到邺中造了一座铜雀台，随时游赏，并且接连下令，访求人才。

许褚救主

关西一带，一向由马腾、韩遂驻扎，二人关系本来很好，结为异姓兄弟，后来因部下相互侵犯，成了仇敌。曹操让他们和解，召马腾为卫尉，让马腾的儿子马超代管部下。曹操想攻打汉中，先派夏侯渊发兵河东，与关中督军钟繇相会。关西各将听说此事后，都很怀疑，马超少年英勇，更担心曹操召父亲入朝，不怀好意，便会同韩遂以及侯选、程银、李湛、张横、梁兴、成宜、马玩、杨秋八部兵马，合兵十万，进攻潼关。曹操接到警报，加罪于马腾，把他全家抓进狱中，然后令曹仁率兵赶往潼关，并嘱咐他坚守不战。

建安十二年七月，曹操让儿子曹丕为五官中郎将，与奋武将军程昱等人留在邺城，此外的谋臣猛将，都跟随他西去。好容易到了潼关，与马超分别在潼关内外安营。有人说关西士兵多半使用长矛，须挑选精锐为前锋，才能取胜，曹操捋着胡须微笑道："战与不战，主动权在我，敌人虽然有长矛，我如果让它没有用处，它怎能刺杀各位？你们看我怎么破敌就是了。"他只令将士坚守，暗中派朱灵、徐晃二将率领四千人，渡过蒲坂津，沿河驻扎。马超听说曹操的军队驻扎在河滨，料知曹操必定北渡，急忙向韩遂献计："曹操的大军一旦过河，我们必定难以抵抗，我愿意领兵在渭河拦截，让他们不能北渡。他们远道而来，缺乏粮草，用不了二十天，就会退回，到那时我军再去追击，必能大获全胜。"韩遂回答说："何必这样做呢？等他们渡到一半时，出兵攻击，岂不是更快吗？"马超虽然心中不快，但认为韩遂的计策也还可用，于是专心探听南岸的消息。

第二天清晨，马超得到报告，说曹操将要渡河，急忙率领一万多人，前去进攻。遥见曹操坐在南岸，指挥士兵渡河，马超立即策马过去，直奔曹操。曹操还端坐不动，旁边许褚大叫："贼人来了，请丞相赶紧下船！"曹操刚说没事，回头一瞧，见马超离他只有一百多步，倒也惊心，急忙起身离座。许褚将曹操拖了过去，正要上船，马超已经杀到，多亏曹操的手下拼命抵挡，曹操才得以上船。岸上的士兵多半被马超的部下杀死，只剩一些残兵逃回河边，争着上船躲避敌兵。船因为承受不了那么重的重量，眼看就要颠覆，许褚拿着刀乱砍，把船旁站立的士兵都劈落水中，然后命水手开船西去。哪知南岸的马超，率领士兵拉弓射箭，曹操船上的水兵，全被射死。连船中的士兵，也多数中箭身亡。许褚担心曹操受伤，左手举起马鞍保护曹操，右手握住木篙撑船，再用两脚夹舵，向西逃去。渭南县令丁斐在南岸放出牛马为诱饵，马超的部下因贪图利益，都去抢夺牲畜，无心追赶曹操，曹操才得以安全抵达北岸。

到达蒲坂之后，将士都来请安，曹操大笑道："我今日几乎被小毛贼围困，幸亏许褚救了我。"许褚接着说："多亏南岸有人放出牛马，我们才能渡河。"曹操急忙问牛马是何人所放，许褚也不知道，后来派人查问，才知是丁斐所为。曹操当即提升丁斐为典军校尉，然后令各将带领兵役，在河岸修筑甬道，从北到南，甬道外面都挂着旗，以此迷惑敌兵。暗中却筑造浮桥，渡过渭水，在渭南安营。谁知此事又被马超得知，多次领兵前来，把营寨毁坏。曹操正无计可施，忽然来了一个叫娄子伯的人向曹操献计，说是秋尽冬来，天气突然变冷，只要夜里用沙子修城，再拿水浇灌，凌晨就能凝固。曹操依计而行。马超急忙过来攻打，已经来不及了，就与韩遂商议，趁夜劫营。不料曹操预先设下埋伏，反而把马超的军队围住。马超奋勇杀出，但死伤了很多人马。马超战败以后，锐气大伤，又见韩遂等不肯尽力，专靠自己一人厮杀，更加闷闷不乐。

韩遂无能，想与曹操讲和，马超满怀悲愤，但也无可奈何。曹操不肯答应，贾诩进言说："他来求和，你不妨答应，明天与韩将军相见就是了！"说着，用眼睛暗示曹操。曹操心领神会，立即让来使回去禀报。来使离去后，曹操问贾诩："你有什么妙计？"贾诩将自己的计划说了一番，曹操不禁拍手叫好。第二天，曹操列队出营，专请韩遂出来交谈。曹操与韩遂的父亲曾一同被举荐为孝廉，又与韩遂同时出仕为官。二人相见，曹操只谈旧事，并不提军情。马超在后面，与韩遂相距颇远，听不出他们交谈什么，就想乘机行刺曹操，蓦然看见曹操背后站着一个人，好似地煞星一般，因此不敢轻举妄动，只问曹操："你军中的虎侯是谁？"曹操回顾许褚，许褚严厉地说："是我！"马超不再多说，转身回去。韩遂正与曹操话别，韩遂的部下都上前看曹操，曹操对他们说："你们想看曹公吗？曹公与常人无异，并无三头六臂，只不过才智过人罢了！"说完与韩遂拱手作别，径直回营。马超忍无可忍，询问韩遂曹操说了什么，韩遂说只是叙旧，马超疑心更重。

过了一夜，曹操又写信给韩遂，故意在书信中涂改多处。韩遂看完之后，正在惊讶。忽然马超进帐，索要书信，一看更加怀疑，以为是韩遂有心修改，于是悻悻走出。过了一夜，马超就与成宜、李堪二军攻打曹操。曹操先让骑兵接战，然后派兵冲出两翼，围抄马超的军队。马超支持不住，向后退去，成宜、李堪也被曹操的部下包围，先后战死。曹操的部下越战越勇，马超的军队越战越怯，韩遂又不肯前来支援，马超只好向西奔去，韩遂也随后逃去。曹操下令班师，凉州参军杨阜进见曹操："马超英勇，不亚于吕布，羌胡等都很畏服。如果大军突然回去，不设防备，恐怕陇上各郡，终非国家所有啊。"曹操听了杨阜的话，不免犹疑。这时河间传来警报，土豪田银、苏伯等人叛乱。曹操于是决定退军，令杨阜辅助冀州刺史韦康，镇守河北，留夏侯渊屯兵长安，作为援应，自己率兵回邺中。然后派人讨平田银、苏伯，并上疏请求诛杀马腾的族人。马腾一门二百多口人都被诛杀。

益州刺史刘璋承袭父亲遗业，因与张鲁连年作战，担心人心不服，特向朝廷上疏，并派人问候曹操。曹操令刘璋为益州牧守，加封振威将军。刘璋的兄长刘瑁是平寇将军，忽然患病身亡。不久，刘璋又派别驾张松向曹操问好，曹操刚打败马超，见了张松，颇为骄横。张松到蜀地之后，劝刘璋与曹操绝交，刘璋十分担忧："我如果与曹操绝交，曹操必派人来攻，怎么抵挡？"张松答道："将军怎么舍近求远呢？好好一个宗亲不去结交，却要去孝敬曹操，真令人不解！"刘璋问宗亲是谁，张松就把刘备的大名说出来，刘璋又愁无人可以作使者，张松就举荐法正。法正祖籍扶风，曾是益州军议校尉，他的建议往往不被采用，所以每次与张松谈起世事，总是叹息。张松推举他出使荆州，他却故意推让，经刘璋当面下令，他才赶赴荆州。回来之后，他说刘备宽仁忠厚，可以作外援。又退下去见了张松，称刘备才智过人，可以做州主，张松也正有此意，就与法正定计，伺机行动。

不久，曹操命钟繇发兵，逼近汉中，张松乘机对刘璋说："曹操的兵从西面到来，锐不可当，曹操占据汉中以后，必会进攻巴蜀，将军将如何抵御呢？"刘璋怆然说："我正为此事担忧，不知你有没有好办法？"张松答道："不如把刘备迎接过来。刘备与你是宗亲，且与曹操有仇，必能与你同心协力。如今趁曹操的大军还没有进入汉中，赶快请刘备过来，让他讨伐张鲁。张鲁一除，益州也就无事了，即使曹操的军队过来，也不用担忧。"刘璋喜出望外，立即命法正调兵四千，前去迎接刘备。法正刚要动身，突然有一人阻止说："不可！不可！刘备素有英名，岂肯甘心居于人下？"刘璋见是主簿黄权，生气地说："如果曹操领兵来攻，试问你能抵抗吗?”黄权答道:“益州也有不少将士,倘若曹操领兵入境,我愿意与众将拼死防守,曹操未必能取胜。”刘璋摇头说:“单靠本州将士,怎能抵挡曹操?一旦战败,我们怎么办呢?”黄权还想再说,刘璋不肯听,并叫黄权出任广汉长,黄权只好离去。王累也上前阻止,刘璋也不肯听。法正到了荆州,刘备、诸葛亮等人对他都很殷勤,法正向刘备献计说:“像你这么有才能的人,何必屈居此地呢?益州富有,刘璋昏庸,你如果不攻取,必被曹操占有。现在应快速行动,况且又有张松做内应,何愁不能成事?”刘备踌躇道:“刘璋与我同宗,我不忍心夺取他的土地,此事还要从长计议。”正在交谈,一名文吏走进来说:“将军不要迟疑。”刘备一瞧,是副军师庞统,便欠身邀他坐下。

庞统就是庞士元,号为凤雏,祖籍襄阳。周瑜很欣赏庞统的才能,夺取江陵时,曾推荐庞统为南郡太守。不久,周瑜病逝,庞统送丧到吴地,吴人陆绩、顾劭、全琮等都与庞统结交,他们把庞统引荐给孙权。孙权见他其貌不扬,仍让他回去担任原职。庞统返回南郡,恰逢孙权把荆州借给刘备,诸葛亮亲自前去接管。诸葛亮与庞统本来就认识,又有亲戚关系,立即写了一封推荐信,让庞统去见刘备。庞统向鲁肃辞行,鲁肃正想与刘备结交,就答应让他前去。刘备见到庞统后,也与孙权一样,只让他担任耒阳县令。庞统到任后,不理政务,被刘备罢免。碰巧鲁肃派人送来书信,信中问起庞士元,说他是治国安邦的大才。刘备半信半疑,等诸葛亮向刘备详细叙述庞统的经历,刘备才恍然大悟:“他就是凤雏吗?”诸葛亮回答说是,刘备忙邀请庞统过来,亲自谢罪,提升他为治中从事,此后又封他为副军师中郎将。法正到来后,刘备迟疑不决,庞统就进帐怂恿,劝刘备赶快行动。刘备还是不能下定决心,庞统说道:“荆州荒芜,人口较少,并且东面有孙权,北面有曹操,怎能得志?而益州人口上百万,土地广阔,为何不去呢?”刘备沉默了半天才说:“我如果贪利忘义,不但曹操笑我,天下人也都会背叛我,这怎么能行呢?”庞统微笑着说:“将军为人忠厚,却不知变通。如今群雄并起,四海纷争,将军如果能得到益州,厚赏刘璋,也不失信义;益州如果被曹操占领,对刘璋就真的有益吗?”刘备不禁动摇,让法正回去禀报刘璋,约定日期相见。待法正离去后,刘备又请诸葛亮过来商议,诸葛亮的观点与庞统一致。刘备于是让诸葛亮防守荆州,由关羽、张飞、赵云三将辅助,自己带着庞统及黄忠、魏延各将,向西赶赴益州。

刘璋听了法正的回报,得知刘备即将到来,便令地方官吏沿途迎接,不得怠慢。刘备入境，官吏都出郊迎接，络绎不绝。抵达巴郡时，太守严颜叹息道："这就叫引狼入室啊！"话虽如此，既然刘璋有令，也不得不去迎接。刘备一路畅通无阻，直抵涪城。刘璋亲自率领三万人，到涪城迎接刘备。黄权极力劝阻，刘璋始终不肯听从。王累以死劝阻，刘璋仍置之不理。刘璋令法正为先锋，法正已与张松定好密计，见到刘备后，便劝刘备乘机袭击刘璋，刘备摇头不语。庞统进言说："如果能拿住刘璋，不费吹灰之力就能得到益州了。"刘备不肯答应。不一会儿，刘璋到达涪城，与刘备会面，双方相谈融洽。刘璋推荐刘备为大司马，兼任司隶校尉，刘备也推荐刘璋行镇西大将军事，为益州牧守。二人彼此敬重，比同胞兄弟还要亲昵三分。刘璋请刘备攻打张鲁，刘备毫不推辞。

刘备抵达葭萌关后，接到报告，孙夫人被东吴接了回去，刘禅本来与她同行，多亏张飞、赵云将刘禅截回。不久，刘备又接到孙权的书信，说曹操攻打吴濡须坞，请刘备回去支援。原来，孙权听从张纮的建议，从吴会迁居秣陵，建造石头城，又任用吕蒙的计策，在濡须水口建造船坞，准备对抗曹操。不久，听说刘备进入益州，违背诺言，孙权怒不可遏，派人将妹妹接回。

孙权将妹妹接回后，便想袭击荆州，不料曹操已经乘机东来，进攻濡须坞口。孙权急忙出兵抵御，与曹操交战多日。曹操见孙权队伍整齐，防范严密，极口称赞道："生子当如孙仲谋呀！"不久曹操接到孙权的来信，说春水正在上涨，劝曹操赶快离去，还说曹操不死，自己不得安宁。曹操笑着对众将说："孙权不会骗我的！"于是撤军西归。孙权本想攻打荆州，担心曹操以退为进，就写信给刘备，求他援助，让刘备不能安然占领益州。刘备看了书信，十分恼怒："无缘无故劫持我的妻儿，还敢向我求援吗？"庞统说："东吴不想让我们得到益州，所以借求援的名义，催促我们班师。我们既然已经到达此地，怎么能空手而回呢？现在我有三条计策，请将军自己选择。"刘备当然愿意听，庞统说："暗中派遣精兵强将，日夜兼程，袭击成都，刘璋没有防备，我军定能取下成都，这是上计；杨怀、高沛是刘璋的名将，现在正把守白水关，听说他们曾上疏阻止刘璋接纳我军，我们借口说孙权、曹操正在争战，要回去保护荆州，杨怀、高沛心中欢喜，必会前来送行，我们借机将他们斩首，长驱直入，这是中计；如果退还白帝城，空手回到荆州，慢慢再作打算，便是下计了！"刘备回答说："按中计办吧。"然后写信给刘璋，说曹操正攻打孙吴，荆州岌岌可危，不得不领兵回去，要借精兵一万，粮食一万斛，回去攻打曹操，等曹操退兵以后，再来讨伐张鲁。

刘璋看到书信后，心中暗想，自己迎刘备入蜀地，本来是想让他消灭张鲁、抵挡曹操，如今刘备回去支援荆州，不但对自己无益，还要借士兵和粮草，实在不划算，因此只给刘备弱兵四千，劣米五千斛。刘备愤怒地对来使说："我为益州讨伐强敌，兴师动众，如今你的主上吝啬钱财，将士又怎么会拼死作战呢？"来使回去禀报刘璋，张松在旁边听了，还以为刘备真要东归，忙派法正对刘备说："如今大事即将成功，为何要离去呢？应赶快发兵。"哪知刘备还没有发兵，张松的密谋已被他的兄长泄露。他的兄长叫张肃，曾是广汉太守，得知张松的密谋后，担心受到牵连，立即报告刘璋。刘璋如梦初醒，下令将张松斩首，并令关隘守将不得再与刘备交往，但已经来不及了。

伏皇后被害

刘备采用庞统的中计，假意东归，派人到白水关报告杨怀、高沛二将。杨怀、高沛巴不得刘备东归，亲自前去送行。刘备将二人擒住，说他们居心不良，立即下令处斩，然后占据白水关，进攻涪城。法正这时才知道刘备的本意，立即前去道贺。刘备留住法正，探听成都的消息，得知张松被诛杀，关隘不通，益州从事郑度又向刘璋献计，叫刘璋坚守不战。刘备免不得心中担忧，询问法正。法正安慰道："刘璋无谋，不会采用这个计策，你尽管放心。"刘璋果然不听郑度的建议，只派部将刘璝、冷苞、张任、邓贤等领兵抵挡刘备，连战连败，退回绵竹。刘备大摆酒席，犒劳将士，饮到半酣，对庞统说："今日宴会，真是快乐啊！"庞统直言答道："攻打别人的家国，反而感到快乐，仁主不应该如此。"刘备已有几分醉意，觉得庞统的话很是逆耳，便生气地说："武王伐纣，载歌载舞，难道他不算是仁主吗？你说的话没道理，赶快退下！"庞统大笑着走出去。第二天早上起来，刘备后悔自己失言，就把庞统请去，向他道歉。庞统也不表态，仍谈笑自如。刘备又说道："昨天说的话，请你不要在意。"庞统这才回答说："君臣都有过失，何必耿耿于怀？"刘备开怀大笑。

不久，刘璋又派吴懿、李严、费观等人抵抗刘备，打了几次败仗之后，吴懿几人反而向刘备乞降。刘备的军队更加强大，于是分军攻占蜀地。冷苞、邓贤战死，张任、刘璝退到洛城，刘璋的儿子刘循也到洛城防守。张任胆识过人，多次突围，多次被击退，但锐气仍然不减。刘备与庞统定计，诱张任出城，引他过雁桥，然后把桥拆断，前后夹攻，害得张任进退无路，被刘备生擒。刘备劝张任投降，张任反抗道："忠臣岂能投降？我只求速死。"刘备不得已，下令将他推出去斩首，并将他厚葬。刘循、刘璝不敢再去作战，只是严加防守。城中所需的粮食，由刘璋源源不断地接济，所以相持了一年多，还安然无恙。刘备正在焦急，忽然接到葭萌关的来信，守将霍峻上报说张鲁前来劝降，已经被斥退，现在刘璋的部将扶禁、向存等人前来攻打，他正在设法抵御。原来，刘备从葭萌关袭击益州，留下中郎将霍峻守关。张鲁派杨帛劝霍峻投降，霍峻愤怒地叱责道："我要与此城共存亡！"杨帛于是退出。后来，刘璋派一万多人从阆水进攻，将领就是扶禁、向存，多亏霍峻作战有方，才没被敌兵攻破。刘备看了这封信，更加担忧，既不方便分兵支援霍峻，又担心巴东有警报传来，截断后路，只好写信到荆州，请诸葛亮派兵相助。庞统一心想邀功，亲自领军猛攻洛城。城上箭如雨下，射中庞统的要害，庞统回营之后就死了。

刘备失去庞统，犹如断了右臂，急忙派人向诸葛亮询问破敌的方法。诸葛亮已派张飞西行，听说庞统去世，不得不亲自进入蜀地。他将荆州的大权交给关羽，自己率领赵云等人沿江西进。当时张飞已到达巴郡，被太守严颜阻挡。张飞用诱敌计擒住严颜，大声呵斥道："大军到此，你为何不投降？"严颜反抗道："你们不讲道义，侵犯益州，我们只有断头的将军，没有投降的将军！"张飞听到这话，更加愤怒，对左右说："快把这个老匹夫的头砍下来！"严颜神色不变，笑着对张飞说："要砍就砍，为何这么恼怒呢？"说得张飞也软了下来，亲自为严颜松绑，厚礼相待。严颜感激张飞的厚情，甘愿投降。张飞就令严颜为前导，直抵洛城，与刘备会师。诸葛亮也令赵云为先锋，从外水经过江阳、犍为，所过之处，敌兵全部投降，诸葛亮得以安全抵达洛城。

洛城已坚守一年多，困乏不堪，怎禁得住刘备大军的猛攻，城中士兵不禁慌乱起来。刘循开城夜逃，刘璝被乱军杀害，洛城于是归刘备所有。刘备正想进攻成都，有人禀报说张鲁支援蜀地，特派骁将马超领兵前来。马超以英勇闻名，刘备当然知道，就与诸葛亮商议，诸葛亮笑着说："你不用担忧，只要派一个说客前去招降就可以了。"刘备留意挑选，找到了建宁人李恢。此人以前是郡中督邮，刚来投奔刘备，口才极好，刘备就派他前去。

马超自从被曹操打败，向西投奔凉州，攻占陇上各郡，又进攻冀州。冀州刺史韦康忙派别驾阎温到长安告急。不料阎温刚出水关，就被马超杀死，急得韦康无计可施，只好乞降。马超将韦康杀死，任用杨阜为参军，自称征西将军，担任并州牧守，领凉州军事。夏侯渊得知消息后，赶去解救，反被马超打败，只好退回。恰逢杨阜的妻子去世，杨阜乞求回家，路过历城，拜见抚夷将军姜叙。姜叙与杨阜是表兄弟，当然请他进去。杨阜满脸悲伤，姜叙还以为他是因为妻子过世，不便多问。进见姜叙的母亲时，杨阜竟泪流不止。姜叙忍不住询问："妻子死了，还可以再娶，何必这么悲哀？"杨阜摇了摇头："怎么会是因为这件事呢？"姜叙问起原因，杨阜凄然道："城池失陷，我恨自己没有脸面再见尊亲。但我无权无勇，不能讨伐马超，兄长拥有兵马，怎么忍心坐视不理？"姜叙感叹道："我并非不想讨伐马超，只是马超英勇强悍，我担心难以取胜。"杨阜又说："马超不讲信义，并非真的难以除掉。"姜叙的母亲也接口说："你不早点行动，还要等到何时呢？韦康遇难，你也有过失啊！人哪有不死的？死后留名，为何不做？你不必担心我，我已将生死置之度外，不劳你忧虑。"

姜叙于是与校尉赵昂、尹奉等密谋讨伐马超。杨阜又写信到冀城，暗中让军吏梁宽、赵衢做内应。赵昂有一个儿子名叫赵丹，是马超的部下。赵昂担忧得很，回去将此事告诉妻子。妻子厉声说道："两军争战，哪有不伤亡的呢？"赵昂于是下定决心，占据祁山，与姜叙、杨阜一同声讨马超。马超听从赵衢的话，亲自迎战，留下赵衢与梁宽守城。马超与姜叙、杨阜交战。他们没有取胜，只好领兵退回，哪知城门紧闭，随后又从城内扔出几颗头颅。马超不瞧犹可，定睛一看，险些坠落马下，原来是娇妻爱子的首级。马超十分悲愤，恨不得立即把城池踏破，无奈姜叙、杨阜及赵昂等人从两面杀到，只好回头逃走。马超将赵昂的儿子赵丹杀死后，又悄悄袭击历城，用刀逼着姜叙的老母召姜叙回来。姜叙的母亲大骂："你这个乱臣贼子，天地不容，还敢在人世横行吗？"说刚说完，人头就落地了。

杨阜听说历城失守，忙领兵回去支援，与马超在城下交战。马超身受重伤，还不肯撤退，后来姜叙、赵昂等人一齐杀到，才将马超打败。马超向南逃到汉中，投奔张鲁，张鲁令他为都讲祭酒。不久，马超又领兵围攻祁山，姜叙向夏侯渊告急。夏侯渊派偏将张郃率五千人先行，自己领着一万大军后进。夏侯渊赶走马超以后，又领兵打败韩遂，然后班师回去。马超战败回到汉中，张鲁认为他无能，待他渐渐不如从前。张鲁的部将杨伯等人又想加害马超，马超当然气愤。恰逢刘璋失去洛城，急不暇择，派人向张鲁求救。张鲁与刘璋有仇，怎肯赶去营救？偏偏马超想乘机立功，自愿攻打蜀地。张鲁乐得派马超前去，表面上帮助刘璋，暗中却在算计他。马超有部将两人，一个是堂弟马岱，一个是南安人庞德，都很勇敢。当时庞德身患重病，不能从军，留在汉中休养。马超只带着马岱西去，张鲁又调拨几千兵马与马超同行。

马超到了武都，正值李恢奉刘备之命，前来招降。马超求得这个差事，原本就是为了避祸，再加上李恢有三寸不烂之舌，自然句句投机。马超立即跟随李恢起前往，直指成都。刘备已从洛城进军，率先到达成都城下，得到马超投降的消息，欣然说道："我一定可以得到益州了！"于是分出数千兵马与马超会合，并嘱咐他们在城北驻扎，逼迫刘璋。刘璋还以为马超前来支援，就登城询问，哪知马超口口声声叫刘璋出来投降，刘璋吓得面如土色，几乎跌倒。左右把刘璋扶下城，刘璋长叹道："不听忠言，现在真是后悔莫及了！"这时，刘备派从事简雍进城劝刘璋投降。刘璋城中还有三万人，粮饷足够支用一年，士兵多想拼死作战。刘璋哭着说："我父子在益州二十多年，对百姓并没有恩德，百姓为我打仗数年，已经流离失所，我怎么忍心再让他们送死呢？不如投降吧。"群臣都为之流泪。刘璋随简雍出城，来到刘备营中。刘备开门迎接，当面加以抚慰，又偕同刘璋入城安抚百姓，把刘璋的财物，一律送还，并封刘璋为振威将军，迁居公安。然后大摆筵宴，犒劳士兵，又取出库中的金银赏赐将士。

刘备自称益州牧守，提升诸葛亮为军师将军，黄忠为讨虏将军，魏延为牙门将军，糜竺为安汉将军，简雍为昭德将军，孙乾为秉忠将军，伊籍为左将军从事中郎，马超为平西将军，法正为蜀郡太守兼扬武将军。封前益州太守董和为掌军中郎将，前广汉长黄权为偏将军，还有严颜、吴懿、费观、李严、秦宓、许靖、费诗、孟达、彭羕等一群投降的官员，约几十人，都受到重用。只有零陵人刘巴，自负有才，刘备曾写信邀请，他不肯相从，反而从交趾进入蜀地，投奔刘璋。刘璋迎进刘备时，刘巴一再劝阻，刘璋不肯听从，刘巴于是闭门称病。刘备进攻成都时，曾下令军中，说如果有人加害刘巴，诛其三族。成都被攻克，刘备得到刘巴，心中十分欢喜，令他做左将军西曹掾。刘巴无奈，只好领命。刘璋的部将扶禁、向存曾被派去围攻葭萌关，成都被围困后，两位将领当然撤回。守将霍峻追击一阵，向存战死，扶禁逃跑。刘备因霍峻有功，封他为梓潼太守。

刘璋的家眷已跟随刘璋东迁，只有刘璋的嫂子吴氏，也就是刘瑁的妻子，跟随她的兄长，仍留在成都。吴氏年少时，有相士称她会大富大贵，刘璋的父亲刘焉，因此让她嫁给自己的儿子。偏偏结婚没多久，吴氏就死了丈夫，相士的话似乎不怎么灵验。刘备占据益州后，缺少内助，当时孙夫人已回东吴，刘备恨她无情。并且与孙夫人虽然名为夫妇，实际上就像敌人一样，要随时加以提防，所以孙夫人回东吴之后，刘备也不愿意再迎她回来。左右从吏将吴懿的妹妹吴氏说给刘备，刘备派人探查，得知她容颜未老，风韵犹存，却也有些合意，就纳吴氏为妻。

法正受到重用后，常常擅自杀死与自己有仇的人。有人请诸葛亮将此事转告刘备，诸葛亮反驳道："主公在公安时，畏惧曹操，忌惮孙权，在家里又被孙夫人压制，日夜不安，幸亏法正出谋献策，主公才得以高飞，如今怎么能将功臣贬职？"嘴里虽然这样说，心中也无法释怀，就改订治理蜀地的条例。法正对诸葛亮说："昔日高祖入关，只约法三章，你初到益州，也应该从宽治理，为何反而定下这么严格的条规呢？"诸葛亮严肃地说："你只知其一，不知其二。秦朝的法律苛刻，高祖不得不从宽治理，如今刘璋软弱，蜀地的人们不守法度，我现在只有恩威并施，才能将此地治好。"法正折服，渐渐收敛自己的行为，不敢犯法。

曹操攻不下东吴，撤兵回邺城，休息了一两年。在此期间时常示意左右，让他们褒扬自己的功德。后来，朝廷又有诏令传出，允许曹操执剑上殿。不久，长史董昭又说应升曹操为国公，加九锡之礼。侍中荀彧反驳说："曹公本仗义出兵，匡扶社稷，难道只是追求荣华富贵吗？你不该这样谄媚！"曹操得知此事，心生怨恨。不久，荀彧得病，请了几天假。曹操借馈赠食物为名，派人送去一个盒子。荀彧打开一看，里面竟是空的，并没有什么食物，于是长叹一声，服毒自尽。荀彧的儿子荀恽把噩耗告诉曹操，曹操假意致哀，赐谥为敬，令荀恽承袭爵位。第二年是建安十八年，御史大夫郗虑捧着册书，封曹操为魏公。

曹操身受国恩，不思报答，反而日益骄横，不但建宗庙、立社稷，设置尚书、侍中、六卿，甚至害死一国之母，连皇上的两个儿子也不能幸免。说起来尤其令人发指。自从董贵人遇害后，伏皇后心中不安，常给父亲伏完写信，讲述曹操的罪恶，乞求伏完伺机除掉曹操。伏完虽然身为辅国将军，却生性恬淡，不愿与曹操争权，所以接得书信后，始终没有什么行动。曹操被封为魏公时，伏完已去世三四年了。曹操有三个女儿，长女名叫曹宪，次女名叫曹节，小女儿名叫曹华，曹操把三个女儿陆续送入后宫，献帝封她们为贵人。一年后，伏皇后写给父亲的书信被家奴偷去，献给曹操。曹操十分恼怒，立即入宫，威胁献帝，要求废去伏皇后。献帝踌躇不定，曹操不等献帝许可，便让尚书令华歆起草诏书，逼献帝盖印。

诏令到了中宫，伏皇后十分吃惊，不得不将皇后的印玺交出。伏皇后正想出迁居别处，忽然听到外面人声嘈杂，好似缉拿大盗一般，吓得她急忙躲到复壁里。华歆领兵进入后宫，四处寻觅，在复壁里找到皇后，指挥士兵动手。士兵面有难色，华歆竟亲自揪住皇后的头发，把她拖到外殿。献帝正与郗虑谈话，见皇后披头散发，十分凄惨，不禁潸然泪下。伏皇后哭着说："你不能救我一命吗？"献帝呜咽道："我连自己的命运都无法把握，还怎么能救你呢？"说完，又回头对郗虑说："郗虑！天下真的有这样的事吗？"华歆不由分说，把伏皇后推入暴室，并把她的两个儿子一并毒死。

鲁肃病故

华歆诛杀伏皇后，禀报曹操。曹操当然心喜，给华歆记了头功，不久又封华歆为军师。华歆本来有些名望，曾与北海人管宁、邴原是同窗好友，当时人们称他们三人为一条龙，华歆是龙头，邴原是龙腹，管宁是龙尾。但华歆貌似高尚，其实内心贪婪。管宁在园中种蔬菜，锄地时看到一块金子，置之不理。华歆在旁边看见后，拾起来把玩了很久，才将金子扔下。管宁从此鄙视华歆。一天，他们一同读书，听到门外有车马声，管宁不为所动，华歆却丢下书出去看。自此以后，管宁与华歆割席断交，不再把他当作朋友。后来管宁住在山谷，终身没有做官。邴原虽然由曹操召去，做了丞相征事，但仍闭门自守，非公事不出去。华歆开始为豫章太守，效忠东吴，后来又到许都投奔曹操。荀彧死后，他接任尚书令，居然为虎作伥，杀了伏皇后。献帝自伏皇后死后，异常悲伤，曹操却进言说："臣的次女最为贤淑，可正位中宫。"献帝无奈，于建安二十年正月，册立曹节为皇后。百官因曹节是魏公曹操的女儿，格外奉承，都到魏公府中拜贺。

曹操又起兵西征，命夏侯渊、张郃为先锋，自己率领众将为后应，攻打汉中。张鲁得知后，忙与弟弟张卫商议。张鲁说曹操势力强大，不如投降。张卫却认为汉中地势险要，可以抵挡曹操，于是召集兵马，把守阳平关。阳平关在崇山峻岭间，确实有一夫当关，万夫莫开之势。曹操接连攻了一个月，也没有拿下，想领兵退回。西曹掾郭谌进帐劝阻："张鲁兄弟不同心，必会发生内变，不如静待时机。"曹操想出一个办法，扬言说要退兵。张卫得知曹操领兵退回，立即出关追击。哪知走到半途，突然有野鹿闯入张卫军中，张卫的部下惊慌失措，阵势大乱。曹操领兵杀来，张卫怎能抵挡？立即逃回。曹操乘胜追击，从四面围攻，守兵已没有斗志，纷纷逃去，张卫也只好连夜逃走，与张鲁一起进入巴中。张鲁临行时，左右请求他把仓库毁掉，免得被敌兵得到，张鲁却慨然道："我本想效忠于国家，只是苦于不能得志。如今不得已逃往巴中，府库里的东西应该归国家所有，为何要毁掉呢？"曹操进入阳平关以后，一路畅通无阻，直抵南郑。见张鲁封锁府库离去，料他有心投降，便派人招降张鲁。张鲁回信应允。曹操派人前去迎接，以礼相待，令张鲁为镇南将军，封阆中侯。张鲁的五个儿子及部将阎圃等人，也都受到封赏，马超的部将庞德，也投降曹操，受到封赏。曹操令张鲁前往封地，留夏侯渊、张郃一同防守汉中，随后下令班师。主簿司马懿献计说："刘备刚刚得到益州，蜀人还没有真心归附。现在你已经得到汉中，益州必然震动，此时乘胜进攻，一定能将益州瓦解，机不可失啊。"曹操笑着说："知足者常乐，还想得陇望蜀吗？"说完，动身回到邺城。

曹操的妻子丁氏没有生下孩子，妾刘氏生下一个儿子，名叫曹昂。曹昂在宛城殉难。曹操又纳妓女卞氏为妻，卞氏生了曹丕、曹彰、曹植、曹熊四个儿子，因此得到专宠。后来曹操废掉丁氏，以卞氏为正室。曹植生性机警，才思敏捷，曾写下《铜雀台赋》，文辞优美。曹操对他宠爱有加，常想立他为嗣子，因此询问贾诩。贾诩却默不作声，曹操再三追问，贾诩才微笑道："刚才我在想袁述父子啊！"曹操听了，付之一笑，不再提起此事。不久，丁仪、杨修等人又竞相称赞曹植有才能，劝曹操立曹植为嗣子。曹操起了疑心，秘密询问百官，尚书崔琰说道："曹丕仁孝聪明，应继承正统，我愿意誓死辅佐他。"曹操听到后，不免叹息。曹植是崔琰的侄婿，崔琰却没有举荐私亲，曹操从此更加敬重崔琰。崔琰曾引荐钜鹿人杨训，曹操召杨训为丞相属掾。曹操从汉中回来，群臣提议封曹操为王，杨训更是阿谀奉承。崔琰得知以后，很不高兴，写信责备杨训。曹操因此怀恨在心。不久，曹操令左右禀报献帝，请求晋封自己为魏王。

碰巧南匈奴单于呼厨泉派人入朝，并向魏王曹操道贺。曹操担心自己的仪容不足以威服众人，就让崔琰做替身，自己执刀站在一旁。崔琰浓眉大眼，胡须长达四尺，威风凛凛，所以曹操才有此举。使人退出后，单于呼厨泉问起魏王的威仪，使人笑着说："魏王确实仪表非凡，但在他身旁拿刀的人，才是真正的英雄。"呼厨泉亲自入朝，曹操将他留下，每次发给他的财物，都与列侯一样，又让右贤王去卑监管匈奴。后来曹操把匈奴分为五部，令呼厨泉的子弟作部长，选汉人为司马，意在削弱匈奴的势力。曹操以为自己的威望无人能比，后来得知崔琰说将有变故发生，就心怀怨恨，认为崔琰有意诽谤，便把他抓入狱中。一天夜里，曹操登台远眺，望见曹植的妻子乘车出游，穿戴非常艳丽，心中愤恨不已。回家之后，竟逼她自尽。又因曹植的妻子是崔琰的侄女，曹操借此将崔琰杀死。东曹掾毛玠因崔琰无辜被杀，写文章哀悼，也被抓入狱中，幸亏僚佐桓阶和洽代为求情，毛玠才被释放出来。

建安二十六年，曹操因孙权不服，再次出兵东下，进攻居巢。孙权先派部将吕蒙攻打皖城，擒住庐江太守朱光，随后又亲自率领大军，围攻合肥。合肥在皖城北，由曹操的部将张辽、李典、乐进防守。曹操料想孙权会进攻合肥，就写了一封密函，说待敌人到来之后再看。等吴军大举到来，张辽打开密函，见里面只有四句话："如果孙权到来，张辽、李典出去作战，乐进守城，三人不能同时出去。"第二天开城迎敌，张辽为先锋，冲入孙权营中。孙权登高眺望，指挥士兵围攻张辽。张辽所向披靡，无人敢挡，再加上有李典领兵援助，部下个个踊跃向前。从清晨战到中午，吴兵失利，张辽与李典才徐徐退回，登城坚守。孙权围城十多天，无法攻克，只好撤兵东归，自己与众将断后。张辽得知后，领兵追击，孙权的部将吕蒙、甘宁急忙抵抗，还是招架不住。张辽领兵将孙权团团围住，幸亏凌统截住张辽，血战多时，孙权才得以逃脱，吕蒙、甘宁也都战败逃跑。

后来，孙权忽然听说曹操亲自率领大军来到居巢，不得不出去迎敌。曹操号称有四十万大军，孙权只有七万兵马，因此吴人多半畏惧。甘宁挺身而上，愿意做前锋，孙权调拨精兵三千人跟随甘宁。甘宁选出几百个壮士，趁夜偷袭曹操。曹操的部下惊惶失措，甘宁等人左劈右砍，杀死了几十人。后来见曹操营中兵马越聚越多，便领兵回营寨。这次作战，甘宁没有损伤一个人，连夜回去禀报孙权。孙权欢喜地说："孟德有张辽，我有甘宁，也算势均力敌了。"于是重重赏赐甘宁。

不久两军大战。吴将徐盛、董袭，率领水军到水口血战。徐盛杀得性起，冲锋上岸，董袭守住船只，拼命击鼓。突然暴风刮来，吹翻了好几只船，士兵请董袭躲避，董袭拿着剑大声喝斥："我奉命在这里防御敌人，怎能离去？谁再敢这样说，立斩不赦！"说到这里，狂风越来越猛烈，白浪滔天，董袭坐的船被吹翻，董袭被淹死。徐盛孤军深入，幸亏有陆军接应，才不致全军覆灭。但曹军毕竟势力强大，东一支，西一队，把吴军冲成几截。孙权多次被围住，幸亏有周泰保护，才得以突围。偏将军陈武战死，各将纷纷退回，进入濡须坞。曹操也收兵离去。孙权查点士兵，伤亡颇多，心想，自己虽然战败，但多亏众将努力，才突出重围，于是设宴犒劳。在席上，孙权令周泰解开衣服，见周泰伤痕累累，不禁痛哭流涕："你不惜自身性命保护我，受伤多达数十处，从此我要与你同生共死。"说完，亲自端起酒杯，向周泰敬酒，周泰边饮边道谢。孙权与曹操相持一个多月，不能取胜，就听从张昭等人的提议，令都尉徐详到曹操营中讲和。曹操也因为江东难以攻取，答应讲和，留下夏侯惇、曹仁、张辽三将把守居巢，自己返回邺中。孙权提升周泰为平虏将军，让他屯兵濡须，自己领兵回去。才过几十天，鲁肃因病辞职，孙权派人前去探视，却不答应他离职，叫他安心养病。

当时鲁肃还不到五十岁，因为国事费尽心力，以致一病不起。鲁肃始终主张联合刘备。刘备攻打益州时，孙权让诸葛瑾索要荆州，关羽不答应，双方几乎失和。还是鲁肃出面周旋，让关羽单刀赴会，请求他把荆州还给东吴。关羽勃然大怒："孙权与曹操作战，我们拼死相助，没有送我们一块土地酬谢，难道东吴还要索取荆州吗？"鲁肃也严肃地说："我与刘备在长坂相遇时，刘备刚被曹操打败，想向远处逃窜，是我禀报孙权，全力为你们击退曹操。又因刘备无地容身，暂借给他荆州，如今刘备既然已经得到蜀地，却仍然占住荆州，恐怕要被天下人耻笑。"关羽还没有来得及回答，旁边有一个为关羽扛刀的将士，名叫周仓，瞪着眼大叫："天下的土地，只要有德者就可以得到，难道一定要归你东吴所有吗？"关羽假意呵斥周仓："这是国家大事，你知道什么？竟敢多嘴，快退下去。"周仓心领神会，立即走出去，驾着小船来接关羽。关羽与鲁肃告别，说回去之后自会商议此事。鲁肃又与刘备直接交涉。刘备把荆州分为两块，以湘水为界线，长沙、江夏、桂阳以东归吴，南郡、零陵、武陵以西仍归刘备所有。孙权也点头同意，让诸葛瑾与刘备订约，此事才算平息。

鲁肃于建安二十二年病故，孙权亲自参加丧礼。荆州人士都为之叹息，连诸葛亮也为他致哀。鲁肃死后，吴左护军吕蒙接替他的职位。吕蒙生性狡诈，他使得孙权、刘备渐渐决裂。曹操令夏侯渊为都护将军，率领张郃、徐晃各将防守汉中，又命丞相长史杜袭为驸马都尉，留下处理汉中的事情。张郃奉曹操之命，进攻三巴。刘备令张飞在三巴西部驻扎，与张郃相持了五十多天。后来张飞用了一条妙计，攻破张郃的营寨，张郃退回南郑，张飞向刘备告捷。法正乘机劝刘备攻占汉中，刘备于是让诸葛亮防守成都，任用法正为参谋，亲自率领众将向汉中进兵。走过三巴西部，张飞出去迎接大军，刘备就命张飞屯兵下辨，并派马超、吴兰帮助他，自己率领众将到阳平关。曹操听说刘备出兵，急忙命夏侯渊等抵挡刘备，另派曹洪领兵争夺下辨。张飞让马超、吴兰出去作战，吴兰阵亡，马超进城与张飞合力把守。刘备在阳平关，派人攻打夏侯渊等人，也没有取胜，又写信给诸葛亮，叫他派兵支援。诸葛亮调拨两万人赶赴阳平关，特派老将黄忠为统帅，前去援助刘备。

关云长败走麦城

黄忠率兵赶到阳平关时，刘备与夏侯渊已经相持一年多。刘备命黄忠为先锋，出关南行，渡过沔水，选择险要的地方安营扎寨。夏侯渊得知后，一面领兵前来，一面写信给曹操，让他派兵支援。曹操亲自带领全军，直指汉中。临行前，曾派人对夏侯渊说："作为将领，既要勇敢，又要懂得运用才智，否则有勇无谋，只是一介匹夫。"夏侯渊一意孤行，定要争夺定军山。法正劝刘备坚守不动。心粗气暴的夏侯渊，指挥部下，一再进攻，都被刘备击退。待到日落，夏侯渊的锐气已经衰弱，法正对刘备说："敌兵已经松懈，可乘机进攻了！"刘备令黄忠登高临下，一鼓作气，冲入夏侯渊阵中。夏侯渊正想亲自抵挡，黄忠已经策马来到面前，"砉"的一声，将夏侯渊的人头砍下。益州刺史赵颙前来援救夏侯渊，已经来不及了，刚与黄忠交战几个回合，又被黄忠劈死。刘备见黄忠得手，领兵后进，杀得敌军东逃西散。还是张郃领军援应，才招集败兵，逃回营中。

督军杜袭与司马郭淮，因军中突然失去主帅，暂且推选张郃主持大局，然后写信将此事报告曹操。刘备获胜后，想渡河东去，因对岸有曹军把守，担心他们半路截击，只好从长计议。忽见汉水对面尘头大起，奔来许多兵马，料知是曹操亲自到来，刘备不禁笑着说："曹操虽然亲自到来，也无能为力，我此次一定要得到汉川！"刘备坚守不动，曹操也不敢逼近，只与刘备隔水相望。大约过了十天，仍未交战。黄忠探知曹操的军粮多囤积在北山下，便想领军偷袭。刘备令黄忠为先锋，让赵云随后跟从。黄忠想自己邀功受赏，先与赵云约定时间说，等约定的时间过了，赵云再出兵支援。

曹操善于劫持别人的粮草，哪有对自己的军粮不加以提防的道理？黄忠自恃勇猛，悄悄渡过汉水，直抵北山，果然看到粮车像蚂蚁一样聚集在那里，于是一声呐喊，冲杀过去，看守粮草的士兵当然逃走。黄忠正想上前抢夺，不料曹操的部下从两面杀到，一队由张郃统领，一队由徐晃统领，二人都是曹操手下的猛将。多亏黄忠手中有一柄大刀，冲开一条血路。赵云在营中等候消息，见已过了与黄忠约定的时间，就出营眺望，远远望见黄忠被曹操的部将追赶，战败回来，立即策马上前，让黄忠过去，自己截住曹操的士兵。赵云杀了一阵，然后退回，张郃、徐晃紧追不舍。赵云回到营中，令士兵偃旗息鼓，大开营门，并在两旁埋伏下弓箭手，静待敌军到来，自己则单枪匹马，站在营外。张郃与徐晃追到赵云营中，见赵云孤身一人站在营门外面，暗暗称奇，过了好一会儿，才鼓足勇气向赵云奔来。赵云仍然不动，把手中的枪向后一挥，即刻箭如雨下，曹操的士兵惊慌逃走。当时天色昏黄，曹军不知赵云有多少伏兵，难免自相践踏，仓皇逃命。赵云从后面猛追，吓得敌兵纷纷落水，死了无数。赵云将敌兵赶过汉水，夺得许多铠甲和兵器，才收兵回营。刘备不禁赞道："赵子龙一身都是胆啊！"

曹操接连战败，又遇上瘟疫，部下的将士已死去两三成，于是有了退兵的想法。忽然从许都传来警报，少府耿纪、司直韦晃、太医令吉本突然叛变，射伤督军王必，王必正与典农中郎将严匡合兵讨伐叛军。原来，曹操留下长史王必在邺中管理军事。王必与京兆人金祎是好朋友，常常互相问候。金祎是前汉宰辅金日磾的后裔，慷慨侠义。他想自家世代为汉臣，就不愿替魏国效命，所以暗中结交耿纪、韦晃、吉本等人，对抗曹操，迎进刘备。建安二十三年的元宵节，许都张灯结彩，王必也在营中宴饮。还没散席，突然发生变乱，营外一片火光，照彻营内，王必慌忙上马，出营逃跑，不料左肩中了一箭，忍痛逃往金祎家躲避。金祎的家人听到敲门声，还以为是金祎等人成功归来，问道："王必死了吗?"王必这才知道金祎是同谋，忙转身奔到严匡营中。严匡号召士兵，出去攻打乱党。耿纪等人没有士兵，只带了数百名家仆，哪里打得过严匡？金祎、吉本相继战死，耿纪、韦晃被擒，随后被枭首示众，他们的家人全部被诛杀。

严匡与王必联名将此事禀报曹操，曹操心里虽然欣慰，但也暗暗愁闷，后来又得知王必病死，便打算班师退回。想到从此要放弃汉中，曹操又不甘心，于是决定与刘备再战一场。刘备采纳法正的提议，让黄忠、赵云等悄悄渡到汉水上流，绕到曹操的营寨旁边，用船把士兵渡到对岸，直攻曹操。曹操只顾前面，不料两旁有敌军杀入，只得分兵对抗，自己慢慢后退。刘备安全渡过汉水，逼近曹操。曹操整军作战，刘备派养子刘封出马，曹操就令徐晃前去拦截，并大声说道："卖鞋的让养子出战，如果我把黄须儿叫来，看你还能抵挡吗?"话未说完，刘封已经退去。

曹操正想率兵追击，忽然听到刘备营中金鼓齐鸣，料知不便轻易进军，于是派人召黄须儿过来。黄须儿是曹操的儿子曹彰，体力过人，能徒手与猛兽格斗，因胡须是纯黄色的，所以被称为黄须儿。等黄须儿奉命赶来，曹操已经退到长安了。原来，曹操因多次争战无功，退到斜谷。当晚有人送来鸡汤，曹操正在享用，有人进来请示夜间的口号，曹操随口说出"鸡肋"二字。来人不敢细问，便传令出去，将士都莫名其妙。主簿杨修却连夜收拾行装，准备回去，众人吃惊地询问原因，杨修答道："'鸡肋'二字寓有深意，放弃不甘心，吃起来又没有味道，以此看来，必定要撤军回去了!"将士听说后，都收拾东西准备回去。此事被曹操听说，责问众人，众人都说是杨修的主意，曹操从此嫉恨杨修。但看众人都有回去的想法，难以再战，只好放弃汉中，立即班师，退回长安。途中与曹彰相遇，嘱咐他一同回去，黄须儿不敢违抗父亲的命令，只得半路折回。

刘备因此占据汉中。降将王平是曹操部下的署理校尉，深知汉中地形，他领着刘备的部将刘封、孟达，攻破房陵，进攻上庸，收降太守申耽，汉中平定。群臣都上疏请刘备做汉中王，刘备推辞不受，群臣再三恳请，刘备才勉强答应，于建安二十三年七月在沔阳接受群臣的跪拜。礼成以后，立夫人吴氏为王后，儿子刘禅为王太子，许靖为太傅，法正为尚书令，关羽为前将军，张飞为右将军，马超为左将军，黄忠为后将军，赵云为翊军将军，此外文武百官都有封赏。刘备留镇远将军魏延防守汉中，兼任汉中太守，自己率领大军，返回成都。军师诸葛亮出城迎接，并劝刘备上疏献帝，交还左将军、宜城亭侯官印。刘备依言照行。诸葛亮又进言："黄忠的名望与关羽、马超不同，以前马超前来投降，关羽还想与他一较优劣。如今让关羽与黄忠平起平坐，关羽必定不服，应仔细斟酌。"刘备笑着回答："我自能向他解说，军师不用担忧。"

以前，关羽曾写信给诸葛亮，问马超可与谁相比，诸葛亮回信说："马超文武兼备，胆识过人，不愧为人杰。但却是黥布、彭越之流，只可与张飞等人并驾齐驱，却不能与你相提并论。"关羽得到这封书信以后，才没有异言。现在司马费诗奉命到荆州，给关羽送去官印。关羽见了费诗，得知黄忠被封为后将军，与自己同级，不禁愤怒地说："大丈夫岂能与老兵同级？请你将官印带回。"费诗从容地说："你也太固执了。从前萧何与高祖关系最好，韩信到来后，却被提升为统帅，地位在萧何之上，萧何并不曾因此愤怒。汉中王与你犹如一体，生死与共，此次不过是按功行赏，提升黄忠并没有其他意思，你应当体会汉中王的苦衷，不要因名利地位而心存芥蒂。"关羽被他的话感动，接受官印，并希望乘势攻打襄樊，托费诗回去禀报。刘备准他所请。关羽部署兵马，让糜芳防守江陵，傅士仁屯兵公安，令他们输运粮草，然后自己率领将士攻打樊城。

樊城由曹仁把守，他得知关羽领兵到来，就写信禀报曹操，乞求支援。曹操派于禁为统将，庞德为先锋，带领七队人马，日夜兼程赶去支援。到了樊城，曹仁让于禁等屯兵樊北，作为声援。关羽兵临城下之后，发现内有曹仁守住，外有于禁、庞德等人接应，一时不能取胜，也很愁闷。碰巧秋凉水涨，汉江一带，两岸泛滥，关羽登高瞭望水势，眉头一皱，计上心来，便令部下准备船只，暗中派儿子关平去堵江口，准备水淹樊城。樊北地势较低，于禁、庞德没有提防。一天夜里，风雨大作，洪水暴涨，于禁带领的七队人马，都不知道水是从哪里来的，一个个仓皇逃窜，吓得于禁魂飞魄散，急忙到堤上躲避。庞德身在水中，却毫无惧色。当时已经是黎明时分，忽然鼓声响起，有许多战船顺水杀来，庞德占据堤上，不肯退去。哪知来船一齐放箭，曹操的士兵多被射倒，庞德拉弓对射。双方相持到中午，水势更高了，连堤岸也即将被淹没。魏将董衡、董超劝庞德投降，庞德恼怒道："我身受魏王的厚恩，怎能投降？”说着就将董衡、董超杀死，又对督军成何说：“我听说良将不怕死，壮士不低头。今天是我的死期，你也应当奋力作战，不要辜负国恩。”成何领命向前，被射死在水中，其余的人都很惊慌，向敌船投降。连于禁也苟且偷生，跪在长堤上，束手就擒。庞德提着一把大刀，跳入堤边的一艘小船，砍倒船中将士，用刀作橹，驶往樊城。不料迎头撞上一艘大船，庞德随船落入水中，终被擒获。

关羽大获全胜，升帐审问俘虏，于禁跪下乞求，关羽把他押送到江陵的狱中。庞德在受审时，始终不肯下跪。关羽对他说：“你的兄长庞柔在汉中，你以前的主人马超也在蜀中做了大将，你为何不早点投降呢？”庞德愤怒地说：“你敢叫我投降吗？魏王拥有百万雄兵，威震天下，刘备一介庸才，怎能与魏王相比？我今天死，明天你也不能活了！”关羽当然气愤，命人将庞德推出去斩首，给了一口棺材将他安葬。随后又乘水势未退，率兵进攻樊城。

关羽当晚在船上住宿，恍恍惚惚觉得有一头野猪进来，咬住他的左脚，关羽不禁失声喊痛，惊醒之后，才知是梦。当时关平正巧在旁边，询问原因，关羽向他讲述了梦中的情状，又因脚上余痛犹存，也知道凶多吉少，不免叹息。关平请关羽退回荆州，关羽慨然道：“我年近六十，死了又怎么样？况且马上就能攻克樊城，怎能撤兵回去？”待到天明，关羽就率兵攻城。城中已变成汪洋，墙壁逐渐倒塌，守兵只搬运土石，还觉得人手不够，再加上关羽领兵进攻，更是招架不住。有人对守将曹仁说：“樊城岌岌可危，恐怕难以守住，不如乘船逃走，还可保全自身。”曹仁也觉得留在城中危险，就对参军满宠提起，满宠阻止说：“洪水突然到来，岂能长久？过几天自会退去。魏王将此城托付给你，如果你弃城逃走，恐怕黄河以南，就不归国家所有了！”这一席话，说得曹仁大为感动，发誓与城共存亡。关羽连攻数日，无法攻克，就分兵去攻打襄阳，收降了刺史胡修及太守傅方，再命襄阳的士兵骚扰郏下。河南土豪望风响应，警报接连传到邺中。

曹操听说于禁投降、庞德被杀，不禁长叹道：“我与于禁有三十年的交情，为何于禁反比不上庞德呢？”于是封庞德的两个儿子为列侯。得知关羽进攻郏下，威震河南，曹操就与将吏商议，打算迁到许都，避避关羽的锐气。忽然有两个人闪出来说：“于禁等人遭到水淹，并非战败逃亡，不足为惧。刘备、孙权外表看起来亲密，其实彼此心怀怨恨，如果关羽得志，孙权心里必定不情愿。不如写信给孙权，答应把江南割让给他，叫他从后面进攻关羽，孙权一定乐意听从。孙权起兵以后，关羽回头营救还来不及，又怎敢再争樊城？”曹操一看，一个是司马懿，一是蒋济。曹操笑着说：“二位说得有道理，我立即照办。”于是派人写信给东吴，并令宛城屯将徐晃领兵支援樊城。后来接到孙权回信，说愿意攻打关羽，曹操这才放心。

之前孙权听从鲁肃的提议，与关羽结交。吕蒙接替鲁肃的位置后，常想攻击关羽。孙权计划先攻打徐州，后占据荆州，吕蒙说徐州易攻难守，不如先打败关羽。孙权心存疑虑，又替儿子向关羽的女儿求婚，关羽不肯答应，孙权因此恼怒。后来曹操写信相约，孙权立即应允，秘密令吕蒙进攻荆州。吕蒙又写信说：“关羽前去攻打樊城，仍留下重兵在江陵，无非是为了防备我。我常常生病，请你以养病为名把我召回去，另派他人代任。这样一来，关羽必把兵力全部调到樊城，到那时我再领兵进攻江陵，趁他不备，就能一举成功了。”孙权依从吕蒙的建议，把他召回，吕蒙又举荐陆逊代替自己。陆逊是吴人，字伯言，是孙权的侄婿，官至定威校尉，年少多才，只是没有担过重任。孙权担心他资望太浅，不足以代替吕蒙。吕蒙答道：“正因陆逊名声不大，关羽才不在意。我深知陆逊的才能，必能担此任重，你不要犹豫。”孙权于是令陆逊为偏将军，任右都督，代替吕蒙防守陆口。陆逊奉命上任，写信给关羽，语言极其谦恭。关羽被他欺骗，不加提防，并把江陵的士兵调去攻打樊城。当时曹操的部将徐晃已经出去支援曹仁，屯兵阳陵坡。

关羽听说徐晃将要到来，急忙包围樊城，全力进攻。关羽正在指挥，不料城上放出一支冷箭，射中他的左臂，箭头有毒。沛人华佗医术高明，关羽请他医治，华佗说毒已深入骨中，必须刮骨去毒，才能无恙。关羽毫不惊慌，伸出左臂让他医治。将吏进帐探视，关羽邀他们一同饮酒，他右手举着酒杯，左臂任由华佗动刀，仍然谈笑自如。刮骨完毕，华佗用药敷治，缝合创口，关羽的手臂立刻舒展自如，关羽高兴地向华佗道谢，并赠送给他一百金。过了一夜，华佗就告辞了，临行前劝关羽不要动怒，安心静养。关羽志在讨伐曹仁，怎肯中止，又想到天一晴洪水就会退下，更加焦灼。营中士兵越来越多，粮食已经快用完了，关羽多次派人向糜芳、傅士仁索要粮草，仍不见有军粮运到，他恼怒地说：“这两个人竟敢违抗我的命令，回去之后，我一定重重惩治他们。”接着派人再去催促，仍然杳无音讯。

关羽不得已，只好派兵到湘关截取东吴的粮草。吕蒙暗中派船队，扮成商人模样，来到江陵，招降糜芳、傅士仁，将南郡、公安夺去。关羽当时还没有听说，仍想全力攻打樊城。徐晃忽然领兵而来。关羽与徐晃是故交，因此立即骑马去迎接徐晃。二人见面之后，寒暄几句，徐晃突然回头对将士说："谁能取下关云长的人头，重赏千金。"关羽颇为惊讶："公明何出此言？"徐晃大声说："我为国家效力，怎敢因私废公？你一向效忠刘备，如今南郡、公安已被吴将吕蒙占领，你进退无路，怎能不死？"说完，率兵进攻。关羽领兵抵挡，战了几个回合，关羽的部下因想念江陵，全部溃散，关羽只好边战边退。不料曹仁又领兵冲出，与徐晃合兵夹攻，关羽急忙带领将士逃奔襄阳。偃城、四冢的屯兵听说荆州失守，由于想念家人，竞相奔回荆州。关羽退到淝口，还怀疑徐晃摇动军心，下令安营扎寨，探听荆州的消息。后来得知糜芳、傅士仁确实已经投降东吴，荆州失陷。关羽悔恨交加，箭伤复发，但一时无计可施，勉强听从部将的提议，写信给吕蒙，责备他背弃盟约。不久，派去的人回来禀报，说受到吕蒙的优待，关羽的家眷以及随军将士的家属，都被吕蒙照顾得很周到，吕蒙只说荆州本是东吴的土地，理应收回。关羽听了以后，恨上加恨："好一个奸贼！我死也不会饶你！"于是派人到刘封、孟达那里求援，然后领兵渡江，想夺回荆州。

走到半路，正遇上吕蒙、陆逊，他们分兵把关羽团团围住。关羽拼命杀出，部下多被荆州的士兵招回，只剩下几百个骑兵跟随他逃往麦城。关羽又派人催促刘封、孟达支援，二人竟找借口不肯出兵。关羽势孤力单，只好放弃麦城，连夜向西逃跑，只带了关平及周仓等十多人。走到临沮，吴将朱然、潘璋从左右杀出，关羽不能再战，调头逃跑。山林丛杂，夜色昏暗，关羽等人一脚踩空，跌入陷阱。潘璋的部下马忠领兵追到，将关羽父子一起擒住。关羽是忠肝义胆的大丈夫，岂是怕死之人？孙权劝他投降，他誓死不从，最终父子都被处死，周仓等人也都为国捐躯。

曹丕篡位

吴王孙权听说荆州得手，亲自到江陵犒赏将士。等关羽父子遇害，大功告成，就和将士们宴饮，并释放魏将于禁，让他一同饮酒。吕蒙立了头功，陆逊名列第二，二人分别坐在孙权的两旁。孙权说道："我自继位以来，多亏周瑜、鲁肃及吕蒙等人辅佐。周瑜打败曹操，具有雄才大略，可惜不幸早死。鲁肃初见我时，便极力劝我攻打曹操，并让我重用周瑜，终于开拓霸业。后来他虽然劝我把荆州借给刘备，不免失策，但也不能以此抹掉他的功劳。吕蒙年少时，我就知道他胆识过人，可以与周瑜相比，如今帮我夺回了荆州，总算不辜负我的厚望，我应当与吕蒙共享富贵。”吕蒙离开座位，跪下道谢，孙权正想起身去扶，不料吕蒙突然倒在地上，嘴里念念不词，不停地骂自己是吕贼。孙权吓得连连倒退，忙令左右把吕蒙抬进内室。孙权进去探视时，吕蒙不省人事，嘴里却在胡言乱语。孙权急忙宣医官进来，多方诊治，仍不见效。到了夜里，吕蒙叫骂得更加厉害，孙权急忙下令，如果有人能治好吕蒙的病，赏赐千金。

好容易熬了一夜，吕蒙才有些知觉。孙权立即令他为南郡太守，封为孱陵侯，赐钱一亿，黄金五百斤。吕蒙自知命不长久，等孙权进来探视时，当面推辞，孙权叫他静心休养。正午时分，吕蒙勉强进食，孙权更加欣慰。哪知到了黄昏，吕蒙的病再次发作，比昨夜闹得还要厉害，孙权亲自探视，被吕蒙呵斥出去。拖延到半夜，吕蒙竟七窍流血，一命呜呼，年仅四十二岁。大小将士都猜测是关羽前来索命，连孙权也将信将疑。孙权一面下令将吕蒙棺殓发丧，一面将关羽的尸骸用侯礼安葬，只是人头已经献给曹操，无法追回。

曹操领兵驻扎在摩陂，支援樊城，得知关羽败退后，就屯兵洛阳。不久，吴使到洛阳，献上关羽的人头，曹操拿起头颅一瞧，见他脸色栩栩如生，不禁大吃一惊，连忙下令用木头为关羽刻一个身体，用侯礼安葬。曹操经此一吓，头疼病复发，好几天卧床不起。得知名医华佗医术高明，急忙派人召来。华佗用针灸治疗，说要把头颅剖开才能医治。曹操气愤地说：“头颅可以劈开吗？”华佗答道：“针治只能解救一时，不能彻底根治。”曹操只让针治，华佗知道不能将曹操的病治好，谎称家里妻子生病，须回去探视。哪知华佗回去之后，不愿再来。曹操命人将华佗抓入狱中，定成死罪。有人说华佗医术高明，不应处死。曹操愤怒地说：“他想劈开我的头颅，怎能再让他活着？天下也不缺少这样的鼠辈。”于是下令杀死华佗。华佗临死时，拿出一卷书交给狱卒：“将此书赠给你，希望可以救活世人。”狱卒不敢接受，华佗于是将书烧毁，然后服毒自尽。也有人说狱卒把书拿回家之后，被他的妻子烧掉，经狱卒上前抢救，才保存下一两页，所有关于解剖术的部分，全部化成灰烬，不再流传，真是千古憾事。

华佗死后，曹操的头疼病始终没有痊愈，反而更加严重。曹操心想，主簿杨修依附曹丕，且是袁氏的外甥，将来自己死了，他必定教唆曹丕为非作歹，于是诬告杨修泄漏机密，逼他自杀。不久有吴使到来，呈上孙权的书信，劝曹操称帝。曹操看完之后，把书信拿给群臣，侍中陈群、尚书桓阶都称颂曹操的功德，说应当顺应民意，赶快登上大位。曹操笑着说："孔子说：'施于有政，是亦为政。'如果天命应当属于我，我就做周文王吧。"于是上疏令孙权为骠骑将军，封为南昌侯，做荆州牧守，派人和吴使一起赶赴荆州。

孙权为何奉承曹操呢？原来，他自从占领荆州以后，担心刘备出兵报复，自己抵挡不住，所以向曹操献媚，求他援助。曹操也狡猾得很，给他爵位，让他自己抵抗刘备。孙权和曹操都想叫对方出头抵御，究竟刘备占据成都后有什么举动呢？刘备与关羽情同骨肉，岂有听说关羽死亡而不悲愤的道理？他与大小将士一齐致哀，追谥关羽为忠义侯，令关羽的儿子关兴袭封。即刻部署兵马，讨伐东吴，为关羽报仇。自诸葛亮以下，多说应先讨伐魏国，然后再进攻吴国，一时议论纷纷，难以决定。蹉跎了一年多，从洛阳传来消息，说曹操病死。刘备心中怨恨孙权，无心顾及魏国。曹丕横行无忌，公然做出篡逆的事情。

建安二十五年正月，曹操在洛阳病倒，整日里心神不宁，精神恍惚。一天夜里，他梦见很多马在一个槽里吃东西，醒来不知是吉是凶，询问谋士，有人说是吉兆，会受到上天的眷顾，曹操于是不再疑虑。此后，只要一合眼，往往看见男女冤魂站在床边。他怀疑洛阳以前的皇宫不便居住，特让大匠苏越另外建造宫殿。苏越知道濯龙祠旁有一棵极大的梨树，高达十几丈，禀明曹操后，带领工匠砍伐。才砍了几斧头，树中忽然冒出血来，工匠不敢再砍。苏越也大为诧异，匆匆回去禀报。曹操不相信，亲自去看，并拔剑砍树，不料鲜血飞溅到他身上，曹操接连打了好几个寒噤，慌忙返回，从此一病不起。到了弥留之际，曹操才秘密嘱咐心腹，说安葬以后，必须另设置七十二个坟墓，免得被人掘墓。说完这些，就逝世了，终年六十六岁。

曹丕防守邺中，接到噩耗，就想立即继位。侍臣说应先等待诏命，尚书陈矫大声说："魏王在外地去世，倘若发生变故，岂不是摇动社稷吗？"于是传王后卞氏的命令，立曹丕为魏王，尊卞氏为王太后，然后上报献帝。御史大夫华歆本是曹操的私党，立即逼献帝下诏，令曹丕袭封，仍为丞相、魏王，做冀州牧守。曹丕接受诏令后，才出郊迎丧，把曹操安葬在西陵，追谥为武。曹丕的弟弟曹彰、曹植、曹熊等都来奔丧。曹彰已受封为鄢陵侯，曹植也受封临淄侯，他二人与曹丕、曹熊都是一母同胞的兄弟。此外还有同父异母的弟弟十多人，全部前来送葬。曹彰能武，曹植能文，二人都很得曹操喜爱，曹丕担心他们夺位，丧事还没有结束，便遣他们回封地。曹彰本想自己能受到重用，听到这个消息，只好闷闷离去，曹植随后被遣回。曹丕令华歆为相国，提升大中大夫贾诩为太尉，大理王朗为御史大夫，侍中陈群为尚书，又挑选主簿贾逵为豫州刺史。贾逵精通经书和兵法，深得曹操宠信，这次奉命送丧回邺城，主持丧事，曹彰向他索要玺印，贾逵严厉拒绝。曹丕因此敬佩贾逵，令他到豫州上任，并封他为关内侯。

曹丕想篡夺汉室江山，特意效仿汉高祖、光武帝，率领士兵数十万巡视谯城，召集家乡父老一同宴饮。碰巧蜀将孟达送来投降的书信，愿意把庸城献给魏王，曹丕就封孟达为新城太守。武都氐王杨仆，带领种族归附，曹丕让他们住在汉阳郡。曹丕授意左中郎将李伏、太史丞许芝，让他们与华歆、贾诩、陈群、王朗等人先进入许都，威胁献帝让位。献帝以为曹操已死，自己有望亲政，于是把建安二十五年改为延康元年。哪知一群走狗，竟来逼他让出帝位，献帝大吃一惊，不禁潸然泪下。李伏、许芝更是旁征博引，将自己的才华发挥得淋漓尽致，极力说应当让曹丕做皇帝。献帝听着，用两只袖子擦拭眼睛，泪水浸湿了龙袍。华歆等人更是疾言厉色，几乎要将献帝活活吞下去。献帝还不肯答应，忽然外面有许多士兵拿着兵器进入大殿，气焰很是嚣张，慌得献帝起身逃奔。华歆等人大步追进去，直入中宫。曹皇后听到喧闹声，出来察看，见献帝神色慌张，吃惊地询问原因，献帝哭着说："你兄长想夺我的帝位。"曹皇后听了，竖起柳眉，让献帝进去，自己挡住华歆等人，开口大骂。华歆听了，毫不惧怕，只因曹皇后是魏王曹丕的妹妹，不得不略微顾全她的脸面，将应天顺民的客套话说出来，敷衍几句。曹皇后全不理睬，华歆等人不得不暂时退下。

第二天，华歆听说曹丕等人要来许都，又联合群臣，极力请献帝上殿。献帝被逼无奈，勉强出来。华歆等人写好诏书，硬逼献帝颁发，献帝含糊答应。华歆立即派御史大夫张音把诏书送给曹丕。曹丕在曲蠡接到诏书，打开一看，心中欢喜，表面上不得不上疏推辞，让张音回去禀报。华歆等人一面写信规劝曹丕，一面威胁献帝交出御玺。献帝哭着说："御玺由皇后收藏，不在我身上。"华歆等人于是再向曹皇后索要，曹皇后仍然不给，华歆等人又将此事禀报曹丕。曹丕派曹洪、曹休二人领兵进入后宫，抢夺御玺。曹皇后自知不能守住御玺，气愤地将御玺扔到地下。曹洪不便将御玺亲自交给曹丕，又由华歆等人续写诏书，让张音将御玺献给曹丕。更可恨的是，硬要将献帝的两个女儿充作妃嫔，一起献上去。曹丕在曲蠡等待诏书，见张音拿着御玺到来，还带着两个娇滴滴的美女，更是欢喜异常。

曹丕故意将诏书和御玺退回，只将献帝的两个女儿留下。等到献帝第三次下诏，曹丕才不再推让，定于十月庚午登基。曹丕称帝以后，进入许都，改延康元年为黄初元年，国号为魏，将献帝废为山阳公，曹皇后为山阳公夫人。又追尊父亲曹操为武皇帝，庙号太祖，称母亲卞氏为皇太后。改称相国为司徒，御史大夫为司空，其余的官职多半采用前汉的官名。郡国县邑也陆续改变称呼，许县改名为许昌县，曹丕将其定为魏国都城。又在洛阳大兴土木，将洛阳作为陪都。

消息传入蜀中，只说曹丕篡夺汉室江山，并没有提及汉帝的下落。有人说汉帝已经遇害，汉中王刘备立即为献帝发丧，追谥他为孝愍皇帝。蜀中的大臣都劝刘备继承大统，刘备不肯听从。不久刘封回到成都，说孟达、申耽已经叛变，带领魏兵袭击自己，自己寡不敌众，只好逃回。刘备愤怒地叱责他：“你知道荆州危急，却不赶去救援，如今还敢来见我吗?”刘封回答说：“孟达从中阻挠，我只身一人不能去支援，所以才一再拖延。”刘备不等他说完，厉声说道：“我听说你与孟达不和，所以孟达才敢阻挠你。你领着的俸禄，就应该效忠，怎能听从孟达呢？我如果饶你，怎么令众人信服？”刘封跪在地上叩头求饶，恰逢诸葛亮在旁边，刘备问他：“按罪应当把刘封诛杀吗?”诸葛亮说出“由你裁决”几个字，刘备于是令刘封自尽。刘封临死感叹说：“我后悔不听孟达的话!”原来，孟达投降魏国后，曾写信招刘封过去，刘封不肯相从。刘备得知后，心中后悔，惆怅了好几天。刘封本姓寇，是长沙刘氏的外甥。刘备到荆州时，妻子还没有生下刘禅，他就把刘封认作养子。刘封力气很大，跟随诸葛亮进入益州，立有战功，受封为副中郎将。诸葛亮担心刘封刚强粗暴，难以驾驭，所以没有为他求情。

转眼过了一个月，诸葛亮与许靖等人联名请求刘备称帝。刘备还想推辞，经诸葛亮等人再三恳请，才勉强答应。刘备令博士许慈、议郎孟光制定礼仪，在成都武担山南，祭祀天地，登上帝位，接受百官朝贺，改元章武，仍称汉帝。因刘备死后，庙谥昭烈，又沿称刘备为昭烈皇帝。

东吴也改元黄武，不久，孙权称帝。蜀国继承汉朝的大统，地盘虽小，名位最正。从此以后，中国三足鼎立的局势形成。刘备正位以后，提升诸葛亮为丞相，许靖为司徒，设置百官，建立宗庙。立夫人吴氏为皇后，儿子刘禅为皇太子。刘备想率兵东下，讨伐东吴。忽然有一员大将进来阻："窃国贼是曹操，陛下应该先攻打魏国，然后再消灭吴国。"刘备听了，心中不悦，那位将军又继续劝说，讲出一连串的理由。

刘备之败

刘备整顿兵马，想讨伐东吴，一员大将极力劝阻，说应当先讨伐魏国。此人就是翊军将军赵云。赵云先说曹操是国贼，不见刘备听从，于是又劝说道："曹操虽死，他的儿子曹丕却篡夺了汉室江山，陛下应向关中进兵，扼住黄河上游，声讨逆贼。臣料想关东的义士，必闻风响应。消灭魏国之后，东吴也就容易征服了。"刘备始终不肯听从，经诸葛亮等人联名上奏，才回心转意。一天，一员大将踉跄而入，跪在刘备面前，放声大哭。刘备一瞧，是车骑将军张飞，不禁潸然泪下。张飞边哭边说："桃园的誓言，陛下怎么能忘记？为何不替二哥报仇？"刘备回答说："朕早就想讨伐东吴，可百官都说应先讨伐魏国，所以才拖延到现在。"张飞很着急："陛下不去，我愿意独自前往。"刘备说："我怎么忍心让你一人前去呢？我这就与你一起讨伐东吴，你赶快回阆州去，带兵与我会合。我还要劝诫你一句，千万不要无故怪罪部下，你如果惩治了他们，就不要再让这些人留在你左右。"张飞领命离去。从此刘备进攻东吴的态度坚决，无论何人进谏，他都一概拒绝。刘备留下丞相诸葛亮辅佐太子刘禅，防守成都，自己率军东下。

当时黄忠已死，马超镇守凉州，只有赵云是老将，刘备因他上谏阻止东征，不让赵云作前锋，只让他运输军粮，作为后应。益州从事秦宓极力劝谏，说天时不利，恐怕会有所闪失。刘备闻听此言，十分恼怒，将秦宓抓进狱中囚禁起来。随后，刘备领兵向东，直指秭归。途中接到从阆州送来的书信，刘备以为是张飞派人送来的，取过来一看，署名是张飞营内的都督，不禁惊诧道："难道张飞已经死了吗？"忙展信一阅，果然是张飞迁怒左右，被手下张达、范强害死。张达和范强害死张飞后，拿着张飞的人头投奔东吴去了。刘备放声大哭，部将再三劝说，刘备才收住眼泪，追谥张飞为桓侯。当时张飞的长子张苞已死，刘备就令张飞的次子张绍袭封。

刘备正下诏抚恤，忽然东吴派人送来了一封信，是南郡太守诸葛瑾写的。刘备打开一看，十分恼怒，就将信扔在地上，下令将来使斩首。部将上奏说两国相争，不斩来使，并且诸葛瑾是丞相的兄长，更应顾全大局，从宽发落。刘备这才将来使遣回。原来，孙权得知刘备领兵到来，势力强盛，料知刘备有心报复，于是命诸葛瑾写信求和。有人说诸葛瑾不可靠，恐怕将会借此机会投降蜀地，孙权摇头说："我与诸葛瑾是生死之交，以前孔明来东吴，我派他留住孔明，诸葛瑾说弟弟不会留在东吴，就像他不会投奔刘备一样。诸葛瑾肯定不会有二心！"后来诸葛瑾派人禀报，说蜀国不想讲和。不久，张达、范强又献上张飞的人头，孙权只好接收。孙权想事已至此，肯定无法讲和，于是派部将李异、刘阿等率兵四万，前往秭归。然后向魏国称臣，并送于禁等人回魏国。魏王曹丕同意孙权归附，群臣竞相道贺，只有侍中刘晔进谏说："孙权无故乞降，必定是因为蜀兵大举进攻东吴，他担心难以抵挡，又害怕我军乘机进攻。现在不如派兵袭击江东，蜀攻外、我攻内，吴国必定灭亡。到那时，蜀国孤立无援，怎能长久呢？这可是一举两得的妙计啊。"曹丕回答说："孙权既然投降，我们还有什么理由讨伐他呢？这样做岂不是令天下人耻笑？"于是没有听从刘晔，遣回吴使，并派太常邢贞到吴地封孙权为吴王。

邢贞到了江东，孙权率领百官，亲自出城迎接。邢贞昂然前来，见了孙权，并不走下马车。此举惹恼了吴长史张昭，张昭厉声斥责道："你竟敢妄自尊大，藐视我江南，你以为我江南真的不敢杀你吗？"邢贞于是下马车，和孙权一同入城，宣读诏书。吴中郎将徐盛在旁边，气愤地说："我非但不能为国家灭掉魏国，吞并蜀国，还令主上受到委屈，真是可耻啊！"邢贞听了徐盛的话，暗自感叹道："江东有这样的将相，应当不会长久屈居于人下。"孙权盛情款待邢贞，邢贞在东吴居住了三天，告辞离去。孙权又派中大夫赵咨到魏国谢恩。赵咨见了曹丕，曹丕问道："吴王是什么样的人呢？"赵咨回答："聪明仁智，具有雄才大略。"曹丕微笑着说："这也过于夸大了。"赵咨又说："并非是我夸大，他能重用鲁肃，提拔吕蒙，取得荆州，占据三州，现在又能屈身于陛下，难道不是一个英明的人吗？"曹丕又问："吴地可以被征服吗？"赵咨严肃地说："大国有雄兵，小国也有抵御的妙计。"曹丕说："吴不畏惧魏吗？”赵咨答道：“吴国拥兵百万，何必畏惧他人？”曹丕又说：“像你这样有才能的人，吴国有几人？”赵咨应声说：“聪明豁达的，大约有八九十人，像我这样的，不计其数。”曹丕于是说：“你真是不辱使命。”接着下令厚待赵咨，过了一天才把他遣回去。曹丕不想帮助吴国，仍旧按兵不动。吴将李异、刘阿等人走到秭归，与蜀将吴班、冯习相遇，吴军战败退回。

孙权得知后，不免惊慌，暗想营中大将，只有陆逊才智过人，于是封陆逊为大都督，让他率同朱然、潘璋、韩当、徐盛、宋谦、鲜于丹、孙桓各将，领兵五万，抵挡刘备。陆逊以资望太浅为由推辞，孙权准许他见机行事，先斩后奏，陆逊这才领命出发。孙桓与孙权同族，父亲名叫孙河。孙桓二十五岁时就被封为安东中郎将，他相貌魁梧，非常勇猛。此次跟随陆逊西行，愿做前锋，陆逊慨然答应。孙桓就带领偏师赶到彝陵，遇到蜀国的将领吴班，吴班见孙桓气势凶猛，于是领兵退下，把孙桓引诱到一个狭小的地方，然后吹响号角，蜀兵漫山遍野地向孙桓杀来。孙桓虽然英勇，毕竟寡不敌众，被蜀国的士兵团团围住。孙桓率领部下拼命战斗，正在危急关头，朱然领兵过来支援，孙桓才得以杀出重围，逃回彝陵。吴班领军前进，把城围住，孙桓让朱然向陆逊求救，陆逊不肯发兵。众将都请求说：“孙桓是吴王的族人，如今被敌兵围困，我们怎么能见死不救呢？”陆逊答道：“彝陵易守难攻，孙桓又深得人心，定能坚守，不致发生意外。待我出兵打败刘备，孙桓自然就解围了。”众将又说：“都督想与刘备交战，请立即传令，我们即刻前往。”陆逊微笑道：“且慢。”众将说：“既不解救彝陵，又不攻打刘备，难道要等蜀国自己撤兵吗？”陆逊说：“我自有妙计。你们要守住各自的营寨，阻止敌人前进，不能违抗我的命令。”众将于是退下。韩当、徐盛等都是老将，心里本来就轻视陆逊，见他逗留不前，更加烦闷，都私下感叹：“任用这个书生为都督，江东危险了！”

刘备已经抵达秭归，接连收到捷报，非常欣慰。后来听说吴国任用陆逊为将领，统兵五万，在猇亭东南扎营，料想必有恶战，就令各军严加防范，准备厮杀。等了十多天，一直没有动静，于是刘备准备亲自攻打陆逊。治中从事黄权进谏：“我军沿江直下，易进难退，况且吴、魏和好，陆逊足智多谋，臣愿意做前锋，抵挡吴军，陛下应在后面镇守要害，才可无忧。”刘备不肯听从，只命黄权为征北将军，防守江北，抵御魏国，自己率领众将东进，直抵猇亭。吴国的将领听说刘备亲自到来，都向陆逊请战，陆逊对他们说：“刘备率军东下，锐气正盛，暂时不能出击。等时间一长，他们渐渐疲倦，我们就可以一举将蜀军攻破了。”众将不信，还想争辩，陆逊拔出剑说：“刘备是天下枭雄，曹操尚且惧他三分。现在他与我正是劲敌，你们身受国恩，应当想出一个万全之计，消灭刘备。我是一介书生，能忍辱负重，所以主上才把军权交给我。军法如山，如有擅自行动的，立即斩首！”说到这里，面色铁青。众将不敢再说，悻悻退出。过了很多天也没接到作战的命令，蜀军却遍地扎营，从巫峡到猇亭约有数十万屯兵，前部督叫张南，大督是冯习，刘备又调回吴班，命他在吴营前面安营扎寨。吴将忍耐不住，再次请战，陆逊还是不答应。韩当、徐盛等齐声说：“如果打不赢，愿意受军法处治。”陆逊带领众将出营，遥望了很久，拿着鞭子向西指着说：“前面山谷中杀气腾腾，必有伏兵埋伏在那里，他想引诱我进入圈套，我岂会中计？所以不让你们出战！”众将听了，暗暗冷笑，只得跟随陆逊回营。过了三天，吴班退兵，山谷中果然有蜀兵徐徐退去，吴将这才知陆逊有先见之明。

两军相持了几个月，不见陆逊有任何行动，众将都笑他懦弱，陆逊却写信给孙权，说很快就能攻破蜀军。众将听说后，不知他葫芦里卖的什么药，纷纷猜疑。时间流逝，陆逊与蜀军相持，差不多已有半年。当时正值盛暑，烈日炎炎，蜀军都迁移到树林里面安营，陆逊也未曾发兵袭击。

有一天清晨，陆逊忽然召来众将说：“今天就可以攻破蜀军了，希望大家努力！”众将说：“攻破蜀军的机会早就过了，现在蜀军深入五六百里，又坚持了七八个月，已经牢牢控制了要害，怎能攻破呢？”陆逊笑着说道：“刘备转战一生，现在率兵东来，开始时必定计划周详，我们不能轻易与他作战。如今他屯兵这么长时间，也没有得逞，必定会放松警戒，我们此时正好将他打败。”于是命鲜于丹领兵前去攻打，韩当、徐盛为后应。不到半天，三人战败退回，进帐禀报：“蜀兵势力强大，很难争锋，我们只攻打他一个营寨，其他各营一齐到来援应，因此战败退回。”陆逊回答说：“我已经有了攻破蜀军的计策，今晚一定可以成功。你们早点吃晚餐，然后过来听令。”不久，太阳西落，将士饱餐一顿之后，进帐接受命令。陆逊这才说出“火攻”二字。

刘备在营中端坐，正与部将谈论军事，从事程畿说：“近日军营上有黄气笼罩，长达十多里，恐怕会有变故发生，不可不防。”刘备说：“吴军屡战屡败，怕他做什么？”程畿回答说：“陆逊足智多谋，千万不要中了他的诡计。”刘备说：“朕让侍中马良安抚五溪的蛮夷，昨天得到消息，说他们已经全部响应，等马良领兵到来，我们与陆逊大战一场，看他怎么抵挡我？”正在谈论，忽然有人进来禀报：“吴兵前来攻打，各营寨都起火了。”刘备忙说：“快快传话给冯习、张南等人，叫他们小心迎敌。”来人刚走出去，又有一个人走进来说：“冯习、张南的营寨已经被吴兵烧毁了。”刘备大吃一惊，出营眺望，只见四面八方，烈火熊熊，树木都被烧毁了，四周喊声四起，不知有多少吴兵前来劫营。忽然将军傅肜踉跄前来，上报说冯习、张南已经阵亡，吴兵很是厉害，请刘备赶快撤回。刘备只好让傅肜断后，自己领兵向西逃去，然后令从事程畿传令水师，让他们上岸支援。程畿离开后，傅肜一路跟随刘备。到了马鞍山，吴军四面环集，刘备进退无路，只好上山驻扎，令傅肜堵住山口，抵御吴兵。望着熊熊烈火，刘备又悲愤又惭愧地说：“我竟被陆逊打败，这难道是天意吗？”话未说完，又有人走上前说：“吴军放火烧山，傅将军危急万分，请陛下赶快定夺。”刘备决定再次逃走，于是领兵拼杀。交战了好几次，还是不能突出重围。

到了傍晚，吴兵都去吃晚饭，防备稍稍松懈，傅肜拼命杀出山口，让刘备先过去，自己带领残兵截住吴军。吴军连连出击，傅肜与他们激战了很久，眼看手下全部阵亡，傅肜还是死斗到底。吴兵叫他投降，傅肜厉声说：“吴狗！大汉将军岂能投降？”说着，又杀死几个吴兵，自己也身受重伤，最终为国捐躯。

刘备仓皇西逃，吴兵在后面穷追不舍。蜀兵沿路溃散，最后只剩下几百个骑兵跟着刘备。刘备长叹道：“我的死期到了！”话刚说完，就见蜀兵赶到，为首的一员大将正是翊军将军赵云。刘备这才转忧为喜，忙让赵云截住吴兵，自己带领几百个骑兵进入白帝城。赵云本在江州运送粮草，看见东南火光冲天，急忙领兵前来，杀退敌兵。蜀中将士，多半伤亡。从事程畿奉命去招水军，水军却已被吴兵偷袭，全部逃跑，程畿乘船慢慢退回。随从催促程畿说：“追兵将要赶到，何不快速行驶呢？”程畿慨然说：“我岂是贪生怕死之人？”不久吴兵到来，围住程畿的小船，程畿拔剑自杀。蛮王沙摩阿带领众人跟随蜀军，也战死了。其余的如杜路、刘宁等人，走投无路，投奔了吴国。镇北将军黄权被吴兵拦截，领兵投奔魏国去了。

曹丕听说蜀兵连营七百里，知道蜀国必败，群臣问起原因，曹丕说道：“刘备不懂打仗，岂有连营七百里，还能抗拒敌兵的？江东的捷报就快到来了。”过了七天，吴国果然上疏告捷，曹丕担心孙权势力强盛，日后难以控制，就令他把儿子送到许都做人质，孙权置若罔闻。曹丕就命曹休等人到洞口，曹仁到濡须，曹真等人围攻南郡，三路兵马约有数万，同时攻打东吴。吴兵战胜蜀军以后，想进攻白帝城，陆逊却下令班师。这时彝陵解围，孙桓前来拜见陆逊，陆逊慰问一番，孙桓对陆逊说："以前因你连日不去解救，心生疑虑，如今才知你调度有方，最终得以攻破蜀军，但为何不乘胜追击呢？"陆逊回答说："曹丕表面上援助我国，其实是想消灭我国，我们如果对蜀军穷追不舍，必会被曹丕算计。"于是收兵东归。快抵达荆州时，果然听说魏国兵分三路前来攻打吴国。陆逊立即写信禀报孙权。孙权已经得知消息，派将军吕范等率水军抵抗曹休，诸葛瑾抵挡曹真，朱桓抵挡曹仁。

孙权与魏国绝交后，改元黄武。曹丕听说吴国违抗命令，亲自从许昌领兵南下，接应三路人马。刘晔劝阻说："吴国刚刚打败蜀国，上下同心协力。不如从长计议。"曹丕不肯听从，领军赶到宛城。忽然接到消息，说曹休到洞口后，开始打了几次胜仗，后来吴国派兵支援，曹休战败，只好退回。曹丕这才惊慌起来。不久又有人上报说曹仁战败退回，部将常雕阵亡，王双被擒。曹丕更加惊心。只有曹真围攻江陵，还没有消息传来，曹丕派夏侯尚带领水军，前去援助曹真。江陵爆发了瘟疫，吴将诸葛瑾不能打退敌兵，眼看就要支持不住。碰巧陆逊派朱然带着一万水兵到来，与夏侯尚大战一场，夏侯尚战败。曹真孤军无援，不得不禀告曹丕，曹丕怅然说："真后悔不听从刘晔的话。"说完，就派人召回曹真及曹休、曹仁，自己退回洛阳。孙权担心蜀国前来报复，不敢追击魏兵。曹丕不久便回许昌去了。

刘备逃回白帝城，还想招集残兵，再次讨伐东吴。无奈七万多人，伤亡过半，溃散的士兵虽然渐渐聚集，也只有一两万人，还都疲惫不堪，怎能再去作战。刘备又悔又恨，又恨又悲。后来从东吴传来噩耗，孙夫人误以为刘备阵亡，投江殉情。刘备本来因她无故返回东吴，对她置之不理，不料她竟如此贞烈，刘备不免心中愧疚，以至抑郁成疾。赵云等人请求回成都，刘备不肯答应，且因白帝城是鱼复县官府所在地，就把县名改为永安，把馆舍改为永安宫。不久有吴使到达白帝城，报告孙夫人死亡的消息，并请求罢兵。刘备含糊答应，派大中大夫宗玮前往吴国，只是心中仍不免郁郁寡欢。当时刘备已经六十多岁，怎禁得起这般伤心，拖延了半年，一病不起，他连忙召见丞相诸葛亮及尚书令李严。

章武三年二月，诸葛亮等人赶到永安，刘备的儿子鲁王刘永、梁王刘理也一同到达。刘备见了诸葛亮，感叹道：“朕不听从丞相的劝告，现在后悔已经来不及了。”诸葛亮劝慰道：“请陛下珍重，不要再回忆往事了。”刘备说：“我寿命已尽，看来是无可挽回了。只是与丞相相识多年，如今将要永别，真令我伤心。”说完，泪流满面。诸葛亮也不禁潸然泪下。他见刘备不至于立即去世，所以忍住眼泪，极力劝解，然后率领众人暂时退下，只留下两个皇子在刘备旁边。此后，诸葛亮每天都要前去探望，留在成都的官员也陆续前来请安。成都令马谡是侍中马良的弟弟，马良兄弟五人，都很有名。马良字季常，马谡字幼常，其余的兄弟也都以“常”字为号。只因马良眉毛中有白毛，里人常说：“马氏五常，白眉最优。”马良奉命抚慰五溪。刘备在猇亭战败后，道路被截断，马良遇害身亡。诸葛亮很器重马谡，特意推荐他为成都令。一天晚上，诸葛亮又去探病，刘备对他说：“马谡言过其实，不能担当大任，你要留意。”诸葛亮应命退下。到了夏天，刘备病危，召诸葛亮等人嘱托后事。

七擒孟获

刘备在弥留之际，召丞相诸葛亮、尚书令李严等人来到床前。刘备对诸葛亮说：“你的才能高出曹丕十倍，必能安邦定国，成就大事。如果我的儿子有才，你就辅佐；如果无法辅佐，你就取而代之。”诸葛亮慌忙跪拜：“我定当全力效忠，决无二心，只有这样才能报答你的知遇之恩。”刘备命李严执笔写遗诏，并把刘永、刘理叫到面前，让他们认丞相为父。然后又叮嘱翊军将军赵云几句，请他为国效力。托付完后事之后，刘备长叹一声，瞑目去世，享年六十三岁。诸葛亮主持丧事，任李严为中都护，镇守永安，自己率领百官回成都发丧。太子刘禅年仅十七岁，因留守成都，没有赶去奔丧。等灵柩到来，立即举行丧礼。

丧礼过后，诸葛亮请刘禅继位，改元建兴。刘禅就是后主。尊谥刘备为昭烈皇帝，把刘备安葬在惠陵，尊皇后吴氏为皇太后，然后颁诏大赦。益州从事秦宓此时已被释放出来，诸葛亮令他为益州别驾。秦宓颇有才干，也是法正一样的人物。诸葛亮因法正早死，常感叹说如果法正还在，必定不让主上东征，就算东征，也不至于一败涂地。秦宓因阻止刘备东征被关在狱中，诸葛亮很是叹惜，大赦以后，立即任用他。后主封诸葛亮为武乡侯，后来又让他担任益州牧守，政事无论大小，都由诸葛亮裁决。

益州的将领雍闿杀死益州太守，投降吴国。诸葛亮因刘备刚刚去世，不便动兵，而且他想联合吴国讨伐魏国，所以暂时将此事搁置。广汉太守邓芝窥透诸葛亮的心意后，就请诸葛亮与吴国和好。诸葛亮高兴地说：“我早有此意，只是不知派何人前往吴国，今天终于找到人了。”邓芝问是谁，诸葛亮用手指了指他，邓芝也不推辞，立即动身。吴王孙权将都城迁往鄂县，把鄂县改名武昌。听说蜀国派人到来，心中狐疑，不肯立即相见。邓芝等了两天，见孙权不肯见他，就写信给孙权：“我今天到这里，并非只为蜀国，同时还为了吴国。如果大王不愿意见我，我就离开了。”孙权看了信，才召邓芝进见。邓芝开口询问孙权：“大王，现在你是想与魏和好呢，还是想与蜀和好？”孙权答道：“我并非不想与蜀和好，只是担心蜀国君主年幼，土地较少，不足以抵抗魏国。”邓芝应声说：“大王是盖世英雄，诸葛亮也是绝世无双的俊杰。蜀国地势险要，吴国有三江保护，如果两国联合，进可以吞并天下，退可以自立自保。如今大王甘心臣服魏国，魏国必定召大王入朝，索要王子做人质，一旦大王不肯听从，魏国便会举兵讨伐。到那时，蜀国也会采取行动，大王两面受敌，江东之地就危险了。还请大王三思！”孙权沉默了很久，才开口说：“你说得很有道理。烦劳你回去通报，我愿意与蜀国签订盟约。”邓芝告辞离去。

转眼又是一年。吴国派中郎将张温前往蜀国，后主当然接见，并命诸葛亮等人热情款待。张温谈笑之间，流露出骄傲的神态。过了两天，张温告辞东还。丞相诸葛亮带领百官亲自饯行，只有秦宓不到。诸葛亮多次派人敦促，过了很久也不见他的踪影。张温问道：“还等什么人？”诸葛亮回答说益州学士秦宓。不久秦宓到来，张温笑着问：“你是益州学士，究竟学得怎么样呢？”秦宓严肃地说：“蜀国三尺小儿都知道读书，更何况我们这些人呢？”张温接着问：“你既然博学，必知天文，天有尽头吗？”秦宓随口答出一个“有”字。张温问在什么地方，秦宓说：“天在西方。《诗》中说‘乃眷西顾’，可知天的尽头在西方。”张温又问：“天有姓吗？”秦宓回答说姓刘。张温询问原因，秦宓说：“天子姓刘，由此可以推知。”张温说道：“太阳是从东边升起的。”秦宓不等他说完，就接口说：“太阳虽然是从东边升起的，到西边必定落下。”张温瞠目结舌，不敢再说。秦宓又步步逼问张温，张温无词可答，急得汗流浃背，满面惭愧。多亏诸葛亮出面调解，张温才勉强饮了几杯，告别离去。诸葛亮令邓芝与他同行。

到达武昌后，邓芝先请张温禀报孙权，然后进见。孙权对邓芝说："两国和好，若能同心协力消灭魏国，就可以将国家一分为二，分别治理，岂不是大快人心？"邓芝直答道："天上没有两个太阳，人间没有两个皇帝。如果消灭魏国，还不知天命所归，那时吴、蜀二国势均力敌，或许还会再次争战。天下必须要统一，才能太平。"孙权笑道："你真是坦诚啊。"此后，吴、蜀二国和好如初。

曹丕听说吴、蜀联盟，自知不妙，马上召集群臣商议，想起兵讨伐吴国。侍中辛毗进谏说："天下刚刚平静，如果突然起兵，未必成功。不如先让百姓休养生息，十年后，就能一举吞并吴、蜀二国，统一天下。"曹丕雄心勃勃，十个月都不能等，更别说是十年了。他立即让辛毗退下，提升司马懿为尚书仆射，镇守许昌。

曹丕有很多亲弟弟，自己又有儿子，为何不把大权交给他们，却叫司马懿防守许昌呢？说来别有原因。曹丕的弟弟曹彰、曹植同是卞太后所生。因为曹丕喜欢猜忌别人，做魏王时，他就令两个弟弟前往封地。曹丕的妻子甄氏是一个绝世美女，头发尤其漂亮，她常常将万缕青丝挽成云鬟，称为灵蛇髻，光彩照人。她本是袁熙的妻子，曹植对她也艳羡不已，只因曹丕捷足先登，只得让给兄长，但心中不免失望，经常口出怨言，曹丕因此更加嫉恨曹植。曹植到达临淄后，监国灌均奉承曹丕，弹劾曹植。曹丕于是召曹植入朝，想要诛杀他。多亏卞太后从中保护，曹植才大难不死。但曹丕却逼他在七步之内写成诗，以兄弟为题，且不准直言。曹植随口吟诵道："煮豆燃豆萁，豆在釜中泣，本是同根生，相煎何太急？"曹丕听了此诗，颇为感动，但旧恨未消，于是将曹植贬为安乡侯。

曹丕的后宫有很多宠妾，除献帝的两个女儿外，还有郭、李、阴三个贵人，最受宠爱的是郭氏。郭氏是安平人郭永的女儿，小时候就聪慧机敏，郭永常称她为女王。郭氏长大以后，美丽妖艳，曹丕将她纳为姬妾，格外怜爱。郭氏不但长得漂亮，而且善于谋略。曹丕能被立为太子，郭氏功不可没，所以曹丕对她宠爱有加。曹丕称帝以后，提升郭氏为贵嫔，本想立她为皇后，只因甄氏还在，只好将此事搁置。郭氏想夺取皇后的位置，多次进谗诬告甄氏，曹丕被她迷惑，将甄氏留在邺中，后来又平白地将甄氏赐死。郭氏没有孩子，甄氏却留下一个儿子叫曹叡，曹丕很喜爱他。曹丕册立郭氏之后，就将曹叡交给郭氏抚养。曹叡生性聪颖，明知母亲是被郭皇后害死的，却从不流露出自己的愤怒，仍殷勤地到郭皇后那里问安。曹叡十五岁时，曾跟随曹丕出去打猎。有大小两头鹿，曹丕一箭射去，大鹿立即死去，曹丕令曹叡射死小鹿，曹叡凄凉地说："陛下已经射死母鹿，怎么忍心再杀死小鹿呢？"曹丕不禁心软，将弓扔下，返回宫中。不久，曹丕封曹叡为平原王，但始终不肯让他做太子。曹丕还照例加封曹彰为任城王，曹植为鄄城王，但总不肯深信他们。所以曹丕出去攻打吴国，却让司马懿防守许昌。

曹丕乘坐龙舟，率领大小战船数千艘，从蔡、颍水路入淮，越过寿春，直抵广陵。吴国将领徐盛奉命抵御，故意把战船藏进港湾。曹丕抵达江北后，远远眺望，不见一只船，不免诧异，一时不敢前进，就在江北停泊一夜。第二天早上，只见南岸布满城楼，上面遍插旗帜，士兵数不胜数。曹丕大吃一惊，感叹道："魏国虽然有很多骑兵，到这里也都成了无用之人。"语未说完，忽然刮起大风，白浪滔天，龙舟在水中颠簸不已，险些不能支撑。曹丕急忙改乘小船，仓皇北逃，各战舰也都拼命逃回。

江南一带的城楼究竟是从何而来呢？原来，徐盛乘着夜色迷蒙的时候，把船放出，排列在江边，并把船布置成城池的模样，士兵都是用芦苇扎成的，外面罩着军衣，只有旗帜是真的。碰巧秋水高涨，岸边烟雾弥漫，魏军看不清楚，吓得退了回去。诸葛亮听说吴、魏交战，料知魏国无暇侵犯蜀国，于是筹备军饷，准备南征。永昌功曹吕凯、府丞王伉接连上疏，说雍闿势力强盛，多次侵犯他们。牂牁太守朱褒与越嶲夷王高定，相继叛变，响应雍闿，四处骚扰。诸葛亮于是调集兵马，辞别后主，领兵南下。成都令马谡已由诸葛亮提为参军，诸葛亮出都时，曾对他说："你应万事小心，不要误事。"马谡答道："南中的蛮人，自恃处于偏远的地方，经常叛变，我担心今天打败他们，明天他们又叛乱了。如果将他们的种族全部杀死，以绝后患，又太过残忍，且须长年累月征战才能成功。我听说用兵之道，攻心为上，攻城为下，丞相此次南征，最好让他们心服，才能一劳永逸。"诸葛亮笑道："你说得很对，我也正有此意。"马谡把诸葛亮送到数十里外，诸葛亮才把他遣回，自己率领大军南去。蛮人一向没有纪律，怎能打得过官军？再加上诸葛亮用兵有方，事事占着先机，因此所向披靡，势如破竹。诸葛亮从越嶲进兵，斩雍闿、杀高定，传令各郡，恩威并施。门下督马忠，祖籍牂牁，主动请求效力。诸葛亮便调兵给马忠，令他前去杀敌。才半个月，马忠便传来捷报，说朱褒已死，其他叛贼的头目也全部被诛杀。

本来大功已经告成，可以凯旋，偏偏有一个叫孟获的蛮酋招集雍闿的部下，继续抵抗蜀兵。诸葛亮探知孟获虽然没有才智，却十分勇猛，因此打定主意，决定收降孟获，让他死心塌地为蜀国效命。孟获不懂兵法，一味靠蛮力抵抗，战了一次，便被诸葛亮用计擒住。诸葛亮问他服不服，孟获说不服。诸葛亮将精兵藏起来，故意将弱兵站出来让他看。孟获笑着说："因为不知虚实，才被你擒住。看你的部下也不过如此，打败你有什么困难呢？"诸葛亮于是放他回去，相约与他再战。孟获回到营寨，率人来劫诸葛亮的大营，又被诸葛亮擒住。孟获仍然不服，诸葛亮又放他回去。孟获渡过泸水，负隅顽抗。当时正值五月，暑气熏蒸，水中又没有船只，蜀兵都有畏难情绪，诸葛亮对他们说："如果我们退回，蛮人必定又出来骚扰，我去他来，我来他去，什么时候才能平定呢？如今只有再接再厉，渡过泸水，才能彻底打败他们。希望你们继续努力，成功以后，重重有赏。"士兵听了，都很兴奋。

诸葛亮命将士制造木筏，在夜里悄悄渡过泸水，直抵蛮峒。孟获以为有天险保护，也不提防，待到蜀兵深入，他才仓促迎敌，结果又被蜀军擒去。诸葛亮仍然没有杀他，还放他回去。孟获重新躲避起来，不久又被蜀兵擒住。诸葛亮将孟获抓了七次，放了七次，孟获无处藏身，心服口服。诸葛亮还想把他放回去再战，孟获哭着说："丞相威武盖世，无坚不摧，我们发誓再也不反叛了！"孟获领蜀兵进入滇池。当地人把诸葛亮奉若神明，无论男女，都来拜见。诸葛亮好言抚慰，仍让孟获治理蛮人，只是要他听从蜀国的命令。众人欢呼离去。有人请诸葛亮在此地设置官吏，与孟获一同管理蛮人，诸葛亮慨然道："这样做有三点坏处：设置官吏就要留下士兵，士兵没有粮草，就会叛变，这是其一；蛮人多次战败，伤亡很重，难免会怨恨官兵，寻衅滋事，这是其二；汉人和蛮人风俗不同，留下官员在这里治理，蛮人怎肯信服，这是其三。如今，我不留人，就不用输运粮草，只要他们相安无事就可以了。"于是下令班师，孟获率领众人欢送，并献上金银财物作为军费，诸葛亮把这些东西全部犒赏给将士。

诸葛亮班师回国，人人欣喜。南中又按时进贡财物。诸葛亮与民休养生息，过了两年，国家富足，准备出师北伐。当时曹丕已经病死，遗嘱中命大将军曹真、镇军陈群、抚军司马懿等拥立平原王曹叡为太子，让曹叡继位。曹叡追谥曹丕为文帝，尊太后卞氏为太皇太后，皇后郭氏为太后，任用一群顾命大臣处理国政，驾驭四方。孙权乘着魏国办理丧事之际，围攻江夏城，魏国太守文聘拼死抵抗。吴将诸葛瑾进攻襄阳，被司马懿击退。孙权于是收兵东归。诸葛亮比吴国出兵晚了一年，让中都护李严屯兵江州；护军陈到驻扎永安；令中部督向宠管理卫兵；尚书陈震，侍中郭攸之、费祎，侍郎董允，长史张裔，参军蒋琬共同管理国事。然后呈上一篇《出师表》，陈明宗旨。《出师表》是建兴五年三月呈上去的，当时后主刘禅年已逾冠，册立已故车骑将军张飞的女儿为皇后。刘禅生性懦弱，不识大体，一切军国大事都由诸葛亮处理。诸葛亮既然上疏请求北伐，后主自然依从。诸葛亮立即部署兵马，由阳平关进兵，前往汉中。

蜀兵在汉中驻扎，早有人将此事上报许昌。

马谡失街亭

诸葛亮领兵讨伐魏国，到了汉中，屯兵石马城。曹叡刚刚继位，改元太和，得知蜀兵进攻，想御驾亲征。散骑常侍孙资，说南郑斜谷地势险要，不应出兵，只须命大将把守要害，就足以震慑敌军。曹叡于是不再亲征，提升抚军将军司马懿为骠骑大将军，管理荆、豫二州的军事，屯兵宛城。大将军曹真把守关右，专心抵抗蜀兵。新城太守孟达从蜀国投奔魏国，与魏侍中桓阶、将军夏侯尚是好友。夏侯尚、桓阶相继病死，孟达心里不安。此事被诸葛亮听说，连忙嘱咐中都护李严招降孟达，孟达当然愿意。可巧魏兴太守申仪与孟达不和，一听说孟达暗中与蜀国通信，立即将此事报告曹叡。曹叡令司马懿伺机讨伐孟达。司马懿写信假装慰问孟达，暗中却调动兵马，悄悄赶赴新城。孟达看到司马懿的书信后，迟疑不决，便派人拜访诸葛亮。诸葛亮令孟达严加防范，不要坠入司马懿的阴谋。孟达回信给诸葛亮说："宛城距洛阳有八百里，距新城有一千二百里。司马懿来之前，还要上疏给曹叡，往返需要一个月的时间。我的城池很坚固，足以抗拒司马懿，你不要担心。"书信传到石马城，诸葛亮看完后，感叹道："孟达一定会被司马懿擒住！"果然，不到半个月，孟达写信求援。诸葛亮感叹说已经来不及了，只好派出一小队人马，支援新城。士兵刚刚上路，就传来孟达阵亡的消息。诸葛亮因此将人马调回，合力向北。

走到南郑，镇北将军魏延出城迎接。诸葛亮令魏延为丞相司马，统领前面的军队。魏延献计说："魏国派夏侯楙把守长安。夏侯楙是夏侯惇的儿子，曾娶曹操的女儿为妻，此人骄傲自大，没有谋略。我愿意带领五千精兵，从褒中出发，沿秦岭向东，绕过子午谷，不到十天就可以到达长安。夏侯楙听说我领兵到来，一定会弃城东逃。丞相可以从斜谷进兵，与我会合，这样咸阳以西就能平定了。"诸葛亮摇头说："此计十分危险。从大路出发更有把握。"魏延又说："丞相从大路前进，他必定沿路防守，我们何时才能拿下中原呢？"诸葛亮慨叹道："上天如果眷顾汉朝，何愁打不胜呢？"于是没有采用魏延的计策。魏延失望地退出。诸葛亮谎称从斜谷出发，攻打郿地，却让赵云为镇东将军，邓芝为扬武将军，占据箕谷，迷惑敌兵，然后自己率领大军，进攻祁山。南安、天水、安定三郡相继乞降。天水太守马遵正与参军姜维、功曹梁绪等巡行各县，得知蜀兵已经到达祁山，郡县闻风响应，自知无路可退，打算逃往上邽。姜维劝马遵回郡治理，马遵怀疑姜维有二心，连夜逃去。姜维回到天水郡，百姓已相继投降蜀国，闭门拒绝姜维。姜维进退两难，无奈之下，只得投奔蜀营。姜维本是天水郡冀县人，字伯约，小时候就熟读兵书，很有谋略。诸葛亮与他交谈，见他才华横溢，当然心喜，就举荐他为仓曹掾，加封奉义将军。

魏国的大将军曹真，正防守郿地，哪知蜀兵已抵达祁山，接连攻下南安、天水、安定三郡。曹真一时无计可施，只好禀报曹叡，请求派兵防守关西。曹叡于是调集五万兵马，令右将军张郃为前锋，自己为后应，一同到达长安，并下令司马懿前来会师，合力攻打蜀兵。蜀国的大将马超当时已经去世，只有马超的堂弟马岱从军出征。马岱的勇猛和谋略都比不上马超，虽然身为将领，却不堪重任，所以诸葛亮攻下三郡之后，就不再让他镇守凉州。诸葛亮听说张郃、司马懿合兵攻打，就召集众将："魏兵前来，必定攻打街亭。街亭是汉中的咽喉，非有大将把守不可，不能有闪失。"参军马谡正追随诸葛亮北伐，便上前请命："我愿意把守街亭。"魏延、吴懿也都愿意前往，诸葛亮因马谡才智过人，让他统兵两万，在街亭驻扎。马谡临行时，诸葛亮再三叮嘱，叫他坚守城寨，不能疏忽，并令王平为偏将，与马谡一同前往，又派魏延等人驻扎在阳平关，与马谡遥相呼应。

马谡与王平走到街亭，见街亭前面有山，便想领兵在山上扎寨。王平却认为不应该在山上屯兵，马谡傲然不从。王平又说："倘若敌军前来围山，你怎么办呢？”马谡笑道：“居高临下，势如高屋建瓴。敌军如果前来围山，我就率兵从四面攻打，还怕不能将他们杀退吗？”王平又说：“倘若敌兵截断我们的水路，又该怎么办呢？”马谡大笑道：“我既能杀退敌兵，还怕他截断水路吗？”王平还要规劝，马谡瞪着眼说：“连丞相遇到大事都要向我询问，你怎么会懂得我的计谋？”王平料知无法阻止，就请求兵分两路，互相援应。马谡恨王平违抗命令，只拨给他一千人。王平引兵在城中驻扎。马谡上山后，王平派人到祁山大营禀报此事。马谡还在山顶自鸣得意，不料司马懿、张郃两军连夜杀到。第二天清晨，魏兵已经在山脚聚集，把山团团围住。马谡领兵厮杀，魏兵全然不动，不停用弓箭向上射，蜀兵多被射倒，只好退回。马谡还想与敌兵拼命，领兵再打，一连冲杀数次，毫无作用。张郃又堵住水路，蜀兵无处饮水，军心大乱。坚持到半夜，蜀兵纷纷下山投降，马谡制止不住，盼望王平能来援救。可王平手下只有一千人，哪里打得过十万魏兵，他也曾努力相救，却在半路被魏兵杀退，无奈之下，只得坚守营寨。马谡等不到援军，无法把守，只得率兵向西逃去。魏兵追杀一阵，两万人所剩无几，多亏魏延从阳平关赶来，才将马谡救出。魏延见魏兵气势旺盛，不敢恋战，忙与马谡退回阳平关。王平自知难守，在城中击鼓，假装要进攻，暗中却召集溃散的士兵，悄悄退去。魏将张郃怀疑蜀兵有诈，不敢紧逼，王平才安然返回。

司马懿不去追马谡，却领兵到祁山攻打诸葛亮的大营。诸葛亮接到王平的报告，已知马谡误事，急忙退回西城，并传令天水各郡的守兵全部赶到汉中，又让赵云、邓芝收兵退回阳平关。司马懿领兵十多万，蜂拥而至，城中留下的士兵不多，想退往阳平关，已经来不及了。蜀军将士大惊失色，诸葛亮却谈笑风生，只说不用担心。待司马懿快到的时候，诸葛亮传令偃旗息鼓，把四个城门都打开，每个城门都令士兵洒水、扫地，自己则带了两名小童，在城楼上焚香弹琴。司马懿一马当先，前来攻打西城，遥见诸葛亮如此布置，心中狐疑，徘徊了很久，最后领兵退去。部将问起原因，司马懿说：“我听说诸葛亮不进子午谷，为人极其谨慎。如今城门大开，他岂会这么疏忽，明明是引诱我入城，所以我们要赶快退下，不要被他算计。”说完立即离去。

诸葛亮见司马懿退去，不禁鼓掌大笑。有人问诸葛亮：“司马懿擅长领兵打仗，为何来了又走呢？”诸葛亮笑道：“司马懿知道我谨慎，不肯轻易冒险。如今他见我这样，必定怀疑我有伏兵，所以退去。我料他不会走大路，一定沿着北山逃去。今天我们还要送他一程，截下一些军用物资，也不辜负他来此一趟。”说完，就派吴懿等人赶到北山，只准在山谷中呐喊，不准厮杀，然后把夺取的军用物资运回阳平关。吴懿奉命前去，诸葛亮率兵出了西城，赶回阳平关。司马懿果然从北山逃跑，突然听到后面喊声大起，以为是蜀兵前来追赶，慌忙将军用物资抛弃，拼命逃跑。吴懿等依从军令，没有追击，只将物资运回阳平关。

诸葛亮已经退到阳平关内，魏延、马谡等人出来迎接。马谡下跪请罪，诸葛亮生气地说：“你骄傲大意，导致全军覆灭。如果不以军法处治你，怎么能令众人信服？”马谡哭着说：“我与丞相情同父子，今天自知误事，罪该万死。”诸葛亮也流下了眼泪：“你如果听从王平的建议，又怎会战败呢？事已至此，我也不能顾及私情了，你的家人我自会抚恤，你的儿子就是我的儿子，你不必挂念。”说完，就令左右将马谡推出去斩首示众。然后把他埋葬，并亲自致哀。此后每月都派人给马谡家送去钱财和食物。诸葛亮叹息说：“先帝曾说马谡言过其实，不能重用，如今果然应验。马谡有罪，我也难辞其咎。”于是准备上疏弹劾自己。碰巧赵云、邓芝从箕谷退回，赵云说自己无功，也应受到惩罚。诸葛亮向邓芝询问情况，邓芝说曹真率兵追击，幸亏赵云亲自断后，全军才得以安全返回。诸葛亮感叹道：“街亭的士兵战败退回，首尾不能相顾，以致损失惨重；箕谷军退回，将士都没有损失。可见用兵在人，而不在人数多少啊。”赵云还带回一些军用物资，诸葛亮让他这把些东西赏赐给将士。赵云说：“将士没有立功，为何要受到赏赐呢？应暂时把财物贮藏库中。”诸葛亮点头说好，随后上疏请求将自己贬谪，赵云也上疏请求处惩自己。

后主看到奏章后，询问蒋琬、费袆。蒋琬等说应听从诸葛亮的话，暂时将他们降职。后主于是把诸葛亮贬为右将军，行丞相事，把赵云降为镇军将军，让蒋琬带着诏书到营中。诸葛亮接到诏书后，留蒋琬一同饮酒。蒋琬对诸葛亮说：“如今天下大乱，你却杀死马谡，岂不可惜？”诸葛亮哭着说：“孙武之所以能出奇制胜，全靠军法严明。如今四海分裂，士兵正在交战，如果不按律处治，怎么能治理好军队呢？”蒋琬劝诸葛亮回成都，诸葛亮摇头说：“奉诏讨伐逆贼，怎能半途而废？”蒋琬又说道：“想要再次伐魏，必须增添兵马。”诸葛亮怅然道：“街亭一战，并非因为兵少才败，实在是因为我误用马谡。如今应当慎重选用将领，以免重蹈覆辙，希望你在朝中妥善处理政事，这样才能征服天下。”蒋琬点头称是。不久，蒋琬告辞离去。

吴国鄱阳太守周鲂，用诈降计引诱魏国攻打皖城。魏国扬州牧守曹休误信周鲂，立即发兵，曹叡又让司马懿到江陵，建威将军贾逵到东关，三路兵马同时出发。吴国任用陆逊为都督，朱桓、全琮为副将，领兵攻打曹休。曹休自恃人多，领兵深入。吴兵在石亭将曹休打败，曹休逃回夹石。吴兵在后面紧追不舍，曹休险些不能脱身，多亏贾逵赶来支援，才幸免于难，但所有的物资全部丢失。司马懿半路折回，曹休又惭愧又气愤，不久得病去世。魏将满宠接替曹休的职务，此人老成谨慎，驾驭有方，没过多久便练成了一支强军。诸葛亮听说吴国打败魏国，又想乘机北伐。正要调动兵马，不料镇军将军赵云因病去世。诸葛亮大为悲痛，后主刘禅也很悲伤，追谥赵云为顺平侯，令赵云的长子赵统袭封。群臣都说刚刚失去一员大将，不宜出兵。诸葛亮却坚持北伐，不肯听从。

后主对诸葛亮言听计从，当然准许北伐。诸葛亮领兵数万，围攻陈仓。魏国大将军曹真派将军郝昭把守陈仓城。郝昭，字伯道，太原人，智勇双全。郝昭到达陈仓后，整修城池，准备守具。诸葛亮领兵攻城时，陈仓已经很坚固了。诸葛亮攻不下陈仓，就派与郝昭同乡的靳详到城下招降郝昭。郝昭在城楼上应声道："我已是魏国大臣，誓死不降。你回去禀报诸葛亮，能攻就攻，不能攻就退回吧。"靳详知道劝不动，回营禀报诸葛亮。诸葛亮又派靳详到城下，陈述利害关系，郝昭说："我已经说过了，决不投降。虽然我与你相识，但利箭却不认识你。"说完，就拉开弓箭，要射靳详。靳详慌忙退回。诸葛亮十分恼怒，率兵猛攻。城上的巨石像雨点一样落下来，诸葛亮特地制造数十具云梯，从四面攀登，郝昭用火把云梯烧断。诸葛亮又用火冲车攻城，郝昭下令，用绳绑住石头，奋力扔下，火冲车都被毁坏。过了十几天，陈仓仍没有攻破。曹真派将军费耀支援郝昭，曹叡也让张郃赶去营救陈仓。诸葛亮正愁军粮不够，听说魏兵大举到来，只好撤围回去，并嘱咐魏延一番，让他断后。

魏延正慢慢退回，忽然后面尘土飞扬，喊声震天，他料知是魏兵追来，就令部下举旗先走，自己率领几十个骑兵埋伏在树林中，静候魏兵。魏军的将领是王双，望见前面蜀军的旗帜，挥兵急追。魏延等王双骑马跑过来，就拿着刀突然冲出，不等王双回头，便从背后将他砍死。魏兵见主将已死，惊慌逃散。魏延追杀一阵，然后返回汉中，向诸葛亮复命。蜀兵休养了一个多月，转眼冬尽春来，诸葛亮派部将陈式攻打武都、阴平二郡。魏国的雍州刺史郭淮领兵支援，与陈式相持数日。诸葛亮派兵帮助陈式，击退郭淮，攻下武都、阴平，自己返回汉中。后主刘禅又封诸葛亮为丞相，诸葛亮不肯接受，费祎再三规劝，诸葛亮才领命。

不久，孙权称帝，派人出使蜀国，打算与蜀国平分中原。蜀国大臣议论纷纷，大多主张与吴国绝交，诸葛亮仍打算与吴国和好，入都进见后主。后主正因吴国的事情犹豫不决，见诸葛亮到来，急忙向他求教。诸葛亮将与吴国绝交的坏处说了一通，后主连连点头，派卫尉陈震前去吴国道贺。孙权以礼相待，双方约定打败魏国以后，豫、青、徐、幽四州归吴国，兖、冀、并、凉四州归蜀国，只是司州以函谷关为界。

当时三国鼎立，魏国最大，有十三个州，除上文所说的九州外，还有荆、扬、秦、凉四州，但这四州魏国都没有占全。吴国只有荆、扬、交、广、郢五州，其中荆、扬二州与魏国共同占据。蜀国最小，仅有遂州，后来把它分出一个梁州，又占有凉、交二州的一部分，算是四州。汉武帝时，曾把整个中国分为十三郡，郢、广二州并不在其中，它们是由吴国设置的。孙权早就想称帝，只因畏惧魏国，迟迟没有行动。后来见魏兵接连战败，才放胆称尊。吴国的大臣趁机奉承，说有黄龙在武昌出现。孙权于是改黄武八年为黄龙元年，尊父亲孙坚为武烈皇帝，兄长孙策为长沙桓王，立儿子孙登为太子，提升陆逊为上大将军，诸葛恪为太子左辅，张休为太子右弼。张休是张昭的小儿子。张昭年纪老迈，入朝向孙权道贺，褒扬他的功德。孙权笑着说："假如当初听从你的话，我早已成了魏国的大臣，恐怕就没有今天了。"张昭满脸惭愧，谢罪退出，然后上疏乞求休假。孙权封他为娄侯，食邑一万户。张昭回家之后，不再出仕为官。又过了八年然后去世，享年八十一岁。孙权回都建功立业，只留上大将军陆逊辅佐太子孙登，驻守武昌。这个消息传入蜀都，诸葛亮因孙权回到江东，更加放心，又想向北讨伐魏国。部署了好个几月，已是建兴八年的夏季，这时有警报传来，魏国大将曹真、司马懿前来夺取汉中。

诸葛亮五丈原归天

魏国大将军曹真收复南安、天水、安定三郡后，自恃有功，上疏请求从斜谷攻打蜀国。曹叡依从曹真，命大将军司马懿与曹真一起攻打汉中。司空陈群上疏说，斜谷地势险要，粮饷运输艰难，不应采取曹真的建议。曹叡将此话转告曹真，曹真请求从子午谷进兵，陈群又不赞成。曹真不等曹叡下令，立即动身。诸葛亮接到警报，领兵前往汉中，令军队分别驻扎在成固、赤阪，然后让李严率兵两万，到汉中会师，令李严的儿子李丰为江州都督，接替李严。当时正值秋雨连绵，山谷水满，曹真从长安出发，在途中逗留多日，一个多月了也没能到达子午谷。魏国太尉华歆、少府杨阜、散骑常侍王肃等人接连请求班师，曹叡于是召回曹真。司马懿向来乖刁，他以天降大雨为借口，按兵不动。诸葛亮派魏延西入羌中，招抚羌人。魏延与魏国雍州刺史郭淮在阳溪交战，魏延大获全胜。

当时，蜀国长史张裔病死，诸葛亮提升蒋琬为长史。蒋琬，字公琰，祖籍湘乡，曾跟随刘备进入蜀地，被封为广都长。蒋琬上任后，不理政务，刘备想将他诛杀。诸葛亮十分欣赏蒋琬的才能，代为求情，蒋琬才得以安然无恙。后主继位，诸葛亮就举荐蒋琬为参军，担任长史。诸葛亮每次出兵，都令蒋琬筹备粮饷。建兴九年春天，诸葛亮再次起兵讨伐魏国，进攻祁山。曹真当时已被提升为大司马，由于抱病在床，不能领兵，于是调司马懿屯兵长安。不久曹真去世，儿子曹爽袭封。司马懿手握军权，让部将费曜、戴陵率领四千精兵防守上邽，自己偕同张郃等人去解救祁山。张郃请求分兵把守雍、郿二地，司马懿认为兵力分散，容易被敌兵打败，不肯听从。诸葛亮听说司马懿亲自前来支援，偏偏不去迎战，只留下王平攻打祁山，自己率领魏延、姜维等从小路攻打上邽。上邽守将费曜、戴陵仓皇出战，哪里是蜀兵的对手，四千人几乎全军覆灭，多亏雍州刺史郭淮领兵支援，才得以保住城池。自此以后，两位大将闭城坚守。当时正值麦子成熟，诸葛亮令将士出去割麦，作为军粮。郭淮等人不敢出战，只派人禀报司马懿，催促他回来支援。司马懿急忙调头回来。

走到上邽城东，恰逢魏延、姜维率兵杀来，司马懿立即下令军中，只许放箭，不许迎战。魏延、姜维左右夹攻，都被魏兵射退，只好收兵回营。司马懿依靠险要的地势坚守，任凭蜀国的将士如何叫战，就是不肯出兵。诸葛亮领兵回到卤城，司马懿反而从后面紧逼，在卤城东边扎营。诸葛亮派魏延、高翔、吴班等人分头埋伏，自己前往司马懿营中挑战，司马懿仍然不出战，任凭蜀兵在营外百般辱骂，司马懿始终置若罔闻。这下惹恼了大将张郃，他进帐对司马懿说："蜀兵远道而来，知道不交战对我军有利，一定会设法围困我们。如今不如与他决一死战，如果打胜，他们自会退去，祁山也就解围了。"司马懿摇头说："诸葛亮的军粮较少，坚持不了多久自会退兵。那时我们再去追击，定能获胜，何必急着交战呢？”正在这时，有两个人进来说：“蜀兵又来挑战了！”司马懿接口说：“让他们挑战吧，我偏偏按兵不动，看他有什么妙计！”二人齐声说：“人们都说你畏惧蜀兵，岂不可耻？况且我军比蜀兵人多，难道就不能作战吗？”司马懿被他一激，也有些忍耐不住，对二人说：“既然如此，传令决战。”二人得到命令，向各营通报。这二人叫贾栩、魏平，年少气盛，接到命令之后，便摩拳擦掌，专等上阵杀敌。

过了两天，司马懿召集众将：“要攻打蜀军，必须兵分两路，一路攻打卤城，一路解救祁山。只有让他们来不及支援对方，我们才能成功。”张郃应声说：“我愿意去祁山。”司马懿调拨一万人，让张郃带领着去攻打祁山，自己率军出去作战。诸葛亮听到司马懿营中的鼓声，便将妙计告诉魏延、高翔、吴班三员战将，嘱咐他们分头行事，自己率领大军出城，从容等待。过了一会儿，司马懿领兵过来，诸葛亮令前军用连臂弓挡住司马懿。连臂弓是诸葛亮发明的，一次能接连射出十支箭，司马懿的部队虽然强悍，但也挡不住，士兵都被射倒。司马懿的锐气大挫后，蜀军中响起号角，顿时有千军万马向司马懿猛扑过来，司马懿忙率领众人拦截。刚刚交锋，又杀来一队人马，领头的是蜀国大将高翔。司马懿立即分兵抵挡，坚决不退。谁知身后喊声大起，吴班率兵杀到。司马懿顿时心惊，领兵退回。蜀兵三路兵马一起追击，司马懿边战边逃。逃到半路，又遇到一队人马，为首的一员大将大叫：“魏延在此！”吓得司马懿魂飞魄散，几乎坠落马下。幸亏骁将贾栩、魏平等人在司马懿身边保护，司马懿才得以逃脱。这次交战，蜀兵斩杀魏兵三千人，获得铠甲五千件，兵器不计其数。

司马懿逃回营中后，坚守营寨，不敢再战。张郃得知司马懿战败，也立即退回，双方又相持了一个月。魏国大将郭淮调集雍、凉精兵，打算从小路袭击剑阁。诸葛亮得知后，派姜维、马岱等人带兵守住险要关口。长史杨仪上报说有八万士兵，其中有四万人按惯例应该更替，但是新兵还没到，难以交接，只得再等一个月，才能将这四万人遣回。诸葛亮微笑着说：“我自领兵以来，从不曾失信。如今既然到了更替的时候，理应照例将他们遣回。应该回去的将士，想必已经整装待发，他们家中的父母妻子都在盼望着，就算大敌当前，我也不能失信，让他们如期回去吧。”杨仪将诸葛亮的命令传出去，可军中的老兵都不愿意离开，希望继续留在营中作战。正在这时，李平派人到来，参军狐忠、督军成藩呈上李平的书信，请诸葛亮立即班师。诸葛亮不免惊疑，但转念一想，李平为人老成，他如果要班师，其中必有原因，且李平正负责运输粮草，粮草如果跟不上，也难以行军打仗，诸葛亮于是决定退回。先派狐忠、成藩回去禀报，然后召集将士，将退兵的意思告他们，并且说如果魏兵追来，应当奋力抵抗。将士很想再战，听到班师的命令，都有些失望。诸葛亮又说："你们肯努力杀敌，我还有什么话说。但一味蛮打也不行，我们应当把敌兵诱到木门道，再全力围攻，就算他们有千军万马，也不能脱逃。"于是派人到祁山，嘱咐老将王平乘夜部署，自己从卤城出发，从容地返回汉中。

早有人将蜀兵撤退的消息告诉司马懿，司马懿又派人打探虚实，果然卤城内外没有了蜀兵。司马懿笑着对众将说："蜀兵已退，谁敢去追击？"部将都说愿意前往，只有张郃沉默不语。司马懿看着张郃说："将军莫非不想去追？"张郃答道："兵法上说'归军勿追'。"司马懿轻蔑地说："你这叫前勇后怯。"这句话激怒了张郃，他说道："我身经百战，从来不甘落后。该追就追，怎么会胆怯？"司马懿又说："你做前锋，我为后应，只要将士多，不怕诸葛亮有诡计。"说完就令一万个骑兵跟随张郃先行，自己率领三万人马后进。张郃追击蜀兵，魏延调头与他作战，大约打了几十个回合，魏延慢慢退下。张郃步步紧逼，魏延又回头打了几次。后来见张郃后面尘头大起，料知有魏兵跟来，魏延索性领兵快跑，甚至丢盔弃甲。张郃自恃后面有人接应，放心再追。魏延跑进狭窄的木门道，制造出人马忙乱的假象，引诱张郃追赶。张郃只顾追赶，不知不觉进入包围，只听一声炮响，万箭齐下，可怜张郃来不及回头，已被箭射中右膝，落马而死。进入木门道的魏兵，全部被射死，只有后队仓皇逃回，又被蜀兵追杀一阵。幸亏司马懿赶到，领兵截住蜀兵，败兵才得以逃脱。蜀兵如狼似虎，锐不可当，司马懿自知难以抵挡，转身退去，丧失了一千多人。魏延遵照诸葛亮的命令，不再穷追，收兵回去。

诸葛亮早已进入汉中，与李平相见。李平是谁呢？他就是中都护李严，李严改名李平。诸葛亮把他调入汉中，让他运输粮草。夏天多雨，李平担心粮草不能及时到达，于是劝诸葛亮撤军。诸葛亮回来后，李平找不出撤军的理由，满口支支吾吾，反而想将责任归咎于狐忠、成藩。诸葛亮不屑与他争辩，进入成都，当面奏明后主。后主刚收到李平的书信，信中说诸葛亮擅自退兵。诸葛亮于是把李平给自己的书信呈上，并弹劾李平居心不良。后主看完后，将李平贬为庶人，令他迁居梓潼。不过，仍令李平的儿子李丰为中郎将。司马懿返回长安后，不敢再攻打蜀国，只是令众将严守要地。

曹叡即位以后，继承父亲的遗志，重用异姓，不信任宗族里的人。任城王曹彰在曹丕黄初二年去世，只有甄城王曹植还活着。曹植先被封到雍邱，后来改到浚仪，因此心里很不高兴。有一次，曹植进宫，见到甄夫人的遗物，不免触动旧情，格外悲伤，后来写成《感甄赋》，如诉如泣。曹叡继位时，虽然已追谥生母甄夫人为文昭皇后，但对于甄夫人冤死的情形，并不知情。相传甄夫人死后，没有棺殓，甚至披头散发，嘴巴被糠塞住。这都是郭皇后暗中安排，曹叡自然无从得知。曹叡虽然由郭皇后抚养，但因为有李贵人受曹丕的嘱托，暗中监护，所以曹叡才得以安然无恙，顺利继位。哪知天下事，若要人不知，除非己莫为。郭皇后害死甄夫人的种种情形，却被曹植获悉。

太和四年，太皇太后卞氏病死，曹植回都城奔丧，乘机向曹叡讲述甄夫人惨死的情形。曹叡半信半疑，秘密询问李贵人，才知道曹植所言不假，因此心中异常悲愤。曹叡令甄夫人的侄子甄象兼任太尉，拿着符节到邺城，改葬甄夫人，称甄夫人的墓地为朝阳陵，并改封曹植为陈王。曹植虽然被加封，仍没有受到重用，到封地以后，不久得病去世，谥号为思王。曹叡搜寻曹植的著作，将《感甄赋》改名为《洛神赋》。

曹叡曾立毛氏为皇后，后来又见河西太族郭氏美丽无双，就把她封为夫人。郭氏在后宫比毛皇后更得宠。郭氏生下一个女儿，名叫曹淑，刚出生几个月就夭折了。曹叡异常心痛，恰逢甄太后的侄孙甄黄幼年丧命，曹叡于是将甄黄与自己的女儿合葬，将他二人婚配，并追封甄黄为侯，令朝臣服丧。司空陈群、少府杨阜联名劝阻，都不见听从。不久，曹叡与郭夫人一起到摩陂，特建筑景福殿、承光殿作为行宫。当时，有人说摩陂井中出现青龙，曹叡便带领郭夫人前去观看。井中果然隐隐有鳞片，曹叡于是称摩陂为龙陂，改太和七年为青龙元年。后来，曹叡又想入非非，下令把郭夫人的堂弟郭悳过继给甄黄，承袭曹淑的封爵。曹淑是平原懿公主，郭悳因此袭封平原侯。曹叡常到郭太后那里询问甄太后的死因，郭太后气愤地说："先帝将他赐死，与我有什么关系？况且你身为人子，何必苦苦追问父亲的过错呢？"曹叡更加气愤，有意压制郭太后，郭太后有口难言，最后郁郁而终。

不久，山阳公病逝，曹叡服丧致哀，仍用天子的礼仪将他安葬，追谥他为孝献皇帝，墓号禅陵。东汉从光武帝到献帝，历经八代，有十二位君主，共二百九十六年。献帝在位三十一年，退位十四年后去世，享年五十四岁。曹叡令他的孙子刘康承袭山阳公。又传了两代，晋怀帝永嘉年间，山阳公刘秋被杀。

献帝刚刚下葬，忽然有警报传入许昌，诸葛亮与孙权分别领兵十万，从东西两面进攻。曹叡急忙派将军秦朗领兵两万，前往长安与司马懿会师，一同抵挡蜀军，自己率兵东行，抵御吴军。孙权亲自领兵进攻合肥、新城，并派陆逊等进入江夏、淝口，直指襄阳，命孙皓等人进入淮北，直奔广陵、淮阴。曹叡也派人分别拦截，自己乘龙舟东下，抵达寿春，援应合肥。合肥守将满宠想出一条欲擒故纵的计策：假意放弃合肥、新城，引诱敌军来到寿春城下，再合兵围攻。曹叡不肯听从，只让满宠率兵坚守。陆逊向孙权献计，希望出兵截住曹叡的退路，不幸陆逊的使者被魏兵抓住，此计落空。吴将诸葛瑾得知后，急忙禀报陆逊。陆逊当时正与众将下棋，听了以后仍像以前一样悠闲，诸葛瑾很是惊奇。陆逊见诸葛瑾十分慌张，不等他开口，便说道："军机漏泄之事，我已经知道了。如果突然退兵，敌兵必来追赶，这样岂不是更加危险？"说完，邀请诸葛瑾进入后帐，嘱咐了几句。诸葛瑾欣然走出，仍率领水军向襄阳城出发。陆逊也催促陆军，与诸葛瑾一起前进。

襄阳守将刘劭本已接到曹叡的命令，出兵攻打诸葛瑾，听说陆逊亲自出战，慌忙退回。陆逊到达白河口后，暗中派部将周峻等人分别攻打江夏、新市、安陆、石阳，魏兵都不敢出来作战，陆逊来去自如。孙权领兵攻打新城，反而被满宠打败。陆逊听说孙权已经退回，也慢慢撤退。孙韶等人随后撤回。曹叡久仰陆逊的大名，听说吴兵返回，也不愿紧逼，掉头西去。众将都想赶赴长安，合兵攻打蜀国。曹叡却说："吴国已经退兵，蜀国自然闻风丧胆。司马大将军足以打败敌军，不用我亲征了。"于是返回许昌。后来接到司马懿的报告，说蜀兵屯兵五丈原，魏军以守为战，敌军没有了粮草，自然会退回。曹叡知道司马懿的意思，就令司马懿约束将士，对抗蜀兵。

原来，司马懿与诸葛亮打过几次，败多胜少。此次听说诸葛亮进攻，就打定主意，只守不战。诸葛亮到渭南时，司马懿就领兵渡过渭水，并对众将说："诸葛亮如果从武功出发，我们就该担忧了；如果他领兵到五丈原，我军就不用忧虑了。"后来听说诸葛亮屯兵五丈原，司马懿就派郭淮占据北山。蜀兵到了北原，见有郭淮把守，领兵退去。诸葛亮命输送粮草的将士，把粮草运到斜谷口，又担心战争会持续很长时间，就派兵屯田，并严申军令不准骚扰百姓。因此，军民相安无事。诸葛亮满心期望能够在当地得到粮草，好与司马懿坚持到底，免得来回奔波。于是派人连下战书，催促司马懿出来作战，斗将、斗兵还是斗阵，任由司马懿选择。司马懿经诸葛亮再三紧逼，只好答应出来斗阵。

诸葛亮布下八卦阵，司马懿倒也识陈，就派戴凌等人按照兵书上的方法前去破阵。哪知戴凌等人一入阵中，就辨不清方向，像无头苍蝇似的乱撞，最终被蜀兵一一擒住。诸葛亮下令将魏兵的衣服脱掉，把他们全部放回，并让他们转告司马懿，要司马懿亲自来破阵。司马懿约诸葛亮第二天破阵，当天夜里，他就收兵回营，不再出来。诸葛亮派人指责司马懿违约，司马懿始终忍耐，置之不理。诸葛亮把女装送给司马懿，司马懿笑着说："孔明竟把我比作妇女吗？"说完，厚待来使，并询问诸葛亮的饮食起居，使者答道："丞相每天吃得很少，凡事都亲自处理，深夜才入睡。"司马懿听到此话，心中欢喜。等使人离去，就对将士说："孔明吃得少，军务又繁忙，活不了多久了。"众将都认为诸葛亮派人送来女装，是对他们极大的侮辱，纷纷请求迎战。司马懿担心压制不住将士，故意上疏请命出战。曹叡见了司马懿的信，询问卫尉辛毗。辛毗说："司马懿想坚守不战，又怕众将不肯听命于他，因此请旨压制众人。"曹叡于是令辛毗拿着诏书，前去传令，只守不战。事情被蜀国护军姜维得知，他对诸葛亮说："敌营里有辛毗到来，定是曹叡答应司马懿不出战了。"诸葛亮感叹道："司马懿本来就不想作战，只不过借请战让众人信服。古人说将在外，君命有所不受，他如果真的能打赢我们，又何必请战呢？"

此后司马懿不再出战，双方相持了三个多月。诸葛亮抑郁成疾。后主得知后，忙派仆射李福去探望，并询问以后的事情，诸葛亮略微谈了几句，就让李福回去禀报。过了几天，李福再次前来。当时，诸葛亮的病已经很严重，他见到李福，便对李福说："我知道你这次来的目的，以后的事可以询问蒋琬。"李福问道："蒋琬以后，谁能担当大任？"诸葛亮说费祎。李福再往下问，诸葛亮闭口不答，只是召来杨仪、姜维嘱咐后事，并告诉他们退兵的方法。又令左右将他扶起，出营遥望。当时正值黄昏，夜色沉沉，忽然有一颗大星，从东北划过，落到西南，在营中坠下。诸葛亮大吃一惊，"哇"的一声，吐出一口鲜血。左右慌忙把他扶回去。诸葛亮对杨仪、姜维说："天意如此，我命不长久，只恨不能与你们一起讨伐逆贼了！”于是令杨仪执笔，代写遗书。当天夜里，诸葛亮就去世了，享年五十四岁。当时是蜀汉建兴十二年八月二十三日。

大战公孙渊

杨仪、姜维遵照诸葛亮的遗嘱，秘不发丧，只将尸骸载在马车上，慢慢退兵。有人将此事报告司马懿，司马懿听说诸葛亮已死，放胆出来追击。快赶上蜀兵时，忽然看见蜀兵调头作战，并齐声喊道：“司马懿别逃！你中计了，快来领死！”司马懿听了，骑马返回，魏兵都丢盔兵弃甲，仓皇逃命，跑了好几十里，见后面没有什么动静，才停住脚步。司马懿派人打探，才知蜀兵已全部退到斜谷，举着白旗为诸葛亮发丧。司马懿又转身去追，到了赤岸，什么也没有，料知蜀兵已经走远，只得退回。途中有人唱道：“死诸葛吓走生仲达。”司马懿听了也不恼怒。后来，他巡视蜀兵的营垒，见处处布置巧妙，不禁赞叹道：“孔明真是天下奇才！”随后又回头对众将说：“国家有福，敌国丧失顶梁柱，我们从此可以高枕无忧了。”于是领兵回到长安。

蜀兵退入斜谷以后，全体改穿丧服，将丞相的遗骸妥善棺殓，然后带着灵柩南回。走了没多久，遥见前面火光冲天，喊声四起，杨仪、姜维不知发生了何事，急忙派人询问。原来是魏延拦住去路，不放杨长史过去。魏延自恃勇猛，藐视杨仪，只因杨仪是丞相的长史，才稍稍忍耐。杨仪想令魏延断后，便让司马费祎前去探问魏延的意思。魏延勃然大怒：“丞相逝世，难道就不去攻打敌兵了吗？杨仪等人是丞相的手下，可以回去办理丧事，我仍要留在此地讨伐敌兵。况且杨仪是什么人啊，敢命令我断后？”费祎劝道：“这是丞相的遗命，不应违背。”魏延生气地说：“丞相如果依从我的计策，早已到达长安。我如今身为前军征西大将军，被封为南郑侯，理应继任为丞相。杨仪不必借丞相之名，派你来哄骗我，快将兵符交出来。”费祎知道无法说服他，就回去禀报。杨仪与姜维商议，姜维想出一个办法，从槎山小路进发，日夜兼程，绕到魏延背后。魏延听说杨仪等人已到南谷，急忙到谷口攻打，并上奏说杨仪造反。杨仪也弹劾魏延叛乱。

两道奏折先后进了成都。后主刚得知诸葛亮寿终，正在悲痛，忽然又接到魏延、杨仪二人的奏章，心中大惊，急忙召侍中董允、留府长史蒋琬过来商议。董允与蒋琬齐声说："我们相信杨仪，不信魏延。"后主说："丞相刚刚去世，二人便反目成仇，岂不是国家大患？"蒋琬回答说："丞相并非不知道魏延骄横，只因他勇猛过人，所以妥善驾驭。臣料想丞相必将制服他的办法告诉了杨仪，请陛下不必担忧。"后主这才稍稍放心，专等魏延、杨仪的消息。

杨仪到南谷后，令王平为先锋。王平到了谷口，恰与魏延相遇，王平指责魏延："你为何造反？"魏延也呵斥王平为叛党，领兵攻打王平。王平指着魏延的部下说："丞相对待你们何等仁厚，如今丞相尸骨未寒，你们却造反，于心何忍？况且你们都是蜀人，不乘机回家团聚，等候赏赐，反而帮助魏延叛乱，自取灭亡，你们想想该不该呢？"话刚说完，魏延的部下齐声响应，纷纷散去。魏延十分恼怒，拼命作战。刚打了几个回合，又有马岱前来援助王平，魏延虽然勇猛，因部下全部逃散，也不敢恋战，骑马返回。马岱从后面追赶，王平则去禀报杨仪。杨仪听说魏延战败逃跑，就带着王平西去。不久，马岱就将魏延的人头献上，杨仪用脚踩着魏延的头颅说："看你还敢不敢作恶！"随后上疏请求诛灭魏延三族。魏延生前曾梦见自己头上长角，便去询问善于解梦的赵直，赵直说是吉兆。赵直退出之后，却对好友说："角字上面是刀，下面是用。头上用刀，十分危险啊。"其实魏延并非想造反，只因与杨仪不和，想除掉杨仪，然后自己代替诸葛亮，却最终落得个身首异处，这也是自作孽不可活。

长史蒋琬为后主分忧，特地出都巡视各营。大约走了几十里，接到杨仪的报告，说魏延已经被杀，蒋琬于是退回成都。过了两天，杨仪等人带着灵柩回到都门，后主带领百官亲自迎丧。因诸葛亮的儿子诸葛瞻年纪幼小，一切丧葬都由蒋琬等人代理。杨仪呈上诸葛亮的遗书，后主打开一看，不禁潸然泪下，随即传出旨意，厚葬诸葛亮。杨仪上奏说："丞相已有遗言，要求把他葬在汉中定军山。"后主点头同意，并选择日期将诸葛亮下葬。

后来，蜀地的百姓追念诸葛亮的恩德，多次请求为他立庙。后主于是下令在沔阳为诸葛亮修筑祠堂。诸葛瞻十五岁时，就被封为骑都尉，娶公主为妻。后主遵照诸葛亮的提议，令蒋琬为尚书令，管理国家大事，吴懿为车骑将军，屯兵汉中。后来听说吴国屯兵巴丘，约有一万人，后主十分惊慌，急忙询问蒋琬。蒋琬一面请求增添永安的兵马，以防不测；一面荐举中郎将宗预，让他出使东吴，打探消息。后主一律听从，立即派宗预东行。宗预到达吴都，孙权责问他在永安增添兵马有何用意，宗预答道：“江东在巴丘增兵，西蜀在白帝城增兵，无非是被形势所逼，有什么可怀疑的呢？”孙权说：“你的才干的确不亚于邓芝。我听说诸葛亮病死，担心魏人乘蜀国办丧事时入侵，所以在巴丘增兵。这样做是为了支援蜀国，并没有其他意思。”宗预又说：“吴、蜀已经和好很长时间了，当然应该彼此关照。陛下能增兵支援蜀国，难道蜀国就不可以增兵援助吴国吗？”孙权折服，热情款待宗预，并让宗预转告后主，自己决不负约。宗预回去将此事禀报后主，后主当然欢喜。

杨仪返回成都后，虽然被提升为中军师，却已被撤销兵权，有名无实。杨仪认为自己的才能比蒋琬更胜一筹，资历又比蒋琬高，地位却在蒋琬之下，心中不免失望。后军师费祎闲暇时与杨仪交谈，杨仪慨然说：“如果丞相刚刚去世时，我领兵投降魏国，哪里还会如此落魄呢？”费祎假意劝解，告辞之后，就将杨仪的话禀报后主。后主于是把杨仪贬为庶人，令他迁居汉嘉郡。杨仪心中更加愤愤不平，还要上疏，结果后主传来一道诏令，把他抓入狱中，杨仪自杀身亡。后主提升蒋琬为大将军，封费祎为尚书令。蒋琬不拘小节，喜怒不形于色，费祎反应机敏，才识过人，二人同心辅政，所以蜀国太平无事。魏国与吴国也各自驻守自己的边境，好几年没有发生战事。

曹叡坐享太平，整天寻欢作乐，一会儿建造许昌宫，一会儿又建造洛阳宫，连年增加赋税徭役。司空陈群等人上疏劝阻，都不见听从。不久曹叡又想铲平北邙，在上面修筑台观。卫尉辛毗、中书郎王基、少府杨阜联名劝谏，曹叡才将此事搁置。青龙三年秋季，洛阳华殿被烧，曹叡问太史令高堂隆：“汉朝柏梁殿失火后，朝廷又修建了一座更大的宫殿，借以避灾。你认为这样做可以吗？”高堂隆答道：“这样做毫无道理，希望陛下不要被迷惑。”曹叡不以为然，命博士马钧征集几万劳力，日夜赶造。因殿前有九龙环绕，因此称它为九龙殿。并在殿北设置八坊，挑选美貌女子在坊中居住，最美的被封为贵人，其次被封为夫人，还有一些能写会画的被任命为女尚书，负责呈递奏章。其他的如歌姬舞伎、采女宫娥，不计其数。又在殿外建造芳林园，搜集奇花名草、珍禽异兽，真是美不胜收。曹叡随时出游，遇到中意的美人立即召回。谁知连夜颠鸾倒凤，到壮年却还没有一个儿子。廷尉高柔请求曹叡裁减侍女，休养身体。曹叡虽然下诏嘉奖高柔，却仍然不肯收敛。不久，曹叡在宗室中挑选两个男孩，一个叫曹芳，一个叫曹询，把他们当作自己的儿子，并封曹芳为齐王，曹询为秦王。

皇后毛氏端庄贤淑，自郭夫人得宠后，曹叡就将对毛皇后的感情渐渐转移到郭夫人身上。后来贵人、夫人等越来越多，曹叡便将毛皇后冷落。一天，曹叡游览芳林园，郭夫人等全部跟随，只有毛皇后不在。郭夫人问曹叡："为何不请皇后一同前去？"曹叡连连摇头，并且嘱咐左右，不要让中宫知道。到了芳林园，曹叡赏花饮酒，十分欢乐，直到日落西山才回宫。毛皇后自失宠以后，郁郁寡欢，整日盼望曹叡到来，甚至嘱托宫娥探听消息。这天，有人得知曹叡游览芳林园，就去禀报毛皇后。毛皇后闷闷不乐，一夜都没睡。第二天早上起来，特意到西宫外等候，直到日上三竿，才见曹叡乘辇回来，她上前笑着询问："陛下昨天游览芳林园尽兴吗？"说未说完，曹叡突然变了脸色，满面怒容。毛皇后被吓得接连退后三步，曹叡掉头离去。到了傍晚，有圣旨传来，令毛皇后自尽。毛皇后又悲伤又气愤又悔恨，无可奈何时，取过毒酒，一饮而尽，转眼间毒发身亡。

曹叡恨左右违抗旨意，擅自泄露秘密，接连杀死十多人。只因表面上说不过去，就谎称毛皇后患病暴死，并按照皇后的礼节将她安葬，赐谥为悼，称皇后的坟墓为愍陵。那一年是魏青龙五年。山茌县上报说有黄龙出现，官员纷纷借机奉承。曹叡于是改元景初，把自己所穿的衣服都换成黄色，又在芳林园修筑土山，限时三天完工。工役不够，就让公卿大臣亲自挑土，好不容易才把土山堆成。司徒掾董寻、太子舍人张茂相继上谏阻止，始终不见听从。大将军司马懿位高权重，却是一言不发，噤若寒蝉。

幽州刺史毌丘俭上报说，公孙渊自称燕王，改元绍汉，设置官吏，侵扰北方。曹叡急忙召司马懿入朝，商议如何讨伐公孙渊。公孙渊是辽东太守公孙度的孙子，父亲名叫公孙康，曾把袁尚、袁熙的首级献给曹操，曹操封他为广平侯。公孙康死时，公孙渊年幼，就由公孙康的弟弟公孙恭袭封。公孙恭平庸无能，公孙渊长大后，夺了公孙恭的位置，然后上疏曹丕。曹丕意在牵制他们，就封公孙渊为扬烈将军，任辽东太守。不久，公孙渊与魏国失和，派人到吴国，表示愿意成为吴国的藩属。孙权令太常张弥、执金吾许晏等带着金银珠宝，封为公孙渊为燕王。公孙渊又担心魏国前来讨伐，将财物接受后，杀死张弥、许晏，把他们的首级送到魏国。魏国提升公孙渊为大司马，封乐浪公。孙权听说公孙渊出尔反尔，想率兵讨伐，陆逊、薛综极力阻止，孙权才将此事搁置。

谁知公孙渊十分贪心，又想背叛魏国。幽州刺史毌丘俭带着诏书让公孙渊入朝，公孙渊竟发兵攻打毌丘俭。毌丘俭寡不敌众，退回幽州。公孙渊自称燕王，多次侵犯魏国边境。毌丘俭上疏请求支援。太尉司马懿为了讨伐公孙渊一事，奉诏进入都城，拜见曹叡。曹叡问他如何作战，司马懿说要四万兵马就能将他打败。曹叡问："你料想公孙渊会采取什么行动?"司马懿回答："公孙渊如果弃城逃走，就是上计；占据辽东，抵抗大军，是中计；坚守襄平，便是下计，必会被我擒住。"曹叡又问："你认为公孙渊会采取哪一条计策?"司马懿说公孙渊只是狡诈，不懂用兵，定会采用下计。曹叡问大军往返需要多长时间，司马懿说去需要一百天，攻城需要一百天，返回需要一百天，中间还需要休息六十天，大约要用一年时间。曹叡听到此话，心中欢喜，便让司马懿带兵前去。

公孙渊听说司马懿出兵讨伐，倒也惊心，派人向吴国称臣，乞求支援。孙权听从谋臣羊衜等人的计策，决定表面上发兵支援，暗中乘机攻打。那时司马懿率兵直指辽东，公孙渊令部将卑衍、杨祚分别率领几万人屯兵辽隧，堵住司马懿。司马懿令胡遵为先锋，领兵挑战。公孙渊令杨衍把守营寨，自己出去交战，被胡遵杀退，从此坚守不出。司马懿笑着对众将说："公孙渊不与我作战，是想等我们没有了军粮，自己退回。我岂会让他如意？他的士兵多在这里，老巢必定空虚，我们不如进攻襄平，一举将他打败。"司马懿令部下举着旗帜，假装南行。卑衍等人全部向南追去。司马懿却悄悄渡过济水，向北直奔襄平。卑衍等人察觉后，调头向北，却被司马懿的伏兵杀得七零八落，逃往首山。司马懿的部下紧追不舍，卑衍战死，杨祚投降，司马懿顺利围攻襄平。公孙渊接连战败，退回城中。

当时，秋雨连绵，辽水暴涨，地上水深三尺，司马懿的部下行动不便，都想将营寨迁移。司马懿下令军中，敢说迁移者，立斩不赦。都督令史张静进帐请求，被司马懿斩首，其他将士都不敢再提此事。城中的士兵见司马懿的营寨被水淹没，心中欢喜，趁机出外打柴割草，牧牛放马。陈珪请求出兵截杀，司马懿却不肯听从。陈珪不解地问："太尉以前进攻上庸时，日夜兼程，所以能斩杀孟达。如今远道而来，反而按兵不动，究竟是什么用意?"司马懿笑着说："孟达士兵少粮食多，我军粮食少士兵多，如果不出其不意，怎能取胜呢？如今敌军兵多，我军兵少，敌兵饥饿，我军粮草充足，何必急着攻打？现在应任由他发生内乱，然后再领兵攻打，定能一举将他们歼灭。如果掠夺他们的牛马，就是让他们向远处逃跑，这样反而不妙。”陈珪听了，佩服不已。

不久，天气转晴，司马懿分兵围攻襄平，守兵死伤无数，并且城中因缺少粮食，无法支撑，只得派人求和。司马懿将来使杀掉，传令让公孙渊亲自到营中投降。公孙渊无奈，又让亲信卫演前去乞降，表示愿意送儿子做人质。司马懿愤然道：“两军作战，能战就战，不能战就坚守，不能坚守就逃走，不能逃走就投降，不能投降就死，何必送儿子做人质?”说完将卫演遣回。

当晚流星划过天空，长达数十丈，从首山东北坠落在襄平城东南，公孙渊等人都很惊慌。恰好卫演返回，禀报说司马懿不接受投降，公孙渊只好带着儿子公孙修等人从南门逃走。司马懿早有防备，提前让先锋胡遵屯兵梁水，等到公孙渊父子逃出，立即将他们擒获。司马懿又攻入城中，抓获公孙渊的族人及将士七千多人。司马懿下令将这些人全部斩首，并把公孙渊的人头送到洛阳。公孙渊的叔叔公孙恭被公孙渊囚禁，司马懿将他释放，总算为公孙家保留下一线血脉。此外又下令凡中原人流落到辽东的，全部准许他们回乡。辽东就此平定，司马懿班师回朝。司马懿在途中接到圣旨，令他回去镇守长安。走到河内时，朝中却派人前来，叫他速速赶往洛阳。

司马懿计杀曹爽

曹叡荒淫无度，酿成重病，年仅三十五岁已经骨瘦如柴，奄奄一息。他册立郭夫人为皇后，命燕王曹宇为大将军。曹宇是曹操的儿子，与曹叡关系很好，所以曹叡想向他托付后事。又命领军将军夏侯献、武卫将军曹爽、屯骑校尉曹肇、骁骑将军秦朗等人与燕王一同辅政。中书监刘放、中书令孙资想总揽大权，不愿让燕王辅政，时常想着进献谗言，却苦于没有机会。不久，曹叡接到司马懿的奏折，燕王曹宇便向曹叡请旨，令司马懿仍回去镇守长安。曹叡已不能处理国事，就让燕王代为裁决。一天夜里，曹叡气喘吁吁，曹宇担心发生变故，亲自去召曹肇等商议大事。只有曹爽在曹叡旁边，没有退下。刘放、孙资急忙哭着上奏：“陛下如有不测，将把后事托付何人呢?”曹叡凄惨地说：“你们不知道朕已托付燕王了吗?”刘放、孙申说道：“先帝曾留下遗诏，藩王不能辅政。并且陛下正在生病，曹肇、秦朗等借口到宫中探望，调戏宫人，燕王并不加以管束，反而在宫外拥兵，不让我们上奏，这与古时候的赵高有什么不同？况且太子年幼，不能亲政，外面又有强敌，恐怕国家将从此多事了。臣身受恩宠，不忍坐视不理，所以才冒死告诉陛下。”曹叡十分恼怒，急忙问刘放：“你认为谁可以担当大任？”刘放见曹爽在旁边，就说应该让曹爽接替曹宇。孙资也赞同。曹叡问曹爽：“你认为自己能担此重任吗？”曹爽汗流浃背，好久才说出一句话：“臣……臣愿意誓死效忠社稷。”刘放、孙资接着说：“太尉司马懿才智过人，可以处理政事。”曹叡点头，刘放便想请旨召司马懿入都。

这时，曹肇走了进来，刘放、孙资连忙避到殿外。曹叡对曹肇谈起召回司马懿的事情，曹肇哭着劝谏，并引用董卓的事情劝诫。曹叡又有些动摇，不愿再召司马懿。曹肇退下后，刘放、孙资又走进来，说曹肇有二心。曹叡觉得有道理，再次依从刘放。刘放说：“请陛下亲自写下诏书。”曹叡感叹道：“我病情严重，不能拿笔。”刘放就握住曹叡的手，写下诏书。刘放退出去以后，传令说：“皇帝已下诏罢免燕王，燕王等人不得再留在宫中探病。”燕王曹宇性情温和，立即离去，夏侯献、曹肇、秦朗三人也无计可施。刘放令内使辟邪召回司马懿，司马懿见前后诏令不同，料知宫中有变故发生，连夜赶到洛阳，入宫求见。曹叡握着司马懿的手说：“朕之所以不死，就是为了等你前来。今天把后事托付给你，我死也无憾了。”司马懿连连点头。曹叡又召进齐、秦二王与司马懿相见，并指着齐王曹芳对司马懿说：“这就是储君，请你仔细看看，不要记错！”司马懿哭着说：“陛下放心！臣一定竭尽全力辅佐。”曹叡欣慰地说：“这就好，希望你与曹爽共同辅佐储君。”于是立曹芳为皇太子，曹爽为大将军，司马懿仍为太尉，辅佐东宫。

过了一夜，曹叡驾崩，曹爽、司马懿让太子曹芳即位。曹芳年仅八岁，有人说他是任城王曹楷的儿子。曹芳尊皇后郭氏为皇太后，追谥曹叡为明皇帝，将曹叡安葬在高平陵。曹爽、司马懿各带领三千人，二人权势相当。曹爽年纪尚轻，资望较浅，常把司马懿当作父亲看待，遇到事情就向他请教，司马懿也假意谦让，所以二人相安无事。

当时东平人毕轨，南阳人何晏、邓扬、李胜，沛人丁谧，都很有才。曹叡在位时，曾说他们浮躁，没有加以重用，可曹爽却把他们视为腹心。何晏等人为曹爽出谋划策：“国家大权，不能轻易交给异姓。如今应告诉天子，加封司马懿为太傅，表面上加以重用，实际上是有所防备。此后尚书奏事，须先禀明大将军，免得被司马懿牵制，这样大权就不会落入别人手中了。”曹爽听后，便推荐司马懿为太傅，并且举荐弟弟曹羲为中领军，曹训为武卫将军，曹彦为散骑常侍。然后又令吏部尚书卢毓为仆射，让何晏接任吏部尚书，提升邓扬、丁谧为尚书，毕轨为司隶校尉，李胜为河南尹。黄门侍郎傅嘏私下对曹爽的弟弟曹羲说：“何晏贪图名利，将来必定会蛊惑大将军，希望你转告大将军，不要把重任交给何晏。”曹羲将傅嘏的话告诉曹爽，曹爽正重用何晏，怎肯相信傅嘏？反说傅嘏从中诬陷，把他罢免，后来，令卢毓为廷尉，不久又将他罢官。众人都为卢毓喊冤，曹爽于是重新任用卢毓为光禄勋。大将军长史孙礼刚直不阿，被何晏等人嫉恨，令他出去做扬州刺史。司马懿冷眼旁观，早已瞧透内情，只因曹爽对他还算客气，就暂时与曹爽周旋，没有加以干涉。第二年，魏国改元正始，提升中书监刘放为左光禄大夫，中书令孙资为右光禄大夫。

曹爽与何晏等人沉迷于酒色，正在兴高采烈的时候，有门吏进来禀报：“吴中兵分三路，前来入侵，警报已传来多次了。”曹爽不禁大惊失色：“有这样的事吗？只好请太傅拿主意了。”何晏等人也无计可施，只催促曹爽入朝，与司马懿商议军情。曹爽不得已，只得前往。曹爽走到朝堂，朝中侍臣向他询问解决问题的办法，曹爽说须等太傅过来，接着立即派人前去迎接司马懿。谁知司马懿借口患病，不肯到来。曹爽惊慌无措，忙进去拜见少主曹芳，请他下旨召司马懿前来。司马懿又将事情推给曹爽，说等他的病情稍稍好转，立即入朝。曹爽更加着急，再让光禄勋卢毓带着诏书向司马懿求教。司马懿说：“芍陂是淮南的要害，现在由将军王陵把守，可以不用担心。只是樊城、柤中两地必须有大将赶去支援，才能退敌。”卢毓回朝复命，朝臣都望着曹爽，劝他东征。曹爽从未打过仗，不敢出兵。过了几天，樊城被吴国大将朱然围住，柤中也被诸葛瑾进击，两地接连告急，许昌、洛阳人心惶惶。司马懿自称病情痊愈，出来商议军事。这时，王陵告捷，说他已经击退吴国大将全琮，淮南解严。司马懿说道：“柤中约有十万百姓，流离失所，无人带领，樊城被围困将近一个月，危急万分，大将军手握兵权，为何不去援救？”曹爽无话可说，只好承认自己没有才能，要等候太傅定夺。何晏在旁边发言：“樊城坚固，易守难攻。时间一长，敌军自会撤退。”司马懿轻蔑地说：“少主刚刚继位，不乘机出兵退贼，怎么能安定国家？大将军能去就去，如果不能去，我虽然年老，也愿意前去为国效力。”朝臣听说司马懿愿意出兵，当然赞成。司马懿调动人马，立即南征。少帝曹芳亲自率领百官，把司马懿送到津阳城门外，司马懿拜别离去。才过十天，便传来捷报，樊城解围，吴兵逃跑，柤中也击退吴军。少帝于是下诏班师。太傅司马懿凯旋，趾高气扬。曹爽相形见绌，不免黯然失色。邓扬、李胜劝曹爽伺机立功，压倒司马懿。事有凑巧，蜀国的大将军蒋琬被提升为大司马，屯兵涪城，企图袭击魏国。曹爽听信邓扬、李胜等人的话，主动请求出兵讨伐蜀国。司马懿说："蜀国没有挑起战事，为什么要去攻打呢?"于是又拖延了两三年。

当时蜀国的皇后张氏已死，后主立张皇后的妹妹为皇后，长子刘璇为太子，封次子刘瑶为安定王，改建兴十六年为延熙元年。车骑将军吴懿病亡，诸军皆归蒋琬统率，监军姜维担任副将。蒋琬与姜维分别驻扎在汉中、涪城。延熙六年，蒋琬病重，后主令姜维屯兵涪城，另派北大将军王平防守汉中。曹爽得到这个消息后，又打算进攻蜀国。征西将军夏侯玄附和曹爽，怂恿他起兵。司马懿再次劝阻，曹爽不肯听从，于魏国正始五年，即蜀国的延熙六年春天发兵，与夏侯玄在长安会师，共计有十万多人，越过骆谷，直逼汉中。汉中驻扎的蜀兵不满三万，众将都有些害怕，打算坚守城池，等待涪城援军。镇北大将军王平说："此地距涪城约一千里，援兵不能立即赶到，倘若敌军攻入阳平关，后果不堪设想，一定要小心提防。"说完，派护军刘敏领兵一万，占据兴势山。兴势山是关口的屏障，与关内遥相呼应。魏兵在兴势山被阻，不能前进。长安运粮艰难，沿途跋途涉，不但役夫支撑不住，相继死去，就连牛马也纷纷倒地。曹爽与夏侯玄屯兵一个多月，眼看粮食快没有了，一筹莫展。司马懿又写信给夏侯玄，劝他们退兵。夏侯玄将司马懿的书信拿给曹爽，曹爽不肯退兵。忽然有人进来禀报，蜀国已经令尚书费祎为大将军，带兵赶来支援。曹爽自知无法取胜，只得与夏侯玄商议退兵。

退到三岭时，岭上已满布蜀兵，旗帜上都写着一个大大的"费"字，吓得魏兵心惊胆战。曹爽无路可走，只得令夏侯玄为先锋，自己为后应，硬着头皮冲杀过去。接连冲了几次，才杀出一条血路。魏军将所有的物资全部抛弃，十万人伤亡过半，其余的狼狈回都。蜀国大将军费祎得胜回朝，被封为成乡侯。蒋琬本来身兼益州刺史，他见费祎有才，就让费祎兼任益州刺史一职，令侍中董允接代费祎为尚书令，辅佐费祎处理政事。第二年，蜀国太后吴氏寿终，紧接着大司马蒋琬、尚书令董允相继得病去世。蜀人称诸葛亮、蒋琬、费祎、董允是四贤相，也称"四英"，当时只有费祎还活着。费祎选用曹郎陈祗为侍中。陈祗喜欢耍一些小手段，与黄门丞黄皓关系很好。黄皓很得后主宠信，他唯一畏惧的就是董允。董允死后，黄皓肆无忌惮，与陈祗朋比为奸。后主亲政以后，提升黄皓为中常侍，从此亲近小人，疏远贤臣，把诸葛亮的劝告抛在脑后。

曹爽回朝后，不知自责反省，仍担任首辅。少主曹芳虽然已立甄氏为皇后，毕竟年龄还小，只有十五六岁，不能辨别忠奸。郭太后居住在宫中，遵守曹丕的遗诏，没有干预外事。所以曹爽战败回来，无人弹劾。曹爽更加蛮横，开始结党营私。郭太后刚一流露出不满，曹爽就把她迁到永宁宫，派人管束。曹爽还到宫中搜寻美女，见到姿色可人的，不论她以前有没有被宠幸，立即召过去。就连曹叡的妃嫔有几个也被曹爽抢去，曹爽将她们藏进窟室，轮流奸淫。其他饮食起居等都仿照皇上，又修建高楼宫殿，白天与私党宴饮，夜里与姬妾交欢，真是事事称心，风流快活得很。曹爽的弟弟曹羲很是担忧，多次哭着劝谏，曹爽始终不肯听从。曹爽有时与弟弟曹训、曹彦等出外游玩，到晚上了也不回去。司农桓范劝道："将军日理万机，手握兵权，不应与兄弟一同出去。如果有人关闭城门，拒绝让你们进来，该怎么办呢？还望大将军三思。"曹爽生气地说："谁敢做这样的事？你太多心了。"桓范无奈地退出。太傅司马懿再次称病，好几个月闭门不出。

河南尹李胜想回故乡做官，到曹爽那里请求，曹爽于是令李胜为荆州刺史。李胜向司马懿辞行，见司马懿拥被躺着，令两个婢女左右服侍，似乎不省人事。李胜接连叫了数声，司马懿才应声说："你是谁？"李胜答道："河南尹李胜，已被调为荆州刺史，特意过来辞别，不料太傅的病情竟如此严重。"司马懿说道："并州么？……那里接近朔方，非常重要，须好好防备。"李胜急忙说："是荆州，不是并州。"司马懿故意说错话："你是从并州来的吗？"李胜再次更正："现在奉命调任荆州刺史。"司马懿大笑道："我年老耳聋，不能听清你的话。不过，你以后定有一番作为，可惜我命不长久，不能亲眼看见了。"李胜又把吉人自有天相等话说了一通，司马懿叹息道："人总是难免一死，只是我的两个儿子司马师、司马昭没有才识，还希望你们看在我的情分上，代为关照。另外，请你将我的心意转达给大将军。"说完以后，呜咽起来。之后，司马懿看着身边两个婢女，用手指着嘴。一个婢女取来汤让他喝，司马懿边喝边漏，上衣都湿了，另一个婢女忙替他擦拭。李胜不便再说，立即告辞，司马懿的儿子司马师、司马昭把他送出门外。李胜急忙到曹爽家，向曹爽报告："司马懿已经病危，不用再担忧了。"曹爽十分欢喜。李胜告别曹爽，前去上任。何晏、邓扬等得知司马懿病危，无不开怀。

魏国正始九年正月，少主曹芳出宫拜祭高平陵，曹爽兄弟及私党都随驾出都，只有司马懿借口病重，没有跟从。曹爽认为司马懿离死不远，所以毫不提防。哪知司马懿与司马师、司马昭早已做好部署，得到这个天赐良机，立即行动，指挥士兵关闭城门，让司徒高柔做大将军，占据曹爽的营寨，太仆王观做中领军，占据曹羲的营寨。然后进去禀报郭太后，说曹爽图谋不轨，应该将他贬黜。郭太后因为迁居永安宫一事，正怨恨曹爽，当然答应。太尉蒋济、尚书令司马孚替司马懿起草奏章，由司马懿带头弹劾曹爽，让黄门把奏章带到城外，呈给少主。随后司马懿亲自屯兵洛水桥。曹爽的司马鲁芝，当时正在大将军府中，听说发生变乱，就想出城见驾。鲁芝与参军辛敞商议，辛敞狐疑不决，去询问姐姐辛宪英。辛宪英是太常羊耽的妻子，颇有智慧。她见辛敞踉跄进来，便问有什么事，辛敞着急地说："皇上在外面，太傅发动变乱，姐姐难道没有听说吗？"辛宪英微笑道："太傅这样做，只不过是想杀死曹大将军。"辛敞又问："太傅能成功吗？"辛宪英说："曹将军不是太傅的对手。"辛敞又问："照你这么说，我就不必出城了？"辛宪英说："怎么能不出城呢？身为人臣，遇到事情岂能坐视不理？你只要追随众人就可以了。"辛敞立即出去，与鲁芝一起带领几十个骑兵，出城而去。

早有人将此事报告司马懿，司马懿因司农桓范很有谋略，担心他跟从曹爽，就假借太后的命令，召桓范为中领军。桓范想去应命，桓范的儿子却认为皇上在外面，应该跟从皇上，桓范于是赶往平昌城门。哪知城门已经紧闭，幸好守吏是桓范的旧部，便问桓范到哪里去，桓范谎称皇上召见，让他赶快开门。守吏想让他出示诏书，桓范愤怒地说："你是我的旧部，怎么能阻止我？"守吏不得已，打开城门，放走桓范。桓范回头对守吏说："太傅叛逆，你赶快跟随我出去。"守吏听到这话，大吃一惊，但已经追不上范桓了。司马懿得知桓范出城，急忙对蒋济说："桓范已经离开，怎么办呢？"蒋济笑着说："没有才能的人怎肯信任桓范？你不要担忧。"司马懿让侍中许允、尚书陈泰去见曹爽，叫他赶快认罪，或许还可以保全性命。许允、陈泰二人离开后，司马懿又召殿中校尉尹大目，婉言劝告："你是曹将军的故人，麻烦你转告曹将军，他除了被免职外，不会有其他事。如果不信，我可以对着洛水发誓。"尹大目按照他说的话去做。

曹爽正跟着少主打猎，高兴得很，忽然黄门赶到驾前，下马呈上司马懿的书信。少主曹芳读完之后，把信交给曹爽。曹爽目瞪口呆，面如土色。不久，鲁芝、辛敞到来，上报说城门紧闭，太傅司马懿屯兵洛水桥，请大将军赶快定夺。曹爽兄弟商议了很久，也没想出什么办法。恰巧桓范赶到，他下马对曹爽说：“太傅已经叛乱，大将军何不请皇上前往许都，调兵讨伐司马懿？”曹爽茫然说：“如果这样做，我的家人必定要被屠杀了。”桓范见曹爽当断不断，又对曹羲说：“不采用我的计策，你们的家人就能保全吗？如今你们追随皇上，传令四方，谁敢不响应？为何要自寻死路？”曹羲默然不语。桓范又献计：“从这里到许昌只要一夜时间。关南还有大将军的营寨，令人担忧的只有粮草，幸亏我带来了大司农的印章，可以调拨。事情危急，稍一迟疑，便有灾祸降临了。”话刚说完，许允、陈泰已经到来，转述了司马懿的话。曹爽更加犹豫。过了一会儿，尹大目也赶到，说太傅对着洛水发誓，只要大将军交出兵权，绝不加害。曹爽信以为真，稍稍放下心来。

当时天色已晚，曹爽在伊水南岸留宿，调发屯田的士兵几千人前来守卫，自己在帐中徘徊，直到五更时分，还没有下定决心。桓范进帐催促：“事情紧急，为何不果断做出决定？”曹爽说道：“我虽然被罢免，仍然可以做一个富人。”桓范哭着走出营帐：“曹真也算是贤人，为何生下你们这群猪一样蠢笨的兄弟呢？你们就要被灭族了。”待到天明，曹爽告诉少主，自愿辞官，并把大将军的官印交给董允、陈泰，然后返回洛阳。主簿杨综慌忙阻止：“你挟持幼主，手握兵权，什么事不能成？怎么可以轻易放弃官印，白白送死呢？”曹爽自信地说：“太傅德高望重，想必不会食言。”

曹爽兄弟陪着少帝回宫，司马懿当然迎驾，并且允许曹爽等人回家。当晚，司马懿就派兵围住曹爽的府第，将曹爽一家全部诛杀。第二天，廷尉上奏说，已经审问了黄门监张当，张当曾将先帝的姬妾私自送到曹爽府中，并且与曹爽兄弟及何晏、邓扬、丁谧、毕轨、李胜等人一同谋反，司农桓范知情不报，应一同坐罪。少主不得已，下令分头捉拿，结果这些人全部下狱，相继被斩首，并被诛灭三族。鲁芝、辛敞、杨综三人也被抓住，定成重罪。司马懿慨然道：“他们三人各为其主，不必定罪。”司马懿放出鲁其、辛敞、杨综三人，仍让他们官复原职。辛敞出狱后，感叹道：“如果不是姐姐，我就没命了。”

东吴的宫廷之争

司马懿定计杀死曹爽后，手握大权。光禄大夫刘放、孙资等人都称司马懿立下大功，应被提升为丞相。少主曹芳不敢反对，便让太常王肃前去颁诏，司马懿不肯接受。那一年，魏国改元嘉平，也就是蜀国延熙十二年。后主刘禅升监军姜维为卫将军，让他与费祎一齐做尚书。姜维胆识过人，常想继承诸葛亮的遗志，讨伐中原。可费祎却不以为然，暗中加以阻止，只让姜维带领一万兵马，并且对姜维说："我们的才智远远比不上丞相。丞相尚且不能平定中原，何况我们？不如暂时保卫国家，安抚百姓，否则一旦失败，后悔就来不及了。"姜维因大权在费祎手中，不便与他争论，只好蹉跎岁月。

后来，一个魏国的将领前来乞降，自称是夏侯霸。关吏将此事报告姜维。姜维很吃惊："夏侯霸是夏侯渊的次子，与蜀国有仇，为何前来乞降？莫非其中有诈？"于是嘱咐关吏，严加盘问。后来接到关吏的报告，才知夏侯霸与曹爽有亲戚关系，夏侯霸官至护军，在魏国征西将军部下做事。曹爽被诛杀后，夏侯玄奉命入朝，朝廷派雍州刺史郭淮代任。夏侯霸与郭淮有过节，又担心因曹爽一案受到连累，不得已逃到蜀中。姜维得知内情后，把他召进来。夏侯霸跪在地上，哭诉一番。姜维亲自将他扶起，好言安慰，然后又领着夏侯霸进见后主。后主令夏侯霸做姜维的参军，夏侯霸拜谢退出。姜维问夏侯霸："司马懿专政，不知他有没有进攻我国的打算？"夏侯霸回答说："司马懿正在处理国内的事情，无暇起兵。只是钟士季年少有才，他日得志，必成蜀国大患。"姜维问钟士季是谁，夏侯霸说是已故太傅钟繇的儿子，现为秘书郎。姜维听了这几句话，便想先发制人，讨伐魏国，于是上疏请求。后主准许他出兵。

夏侯霸跟随姜维来到雍州境内，姜维查看地势后，领兵占住麹山，筑下两座城寨，让部将勾安、李韶防守，自己招募羌人、胡人，前去攻打附近各郡。魏国征西将军郭淮，急忙令雍州刺史陈泰进攻。陈泰领兵把二城团团围住，并把水源截断。城中无水，蜀国将士都渴得心浮气躁，多亏这时下了一场雪，将士们用雪水解渴，才平静下来。姜维听说二城被困，领兵营救，才到牛头山，就被陈泰挡住。陈泰颇有谋略，料知姜维领兵支援，必定路过此山，就提前在牛头山守候。姜维连攻数日，最终也没有攻克。不久，有人进来禀报：“魏国大将郭淮前来支援陈泰，前队已经渡过洮水了。”姜维急忙与夏侯霸商议：“郭淮渡过洮水，定会截断我们的退路，怎么办？”夏侯霸皱着眉头说：“不如赶快退兵，免得损失士兵。”姜维令夏侯霸先走，自己断后。麴山的两座城寨等不到援军，守将勾安、李韶无计可施，只好降魏。姜维返回汉中，心中不快，打算约东吴一起夹攻蜀国，于是派人东去。

孙权年已老迈，正为后宫争权夺势而担忧，哪里还有心情顾及外事。所以对蜀使模糊应付，并立即把他遣回。孙权称帝已有二十多年，初次纪元为黄龙，过了三年改元嘉禾，又过六年，改元赤乌，十三年后，改元太元。孙权的妻子谢氏没有孩子，他的小妾生下两个儿子，长子名叫孙登，次子名叫孙虑。孙登已被立为太子，孙虑夭折。孙权的表弟徐琨的女儿刚刚死了丈夫，她貌美无双，孙权很喜欢，又纳她为妃。谢氏忧恨成病，不久去世。孙权让徐氏抚养孙登。孙登被立为太子后，群臣都请求立徐氏为皇后。可当时，后宫还有步氏、袁氏及两位王夫人。其中步氏颇有姿色，与徐氏不分伯仲。徐氏生性嫉妒，步氏心胸开阔，所以孙权最终也没有将此事定下。步氏没有儿子，只有两个女儿，长女名叫孙鲁班，字大虎，先嫁给周瑜的儿子周循，后来改嫁全琮。次女名叫孙鲁育，字小虎，开始嫁给朱据，后来改嫁刘纂。徐氏病死后，步氏因没有儿子，也没被立为皇后。袁氏也就是袁术的女儿，品性最好，也没有儿子。步氏病终后，孙权想立袁氏为皇后，袁氏以自己没有儿子为由推辞。两位王夫人，一个生下孙和、孙霸，一个生下孙休。后来，孙权又得到潘氏，潘氏娇小玲珑，几度春风之后，生下儿子孙亮。

赤乌四年，太子孙登去世，按照惯例孙和被立为太子。孙和的弟弟孙霸被封为鲁王。群臣认为母以子贵，都主张立孙和的母亲王氏为皇后，孙权也很赞成。哪知全公主与孙和的母亲有过节，多次在孙权面前诽谤孙氏，孙权相信女儿的话，常常责备孙氏。孙氏无法辩白，忧郁而死，孙和也因此失宠。孙和的弟弟孙霸很讨孙权喜爱，与孙和一同住在东宫，享受同等待遇。群臣多次上书劝谏，孙权才命他们分别住在两个宫中，兄弟二人从此不和。

孙霸想夺取皇位，于是暗中结交杨竺、全寄、吴安、孙奇等人，诬陷孙和。孙权渐渐被迷惑，越来越讨厌孙和。上大将军陆逊已升任为丞相，当时正防守武昌，得知太子兄弟不和睦，就上疏劝谏：“太子是储君，鲁王是藩臣，待遇应当有所差别，这样才能上下相安。”孙权置之不理。陆逊接连上书，仍然毫无效果。太子太傅吾粲请求让鲁王镇守夏口，并说杨竺等人不能留在都城，因言辞过于激烈，反而触怒孙权。孙霸、杨竺乘机诽谤吾粲，吾粲无处诉说，写信给陆逊。此事又被孙霸、杨竺得知，二人诬告吾粲图谋不轨，将他害死。孙权又派人责备陆逊，陆逊年老体弱，禁不住打击，不久病终。

陆逊的儿子陆抗担任建武校尉，孙权召陆抗进宫询问。陆抗极力陈述父亲的苦衷，声泪俱下。孙权稍稍省悟，才知孙霸、杨竺所言不真，从此，孙霸也没有以前得宠了。后宫中的潘夫人正值大好年华，深受恩宠，眼见孙和、孙霸失宠，正好乘机献媚，为儿子孙亮谋取储君的位置。她先是与全公主拉拢关系，又让全公主的侄孙女全氏嫁给自己的儿子。二人每天在孙权面前诋毁孙和、孙霸，要孙权改立幼子孙亮。孙权受宠妃、爱女的蛊惑，想废掉孙和，册立孙亮。他私下对侍中孙峻说："兄弟不和睦，恐怕要重蹈袁氏的覆辙。如果朕不想办法预防，将后患无穷。"孙峻是孙权的叔叔孙静的曾孙，他的姐姐是全尚的妻子，全尚的女儿是孙亮的妻子，所以孙峻当然偏袒孙亮母子，赞成孙权的提议。孙权因废立储君是大事，难免遭人诽谤，就又拖延了好几年。

赤乌十二年，右大司马全琮病死，全公主再次成了寡妇。她年近四十，依然善淫，见孙峻正值壮年，身材伟岸，她就多次勾引，与他私通。二人暗中绸缪，决定将太子孙和除去，改立孙亮。孙峻侍奉孙权时，常常诬蔑太子，孙权于是将太子孙和幽禁起来。骠骑将军朱据、尚书仆射屈晃上疏阻止，不见听从。二人将自己捆绑起来，连日到宫中请求赦免太子，孙权还是不答应。无难营军督陈正、五营军督陈象上疏劝谏，反而被诛族。朱据与屈晃也被推到殿外，分别杖责一百下，朱据被贬为郡丞，屈晃被罢免。紧接着太子孙和被贬为平民，迁居故鄣。鲁王孙霸被处死。孙霸的私党杨竺、全寄、吴安、孙奇等人全部被诛杀。孙权改立孙亮为太子，册封孙亮的母亲潘氏为皇后。

潘皇后如愿以后，渐渐骄横起来，与之前的柔媚迥然不同。孙权瞧透之后，猛然醒悟，这才知道太子孙和无辜，因此心生怜惜。那年八月初一，天空忽然刮起大风，江海汹涌，平地上水深八尺，松柏全部被拔起，一直飞到建业城南门外，倒插在路旁。孙权因此受到惊吓，大病一场，一个月不能处理政事。到了仲冬，病情好转，孙权亲自到南郊祭祀，途中又受到风寒的侵袭。回宫以后，再次患病，想召孙和进宫服侍，全公主及侍中孙峻、中书令孙弘极力劝阻，孙权不得已，只好将此事搁置。

挨过残年，孙权一病不起。令前太子孙和为南阳王，居住在长沙；王夫人的儿子孙休为琅玡王，居住在虎林。孙权有一个儿子名叫孙奋，是后宫仲姬所生，年龄比太子孙亮稍大，孙权封他为齐王，让他住在武昌。过了一个多月，孙权病情好转，改元神凤。不料皇后潘氏突然死亡，孙权忍着病痛前去探视，见潘氏脖子上有瘀痕，料知其中有内情，便令左右秘密调查。原来，潘皇后对待下人极为残暴，下人都有怨言。她见孙权病危，就派宫人出去询问中书令孙弘，调查吕皇后专制的事。宫人认为潘皇后如果亲政，必定喜欢残杀别人，不如先下手为强，等她夜里睡熟后，将她勒死。孙权知道潘皇后咎由自取，但看到她惨死的情景，不免悲伤，就将参与行凶的宫人杀死几个。此后，孙权心绪不宁，病情日益严重。又拖延了两三个月，气绝身亡，享年七十一岁。

太子太傅诸葛恪、太常滕胤、中书令孙弘、侍中孙峻、将军吕据，受孙权遗命让太子孙亮继位。孙弘与诸葛恪水火不容，想假传诏令诛杀诸葛恪，就与孙峻商议。孙峻反将此事报告诸葛恪，诸葛恪引诱孙弘过来商议国事，伺机把他杀死。不久，东吴为孙权发丧，追谥孙权为大帝。孙亮继位后，改元建兴，提升诸葛恪为帝太傅，滕胤为卫将军，领尚书事，孙峻等人都加官晋爵。

诸葛恪是诸葛瑾的长子，才能不凡。孙权听了他的大名之后，立即召见。他想试一试诸葛恪的才能，就派人牵来一头驴，用笔写上："诸葛子瑜"。子瑜就是诸葛瑾的字。诸葛瑾的脸长得像驴，所以孙权才这样戏弄他。诸葛恪下跪请求："乞求赐给我笔，让我添上两个字。"孙权将笔赐给诸葛恪，诸葛恪在"诸葛子瑜"后面添上"之驴"二字，在座之人无不暗暗称奇，孙权也很赞赏他，把驴赐给诸葛恪。诸葛恪年仅弱冠，便被封为骑都尉。不久，又被提升为抚越将军，讨平山越之后，又担任威北将军，受封都乡侯。诸葛瑾病死之后，诸葛恪自恃才智过人，毫不谦让。丞相陆逊写信劝诫，诸葛恪一点也不收敛。陆逊去世后，诸葛恪被提升为大将军，管理陆逊的部下，在武昌驻扎。

孙权病危时，下令让诸葛恪为首辅。诸葛恪为了笼络人心，就免去关税，广施恩德，因此远近欢腾。他还派人修筑了东兴堤，在左右靠山的地方建下两座城池。东兴堤在巢湖东面，诸葛恪担心湖水泛滥，所以才聚众重修，派全端、留略二将分别驻守在两座城池。又因孙休、孙奋二王的封地濒临江水，关系重大，诸葛恪担心他们叛变，就将琅玡王孙休迁封到丹阳，齐王孙奋迁封到豫章。孙奋不肯，诸葛恪就写信恫吓，孙奋无奈，只得搬迁。诸葛恪的同族叔叔诸葛诞，在魏国做征东将军，听说吴国建造大堤，修筑城池，立即上报此事，请求首先讨伐吴国。

当时司马懿已死，长子司马师升任抚军大将军，代替父亲执掌朝政。司马师非常赞成诸葛诞的提议。再加上征南将军王昶、征东将军胡遵、镇东将军毋丘俭，极力主张东征，司马师于是令诸葛诞领兵七万，同胡遵一起，直攻东兴。又派王昶攻打南郡，毋丘俭攻打武昌。三路兵马同时出发。警报传到江东，诸葛恪忙率领将士，日夜兼程，前去解救东兴。吴国冠军将军丁奉愿意做前锋，诸葛恪令吕据、留赞、唐资三人领兵两万，与丁奉一同出发，自己率领两万人为后应。丁奉对吕据等人说："士兵太多，行军缓慢，如果被敌人抢了先机，就不好了。我快速前往，你们随后接应，这样才能万无一失。"于是领兵三千，乘船前去，只用两天时间就到了东关，首先占据徐塘。魏国大将胡遵已在湖滨建造浮桥，在东兴堤上安营，然后分兵攻打堤旁的两座城池。接连打了三天，都没有攻克。当时天气寒冷，又下起雨雪，不便猛攻，胡遵就在营中与将士饮酒。他听说吴兵的援军来了，派人探查，得知只有两三千人，很不以为然，仍然畅饮，只下令让几百个士兵守住营门。

丁奉见魏兵不肯出战，就把船靠在岸边，对部下说："立功就在今日，希望你们拼死效力。"说着，脱去战袍，手拿大刀，跃上东兴堤。士兵也解下盔甲，甚至袒露臂膀，左手持盾，右手拿刀，跟随丁奉上岸。魏兵瞧见后，认为天气如此寒冷，他们一定会被冻僵，因此大笑不已。谁知丁奉用刀一挥，众人都踊跃扑向魏营，魏兵慌忙进去禀报。魏国的前部督韩综、桓嘉起身迎战，摇头晃脑地走到营外。丁奉一刀砍中韩综的头颅，韩综立即倒在地上。丁奉正想割下他的头颅，不料桓嘉提戟刺来，多亏丁奉眼明手快，用刀挡住。桓嘉尚带着几分酒意，倒退了两三步，被丁奉一刀砍死。魏兵见两个将领都已死去，全部逃回营中。丁奉指挥士兵进攻，三千吴兵直扑魏营。胡遵立即上马抵抗，哪知吴兵十分厉害，所向披靡，胡遵慌忙退入后营。这时，吴将吕据、留赞、唐资等人又陆续杀到，魏兵惊慌逃散，连后营都不能保全，纷纷向浮桥奔去，因为人数太多，桥被压坏，淹死了好几万人。胡遵策马先逃，才捡回一条命，所有的军用物资全部留给了吴兵。魏国大将王昶、毋丘俭接到胡遵战败的消息，也领兵退回。诸葛恪走到东兴，犒赏各将，班师凯旋。诸葛恪被加封为阳都侯，任荆、扬二州牧守，管理内外军事。

第二年，诸葛恪又想出兵讨伐魏国，群臣不肯。诸葛恪就派司马李衢到蜀国，相约一同起兵。蜀国大将军费祎刚被降将郭修刺死，将士多半不愿出兵，只有卫将军姜维有志北伐，率领数万人包围南安。诸葛恪得知后，也领兵进入淮南，围攻新城。魏国大将军司马师采用主簿虞松的计策，命毋丘俭等人抵御吴兵，坚守不战。另命征西将军郭淮，雍州刺史陈泰，调集关中的士兵，支援狄道。郭淮与陈泰奉命赶去支援，姜维得知后，担心粮草不够用，撤围退去。诸葛恪仍然屯兵新城，连日猛攻。守将张特假装乞降，说魏国法律规定，守城一百天后投降，家族就能被赦免，如今新城已被围困九十多天，乞求诸葛恪宽限几天，他再开城投降。诸葛恪信以为真，令士兵暂停攻击。不料张特乘夜修城，并于第二天登城大叫："我情愿战死，也不愿投降吴狗！"诸葛恪听到此话，十分恼怒，下令攻城，可无法攻克。将士的锐气已经衰落，再加上天气闷热，将士多半因为瘟疫死亡。诸葛恪还虐待将士，责怪他们不肯尽力，于是众人陆续逃散。魏将毋丘俭等人又赶来支援，吴兵十分恐惧，不战而败，诸葛恪也只好逃回。沿途丢失的器械不计其数，吏民都很失望。诸葛恪不知反省，反而指责将士，又担心遭到他人的暗算，因此精神恍惚，寝食不安。

一天早上，诸葛恪起来洗漱，闻到水里有血腥味，接连换了几个盆，仍然有血腥味。穿衣服时，衣服上也有血腥气。诸葛恪正在疑惑，忽然侍中孙峻带着诏书到来，召诸葛恪去宴饮。诸葛恪为防止有变故发生，谎称肚子痛，不便饮酒。孙峻忙说："天子设宴，想与太傅共商大事，请太傅强打起精神走一趟。如果你不想喝御酒，可以自己带些药酒。"诸葛恪向来相信孙峻，料想不会有什么事，就让孙峻先走一步。诸葛恪穿上朝服后，正要出门，门内有一条黄犬，突然跳到诸葛恪面前，咬住诸葛恪的衣服。诸葛恪愕然说："狗不想让我出门吗？"于是回去坐了片刻。诸葛恪第二次出去时，黄狗又跑过来咬住他的衣服，诸葛恪恼怒地说："狗也敢来戏弄我吗？"于是令卫士将黄狗赶出去，自己登车入宫。散骑常侍张约、朱恩是诸葛恪的爪牙，递上密信，劝诸葛恪不要去。诸葛恪看到书信以后，想回去，恰好遇到太常滕胤，诸葛恪就以肚子痛为由，向他告辞，滕胤说道："已经到这里了，应该见一见皇上再回去。"诸葛恪正在踌躇，孙峻又出来催促，诸葛恪于是提剑上殿。

司马师废魏帝

诸葛恪佩剑上殿，见过孙亮，坐在席上，却并不饮酒。孙峻进言说："太傅既然有药酒带来，为何不敢取出来喝呢？"诸葛恪便命随从把药酒取过来，放心喝下。酒过数巡，孙亮借口说要更衣，起身入内。孙峻也去厕所里脱去长袍，改穿短服，怀揣利器走进来，大声说道："我奉诏抓捕诸葛恪。"诸葛恪大吃一惊，起身拔剑。剑还没有出鞘，孙峻已用刀将他砍死。散骑常侍张约坐在诸葛恪的旁边，急忙拿着诸葛恪的剑向孙峻砍去，孙峻向右一闪，伤了左手，就用右手来砍张约。张约来不及躲避，右臂被砍断。殿内埋伏的士兵一齐出来，把张约杀死。其他的官员惊慌逃走。孙峻宣告说："诸葛恪叛逆，已经被诛杀，其余人无罪，都可以回到原来的座位。"众人听了，又逗留片刻，才告辞离去。

孙峻令士兵将这两具尸体用苇席包裹，扔在城外的石子岗，然后派人去抓捕诸葛恪的妻儿。诸葛恪的妻子正在屋里，见有一个婢女进来，满身血腥，就捂着鼻子询问原因。婢女说道："诸葛将军被孙峻杀死了！"话刚说完，诸葛恪的儿子诸葛竦、诸葛建踉跄走进来，哭着禀报父亲被杀的消息，并说官吏将要到来，请母亲赶快逃命。诸葛恪的妻子听了，慌忙出门上车，与两个儿子一起逃出都门。骑督刘承追上后，把他们母子三人围住，押回市中处死。诸葛恪的外甥都乡侯张震及常侍朱恩等人也受到连累，被诛灭三族。临淮人臧均上疏请求将诸葛恪下葬，言辞凄恻，朝廷允许他为诸葛恪收尸。

谋杀诸葛恪的计策，出自孙峻。孙峻因此被封为丞相大将军，管理内外军事，加封富春侯。太常滕胤没有参与，因为自己是诸葛恪的儿子诸葛悚的岳父，于是上疏辞职。孙峻不答应，仍让他担任原来的官职，并且封他为高密侯。南阳王孙和的妃子张氏是诸葛恪的外甥女，孙峻因此没收孙和的官印，并逼孙和自尽。孙和接到命令后，与张妃哭着告别，张妃凄凉地说："妾生死都要追随你，绝不独自偷生。"随后与孙和一起服毒身亡。孙和的姬妾何氏叹息道："如果都死了，谁来抚养孩子呢？"于是决定自己抚养孙和的四个儿子：孙皓、孙德、孙谦、孙俊。

曹芳继位已经十多年，一切政事都由司马氏裁决。司马懿杀死曹爽后，威震朝野。临死那年，还处死了扬州都督王凌及王凌的外甥兖州刺史令狐愚，说他们企图立楚王曹彪为帝，又请旨逼曹彪自尽，并将其他各王监禁在邺中，不准他们与外界交往。司马师辅政之后，权力超过自己的父亲。曹芳长大后，见自己手中没有一点儿权力，当然心有不甘。嘉平三年，皇后甄氏病逝，第二年立光禄大夫张缉的女儿为皇后。张缉不仅无法参与政事，司马师还让他在家里避嫌，张缉因此心怀怨恨。太仆李恢有一个儿子，名叫李丰，为人清正，被世人称颂。李恢却加以约束，让他闭门谢客。李恢去世之后，李丰做了尚书仆射，不久，司马师又提升他为中书令。

李丰与夏侯玄关系很好。夏侯玄因为是曹爽的亲属，被夺去兵权，只做了个太常，因此时常闷闷不乐。他与李丰秘密商议，打算诛杀司马氏，为曹爽报仇。李丰的儿子李韬娶齐长公主为妻，官至给事中，父子二人常出入宫廷，参与政事。曹芳把他们视为心腹，对他们说起司马氏专横的情况，常常痛哭流涕。李丰虽然由司马氏提拔，却和夏侯玄站在同一边，痛恨司马师。再加上曹芳哭着嘱托，李丰就一力担承，决心除掉司马师，并让李韬转告皇后的父亲张缉，张缉当然愿意相助。嘉平六年二月，曹芳打算封王氏为贵人，李丰暗中与黄门监苏铄、永宁署令乐敦、冗从仆射刘贤等人定计，并约定诛杀司马师后，令夏侯玄为大将军，张缉为骠骑将军。

不料，此事被司马师听说，司马师立即派舍人全羡领兵，召李丰前去大将军府。李丰知道密谋泄露，却又不敢不去。司马师见到李丰，一再盘问，李丰不禁恼怒地说："你们父子包藏祸心，企图篡位，可惜我无力诛杀你，就算我死了，也会变为厉鬼来害你。"司马师勃然大怒，下令将李丰处死。然后派人逮捕夏侯玄及皇后的父亲张缉，将他们交给廷尉钟毓。钟毓亲自审问夏侯玄，夏侯玄说："我无话可说，随你定罪吧。"钟毓于是把夏侯玄关进监狱，亲自写下定罪文，哭着拿给夏侯玄看。夏侯玄也不申辩，只是点了点头。定罪文呈上去后，公卿等人都畏惧司马师的权势，不敢发言。于是夏侯玄、张缉二人被处死，夏侯玄的儿子夏侯韬也被诛杀。司马师又捉拿苏铄、乐敦、刘贤等人，并诛其三族。司马师还不解恨，带着剑进宫，见了曹芳，便瞪着眼说："张女在哪里？"曹芳战栗地说："谁是张女？"司马师厉声道："就是张缉的女儿！"曹芳说道："张缉有罪，他的女儿并不知情，请大将军宽恕。"司马师厉声说："父亲犯罪，女儿就算不知情，还能再做国母吗？应该立即把她废掉。"曹芳低头无语，司马师把张皇后逼出皇宫，幽禁起来。司马师令词臣起草诏书，废去皇后张氏。没几天，张氏暴病身亡，想必是被司马师害死了。曹芳无计可施，只得册封王氏为贵人，然后将王氏立为皇后。皇后的父亲奉车都尉王夔被提升为光禄大夫，受封广明乡侯。曹芳虽然不能控制司马师，但始终心怀怨恨。司马师也猜忌曹芳，一心想将他废掉。

这时，蜀国大将姜维出兵陇西，收降魏狄道长李简，进攻河间、临洮各县。司马师接到警报，打算让弟弟司马昭领兵抵抗蜀国。打定主意后，立即告诉曹芳，请旨召回司马昭。司马昭正镇守许昌，接到命令后，立即入朝进见。曹芳到平乐观犒劳军队。中领军许允与曹芳的左右侍臣，想乘机杀死司马昭，并将计划告诉曹芳，曹芳点头同意。等司马昭进宫辞行，曹芳见他威风凛凛，不禁胆战心惊，不敢行动。司马昭乖刁得很，已略有察觉，并将此事告诉自己的兄长。司马师嘱咐他暂时留在洛阳，观察内外动静。司马昭一时查不出什么确切消息，只知道许允多次出入宫中，与曹芳私下谈论。司马师就随便给许允加了一个罪名，把他贬到乐浪郡，并派壮士在半路把他刺死。

魏国陇右守将徐质上报，说已经将蜀国大将张嶷杀死，蜀兵已退。司马师正好借机留住弟弟，与他商议废帝的事情。司马昭的狠毒不亚于兄长，自然赞同。司马师入朝对群臣说："如今主上荒淫无道，听信谗言，几乎与汉朝的昌邑王一样昏昧。如果再这样下去，必定危害社稷，请问你们有什么看法？"群臣都畏惧司马师，只好随声附和："霍光废掉昌邑王，就是为了安定社稷。我们愿意听从你的命令。"司马师高兴地说："你们既然这样说，我又怎么敢逃避责任呢？"说着，就从袖子里取出奏折，让众人署名。奏折是呈给太后的，上面说曹芳如何昏愚，如何淫乱，群臣明知都是谎话，但违抗司马师的命令，必定会被诛杀，只好依次署名。司马师把奏折呈入永宁宫，郭太后本不想干预外政，看到奏折后默然不语。司马师在朝堂上等候消息，并与群臣商议，要迎立彭城王曹据为储君。可过了好久也不见有郭太后的命令到来，司马师再派大鸿胪郭芝进去询问。

郭芝赶到永宁宫，见郭太后与曹芳对坐，满面愁容。郭芝对曹芳说："大将军想废掉陛下，改立彭城王。"郭太后说："待我见到大将军后，重新商议。"郭芝很生气："郭太后不能教好自己的儿子，如今大将军已与群臣商议好了，你还有什么话说？"太后泪流满面。不一会儿，又有人赶到，把齐王的官印交给曹芳，令他去做藩王。曹芳自知无法挽回，就辞别太后，与郭芝一同到殿堂辞别百官。有几个忠厚的官员，送了曹芳一程。太尉司马孚十分悲伤，其余人也欷歔不已。司马师却十分高兴，又派郭芝去索要御玺。郭太后对郭芝说："彭城王曹据是武帝的儿子、先皇的叔叔，如果立他为帝，试问我该怎么办呢？如果明帝从此绝后，想必大将军心里也不安，我认为不如迎立高贵乡公曹髦。曹髦是文帝的长孙、明帝的侄子，可以继承大统。你回去与大将军商议，然后再来禀报我。"郭芝听了，不便驳斥，便出去禀告司马师。司马师同意了，让郭芝去禀明太后，但仍索要御玺。郭太后说："高贵乡公小时候，我曾见过他，既然由他继位，我亲自把御玺交给他就是了。"郭芝出去报告司马师，司马师于是派人拿着符节，迎进高贵乡公曹髦。然后肃清宫廷，降王皇后为齐王妃，让她出宫居住。

曹髦是明帝的弟弟，东海定王曹霖的儿子，正始五年，受封为高贵乡公，那时年仅十四岁。他到达洛阳后，群臣都到西掖门迎接，曹髦下车还礼，礼官说不必还礼，曹髦严肃地说："我也是臣下，如今太后召我过来不知何事，怎能见了群臣不还礼呢？"说着，走进殿堂。郭太后早已得知，在太极殿东堂候着，等曹髦行过礼之后，嘱咐几句，便把御玺交给他。曹髦再三推辞，不得已才将御玺收下。然后朝见百官，改嘉平六年为正元元年，大赦天下。

这时，扬州都督毌丘俭与刺史文钦借口讨逆，渡河而来。司马师正在治疗眼病，听到这个消息，急忙召河南尹王肃、尚书傅嘏、中书侍郎钟会等商议军情，并对他们说："我本想亲自征战，可惜眼疾还没有痊愈，不能前去。"钟会起身答道："大将军如果不亲自出战，恐怕一时难以扫平逆贼。"王肃等也赞成钟会的提议，司马师说道："既然你们劝我亲征，我也顾不上眼病了。"于是命弟弟司马昭兼领中军，暂时管理朝政，令荆州刺史王基为监军，向东进发。王基向司马师献计："淮南百姓并非真想叛乱，只不过是受了毌丘俭等人的威胁。大军一到，他们必定瓦解，我愿意做前锋，前去平反叛乱。"司马师点头同意，王基日夜兼程，先把南顿城占住。

王凌死后，毌丘俭为后任，治理扬州。他与夏侯玄、李丰关系很好，夏侯玄、李丰被诛杀后，毌丘俭很不安心，就与刺史文钦结交。文钦本与曹爽是同乡，曹爽很器重他。曹爽与夏侯玄、李丰同时被司马氏陷害，所以文钦、毌丘俭都很痛恨司马氏。曹芳被废，毌丘俭的儿子毌甸请求父亲起兵，乘机讨伐司马氏。毌丘俭于是假借郭太后的诏令，调集兵马，讨伐司马师。他率兵渡过淮河，走到项城时，探知王基占据南顿城，就在项城驻扎，派人带着书信到兖州召见刺史邓艾。邓艾，字士载，祖籍棘阳，患有口吃，常称自己为艾艾。他少年丧父，替别人放牛，每次见到高山，就留心观察，当时人们都笑他痴。只有同郡的一个官吏见他聪慧，出钱资助他上学，邓艾最终成材。开始是太尉掾，后来迁升为尚书郎、南安太守，直至兖州刺史。他的规划无不符合时宜，因此与钟士季齐名。此次接到毌丘俭的书信，邓艾随手将信撕碎，并下令处死毌丘俭派来的人，然后立即率领一万多人到乐嘉城，与司马师会合。司马师命镇南将军诸葛诞，由安风攻取寿春；征东将军胡遵，由青州到宋地截住毌丘俭的退路；自己领兵接应邓艾。

文钦袭击乐嘉城，突然与司马师相遇，不战而退。文钦的儿子文鸯年仅十八岁，异常骁勇，面对司马师的大军毫无惧色。并恳请文钦趁夜袭击司马师的大营，东西夹攻，文钦从东进，文鸯从西进。父子商议好之后，待到半夜，文鸯率领壮士冲到司马师营前，冲杀进去。司马师善于行军打仗，当然有所防备，立即传令坚守营门，不得轻举妄动。将士虽然遵令把守，无奈营外的喧闹声越来越响，司马师躲在帐中，急得眼病复发，疼痛难忍，但又不能呻吟，被子都被咬破了，好不容易才挨到黎明。文鸯专等父亲到来，东西夹攻，哪知文钦竟迟迟不到，见太阳已经高高升起，只得领兵退去。刚走了一里多，后面忽然来了许多追兵，领头的是司马班。文鸯单枪匹马，回头拼杀，无人敢挡，司马师的部下纷纷后退，文鸯趁机离去。司马班又带领士兵追击文鸯，文鸯接连回头打了六七次，杀死司马班的部下六七百人。司马班不敢继续进逼，文鸯才慢慢退回。文鸯在回去的途中遇到父亲，问明原因，原来是文钦夜里迷了路，文鸯很是叹惜。等到他们抵达项城时，毌丘俭已经逃去。

吴丞相孙峻听说毌丘俭出兵，料知扬州空虚，乘机进攻寿春。诸葛诞也从安风津向寿春进军，毌丘俭慌忙退回。文钦父子孤立无援，只得放弃项城，逃回寿春。这时有一人从后面追上来说："文刺史怎么不暂时停留几天，为何这么急着走呢?"文钦回头一看，是尹大目，便骂他忘恩负义。尹大目还想再说，文钦竟拿着弓要射他，尹大目边退边说："算了！算了!"说完就返回去了。其实，尹大目是有心帮助曹氏，来告诉文鸯父子，司马师的军队已经攻下寿春，让他们留在项城，静观形势。文钦没有领悟他的意思，致使尹大目白白走了一趟。文钦快到寿春时，得知城池已被司马师占领，无奈之下，只得投降孙峻。

毌丘俭逃出项城，想带兵南归，被胡遵追杀一阵，部下四处逃散。毌丘俭向北逃往慎县。当时，毌丘俭身边已经没有一个士兵，他独自到河边休息，恰被安风津百姓张属看见。张属把他射死，将人头献给司马师。毌丘俭的儿子毌甸没有追随父亲，独自逃往新安，最终也被杀死。毌甸的一些子弟相继投奔吴军。吴军才到橐皋，诸葛诞已经进入寿春，孙峻料知已无能为力，就领兵退还。司马师平定淮南后，令诸葛诞管理扬州，自己领兵回到都城。抵达许昌后，司马师眼疾恶化，朦胧中还能看见夏侯玄、李丰、张缉等人站在面前。他自知命不长久，无法抵达洛阳，碰巧司马昭前来探病，便向他嘱咐后事。话还没说完，眼中鲜血直流，不一会儿就死了。司马昭取过兄长的官印，带领人马，上疏禀报噩耗。曹髦令司马昭屯兵许昌，以便援应内外。司马昭询问中书侍郎钟会，钟会劝司马昭回去，在洛南驻扎。司马昭不等朝廷下令，便带兵返回。曹髦无可奈何，只得让司马昭接替兄长的职位，此后大权又归司马昭所有。

蜀国大将姜维，得知司马师已死，再次提议讨伐魏国。大将军张翼认为蜀地狭小，不能一直打仗，劝姜维坚守，与民休养生息。姜维不肯听从，请到朝命后，与车骑将军夏侯霸等人率兵数万，进兵枹罕。魏国征西将军郭淮已死，新刺史名叫王经，缺乏谋略，他领兵出去抵抗，两军在洮西大战一场。姜维让夏侯霸绕到王经背后，前后夹攻，王经战败，部下死亡无数，王经不得已退回狄道城。姜维想进攻狄道，张翼又阻止说："已经立下大功，我们要见好就收。如果继续领兵前进，恐怕会前功尽弃。"姜维恨他阻挠，不肯听从，仍然领军前进。魏国征西将军陈泰连夜赶去支援王经，在狄道城东南山上鸣鼓，点燃烽火，虚张声势。司马昭升兖州刺史邓艾为安西将军，邓艾领兵前来援助陈泰。姜维听说敌兵两路大军到来，急忙收兵退到钟堤。陈泰与邓艾相会，摆下酒席，高谈阔论，部将聚集在一起，都说蜀兵已退，不敢再来。邓艾笑着说："敌兵在洮西刚刚打了胜仗，必想乘胜再来进攻，这是其一；他屯兵汉中，容易出发，并且知道我们换了将士，更想乘机进攻，这是其二；他走水路，我们走陆路，我们劳顿，他们轻闲，这是其三；狄道、陇西、南安、祁山都是边境，我们须四处把守，他攻击一路就行了，这是其四。我料他不出一年，又要来了。"部将都很佩服邓艾的深谋远虑，竞相称赞。邓艾屯兵祁山，每天练兵，专等敌兵到来。

一年后，曹髦改元甘露。当时是蜀汉后主刘禅延熙十九年。姜维被提升为大将军，又从钟堤出兵，向北到祁山。途中得知祁山有防备，改攻南安。邓艾早已料到，领兵占据武城山，截住蜀兵的去路。因为山势险峻，蜀兵无法攻克。姜维又想改攻上邽，传令让镇西大将军胡济前来会师，留夏侯霸屯兵武城山，自己率领部下连夜渡过渭河，悄悄向上邽进发。走到天明，见两边山路崎岖，不便急赶。正在犹豫，前锋已回来禀报："此地名叫段谷，谷后旗帜飘扬，恐怕设有伏兵。"姜维说："'段谷'这个名字不吉利，不如退兵。"于是掉头回去。不料邓艾却带兵杀来，蜀兵已经心慌意乱，再加上道路狭窄，被邓艾一阵痛击，杀得七零八落。姜维还盼着胡济前来支援，哪知等了很久，援军也没有到来，只好向前突围。邓艾领兵包围，不让他逃窜。姜维的部下越战越少，幸亏夏侯霸前来援救，姜维才得以退出，奔回汉中。

这场恶战丧失很多士兵。蜀人纷纷埋怨姜维，姜维也上疏自责，被降为后将军，仍行大将军事。过了一年，魏国扬州都督诸葛诞起兵讨伐司马昭。吴、蜀二国各自从东、西出兵。

恶贯满盈的孙綝

诸葛诞驻扎在寿春，镇守扬州，他本来与夏侯玄、邓扬等人互相标榜，号称八达。夏侯玄等人被杀后，诸葛诞的势力没有司马氏强大，所以隐忍不发。毌丘俭等人起兵时，他又帮助司马师平乱，因立有战功，坐上了毌丘俭的位置，被封为高平侯，官至征东大将军。诸葛诞心中暗想，王凌、毌丘俭相继被杀，自己难免会重蹈覆辙，于是赦免罪犯，蓄养死士，笼络人心，并借口提防吴国，请求增添兵马，修筑城池。司马昭刚刚把持大政，对诸葛诞的举动颇为怀疑。长史贾充请求以慰劳为名，派人前去试探，司马昭就派贾充到寿春，与诸葛诞相见。诸葛诞留贾充宴饮，贾充出言试探："洛中的贤士都想让曹氏禅位，你认为怎么样？"诸葛诞生气地说："你不是贾豫州的儿子吗？你家世代身受国恩，为何要这样说呢？"贾充惭愧地说："我只不过是随便问问。"诸葛诞不等他说完，又厉声说："洛中如果有变乱发生，我自会拼死报效国家。"贾充得知诸葛诞的意思，喝完酒后，起身告辞，回去禀报司马昭，并向司马昭献计："诸葛诞在扬州颇得人心，不如召他入都，免得留下后患。"司马昭皱着眉头说："恐怕他未必肯来。"贾充又说道："我也知道他不肯前来。但如果召他，他就会在短时间内有所行动，这样才容易解决。否则一旦他羽翼丰满，就麻烦了。希望你明察。”司马昭于是上疏请求召诸葛诞为司空。诸葛诞见诏书中说要他将兵符交给扬州刺史乐綝，觉得是乐綝从中作梗，十分恼怒，立即带领几百个骑兵赶赴扬州，谎称奉命到洛阳，与乐綝辞行。乐綝不知有诈，把诸葛诞请入大厅。诸葛诞指挥骑兵，一拥而上，乐綝吓得逃到楼上，最终被杀死。诸葛诞又调集兵马，准备起事，并且派长史吴纲送小儿子诸葛靓到东吴做人质，乞求援助。

吴国丞相孙峻，荒淫无道。司马桓虑、将军孙仪等人先后谋害孙峻，都被孙峻杀死。全公主与孙峻私通已久，因之前曾加害太子孙和、妹夫朱据与妹妹朱公主，没有成功，因此与他们结下仇怨。当时朱据已死，只有妹妹朱公主还在。全公主余恨未消，诬告朱公主与孙仪串通，朱公主因此被处死。孙峻不到四十岁，已经恶贯满盈。忽然患上了心痛病，自称是被诸葛恪用箭击中，他将后事交给堂弟孙綝办理，自己不到半天就死了。孙綝当时已是偏将军，现在又被提升为侍中，官至武卫将军，管理内外军事。骠骑将军吕据向来嫉恨孙綝，于是与各位督将联名上疏，举荐卫将军滕胤为丞相。孙綝上奏调滕胤为大司马，让他镇守武昌。滕胤还没有动身，吕据已从江都回来，派人约滕胤一同除掉孙綝。孙綝得到消息后，派堂兄孙宪领兵抵御吕据，并且催促滕胤立即动身。滕胤不肯依从，反而领兵自卫。孙綝于是上奏说滕胤谋反，率军攻打滕胤，并将滕胤杀死，诛其三族。吕据既失去内应，又被孙宪阻挡，进退两难。有人劝吕据投奔魏国，吕据慨然道：“我如果反叛，还有什么脸面见我的先人呢？”说完，服毒自尽。吕据是已故大司马吕范的次子，自杀以后，孙綝上奏说他叛乱，并诛他三族。孙亮下诏改元，号为太平，提升孙綝为大将军，封为永宁侯。孙綝的堂兄孙宪领兵回都，却没有得到升迁，又见孙綝倨傲无礼，心里闷闷不乐，就与将军王惇一同密谋，想诛杀孙綝。不幸事情泄露，王惇被诛，孙宪自杀。过了一年，诸葛诞派儿子到吴国，向吴国称臣，请求支援。孙綝正想立功，当然乐意，就命将军全端、全怿、唐资等人与文钦父子，领兵三万，前去营救寿春。

魏国大将军司马昭得知诸葛诞起兵，急忙入宫奏报，逼曹髦御驾亲征，并且请郭太后同行，郭太后和曹髦不敢不从。司马昭调集二十六万大军，陆续东下，自己拥着皇上和太后的车驾屯兵丘头，令镇东将军王基与安东将军陈骞领兵十万，进攻寿春。王基等人才到城下，吴将全端、全怿等已抢先一步进入寿春城，帮助诸葛诞防守。王基指挥士兵包围城池，再请司马昭调兵十万，把寿春围得水泄不通。文钦等人多次突围，都被击退。吴国又派将军朱异率领三万人马到安丰，作为寿春的外援。魏国也令将军石苞、兖州刺史周泰、徐州刺史胡质等合兵攻打朱异。朱异战败后，回去禀报孙綝。孙綝于是再次发兵，在镬里驻扎，仍让朱异率将军丁奉、黎斐等领兵五万，赶去援救寿春。朱异将物资留在都陆，自己领兵前往黎浆。不料石苞等人又杀过来，朱异再次战败。魏国泰山太守胡烈悄悄带领五千精兵，从小路绕出都陆，将朱异留下的物资付之一炬。朱异不得已，又回去见孙綝。孙綝恼怒地责备他："你两次失败，还有什么颜面来见我？"朱异以魏国士兵多为由辩白，孙綝又呵斥道："再去决一死战，不要向我饶舌！"朱异回答说没有粮草，不能再战。孙綝拍着桌子说："你自己无能，致使物资被敌兵毁掉，现在还敢违抗我的命令吗？"朱异还想再辩驳，孙綝拔出佩剑，将朱异杀死。朱异是东吴名将，突然被杀，将士都心怀不满。孙綝自知难以撑住局面，索性退回吴都。

此时，吴国大将全怿的侄子全炜、全仪犯罪，二人带着母亲投奔魏国。司马昭收下全炜等人，并且伪造全炜的书信，嘱咐全炜的随从，把信送往寿春，交给全怿。信中大意是，孙綝回都后，因各将援救诸葛诞无功，加罪于他们的家人，各将的家人都已投奔魏国。全怿看完后，十分惶急，就与全端带领部下，出城投降魏国。寿春城内，更加势孤力单。诸葛诞的部将蒋班、焦彝劝诸葛诞决一死战，诸葛诞又不肯听从。二人料知诸葛诞必败，也投降了魏军。

寿春被围困差不多已有半年，勉强过了残冬，粮食将尽，诸葛诞多次突围，都没有成功。文钦向诸葛诞献计，请求将北军全部驱出，只留吴兵与诸葛诞坚守，这样能节省粮食。诸葛诞不禁起了疑心，文钦再三劝说，诸葛诞勃然大怒："你让我把北军全部驱出，是让我好去送死吧！"说完，拔刀将文钦砍死。文钦的儿子文鸯、文虎听说父亲被杀，当然恼恨，马上投奔魏营。魏国军吏都请求诛杀他们，司马昭却说："文钦胆敢叛乱，理应诛他三族。但文钦的儿子走投无路，前来投降，如果将他们杀死，反而会使得城内的守兵誓死抗拒，岂不令人担忧？"于是召来文鸯、文虎，当面加以抚慰，又令二人为偏将军，加封关内侯。然后派几百个骑兵，绕城大叫："文钦的儿子尚且不被处死，反而受到封赏，你们为何不早点投降，领取赏赐呢？"守兵听了，都有些心动，于是纷纷出城投降。司马昭乘机攻城，一天一夜，就将城池攻破。诸葛诞率领几百人开城逃走，被胡奋追上，一刀就被砍死了。胡奋又指挥部下，将诸葛诞的部下一齐绑住，劝他们投降。谁知他们都不肯相从，杀一个，劝一个，边杀边劝，直至将他们全部处死，也无一人投降。随后又将诸葛诞的全家杀害，并诛其三族。吴国将领唐咨投降魏国，偏将军于诠慨然叹息道："大丈夫领命带兵，不能救人，反而甘心屈节投降，我不能这样做。"接着拼命突围，最终被乱军杀死。

司马昭安抚好百姓之后，查点吴兵，乞降的不下一两万人。有人说吴兵的家人都在江南，将来必会叛变，不如将他们杀死。司马昭摇头，把投降的士兵安置在三河，并封唐咨为安远将军，唐咨以下的部将也都被封官，众人心悦诚服。司马昭想乘胜讨伐吴国，被镇东将军王基阻止。又听说蜀国大将姜维从汉中出发，就留下王基镇守扬州，自己率领大军西归。途中接到邓艾的报告，蜀兵已经退下，司马昭这才放心，到丘头带着皇上和太后返回洛阳。群臣都说司马昭立下大功，应授封赏，曹髦于是任司马昭为相国，封为晋公。司马昭再三推辞，曹髦才收回成命。

吴大将军孙綝领兵回都，威名虽然受挫，但仍像原来一样骄横。孙亮那时已经十六岁，能够亲自处理政事，他见孙綝专权，心中不平，常常在上朝时为难孙綝。孙綝于是借口患病不去上朝，让弟弟孙据为威远将军，入宫守卫，孙恩为卫将军，孙干为偏将军，孙闿为长水校尉，分别屯兵各营。孙亮翻阅旧案，见到朱公主的卷宗，怀疑其中有冤情，就询问全公主。全公主心虚，说朱公主的罪证都是朱据的两个儿子朱熊、朱损提供的。孙亮责备朱熊、朱损害死自己的母亲，立即派将军丁奉带着诏书将二人处死。朱损的妻子是孙峻的妹妹，孙綝上书阻止，孙亮不肯听从。全公主担心自己的事情败露，故意讨好孙亮，讲述孙綝兄弟的罪恶。孙亮于是与她密谋诛杀孙綝，并让将军刘承参与计划。孙亮的妃子是全尚的女儿，当时已被立为皇后，全尚的儿子全纪为黄门侍郎。孙亮把全尚召进来说："孙綝遇事专权，太藐视我了，如果不早作打算，必留下祸患。你的父亲是中军都督，烦劳你代为转告，叫他整顿兵马，我要亲自率领各营的士兵围攻孙綝。但千万不要让你的母亲得知，妇人不识大体，她又是孙綝的堂姐，倘若漏泄机密，罪过不小！"全纪唯唯领命，将此事告诉父亲全尚。全尚毫无主见，妻子孙氏得知祸事，连忙派人通知孙綝。孙綝得知后，十分恼怒，夜里派弟弟孙恩捉拿全尚，并在苍龙门外将刘承杀死，然后领兵包围皇宫。

孙亮气愤难忍，拿着弓箭想要出去，并且对近侍说："我在位已经五年，朝中大臣谁敢不从？孙綝竟敢这么放肆！”近侍等上前把他拦住，极力劝阻，全皇后也得知此事，与孙亮的乳母一同赶到，拉住孙亮的衣服，不让他外出。孙亮叱责全皇后：“你父亲糊涂，坏我大事！”全皇后本来就有姿色，再加上泪流满面，更显得楚楚可怜。孙亮于是将弓扔在地上，然后派人召全纪过来。全纪对来使说：“我的父亲辜负了皇上，我已无颜再见陛下。”说完，拔剑自刎。差人回去禀报，孙亮不胜感叹，还想设法解围。哪知孙綝已嘱咐光禄勋孟宗前去祭告太庙，把孙亮废为会稽王，并准备罗列孙亮的罪状，公告天下。尚书桓彝不肯署名，被孙綝当场杀死。孙綝又派中书郎李崇带兵入宫，夺取御玺。并逼孙亮夫妇出宫，让将军孙耽押着他们前往封地。孙亮无计可施，只好带着家眷离去。孙綝又将全尚迁到零陵，全公主迁到豫章。全尚在途中被孙綝派人刺死。孙綝想自己称帝，又担心众人不服，就与典军施正商议。施正劝孙綝迎立琅玡王孙休。孙綝于是令宗正孙楷与中书郎董朝，去迎孙休入都。孙休曾梦见自己乘龙上天，但这条龙有头无尾，因此很是惊奇。此次走到曲阿，有一位老人对孙休说：“事情一拖就会发生变故，希望大王快快赶路。”孙休于是日夜兼程进入都城，随后住在便殿。孙恩呈上御玺，孙休推辞了三次才接受，接着下令大赦，改元永安。孙綝自称草莽臣，交还官印，乞求隐退。孙休下旨抚慰，命孙綝为丞相荆州牧守，孙恩、孙干、孙闿也都被提升。

以前，孙休迁封到丹阳，丹阳太守李衡多次侮辱他。李衡的妻子习氏劝阻，李衡不肯听从。孙休上疏乞求迁往别郡，后来奉命迁到会稽。孙休继位后，李衡担心孙休报复，想投奔魏国。习氏又劝道：“你本是一介平民，承蒙先帝提拔，还未曾报恩，却先虐待他的孩子。你已经错了一次，为何还要投降别国呢？”李衡皱着眉头说：“现在该怎么办呢？”习氏说：“琅玡王注重名声，应当不至于报复。现在你应主动请罪下狱，我料想你不但能够免罪，并且可以官复原职。”李衡听了妻子的话，自己到建业狱中认罪。果然朝廷下诏赦免，仍让他回丹阳，并加封他为威远将军。

孙綝一门五人被封侯，位高权重。孙休表面上恩宠他们，心里却时时加以提防。孙綝曾进献酒肉入宫，孙休不肯接受，孙綝于是拿着酒到张布府中，与张布共饮。酒后，孙綝对张布说：“以前废掉少主时，朝臣多劝我自己称帝，我认为当今的皇上贤明，所以立他为帝。现在我进献酒肉，反而被拒绝，莫非他怀疑我不成？看来我得有所行动了。”张布刚被提升为左将军，是孙休的心腹。孙綝离去后，张布马上入宫禀报。孙休心中不安，无奈之下，只得重赏孙綝，对孙綝的请求勉强顺从。孙綝假意请求屯兵武昌，要孙休调给他兵马。将军魏邈与卫士施朔进宫上奏说："孙綝必定叛乱，不可不防。"孙休急忙召张布商议，张布说老将丁奉可以担当大任。孙休于是再次召丁奉入宫。丁奉说："丞相兄弟的私党很多，不能贸然行事。好在腊日将到，朝廷按例要宴请群臣，待孙綝入席，便可以下手了。宫内的事嘱托左将军张布，宫外的事就由我安排吧。"孙休听到此话，心中欢喜，就嘱咐张布、丁奉二人小心行事，并令魏邈、施朔从旁协助。

腊日的前一天夜里，大风将树木连根拔起，天空中飞沙走石，孙綝倒也惊心，借口得病，不愿出席。可使臣多次过来催促，孙綝只好应召前往。家人从旁劝阻，孙綝勃然大怒："朝廷的命令已到，为何不去？万一有变故，你们就在府中放火，我自会赶回来。"说完就去了。百官见孙綝来到朝堂，都恭迎他进殿，连孙休也起身相迎。孙綝行过礼之后，大摇大摆地坐下，开宴畅饮。酒至半酣，他望见殿外有浓烟，诧异地问哪里失火，并想起身回去。孙休连忙阻止："外面有很多士兵，哪里用得着丞相亲自去察看？"孙綝不肯，起身就走。张布将酒杯一扔，便有武士出来，将孙綝拿下。孙休大叫一声："斩！"孙綝慌忙跪下叩头："乞求皇上饶我一命，我情愿迁到交州。"孙休非常恼怒："你为何不将滕胤、吕据等人迁走？"孙綝又叩头说："我自愿做奴隶。"孙休又呵斥道："你为何不让滕胤、吕据为奴隶？"张布将孙綝押出殿门，一刀将他杀死，并拿着他的头颅对众人说："罪在孙綝一人，其余的一律不追究。"殿内殿外之人听了此话，都不再出声。

不一会儿，丁奉将孙恩、孙干推进来。孙休立即下令将他们斩首。孙闿乘船北去，被魏邈、施朔追上，最终难逃一死。孙綝兄弟的家属全部被处斩，孙休又下令夺去孙峻的官爵，开棺戮尸，改葬诸葛恪、滕胤等人。有人请求为诸葛恪立碑，孙休反驳说："盛夏出兵，损兵折将，不能说他有能力；辅佐皇上处理政事，却死在贼人手在，不能说他有才智。怎能无故为他立碑呢？"孙休的妃子是朱据的女儿，她的母亲就是孙休的姐姐朱公主。朱公主被孙峻杀害，尸体埋在石子岗，无从辨认。幸亏有几个老宫人记得主人的衣服，朱公主才得以改葬。孙休册封朱妃为皇后，立儿子孙霏为太子，封南阳王孙和的儿子孙皓为乌程侯，孙皓的弟弟孙德为钱塘侯，孙谦为永安侯。所有参与谋杀孙綝的将士，如张布、丁奉等都受到重赏。江东这才安定下来。

吴国诛杀逆臣孙綝的同时，魏国的皇帝曹髦却被人杀害，凶手是舍人成济，主使正是大将军司马昭。以前魏国宁陵井中，曾出现两条黄龙，群臣上疏道贺，曹髦却感叹道："龙是皇帝的象征，不在天上，竟然委屈在一口井中，哪里算什么祥瑞？"于是作《潜龙诗》自嘲。司马昭看到这首诗后，很不高兴，产生了废帝的想法。他每次见到曹髦，都出言嘲笑。曹髦忍无可忍，召来侍中王沈、尚书王经、散骑常侍王业，私下商议："司马昭居心叵测，路人皆知。我不能坐以待毙，现在想与你们一同讨伐他。"王经立即阻止："昔日鲁昭公无法容忍季氏，最终失去国家，被天下人耻笑。如今大权在司马氏手中，内外公卿都是他的爪牙，陛下势单力薄，怎么能斗得过他呢？还请陛下三思。"曹髦愤然起身："我已经决定了，即使死也在所不惜，何况还未必会死。"说着，从袖中取出诏书，扔在地上，自己前往永宁宫禀报太后去了。王沈等人踉跄走出，王沈对王经说："只好把此事告诉司马家了，免得我们受到连累。"王业也赞同此议，只有王经不赞同。王业、王沈就一起禀报司马昭去了。

司马昭得知，立即转告中护军贾充，叫他做好准备。曹髦从永宁宫出来，不顾利害，聚集殿中的守卫几百人，直奔止车门。门外的屯骑校尉司马伷，是司马昭的弟弟，立即领兵拦住。曹髦厉声将他喝退，继续向前走。才到南阙，见贾充带着几千名士兵，前来迎战。曹髦控制不住局面，双方厮杀起来。太子舍人成济颇为勇猛，他问贾充："此事究竟应该怎么处置？"贾充说道："司马大人养你为了什么？就是为了今日！"成济又问："是杀呢？还是绑呢？"过了一会儿，贾充狠狠地吐出一字："杀。"成济于是拿着长矛，走到辇前。曹髦还在大叫："我是天子，你们怎么能如此无礼？"成济并不答话，拿矛刺去，曹髦用剑招架，没能挡住成济的长矛，胸口顿时受伤，跌落辇下。成济又顺手刺去，曹髦一命呜呼。曹髦带来的人全部逃散，贾充前去禀报司马昭。

太傅司马孚得知变故后，立即赶去，对着曹髦的尸体边哭边说："陛下被杀，臣难辞其咎！"当即下令将曹髦的尸体棺殓。司马昭走到殿上，召集群臣商议，百官全部赶来，唯独不见陈泰。陈泰当时已是尚书仆射，所以人在都城。司马昭令陈泰的舅舅荀顗前去召陈泰，陈泰叹息道："人们都说我可以与舅舅相比，如今看来，舅舅反而不如我呢。"陈泰的子弟都劝陈泰去一趟宫中，陈泰穿着丧服，先到灵前痛哭一番，然后才去拜见司马昭。司马昭假惺惺地流着眼泪说："今天这事该怎么办呢？”陈泰哭着回答：“先将贾充斩首。只有这样，才能对天下有个交代。”司马昭沉默半天，不再问他。然后令左右替太后写下诏书，说曹髦大逆不道，意图谋害母亲，应把他废为庶人；尚书王经，帮助曹髦作恶，也应受到重罚。写好之后，派人送到永宁宫，逼郭太后盖印，立即颁发。

司马昭又与司马孚等人联名，请求用王侯的礼节安葬曹髦，并把王经全家抓捕入狱。王经的老母也被囚禁，王经向母亲叩头谢罪：“不孝子连累了母亲，该怎么办呢？”他的母亲破涕为笑：“人哪有不死的？只要死得其所就好！如今就是死，也没什么遗憾了。”第二天，王经全家被杀，满城百姓无不流泪。司马昭见到这个情景，归罪于成济，派兵逮捕他。成济不肯束手就擒，赤身裸体登上房顶，把司马昭主使贾充杀死皇上的阴谋和盘说出。后来士兵从四面放箭，成济无法逃避，当即被射倒，临死时还叫骂不停。司马昭又下令诛杀成济三族。

蜀亡晋兴

司马昭诛杀成济以后，商议另立君主，决定迎立燕王曹宇的儿子曹璜。于是派长子中垒将军司马炎行中护军事，拿着符节到安次县常道乡，迎接曹璜入都。曹璜是常道乡公，年仅十五岁，进入洛阳以后，就到永宁宫拜见郭太后，然后改名曹奂，改号景元，升司马昭为相国，封他为晋公。司马昭推辞不受。那一年，已故汉献帝的夫人曹节病死，谥号为献穆皇后。魏国按照礼仪将她安葬。过了一年，朝廷给司马昭加官晋爵，司马昭仍然谦让。第二年十月，洮阳递来军报，说姜维再次担任大将军，出兵攻打魏国。司马昭令安西将军邓艾严加防范。

蜀汉后主刘禅延熙二十一年，改元景福。当时正值魏兵攻打寿春，蜀国大将姜维想乘机北伐，特率领几万人进攻长城县。魏国安西将军邓艾与长城都督司马望，合力抵抗姜维，双方相持不下。魏国平定寿春后，司马昭班师，姜维退回。姜维自执掌军权以来，极力主张北伐，连年起兵，蜀国百姓困顿不堪。中散大夫谯周曾写《仇国论》讽刺姜维，姜维仍不肯改变主意。尚书令陈祗与中常侍黄皓在国内扰乱朝政。不久，陈祗去世，后主刘禅任用仆射董厥为尚书令，诸葛瞻为仆射。后来又提升董厥、诸葛瞻为将军，同领尚书事，命侍中樊建为尚书令。董厥本是义阳人，曾担任丞相府中令史，诸葛亮时常称赞他。诸葛瞻是诸葛亮的儿子，娶公主为妻。董厥、诸葛亮做事向来谨慎，始终没有铲除黄皓。唯独樊建不与黄皓往来，黄皓依仗宠信，蒙蔽后主，党同伐异。右将军阎宇与黄皓关系较好，黄皓想罢免姜维，让阎宇接任。姜维得知他们的阴谋后，对后主说："黄皓为人奸猾，将来定会祸害国家，请陛下赶快诛杀此人。"后主笑着说："黄皓官职低微，能有什么作为？"说完，还叫黄皓出来向姜维谢罪。姜维不便多说，立即走出。

景耀五年，姜维又想进攻魏国，车骑将军廖化极力阻止，并对亲属说："姜维有勇无谋，兵力又不足，怎么能打胜仗呢？"果不其然，姜维进攻洮阳时，前锋夏侯霸中箭阵亡。姜维与邓艾交战，再次失利，只得退回。黄皓乘机进谗，请求让阎宇接替姜维，后主虽然没有依从，但心中已经产生了疑虑。姜维在途中得知消息，主动请求在沓中种麦，不再回都。过了两个月，姜维得知魏人将要进攻蜀国，就上疏后主，请求派左右车骑将军张翼、廖化，带领兵马镇守阳平关及阴平桥头，以防不测。

后主接到姜维的奏书后，与黄皓商议，黄皓说道："肯定又是姜维贪功，所以才这样说。蜀中地势险要，魏人未必敢来，陛下如果不放心，都中有一个巫师，能预知未来，可以传他过来询问。"后主于是令黄皓前去询问巫师。不久黄皓回来禀报，说陛下后福无穷，不必杞人忧天。后主信以为真，继续沉迷于酒色，坐享太平，对姜维的话置之不理。都乡侯胡琰的妻子贺氏，美丽绝伦，入宫朝见皇后时，在宫中居住了一个月。胡琰怀疑贺氏与后主私通，叫家奴用鞋子抽打贺氏的脸，差不多打了几十百下。好好一张俏脸，怎么能禁得住这般糟蹋？胡琰等家奴打完之后，将妻子赶了出去。贺氏无处可去，只好哭哭啼啼到宫中诉说冤情，后主见她满脸青肿，十分恼怒，立即把胡琰抓入狱中，下令从重定罪，将胡琰斩首。胡琰罪轻罚重，蜀中人心涣散，怨声载道，后主好像聋哑人一般，毫无反应。后主见距离姜维上疏已有半年，并没有魏兵入侵，更觉得黄皓忠诚可信。

谁知一声霹雳，震动蜀国。魏国兵分三路入侵，势如破竹。魏国大将军司马昭因蜀人多次侵犯，想派人到蜀国刺杀姜维。从事中郎荀勋说："你应当堂堂正正，出兵讨伐蜀国，何必派刺客西去，让人嘲笑呢？"司马昭于是准备大举进攻蜀国。朝臣多半不同意，只有钟会极力赞成。司马昭就令钟会为镇西将军，部署人马，再令邓艾为征西将军，与钟会一同前往。邓艾认为蜀国没有挑衅不愿出战，多次提出异议。司马昭派主簿师纂做邓艾的司马，再三劝慰，邓艾无奈，只得遵命。几个月后，钟会已筹备好粮饷，统率十万人马，分别从骆谷、斜谷、子午谷直入汉中。邓艾带领三万多人，从狄道进入沓中，牵制姜维。雍州刺史诸葛绪统率三万多人，从祁山前往武卫桥头，截断姜维的退路。

三路魏兵同时出发，司马昭又派廷尉卫瓘拿着符节监军。卫瓘路过幽州，刺史王戎出来迎接，与卫瓘宴饮。席间，卫瓘转述参军刘实微的话，说钟会、邓艾二人定会攻破蜀军，但都不能活着回来。王戎微笑着说："我也这么认为。不过，你应该保守秘密，看将来是不是这样。"卫瓘尽兴而去。之前刘备平定汉中，曾在阳平关外分别设置营寨，严防外敌入侵。姜维执掌军权后，认为不如把士兵撤到汉寿及汉、乐二城。后主依从他的建议，将守边的士兵撤退，只让将军傅佥守住关口，王含、蒋斌分别防守汉、乐二城。钟会因此得以长驱直入，抵达阳平关下。钟会领军攻关，让前将军李辅与瓘军、荀恺各率领一万人，围攻汉城、乐城。阳平关本来险峻，守将傅佥把住关口，就算钟会有十万大军，一时也难以越过。傅佥担心寡不敌众，忙派人到成都求援。

不久来了一个蒋舒，此人本是武兴军督，后主调他帮助傅佥。傅佥想坚守，蒋舒偏要出去迎战，二人各执一词，结果是傅佥守关，蒋舒出去迎敌。不料蒋舒出关以后，竟向魏营乞降，并带领魏军的先锋胡烈前来叩关。傅佥当时还不知道蒋舒已经投降，他在关上看见是蒋舒回来，当然开关迎接。谁知关门刚刚打开，魏兵就如潮水一般涌进来，傅佥这才知道被蒋舒出卖。傅佥下关战斗，杀死魏兵数十人，自己身受重伤，铠甲沾满鲜血，自知不能抵敌，拔剑自杀。

魏兵入关，钟会率兵跟进，得到了许多粮草，当然欢喜，立即犒赏将士，在关上休息一夜。第二天，钟会接到李辅、荀恺的战报，说汉城、乐城已经投降，于是放胆前进。走到定军山，忽然看见天上乌云密布，愁雾迷蒙，几乎连前面的路都不能分辨。钟会急忙问蒋舒："山上有没有神庙？"蒋舒回答说没有神庙，只有已故丞相诸葛亮的陵墓。锺会恍然大悟说："诸葛亮爱民如子，理应祭祀。"于是备好礼物，亲自到墓前祭祀，并且发誓说进入蜀国以后，决不滥杀一人。待到祈祷完毕，天空已云开雾散。

后主听说汉中失守，急忙派左右车骑张翼、廖化及辅国大将军董厥，领兵抵御魏兵，并且派人向吴国求援。然后下令大赦天下，改景耀六年为炎兴元年。姜维还在沓中，得知魏兵进攻，慌忙调兵抵御。碰巧邓艾领兵杀到，双方相持了好几天。忽然蜀军中有人进来禀报：汉中失守，傅佥战死。姜维吃惊地说："汉中一旦失去，我们就没有了归路，还是赶快退兵吧。"立即拔营退去。走到强川口，后面追兵又到，姜维无心恋战，边战边逃，又丧失很多部下。快抵达阴平时，有探马禀报说："魏将诸葛绪占据桥头，截住了我们的去路。"姜维听到此话，沉默了很久，终于想出一计，扬言要袭击诸葛绪的后路。诸葛绪果然中计，退兵三十里，然后四处打探，却没有发现蜀军偷袭。而姜维已经过了桥头，向剑阁去了。

蜀国将领廖化、张翼、董厥等人，奉命抵抗魏国，正好与姜维相遇。姜维说剑阁地势险要，必定可以防守，不如全力守住，敌军没有了粮草，自然会退回。廖化等人也赞同，于是合兵赶到剑阁。钟会领兵到来，无机可乘，就是邓艾、诸葛绪一齐聚集，也无法攻克。钟会想退兵，偏偏邓艾要冒险进攻，独自领兵出发。诸葛绪仍与钟会合兵。钟会因邓艾不听从命令，迁怒于诸葛绪，上奏说诸葛绪懦弱无能，并派人将诸葛绪押回。诸葛绪的三万兵马全部归钟会统率。钟会又派人打探邓艾的消息。

邓艾率领部下，从阴平小路前进，所走的地方都是崇山峻岭，杳无人迹。邓艾不顾艰险，令将士逢山开道，遇水架桥，遇着危崖峭壁，就用毛毡裹住身体率先滚下去。将士不敢落后，竞相效仿邓艾。没有毛毡时，士兵们就用绳索系住腰，慢慢下去。途中遇到两个废弃的营垒，里面空无一人，邓艾指着营垒对部将说："想必诸葛孔明在时，曾派兵在此把守，如今已经废弃，是上天要让我们成功了。"走到江油，道路渐渐平坦。总计邓艾所经过的危险的道路，已有七百多里，部下在途中伤亡不下数千人。众人自知有进无退，只好拼死杀入。江油守将马邈事先没有防备，听说邓艾的兵已来到城下，吓得魂飞魄散，慌忙开城投降。蜀国卫将军诸葛瞻正把守涪城，听说江油被攻陷，忙调集兵马抵御。尚书郎黄崇劝诸葛瞻赶快派兵占领险要的地势。诸葛瞻因士兵还没有聚集，不便行动。谁知才过两天，魏兵已将险要地势占去，眼见得涪城难以把守，诸葛瞻只好退到绵竹。

邓艾令儿子邓忠及师纂领兵追击诸葛瞻，被诸葛瞻击退。邓忠和师纂回来拜见邓艾，邓艾十分恼怒："生死存亡，在此一举，不冒死攻击，难道还想有活路吗？"邓忠与师纂听后，又去与诸葛瞻作战。这次打仗，与前次大不相同，魏兵都怀着必死的决心，因此锐不可当，诸葛瞻正愁招架不住，邓艾又亲自前来接应魏兵。两军杀到日暮，蜀兵四处溃散，诸葛瞻与尚书黄崇相继阵亡。诸葛瞻的儿子诸葛尚年及弱冠，登城遥望，见父亲陷入阵中，不禁痛哭道："我父子身受国恩，应该拼命报效国家。只恨朝廷不早点斩杀黄皓，才有这样的祸事！如今父亲已死，我为什么还要偷生？"于是策马杀出，砍死几个魏兵，最后为国捐躯。邓艾杀入绵竹城，守兵全部溃散。绵竹距成都只有一百多里，战败的消息很快传到成都，后主刘禅束手无策，忙召集群臣商议。有人说应投奔吴国，有人说应暂时到南中七郡躲避，光禄大夫谯周则认为不如投降魏国，后主迟疑不决。

当时，吴太后与梁王刘理都已去世，鲁王刘永被迁封到甘陵，不在都中，其余的如张皇后及太子刘璇等人均毫无主见，只在旁边陪着流泪。忽然有一个人走进来说："如今穷途末路，灾祸就在眼前。父子君臣都应决一死战，才好到地下与先帝相见！为何想着出去投降呢？"后主一看，是五子北地王刘谌。原来，后主有七个儿子，长子名叫刘璇，已被立为太子，次子是安定王瑶，三子是西河王刘琮，四子是新平王刘瓒，五子就是北地王刘谌，六子刘恂，被封为新兴王，七子刘虔被封为上党王。其中刘谌最为聪明。后主听完他的话，恼怒地说："你知道什么？也敢来多嘴！"刘谌哭着说："先帝创业艰难，把江山拱手让给别人，岂不可惜？我宁死不受这样的屈辱。"后主将他喝退。

不一会儿，谯周又进来禀报："魏兵将要到达城下，陛下如果依从臣的建议，还可以保全爵位。臣愿意到魏营力争，决不让陛下受难。"后主听到此话，才稍稍放心，让周缮带着降书，与侍中张绍、驸马都尉邓良一同到邓艾营中乞降。邓艾才到洛城，就接到降书，心中十分欢喜，随即写了一封回信，信中有"若归顺本朝，应当为上宾。"等话。邓艾让张绍、邓良拿着信返回，自己率领部下抵达成都。后主亲自出城投降。邓艾好言抚慰，并让后主回去安抚百姓。当天，北地王刘谌带着妻子到昭烈庙中哭祭一番，然后拔出佩剑，先杀死妻子，再自杀身亡。汉朝从此灭亡。蜀汉从刘备登基到后主刘禅投降，共有四十三年。三代汉朝共有二十六个君主，总计四百六十九年。

邓艾进入成都以后，禁止将士掠夺，只将黄皓监禁，想加以诛杀。黄皓贿赂邓艾的左右，最终幸免于难。邓艾按照东汉邓禹的旧例，封后主为车骑将军，太子、王侯也各有封赏，并让后主写信令姜维投降。姜维听说诸葛瞻战死，正想支援成都。走到郪县，接到后主的书信，踌躇了很久，才令部下回去投降钟会。廖化、张翼、董厥等人，也都和姜维一同投降。蜀国将士很是气愤，都想与魏兵决一死战，经姜维密嘱一番，才随姜维一起来到钟会营中。钟会知道姜维有才，开营迎接，笑着对姜维说："你为何来得这么迟呢？"姜维哭着说："我不能保护主上，本应去死，只因听说将军英明神武，所以前来投降。"钟会听了这话，连忙起来握住姜维的手，与他交谈，并仍旧让姜维领兵。姜维心中暗喜，带着钟会驻扎在涪城。钟会听说邓艾自恃有功，独断专行，心中很不高兴。邓艾写信给司马昭，请求乘胜攻打吴国，封赏刘禅父子。司马昭上疏封邓艾为太尉，钟会为司徒，只是不肯采纳邓艾的建议。并让监军卫瓘告诉邓艾，遇事不能擅自做主。邓艾说道："大丈夫出兵打仗，只要对社稷有利，擅自做主又有何妨？"卫瓘无话可答，只得去禀告钟会。姜维得此知事，便对钟会说："你自进入蜀国以来，始终没有失策，如今地位反而在邓艾之下，可见朝中对你的信任不够。我听说张良建立大业之后，全身而退，你何不效仿古人呢？"钟会笑着说："你说错了！我年纪轻轻，为何要这样做呢？"姜维接着说："如果这样的话，凭借你的才智和能力，什么事做不成呢？也不用我为你出谋献策了。"钟会于是屏退左右，和姜维密谋定计，并与卫瓘联名上疏，指责邓艾谋反。

司马昭既防备邓艾，又防备钟会。他先请魏帝下诏，将邓艾押回都城，然后一面派钟会向成都进军，一面令贾充带领士兵进入斜谷，自己则和魏帝驻扎在长安。钟会接到诏令，想领兵前进，姜维劝道："邓艾如果要抵抗你，必定会大动兵戈，不如先派监军卫瓘前去抓捕邓艾，然后再进兵也不迟。"钟会开口叫好，立即派卫瓘带领一百骑兵逮捕邓艾，自己率领大军后进。卫瓘知道前去抓捕邓艾十分危险，就连夜赶往成都，待到天明进城，借口说有要事密商，径直走到邓艾卧室。邓艾还没有起床，卫瓘令随从将邓艾绑住。邓艾的儿子邓忠前去询问，也被抓住。卫瓘大声叫道："我奉命捉拿邓艾父子，与其他人无关。"邓艾的部下聚集起来，想要从中阻挠时，钟会的大军已经到来，邓艾的部下都不敢轻举妄动。钟会进城劝告邓艾的部下，让他们解散，只派人将邓艾父子押送洛阳。

这时，魏国传出噩耗，郭太后病亡。钟会想乘机谋反，假意召集众将前来致哀。众将到来后，钟会突然从怀里取出一张纸，向众人宣读说："太后有遗诏，让我们一起讨伐司马昭。"众将问司马昭有什么罪，钟会拔出佩剑说："司马昭谋杀君主，大逆不道。你们如果要助纣为虐，我的剑绝不放过你们！"众人都很惊愕，勉强答应。钟会把众将监禁在一间屋子里，不准他们私自出去。卫瓘谎称得病，请求在外面居住。钟会因卫瓘手下没有兵马，就答应了。然后又与姜维商议起兵，让姜维为先锋。姜维一口答应，又担心众将心里不服，就劝钟会提防。钟会举起剑对姜维说：“有这个在，何必担忧呢？”姜维大喜，前去禀报后主刘禅：“陛下再忍耐几天，我们就可以重振汉室的社稷了。”哪知汉朝已经一去不复返，才过一夜，便发生了意外。

魏国护军胡烈也被软禁在屋内，不过他的儿子胡渊却在外面。胡烈假装派亲信到外面索取食物，趁机嘱托亲信转告胡渊，说钟会已经准备好大坑，要将众人全部活埋。胡渊听到此话，大吃一惊，将此事通告各个营寨。一夜之间，全营皆知。到了中午，胡渊击鼓召集士兵。不一会儿便聚集了一万人，杀入殿中。钟会正与姜维坐在内殿密商出兵的事情，蓦然听到殿外有吵闹声，钟会吃惊地问：“莫非有人叛乱？”姜维回答说：“如果有人叛乱，将他打败就是了！”话未说完，叛兵已经进来。钟会急忙拔剑出去抵御，忽然被一箭射中，倒在地上。姜维还想解救钟会，忽然觉得心口疼痛难忍，于是仰天大呼：“我的计谋不能得逞，难道是天命吗？”说完，拔剑自杀。乱兵将钟会杀死，乘势骚扰全城。

胡烈等人也从屋里走出，一起行凶，不但姜维的家属全部遭到屠戮，甚至蜀国的太子刘璇及几员大将，也均被杀害。蜀国百姓更是死亡无数，道路上满是尸体。多亏卫瓘出来镇压，魏兵才安定下来。邓艾的旧部骑马去追邓艾，将邓艾父子从槛车中放出，仍旧赶往成都。快到绵竹时，见有一队人马到来，邓艾仔细一看，先驱是部将田续，立即策马相迎。田续忽然手起刀落，将邓艾砍落马下。邓艾的儿子邓忠上前解救父亲，也被田续顺手杀死。

原来，田续在阴平时，曾被邓艾叱骂，从此心怀怨恨。此次他受卫瓘派遣，来杀害邓艾父子，免得邓艾回到蜀地报仇。田续说是奉命诛杀逆贼，邓艾的部下无人敢反抗，田续拿着人头回去复命。不久，贾充进入蜀国，将后主刘禅迁到洛阳。蜀国只有秘书令郤正及殿中督张通，跟随刘禅北去。司马昭已经带着魏帝回到洛阳。刘禅到洛阳后，被封为安乐公。司马昭邀请刘禅一同宴饮，并下令弹奏蜀国的乐曲，郤正等人都很伤感，刘禅却嬉笑自若。司马昭对贾充说：“此人没有心机，就算诸葛亮在世，也难以保护他，何况是一个姜维呢？”然后，司马昭问刘禅：“你思念蜀国吗？”刘禅答道：“在这里很快乐，不思念蜀国！”刘禅辞别司马昭后，回到府第，郤正对他说：“主公这次失言了。倘若他日司马昭再问你，你应该哭着回答，说先人的坟墓远在蜀中，怎能不想念呢？”

刘禅点头，说已经记住了。后来，司马昭果然再次问起此事，刘禅就用郤正的话回答，只是苦于没有眼泪，就闭着眼睛假装很痛苦。司马昭忽然问道："这话怎么像是郤正说的呢？"刘禅睁开眼睛，吃惊地说："你真是料事如神！"司马昭不禁失声大笑，左右也都偷笑不已。刘禅惘然告退，但此举也使得他得以安享余生。刘禅到晋泰始七年才病终，活了六十五岁。

孙休继位六年，因蜀国派人告急，曾命大将军丁奉到寿春，偏将丁封、孙异到沔中，声援蜀国。后来听说蜀国投降魏国，就令各军退回，只是心中很担忧，以至一病不起。临终前，他召丞相濮阳兴入宫，想嘱咐后事，只可惜已经不能说话，只是握住濮阳兴的手，让太子孙䨪出来拜见他，算是托孤。当晚，孙休病逝。濮阳兴与左将军张布商议，说蜀国刚刚灭亡，太子刘䨪年幼，恐怕难以保全国家，不如迎立乌程侯孙皓。张布也赞成，入宫禀告朱皇后。朱皇后不过是女流之辈，哭着说："我一个寡妇，怎么能决定这么大的事情呢？你们看着办吧。"濮阳兴等人便迎接孙皓继位，改元元兴。然后为孙休发丧，把他葬于定陆，追谥孙休为景皇帝。

孙皓是孙休的侄子，继位以后，照例应尊皇后朱氏为太后，且群臣已将太后的玺印送入宫中。可孙皓竟派人将玺印夺回，只称朱氏为景皇后。追尊父亲孙和为文皇帝，母亲何姬为太后，封孙休的儿子孙䨪为豫章王，并让他立即前往封地，此后，又立妃子滕氏为皇后。滕皇后是已故卫将军滕胤族人的女儿，父亲名叫滕牧，被封为高密侯，官至卫将军。孙皓开始倒还有些贤明，后来荒淫无道，整日沉湎于酒色。丞相濮阳兴与将军张布心中后悔，轮流劝谏。孙皓认为他们有意诽谤，将二人杀死。不久，又逼死景皇后与她的两个儿子。

魏国大将军司马昭平定蜀国有功，受封为相国晋公。太尉王祥、司徒何曾、司空荀顗，又请求加封司马昭为晋王，司马昭毫不推辞。一群趋炎附势的大臣，将禅让的典礼争先呈入。司马昭因东吴尚在，只命长子司马炎为副相国。百官又乘机奉承，上疏请求提升司马炎为抚军大将军。过了一年，也就是魏国曹奂咸熙二年，司马昭立司马炎为世子，后来又封司马炎为太子。不久，司马昭去世，司马炎为相国晋王，升司徒何曾为晋丞相，令骠骑将军司马望为晋司徒。曹奂名为皇帝，早已如傀儡一般，左右侍臣无一不是司马氏的爪牙。曹奂在位六年，还是司马昭不肯接受禅让，才得以苟且偷安。司马炎继承父亲的爵位后，不肯再等，急着要做皇帝。那年秋季，襄武县上报说有巨人出现，身高三丈多，脚长三尺二寸，拄着拐杖叫道："国运将改，天下从此太平！"说完就不见了。何曾等人于是劝司马炎登位。司马炎假意推辞，可朝臣已经逼迫曹奂在南郊修筑禅坛，定于咸熙二年十二月壬戌日禅位。

转眼到了禅位的这一天，百官都到晋王府请求司马炎接受禅让，司马炎穿着天子的衣服，乘辇出来。群臣把他拥到南郊。司马炎下车登坛，早有黄门官捧着皇帝的御玺，恭敬地献上。礼毕回朝，司马炎在御殿接受朝贺，定国号为晋，改元泰始。把曹奂废为陈留王，命他迁居金墉城，曹奂含泪离去。太傅司马孚与他拜别，痛哭流涕。不久，朝廷又把曹奂迁到邺城。曹奂在晋太安元年寿终，追谥为元皇帝。曹芳由齐王降封为邵陵公，死时追谥为厉。其他的曹氏各王也都被降为侯。魏国换了五代君主，经历了四十六年。东吴到太康元年才被晋消灭。

后汉世系图

（公元25年—公元220年）

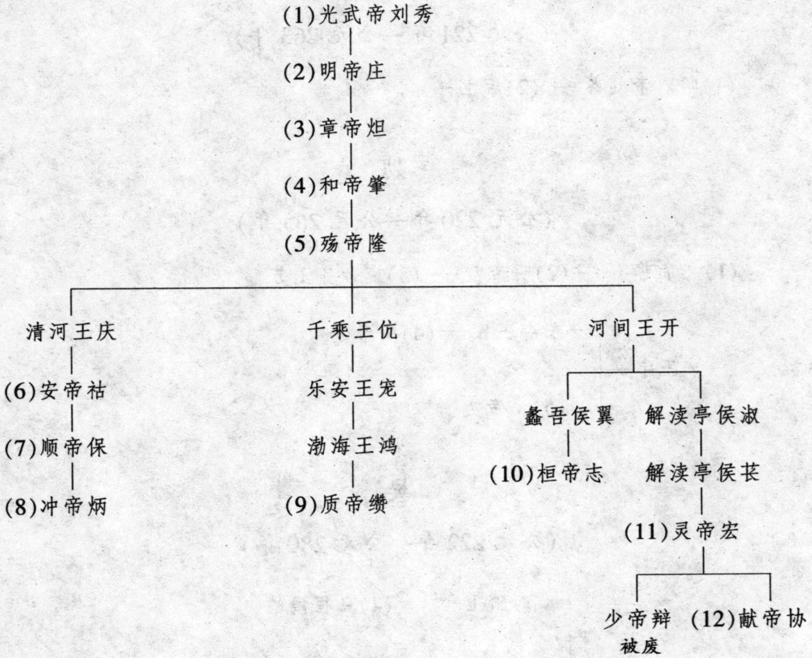

三国世系图

（公元220年—公元280年）

蜀汉

（公元221年—公元263年）

(1)昭烈帝刘备— (2)后主禅

魏

（公元220年—公元265年）

(1)文帝曹丕—(2)明帝叡—(3)废帝齐王芳

燕王宇—┬—东海王霖—(4)废帝髦
　　　　└—(5)元帝奂

吴

（公元222年—公元280年）

(1)大帝孙权—┬—南阳王和—(4)乌程侯皓
　　　　　　├—(2)废帝会稽王亮
　　　　　　└—(3)景帝休